中國當代文學的問題類型與闡釋空間

席揚 著

第二輯
總序

　　百年老校福建師範大學之文學院，承傳前輩碩學薪火，發掘中國語言文學菁華，創獲並積澱諸多學術精品，曾於今年初選編「百年學術論叢」第一輯十種，與臺北萬卷樓圖書股份有限公司協作在臺灣刊行。以學會友，以道契心，允屬兩岸學術文化交流之創舉。今再合力推出第二輯十種，嗣續盛事，殊可喜也！

　　本輯所收專書，涵古今語言文學研究各五種。茲分述如次。

　　古代語言文學研究，如陳祥耀先生，早年問學無錫國學專修學校，後執教我校六十餘年，今以九十有四耄耋之齡，手訂《古詩文評述二種》，首「唐宋八大家文說」，次「中國古典詩歌叢話」，兼宏觀微觀視角以探古詩文名家名作之美意雅韻，鉤深致遠，嘉惠後學。陳良運先生由贛入閩，嘔心瀝血，創立志、情、象、境、神五核心範疇，撰為《中國詩學體系論》，可謂匠思獨運，推陳出新。郭丹先生《左傳戰國策研究》，則文史交融，述論結合，於先秦史傳散文研究頗呈創意。林志強先生《古本《尚書》文字研究》，針對經典文本中古文字問題，率多比勘辨析，有釋疑解惑之功。李小榮先生《漢譯佛典文體及其影響研究》，注重考辨體式，探究源流，開拓了佛典文獻與文體學相結合的研究新路。

　　現當代語言文學研究，如莊浩然先生《中國現代話劇史》，既對戲劇思潮、戲劇運動、舞臺藝術與理論批評作出全面梳理，也對諸多名家名著的藝術成就、風格特徵及歷史地位加以重點討論，凸顯話劇史研究的知識框架和跨文化思維視野。潘新和先生《中國語文學史

論》，較全面梳理了先秦至當代的國文教育歷史，努力探尋語文教學中所蘊含的思想文化之源頭活水。辜也平先生《中國現代傳記文學史論》的歷史考察與學理論述，無疑促進了學界對現代傳記文學的研討與反思。席揚先生英年早逝，令人惋歎，遺著《中國當代文學的問題類型與闡釋空間》，集三十年學術研究之精要，探討當代文學思潮和學科史的前沿問題。葛桂录先生《中英文學交流史（十四至二十世紀中葉）》，以跨文化對話的視角，廣泛展示中英文學六百年間互識、互證、互補的歷史圖景，宜為中英文學關係研究領域之厚實力作。

　　上述十種論著在臺北重刊，又一次展現我校文學院學者研精覃思、鎔今鑄古的學術創獲，並深刻驗證兩岸學人對中華學術文化同具誠敬之心和傳承之責。為此，我謹向作者、編輯和萬卷樓圖書公司恭致謝忱！尤盼四方君子對這些學術成果予以客觀檢視和批評指正。《易》曰：「觀乎人文，以化成天下。」我堅信，關乎中華文化的兩岸交流互動方興而未艾，促進中華文化復興繁榮的前景將愈來愈輝煌璨爛！

汪文頂

謹撰於福州倉山

二〇一五年季冬

目次

自序

　　本書的研究內容可分為四個方面：

　　一、中國當代文學史學科相關問題研究。中國當代文學在九〇年代研究的勃興，使得這一領域的「史性研究」凸顯為一個重要的學術話題和學科問題。本人在給碩士、博士生開設「學科史與方法論」的基礎上，對此系列問題展開了持久且較為深入地研究，並獲得教育部和國家社科課題立項。所發表的二十多篇相關論文，集中討論了「中國當代文學學科史」的「發生發展」、「經典認知」、「文學史敘述」和「方法更移」等重要問題。在學界產生良好影響。論文多被轉載。

　　二、趙樹理與「山藥蛋派」研究。筆者從八〇年代初進入高校任教以來，一直關注、跟蹤國內外趙樹理及其「山藥蛋派」的學術進展，同時逐步拓展自己的研究，所提出的「趙樹理與現代農民文化變遷」的關係、「山藥蛋派審美」的特徵描述、趙樹理的知識份子意義、趙樹理文學修辭行為的獨特性、趙樹理與革命現實主義文學的差異性、趙樹理所接受的中國古代士人階層的「中間人意識」與其政治選擇的複雜關係等等觀點，被學術界認為直接推進了趙樹理研究的深化。截至目前，筆者已發表與之相關的論文五十餘篇，出版學術論著二部。論文多被轉載，引起學術界廣泛關注。

　　三、文學思潮及其相關問題研究。筆者在這方面的研究主要從以下幾個方面展開：深入辨析了「文學思潮」的學科屬性、對象屬性和方法論屬性及其問題領域和價值意義；集中討論了文學思潮的概念歷史和命名思維，文學思潮的對象複雜性與方法的具體適用性，文學思

潮的特性和文學思潮的功能與影響等理論問題。深入闡釋了「文學思潮」與「創作思潮」、「創作方法」、「文學流派」、「文學運動」、「文學風格」及其「文學時期」的複雜關係；在把「文學思潮」語境化的基礎上，運用「文學思潮」的研究方法，有選擇地重點考察了中國現當代文學中的若干重要現象。筆者關於上述問題的系列學術論文，具有前沿性和創新性，多被轉載，在學界產生影響。

　　四、文學「修辭行為」與「修辭現象」研究。本課題的系列論文，主要借鑒西方現代和後現代修辭學理論，對中國現當代文學史上的若干重要現象和重要作家的「修辭行為」進行細部剖析，試圖還原風格與語境的相互制約關係，為作家創新能力的評價，提供一種新的嘗試。系列論文中的一篇，被美國哈佛大學編輯出版的《華文精擷》所轉載，並被中國作家協會評為二○○二年度優秀論文。

文學史寫作思維方式辨析

一

　　文學與時間的關係，並不只是「事件」與「過程」的自然相連，時間的意義之於文學，是在於它可以使後者進入一種「歷史敘述」。至此，當「文學與時間」共同被命名為「史」或稱之為「史」的時候，它們之間的關係就變得神秘而又迷離。文學的發展性總是呈現為一種量的累積，「狀態的文學」亦總是在人們的感覺之中把時間壓縮在其中。那些林林總總原本並不以主體意志為旨歸的文學事件，一進入時間視野，便消隱了它當初出生時純粹盲目的情形，無疑地而又是被強制性地在「史」的規範之中獲得「結構」或「合目的性」（即通常所謂的規律性）。按照過去的習慣，當人們並沒有想到把「文學事件」、「時間」或「史」這些概念單獨抽出加以審視時，三者之間的「命名轉換」似乎是一個自然的過程，即人們在無意識的通常意義上，把三者理解為不同狀態的同質表述，而非是有著明確邊界和指稱的、有自我生命活力的概念。一如我們常常把「薯片」可以轉稱為土豆片一樣，問題就出現在這裡：「文學事件」「時間」「史」及「文學史」等，在「史」的寫作者這裡並不是以各自不同的概念主體性作用於一個描述或一個判斷文本的結構之中，而在一開始就被「主屬」等級秩序化了。「文學事件」處於文本結構中的「主位置」，「時間」被「文學事件」在走向狀態的組合中所吸納，從而在文本中被「遮蔽」，「史」體現為「具體日期」從前至後的有挑選的排列，「文學史」被「語言」串起來的「文學事件」所填充，文學史實際上等於

「文學事件」的日程表。同樣的，我們還看到，「文學事件」的「語言事實」性也在這一排列中被「忽略」，靠闡釋顯示自身的語文事實，只能被「事件」過程描述架構所消蝕，從而「文學史」遠離了「語言的文學」的本體視角，「過程」表象的邏輯成為「文學史」結構的內結構。

「史」不等於過程，自然「文學史」也不等於「文學過程」——這應當是在形而上意義上不言自明的。「史」之於「文學」在概念和結構上的主體性，一方面是其寫作過程的「選擇性」體現為「治史者」的主體能動性，即不但涵納著主體素養的全部，也同樣關聯著他對「史」這一概念的理解與運用能力——「史識」。當然，「史識」在這裡並不只是強調傳統意義上的那種對什麼是歷史可信的「真實材料」的辨識力，而更為重要的是「歷史哲學觀念」——我們的傳統史學中缺乏的正是這個東西。在「文學史」中，當把「文學事件」——包括作家、作品、理論、社團、爭論等等個案因素的背景及產生過程一併作為概念衍展的基本範圍時，便會在一開始就忽略這樣一個事實：「史」作為被重新整合為「語言描述」的「時間」過程，它同「事件」原在的複雜歧樣性。如果我們認為這樣表述是合適的——即「事件」（包括已被熟知的、尚未引起重視的或尚在「沉睡」當中的）是「不動產」，那麼，我們必須考慮的是，這些「不動產」是如何變為「資本」加以流通的，即「事件」走入「史」的可能性問題。「史」不同於「事件」之處在於，「史」畢竟是一種「命名」，並具有無數次的可重複性。這種「史」的「命名」的「可重複性」——無限所指化，又在說明「史」與「事件」是兩碼事。

如此說來，「事件」「過程」「時間」「史」等概念是幾個完全不同的概念，同樣也無法找到或給定它們可通約的範疇。就文學而言，無論多少作家作品及其事件進入我們的視野，都不能認為發生於「同一時間」內的各種現象可以用「時間」抹去它們的差異性——問題的複

雜性在於，我們也許在理論上早已分清了這種「界限」，但實際操作中又往往會不由自主地降服於「時間」的膝下。就像文學批評不是「史」性描述一樣，對作家作品的時間排列也絕不是「歷史哲學」意義上的「文學史」。

　　我要思考的問題是，如何把「史」作為「文學史」的主要概念？如何把「文學事件」的「時間性」置換為「史」在整合「文學事件」時的屬於「史」的新的「時間性」？如何以「史」的理念預置「文學史」的架構、生成「史」的敘述，從而在過程中完成「事件」走入「史」的「可能性」，矗起「史」的可信度標識。

　　我們還能進一步分析出，「文學事件」進入「史」的敘述和對「文學事件」進行「史性」敘述，這二者之間也有不同。文學史的敘述對象是無數個事件，需要特別地對已有的「時間性」進行處理。這種處理的難度在於，無數「事件」的「時間性」早已被人感知，文學史的敘述顯然不是去印證這些通常意義上的個人經驗事實，也不是把個人感知的事件的時間碎片加以串聯便算完成了，即不是再現經驗世界裡的「時間事實」，而只能是以經驗的時間感知為前提或起點，讓「事件」在文學史的敘述中重新生成自己的時間，以形成對經驗時間事實的陌生，造就某種理念下的獨立的日程表。如果說文學史的敘述是一種重構，那麼對事件的「史性」描述則多半是經驗時間感知情形下的分析了。在「史性」描述這裡，「事件」不能不是孤立的，其本身的「自然時間感」在大多數闡釋者那裡一般是視而不見或是忽略不計的。單個「事件」的「史性」描述的潛在參照（指未進入敘述的其他相關或不相關的事件）雖然與其相伴始終，但這種參照的實際作用卻在慣性操作中無形被縮減為零——既對敘述指向無定向作用，也在結構上起不到修正功能。「事件」的「史性」描述，作為文學批評的一個類型，在這裡依然看不到「史」的觀念的獨立，看不到新的「史」的時間的生成，「事件」為主的概念推衍並未被置換，經驗世

界的「時間」及其過程，依然制約著文學史敘述的總體面貌。

因此，我這樣認為，所謂文學史的可能性或可信性，必得仰賴文學事件進入新的敘述時間，這一時間生成的內部結構，來自於文本之前的「史」的觀念。對於所有過去式的「文學事件」，其文本必須是一種新的「歷史敘事」。其「真實」，不是返回經驗世界，而是超越其上，達到學理層面的可靠性。

二

我先驗地認為，文學史的「史學理念」應當是一個規範的、具有恆定性的且容易掌握運用的東西。它當然不是「玄學」，但也絕不是任何個體經驗的日常化水平裡所能涵育生發的。誠然，「事實」或「事件」對於理解它無疑是重要的，但卻遠非唯一——即一般意義上的土壤、母體關係。其實，它關聯著「歷史是什麼」這類本體性追問。在敘事學那裡，「歷史」已沒有了我們傳統所賦予的那些神聖，而是和人的生命過程中所遭逢到的其他因素一樣，是可以言說的、並且是可以隨便地言說。「歷史敘事」與「敘述歷史」在這裡是同樣事件的兩種表達而已。「歷史」是可以寫作的，而不只是非冠以「編纂」不可。對於分析哲學來說，正如維特根斯坦所直言地那樣，歷史或一切與歷史有關的難題，並不存在，而是我們製造出來的。人的主體性進入寫作的敘事狀態其實已被剝奪了，即現在的「語言」成為人的主體性賴以外現的不可選擇的唯一方式。「藝術是純粹的直覺」——這已經告知藝術世界或事件之間的「時間性」並不能用集體感知的「時間性」來界說。海德格爾聲稱「語言是存在的家園」，這裡面隱含著對「歷史」的懷疑。何以「語言」獲此從未有過的信任感呢？其實是看透了莊嚴的歷史都只能以多變的、無定性的「語言」作為基本的建築材料。當人們被維特根斯坦提出的「全部哲學就是語言

批判」的命題所震驚的時候，而繼之又在他對「用法」「語境」「家族相似」等一系列論述面前不得不陷入沉思。其實，我們在上文中列出的問題，無不與敘述歷史的「語言」有關。「語言」是死的符號，但如何排列它的思維方式卻應當是活的。而長期以來，死的思維方式使語言變成了死而又死的東西。結果當然是可悲的──語言只是屈居於歷史創造的角落裡，它只能被創造，而無以更新自身。為此它成為單一的描述工具。其實，語言具有無限地創造自身的可能，任何敘述包括文學史的敘述，都應當伴隨著對它的這種創造潛能的最大限度的關注。「史」的生成過程應當是「語言性」的，上文提到的「理念」，也首先應當在這裡體認。

文學史的「史學理念」，我的意思是指稱一種「歷史哲學」層面上的態度，或是對「文學事件」進行處理的思維方式。這種「史學理念」的優勢在於，它從一開始就對人們的自然生活的經驗世界提出懷疑，並且這種質疑伴隨敘述的始終從而有效地避免向經驗性的「時間框架」投降。這是建立「文學史」「時間秩序」的必要前提。以質疑的態度面對「文學事件」，其作用力點並不黏滯於眼前的「文學事件」上，而是文學史整體本身。我們所有治史者必須不斷重複地向自己、也是向「敘述」提出以下這樣的問題：

一、什麼是「史」？

二、文學成為「史」的可能性是什麼？在哪裡？

三、所謂被「歷史」命名或命名為「史」的東西都可信麼？我們的「敘述」如何「取信於民」？

四、我們能始終相信被我們的「語言」所描述的「史」麼？我們有哪些隱在的假設需要交待？這些假設是否是建立在經驗的共同性上的？

五、「史」在寫作中，是一種「轉述」、還是「重建」？重建的「史」的「語言性」邊界在哪裡？

……

　　提出這些問題並不妨礙「史」的寫作，而關鍵是我們是否以為自己是在「寫作」。當我們把自己打扮成「歷史真實」的真正見證者的時候，這些問題當然是不存在的，可是這些問題會在讀者那裡冒出來。顯然，當自我之「信」與讀者「非信」形成張力時，上述問題就不可避免了。嚴格地說，「史」的寫作是應當避免上述張力的，然而避免的途徑不能是神化或聖化自己的「歷史」寫作，而只能是回到歷史可以寫作的觀點上。

　　當我們面對「史」的時候，「史」在人們這裡可能呈現為這樣的兩種狀態：一種眼光是「史」是一種超驗而又與我們的經驗相重合的「真在」，我們很難看到或看清它，但它卻不是「無」，這種「有」卻又呈現為無需證偽或難以證偽的「原概念」的存在物。人們走進它的能力是極有限的，也許只會接近，而永遠難以走進。對這種「原在」，人們為「史」的寫作提出的任務是注釋，使它邏輯化、合法化，從而與人們意識之中已有的「物」的話語事實合類，即在寫作的語言操作中，使「史」的「超驗性」與人們感知的「史」的生活之跡合而為一，從而走向「信」與「被信」。因為這樣的「原在」已有確指（其實概念在這裡已被經驗物化，所以也是確指），故爾，「史」的架構必然是一種「邏各斯崇拜」式的「價值證明」狀態。確指之「物」的時間性是不容懷疑的，並且形成「價值證明」狀態的內在秩序。價值證明過程和價值釐定標準的倫理化（即對生活的還原或對現在價值性體認），從一開始就使「史」的注釋活動與意識形態保持一種親近關係，「文學事件」的原生秩序與事件周遭「語境」的意識形態化，自然會以共謀的形式，在「還原」的旗幟下佔領「敘述」高地。這種「史」的敘述只有也只能選擇「熱敘述」，即「歷史」寫作主體對外在利益共同體的認同。誠然，寫作變成一種描述，並不說明個人的主體性消失了，而是主體性以另一種方式——即共同主體性來

替代。為此,「史」的寫作個性或個性敘述就只能成為一種共同敘事,其「史」性也就難以存在。一九四九年以來有關中國現當代文學的史述著作,絕大多數屬於此類。

「史」呈給人們的另一種狀態是:「時間」的過去和「歷史」,只是一大堆並無必然聯繫的「語言」事件,只是在思維中串起這些語言事件僅僅也只能算是第一步的工作,而更為重要的是以「史學理念」統馭下的「史的時間」打磨並重建,建立新的連接方式和狀態,並使這種連接方式成為人們可以自由進入的「闡釋空間」。在這裡,「史」始終被看成是讓語言敘述出來的並無確證的一種「人為」地存在,即「語言是歷史的存在家園」。「語言」的主體性在治史者看來是不可改變的。人的主體性與前種價值釐定式的主體性差異,體現為一種努力——「歷史」在語言的承載中具有多種被闡釋的可能。

以上兩種狀態都有賴於對「歷史記憶」的自我生成。所謂的「歷史記憶」是指留存下來的一切可以讓後人作為體認「過去」存在的狀態的材料,它既包括文字的,也當然包括實物的及其它種種。

把「史」作為超驗的「原在價值」顯現過程的治史者,他在尋覓中所期望的是「還原歷史」,種種努力體現了對由於種種原因而被遮蔽掉的真實圖景或事件原貌的不懈探尋,以冀走向「歷史腹地」。但是,「還原意欲」本身就來自於質疑。「還原」過程其實也可以看作是質疑的過程——值得注意的是,質疑並不僅僅針對材料,還有按照原有材料形成的結構、「時間性」等,並於此過程中必然形成新的「歷史理念」,即原有的「時間性」被撐破了。但這需要對「歷史記憶」進行選擇——也必然滲透著自始至終的選擇。問題是,「歷史記憶」(即資料、歷史文件等)的特殊性會影響到價值尋覓。對「歷史記憶」的自我生成,在選擇之外同時又是一種「轉述」(我再次強調轉述)。「歷史記憶」本身之於我們的感覺已是一種經過「語言」(主要是記載)的「轉述」,「還原」過程中使用者對它們的運作(包括發

掘、補充、對比、重讀）也一樣是「轉述」——而且形成「轉述之轉述」，這一「二度轉述」，必然因「歷史事件」的天然「語言性」而在治史者使用中增值或減值。因為「轉述」既不可避免，又無可奈何，所以「歷史記憶」的增值或減值也是必然地不可改變。我以為，主體性就體現在這「增」或「減」中。二〇〇〇年倍受關注的兩部當代文學史著述——洪子誠先生的《中國當代文學史》與陳思和先生的《中國當代文學史教程》，前者期慕走進「歷史的深處」，所發現的是文學在「體制」語境中的「新狀態」，從而使「體制」上升為論著的「歷史哲學」理念——但時間重組並未做到。它依然難以避免這樣的質疑：無論如何，「深處」或「腹地」的歷史存在，仍舊是被語言照亮的懸浮物，「轉述」與「選擇」的不可避免，使「史」的生成必然帶有極明顯的個體性特徵。如此，其「可信性」同樣會遭到挑戰。在洪著中，「歷史記憶」體現為對以往「時間性」的縱向深探，通過「轉述」與「選擇」，托出一種不曾為人看重的制約結構的「歷史理念」。陳著則採用「換血」的方式（即更換「歷史記憶」），把暗物推置前臺，讓邊緣存在物成為歷史舞臺的中心意象，這跡近於創造一種新的「歷史記憶」，我們姑且不論它大膽捨棄「主流」「中心」及種種不可或略的影響因素給著述所帶來的偏頗，而以「民間」概念為核心也未能建立「歷史」的「時間性」，從傳統意義上說，其「可信性」更值得懷疑。「歷史記憶」在「轉述」過程中的增值或減值現象，在文學發展的過程之中是屢見不鮮的，尤其是當「文學事件」的「史化」是在當事人尚還健在的情況下進行的時候，治史者所面臨的「歷史記憶」的選擇局面就更為複雜——因為活著的當事人會不斷地連續性的在新的語境之中製造「歷史記憶」，加上研究者和媒體「連蒙帶猜」的介入甚而炒作，這種種都可能使「歷史記憶」日益遠離「原在」、走向「虛構」。如果治史者刻意把當事人的「回憶」當作「文學事件」的真相因素加以使用，那結果是不言而喻的。比如中國現代文學

史上對「左聯」的回憶，尤其是對魯迅與所有和他有過「糾葛」的作家之間關係的研究，都充滿著上述「不可信性」。

事實上，文學史的寫作就充滿了這樣的悖論：「歷史」在人們意識中作為一種超驗的又是「物性」的存在特性，不但已經生成，而且彷彿不可改變。但任何當事人對「物性」的回憶或者以回憶方式對「歷史」「物性」的再現，都可能造成「歷史記憶」的「移植」。我們何以判斷哪一個更真實呢？因為「語言」所導致的「回憶」的變異性使我們無法判斷。一九四九年以後，有關中國現代文學、當代文學的許多種「史」本，之所以「雷同」，除了意識形態的制約之外，並不是「抄襲」所致，而是「歷史記憶」的「移植」所致。

三

以上的論證只是想說明，所謂「歷史真實」、所謂「信史」，都只有當它被認定為是一種敘述策略時，才是有意義的。所謂「治史」，以文學而言，不但貫穿著主體的選擇、「轉述」、接受「移植」從而使「史述」滲透著濃濃的個人性，而且對「文學事件」的「歷史化」處理，也只能是治史者以自我的知識系統與解讀方式對它進行界定的過程。「歷史寫作」的原則性也許就在這裡。治史與其它類型的文學創作一樣，「虛構」是不可避免的。它是一種寫作，一種以別人的言說為主體對象的寫作，其「創造性」體現在對言說材料的自我邏輯化處理與取捨、認知、闡釋，體現為這一邏輯展開過程中形而上「歷史哲學理念」的生成與傳播。把「信史」（我們傳統中的「歷史哲學理念」，並以「秉筆直書」提出了對治史者心態與理性的要求）作為一種境界顯然沒有太大的意義，而且它難以成為一種境界——因語言纏繞，它永遠具有烏托邦性質。

我以為，對於治史者來說，治「史」首先是一種對「歷史原在」

或「歷史」真有「真實」的「假定」的認可，並承認這種「假定」在「事件」歷史化過程中的可行性。為此，任何文學史，尤其是中國現代文學、當代文學，把握其「歷史」進程的理念似乎這樣定位更加合適：把「史」看成是一種「思維方式」（區別於文學創作、文學批評）或方法論，承認這種「寫作」有一些先在的約定的規矩，時刻惦記著這種「寫作」所面對的對象性質（言說材料）與純粹的文學創作所面對的對象的差異性，在選擇、闡釋與重整「時間關係」上體現其形而上理論的創造性，使「史」的呈現成為知識份子權力資源不斷外化的一個過程，成為知識份子在以文學為生命展開的方式中不斷認識自我、實施關懷的過程。

文學史的「史料」、「闡釋」、「價值」
——關於中國現代文學研究中文獻問題的理論思考

　　在文學研究過程中，研究主體對研究對象相關歷史文獻資料的廣泛搜求與佔有，一般被看做是最基礎的工作和研究主體需要時時遵循的基本規則。這一點，既是學界的共識，也是每一個學術主體理應具備的常識。研究者對文獻資料的搜求當然是盡可能做到既全又細，對此，只要研究者肯下一番苦、笨功夫是不難達到的。而佔有的情形則無疑要複雜些。就我個人的膚淺理解，真正的佔有，除了全面擁有研究對象的文獻資料（搜求、整理、甄別、考證及其最後的確認）之外，更重要的是對具體文獻資料之功能的精確分析與把握，即感悟文獻、確定文獻被使用的途徑以及文獻的闡釋可能性等。絕大多數研究者所進行的文獻收集與整理，都有一個預置的學術目標：或是就對象原有的問題進行質疑引申，或是從新的視角實施別樣的理解，或是依據某種理論模式展開新的探討等等，凡此種種，不一而足。然而，值得我們特別注意的是，在實際研究過程中，不同研究者面對同一對象所設定的學術目標，其差異是既細微又複雜的。此種情形，若從研究主體對文獻的價值訴求方面分析，大致可以分為兩類：一類是「真相還原」的需要，一類是理論闡釋的需要。前者多體現在有關作家傳記的研究寫作之中；後者則大量集中於研究者在不同的時代語境驅使下對同一對象所進行的不斷趨新的價值闡釋裡面——很顯然，在這一類主要由研究者的闡釋所構成的文獻中，其闡釋過程對以往文獻的選擇使用，無疑具有著鮮明的主體色彩。正是這些不同的研究者對同一對

象不斷闡釋的積累，才形成了研究對象的研究歷史。就中國現代文學研究領域而言，如果我們有意去探查每一個特定對象的研究史就不難發現，在研究史形成過程裡，許多文獻被不斷地重複使用，並且不斷地生成著新的價值。無疑這說明了文獻具有著多種被闡釋而產生價值的可能性。同時又正是文獻價值的可能性空間被不斷地打開，致使文獻的功能亦發生連續性的變異，這一切均影響並促動著文獻的價值屬性發生變化——即文獻的價值，在被使用過程中對自身的陳述性功能的依賴日益弱化，而研究者借助於某種理論模式對文獻的重新結構，不但使那些大家都非常熟悉的文獻資料具有了新的功能，而且在新的價值系統中被賦予了新的生命。文獻原本那些似乎是天經地義能夠證明對象歷史真相的作用被淡化，它們的價值狀態亦由此不斷被挪移到由時代語境所制約的修辭體系之中。研究主體對文獻的使用，也因此呈現為一種修辭行為。我以為，文獻與修辭的關係，便會產生一系列我們不得不思考的有關文獻的理論問題。

就中國現代文學學科來說，比如，文獻可以不可以進行類型的畫分？有關類型的理念應當怎樣確定？再比如，文獻的價值生成，是來源於由自身「陳述性質」所決定的「自生產」，還是更仰賴於被修辭化處理的「被生產」？在文學研究的實際過程裡，理論（闡釋模式）與文獻的關係究竟是怎樣的？

一　文獻的分類問題

提出文獻的分類問題，不僅僅是因為我們常常感到特定研究對象其大量相關文獻在內容方面的一般性差異，更多的是看到在文獻被使用過程中所呈現的功能差異，尤其是文獻進入不同的修辭語境、理論結構而產生的價值變異以及文獻價值被不斷「再生產」的可能性等方面。所以，我們提出這個問題，不是針對文獻作為靜態時的客觀狀

態，而是針對文獻之於實踐時的種種情況。這是我們對文獻進行類型畫分的立足點。考察文學研究實際過程中文獻的使用情況，我們能夠發現，一個特定對象的相關文獻，一部分是常常被用來說明特定對象的客觀屬性、存在狀態及對象在物性生產過程中的相關屬性方面的，這些文獻指稱的是「是什麼」。就作家來說，比如作家的家譜資料、作家年譜、創作年表、作家自述、日記和見證作家的人士回憶中的那些陳述性的文字，有關作家的客觀報導，作品的發表、出版以及與之相關的即時性的各類文字等。這些文獻無疑都具有著「即時見證」性質，如照相一般，紀錄、陳述是其基本的價值屬性。它對於作家、作品的考證功能，對復原對象的歷史面目，確認制約作家修辭行為的時代語境等有著不可替代的作用。我把這一類的文獻稱之為「硬性史料」。

　　第二類，我稱之為「軟性史料」，主要是指那些非陳述性的、對包括作家作品在內的審美歷史現象進行價值判斷的解讀性資料。由於研究者是基於一定的站位和立場實施分析，雖然眾多的研究者總是把追求真實作為目標，但是，因其所依托理論的有限性和不能不進行的價值判斷又每每與其真實的目標難以吻合——這是研究主體常常遭遇到的、又難以擺脫的困境。不過，也正是這樣，才使得同一對象有了被歷代研究者不斷進行闡釋的可能性。我們看到，種種新的闡釋與價值結論總要被超越，所有的價值都只是、也只能是過程性。在這樣的境遇中，作為生命體的對象，其生命的延展過程其實就是研究主體藉助於某種理論對其進行闡釋的過程。在接力賽般的闡釋競走裡，研究對象的生命形態發生著悄悄的、連續不斷的變化，它在日益遠離其最初由相關文獻、史料所形成的歷史氛圍，逐步呈現為一種被懸置的狀態，從而由原來的特定對象（指由一種視野所鎖定的狀態）演變為一個完全的闡釋對象（被不斷闡釋的狀態）。特定對象與不同時代文化語境之間的連續性「遇合」，對象價值空間不斷增大的可能性（這種

可能性具體表現為同一研究對象在眾多研究者那裡其價值性質的巨大
差異性），我以為，這正是研究者假藉某種理論或棲身於某個角度而
對研究對象所進行的修辭化結果。研究對象的價值的確亦愈來愈仰賴
於由某種理論所建構起來的邏輯語境，而不是由歷史陳述形成的事實
語境。正是由於如此，所以，這一類分析性文獻的價值內涵不但常常
游離於對象之外，並且日益向思維層面靠攏，研究價值最終體現為研
究主體在思維層面上的超越性。學術界常常強調的研究者要掌握第一
手資料、原始資料等，顯然是注意到了這一類文獻有可能形成對研究
對象原初歷史面目的屏蔽危險。如何看待這一類文獻資料，是一個值
得思考的問題。

二　文獻的價值及其生產過程

　　一般認為，文獻的價值應體現為它與研究對象之間或直接或間接
的相互說明的關係。這種判斷裡面有一點值得我們注意，即文獻和對
象的價值是在二者的關係狀態中被呈現的。若粗略畫分，文獻與研究
對象之間的關係狀態有兩種基本類型：一是天然的關係，是指那些以
客觀地陳述直接說明對象的材料；另一種是結構的關係，是指那些與
特定對象相關的材料被研究主體選擇之後納入某一框架之後產生的關
係。這兩類關係的差異是明顯的。處於天然關係狀態中的文獻，因為
是陳述，話語功能主要體現為說明。所以，它對於理論闡述邏輯的適
應性是極其有限的。而在結構關係當中，文獻所突出的是它被靈活選
擇的一面，文獻對所有的闡釋結構都是開放的。這說明，文獻是在被
使用中擁有價值的，即它的價值是「被生產」出來的，文獻的價值離
開使用過程便無從認定。在文獻價值的生產過程中，文獻被研究者所
引用是一個重要的環節。引用文獻其作用大致不外乎兩種情況，既是
為了顯示研究者對研究對象的了解與熟悉程度，也是為了凸現問題、

解釋與回答問題。但我們於此想深究的是，研究者的問題與其所引用的文獻間到底是一種怎樣的關係？我以為這不是一個可以不證自明的問題。有這樣一種認識是比較普遍的：研究者在同時面對問題與文獻史料時，總是不自覺地認為其問題是從文獻中得來的，或說是被提煉出來的。文獻史料是學術問題產生的基礎與土壤，離開了前者，後者也就無從談起。問題與文獻史料的關係，在這樣的認知框架裡形成了似乎是很清晰的隸屬關係。其實，實際的狀況並非如此。首先是，那些已為廣大研究者所熟知的文獻史料是不可能自動產生新問題的。問題是被新的中介者的研究主體所發現的。能夠在大家所熟知的文獻史料中發現新問題，是因為研究主體的問題意識框架發生了變化，他所藉助的新的理論資料，賦予已有的文獻以新的生命，問題也就自然產生了。如果我們進一步深入思考，還會發現更加令人震驚的現象：其實早在研究主體擁有新的理論資料的那一刻，新的學術問題就已經產生了，只是這些問題藉助於文獻資料被得以具體化而已。問題與文獻隸屬關係的真相正在這裡。我們看到，當文獻在上述這樣的隸屬關係裡充當主導時，問題的價值是為了說明材料；反之，當問題被置於主角位置後，材料是被選擇的對象。材料的價值只能是為了問題的確立與完善而存在。從既往的研究歷史看，後一種情況居多──尤其是中國學術進入與國際對話的現代時空以來，已成為學術研究的主流。

　　文獻與問題之間隸屬關係的辨析，也同時衍生出一些連帶性問題：比如研究者對文獻史料的引用是如何進行的。我們通常所說的研究者對某一研究對象相關文獻資料的熟悉與掌握，不僅包括盡可能多的資料佔有，更強調研究者對文獻價值大小的評估與確認。這是引用的前提。但是，文獻價值的大小，並不單單取決於文獻資料被公開的程度，而是更多地受著時代語境與修辭可能性的制約。研究者在具體研究實踐中「能說什麼與不能說什麼」、「會說什麼與不會說什麼」、「會怎樣說與能說到什麼程度」等等，取決於研究主體對人類所積累

的理論闡釋資源的融會貫通、組合再生的能力。文獻在這一能力面前總是處於不斷被復活的狀態。研究主體的言說能力內在地制約著研究過程對文獻的引用狀態。引用使文獻史料產生價值，引用也無疑是一種選擇，而且又是先在的問題決定著選擇。此時我們就不難判斷，與其說任何引用之於對象的全部文獻而言都是不完整的，毋寧說引用從一開始就在有意地拒絕文獻史料的完整從而去完成問題的完整。這樣一來，特定學術對象的完整的文獻系統，就會在一個個不斷滋生的學術問題和不斷擴大的學術視野面前，被不斷地選擇、重組，甚至不免自主式地放大或縮小，形成文獻史料的運動狀態。我以為，這種狀態的出現正是中國學術進入現代以來由於理論資源不斷引入、強勢的理論話語對文獻史料不斷侵入的必然結果——不過，這並非全是負面影響。五四以來中國學術不斷發生的新變，大多由此玉成。

我通過這樣的辨析，是想說明「論從史出」和「以論帶史」兩種學術研究狀態在思維層面上的差異性與同一性，尤其是研究主體在文獻使用過程中的深層思維機制。任何企圖進行價值判斷的論述，都難以逾越研究者所使用的理論的局限與視角的屏蔽。學術研究的真正價值，也許不是為了客體的真實，而是為了展示人類智慧與思考的不斷增強的可能性。

三　理論（闡釋模式）與文獻的關係

理論（闡釋模式）與文獻的關係在上面談及問題與文獻史料的關係時已經涉及到了。這個問題的提出，是因為深刻地感覺到古今學術面貌及其方法、路數的巨大差異。有學者這樣指出：「中國思想傳統所具有的以感性為基調的詩性經驗思維方式，空靈有餘而邏輯力量不足，缺乏深入提問和精確解決問題的能力。正是這種思維方式導致中

國思想史創新不足。」[1]如果說中國古代先賢的學術活動裡應該是有著各種各樣方法的話，那麼，把這些方法與現代以來所產生的各種各樣的學術方法加以比較，我們就不難看出，中國古代的學術方法應當說是缺乏理論的體系性的——也就是說，這些方法並不是、也沒有離開具體的對象而具有充分的理論自足性。即使如已經相對完善的清代乾嘉學派，也並沒有做到這一點。中國古代的學術主流都是自覺或不自覺地把追求經典的真實性作為基本的學術目標——這一點至少在儒學的發展歷史上是清晰的。以「注」、「疏」為主的中國傳統學術，其「章句之學」從機制上並沒有為新理論的生長營造氛圍，騰出空間。辨析中國傳統學術的這一特徵，其實並不是為了比較中西或古今學術的優劣，而只是想指出，因為有了大量的西方理論資源的傳入及其中國化，才使得現代的中國學術產生了諸如理論與文獻史料的關係問題。任何理論無疑都是為著更加有效地解決問題而產生的，尤其是當某種理論是以自足、獨立的面目進入學術領域，學術問題的產生就有了三種可能：一是問題從文獻史料中來；二是發展的社會生活提出問題；三是問題被理論生成。據我自己看來，中國新時期以來文學研究領域的大量的學術問題，就是被不同的理論資源催孕而成的。比如中國文學的現代性問題等等，顯然，理論、文獻、生活在今天的文化語境裡已形成各自獨立的平等關係，就它們在激活學術、誘導創新等方面的功能而言，它們的作用已難分軒輊。在學風已呈浮躁之弊的今天，推重文獻學之於中國現代文學學科建設的直接作用，無疑具有重要意義。不過，亦應對科學研究中的「資料主義」保持必要的警惕。

1　崔平：〈從詩性走向方法——中國傳統思維的當代改造任務〉，《河北學刊》2004年第4期。

「中國現代文學」與「中國當代文學」研究狀態之比較

　　自二十世紀七〇年代末以來,「中國現代文學」和「中國當代文學」的研究,可視為一個相對完整的歷史階段。毋庸置疑,在這一歷史階段裡,「中國現代文學研究」和「中國當代文學研究」都取得了長足的進步和明顯的成績。從對這些成績的具體分析裡我們感到,這一歷史時期上述諸領域的研究,不僅構成了與它們自身「研究歷史」的明顯差異性,同時,其與「中國古代文學研究」、「外國文學研究」的區別也更加突出。當然,這些方面都是容易被人意識到的。我們所要關注的問題是,「中國現代文學」和「中國當代文學」各自學科獨立性的強化,究竟與這一時期它們各自的研究進程有著怎樣的關係?「中國現代文學」和「中國當代文學」在新時期的研究歷史是否可以輕易地被置於「二十世紀中國文學」的框架裡從而在實際上抹平二者之間的大小不一的差異?「中國現代文學研究」與「中國當代文學研究」,在這一歷史時期裡的關係屬性究竟該如何認識等等,對這些問題的集中深入的辨析,無疑將有助於「中國現代文學研究」和「中國當代文學研究」的前探與創新。

　　筆者以為,新時期以來這兩個領域的研究,總體上呈現為「世紀視角」與「階段視角」、「一體化」思維與「分期」思維的張力關係。兩個領域之間的包容——間離、遮蔽——共生、交錯——層分等複雜狀態,都是過去的研究歷史中未曾有過的現象。「中國現代文學研

究」和「中國當代文學研究」在新時期初期、八〇年代中期至九〇年代前期、九〇年中後期以來的三個不同階段裡所擁有的不同的話語權力，不但造成了上述複雜性狀況，而且也蘊含著研究主體思維變遷的豐富性。從中我們看到了這一時期時代文化語境的劇烈變化對「中國現代文學研究」和「中國當代文學研究」整體性學術面貌的強大影響。

我們擬通過對「中國現代文學研究」和「中國當代文學研究」在以上三個不同階段的比較分析，對上述複雜性做一些初步的探討。

一　新時期初期「中國現代文學研究」與「中國當代文學研究」狀況之比較

就新時期初期中國上層建築整體而言，文藝領域是最早進入歷史「轉折」的領域。這一點突出體現在這一時期的「文藝批判」和「文學創作」方面。「把被顛倒的歷史顛倒過來」的思維狀態與價值取向，直接而赤裸地呈露出對文革前歷史存在的崇奉與膜拜。時代的「新」內涵是以「當下」與「文革時期」的異質性為根本性的界畫依據。不論是把「文革時期」作為「反動」時代還是「廢墟」，這一言說策略所要強調的無非是有關「當下」——包括文藝事業在內的現實的合理性與超越性方面。如果我們把「新時期文學」視為一個審美歷史的新的建構過程，那末，這一時期那些直接針對「文革」激進主義文藝觀念的大規模且過量重複的「批判」，其實並不意味著「新時期文學」歷史建構的真正開始，而是文藝對時代政治的直接回應。在這一以普遍認同方式所體現的回應裡，文藝獲得了一些簡單的承諾和有限的寬容空間。「文學創作」以其「寫實」品格和感性特徵，贏得了時人（包括絕大多數研究者在內）普遍而集中的關注。洪子誠這樣說過：「在我的印象裡，在八〇年代甚至九〇年代初，學校的老師、學生，大都把熱情投到對文學現狀的關注上，他們撰寫的文章、遞交的

論文大多和現時的文學現象有關。」[1]「在八○──九○年代（至少
是到九○年代初）許多有才氣的人更願意做文學批評和現狀研究。
『文革』結束之後，跟蹤、把握當前的文學現象，發現有價值的文學
現象和作家作品，確實比研究當代文學史更具有挑戰性更刺激，似乎
也更有學術含量，當然也容易產生社會效應。」[2]不可否認的事實
是，包括文學研究在內的整個文藝領域，對文學的「當下」狀態的關
注居於壓倒一切的位置。甚至可以這樣認為，新時期「二十世紀中國
文學」的研究，也許正是在這一對「新時期文學」當下創作的關注裡
邁出了第一步。有論者在梳理二十世紀中國現代文學研究史時這樣評
述：「文革結束後，黨的實事求是優良傳統的恢復和發揚，是學術研
究的凍土一夜化解為百花盛開的園地，中國現代文學的研究事業也飛
快地向縱深發展，並呈現出前所未有的格局和規模。」「概括地說，
它有以下幾大特質。一、思想的解放和觀念的更新使這一研究領域空
前活躍。這種解放和更新的標誌首先是從文學藝術與政治關係的重新
討論和解釋開始的，關於文藝與政治關係的『從屬論』的逐步打破，
乃是人們在人數上的一次質的飛躍。並引發起強大的連續性的衝擊
波。從而在這一領域衝破不少研究禁區，極大地拓展了研究視野。其
次，有關藝術規律及文學本體論的提出與討論，也使研究本身從單一
的社會學研究模式中解放出來，開始重視文學內在發展規律及其美學
意義上的深層探討和觀照，從而使研究工作向更深的層次推進。」[3]
以上這種認識是具有普遍性的，相近的表達很多──比如有學者這樣
描述：「《中國現代文學史》學科渡過了危機時期，進入二十世紀八○
年代喜逢大發展良機，思想解放運動和科學創新潮流形成的巨大衝擊

1　洪子誠：〈我們為何猶豫不決〉，《南方文壇》2002年第4期，頁20。

2　洪子誠：〈近年的當代文學史研究〉，《鄭州大學學報》2001年第2期，頁56。

3　徐瑞岳主編：《中國現代文學研究史綱》（南京市：江蘇教育出版社，2001年6月），
　　頁5-6。

和穿透力，打開了文人學者和詩人作家的心理障壁和思維定勢，潛在能量和創造激情得到空前的高揚，落實到中國現代文學史研究和書寫上，除了繼續堅持本學科創建期形成的學科範式，理念，發揚那些經過實踐檢驗是正確的學術傳統，使中國現代文學史學科建設更加科學化、規範化，取得前所未有的豐碩喜人的研究成果之外，與此同時，研究者和編纂者以積極開拓、銳意創新勇於探索的精神對中國現代文學史領域作了多方位的勘察，對學科的發展和建設作了深入的思考。而這些勘察與思考集中到一點就是要突破既成的《中國現代文學史》學科規範與學科意識，重構一個更開放更科學更完整更深廣的學科觀念和學科格局。」[4]如何對新時期文學創作的價值屬性進行定位，是文學研究界首先面臨的一個重要問題。人們找到的答案是，「新時期文學」是「革命現實主義傳統」的恢復，是向「十七年」文學格局的「回歸」，甚至是五四以來革命文藝傳統的繼承與光大。李揚曾在有關論著中指出：「對『十七年文學』與『文革文學』的『盲視』，幾乎成了八○年代以來的『當代文學史』與『二十世紀中國文學史』研究中的一個顯著的特點。」「盲視」的前提和結果都導向「即『新時期文學』『接續』了被中斷了數十年的五四文學傳統，使文學擺脫了政治的束縛，使文學回到了『文學』自身」。[5]不可忽視的是，問題的另一面也逐漸明朗起來：此時，在文學研究界以「新時期文學」為主體對象的話語潮流中，為確證新時期文學合理性而被「抽象」提及的「十七年文學」，並未得到充分的研究。這使得「十七年文學」的存在價值進一步走向「曖昧」，它彷彿成了「新時期文學」的影子。我以為，這正是此時「中國當代文學研究」的基本境況。其實，「新時期文學」與「十七年文學」的互證，一方面固然為「新時期文學」的

4　朱德發：〈「中國現代文學史」學科的反思與突破〉，《東岳論叢》2002年第1期，頁78。

5　李揚：〈中國當代文學史筆談〉，《文學評論》2001年第2期，頁5。

合法性提供了不少的理由，但「十七年文學」的先置合理性終究會受到質疑。研究界有意把「十七年文學」與「新時期文學」在價值屬性上聯為一體，以及對當下文學創作在「反思」維度上有意無意地和文革前文學歷史的有意牽扯，都不同程度地持續削弱了「十七年文學」存在的歷史品性，遲滯了它的歷史價值的真正實現。

　　這一階段的「中國現代文學研究」，由於其作為對象的歷史品性的相對成熟，它相比於「中國當代文學研究」而言，卻在短時間內迅速完成了自身的「撥亂反正」，步入相對純淨的學術研究境地。不過這種情形是短暫而有限的──此時的「中國現代文學研究」也還無力擺脫時代文化語境對自身的制約，「中國現代文學研究」與「中國當代文學研究」（尤其是和「新時期文學」之間）它們之間的確呈現為前所未有的「夾纏」關係。當「中國現代文學研究」在「革命現實主義」範疇之中與「中國當代文學研究」（此時「新時期文學批評」實際上已成為「中國當代文學研究」的替代）發生關聯時，既催生了試圖把「中國現代文學」和「中國當代文學」進行「一體化」處理的思維萌芽，同時卻也強化了它們之間的學科界限。在這一階段裡，人們對於「新時期文學」的空前熱情，不僅使「十七年文學」（包括「文革文學」）的被遮蔽具有了某些合理理由，也迫使「中國現代文學研究」充任為闡釋「新時期文學」價值的「歷史資源」和證人角色。學術界在簡單比較中所形成的關於「新時期文學」對「中國現代文學」已實現了某種超越的普遍認識，印證了五四以來所流行的簡單「進化論」意識對文學研究的內在規約。在這裡需要特別提請注意的是，雖然此時在「進化論」意識牽導下的有關「中國現代文學」、「中國當代文學」的「一體化」思考，其基本動機是指向對「新時期文學」價值的論證，但由於呈現這一動機的效果卻需在歷史的溯源中完成，所以，對「中國現代文學」施以重新思考的重要性與必要性日益凸顯出來。「中國現代文學」、「中國當代文學」（其中「十七年文學」和「文

革文學」是有很大差別的）其客觀存在的與研究主體的時空距離，顯然影響了人們對「中國現代文學」、「中國當代文學」學科性的畫分與認識。就它們作為研究的主體對象在當時之於文學研究格局和話語的主導性而言，「中國現代文學研究」和「中國當代文學研究」所據位置的悄悄變化和其學術可能性的日益增大的差別，使「中國現代文學研究」的重要性自此開始了持續走高的過程。

二　八〇年代中期至九〇年代前期的比較

八〇年代中期至九〇年代前期這一歷史階段，是「中國現代文學研究」和「中國當代文學研究」（僅指「十七年文學」研究和「新時期文學」研究）在共同繁榮中開始出現重大變化的重要時期。「中國現代文學研究」的快速推進和深入展開，使它在二十世紀中國文學研究格局中逐步走向主導，「中國現代文學研究」在被人們日益推重裡越來越具有了「元話語」身份。與此同時，「中國當代文學研究」整體中的「新時期文學研究」步入巔峰狀態，但中國當代文學的重要構成部分——「十七年文學」的研究卻日漸冷寂，作為整體的中國當代文學的各個不同歷史階段被關注的「差異性」異常突出。此種情形，大大影響了人文學科界和文學研究界對中國當代文學作為「學科」的「學科性」和「科學性」的認同與首肯，「中國當代文學研究」日益陷入難堪的「危機」之中，二十世紀中國文學研究的「學科等級」開始出現。我們看到這樣的事實：經過前一階段，「新時期文學」（尤其是創作方面）在當下的快速發展和它之與「十七年文學」比較時已具「超越」的「表象」，似乎已完成了與「中國現代文學」淵源關係的接續——從某種意義上說，許多人正是通過對當下文學的痴迷從而完成了對「中國現代文學」潛在價值的認同。有論者這樣評說：「是的，從有新文學以來，或新中國建立以來，可有過什麼時候

曾像這短短六年，湧現過這麼多文學出版物、文學期刊？發表過這麼多詩歌、散文、小說、戲劇和評論？開拓這麼廣闊的生活題材？塑造過這麼多種多樣的人物形象？呈現過這麼多豐富多彩的形式和風格？活躍過這麼多興旺的、簡直燦若繁星的作家隊伍呢？」新時期文學「作為新中國文學的繼續，作為社會主義文學在七〇年代和八〇年代之交的復興，它所取得的成績，從許多領域和方面看，超過了建國初的十七年。這就使得整個社會主義時期的文學，在中國新文學六十年的歷史上，佔有十分重要的地位。」文學的「新時期」「不僅是我國社會主義文學最繁榮的時期，也是六十年來我國新文學發展最為波瀾壯闊的時期，而且還是文學在反映現實題材描寫人物典型、開拓形式和風格等方面，道路最為寬廣的時期。」[6]茅盾也說道：「三十年來，我們的作家隊伍是大大的壯大了，湧現了『風華正茂』的第二代、第三代新人，他們的作品，無論在數量、質量和題材上面，都大大超過了解放以前。」[7]「中國現代文學研究」的全方位深入，又進一步以自身的豐富性外拓話語空間，其主導性地位得以確立並日益得到鞏固。「中國現代文學」的神聖性得到普遍尊崇，其在二十世紀中國文學整體構成中的正統性得到學術界持續有效的論證，「中國現代文學正統論」亦在迅速普及中變為學術常識。「五四文學」、「三〇年代文學」、「新時期文學」、「國統區[*]文學」、「解放區文學」、「十七年文學」、「文革文學」等這樣的排序，實際上已經形成了此時中國現當代文學研究界的「等級」意識。「學科等級」的普遍默認，使其後的二十世紀中國文學研究出現了許多問題。問題之一就是，「中國現代文學」的價值，日益走向過度闡釋狀態。

6　《新時期文學六年》（北京市：中國社會科學出版社，1985年1月），頁6、7。

7　〈序〉，《中國當代文學研究資料叢書》（濟南市：山東大學出版社，1990年4月），第1期。

*　編按：指國共內戰時期之「國民政府統治區」。下文不另附註說明。

三　九〇年代中期至今的比較

　　九〇年代中期至今，「中國現代文學研究」的「弱衰」之勢已日益明顯，對「中國現代文學」研究史的「返觀」與「回望」逐漸成為研究主體的一種愈來愈普遍化的姿態。「我們的學科：已經不再年輕，正在走向成熟」的學科判斷得到了人們的認可。回望之中的「中國現代文學研究」所產生的諸多問題，更多的是與這一學科的「研究過程」而非是與這一學科的「研究對象」聯繫在一起的。樊駿早在一九九四年就深刻地意識到：對於「中國現代文學學科」，「從長遠看，還需要從整個中國文學的歷史發展重新考慮學科的名稱、歸屬、範圍與界定等問題。它們都不同程度地具有重新建構學科的性質，是一項事關全局的重大任務。」[8]作為「中國當代文學」一部分的「新時期文學」，無論是創作還是「批評」，亦在商業化時代諸多因素合力作用下的文化大分化中風光不再。而令人驚喜的是，新時期以來長期遭受「中國現代文學研究」和「新時期文學批評」雙重屏蔽的「十七年文學研究」卻出現了大面積的「回暖」現象。誠然，這一現象的出現，是與國外有關「十七年文學」研究成果之於大陸的學術影響難以分開的。不過在我看來，毋寧說是更多地受到了由於這一時期中國大陸學術資料的不斷更新而形成的嶄新的文化語境的啟迪。西方後現代理論中的「差異性原則」的普遍接受，文學類型學術研究視野的拓展，以及隨著當下社會轉型逐步深入過程中「十七年文學」、「文革文學」歷史品格的生成與凝定等等，也都是「十七年文學研究」崛起的重要的結構性因素。與此同時，為數不少的研究者已經意識到「中國現代文

8　原載《中國現代文學研究叢刊》1995年2期，轉引自樊駿：《中國現代文學論集》
　　（北京市：人民文學出版社，2006年2月），上冊，頁515。

學研究」中，由於對某些方面或對象的過度闡釋所形成的「神聖性」
與「平庸性」交合而成的混沌性特徵，並且這一特徵日益走向明顯化
狀態。已經被歷史化的「中國現代文學」，其在以往二十世紀中國文
學研究歷史裡所形成的被普遍崇奉的「正統地位」開始受到質疑，它
作為「中國當代文學」價值判斷的唯一性也被逐漸淡化。「中國當代
文學」研究界對於「當代文學」自身的「發生」「生成」的溯源探
究，其實並不僅僅只是指向對中國當代文學源頭的重新勘察和其「上
限」的重新界畫，而重要的是試圖通過這一搜尋過程確立自身的學科
獨立性。比如我們注意到這樣一些事實：研究界在探討「中國當代文
學」的「發生」問題時，對「十七年文學」和「解放區文學」之間的
關係，表現出普遍的關注熱情。從表面上看，「十七年文學」和「解
放區文學」發生關聯，無論是就其語境的一致性，還是文藝理念的前
後接續，似乎都是容易被人們所感知的。其實問題並不這樣簡單，
「中國當代文學」朝向「解放區文學」的溯源指認，一方面表達了
「中國當代文學」研究界急於把自身從「五四文學正統論」所制約的
研究格局中獨立出來的焦慮，同時另一方面，也暗示出意欲消除長期
以來「中國當代文學研究」一直被「中國現代文學研究」和「新時期
文學批評」雙重屏蔽的尷尬處境。被解放的「中國當代文學研究」在
這一時期煥發出前所未有的活力──比如，從「發生學」角度對「中
國當代文學」之於「解放區文學」、「三〇年代左翼文學」之間關係的
深入探討，對「十七年文學」歷史的一些重要文學事件面目的復原、
對「歷史細節」的深入挖掘、對八〇年代「經典」作品和重要現象的
重新審視、關於中國當代文學各個時段與時代文化語境之間特殊性的
關注等等，這些方面的深入探討，極大地促動著中國當代文學學科獨
立性的確立，同時也使中國當代文學學科變得更加豐富、更加有趣。
尤其是二十世紀末以來，「文化研究」理論思維及其方法論因素的普
遍滲入，中國當代文學學科的「對象性」在這些思維的映照下其價值

和意義的許多方面得以凸顯，學術成果的「文化含量」持續加大，「中國當代文學研究」的學術品格得到了大幅度提升。

　　凡此種種情形，與其說是對「中國現代文學」研究的衝擊與挑戰，毋寧說是激勵與啟迪。

　　最近幾年，文學學科整體性被邊緣化的持續發展，使得「中國現代文學研究」和「中國當代文學研究」擁有了更多的相似性困境和自身發展的難題。學術規範的強調以及在實際操作過程中向「古典」與「國際化」方向的有意訴求，隱約呈露出兩個學科「學科性」被弱化的多方面的可能性。「中國現代文學」研究領域彷彿已進入苦苦尋覓「問題」的境地。作為中國當代文學一部分的「新時期文學」研究，由於深受「傳媒批評」的騷擾與滲透而越來越多地增加著「時評」色彩，其對文學研究的影響已遠遠不如八〇年代。以「十七年」「文革」和「八〇年代」為主要對象的中國當代文學的「史學」研究，也在「問題」的泛化和對複雜性的熱衷所造成的思維定勢裡，其目的性發生著令人憂慮的游離。這些無疑都是值得我們思考與研究的。在我看來，「中國現代文學研究」和「中國當代文學研究」，從來還沒有像今天這樣必須面對和回答這樣的問題：即學科的活力與品格，是取決於對它們「歷史」價值的強調，還是其「思想價值」的闡釋？

現代中國文學發展的審美內涵和結構輪廓

　　任何社會運動的最終體現都將轉化為某種具有恆定性質的文化形態——這一命題，如果放在近百年來中國社會歷史發展中來考察，其確定性便顯得尤為突出。有階級存在的人類社會階段，其內在發展機制對政治作為社會前進槓桿的依賴性，決定著歷史主要的或核心內容是，以政治革命（包括改革、改良在內）為外在表現形態的民族生活歷程。而且，每一次政治革命的積極成果，都將導致革命所轄區域的人民，在運用物質產品和精神產品兩方面的活動方式或多或少、或大或小地變化。換一句話說，即政治性社會改造運動必將導致民族文化整體構成與結構形態的相應改變。如上所說，歷史（即政治性社會運動）和文化（民族群體和個體的活動方式）這兩個範疇，就在人及其屬性對上述二者的相互延納下而發生聯繫。在悠長的時空發展中，歷史與文化便產生多種多樣的關係模式，並在歷史必然趨勢、異質文化參照系統及社會整體運動的時代特性等因素刺激作用下，由穩態的順向、協同、並行的關係形態，演化為逆向、對峙、悖性的選擇關係形態。在中華民族的近代歷程上，歷史與文化的雙向對逆選擇發展，成為一種基本的模式，即，歷史與文化在順應時代的同構中既矛盾又統一的辯證互補關係，致使它們二者在矛盾中所呈現出來的多異性表現形態。關鍵在於，社會發展到某一時刻，歷史與文化都各自發展成為相互獨立，但又有千絲萬縷聯繫的自足、自控範疇。它們各自在獨立

過程中所形成的歷史淵源、未來指向、價值取捨及凝結的經驗和對生活實踐的作用等等，都有其嚴格的、別物無法替代的閾限。這樣一來，以政治革命、經濟起飛為具體內容的歷史範疇和以人們利用物質產品、精神產品活動方式為具體內容的文化範疇，由於社會主體的選擇，它們彼此之間的聯繫開始趨向淡化。自身的獨立價值相應得到強化、突出。在兩個範疇裡互為參照，時常發生衝撞和友好地「聯姻」，自身構成了對方進行選擇的一個重要對象。

　　穩態的文化結構與常常變動不居的歷史結構，當它們共同來到人這一主體之身尋找更新自己契機的時候，人不僅沒有在此獲取選擇的自由，反而被束縛住，不得不依照上述兩種結構的既定發展邏輯，規範自己的實踐活動，左右著人們的價值評判、是非臧否，或委身事之，或棄之而遁。就整個審美活動而言，這一外在因素的影響，便介入人們的形象思維領域，很直接地制約著人們對審美感情的投放位置，對審美方式的功利選擇，對審美目的的時代確立以及審美實踐活動的具體把握——中國二十世紀以來文學發展的審美內涵和結構輪廓，也許可以在這樣的角度，尋找到它能夠被重新闡釋的新空間和新的價值 體系。

　　文學史，只有進入整個民族的文明建構歷史，或文化選擇、重構過程，方才得其歸宿。為此，筆者想在下文，就中國二十世紀以來的歷史與文化雙向對逆選擇範疇，對以文學為主的審美活動及其成果，做一番極其粗略的重新檢視。

一

　　十九世紀中葉之前的中國，由大一統專制社會而形成的大一統的文化結構，是一個基本的歷史事實。但是，這一專制文化的僵死性、腐朽性、保守性與殘酷性，卻並未首先在文化自身表現出來。也就是

說，除了少數賢能智士之外，既定文化在人們心目中的地位依然富有神聖意味。來自於歷代農民起義而形成的民族反抗傳統及其抗爭意識，每每使一切社會的反叛行為，終始如一的指向執政者，即統治階級的政體本身，至少旁涉到當朝者所實施的一切內外政策。「君昏官貪」，既是「官逼民反」的誘發因素，也成為「替天行道」的理由和達到「君明官廉」的反抗歸宿。甚至可以說，中國歷史上數百次農民起義，鮮有把整個專制封建體制賴以存在的文化做為自己改造的對象。只有十九世紀中葉的太平天國革命是個例外。他們不僅提出了政治平等、經濟平等、民族平等、男女平等的四大政治主張，而且還相應在意識形態領域，對封建主義的思想文化，進行了激烈的掃蕩。曾國藩說的太平天國將「舉數千年禮教人倫詩書典則一旦掃地以盡」，「乃開闢以來名教之奇變」就是明證。[1]太平天國要打倒佛、道，要清除孔孟之道，絕不是什麼復仇心理對文化帶來的破壞，而是基於對封建文化的清醒認識。即「其惑人同於僧道」，「推勘妖魔作怪之由，總追究孔丘教人之書多錯」。[2]但是，隨著它的失敗，「這次變革將給這個國家的文明帶來極其重要的結果」[3]的偉大預言，便具有極其深刻的含義。即他們具有資產階級色彩的文化重構，因歷史選擇的失敗而中途夭折。這僅僅只屬於例外。在中華民族數千年的漫長歷史中，似乎都在確證一個荒謬的理念：造成君昏官貪、世世代代民不聊生的主要根源，僅僅只是統治階級的「禮崩樂壞」，僅僅是因「廢先王之道」，不施仁政所致。缺乏對階級對立歷史存在的更加深入的文化式思考，致使民族的反抗意識只能夠做一次又一次的單向機械重複，對統治階級殘酷政體的表面否定，始終未能進入對文化改造的基礎層次。因而，二十世紀之前的民族反叛意識和批判意識，並不具備徹底

1　〈討粵匪檄〉，轉引自《中國近代文藝思想論稿》。

2　同引自《中國近代文藝思想論稿》。

3　馬克思：《中國革命和歐洲革命》。

性。政權形式的簡單替換與大一統既定文化傳統始終存在著矛盾。而矛盾雙方的衝突結果，常常只能以政權對既定文化的投降而告終。每一次農民起義用鮮血換來的勝利果實，便漸漸在這一文化的「醬缸」裡發霉變質，完成農民政權向封建專制政權的過渡。文化戰勝了歷史（政治），周而復始，延及數千年。重複了幾千年的這一歷史情形說明，歷史對文化的改造，主體對傳統的懷疑、否定，在沒有異質文化參照的情況下，是難以完成的。

　　這一慘痛的由文化扼殺歷史的時代，隨著十九世紀的結束，二十世紀的開始而宣告結束。在中西文化的大規模現代衝突中，既定的文化開始被人大膽懷疑，並進行了由局部到整體，由表現形態到文化心理，由淺入深的持久性批判。從這個角度說，自十九世紀四〇年代至二十世紀四〇年代延續了近百年的民族屈辱歷史，正是中華民族在政治、經濟直至文化各個領域全面覺醒的歷史。自現代以來，文化成為國人思索的核心命題，而中西文化比較則是憂國憂民之士探索其奧秘的基本手段。帝國主義的侵略，一方面威脅著民族的生存安全，另一方面也從文化角度加重著民族文化自身的危機感。巫術咒語終被洋槍洋炮所敗，天子之尊總不能和失敗者同時並存。武力所顯示的經濟強盛，必然有其相應的文化結構做為基礎──民族的思考範疇擴展至此，不僅是歷史的進步，也是文化的絕大進步。這時在思想領域裡展開的「道器」、「本末」、「體用」的爭辯，實質上就體現了頑固派、洋務派和資產階級改良派等利益集團面對時代而進行的文化選擇，是一場文化爭鬥。自此開始，基於嚴峻的現實，中西文化的表面的比較和研究，已經上升為對民族未來命運孜孜關切的神聖地位。異質文化的破門而入，使人們首先調整了對曩者既定文化的情感態度。態度轉換的標誌之一，是承認了華夏文化以外的異質文化的存在權力，儘管這種認識和轉變伴隨著極度痛苦。針對文化頑固派們「綱常實千古不易」的態度，洋務派們則提出了西方「器」利，而中國「道」勝的觀

點，這就是「中體西用」的最初來源。從「師夷之技」到「以夷制夷」，從「道」中「器」而到「中體西用」再到「西學中源」，由物質實用層次開其端，最終還得進入實質性的，也是最痛苦的層次；中西文化價值的現代比較！也就是說，既定文化的價值是什麼？其存在理由有哪些？中國的未來將以何種文化做為基調？生活在既定傳統文化中的中華民族對異質文化應持有什麼樣的態度？對既定文化改造的途徑是什麼？傳統文化在造就民族歷史的弊害是什麼？保證民族繼續生存下去的文化心態應該是怎樣的模式？

　　回答上述問題，離不開對國民精神構成的深入剖析——這幾乎成為晚清封建時代激進派和早期資產階級民主派的共同心理和對文化批判的共同價值取向。自近代以來，魏源、龔自珍、林則徐、馮桂芬、洪秀全、洪仁玕、王韜、馬建忠、鄭觀應、康有為、梁啟超、譚嗣同、嚴復、章太炎等人，在他們的著作裡，對中華民族的國民性、既定文化弊害做了大量論述。「民心」、「民性」、「民情」、「開民智」、「振民德」、「鼓民力」等，是他們在中西文化比較中提出的重要概念，並建立了與西方相通的、具有現代意味的人文主義思想。龔自珍說得最為有力：「天地人造，眾人自造，非聖人所造。……眾人之宰，非道非極，自名曰我。」強烈的個性色彩，本身就是對封建文化的批判。延及孫中山、鄒容、陳天華等人，當時，民族危機日趨深化，圖新求變的呼喚，等待著實際的革命行動。然而，既定文化所造成的國民心理的懶惰、畏怯、麻木、愚頑、渙散，便凸現為實現革命的最大障礙。他們在全力展開政治活動的同時，也不得不花費很大精力從事文化發蒙。儘管在此，歷史的首要任務是推翻封建清王朝，但要完成這一前無古人的偉大革命，必須有文化上的革命結伴而行。文化存在對歷史選擇進程的制約，發揮著越來越大的影響——這被辛亥革命後的中國現實所證明。辛亥革命勝利果實的輕易喪失，復闢醜劇的接連上演，與其說是資產階級政治上的不徹底性所致，不如說是他

們對文化選擇的相對漠視所造成更為深刻。大一統的既定文化及其載體，輕而易舉地將一場空前的歷史運動消融了。

　　「五四」運動之前半個多世紀的近代中國歷史進程，用鮮血和失敗一次又一次地把文化與歷史相互作用的結果呈現給人們。歷史運動與文化運動並行中所具有的恆性矛盾性質，開始被人們認識到了。陳獨秀在〈吾人最後之覺悟〉裡曾一針見血地指出：「吾人果欲於政治上採用共和立憲制，復欲於倫理上保守綱常階級制，以收新舊調和之效，自家衝撞，此絕對不可能之事。蓋共和立憲制，以獨立、平等、自由為原則，與綱常階級制絕對不可相容之物，存其一必廢其一」。因此「剖擊孔子，非剖擊孔子之本身，乃剖擊孔子為歷代君王所雕塑之偶像的權威也」；「乃剖擊專制政治之靈魂也」（李大釗〈自然的倫理觀與孔子〉）不改變文化結構，任何歷史運動都將導致實質上的失敗。歷史的、政治的選擇，不經由文化這一中介，不對這一中介進行合目的性的長期、堅決地改造，將會因文化選擇的人為中斷而使歷史選擇毫無結果。歷史運動因各種原因及對文化漠視的不徹底性，也許在當時其危險性並不怎樣突出，但一旦到了某個特定時刻，必將延緩整個歷史進程。辛亥革命是一例，民主革命勝利後發生的「文革」又是一例。

　　歷史推出了文化選擇、重構的命題，時代也把這一命題置於剛剛萌芽的中國現代文學面前。

二

　　相比於中國近代第一批「睜眼看世界」的先驅們，二十世紀初葉的民主激進份子，在對文化的審視、剖析方面，則表現了更為內在的、強烈的自覺性與責任感。他們不再拘宥於西方「船堅炮利」的直觀認識和比較，從而導致一昧強調物質上的社會改革——因為，隨著

「師夷之技」成果之一北洋艦隊的覆滅，失敗的教訓促使人們重新思考。這就導致了自現代以來中西文化比較進入第二階段：即由物質層次轉入教育、思想與科學層次。這一轉變的最積極成果，便是大批中國青年先後進入域外異邦留學，開始了西方文明對民族文化主體的直接改造和薰陶。中華民族基於慘痛失敗而對西方物質的畏懼式崇拜，轉變為對西方科學技術與社會文化的真理式崇拜。「科學救國」、「教育救國」，便是一代民族精英致力於振興中華的理想聚焦點。以文學界為例，胡適早年留學美國，是計畫學習農業科學的，只是後來才轉到哲學與文學上來。徐志摩抵達西歐，是學習經濟。魯迅、郭沫若則熱衷於醫學科學。而師承祖國清代小學傳統的劉半農，在北京大學因不堪於那些留洋歸來的教授們的譏諷和嘲弄，不得不在一九二五年赴法攻取學位。做為「教育救國」論終身實踐者蔡元培，雖然出洋的初衷與上述幾位庶幾一樣，但他回國之後的教育實踐，則大大突破了「教育救國」的狹窄單一。「兼容並包」的辦學方針，直接使北京大學成為中西文化直面交鋒的場所。為以後的「五四」新文化運動，培養了人材，釀造了環境。可以說，蔡元培是自近代以來中西文化衝撞中由第一階段導入第二階段的關鍵性過渡人物。但是，大家很清楚，崇尚科學，教育救國，需要一個自上而下的安定的統一的社會環境。沒有政治的順向作用，一切都只能是幻想而已——這在戊戌變法時已被確證了。然而，當時軍閥混戰，國無寧日，封建文化在割據的現實環境裡得以強化。沒有政權就沒有一切，這就是中國人民近百年來內憂外患而得出的最後結論！十月革命之後政治學說的大量湧入，正是這一自覺認識的文化表現形態。至此開始，文化選擇被歷史選擇所牽導。急於改變中國破敗腐朽現狀的仁人志士們，把一腔熱情和獻身豪氣，無私地、義無反顧地奉獻給政治。陳獨秀、李大釗也正是從此時起，疏遠文學而把主要精力投放到社會活動中。

　　「五四」高潮中文化選擇的政治側重，實際上就埋下了「五四」

過後新文化統一戰線的分裂因素。從現有的文學史料我們可以看到，文學改革或革命，都只是陳獨秀、李大釗、胡適等人謀圖政治改革的前奏或手段而已。相對於上述這些人，現代文學的旗手魯迅，對社會的直接式政治熱情，則表現得更為深沉。在文化選擇和歷史選擇兩大時代課題同時呈現在國人面前之時，惟有魯迅一人，在文化選擇的道路上向縱深挺進——以從未有過的自覺、苛刻、嚴峻和頑強，對傳統文化及其載體開始了毫不留情地全面批判。從留學日本對國民性問題的研究，到一九一八年《狂人日記》的發表，前後十幾年。可以說，只有魯迅一人，進行著對民族文化的整體結構研究。也正是這一點，構成了魯迅精神和魯迅影響整個現代文學進程的全部基礎。自近代以來就日趨需要、日趨強烈、日趨頻繁和深化的文化選擇運動，不僅改變了人們對既定文化全部存在的傳統態度，而且調撥著民族先進份子對文化傳統進行時代剖析的價值視角和切入角度：文化本體不再僅僅以正統文化為存在母體，而是把傳統文化的載體和主要受害者——普通人民做為本體對象和範疇。「民心」、「民性」到「國民性」，正是這一選擇中產生的富有恆久生命力的文化概念。從清末改革派直至魯迅及今日「尋根派」，對既定傳統文化越來越強烈、自覺的批判意識，正是中西文化在現代社會衝突中的積極成果。「五四」時代，是中國有史以來前無古人，後無來者的偉大時期。紛繁的學術之爭，激烈的選擇鬥爭，相互包容且又互不信任的爭鳴環境，本身就構成了歷史發展鏈條上一個極為獨特的文化環節。在這個環節上，沒有權威，只崇尚真理；淡漠功利，只求覓獲價值。每一種文化選擇方案都彷彿有其自己存在的合理性與發展的可能性，但同時都似乎包含著某種隱患和危險。這，正是當時歷史選擇的不定性所致，即被社會腐敗而激逗起來的改造激情，使得他們（先進份子）及廣大人民來不及審慎思索，便去附合一種學說。在社會這種情景下，歷史選擇與文化選擇第一次同時並舉，但也在並舉中產生悖性——即，改革現實所提出的政治要

求與引進的文化觀念之間產生巨大的落差。前者是一個理論問題，而後者只可能在完成這一政治實踐中才能實現。問題是，這一悖論並未發展到極至，即能夠自然轉換的時刻，就被歷史選擇無情左右了。而這一左右，將直接影響到二〇年代至三〇年代的文化選擇的歸屬，具體表現就是審美社會化過程中的直接功利的理性追求——這一點將在後文詳論，這裡暫且擱起。

　　「五四」時期，文化選擇的繁複性，必然形成了以白話代替文言的審美質變，文學的多元化時代也隨之來臨。從確立文學主體來講，周作人就有「人的文學」「平民的文學」的積極倡導，從文學的價值功能來說，李大釗呼籲文學的政治意義，陳獨秀更是標榜「文學革命」和「革命文學」，胡適則提出「文學的國語」，「國語的文學」，早期共產黨人也朦朧地提出了「第四階級」，即無產階級文學的設想。這一切都表明歷史選擇通過文化中介對審美選擇的直接影響。魯迅則與他們大不相同，他似乎有意避開對文學做任何直接定義和闡釋，而是直面現實，對文學描寫的主體——人，提出種種模式：「強人」，「超人」，「摩羅詩人」等等，都是他早期「立人」的標準，也是他寄托理想的完善人物，還可以看作是他對國民性問題的第一步思考。魯迅早年在他的著作中所崇奉的新人形象，這些新人形象所具備的素質，都是封建式文化環境所絕對不可能產生的，也是魯迅鼓勵民族與「劣根性」決裂的理想人格。但我們同時又不得不承認，由於這些人物尚不具備扭轉乾坤的氣魄和膽略，更缺乏「解民於倒懸」的思想體系，致使「主人」的理想只能流於空幻而已。任何英雄都無法一人承擔歷史賦予的重任，那麼，黑暗現實，腐敗政治的徹底根除，只有社會革命一途了。政治革命對現實產生的直接功用，不能不影響到那些關切人民疾苦的藝術創造者們。在他們所設想的社會理想模式和人生燦爛藍圖被殘酷現實無情粉碎之後，絕望之餘不得不趨從於歷史選擇。我們還想以魯迅為例，狂烈的〈吶喊〉之後，魯迅便隨即陷入

〈彷徨〉的、無所適從的人生困境之中。〈野草〉正是一個「偉大的民族思考者」，深沉「孤獨」情懷的抒情詩篇。魯迅在一九二四年左右的〈孤獨〉，並非僅僅是個人選擇的迷茫所致，而是歷史選擇與文化選擇產生悖性之後，審美實踐主體的困惑。魯迅所思考的不僅僅是民族在當時該走什麼樣道路的問題，而是民族在進入現代社會之中所應該具有怎樣的文化心態。他從辛亥革命的全部過程中深刻認識到，任何政治選擇都無法代替文化的獨立選擇。這也許就是〈藥〉這篇作品思想蘊含的潛在原因。我們可以看到，為了調和這種矛盾，審美創造者們進行了各種各樣的努力，設計了花樣繁多的治世模式。例如：許地山曾以宗教的寬容來回答社會；冰心、王統照卻是虔誠地認為，只有愛才能拯救中華。「鄉土文學派」的一群青年，在農村日益破敗的現實面前，只能自傷、自嘆、自悲、自艾。即使像劉半農這樣大膽，直率的現實主義者，也只能對「屋裡」、「屋外」的懸殊貧困做如實披露，而面對那「薄薄一層紙」也顯得無可奈何……這就是「五四」時期做為文化選擇主要表現形態的審美選擇──是那樣繁複多姿，而又那樣無力地不得不歸結於同一基調；是那樣真誠，又是那樣天真；是那樣實在，又是那樣虛幻難及。實際上，它反映了一批「五四」文化人在當時的無所適從。他們被西方文明和啟蒙號角喚醒，但一腔激情終歸無所附麗。他們的歷史角度對封建文化的不清醒認識，使他們的作品只能吟出哀傷、淒婉的小調，難以振聾發聵。他們的蒼白反襯出魯迅的堅實與偉大。對封建文化的叛逆心理和批判意識，使魯迅在前所未有的深度上，藉狂人之口，宣判了封建禮教的「吃人」罪惡，用整體象徵把封建文化及其載體置於被新的時代嚴峻審判的地位。於此一點就可以說，魯迅在「五四」時期，對文化選擇的極端方式，儘管表現形態不一樣，但與歷史選擇的趨向是完全一致的。他通過文學手段所勾畫的「新人」面目，是在對既定文化清醒的批判、否定意識中崛立起來，而不是西方文化的觀念化身──這正是魯迅與其

他「五四」作家的重要區別。

正如歷史選擇對封建政體所表現的態度一樣，魯迅所進行的文化選擇也是極端、激烈方式，即整體上的徹底打倒。具體表現在，魯迅不僅把矛頭指向統治階級，同時也把解剖刀伸向受奴役的人們，「哀其不幸」是面對現實人生的感情，而「怒其不爭」則是對現實人生歷史生成過程的理性反詰。民族文化的兩個主要載體──知識份子和農民，是魯迅全部小說創作中的主要描寫對象。在對知識份子和農民這兩個社會存在的價值判斷上，魯迅採用了完全相反的評判程序：在知識份子系列之中，魯迅最先著眼的是那些曾經勇敢投身於現實激流，而在社會冷寂狀態下的特殊的人生。如〈在酒樓上〉中的呂緯甫，〈孤獨者〉中的魏連殳、〈狂人日記〉中的「狂人」等，在這些人物身上，魯迅不僅寄予深切的同情，也為他們沒有完成自己的文化選擇發出深沉的慨嘆。是的，曾在「五四」時期領一時風流的知識界，幾年以後竟變得如此黯淡、頹廢、無力──知識份子在急風暴雨式的社會鬥爭中所表現出來的前後變化，不能不促使魯迅把知識份子納入歷史和文化範疇進行考察。〈高老夫子〉、〈白光〉、〈孔乙己〉裡的一類人物，就是呂緯甫、魏連殳們的歷史影子。尤其是高老夫子、四銘，集中體現了中西文化衝突中知識份子的畸形形象的本質特點。一如晚清資產階級改良運動時期堅決反對變法的頑固封建勢力一樣，他們一方面叫嚷：「今日之患，莫大於以西學亂聖人之道」，[4]「天下之大，不患無才，何必夷人，何必所事夷人！」但是另一方面這批頑固派卻以吸食西方輸入的鴉片為樂，以穿著洋布呢絨為榮，以搜集西方的鐘錶玩具為趣，文化歸屬上的虛偽性暴露無遺。正好體現了產生於「自大狂」的驕矜心理與「中體西用」的劣性。精神構成的封建結構，只能對外來文化的吸收，採用曲解的，為我的自私方式。在時代衝擊

4　同引自《中國近代文藝思想論稿》。

下，他們那隸屬於封建文化的自矜心理和自我肯定方式，只好藉助於
外來文化的色彩加以「裝飾」。這就是魯迅在文化大選擇時代浪潮中
對知識份子文化奴性和文化悲劇性格的深刻剖析。如果說，對於知識
份子，魯迅的審美態度是從同情於他們的現實人生起步而在最後達到
對傳統文化型知識份子的否定，這樣一個程序走來，那麼，對於農
民，則一開始就以犀利的筆觸刺破了他們精神上的膿瘡。阿Ｑ、愛
姑、祥林嫂、九斤老太、七斤大嫂、閏土⋯⋯以這個順序看來，批判
的色彩日趨淡化。這一方面反映了魯迅對農民階級認識的日益深化和
全面（其中當時時代政治對農民的褒揚對他也影響很大）。另方面也
表明他已由一開始殘酷的現實主義，轉向尋找造成農民這種可悲境地
的歷史性的文化原因。但是，農民做為民族文化的載體和農民在新的
時代裡的歷史選擇之間所潛生的矛盾，魯迅的作品並未涉及，或曰魯
迅並未曾意識到。他在後期，也趨奉於歷史選擇，對農民做為封建文
化的載體性質給予了寬容。有一個事實大家都可以看到：在魯迅的全
部雜文中絕少涉及農民。我們以這兩個人物系列中可以看出，對於既
定文化的兩個主要載體，魯迅批判的理性更側向知識界。

這就是說，魯迅在文化選擇中所堅持的獨立的批判態度，一旦和
當時中國革命的現實實際相接觸，也漸漸顯露出他自己的文化理想與
歷史選擇之間的悖性與矛盾。即，「五四」文化啟蒙時代所直接孕育
而成的兩大價值體系──文化價值體系和歷史（政治）價值體系，在
觀照同一對象時；其審美方式與審美內涵則大大相異。審美世界裡對
農民「劣根性」的批判，與政治現實中對農民「先鋒性」的倚重，便
在文化領域裡演化為衝突。而這一衝突，隨著現實階級鬥爭的直接
化、公開化，誘導著時代審美中的文化選擇指向向歷史選擇趨歸。

大革命以後直至中華人民共和國成立，歷史選擇對文化的單向功
利要求以及審美為實現這一要求而做出的全部努力，構成了自「五
四」以來，歷史、文化、審美三者互相選擇、認同的基本結構。文化

選擇的單一化，使中國自「五四」以來的現代審美選擇也日漸趨向單一。文化選擇和審美選擇被歷史選擇統一了去。使文化建設由於失去了多種選擇、多種途徑而埋下隱患，「文革」就是這一隱患的總爆發。

　　但是，上述三種選擇的大一統局面，在解放區以外的地區並未形成。如在國統區，封建政治與民主文化的衝突，開始以最激烈的方式展開（國民黨對左翼文人的殘酷圍剿）。審美領域裡的各種實驗，包括新感覺派、荒誕派、現代派、象徵派和現實主義文學，都似乎是五四審美多元化局面的延伸和發展。然而，這些審美實踐及審美成果中所包含的文化選擇，由於缺乏與社會歷史選擇可以溝通的中介，所以，始終沒有形成實現二者同向同構的轉換機制，於此而決定它們並不能進入民族的文化選擇而迅速被人遺忘。這是一個悲劇，它既是歷史與文化衝撞選擇的悲劇，又是這些文化選擇主體的悲劇——這一點最明顯地體現在「京派」大師周作人身上。儘管我們今天可以在歷史與邏輯的統一上，指點出他們審美實踐的文化意義，但由於它故意淡漠和捨棄審美對現實人生的功利作用，而無法對它予以更高層次上的肯定。

　　從二〇年代後期到五〇年代中期，歷史選擇儘管藉助於現實人生的迫切問題而統一了多元化的文化、審美選擇，但這一非自然性的統一，無法消弭二者一開始就存在的悖性與矛盾，而只是把它掩蓋了，隱匿了。如果民族在特定時代過去之後（指政權奪取過程）不能提供一個機會，讓文化繼續完成他們自然的、獨立的選擇過程，那麼，一旦遇有時機，矛盾就會顯化，衝突必將發生，釀成富有殘酷意味的報復，使歷史選擇不得不為長期的大一統付出代價。「文革」時代的文化觀念，便是這樣一種富有復仇意味的文化。

　　這就說明，儘管歷史選擇在非常時期內的社會階段上可以或完全必要行使自己的主導權力。然而，當這一歷史主導的必然性已形成社會體制之後，它必須立即把選擇的自由與寬容還給文化，從而使文化

選擇有一個相對獨立的發展階段，為歷史選擇的未來價值生成，提供更堅實、更寬廣的文化、精神基礎。與此同時，審美選擇也許可能在這一基礎的建設過程中，發揮自己對文化選擇與重構的多方面功能，使審美選擇在同歷史選擇走向一致的情況下，獲得文化意義。三者的協調，才能玉成一個全新的、現代的、民主而又自由的社會形態。

　　但是，自現代以來直至今天，由於歷史選擇與文化選擇的悖性矛盾始終沒有得到很好解決，所以，我們看到，文化總在不停地尋找契機，以期實現自己的獨立選擇。藝術審美也就在這一文化的尋覓中，艱難地延伸自己，發展自己，突破自己，重塑自己，批判和否定自己。歷史留給文學的恆久命題依然是：用自己特有的方式，去為文化選擇過程的獨立完成貢獻自身。

三

　　新時期文學一開始就從這裡起步。

　　我在論述這個階段之前，似乎總感到，世界上再沒有第二個民族把意識形態看得像我們這樣重要，以致長期以來，形成民族對一切社會存在和生活現象都要進行政治制定和歸類的思維劣性。細究起來，這也許與對馬克思主義經典作家關於生活和政治的論述，理解得過於偏頗、庸俗大有關係。尤其是當代以來，馬克思主義在中國歷史選擇中的偉大勝利，無形之中助長著人們對一切政治價值擁有的崇拜和神秘感。政治判斷似乎成為社會生活中所有價值評判體系最有權威，也最能解決問題的核心價值觀念。與此相適應，在新型意識形態的社會體制化過程中，政治價值判斷就成為統轄其他價值判斷的裁決力量——包括文化價值及其判斷。幾十年來，加之政治價值判斷激烈方式（運動）的此起彼伏，可以毫不誇張地說，中國現代思維形態的演變歷程，到「文革」之前，實際上就是從一般趨至極端的惡性發展歷

程，「政治中心觀念」，不僅使民族在精神上埋下危機感，也在現實生活實踐中製造種種悲劇。人們於內在與外顯兩方面都以保全自己的生存目的出發，而泯滅獨立意志，退回內心，提防著別人的攻擊，而時時又得做好攻擊別人的準備。大家可以想見，從五〇年代批《武訓傳》開始，至到「文革」對文化大掃蕩，莫不如是。在運動中，「政治中心觀念」所帶來的荒唐，更是比比皆是。一切文化遺跡被政治判為死刑，不得不毀於愚昧。

　　當然，我無心在這裡深入討論這一複雜而又棘手的絕大命題。只是想指出，現代中國的發展歷史，基本上是一部「政治中心觀念」不斷強化的歷史——這樣一來，我們今天回頭去看新時期文學時，就不會再為它一開始就在政治領域馳騁筆墨感到費解了。極「左」政治所強加給民族的悲劇，順理成章地促使廣大審美創造者們必須從政治角度首先切入以弄清它的全部荒謬所在。「傷痕文學」在總體構成上所具有的種種特徵：包括政治切入角度、審美價值的政治昇華、個人悲劇的政治尋索、人情、人性、人道主義失落的政治動因，以及主體在作品中所表現出來的政治化的審美激情和作品接受效應的單一政治渠道……無不說明，伴隨著社會結構長期改造而來的歷史選擇，已經形成了民族對生活進行觀照的泛政治化的「集體無意識」，並在政治反動時期過後，制約著新時代的審美創造和審美接受。新時期文學伊始，所有關於文藝真實性問題的討論，關於文藝與政治關係的討論，關於文藝的社會功利性和社會職能的討論，實際上都是後來提出「文藝不從屬於政治」這一根本命題的實戰演習，皆是把文藝從政治的畸形奴役下解放出來的外圍戰役，也是切切實實的理論努力。誠然了，新時期一開始披露傷痕的審美存在，也在很多方面為這一命題論證的逐步完成提供了事實。但是，在一開始，文學的理論研究和創作實踐的價值歸宿，並非自覺地指向這裡。也就是說，這個時期的審美創造，並非是主體自覺選擇的結果，即，不是為了某種文化目的。所有

作品的「政治中心觀念」，如上所述，依然制約著審美構成的整體格局，僅僅是用審美化的「理想政治」來反對「專制政治」罷了。明確地說，這一階段的文學，還沒有意識到自己所肩負的真正獨特使命，發展趨向和價值構成還未能和「五四」時代的文學命題——文化選擇銜接起來。整個「傷痕文學」階段，審美還處在文化選擇的門外。

回顧中國現代文學的開端，這一審美現象似曾相識。個人感情對往昔存在的憎惡，自然誘導人們把赤誠熱情奉獻給民族的歷史選擇上。本世紀二〇年代上下和八〇年代上下，現實以驚人地相似，把兩次歷史選擇擺在民族面前。正如「五四」之後，歷史選擇統一了文化、審美選擇一樣，新時期文學一開始，歷史選擇也在無意之中牽扯著審美選擇和發展的神經。文學，在現實時代的迫切任務面前，還沒有能夠記起自己在中華民族現代歷史中有待完成的任務——進入文化層次而為新時代的歷史選擇進行「土壤」改造。

在此需要說明的是，上述結論只是在把「傷痕文學」封閉起來之後得出的結論。但如果從歷史的發展來看，它又確確實實是新時期審美走向文化選擇格局的必有步驟。這是因為，它自身已具有了躍入文化選擇層次的潛在因素和機能。有下列幾方面可以得到說明。一，審美世界真實感的自覺性追求，本身就跡近於建立利於人性自由發展新型文化的未來方向；二，對歷史的嚴峻的、痛苦的政治性反思反芻和對歷史弊端的揭露，也為民族文化的整體反省提供了必要的心理條件和精神準備；三，對極「左」政治的否定式批判，這在歷史上看，也常常是文化批判與重構的先聲，也是促使文化選擇有一個健康歸宿的內在動力和保障；四，政治悲劇反芻中主體的甦醒，將做為中介，引導主體過渡到對自身文化構成的反省與警語；五，上述這一切的順利實現，將開拓一個輸入異質文化的可能性空間。正是從上述五方面我們認為，新時期文學的「傷痕階段」，已是民族審美進入文化選擇層次的叩門聲，儘管它只是基礎性工作。

　　八〇年代以後的文學發展，也確證了這一結論。文學以「反思」的哲學意蘊來界定範疇和價值，這在中華民族的文學史上還是第一次。「反思」時期中的審美實踐及其成果對民族文化提供了前所未有的新質。對歷史「傷痕」式批判中所呈現的文化取向和建構趨勢，已在這一自覺地歷史審思裡更加明顯化了。民族悲劇現實形態的消弭，使主體能在時代提供的異樣文化環境裡沉靜並有「意味」地進行思考。思考的途徑儘管多種多樣，但思考的對象卻只有一個，這就是：歷史！被「政治中心觀念」宰割了幾十年的歷史！結論歸宿也趨近一致——尋找悲劇產生的根源。

　　關鍵就在這裡，悲劇原因的尋根溯源，直接導致了思考領域的縱向延伸。人們已經普遍感到，「文革」能夠作出的回答，是貧乏的，必須到更遠的歷史時空中把握一切現實存在的邏輯必然性。我們看到，新時期文學在追求政治判斷的自然延伸中，也就不自然地切入了對文化的思考，即民族在歷史行程中，那導致政治異化的社會基礎——文化潛在原因是什麼。但這也僅僅是切近。這是因為在政治範疇裡進行文化定向是困難的，也是危險的。歷史已提供了許多失敗的例證。如中國十九世紀末資產階級改良運動就是如此。如果我們在此對前面所說的四點的演變做點描述，也就可以破譯新時期文學自八五年以來向文化靠近的奧秘所在。一，審美真實已不再是理論難題，而只是實踐問題，也就是說，真實做為藝術的生命已被藝術主體認可；真實向藝術提出的下一個命題是：如何才能達到更高程度的真實——本體真實，也就是歷史與邏輯相統一的真實。真實的生命究竟在社會生活的哪一個範疇裡獲得？真實的真正價值該做何界定；二，對歷史自覺的反思，已超越心理準備階段，而成為一種藝術意識，成為創造主體藝術機制的主導部分。這一機制的審美外化，將促使主體力排一切非審美手段，從民族生活的「原型」裡尋找現時一切存在的本源所在；三，以政治否定為動力的批判意識，已轉向更廣大的領域。它滲

透著熾烈的文化選擇和重構熱情。民族精神的政治分析及體系，已失去接受效應；政治可以說明一切、消融一切的時代已成為過去；四，悲劇性主體的甦醒，將以回視自身為起點。歷史反思開始轉入個體自省——因為自我反省的範疇只能在精神開始。那麼，既定文化對個體精神構成的影響問題，是個體自省首先要回答的；五，西方文化做為參照，已不再是理論比較，而化入社會，成為生活實在的衝突與較量。

這一切，主體與客體的變化，迅速推動著審美選擇靠近文化選擇格局。

從這個角度，我們再仔細分析一下新時期文學「反思」階段中的一批代表作品，將會有許多認識。《天雲山傳奇》、《犯人李銅鐘的故事》、《張鐵匠的羅曼史》、《芙蓉鎮》、《冬天裡的春天》、《本次列車終點》、《這是一片神奇的土地》、《今夜有暴風雪》、《風箏飄帶》、《蝴蝶》等，儘管看上去，依然沒有擺脫對歷史審思的政治視角，審美選擇在功能方面尚還局限在狹窄的現實主義範疇裡，但在這些「準歷史式」的篇章裡，已含有許多明顯的「春秋」筆法。僅說《天雲山傳奇》，儘管作品的表面邏輯是人物在反右鬥爭中的種種遭遇過程。但主要人物羅群、宋薇等人在逆境中精神的昇華和磨煉，即面對歷史的荒謬選擇而表現出的清醒的自我認識及堅定不移的生活信念，其本身就是一種文化現象——知識份子面對逆境時的人生態度和文化歸屬。同理，《犯人李銅鐘的故事》，把矛盾集中在信仰與生存的尖銳範疇裡。為了某種信念就要死亡，而生存下去就必須違忤「天規」，這是多麼嚴峻的考驗！它實際上早已超出了政治本身的承載限度，而成為某種生存掙扎。實在的生活慾求與虛偽的政治信條之間不可調和的矛盾性，在六〇年代那特定的情境下，逼著生活主人做出抉擇。李銅鐘與百姓毅然選擇了生存。他們首先要活下去，不惜以身殉「規」。作品描寫的顯然是一齣悲劇。但是，這裡的悲劇價值，不單單是「把美好撕破給人看」的古典含義，它是一場政治悲劇——歷史選擇的重大

失誤而造成的悲劇。作品從民族命運的高度對歷史做了嚴峻的剖析和審判。上述分析可以推出：歷史選擇的悲劇就隱約含有支撐這一選擇的文化悲劇意味——儘管這一點許多研究者沒有注意到，或許還有人對這一結論不以為然，但它確是深刻的。正如《芙蓉鎮》裡的主人公胡玉音及圍繞她而被生活作弄的那一群人一樣，他們在沒有可能實現自我價值的社會環境裡，文化對於他們來講，所能夠表現的只有人性、人情和人道主義——為了可憐的自由而觸犯「天規」。他們做為群體存在的政治色彩，要遠遠遜於他們做為單體存在的人性色彩，文化也就在這一強烈的對比中看到了自己的真正面目。他們在無法選擇的歷史環境裡，只有皈依傳統，去那裡安歇自己疲憊、可憐的靈魂。同時我們還可以看到，《芙蓉鎮》裡的風俗描寫——即文化的表現形態，與當時的歷史境況是多麼不協調啊！是否可以說，古華已在有意無意地揭示著以政治為核心的歷史選擇與實際生活的文化選擇之間的落差及其悖性呢？我以為可以這樣說。這種悖性矛盾，在特定時代氛圍中就可能導致整個民族嚴峻思考的文化趨向，可能導致文化選擇獨立時期的早日到來。另方面，就上述那些審美成果中所展示的歷史時空來講，文學描寫的觸角便在越來越遙遠的時空中展開。也自然引導人們把目光投向更加悠遠、也更加恆久的文化存在，把在「反思」伊始就漸漸建立起來的文化式自我省醒在審美選擇領域裡加以深化、強化、實際化。

　　也許正是在這個時候，由「反思」而建立起來的批判意識，使新時期文學中具有文化意義的審美選擇趨向多元化、多向化、多變化。這就是，時代要求所有的歷史反思，必須以自己緊迫而又實在的功利機能加入到對現實的改造上——加入到新時期的現實選擇中來。這也是當代文學中一個比較突出的文化現象。文學感應著社會改革的濤聲，也不斷推出體現新的歷史選擇的人物形象——文化主體。可以說，對既往歷史選擇的批判，對文化獨立選擇的靠近，對時代選擇的

大膽滲透和干預，構成了新時期審美選擇過程的絢爛多彩。文學試圖從現實、歷史、時代、未來、政治、經濟、文化、精神等各個方面來回答往昔遺留的疑難和預測未來的前途。喬光樸式的「勢如破竹」，傅連山式的「壯志未酬身先囚」，金鳳池式的「以毒攻毒」，李向南式的「勵精圖治」，以及解靜、牛宏、劉思佳等一批人物的悲歡離合，都可以在文化選擇的現實功能這一視角上找到相通之處。因為，八〇年代上下的中國對經濟的熱情，實質上表明對一種文化的內在從屬。

筆者常常在想，所謂「文化小說」何以在八〇年代中期迅速崛起而成為一種審美取捨的標準呢？除了審美自身發展規律的制約以外，還有一個歷史的制約。就是前面已論到的，自近代史開端以來，歷史就把文化選擇的絕大命題壓在了文學的肩上——這是在任何其他國家中都從未出現過的情況。文學在民主革命階段並沒有從容地、徹底地完成這一任務，即文化批判及文化重構沒有能夠成為一個過程並產生積極成果。其後果便導致了先進的國體只能危坐在已相當陳腐的封建文化墟地上。一次又一次悲劇，便在這一基礎中萌生，成長並爆發，阻礙著社會的迅速、健康發展。因為文化選擇並沒有伴隨著歷史選擇而同步獨立地進行，審美選擇也始終沒有成為文化選擇的獨特手段而取得自身的價值。歷史選擇長期的大一統局面，導致了現代以來文化選擇的斷裂——誠然，這一斷裂，在特定歷史時代中是必須的。但問題是，這一「斷裂」並沒有在時過境遷後得以彌補，致使中國的每一次嚴肅的政治運動都以滑稽告終。缺乏同質文化支撐的歷史選擇，一次又一次被既定文化所愚弄。「文化大革命」也就是「大革文化命」，文化選擇被迫停止。「陰謀文藝」、「幫派文藝」都是專制文化的產物。

自現代以來，中國文學有許多「歷時性」的共生現象令人深思：「五四」後期，革命和自由成為時尚，便有了「革命加戀愛」的審美；而八〇年代改革成為潮流，而「改革文學」應運而生。這說明了文學在歷史上沒有完成的，必會在以後重複。大致可以說，新時期文

學到了「改革文學」以後，才算開始了對文化選擇富有貢獻性的歷程。自此開始，新時期文學便正式地，大規模地把文化做為時代審美的價值指向和歸宿，有意甚至刻意在審美中追求可以包容社會一切存在的泛文化意義，獨立地而又嚴峻地讀寫起已中斷多年的文化選擇歷史。當然了文化選擇新生代的開始，是在新時期歷史選擇（以經濟開放和改革為主要標誌）定向之後正式起步的，如果說，「五四」時期和新時期這兩次大規模文化選擇、重構運動有所不同的話，那麼在審美選擇上就可以看得出來。即，新時期的歷史選擇、文化選擇和審美選擇較之「五四」，形成了比較合理的新型關係形態。歷史選擇並沒有在其社會體制化過程中使用強制手段對文化選擇、審美選擇實施統一。文化選擇在為未來提出理想模式的目的指導下開始獨立行事。而審美選擇做為文化選擇裡最活躍的因素，以自己的真誠為文化重塑提供信息，輸入活力。試舉農村題材創作為例，「政治」評價，已不像三〇年代那樣，是農民精神活動的思維中心。他們的生活態度和生存方式成為審美注意的重心。高曉聲筆下的李順大、陳奐生形象的文化價值，並不決定於他們在政治潮流中做了那些判斷，而是他們以怎樣的方式，為維護生存權力而掙扎。他們那充滿悲劇性的心態裡，更多積澱的是既定文化的遺留。賈平凹、鄭義、李杭育則比高曉聲進了一步。他們作品中的背景，純粹的政治色調沖淡多了，而有意鋪陳文化的色素，把農民置於以生活方式為具體內容的文化選擇之中，矛盾集中在由選擇帶來的痛苦和掙扎裡。《雞窩窪人家》裡兩對青年夫婦的離析組合，既表明他們對歷史做了清醒的反思，也是放眼未來的選擇結果。《臘月・正月》裡，韓玄子的悲劇，是矯情的專制文化在小人物身上體現出來的悲劇。作品結尾，他跪在墳前的可憐，托出了一種文化的日暮途窮。王才是站起來了，但還是那樣顫巍巍，他所需要的應是與他從事的經濟相適應的新型文化強心劑。鄭義在《老井》中，於歷史悲劇的回顧裡釀製時代主體進行選擇的凝重氣氛。歷史存在的

血腥、殘酷彷彿在向人們昭示：具有決定意義的選擇時刻到來了，悲劇和喜劇都可能在這一選擇中誕生。《老井》的筆觸是分外凝重的——是的，不能不凝重。當中國農民在現代史上走完了「花甲」之年之後，而擺在他們面前的還是選擇，這不能不說是悲劇式的歷史輪迴！

文化選擇的時代命題，促使新時期作家們不得不把農民做為文化存在加以審美觀照和審美處理，在這裡，審美選擇的價值取向一下子把作品主體的文化意義凸現了出來。

《棋王》的作品題材屬性，至今還是一個令人困惑的問題。它已不是習慣意義上的「知青體」格調。它所表現出來的文化觀念與其單薄的載體之間產生的矛盾，又使人不敢輕易把之畫歸「文化小說」之例。連作者本人也只好以「半文化」概之。從它題材屬性多義性這一點分析，一開始阿城並沒有把王一生僅僅看做是「知青」——只在特定時代中生活著的民族一員。而是把他當作民族文化的載體來使用，藉他與當時時代環境相異的生活情緒，生存方式而表現民族的恆性的人生態度。儘管王一生的價值昇華，沒有脫開功利的範疇，但昇華之前的一切活動，卻具有著超時代的「共時」文化意義。一名知青的活動範疇，已不再是從下鄉到返城的有限時空，而是整個民族的文化歷史。為此，他的性格只有到文化範疇界定才是。

接下來，韓少功幾個「怪」品一出現，首先說明，新時期文學經過十年，其審美選擇的文化格局已最後完成。作家們已不再對審美的文化內涵表示懷疑了。並且，有意地在現代與往昔兩個時空中，展開以批判為主的文化心理探索。他們採用中國式的現代審美手段，切進歷史與現實的各個方面。文化的所有因素如愛、恨、性等一時間成為對主體進行文化透視的主要方位。張潔、諶容近期作品的現實感，已具有了自不待言的歷史蘊含，早年的激情已化為今日的冷峻。一貫潔雅單純的王安憶，已把複雜的「愛」、「戀」做為主題。莫言在「高粱

地」裡，展示了殘酷的戰爭和銷魂的愛情的交織狀態。……集荒誕、奇詭、殘酷、崇高、卑瑣於一身的「神話」結構被採用，「新型現代神話」誕生了，審美世界裡所有的變形組合，都旨在重現民族的文化──心理結構原型，再現其原型在不同歷史時代所呈現的不同形態以及在現代文化觀照下的所有弊害。

　　從人這個角度說，時代和藝術已不再習慣於用階級的範疇來對人進行價值判定了。人類存在與其它一切自然存在的最根本的差異，即，「符號動物」和「符號化」過程，成為新時期以來審美創造中對人加以認識的基本視角。人的一切問題，包括人性、人情、人道主義等，是新時期文學進行文化選擇的審美出發點，也是這一選擇的價值歸宿──重鑄民族靈魂，重建民族文化心態。一如「五四」時代伊始就把大寫的「人」做為反叛的旗幟一樣，新時期完成著「五四」未竟的事業。如果我們把「五四」時期文學與今天剛剛走完十年歷程的新時期文學作一比較，就會看到許多問題。它們都有著同樣的歷史背景，都把封建文化做為自己革命的對象；都在人的自由層次上，以西方異質文化為參照對之進行深入批判。魯迅對封建文化及其歷史存在所給予的「吃人」判斷，對「摩羅詩人」的痴情呼喚；郭沫若那基於自我的否定、批判精神；郁達夫以「變態」方式向虛偽世俗的挑戰和示威，既表明了覺醒的中國人民對既定存在的現代式文化批判姿態，也明確表明他們面向未來的文化選擇趨向。「統統踏倒它！」──這就是覺醒的國人對既定存在的共同心聲和明朗態度。同樣的，新時期文學一開始對「十年文革」的荒謬悲劇的血淚控訴，意在使人們通過歷史悲劇的審美再體驗，強化悲劇感浸泡在現代批判意識，去自覺地、堅定不移地完成反封建任務。「五四」時代的每一個主題，每一個題材領域，每一種文學式樣，每一種社會思潮和藝術思潮，總之，「五四」時代所產生的所有的文化現象，都在新時期得以重現並迅速走向深化。文化選擇的重要性、不可替代性和其不可消融的獨立性，

在這一歷史的重現中已得到具體論證。

　　總上所述，我們可以說，中國自近代以來的文學審美歷程實質上是一個文化形態不斷選擇、不斷整合、愈來愈趨進於現代格局的文化選擇過程。文化選擇過程的歷史演變，構成了現代文學的基本結構輪廓。對傳統文化、文化心態的徹底否定、中西文化的比較以及二者在時代特定條件下不斷撞擊、融合、滲透、重構，構成了「五四」至今文學審美內容的基本意蘊。「五四」以來的文學，正是在這個意義上，為民族文化的現代化建設做出了傑出貢獻，也在此獲得世界性意義。

中國當代文學史的「歷史認識」
──以「十七年文學」的文學史敘述為例

　　「歷史」與[1]「知識」的關係問題是一個值得深入思考的重要問題。當人們在「歷史」之外檢視「知識」時,「知識」不確定的更易性及其可以對其分散處理的特性,是我們在使用知識時的普遍狀態。然而當我們把「知識」置於「歷史」的屬地上時,「知識」就會被「歷史」進行有序編排,與此同時「知識」與「歷史」日漸形成相互建構、彼此認同的聯盟關係──也正是在這裡,「歷史知識」擁有了高於其他知識的尊貴身份。這一情形,雖然屢屢受到諸如「新歷史主義」等觀念的衝擊,但至今依然是我們一般人對於「歷史知識」葆有敬意的重要緣由。正因為如此,我們所擁有的關於歷史的知識,總是自覺或不自覺地被當做某種「真理」,不斷建構著我們的「歷史認識」,並內化為我們分析、判斷和評價歷史現象時的預設視閾。久而久之,在此種被預設的思維方式中,許多個人的或主觀化的「歷史」成為元話語形態的知識被接受,並形成人們「前理解」的基礎。作為日益具有「史性」特徵的中國當代文學史,其學科主體性經歷了從不自覺到自覺的建構過程,同時也或隱或現地呈露出學科研究的困境與學科知識的板結。過分自以為是的宏觀敘述所形成的學科成規與知識

1　按照荷蘭歷史哲學家安可斯密特在《敘述的邏輯》的論述,我們可以把文學史敘述看作「敘述實體」。所謂「敘述實體」,是指敘述內容不僅包含有關過去的表現,還蘊含論述者在文學史中表現的關於過去的看法、觀點、立場,從而便有可能切斷以往權威歷史敘述與客觀歷史存在之間的武斷聯繫,而只將那些關於歷史的敘述理解為「敘述實體」。

共同體，限制了中國當代文學過程完成自身「歷史化」的可能。因此，當我們面對已經有六十年歷史的中國當代文學時，不得不反思這一學科在其歷史建構過程中出現的諸多「成見」，並盡快廓清中國當代文學作為一門「文學史」的「歷史面目」。筆者認為，當代文學的「歷史化」，關鍵在於研究主體如何選擇自身的歷史思維，而這恰恰是許多當代文學史研究者所忽略的「歷史認識論」問題。筆者將以「十七年文學」在文學史敘述中的變遷為例，從「歷史認識論」的角度觀照其「歷史化」過程，具體考察中國當代文學史在探索與突破的推進中，已顯現出新的困惑與滯塞及其解決的可能性。

一

　　回顧「十七年文學」在中國當代文學史的建構歷程，會發現其在中國當代文學史的整體敘述中呈現出「被壓抑──被激活──被固化」的歷史過程。隱身於這種進程背後的，是人們對於「十七年文學」整體思考和細部開掘的深入，更是人們歷史思維的悄然變化。如果輕易地將「十七年文學」表面的繁榮與「整體文學」或「文化研究」的當下語境相掛鈎，就無法對「十七年文學」的「歷史化」做出任何有益的認識。因為作為方法論的「文化研究」儘管是對於傳統歷史研究的一次深刻叛逆，但卻不是一種真正嚴肅的態度。因此，應當從「認識論」的角度勾勒「十七年文學」整體評價的歷史嬗變，具體考察在不同的歷史語境和歷史思維下研究主體對「十七年文學」的歷史認識。

　　「十七年文學」的最初敘述開始於「十七年」內部，並可以大致分為兩個階段。第一個階段即一九五九年至一九六一年，這一階段主要是以一九四九年「十年總結」的方式，對過去十年文學藝術發展的階段性評述，可以看成當代文學作為「史」的對象的初步成型，但許

多論述只是停留在現象層面，還不能稱為歷史經驗。第二個階段大致可以以一九六二年由華中師範學院中文系編著、科學出版社出版的《中國當代文學史稿》為標誌。[2]今天看來，這一部文學史在對「當代文學」的命名方式上是具有某種歷史意味的。雖然在當時，「一九四九年以後的文學是中國文學發展的更高階段」的判斷早就成為主流學界的共識，但是如何指稱這一新的文學階段卻只是停留在「新／舊」的空間思維當中。而這一時期編撰的文學史[3]中提出的「當代文學」，帶有「時段」的性質，其指向顯然具有歷史的眼光。在文學史的敘述層面上，它能夠明確地實現與「新文學」的斷裂，而指向一種更為純粹的「社會主義文學」的文學史版圖。這一階段，由於身處「十七年文學」的歷史現場而缺少必要的距離感，因而評述主體對「十七年文學」的敘述呈現出「當下性」和「批評化」的特徵。以《中國當代文學史稿》為例，其在敘述語氣上的「現場批判」取代了此前文學史敘述中的「歷史批判」。與一般史著的第三人稱過去時態的敘述口吻相異，《中國當代文學史稿》的敘述基本上採用第一人稱現在時態，具有文藝批評的當下性和鮮活性，卻遮蔽了歷史的「客觀性」。[4]在上述兩個階段內，「十七年文學」以原始經驗的形態存在，它還不具有「歷史形態」。由於它尚未進入歷史思維當中，沒有被置於個人或集體的意義體系內，我們還不能將它稱之為歷史經驗。因

2　可參見席揚：〈試論中國當代文學「史性」研究的生成與發展〉，《東南學術》2004年增刊。〈中國當代文學史研究中的幾個問題〉，《河北學刊》2009年第2期。〈論中國當代文學史研究的發生與發展〉，《中國現代文學研究叢刊》2008年第6期。〈文學經典的「生成」語境與「指認」困境──以「十七年」散文的文學史敘述變遷為例〉，《文史哲》2009年第3期等。

3　這一時期出版的當代文學史論著代表有：北大中文系文學專門化一九五五級學生集體編著：《中國現代文學史當代文學部分綱要（初稿）》，一九五九年內部鉛印；山東大學中文系師生集體編著：《中國當代文學史》（濟南市：山東人民出版社，1960年），上冊。

4　參見楊文軍：〈《中國當代文學史稿》的若干歷史信息〉，《長江學術》2009年第2期。

而，在「十七年文學」歷史化的過程中，應該謹慎地處理好這一歷史現場的各種蕪雜的信息，這是重返「十七年」的歷史起點，但卻不能被簡單地認定為是當代文學整體歷史化的邏輯起源。因為真正的「十七年文學」歷史化進程實際上開始於一九七〇年代末到一九八〇年代初。

　　「十七年文學」作為當代文學的研究範疇，在一九八〇年代的歷史語境中是被放置在「現代文學」與「八〇年代文學」的對立面加以敘述的。「文革」之後，知識界與主流意識形態高度一致的「共謀」，實際上已經建立起了強大的歷史預設。這一歷史預設的主要手段，就是不斷通過對「歷史敘述」的控制，將歷史當事人的歷史記憶納入到統一的意義體系和闡釋結構中來。因此，在這一階段內，研究主體對「十七年文學」不再是「現場批判」式的敘述，那些從歷史現場走出的人，開始紛紛調整自己的歷史思維。無數的歷史碎片被重新整合、建構，「十七年文學」此時也就被建構為一種「抽象的存在」，從而完成了它的整體性並被確立了「歷史本質」。在一九八〇年代初期出版的幾部影響比較大的文學史當中，[5]普遍將「十七年文學」看做是思想僵化時代裡個人崇拜和文化專制主義的產物。在「人道主義」旗幟和審美本質論的思維下，「十七年」變成了非人性和非文學的文學年代。這一階段現代文學「歷史化」基本完成，現代文學研究的「知識譜系」以及對歷史本質的設定，都為當代文學尋求學科的獨立性和建構自洽的知識體系帶來了阻礙與焦慮。「新啟蒙」所仰仗的「人的主體性」和「啟蒙與救亡的雙重變奏」的思維起點，過於武斷地申言了

5　一九八〇年代四部具有較大代表性的文學史是：張鐘、洪子誠等主編的《當代文學概觀》，北京大學出版社一九八〇年初版；由陳荒煤擔任顧問，郭志剛、董健等人擔任「定稿」者、馮剛等編寫的《中國當代文學史初稿》，人民文學出版社一九八〇年初版，一九八八年修訂；由馮牧任顧問、王慶生任主編、華中師大中文系編撰的《中國當代文學》（共三冊）；由復旦大學、山東大學等二十二院校聯合編寫的《中國當代文學史》（共三冊）。

「五四文學」和「八〇年代文學」的「正確性」，而刻意將「十七年文學」置於單一的政治語境中，於是「十七年文學」的「錯誤性」就成了不證自明萬眾所指的定論。此時的「十七年文學」實際上成了「文學史的十七年文學」，在帶有強烈偏見的歷史思維下，那些能夠被人所記憶、閱讀、推理、想像、表現的「十七年文學」，都是一種歷史的敘述而非歷史的本身。我們知道，歷史哲學實際上為具體歷史經驗的表述提供的是敘述的形式，然而，這種形式最終決定著研究主體要挑選怎樣的一類原始經驗，並如何帶進歷史思維。顯然，這一階段的「十七年文學」研究，由於「新啟蒙」的歷史預設取得了高度的合法性，就不得不壓制「十七年文學」的複雜性、多樣性與獨異性，而力求採取最符合此時歷史語境的敘述方式，並選擇最有利於自身歷史思維的原始經驗。然而，當我們今天從歷史認識的角度看待此時「十七年文學」的文學史敘述時，並不應該對這種「顛倒」的歷史有過多的指摘，因為所有的歷史研究都無法真正抵達歷史的實在。我們所看到的歷史都並非經驗的原貌，而是一種經驗的構造，一種藉助思維由經驗編織而成的實在。正確的姿態應該是努力尋求不同歷史經驗中，那些對歷史發展有益的更為合理的構造，而這一合理性的前提是尊重經驗與意義體系的複雜性和多元性。

二

　　進入到一九九〇年代，由於後現代語境逐漸產生並進入到文學研究的觀念和實踐層面，一元的「歷史本質論」和現代文學的「正史」身份不斷遭遇質疑和挑戰。海登・懷特的「新歷史主義」和福柯的「知識考古學」、「譜系學」對傳統的史學觀念提出了巨大的責難，重新整理歷史成為許多研究者試圖突破一九八〇年代「十七年文學」研究的單一化、片面化的努力方向。因而，在一九九〇年代當現代文

向縱深方向開拓並取得長足發展時，「十七年文學」由於前一階段的歷史定性，進入了研究的冷寂期和低谷。直到一九九〇年代末「重新書寫文學史」的新一輪歷史重釋運動中，「十七年文學」才重新進入人們的視野，並且成為整個現當代文學學科中最具創新的一部分。「誰能夠講述歷史，什麼樣的歷史能夠被講述？」[6]、「文學史扮演了怎樣的角色」，[7]這樣一些對歷史認識論的深刻思考所提出的問題，都對一九八〇年代以來研究主體以同質化、一體化方式言說歷史的狀態提出了觀念層面上的質疑。同時，由歷史思維、主體觀念的變化所帶來的實踐層面上的創新，是一九九〇年代末至今「十七年文學」歷史化的積極探索，但也呈現出方法與困境、洞見與誤區並存的研究現狀。

（一）「重寫文學史」的焦慮與「純文學」情結。一九九〇年代末和新世紀初出版的幾部當代文學史，[8]對「十七年文學」所進行的歷史重釋，仍可以看作是一九八〇年代歷史重釋曖昧隱蔽的發展與繼續。他們以各自不同的方式對「十七年文學」做出新的思考和建構，並給文學史的寫作增加了許多活力和多重嘗試的可能性。以董健等人編寫的《中國當代文學史新稿》為例，可以看出他們仍是要求「真實地把握中國當代文學的根本特徵與歷史定位」，並且將「人、社會和文學的現代化」[9]看做文學史的標準與寫作邏輯的起點。這樣一來，就使得文學史的寫作與研究再次陷入到如何釐定審美標準的糾纏之中。強調文學作品對受眾「藝術感受」的培養，從而勾銷了文學史知識在歷史經驗總結和反省上重要性。這樣的「歷史化」，表面上對

6　曠新年：《寫在當代文學邊上》（上海市：上海教育出版社，2005年），頁1。

7　洪子誠：〈與李揚就當代文學史寫作及相關問題的通信〉，《文學評論》2002年第3期。

8　如洪子誠的《中國當代文學史》，陳思和的《中國當代文學史教程》，董健、丁帆、王彬彬的《中國當代文學史新稿》，吳秀明的《中國當代文學史寫真》，孟繁華、程光煒的《中國當代文學發展史》等。

9　董健、丁帆、王彬彬：〈緒論〉，《中國當代文學史新稿》（北京市：人民文學出版社，2005年8月）。

「十七年文學」採取了冷靜、客觀並帶有距離感的審視和判斷，卻無法真正跳出二元對立的研究模式，因此我們很難說「重寫文學史」是一種歷史的進步，還是在一九八〇年代「新啟蒙」文化氛圍的餘緒中所進行原地踏步。洪子誠的《中國當代文學史》儘管試圖突破過去文學史書寫中單一的政治尺度和審美尺度所確立的邏輯框架，並將「十七年」文學置於整體的思潮性視野中考察其意義生產的社會機制和政治機制，強調「回到歷史」的研究方法，但還是不能完滿地解決種種無法自洽的困惑。[10]這種困惑來自於兩個方面：首先，當作為文學史，而非文學史的時候，文學到底是要被處理為知識還是信仰？「文學本來就是一種想像，承擔我們的希望，那麼，文學史就非要那麼『科學』嗎？對五〇～七〇年代，我們總有尋找『異端』聲音的衝動，來支持我們關於這段文學並不是完全單一，蒼白的想像。」[11]此種歷史想像再次陷入將審美作為文學本質的固有路數中。其次，對進入文學史的對象進行判斷時所採用的價值標準和知識立場的「猶豫不決」：「當我們在不斷地質詢、顛覆那種被神聖化了的、本質化了的敘事時，是不是也要警惕將自己的質詢、敘述『本質化』、『神聖化』？」[12]如果在反思對象時依然拘囿於以往建立這一對象的歷史思維和方法，而無法超越「共時性」語境中的問題框架，那麼就會出現新的知識霸權而無法獲得持續的闡釋力。「重寫文學史」意義上的中

---

10 洪子誠將這種困惑表述為：在我們清理過去文學史構造中所經常使用，習焉不察的事實、概念、評價等知識體系時，依然是在原先已有的敘述結論上發現問題，即把既有的敘述「終點」作為出發的「起點」。同時用「一體化」來概括五〇至七〇年代這一階段的文學，並不是一勞永逸的，它不能代替具體、深入的歷史分析。如果當代文學的「一體化」也成為一種套語，那它可能把這個特徵加以凝固化，純粹化。見《問題與方法──中國當代文學史研究講稿》（北京市：北京大學出版社，2010年），頁86、頁181-183。

11 洪子誠：《問題與方法──中國當代文學史研究講稿》（北京市：北京大學出版社，2010年），頁74。

12 錢理群：〈讀洪子誠《中國當代文學史》後〉，《文學評論》2000年第1期。

國當代文學研究的歷史化進程，實際上是不滿於以往文學史寫作中的意識形態對文學的過分干預，因此試圖以「純文學」的理念突破和糾正研究主體的歷史思維和歷史認識。然而，這一歷史認識的致命之處不是在於它內在地與「啟蒙話語」和「自由主義話語」的曖昧勾連，而在於它提出問題的方式抹殺了不同認識主體之間存在的意義體系上的差異。而真正合理有效的「十七年文學」的歷史化，應該是在各種寶貴的差異中完成的。因而，「十七年文學」在重寫文學史的思維下，並沒有能夠超越歷史預設的局限性，從而得到合理的歷史定位。

　　（二）「再解讀」的歷史思維造成「非歷史化」的研究狀態。由一批具有西學背景的華裔學者所帶來的「再解讀」思潮，一度成為一九九〇年代末以來「十七年文學」研究的「問題與方法」。針對於一九八〇年代末以來「重寫文學史」理論與實踐的局限性，「再解讀」以「編碼－解碼」的解構立場力圖對歷史重新批評化。與信奉新批評主張文本「內部研究」、強調文學性的批評傳統相反，「再解讀」將「十七年文學」作為一種想像歷史的批評實踐。「再解讀」方法論的核心就是將文學當作歷史文本，從而達到對歷史本質的解構。「再解讀」的文本策略能夠巧妙地躲避對「十七年文學」做出正面的歷史評價，繞開了諸多觀念的糾纏，從而達到對當下的借喻式解讀。但是從編碼到解碼的過程，是巨大的想像空間和意義的不確定性。通過現象學的還原，重新建立起觀念與歷史之間的聯繫，從而將書寫文本中不在場的觀念還原到在場。研究主體以非歷史或超歷史的眼光顛倒「十七年文學」的基本時空結構，「以西律中」的批評實踐導致「十七年文學」被放大為一個大文本，而「再解讀」則成為對文本不斷賦意的行動過程，歷史從而在延異中面目模糊。研究主體普遍信奉柯林伍德「活著的過去」的歷史觀念，將「一切過去的歷史聯繫到當前加以理

解」，[13]從而以一種「歷史同情感」建立起重新整理歷史的邏輯框架。它通過對文本的解碼從而發現歷史在文本內部的編碼樣式，即「文本」如何生產「歷史」和「意識形態」。這樣的「再解讀」思維贏得許多人的讚譽，並逐漸內化為學界的「新的共識」，成為新的權威性結論進入到文學史研究的意識深處。但是「再解讀」所重新樹立的歷史景觀是一種合理的經驗構造嗎？恐怕最終這種方法的效果並不能真正達到它的初衷。因為，柯林伍德的歷史觀念依然是建立在傳統史學的架構之上，並在操作層面上顯示出實用主義和功利主義的傾向。人為地對「過去」進行重新整容，其所凸顯地依然是某種理論的野心和輕浮感，而不是深潛而全面的歷史圖景。簡單地以「再解讀」的思維重新整理歷史，並將其推至西方後現代理論的顯微鏡下，非但與中國本土經驗現實相悖，實際上進行的是與歷史化截然相悖的「非歷史化」過程。將原來的歷史經驗零碎化，試圖以文本世界建立起「十七年文學」的豐富性，依然是一種偏頗的歷史認識。

　　（三）「文化研究」在歷史化過程中的突破與困境。超越文本，甚至超越文學範疇，以一種「文學社會學」的研究思維重新進入「十七年」的歷史腹地，在當前文化研究的語境中顯然有著諸多優勢。首先，它能夠描繪一個複雜的歷史經驗。這種歷史經驗盡可能地保存了豐富的原始經驗以供歷史思維進行全面選擇與刪汰。它關注到了「十七年文學」中多重關係的複雜性，並試圖在「一體化」的歷史描述背後發現矛盾和悖論。其次，它更關注文學實踐與觀念之間的錯位，並能跳出文本進入到更深的文化場域，試圖揭示話語背後的權力、利益、意識形態的運作機制和模式。再次，它的目標所指，是欲要擊破歷史本質論和審美一元論的幻象，打碎文學研究中既有的等級秩序和

---

13 〔英〕柯林伍德著，何兆武、張文傑譯：《歷史的觀念》（北京市：商務印書館，
　　1997年9月）。

權威控制，並不從審美上對「十七年文學」加以簡單的否定，而是把
文學看做文化甚至是社會生活的一部分加以理解。總的說來，文化研
究強調從不同角度、觀念、理論視角，將文學放置在文化層面加以闡
釋和研究，它還強調在各個領域間去差異化的跨學科研究方法，使文
學研究不斷走向「非文學化」。從近年來對「十七年文學」的研究來
看，在研究思路和方法上不乏「文化研究」的身影。蔡翔就擅長於將
「十七年文學」置於文化場域中，考察文學觀念的文化形態。他在
《革命／敘述：中國社會主義文學——文化想像（一九四九——一九
六六）》一書中通過「國家／地方」、「英雄和傳奇」、「動員結構」、
「技術革新」、「勞動」等不同方面考察了中國社會主義文學與文化想
像之關係，努力為我們呈現了異於往常的歷史經驗。他關注觀念在
「十七年文學」中如何形成意識形態話語，並塑造人們的日常生活。
他認為必須將這一階段的文學放置在和政治的關係中加以考察，「在
文學性的背後，總是政治性，或者說政治性本身就構成了文學性」，
正如蔡翔所言，「我無意重述一段具體的歷史」，「我討論歷史的目的
僅僅在於，在這一歷史的運動過程中，文學敘述了什麼，或者怎樣敘
述」。[14]這樣的研究思路正是以「微觀政治學」為中心的文化研究的學
術旨趣，它讓文學回到公共領域，並對其做政治史和思想史的思考。
除此以外，還有許多研究者從後殖民理論、性別文化理論、大眾文化
理論和知識份子角色重構理論等方面對「十七年文學」展開如火如荼
的文化研究。[15]但是我們依然會發現，「文化研究」在為許多問題帶來

---

14 蔡翔：《革命／敘述：中國社會主義文學——文化想像（1949-1966）》（北京市：北京
　大學出版社，2010年8月），頁14-15。

15 文化研究思路是近年來「十七年文學」研究的熱點，較有代表性的研究如：陳順
　馨、李蓉從性別文化視角考察「十七年文學」中的階級、性別和身體等問題，見
　陳順馨：《中國當代文學敘事和性別》（增訂本）（北京市：北京大學出版社，2007
　年）、李蓉：〈論「十七年」文學中的性別、階級與身體享樂〉，《南開學報》（哲學
　社會科學版）2012年第6期；董之林以大眾文化理論重新考察趙樹理小說，來反思

洞見的同時，也極容易使某些歷史經驗固化和板結。原始經驗的不可
知性在不斷提醒我們，進入歷史思維的經驗，構成的總不外是一個主
觀的世界。「文化研究」使「十七年文學」擺脫了政治與審美上雙重
預設，也擺脫了中國現代文學「正統」形象所帶來的學科身份認同的
危機，但是我們仍然無法確信「文化研究」視野中的「歷史」，能有
效擺脫「預設」統轄而顯現應有的客觀與價值。傳統歷史觀念所追求
的真實的歷史，在後現代的史學觀念中只能在主體間獲得，它始終是
一種思維的結果。「文化研究」作為一種方法論思維，如果過分堅信
自身的真實性與確當性，同樣會隱伏下疏離歷史真相的危險。在關於
「十七年文學」認知角度的合理性、歷史圖景呈現的主體性和進入歷
史的理性姿態等沒有得到充分論證的情形下，「文化研究」也只能停
留在「提出問題」的「才氣」與「膽識」的批評化層面，而無法達成
真正的「歷史研究」。這是「文化研究」難以在「十七年文學」歷史
化過程中深入展開的主要癥結所在。

三

　　歷史認識過程中的知識生產，並不僅僅是為了滿足文化教育層面
上的認知秩序，歷史認識所要抵達的深度，是完成某一歷史階段的精
神確證和沉澱。「十七年文學」乃至中國當代文學合理有效的歷史化
過程，應當在這樣高度上斟酌與把握。
　　首先，歷史化的過程應該是歷史的陌生化過程。大量的公共經驗

「十七年文學」之研究，見董之林：〈關於「十七年」文學研究的歷史反思——以
趙樹理小說為例〉，《中國社會科學》2006年第4期；方長安、張志忠等從後殖民理
論中「民族國家」視角研究「十七年文學」，見方長安：〈十七年文學的民族性與反
西方性〉，《文藝爭鳴》2002年第4期、張志忠：〈現代民族共同體的想像與認同——
論「十七年文學」的現代性品格〉，《文史哲》2006年第1期等等。

已經佔據學科話語的權威地位，這種情況下，如何對待當代文學學科的「元話語」和諸多「真理性」的共識，如何消除「現代文學正統論」思維以及現代文學知識譜系的闡釋結構，如何逃脫「想像共同體」在無意識領域建構的「認同」和強大規訓，成了當代文學歷史化過程中所要回答的首要問題。在重新選擇主體的歷史思維時，對於歷史經驗的陌生化就顯得十分必要，否則就會再次陷入預設的簡單化和闡釋結構的片面化、零散化。陌生化的關鍵之處在於認知主體需要果斷拋棄過往那些普世的歷史概念和歷史知識。歷史的陌生化並非將歷史還原為物理時空中的各種事實，而是暫且擱置那些不斷賦意、並做出價值判斷的問題框架和思維結構。質言之，陌生化的過程就是對可能影響認知主體做出價值判斷的歷史認識，進行思維層面的大掃除。同時，陌生化還必須挑戰來自方法論層面的干預。政治介入、文學批評、文學史敘述乃至個體感性的閱讀批評等等實踐活動，都可能產生方法論意味的知識模式。正如上文所探討的「再解讀」和「文化研究」對「十七年文學」的研究範式，它們在實踐或技術層面上的易模仿性相較於在思維領域所架構的歷史預設，對知識共同體的形成更具宰制力。因此，陌生化要求認知主體及時找到恰切的歷史思維，並且充分自信於自己的歷史記憶、想像、邏輯推論和思維演繹，從而形成屬於個人的歷史經驗。只有這樣，才能在廣闊的歷史知識叢林中有一參照的基準，也才開始具備表述歷史的說話能力。然而，逃脫歷史無意識的規訓並非易事，完全的陌生化只能是一種理想。但陌生化並不是歷史化最終的歸宿，而只是一種相對有效的觀念和方法，歷史化的完成歸根結柢還依賴於一種新的歷史思維的誕生。

其次，歷史化的過程應該是呈現差異並在多層化的差異性中建構共同性的過程。既然預設無處不在，那麼我們就必須在彼此相異的意義體系中完成歷史經驗的構造。因為文學史的表現如果只是憑藉有限的自身，它就無法保證真實性與客觀性的普遍適用。當我們確立了差

異的準則，實際上也就確立文學史的觀念範疇和價值指認。但必須引起警惕的是，此種差異的原則並非沒有邊界——亦即選擇差異思維並不意味著對進入歷史的經驗放任自流。在追求和完成共同性目標的進程中，文學史允許了不同認識思維浸染下的差異項，也包容差異項在個人或集體意義體系中合目的性的意義和本質追求。越多差異項的出現，越有利於互相參照、互相牽制，防止一種或幾種意義的過度膨脹而導致知識對歷史的僭越。多維合力保證了相對合理的歷史共同性建構的可信度。但如前所說，我們必須釐清差異的邊界，至少必須對進入差異範疇的差異項實行准入機制，在標準上畫清明確的底線，以保證認同的可行性。沒有邊界的包容實際上是不存在的，即使在理想狀態下它有著十足誘人的魅力，但在歷史化的實踐過程中卻是無的放矢的謊言。如果還原歷史中的每一個細節，會發現在其「當時性」的狀態中有多種觀念形態參與它的生成，並且它的建構必定延續到之後漫長的時空裡，經歷一個複雜的闡釋過程，最後形成相對穩定的模型。那麼，我們如何處理當時及其之後那些龐大的觀念洪流，並準確描述一個歷史現象的運動軌跡？顯然，我們只能挑選那些在某一最低標準線上的差異項，來標記洪流的方向。舉一簡單的例子，假如我們承認這樣的觀點：一部文學作品的經典化是由每一閱讀者的真實感受加以認定的。因而我們就將個體閱讀感受逐一進行差異認定，並允許所有差異的存在，這實際上會產生許多問題。我們會發現由於知識身份的不同，許多差異項之間不存在任何的可比性，差異項之間的分層或等級現象十分明顯。一個文學專業研究者的閱讀感受絕對異於粗識文字的盲流階層並且毫無可比性。因而，對差異的篩選、對差異邊界的釐定，比不加辨析的維護「差異」的空洞指稱，對文學史有效的歷史化顯得更加重要。

　　再者，是對當代文學自身知識譜系的重新整理。知識譜系的整理不僅包括對歷史的整理，還包括對「歷史知識」和對「研究主體自

身」的整理，即在多維度的知識譜系框架與多層化的知識視野裡，建立起歷史認識的可能性。「十七年文學」在文學史的敘述過程中，還未建立起合理的闡釋結構。前文我們已經回顧以往的研究，發現這些研究在敘述「十七年文學」時具有結構上的內在一致性。在不同的框架設定中，「十七年文學」成了任人打扮的小姑娘。在「新啟蒙」語境下，當代文學史實際上是現代文學研究思維和方法過度泛化的產物，而不具有清晰的歷史面目。如果說整理歷史需要確立陌生化原則和允許差異性的存在，那麼認識歷史則要求知識譜系的重新整理和建構。此時，擺在我們面前的難題就是如何重新整理當代文學的知識譜系。對於「歷史知識」的整理，即使在異常成熟的現代文學研究中也並未完成。歷史觀念的混亂、歷史知識的匱乏，是導致「現代／當代」人為的二元對立畫分的重要原因，也是整個現當代文學學科的深層困境所在。在對待文學史的態度上，研究主體時常陷入困惑：究竟要把文學史處理成「文學的歷史」還是「歷史中的文學」？由於情感上對於「文學知識」地過分執迷，實際上壓制了當代文學歷史化過程中「歷史知識」地正常生長。從而，不論是解釋「文學的歷史」還是試圖描述「歷史中的文學」，都成了演練不成熟的歷史認識的「靶場」。本質主義的文學觀和相對主義的文學史觀，恰恰都忽視了歷史研究的基本立場，即「從每個事件的實際歷史語境的角度去理解每個事件」，[16]從而完成當代文學歷史階段的精神確證和沉澱。事實上，對於知識譜系的整理，就是要建構一個可靠的歷史知識體系。這個體系包容差異的存在，但在深層上對研究主體歷史認識卻要求保持一致性。如此之下，展開對當代文學的歷史描述才具有可能性和可行性。

　　最後，當代文學歷史化的最終定型，並非再以「歷史本質」的面

---

16 〔美〕莫里斯・曼德爾鮑姆著，涂紀亮譯：《歷史知識問題──對相對主義的答覆》（北京市：北京大學出版社，2012年2月），頁5。

目出現，它應該如尼采所說，是一種「效果史」，是放棄「永恆真理、靈魂不朽以及始終自我同一」的沒有常項、永恆變動、非連續性的歷史。這種譜系學的歷史觀，最終要實現知識主體的獻祭，即摧毀認知主體。[17]在效果史視野裡，「十七年文學」既不是靜止的歷史化石，也不隨意可以賦予其當下意義或話語展開的「箭垛」，更不是只是為了確認某種「正統」的審美可以簡單取捨的注腳，作為中國現代歷史的重要構成部分，它是整體歷史鏈條上不可或缺的節點，已經進入到中國現代精神的總體構成之中了。如果把「十七年文學」看成是中國現代精神的切片，那麼它自始至終所具有超越一切既往的遠大追求，試圖斬斷一切歷史羈絆而創造全新審美的持續性衝動，把審美、知識、思想、信仰和倫常日用生命活動緊密結合起來的大規模社會實踐等等，無疑是我們在把「十七年文學」進行歷史化價值審視時不容忽視的重要方面──而這些，正是中國現代文化發展在十七年時期所展現出來的寶貴性與獨特性。

---

17 〔法〕福柯著，蘇力譯：《尼采‧譜系學‧歷史學》，選自劉北成、陳新編：《史學理論讀本》（北京市：北京大學出版社，2006年1月）。

參考文獻

陳　新　《歷史認識——從現代到後現代》　北京市　北京大學出版
　　　　社　2010年12月

海登・懷特著　陳永國、張萬娟譯　《後現代歷史敘事學》　北京市
　　　　中國社會科學出版社　2008年

程光煒　《當代文學的歷史化》　北京市　北京大學出版社　2011年
　　　　5月

席　揚　〈論中國當代文學史研究的發生與發展〉　《中國現代文學
　　　　研究叢刊》　2008年第6期

關於中國當代文學史研究的
四個問題

　　作為二十世紀中國文學歷史的重要組成部分——中國當代文學的研究，自二十世紀九〇年代中期以來有了長足且切實的發展。與中國現代文學研究的相對「沉寂」相比，中國當代文學的活躍性，一方面體現為研究主體學科意識的自覺強化和歷史性思維的大規模介入，更為重要的是中國當代文學學科在不斷走向深化過程中所日益實現的「問題性」及其過程、價值和功能的複雜性。僅就中國當代文學的各個階段而言，仍有不少研究盲點和必須深入的大量問題。例如，「十七年文學」與解放區文學關係以及「十七年文學」與二十世紀三〇年代「左翼文學」和「文革文學」的關係等，這些問題雖然已在不少論著中涉及，但深入細緻的研究成果尚待時日；「文革文學」自上世紀七〇年代以來，一直處於敏感話題範疇之中。從對它的命名到有關「文革文學」具體現象的分析，都離正常的歷史化客觀狀態很遠。「文革」時期有無真正的文學？「革命樣板戲」是不是一種審美？「文革」時期的小說、詩歌、散文及文學批評等文類的基本狀況如何，至今都未能弄清楚。「八〇年代文學」的真正成就應當如何界說？它與時代語境的複雜關係及其大量有意味的文學事件、文學現象等，依然未能得到深入研究。這些不但影響了當代文學研究進程，即使從文學的斷代研究而言，也使各個時期文學的真正的「問題性」被遮蔽。

　　這些（不僅僅只是這些）大量問題的存在，使得當下中國當代文學的研究面目呈現為既成熟又幼稚的狀態。一方面，它的「學科性」已被較充分地建構起來，學科構成層面的內在分野也日漸明晰化；但另一方面，學科建構的基礎並未夯實，「問題」的大量存在，使得學科研究的價值指向不明，或隨時都可能被模糊化。值此，中國文學學科的活躍性就具有了雙重性意義：就學科整體而言，在與中國古代文學、中國現代文學研究比較中，它表現為「不斷出新」、接連波湧的動感狀態，正是這一點，使得中國當代文學研究能夠不斷獲取各種理論與話語資源，贏得學科研究不斷深入的可能。然而，「活躍性」也必然包含學科有待成熟和研究完備化的一面。如何使中國當代文學研究在有序、科學、避免歧向的健康方向上深入發展，無疑是我們需要認真思考的大問題。

　　有鑒於此，對以往中國當代文學研究歷史和當下研究狀況的梳理與分析，就顯得相當必要。值得提醒的是，有關中國當代文學的「史」的研究之研究，學界尚未注意，它的問題的相關性，更是鮮有涉及。本文擬從「中國當代文學研究的幾個階段」、「中國當代文學研究主體的分化與重組」、「中國當代文學經典的指認與重釋」、「中國當代文學研究方法的更移」等四個方面，作一簡單地探討。

第一個問題：中國當代文學研究的階段性

　　中國當代文學被作為「史」的對象的研究始於何時——迄今為止這仍然是一個學術界尚未明確加以探討的問題。[1]顯然是，如果從「史」的角度看，中國當代文學的研究起始，是不能以當代文學的

1　有研究者認為，「中國當代文學」學科的顯現，在一九五五年就已經出現了。參見《二十世紀中國文學研究——中國當代文學研究》（北京市：北京出版社，2001年12月）。

「批評」狀態的出現來畫界的。這不但因為二十世紀五〇年代初的有關中國當代文學的批評缺乏「史」的自覺意識，還在於被「批評」所處理的現象，並非完全可能成為「史」的現象。「批評」與「現象」對「史」的有意拒絕，無形張揚並放大了這種研究的「即時性」和「價值」的有限性。文學現象的「史」的意義在於，它不但參與了文學歷史的結構生成，而且其自身也只有在被命名的文學歷史時空的「意義架構」中獲得價值。「史」的研究需要一個可以自由穿梭、查看的時空，它包含著現象及其現象的批評。從這個意義上說，中國當代文學的「史」的研究，不是與批評結伴而行的產物。

　　我以為，中國當代文學的「史」的研究，應當從一九五九年十月算起。一九五九年至一九六二年一段時間，可視為中國當代文學「史」的研究的第一階段。一九五九年十月以及稍後一段時間，在慶祝中國大陸建國十週年的激奮浪漫時代氛圍中，一大批從「史」的角度研究「新中國文學」的著述紛紛刊出——如中國科學院文學研究所「十年來的新中國文學」編寫組集體撰寫、一九六〇年出版的《十年來的新中國文學》、《中國當代文學史（1949-1959）》（山東大學中文系中國當代文學編寫組編寫，山東人民出版社出版，1960年）、《中國當代文學史綱要》（華中師範學院中文系編著，北京科學出版社，1962年）等等，這些著述應看作是有意識從規範的文學史意識層面對中國當代文學發展進行全面敘述的重要著作。雖然它們對當代文學發展和價值的總體判斷帶有明顯的時代痕跡，整體上誇大了當代文學成就，尤其是在與現代文學比較中存有不少「妄斷」，但它畢竟標誌著中國當代文學「史」的研究的真正開始。實際上，在此類著作出版之前，藉一九五九年十月國慶之際，重要的文學報刊都紛紛刊載了大量總結新中國文學十年成就的文章——這些「大文章」，都可以視為中國當代文學史研究初期的重要構成部分。例如，一九五九年《文藝報》第十八期，第十九、二十兩期都有意識地集中刊登了多篇顯然是

事先組織的文章。如邵荃麟〈文學十年歷程〉、馮牧、黃昭彥〈新時代的畫卷——略談十年來長篇小說的豐收〉、《文藝報》編輯部〈十年來的文學新人〉（以上為《文藝報》）、梅蘭芳〈戲曲大發展的十年〉（《戲劇報》1959年第18期）、曉雪的〈談十年來的新歌劇〉（《文藝報》1959年第24期）等。許多作家也自覺以「十年」的「史」的方式總結自我、或者獲得評價。比如，孟超〈漫談田漢十年來的創作〉（1959年《戲劇研究》第4期）、鄧紹基〈老舍十年來的話劇創作〉（1959年《文學評論》第5期）、宋爽〈努力描繪社會主義的人物——試談馬烽十年來的短篇小說〉、張立雲〈為壯麗的生活和事業引吭高歌——漫談劉白羽同志十年來的散文特寫〉（1959年《新觀察》第20期）、老舍〈十年筆墨〉（《僑務報》1959年9月號）、賈芝〈十年頌歌〉（《民間文學》10月號）等。重要的文學批評研究刊物如《文藝報》、《文學評論》、《戲劇報》等均出版紀念專號，專號內容均涉及對新中國十年文學歷史的回顧與評價。《文藝報》在一九五九年第十八期專號上還專門就「作協會員」、「作協分會」、「文學刊物」、「文學作品創作種數」、「少數民族文學作品」、「文學作品發行總數」等方面，運用數字統計與對比方式，把一九五九年與一九五〇年（有的是一九四九年）進行對比，以說明「十年來我國文學事業取得了突飛猛進的發展」。從一九五九年十月開始，人民文學出版社陸續出版《建國十年來優秀創作》叢書。不少省份還分別在一九五九年至一九六〇年間，隆重推出了一批本地區創作選集。比如《短篇小說選（1950-1959）》（春風文藝出版社），《甘肅短篇小說選（1949-1959）》（敦煌文藝出版社），《安徽短篇小說選》（安徽人民出版社，1959年），《江西十年短篇小說選》、《河南十年短篇小說選》、《小說散文選（1949-1959）》（福建人民出版社出版），《湖南十年短篇小說選》，《詩選（1949-1959）》、《話劇劇本選（1949-1959）》、《電影劇本選（1949-1959）》、（以上三部作品集均由上海文藝出版社出版）。據筆者不完全

統計，這兩年間，各地出版社有以「十年選集」形式出版的短篇小說、詩歌、散文（雜文）、戲劇、電影劇本等，達五十餘種之多。這種類似於「中國新文學大系」的作品編選和文壇「檢閱」方式，也可視為中國當代文學「史」的研究過程生發的一個重要方面。

　　中國當代文學「史」的研究的第二階段，是指二十世紀七〇年代末、八〇年代初。進入歷史「新時期」以後，隨著高等教育的恢復和高考制度的重新啟動，大學中文系課程體系中的「中國當代文學」被普遍單獨列出，雖然在很多院校和課程規劃具體實施過程中，《中國當代文學》總是被置於「中國現代文學」的「附屬」位置，甚至有些院校只以「講座」的形式附加開設，但畢竟「中國當代文學」已開始走向「學科性」。它作為中文系漢語言文學專業的「課程」地位日漸得到加強，並由此艱難地進入了中文系專業的「知識譜系」構成體系之中。課程的需要催生著具有「史」性層面的「中國當代文學」教材的大量產生。在這一歷史時段裡，「中國當代文學」的「史」的研究以教材編寫為標誌，進入了一個短暫的繁榮時期。[2] 下引這樣的表述，呈露並記錄了當時學術界對這一學科的基本認識和研究路徑：「編寫建國後三十年的文學史，這是初創性的工作。本書試圖運用辯證唯物主義和歷史唯物主義觀點對新中國文學三十年的成就、經驗、教訓及其發展規律進行初步的總結的探討，為大學文科學生和其他讀者了解建國後文學的發展勾畫一個概貌，提供必要的理論觀點和歷史知識。但是由於我們思想理論水平和知識修養的限制，加之編寫時間又十分倉促……因此只能算是一個初稿。」[3]《當代文學概觀》的編者也表達了同樣的意思：「這本《當代文學概觀》，主要是通過對當代文學史上具有代表性的作家和創作成果的評述，概觀三十年來文學創

2　據有關研究者初步統計，一九八〇年代公開出版的「中國當代文學史」有二十餘部。

3　〈前言〉，《中國當代文學史初稿》（北京市：人民文學出版社，1980年12月）。

作的狀況，雖然試圖探討文學創作發展過程中的某些問題，但是距離要達到的目標實在很遠。……因為這是一本應教學需要倉促編成的講義……要搞清當代文學的發展過程及其規律性，以我們的水平和準備的狀況來看一時難以做到的。」[4]這一時期大致出版有三十餘部文學史，其中一部分是以「內部教材」形式出版的，都被運用到教學實際過程之中。僅以這一時期「中國當代文學史」教材來透視「中國當代文學」的研究狀況，已呈現出與第一階段大為相異的區別。主要表現為，第一，中國當代文學的「史」的框架和界限初步得到勘定，並在很大程度上取得了共識。例如對中國當代文學「史」的分期上，絕大多數史著都把一九四九年以來三十年的文學史畫分為三個階段——「十七年」、「文革」、「新時期」。對於「十七年文學」是否可以作為一個整體，在認識上稍有分歧。有的著述把「十七年」分為兩段：一九四九至一九五六年為一段，一九五七至一九六六年為一段。[5]有關中國當代文學、尤其是「十七年文學」的代表性作品的選擇與衡定上，大多數著述小異大同。在對作家進入文學史的敘述份量的分配上，則顯得差異稍大一些。比如散文家楊朔，在《中國當代文學史初稿》[6]中是單列專章加以論述的，而其他著述則只列為專節。巴金當代的散文創作，在各文學史著述中排列位置和敘述份量上有不少差異。第二，這一時期的中國當代文學史的價值敘述，多側重對作家之於時代的認同態度和其創作的「題材」性質的考量方面。「重大題材」、「重大矛盾」、以及「新生活」、「新風貌」等等方面受到重視。創作的「主題」與「思想意義」倍受關注，也是研究者對作家或作品

4　《當代文學概觀》（北京市：北京大學出版社，1980年7月），頁14。

5　比如復旦大學等二十二院校編寫的《中國當代文學》，就採用了這一畫分方式。

6　《中國當代文學史初稿》「係教育部委託編寫的高等院校中文系教材」，「編寫組」成員包括南京大學、北京師範大學、武漢大學等院校。一九八〇年十二月由人民文學出版社出版。

實施評判的基本範疇。一般文學史對作品分析大都採用了這樣的結構模式：題材——主題和思想性——人物形象塑造及其特點——藝術特點——不足或缺憾。關於作品審美性分析的著力點，大多集中在對人物形象「典型性」的衡量與評說。對詩歌的評判也是「寫什麼」重於「怎麼寫」，詩人的「抒情方式」和詩的「抒情結構」以及意象世界的複雜性未能得到充分地闡釋。第三是這一時期中國當代文學史敘述話語與意識形態話語的有意勾連與同構狀態。這不僅體現在對當代文學史階段畫分自覺與當代史的「革命式」畫分相一致，重要的是把當代政治對歷史的評判體系移植於審美評價過程中。有意識地對文學的「政治性」價值予以強調，並以此為中國當代文學的合法性尋求依據。例如，單章講述「毛澤東詩詞」和「老一輩無產階級革命家的詩詞」；出於「民族團結」大局的考慮，有意設置了對李喬〈歡笑的金沙江〉和瑪拉沁夫〈在茫茫的草原上〉的專節敘述。強調對電影《武訓傳》、俞平伯《紅樓夢研究》、胡風文藝思想批判的「必要性」、「及時性」；無形誇大了周恩來在《新僑會議》、《廣州會議》上講話的重要意義以及這兩次會議對文藝界的直接影響。再比如，對「文革文學」一般都採用一概抹殺的作法——「一片廢墟」、「陰謀文藝」的命名得到廣泛的認同。對「文革文學」敘述的另一種作法是，把一九七六年「天安門詩歌」加以放大，使之整個代替了「文革文學」的全部存在。

　　以上種種問題都說明，雖然在二十世紀七〇年代末、八〇年代初中國當代文學作為學科已走向建構，但它的「歷史敘述」則表呈出很強且不無隨意性的「主觀性」。這種「主觀性」並非是基於個人的，而是意識形態權力意志的體現，作為真實存在的文學，並不參與中國當代文學史的敘述。這些也為此後的一長段時期——從八〇年代中期至九〇年代後期，中國當代文學的不斷「修改」、「重寫」、「改寫」留下了大量空間和話題。

　　二十世紀八〇年代中後期，對中國當代文學「史」的連續性「修改」，可視為第三個階段。「修改」的動機和原因，編著者是這樣表述的：「《中國當代文學史》於一九七八年開始編寫，一九八五年出齊。……在這六年中，在黨的十一屆三中全會所確定的思想路線指引下，我們國家的政治、經濟、社會生活等方面都發生了顯著變化。在文藝戰線上，由於『雙百方針』的貫徹，文學創作出現了蓬勃發展的局面，文藝理論研究和文學批評獲得了突破性進展，中國當代文學史的研究，也取得了新的成果，原來一些一時尚難做出比較正確結論的問題，在實事求是的探討中，也已經有了比較符合實際的認識。這一切都說明，對《中國當代文學史》作一次修改，以匡正本書第一版中某些現在看來已經不太顯得恰當的評價，使它更符合歷史的實際，更具有科學性，這不僅是必要的，也是可能的。」[7]《中國當代文學史初稿》的「修改說明」更是直接地透露了時代變化、尤其政治變化之於「修改」文學史的必要性。「這次修改的要點是：一，調整某些過時的提法，便全書在觀點和表述方面更加符合中央關於文藝問題的精神；二，注意吸收學術界新的研究成果，提高全書的科學性和理論水平；三，增刪和調整某些章節。」

　　統觀這一時期的中國當代文學史的修改，我們可以看到大致著力於以下幾個方面：一、作家作品的「排序」變化；二，對當代文學過程中具有「史性」影響的「文學現象」的評價「修改」；三，對「文革」文學的研究出現了新的變化；四，「新時期文學」的當下發展狀態及激起的全民認同，直接影響到研究主體對中國當代文學史一系列問題的認識；五，中國現代文學研究在二十世紀八〇年代的繁榮與活躍以及由此形成的「五四文學正統觀」大面積輻射到中國當代文學研究的價值評判。

7　二十二院校編著：《中國當代文學》（福州市：福建教育出版社，1986年12月），「修改說明」。

　　第四個階段，是以一九九九年洪子誠《中國當代文學史》、陳思和《中國當代文學史教程》和中國社科院文學研究所當代室楊匡漢等集體撰寫的《共和國文學五十年》等文學史著作的出版為標誌。它們的出現，一方面證實了文學歷史被敘述的多種可能性，由於文學史著述的「個人性」的出現，使文學史寫作走向多元景觀。另一方面，尤以洪、陳二著為烈，他們在文學史框架、視點以及文學史觀的重構裡，初步實現了中國當代文學史的「重寫」。新世紀以來，「重寫」的工作在繼續深入，有關文學史觀的討論有了新的進展。[8]

第二個問題：中國當代文學研究主體的分化

　　包話二十世紀八〇年代在內的以前的中國當代文學研究，由於它的下限總是隨著當下創作的不斷出現而形成了無限延展的狀況，加之一九四九年至八〇年代中國社會生活的高度一致性和文化指向一統化，「時代的差異性」並未在所謂畫分的「十七年」、「文革」和「八〇年代」等這樣的人為時空顯示出來，所以，自一九四九年後就形成的當代文學的「研究」與「批評」的一體化狀態一直被延續著。「研

8　參見錢理群等：〈中國當代文學史筆談〉，《文學評論》2000年第1期；李楊：〈當代文學史寫作：原則、方法與可能性——從陳思和主編的《中國當代文學史教程》談起〉，《文學評論》2000年第3期；王光東、劉志榮：〈當代文學史寫作的新思路及其可能性——對於兩個理論問題的再思考〉，《文學評論》2000年第4期；張林傑：〈當代文學研究的學科性質與研究界域〉，《學習與探索》2000年第3期；丁帆等：〈關於中國現當代文學治史方法的對話〉，《福建論壇》2001年第4期；〈當代文學史寫作相關問題的通信〉，《文學評論》2002年第3期；於可訓：《當代文學：建構與闡釋》（武漢市：武漢大學出版社，2005年）；吳秀明：〈當代文學學科特點與時代新質的嬗變〉，《浙江大學學報》2003年第1期；洪子誠：〈經典的結構與重建——中國當代的「文學經典」問題〉，《中國比較文學》2003年第3期；程光煒：〈當代文學學科的認同與分歧反思〉，《文藝研究》2007年第5期。董健主編《中國當代文學史新編》、吳秀明《中國當代文學史寫真》、溫儒敏《中國現當代文學學科概要》等等。

究」與「批評」在主體實踐中的交互關係，具體表現為對中國當代文學的「史」的研究，需要在不斷關注當下文學狀況的追蹤裡獲得激情與信念，同時有關當下文學批評也亦從「史」的研究中贏取必要的歷史感知和時空比照。這種表面上看上去可能實現的「雙贏」局面卻並未實現，倒是因為時下批評所無可避免的時尚性波及「研究」，而使中國當代文學有關「史」的研究無法擺脫「言之無據」、「失範無托」的譏評尷尬之中。而這一點直到八〇年代末並未被當代文學學界清醒意識到。九〇年代中期以後，中國當代文學學科的「歷史」性，在當下生活與五〇年代生活拉開距離從而被「陌生化」的氛圍中日益實現。例如「十七年文學」、「文革文學」等，其作為「歷史」存在的一面凸現了出來。九〇年代以來文學在多元語境中不斷展示的可能與實驗，促使著當下的文學真正走入了一個「新時代」，斷裂產生了。

　　值此，中國當代文學研究主體的分化似乎有了理由。這種「分化」具體而言，就是指有關當代文學的學術探討分成了兩支——一是以「史」的把握為重心的研究，一是以對當下文學現象加以即時關注的批評。從目前兩種力量分布來看，大致可以這樣認為，高等院校的相關學科及其從業人員多傾向於「史」的研究；而各級作協、文聯、社科院相關學科人員則在當下現象的批評方面著力甚勤。這種「分化」，顯然給現階段中國當代文學領域的研究帶來了一些值得注意的變化。一是由於分化，使中國當代文學的「史」的性質在研究主體身上被看重並在研究實踐中有意強化著。一些新的研究課題隨之而生，比如在關注當代文學如何發生的問題方面，衍生出了對當代文學性質的進一步思考，開始關注「十七年文學」與解放區文學的關係以及與三〇年代「左翼文學」的關係等。再比如，魯迅作為文學現象的當代境遇問題、五四及現代文學資源的當代轉化問題等。這些「問題」的提出和學術上逐步展開，不僅是對二十世紀中國文學整體研究的推動，也使現當代文學邁向實質性的一體化進程，同時亦使中國現代文

學和中國當代文學在相互獨立狀態下形成學術上的資料互補。二、這種「分化」使當代文學的研究隊伍擁有了一次重組的機會和學術上的重振。以往在批評方面沉潛較深的學術研究者，可能會在轉向「史」的研究實踐中帶進一些理論的新銳性，從而使中國當代文學的「史」性研究並不會因此走向古典形態而保有自己學科品質。即使在目前提出重視當代文學史料建設的語境裡，之於當代文學來說，對它的重新闡釋的可能性依然更多地仰賴於「理論模式」的不斷更新。例如，「文化批評」在中國當代文學研究方面所日益顯示的新穎性，就是一個證明。其實這種「分化」效應也還影響到許多當代文學學術刊物的編輯選稿走向。如《當代作家評論》、《文藝爭鳴》、《南方文壇》、《粵海風》雜誌，不但實行了對「現當代」兼容並包的作法，而且還常常以組稿形式分別展示「批評」與「研究」不同類型的學術成果。

我以為，這種分化，不僅有利於中國當代文學作為學科的「嚴正性」的確立，也同時會對當代文學學科的學術傳統、慣例、規範的逐步形成、以及人們的認同感的建立起到促進作用。

第三個問題：中國當代文學經典的指認與重釋

就中國當代文學自一九五九年進入「史」的研究以來的過程來看，對經典的指認作為這一過程的重要方面就一直結伴而行。對經典的指認，不僅是文學史價值建構的重要工作，也是文學史走向完善、真實、客觀的標誌之一。經典指認與確立無疑會對當下文學發展產生重大影響。從世界各國文學史所涉及的作家作品經典的選擇確立的情形來看，它首先是一個需要被「歷史化」或曰在歷史語境中才能自足的現象。一般認為，有這樣幾個因素影響著經典的指認與產生過程。首先是作品發表後所引起的接受反響。其次是作品所含納的寫作行為與修辭方式（包括題材選擇、主題意義以及藝術理念的結構呈現等）

與主流意識形態所倡導的審美理性的關係狀態。再次，取決於作家作品被置於歷史比較範疇中的創新程度和理論視野的被闡釋的可能性。誠然，具體的經典指認過程是不可能完全顧及到這些因素的整合狀態的。有時會強調某一方面，而有時則會凸現另外一方面。但無論如何，上述三點作為經典指認的基本原則，是文學史著述不能輕易忽視的。鑒於中國當代文學發展歷史的複雜性，其經典指認也充滿了別的文學階段所沒有的獨特與異樣，並且，經典指認總是和研究主體不同的歷史敘述有著緊密的關聯。我以為，中國當代文學「史」的研究過程裡，經典指認亦可分為三個階段。第一階段包括「十七年」和七〇年代末八〇年代初這一段時間（「文革文學」時期的情況需要特殊分析，故這裡暫不涉及）。我認為這一階段的經典指認的特點主要集中在「當下語境」給於它的制約。例如，配合中國大陸建國十週年慶典而大量出版的短篇小說、詩、散文、劇本等文類的「選集」，並非是著眼於歷史的選擇，而更多是偏重於成就檢視，全面總結。數量上的要求是必然的，作品質量的選擇離不開「新生活」或「新氣象」的範疇。那些直接或間接地與時代政治節奏保持了一致性的創作顯然受到了分外的關注。經典的價值意義並不需要在與歷史的比較中覓取，而是以審美創作是否鮮明地體現了新舊兩個時代之間的斷裂為標準的。如此看來，這一與創作同步的經典指認，不但年代難免粗疏，而且因無法把「經典」置於歷史語境而使這一工作難以真正得以展開。二十世紀七〇年代末、八〇年代初，文學整體性向「十七年」格局大規模復歸的態勢，亦使這一時期文學史敘述中經典指認不可能出現新的變化。比如，這一時期文藝批評家們匆忙地為經典指認確立了一些基本前提和規約。他們普遍認為，「這個時期（指『十七年』）的文學創作，總的說來是繁榮的，有生氣的，在各種形式的文藝作品裡，都出現了一批思想上和藝術上比較成熟的作品。其中，如《紅旗譜》、《創業史》、《紅岩》這樣的長篇小說，就是比起五四以來新文學史上任何

一部長篇小說，都是毫不遜色的。」認為，朱老忠、嚴志和、梁生寶、梁三老漢、許雲峰、江姐、華子良等人物，「都是很富有民族特色的典型形象，在他們身上，分別概括了民主革命時期和社會主義革命時期極為深廣的社會內容」，「可以看到中國人民在中國共產黨領導下改天換地、推翻舊世界、建設新中國的偉大歷程。」「這些具有獨特性格內容和鮮明個性特徵的典型形象，不僅為世界文學史上所沒有，就是在我國以前的文學史上，也是沒有先例的。因此可以說，這些典型形象的出現，是對世界進步文學畫廊的一個嶄新的貢獻。」[9]這一時期在「經典」認識上，其作為「教材」不能不受到當時教育理念規約的極大影響。「教化」、「倫理」責任影響到對經典的選擇與確認。他們認為應該堅持對作品價值把握的如下原則──「只有那些經得起群眾檢驗並為群眾所了解和愛好的作品，才稱得上是真正的藝術珍品。」「主要看它是否符合人民的根本利益，看它在社會大眾中產生的效果。」「社會作用的大小、藝術價值的高低、社會效果的好壞，是檢驗作品質量與水平的重要依據。」這一時期所普遍強調的「歷史的美學的觀點」，在具體的能指闡釋裡就被具體落實到毛澤東的「三個統一」，即「政治與藝術」、「內容與形式」、「革命的政治內容與盡可能完美的藝術形式」的統一。判斷作家和作品「經典性」程度的高低，主要標準是：「反映生活」、「概括時代精神」是否「真實深刻」，是否「堅持真實性與典型化原則」等。[10]這種對文學經典指認方面的「二元論」及其內在矛盾性，是當代文學研究中普遍遭遇到的難題。

　　綜觀這一時期的有關文學經典的論述，有以下特點值得提出：其一，由於強調了中國當代文學之於中國現代文學的發展性、進步性，

9　《中國當代文學史初稿》（1980年12月）。
10　《中國當代文學史初稿》（1980年12月）。

所以「進化論」思維支配著經典選擇與文學史敘述。其二,「本質主義」認識觀在經典指認過程中受到普遍推崇。其三,人物形象的典型性和時代性以及抒情類作品的激昂、明快特徵,成為經典選擇過程中首先也是重點探查的方面。

第三階段,是在「中國現代文學語境」下的對當代文學經典的考察。這一階段從八〇年代中期一直持續到二十世紀末。受「五四文學正統論」的普遍影響,研究主體自覺而不自覺地把現代文學經典性作為指認當代文學經典的基本參照和釐定標準。[11]性格複雜性、主題多義性、情調人性化的作品被凸現,與中國當代文學中宏大敘事不同的其它敘事類型被重新闡釋,甚至是過度闡釋。比如茹志鵑的作品《重放的鮮花》、路翎的《異樣》的角度、孫犁風格等等。作家的複雜性、矛盾性也同時受到分外關注,如趙樹理、郭小川等。世紀末出版的洪子誠和陳思和的兩部文學史著作,雖然在一些地方仍有「現代文學正統論」的影響痕跡,但他們通過大量的對文學經典的重釋與置換,使經典在一種新的意義結構中恢復了生機,「經典」指認步入比較理性的境界。

第四個問題:中國當代文學研究方法的更移

二十世紀七〇年代末八〇年代初,當代文學在研究方法上仍然未能擺脫「十七年」文學批評所形成的模式影響。把中國當代文學作為中國當代社會史附庸的做法相當普遍。「社會」與「文學」的關係,此時彼此之間還沒有被視為兩個相互獨立、又緊密聯繫的個體,而更多地認為當代文學只能是這一時期生活的反映,生活決定著文學。這

---

11 參見筆者:〈新時期「中國現代文學研究」與「中國當代文學研究」之比較〉,《廣東社會科學》2007年第5期。

樣，生活被意識形態建構起來的邏輯關係也同樣適用於文學藝術。文學的獨特也只能在如何「反映生活」的「差異性」方面被界說。這在當時被譏為「庸俗社會學」方法。其實我們看到，這種方法的流行以及形成的權力狀態，不只是黏滯了當代文學深入發展的可能，也大大影響了中國當代文學學科性的生成與確認。我認為，中國當代文學學科意識的浮出與鮮明，除了高等院校課程設置的促動之外，就學科研究自身而言，它是與二十世紀九〇年代以來的「文化批評」理論及方法被廣泛認同緊密聯繫在一起的。在「文化批評」的理論世界和闡釋視野中，中國當代文學歷史的許多「問題性」顯露了出來，「文學批評」對「意識形態」及其相關性問題的全新解釋，使當代文學過程中的許多現象變得重要了，當代文學的發生和生產機制特性因此擁有了可能被洞察的空間與視角，作為「歷史學科」的中國當代文學，其「歷史觀」獲得了與中國古典文學、中國現代文學接軌的可能性。獨立性的強化、現象分析的深入以及其它方面的活力增加等自不必說，更加值得注意的是，它自身也因此初步實現了對以往幾個階段裡中國當代文學史研究資源和敘述方式的整合。

　　不過，就現階段而言，中國當代文學的「史」的研究，仍有必要對以下幾個問題進行深入討論。比如「歷史」的細節與規律、「歷史」的功能與語境、歷史的「對象化」與「他者化」等之間的關係問題。

中國當代文學史的「發生」與「發展」

——論二十世紀五〇〜八〇年代「中國當代文學史」研究

　　作為二十世紀中國文學歷史的重要組成部分——「中國當代文學史」的研究，自二十世紀九〇年代中期以來有了長足且切實的發展。與中國現代文學研究的相對「沉寂」相比，中國當代文學的活躍性，一方面體現為研究主體學科意識的自覺強化和歷史性思維的大規模介入，更為重要的是中國當代文學學科在不斷走向深化過程中所日益實現的「問題性」及其過程、價值和功能的複雜性。誠然，就中國當代文學各個階段研究的具體情形和各個階段之間的差異而言，仍有不少研究盲點和必須深入的大量問題。例如，「十七年文學」與解放區文學的關係以及「十七年文學」與二十世紀三〇年代「左翼文學」和「文革文學」的關係等，這些問題雖然已在不少論著中涉及，但深入細緻的研究成果尚需待時日；「文革文學」自上世紀七〇年代以來，一直處於敏感話題範疇之中。從對它的命名到有關「文革文學」具體現象的分析，都離正常的歷史化客觀狀態很遠。「文革」時期有無真正的文學？「革命樣板戲」是不是一種審美？「文革」時期的小說、詩歌、散文及文學批評等文類的基本狀況如何，至今都未能弄清楚。「八〇年代文學」的真正成就應當如何界說？它與時代語境的複雜關係及其大量有意味的文學事件、文學現象等，依然未能得到深入研究。這些不但影響了當代文學研究進程，即使從文學的斷代研究而言，也使各個時期文學的真正的「問題性」被遮蔽。

　　這些（不僅僅只是這些）大量問題的存在，使得當下中國當代文學的研究面目表現為既成熟又幼稚的狀態。一方面，它的「學科性」已被較充分地建構起來，學科構成層面的內在分野也日漸明晰化；但另一方面，學科建構的基礎並未夯實，「問題」的大量存在，使得學科研究的價值指向不明，或隨時都可能被模糊化。值此，中國文學學科的活躍性就具有了雙重性意義：就學科整體而言，在與中國古代文學、中國現代文學研究比較中，它表現為「不斷出新」、波瀾頻生的動感狀態，正是這一點，使得中國當代文學研究能夠不斷獲取各種理論與話語資源，贏得學科研究不斷深入的可能。然而，「活躍性」也必然包含學科有待成熟和研究完備化的一面。如何使其在有序、科學、避免歧向的健康方向上深入發展，無疑是我們需要認真思考的大問題。

　　有鑒於此，對以往中國當代文學研究歷史和當下研究狀況的梳理與分析，就顯得相當必要。值得提醒的是，有關中國當代文學的「史」的研究之研究，學界尚未注意，它的問題的相關性，更是鮮有涉及。本文以這一時期出版的《中國當代文學史》為考察對象，[1]擬

1　據有關專家和筆者的研究統計，截至二〇〇七年底，已有近七十部中國當代文學史著作出版發行，其中包括把現代文學和當代文學合在一起的「二十世紀中國文學史」——比如朱棟霖主編的《中國現代文學史（1917-2000）》、全國高等教育自學教材《中國現代文學史（1917-1986）》，吳宏聰、范伯群主編，武漢大學出版社1991年2月第一版等。文中涉及的中國當代文學史著作，筆者有意選取了在一九八〇年代具有代表性、並且發行量很大四部文學史著述：張鐘、洪子誠等主編的《當代文學概觀》北京大學出版社一九八〇年七月第一版，簡稱「北大本」；由陳荒煤任顧問、郭志剛、董健等人擔任「定稿」者的《中國當代文學史初稿》人民文學出版社一九八一年七月第一版，一九八八年修訂，簡稱「初稿本」；由復旦大學、山東大學等二十二院校聯合編纂的《中國當代文學史》（共一、二、三冊，分別於一九八〇年五月、一九八一年十二月和一九八五年面世。）一九八六年底對一、二冊進行了修訂。簡稱「二十二院校本」；由馮牧任顧問、王慶生任主編、華中師大中文系編纂的《中國當代文學》（共三冊，第一冊初版於一九八三年九月，第二冊一八八四年五月第一版面世；第三冊初版於一九八九年五月。）第一、第二冊於一九八九

從「中國當代文學研究的幾個階段」、「中國當代文學經典的指認與重釋」、「中國當代文學研究方法的更移」等方面，做一簡單地探討。

一

　　中國當代文學被作為「史」的對象加以研究始於何時——迄今為止這仍然是一個學術界尚未明確加以探討的問題。顯然是，如果從「史」的角度看，中國當代文學的研究起始，是不能以當代文學的「批評」狀態的出現來畫界的。這不但因為二十世紀五〇年代初有關中國當代文學的批評缺乏「史」的自覺意識，還在於被「批評」所處理的現象，並非完全可能成為「史」的現象。「批評」與「現象」對「史」的有意拒絕，無形張揚並放大了這種研究的「即時性」和「價值」的有限性。文學現象的「史」的意義在於，它不但參與了文學歷史的結構生成，而且其自身也只有在被命名的文學歷史時空的「意義架構」中獲得價值。「史」的研究需要一個可以自由穿梭、查看的時空，它包含著現象及其現象的批評。從這個意義上說，中國當代文學的「史」的研究，不是與批評結伴而行的產物。

　　我以為，中國當代文學的「史」的研究，應當從一九五九年算起。一九五九年十月以後以及稍後一段時間（包括一九六〇年），可視為中國當代文學「史」的研究的第一階段。一九五九年十月以及稍後一段時間，在慶祝中國大陸建國十週年的激奮浪漫時代氛圍中，一大批從「史」的角度研究「新中國文學」的著述紛紛刊出——其中，由中國科學院文學研究所「十年來的新中國文學」編寫組集體撰寫、一九六〇年出版的《十年來的新中國文學》一書（作家出版社出版），應看作是第一部有意識從規範的文學史意識層面對中國當代文

　　年四月修訂版問世。簡稱「華中師大本」。上述文學史著述均又在其後不同時間進行過大規模修訂。

學發展進行全面敘述的重要著作。雖然它對當代文學發展和價值的總
體判斷帶有明顯的時代痕跡，整體上誇大了當代文學成就，尤其是在
與現代文學比較中存有不少「妄斷」，但它畢竟標誌著中國當代文學
「史」的研究的真正開始。在此著出版之前，即一九五九年十月國慶
之際，重要的文學報刊都紛紛刊載了大量總結新中國文學十年成就的
文章。一九五九年《文藝報》第十八期，第十九、二十期都有意識地
集中刊登了多篇顯然是事先組織的文章。如邵荃麟〈文學十年歷
程〉、馮牧、黃昭彥〈新時代的畫卷——略談十年來長篇小說的豐
收〉、《文藝報》編輯部〈十年來的文學新人〉（以上為《文藝報》）、
梅蘭芳《戲曲大發展的十年》（《戲劇報》1959年第18期）、曉雪的
《談十年來的新歌劇》（《文藝報》1959年第24期）等。許多作家也自
覺以「十年」的「史」的方式總結自我、或者獲得評價。比如，孟超
〈漫談田漢十年來的創作〉（《戲劇研究》1959年第4期）、鄧紹基〈老
舍十年來的話劇創作〉（《文學評論》1959年第5期）、宋爽〈努力描繪
社會主義的人物——試談馬烽十年來的短篇小說〉、張立雲〈為壯麗
的生活和事業引吭高歌——漫談劉白羽同志十年來的散文特寫〉（《新
觀察》1959年第20期）、老舍〈十年筆墨〉（《僑務報》1959年9月
號）、賈芝《十年頌歌》（《民間文學》10月號）等。重要的文學批評
研究刊物如《文藝報》、《文學評論》、《戲劇報》等均出版紀念專號，
專號內容均涉及對新中國十年文學歷史的回顧與評價。《文藝報》在
一九五九年第十八期專號上還專門就「作協會員」、「作協分會」、「文
學刊物」、「文學作品創作種數」、「少數民族文學作品」、「文學作品發
行總數」等方面，運用數字統計與對比方式，把一九五九年與一九五
○年（有的是一九四九年）進行對比，以說明「十年來我國文學事業
取得了突飛猛進的發展」。從一九五九年十月開始，人民文學出版社
陸續出版《建國十年來優秀創作》叢書。不少省份還分別在一九五九
年至一九六○年間，隆重推出了一批本地區創作選集。比如《短篇小

說選》（1950-1959）（春風文藝出版社），《甘肅短篇小說選》（1949-
1959）（敦煌文藝出版社），《安徽短篇小說選》（安徽人民出版社1959
年），《江西十年短篇小說選》、《河南十年短篇小說選》、《小說散文
選》（1949-1959）（福建人民出版社出版），《湖南十年短篇小說選》，
《詩選1949-1959》、《話劇劇本選1949-1959》、《電影劇本選1949-
1959》（以上三部作品集均由上海文藝出版社出版）。一九六○年第三
次文代會上陸定一、郭沫若、周揚、邵荃麟等文藝界領導的報告、講話
等，亦是從「史」的角度對一九四九年以來的文學進行總結。[2]據筆
者不完全統計，這兩年間，各地出版社以「十年選集」形式出版的短
篇小說、詩歌、散文（雜文）、戲劇、電影劇本等，達五十餘種之
多。這種類似於「中國新文學大系」的作品編選和文壇「檢閱」方
式，也可視為中國當代文學「史」的研究過程生發的一個重要方面。

　　可以說，一九五九年和一九六○年，是當代文學史研究「生成」
的重要年份。

　　其後，在一九六一至一九六六年裡，有關當代文學的「史」的研
究，專著亦是鮮見，具體成果多體現在從「史性」角度對一九四九年
以來文學藝術進行評價的宏觀性論文之中——如《人民日報》、《文藝
報》紀念講話二十週年的社論以及以中國大陸建國十五年為契機對當
代文學的整體總結著述等等。[3]但值得我們注意的是，一九五九年以
後的中國當代文學史研究，出現了一些重要的不尋常變化——我以
為，正是這些變化表徵了中國當代文學研究「史」的第二階段。具體
變化表現為以下幾點：

2　參見《中國文學藝術工作者第三次代表大會文件》（北京市：人民文學出版社，
　　1960年9月）。
3　《人民日報》一九六○年五月二十三日發表題為〈為最廣大的人民群眾服務〉、《紅
　　旗》雜誌和《文藝報》的社論分別為〈知識份子的道路〉、〈文藝隊伍的團結、鍛煉
　　和提高〉。

　　一、與一九五九年在喜慶氛圍中所形成的「檢視收獲」、突出成績不同，自六○年開始，尤其是執政黨領袖對現實形勢判斷的轉變，警惕「右傾」、強調階級鬥爭和倡導「繼續革命」等意識形態理念，開始日見強力地影響著中國當代文化語境和文學藝術發展情勢的變化與走向。此間，有關「京劇可否演現代戲」的討論、京劇現代戲匯演活動和毛澤東的「兩個批示」等構成了表徵時代症候的重要現象。在文化語境的緊張狀態中，對當代文學的「史」性價值實施判斷的否定性思維逐步得到了張揚。一九六二年二月、三月分別召開的「新僑會議」和「廣州會議」，實際上為這種否定性思維的擴張提供了口實。同年九月，中共召開了八屆十中全會，會上提出了現階段中國社會主要矛盾仍然是「階級矛盾」。十一月份，在文化部召開的首都京劇創作座談會上，有關現代戲與傳統戲的「比例」問題，引起極大爭論。這些都表徵了對當代文學總體成就的另一種判斷。

　　二、中國當代文學發展的具體時段得到了強調。以往的「新中國以來」的提法已經被質疑，比如上海市委書記柯慶施一九六三年初提出「寫十三年」的激進口號，由此引發了文藝高層對這一口號及相關問題的不同意見。周揚、邵荃麟等在中宣部於一九六三年召開的文藝工作會議上，指出「寫十三年」這個口號有明顯的片面性，「特別批駁了只有寫社會主義時期的生活才是社會主義文藝的錯誤論調」。[4]張春橋在此次會議上，對柯慶施的口號進行了論證，提出了「寫十三年的十大好處」。這種更為激進的姿態，是六○年代文藝領域發生變化的一個重要信號，並與其後毛澤東的批示、江青有關京劇革命的意見

4　一九六三年一月初，時任上海市委書記的柯慶施在「上海部分文藝工作者座談會」上提出「寫十三年」的口號。見《文匯報》一九六三年一月六日。四月，在「新僑會議」上，與會者就這一問題展開了激烈辯論。一九六四年八月，《紅旗》雜誌發表柯慶施在一九六三年底至一九六四年初華東地區話劇觀摩演出大會上的講話，這標誌著「激進者」已取得勝利。

一起，[5]構成了一九六○年代新的更為激進的文藝觀念。此等觀念作用於當時的文學研究領域，就出現了以否定性評判代替成就總結的觀點，對一九四九年以來的文學歷史開始了由點到面的質疑與否定。毛澤東在一九六三年十二月的第一個「批示」上講到：「各種藝術形式——戲劇、曲藝、音樂、美術、舞蹈、電影、詩和文學等等，問題不少，人數很多，社會主義改造在許多部門中，至今收效甚微。許多部門至今還是死人統治著。以至於戲劇部門，問題就更大了。社會經濟基礎已經改變了，為這個基礎服務的上層建築之一的藝術部門，至今還是大問題。……許多共產黨人熱心提倡封建主義和資本主義藝術，卻不熱心提倡社會主義的藝術，豈非咄咄怪事。」半個月之後，華東地區話劇觀摩演出在上海舉行，「寫十三年」的口號得以廣泛傳播。

　　一九六四年，有三次大規模的文藝會演和演出授獎活動舉行：第一次——一九六四年三月三十一日，文化部在北京舉行一九六三年以來優秀話劇創作及演出授獎大會。後來成為「樣板戲」的〈龍江頌〉、〈紅色娘子軍〉等二十二個劇作獲獎。第二次——四月六日——五月十日，全軍第三屆文藝大會舉行。演出了近幾年來創作的三百八十八個作品。林彪第一次就文藝創作發表談話，提出創作要做到「三結合」、「三過硬」等。各地報紙紛紛發表提倡寫、演現代戲的社論和報導。第三次——一九六四年六月五日——七月三日，全國京劇現代戲觀摩演出大會在北京舉行。十九個省市的二十八個劇團參加演出了三十七個劇目。〈蘆蕩火種〉、〈紅燈記〉、〈奇襲白虎團〉、〈節振國〉、〈紅嫂〉、〈紅色娘子軍〉、〈智取威虎山〉、〈杜鵑山〉、〈紅岩〉等後來成為樣板戲的劇作受到好評。毛澤東曾多次觀看。《人民日報》、《紅旗》分別發表〈把文藝戰線的社會主義革命進行到底〉和〈文化戰線

5　其實這一「激進」姿態，在《紅旗》雜誌題為〈文化戰線上的一個大革命〉、《人民日報》的〈把文藝戰線的社會主義革命進行到底〉等社論中已經被系統地理念化、原則化了。

上的一個大革命〉的社論，對其意識形態層面上的重大意義，進行了多方面的肯定。從這些活動的結果所呈現出來的傾向性上看，「厚今薄古」觀念已成普遍狀態，對未來的無限期待所激起的焦慮，又表現為對文學「當下」狀態的不滿。

同月二十七日，毛澤東作出第二個「批示」：「這些協會和他們所掌握的刊物的大多數（據說有少數幾個好的），十五年來基本上（不是一切人）不執行黨的政策，做官當老爺，不去接近工農兵，不去反映社會主義革命和建設。最近幾年，竟然跌到了修正主義的邊緣。如不認真改造，勢必在將來的某一天，要變成匈牙利斐多菲俱樂部那樣的團體。」這個批示七月十一日作為正式文件下發，中國文聯各協會再度開始整風。《紅旗》雜誌在一九六四年第十五期上發表柯慶施一九六三至一九六四年初在〈華東地區話劇觀摩演出會上的講話〉。講話強調「對於反映社會主義的現實生活和鬥爭，十五年來成績寥寥，不知幹了些什麼事。他們熱衷於資產階級、封建階級的戲劇，熱衷於提倡洋的東西，古的東西，大演『死人』、『鬼戲』。」「所有這些，深刻地反映了我們對戲劇界、文藝界存在著兩條道路、兩條方向的鬥爭。」一九六四年《戲劇報》八期轉載了這篇講話。

我們看到，「十五年」的提法被確認。從柯慶施「十三年」到毛澤東的「十五年」，再到〈紀要〉的「十六年」以及到江青講話的「十七年」，[6]基本判斷趨向於否定。

第三，文學史的經典標準發生重大變化。「批判」範疇的擴大和對文學作品的日益革命化即「社會主義化」的純化要求，使得當代文學史研究呈現為全新的「顛覆」狀態。〈紀要〉作為毛澤東文藝思想的當代形態，其對中國當代文學發展史的基本判斷，在文革開始後的非常歲月裡生成為新的文學史觀。在〈紀要〉中，既表達了對五四以

6　參見〈江青同志在北京文藝座談會上的講話〉，《江青同志講話選編》（北京市：人民出版社，1968年）（內部發行）。

來乃至一九四九年以後經典作品的質疑和否定，也凸現了自一九六五年以來激進主義文藝思潮下重新鑄造經典的想像與衝動。一九六五年對《歐陽海之歌》的吹捧，[7]旋即在「文革」開始後又被否定。確立經典的前提是製造「空白」，這可以看成是激進文藝的策略。

二

　　中國當代文學「史」的研究的第三個階段，是指二十世紀七〇年代末、八〇年代初，由於政治權力更替帶來的社會變動，中國當代文學史的寫作進入了一個可以與「十七年」時期拉開距離的時期。進入歷史「新時期」以後，隨著高等教育的恢復和高考制度的重新啟動，大學中文系課題體系中的「中國當代文學」被普遍單獨列出，雖然在很多院校和課程規劃具體實施過程中，《中國當代文學》總是被置於「中國現代文學」的「附屬」位置，甚至有些院校只以「講座」的形式附加開設，但畢竟「中國當代文學」已開始走向「學科性」。它作為中文系漢語言文學專業的「課程」地位日漸得到加強，並由此艱難地進入了中文系「漢語言文學」專業的「知識譜系」構成體系之中。課程的需要催生著具有「史」性層面的「中國當代文學」教材的大量產生。[8]在這一歷史時段裡，「中國當代文學」的「史」的研究以教材編寫為標誌，進入了一個短暫的繁榮的時期。雖然各個不同的文學史

7　〈歐陽海之歌〉首刊於一九六五年《解放軍文藝》六月號，一九六六年一月九日《人民日報》選載此著，並加編者按予以推薦。一九六六年二月二十六日，《羊城晚報》發表小說作者金敬邁創作體會文章《做毛澤東思想的宣傳員》，《人民日報》《文藝報》很快予以轉載。一九六六年《文藝報》第二期、第四期分別發表馮牧〈文學創作突出政治的優秀範例——評〈歐陽海之歌〉〉、郭沫若〈毛澤東時代的英雄史詩——就《文藝報》編者問〉等文，均予以高度評價。

8　有學者統計，至二〇〇〇年，已出版《中國當代文學史》著作六十餘部。參見孟繁華等《中國當代文學發展史》。

寫作者都有著自己的「當代文學史觀」，但應該採用怎樣的「史觀」和如何找到真正與對象契合的文學史觀等，在實踐中卻差異很大。「文學史觀」並不自覺，「倉促編成」不但是在這一時期「文學史」的特點，也反映了可能作為「學科」的中國當代文學史研究難以避免的幼稚和一系列意識到的和未意識到的困難。

　　從總體上看，受著「撥亂反正」時代思維的牽導，二十世紀七〇年代末八〇年代初的中國當代文學史研究，在認知判斷上共同折向對「十七年」的全面肯定，被「平反」的作品大批進入文學史。此時的研究主體的「史識」表現為：除了強調「十七年」文學的「社會主義性質」外，還力圖使「十七年」文學與五四以來的「新文學」得到接續。文學史敘述秩序被全新建構，許多先前忽略的中國當代文學的重要現象被逐一提出，但對文學價值認定的「政治性」倚重並沒有被改變。如對《武訓傳》事件，俞平伯《紅樓夢研究》事件，胡風事件、「雙百」和「兩結合」口號等現象的評價。筆者擬以在當時影響較廣、發行數量較大的四部文學史──《當代文學概觀》、《中國當代文學史初稿》、《中國當代文學史》、《中國當代文學》作為對象進行考察。大體看來，這一時期中國當代文學史研究表現為如下幾個特點：

　　一是文學史研究的「教材形式」和「教材」的「講義」性質。這實際上決定了中國當代文學學科獨立性還不可能得到強調，有關文學史的「事實」取捨隨意性很大。對「經典」的確認，基本上是以那些與編寫者記憶之中的作品事件相對應、在當時產生較大影響的文學存在為基礎。

　　二是「文學史觀」的模糊。中國當代文學史敘述的「文學史觀」的不成熟是與相鄰學科的普遍「幼稚」相關聯的。在這一時期其實就較為成熟的「古代文學」、「文藝學」、「現代文學」而言，它們的文學史觀亦並不成熟──這種不成熟性，必然影響到中國當代文學研究及其教材的編寫。比如由張鐘、洪子誠、余樹森、趙祖謨、汪景壽編撰

的《當代文學概觀》（以下簡稱「北大本」），編者解釋說：「這本當代
文學概觀，主要是通過對當代史上具有代表性作家和創作成果的評
述，概觀三十年來文學創作的概況，雖然試圖探討文學創作發展過程
中的某些問題，但是距離要達到的目標實在很遠。一方面，因為這是
一本應教學需要倉促編成的講史，從一九七八年夏季著手到全書脫
稿，才只一年半的時間。要搞清當代文學的發展過程及其規律性，以
我們的水平和準備的狀況來看是一時難以做到的。另一方面，三十年
來，當代文學走過不平坦的路，它的發展是複雜的，今天，運用實踐
是檢驗真理的唯一標準的尺度來衡量，對它的歷史進程的認識，還在
不斷發展和深入，還需要一個過程。」[9]同年，一九八〇年十二月出
版的《中國當代文學史初稿》（上、下冊）[10]（以下簡稱「初稿」），其
撰著目的與上述多有相似之處，被教育部視為「高等院校中文系教
材」的《初稿》，參加撰寫的有十所院校。一九七九年三月編寫組在
上海開會討論本書編寫大綱，並廣泛聽取了應邀到會的四十多個院校
及有關文學研究單位的代表對大綱的意見。為了進一步解決編寫進程
中遇到的一些難點，編寫組成員又於一九七九年八月在長春舉行的全
國當代文學學術討論會上，與參加會議的文學研究者和教學工作者一
起就有關問題進行了探討。他們認為「編寫一九四九年後三十年的文
學史，這是一項初創性的工作。本書試圖運用辨證唯物主義和歷史唯
物主義觀點對新中國文學三十年的成就、經驗、教訓及其發展規律進
行初步的總結和探討，為大學文科學生和其他讀者了解一九四九年後
文學的發展勾畫一個概貌，提供必要的理論觀點和歷史知識。」顯

9　《當代文學概觀》（北京市：北京大學出版社，1980年7月初版），後連續重印，總
　　印數達三十餘萬冊。

10　《中國當代文學史初稿》（上、下冊）一九八〇年十二月初版，一九八八年修訂。
　　此教材由陳荒煤任顧問，郭志剛、董健、曲本陸、陳美蘭任主編，前後參與編寫者
　　達二十人。二〇〇六年第二次修訂，改名為《中國當代文學史新稿》，董健、丁帆、
　　王彬彬主編，參編隊伍也大換血。書中內容面貌也發生巨大變化。

然，「初稿本」相比於「北大本」，對中國當代文學的「時期性」更為
看重，這表現為，「初稿本」明確以「十七年」、「文化大革命十年」
和「社會主義新時期」三個概念對中國當代文學的階段性進行了畫
分，而不是「北大本」那樣主要以「文類」含納「時期」的方式把幾
個階段串起來。一九八○年出版另一部《中國當代文學史》（1、2、3
冊），編寫近五年才出版[11]由二十二個院校參與撰寫（以下簡稱「二十
二院校本」）。據「前言」自述，編寫此書亦是「為適應高等學校中文
系教學的急需」，為了「眉目清晰，講授方便，我們從三○年來我國
政治、經濟和文學事業發展的實際狀況出發，把當代文學的歷史初步
畫分為四段，每段為一編，即一九四九年第一次文代會到一九五六年
為第一編，一九五七年到一九六五年為第二編，一九六六年到一九七
六年為第三編，一九七七年以後為第四編。全書以〈緒論〉開篇，總
論當代文學的歷史過程、重大成就和主要經驗教訓。每一編的〈導
言〉，簡述本時期政治、經濟發展狀況，以便讀者了解文學運動、文
學創作發生發展的歷史背景。除〈毛澤東詩詞〉、〈郭沫若〉兩個專章
和各編第一章〈文藝運動和文藝思想鬥爭〉外，其餘各章均有〈概
述〉一節，簡括介紹各時期文藝批評和各種體裁文學創作的概貌。關
於作家一般以其代表性作品問世的時期，作為排列於某一時期的依
據，此前和此後的作品則採取補敘和追敘的辦法。重要作家都有創作
道路部分，其他作家，則根據在文學史上所佔地位的不同，或對生平
及創作發展的歷史線索做簡要介紹，或只介紹生平，或只具名，不做
介紹」。華中師大中文系編寫的《中國當代文學》（以下簡稱「華中師
大本」），起步於一九七九年春天，（此校中文系曾於一九六二年出版
過《中國當代文學史稿》一書，科學出版社出版）此著編寫者「考慮

---

11 《中國當代文學史》（1、2、3冊），第一冊一九八○年初版，一九八五年三卷出
　　齊。一九八七年修訂。

到高等學校特別是師範院校教學的需要，本書以分析、評論作家作品為主，兼及史的論述。當代文學的教學與研究，以文學作品為主要的對象。只有按照文學發展的脈絡，緊密圍繞每個時期的主要作家作品進行教學，才能使學生認識當代文學的特點和規律，提高鑒賞、分析、評論當代作家作品的能力，對當代文學有一個輪廓的了解。」[12]下引這樣的表述，呈露並記錄了當時學術界對這一學科的基本認識和研究路徑：「編寫建國後三十年的文學史，這是初創性的工作，本書試圖運用辯證唯物主義和歷史唯物主義觀點對新中國文學三十年的成就、經驗、教訓及其發展規律進行初步的總結的探討，為大學文科學生和其他讀者了解建國後文學的發展勾畫一個概貌，提供必要的理論觀點和歷史知識。但是由於我們思想理論水平和知識修養的限制，加之編寫時間又十分倉促……因此只能算是一個初稿。」[13]《當代文學概觀》的編者也表達了同樣的意思：「這本《當代文學概觀》，主要是通過對當代文學史上具有代表性的作家和創作成果的評述，概觀三十年來文學創作的狀況，雖然試圖探討文學創作發展過程中的某些問題，但是距離要達到的目標實在很遠。……因為這是一本應教學需要倉促編成的講義……要搞清當代文學的發展過程及其規律性，以我們的水平和準備的狀況來看一時難以做到的。」[14]這一時期大致出版有三十餘部文學史，其中一部分是以「內部教材」形式出版的，都被運用到教學實際過程之中。僅以這一時期「中國當代文學史」教材來透視「中國當代文學」的研究狀況，已呈現出與第一階段大為相異的區別。主要表現為：

---

12 華中師範大學「中國當代文學」編寫組編寫的《中國當代文學》，第一冊一九八三年九月初版，第二第三冊分別於一九八四年十一月、一九八九年五月初版。第二冊於一九八九年四月第一次修訂，總印數達三十餘萬冊。新世紀進行了第二次全面修訂。

13 《中國當代文學史初稿前言》(北京市：人民文學出版社，1980年12月)。

14 《當代文學概觀》(北京市：北京大學出版社，1980年7月)，頁14。

　　（一）中國當代文學的「史」的框架和界限初步得到勘定，並在很大程度上取得了共識。例如對中國當代文學「史」的分期上，絕大多數史著都把一九四九年以來三十年的文學史畫分為三個階段——「十七年」、「文革」、「新時期」。對於「十七年文學」是否可以作為一個整體，在認識上稍有分歧。有的著述把「十七年」分為兩段：一九四九——一九五六年為一段，一九五七——一九六六年為一段。有關中國當代文學、尤其是「十七年文學」的代表性作品的選擇與衡定上，大多數著述小異大同。在對作家進入文學史的敘述份量的分配上，則顯得差異稍大一些。比如散文家楊朔，在《中國當代文學史初稿》中是單列專章加以論述的，而其他著述則只列為專節。巴金當代的散文創作，在各文學史著述中排列位置和敘述份量上有不少差異。

　　（二）這一時期的中國當代文學史的價值敘述，多側重對作家之於時代的認同態度和其創作的「題材」性質的考量方面。「重大題材」、「重大矛盾」、以及「新生活」、「新風貌」等等方面受到重視。創作的「主題」與「思想意義」倍受關注，也是研究者對作家或作品實施評判的基本範疇。一般文學史對作品分析大都採用了這樣的結構模式：題材——主題和思想性——人物形象塑造及其特點——藝術特點——不足或缺憾。關於作品審美性分析的著力點，大多集中在對人物形象「典型性」的衡量與評說。對詩歌的評判也是「寫什麼」重於「怎麼寫」，詩人的「抒情方式」和詩的「抒情結構」以及意象世界的複雜性未能得到充分地闡釋。

　　（三）是這一時期中國當代文學史敘述話語與意識形態話語的有意勾連與同構狀態。這不僅體現對當代文學史階段畫分自覺與當代史「革命式」畫分相一致，重要的是把當代政治對歷史的評判體系移植於審美評價過程中。有意識地對文學的「政治性」價值予以強調，並以此為中國當代文學的合法性尋求依據。例如，單章講述「毛澤東詩詞」和「老一輩無產階級革命家的詩詞」；出於「民族團結」大局的

考慮，有意設置了對李喬《歡笑的金沙江》和瑪拉沁夫《在茫茫的草原上》的專節敘述。強調對電影《武訓傳》、俞平伯《紅樓夢研究》、胡風文藝思想批判的「必要性」、「及時性」；無形誇大了周恩來在《新僑會議》、《廣州會議》上講話的重要意義以及這兩次會議對文藝界的直接影響。再比如，對「文革文學」一般都採用一概抹殺的作法──「一片廢墟」、「陰謀文藝」的命名得到廣泛的認同。對「文革文學」敘述的另一種作法是，把一九七六年「天安門詩歌」加以放大，使之整個代替了「文革文學」的全部存在。

（四）是「文學史觀」的模糊與差異性。「文學史觀」應該在兩個方面得以呈現：（1）是對「經典」指認的標準。比如是文學史「價值」的，還是「思潮」的。（2）是對文學發展階段性的畫分。一般也有兩種：其一是注重於外部對文學的影響，強調的是文學對外在強勢的呼應；二是注重從文學自身變異來畫分。這一時期的當代文學史的著述，大多表現為經典指認的「影響」取向與階段畫分的外在依附。「初稿本」分作三個時期：「十七年」、「文化大革命十年」、「社會主義新時期」；「華中師大本」則分為四個時期：開拓時期的社會主義文學（1949-1956）、在曲折中前進的社會主義文學（1957-1965）、文化大革命時期的文學（1966-1976）、新時期的社會主義文學（1976.10-1986.10）；「二十二院校本」與之相類似，但「命名」上則取「中性」概念：「一九四九至一九五六年的文學」、「一九五七至一九六六年的文學」、「一九六六至一九七六年的文學」、「一九七六至一九八二年的文學」；「北大本」雖然未在目錄中畫分階段，但實際敘述中也是按前上述「時段」進行的。不過，各時段的界限相對模糊些。這裡，時段畫分上完全按照當代政治的不同狀況及每種狀況之於知識份子和文學的關係來認定的。時代政治的「清明」與否由於與文藝政策相關，進而影響到一個時期文學的數量、風貌等，所以有些事件被有意凸現，比如「雙百方針」的提出，六〇年代的「新僑會議」、「廣州會

議」等。這種敘述顯示了當代文學史在八○年代試圖在政治與文學之間尋找完全對應性的真誠的努力與期待。

有關「經典」的指認，當時的文學史著作都有一致的地方：小說有《紅旗譜》、《保衛延安》、《紅岩》、〈青春之歌〉、〈紅日〉、〈林海雪原〉、《三里灣》、〈創業史〉、〈艷陽天〉等，進入「經典性作家」行列還有沙汀、艾蕪、孫犁、王願堅、峻青、茹志鵑、王蒙、馬烽、王汶石、李准（即後來改名為李鐵生）、康曜等。詩歌方面的有賀敬之（「初稿本」設專章，「華中師大本」修改本則取消，「二十二院校本」只在「概述」中提到，「北大本」與郭小川合為一節）、郭小川（「初稿本」設專章，其他本均只是「概述」裡提及）、聞捷（「二十二院校本」、「初稿本」設專節，「北大本」與李瑛合為一節，「華中師大本」則只是出現在「概述」裡面）、李瑛（「初稿本」設專節，「華中師大本」、「二十二院校本」均納入「概述」，「北大本」與其他多位詩人合節論述）、艾青（「初稿本」以「概述」方式論及，其他本則或單節、或與田間合節），在「節」中列出的詩人還有公劉、桑木泉、邵燕祥、張志民、嚴辰、未央等。

作為「初稿本」列為專章論述的〈毛澤東詩詞〉和〈老一輩無產階級革命家的詩詞〉，在「北大本」縮小為〈毛澤東詩詞〉一節，其他本則概不論及。

戲劇方面，田漢、老舍、郭沫若等被「初稿本」設為專章，而在「華中師大本」裡上述作家只在「概述」中提及。設立「專節」的只有夏衍一人，〈戰鬥裡成長〉、〈萬水千山〉合為一節介紹。「北大本」則首先以題材不同為原則，有「農村題材的劇作」、「軍事題材的劇作」、「工業題材的劇作」。老舍單節論述，對郭、田、夏等只在「概述」中涉及。〈霓虹燈下的哨兵〉列單節，〈千萬不要忘記〉也備受推崇。「二十二院校本」中，老舍、夏衍被單列為一節，〈萬水千山〉被單獨立出。

戲劇方面，各書對老舍的認同性較高，對郭、田等評價差異甚大，可以看出當時人們對他們一九四九年後戲劇創作的藝術品位持有懷疑。反映新生活的劇作認同度高。「華中師大本」對夏衍評價過高，恐怕與夏還活著並擔任的職務有關。

散文方面：楊朔，「初稿本」設專章，「北大本」設專節，排在魏巍、劉白羽之後。秦牧，「初稿本」列專節，位於魏巍、劉白羽之後，「北大本」設專節，但置於單列作家最後一個（排列是：魏、劉、楊、秦）；「華中師大本」、「二十二院校本」則只列入概述。劉白羽，「初稿本」單節論述，列於魏巍之後，「北大本」與之相同，「華中師大本」、「二十二院校本」則只列入〈概述〉。巴金，「初稿本」與冰心合為一節，排在秦牧之後，「北大本」與之相同，但排列在倒數第二。「華中師大本」、「二十二院校本」都為巴金設專節，並排列在第一位。其他被提到的散文家還有吳伯簫、曹靖華、碧野、袁鷹、魏綱焰（「初稿本」）、高玉寶、吳運擇（「二十二院校本」）、涵子、靳以（「華中師大本」）、何為、柯藍、郭風、華山等（「北大本」）。散文的「經典性」指認起伏很大。這一時期對魏巍的評價高，楊朔、秦牧受抑制，巴金、冰心在各史著中的排列位置和價值評價差異很大。可以看出，更多的是從思潮與散文的意識形態價值融合性上進行評價，並未對散文的當代形態做深入研究。具體到作家，我們看到，「初稿本」為趙樹理、柳青、周立波設立專章。設專節論述的作家是與其代表作品結合在一起的，如梁斌、杜鵬程、楊沫、吳強、曲波、艾蕪、周而復、歐陽山、浩然、陳登科、李喬、瑪拉沁夫等。就長篇而言，顯然編著者既注意到了影響和作家在思潮中的位置，又充分照顧題材、風格和民族的平衡。對短篇來說則更多在風格和影響的結合上考慮，主要論述了孫犁、李准、馬烽、茹志鵑、峻青、王願堅、王汶石、康濯、王蒙等。

「北大本」對長篇小說的價值描述，基本上以作品評述帶起作

家，除上述作品之外，增加了《李自成》、《山鄉巨變》、《三家巷》。短篇創作方面，則以時間發展為序，列出不同時期的代表性作家，對作品影響和作家的思潮性價值予以充分的注意。

「華中師大本」，在「小說」部分，專為趙樹理、柳青、周立波設立一章，其餘則把長短篇混合，從風格上和題材上列出杜鵬程和《保衛延安》、李准、康濯、峻青、王願堅等幾類作品；路翎、蕭也牧、馬烽和西戎、茹志鵑與劉真、王汶石與劉樹德、沙汀與駱賓基、胡萬春與唐克新、費禮文等被作為幾個類型加以處理。孫犁單列一節，排在首位。

「二十二院校本」，把周立波、丁玲放在首位，單節論述；其他如趙樹理、杜鵬程、沙汀和艾蕪、峻青、王願堅、王蒙、劉賓雁以及瑪拉沁夫等少數民族作家等單列一節。這本史著注意到了「兒童文學」創作，對柳青、浩然則連概述裡也隻字不提。著者在總論中這樣談到「大量反映現實的作品，深淺不一地烙上了左傾思潮的印記，在一定程度上反映和讚頌了被扭曲的生活，它們的真實性已難以接受歷史的檢驗，歲月的流逝已使它們失去了昔日的色彩。其中有些作品，如六〇年代出現的長篇小說《艷陽天》、《風雷》、話劇《千萬不要忘記》以及一部分短篇小說，儘管它本身具有一定特色，但就其內容和傾向來說，基本上是階級鬥爭擴大化理論和實踐的圖解。」[15]《中國當代文學史》編寫中的一些重要問題，一般都反映在「緒論」中，諸如關於當代文學性質、關於現當代文學之間的關係、關於中國當代文學的時段畫分、總體特徵、經驗教訓以及體例思考等，都是研究者必須在「緒論」中加以解決的。因而，「緒論」可視為文學史編纂的「綱」。所謂「指導思想」和「原則」其實就是文學史觀的體現。以「初稿本」、「北大本」、「華中師大本」和「二十二院校本」等幾部最

---

15 《中國當代文學史》（1）（福州市：海峽文藝出版社，1987年第二版），頁11-12。

初出版的文學史來看，「緒論」所要解決的問題大都基本一致——即使有「差異」，也是因為教材側重點不同而形成，並無本質的或方法論層面上的不同。

我們就以「初稿本」為例談談這種情況。

（一）關於當代文學性質的認識

「初稿本」對當代文學的一些基本問題的思考，是建立在對現當代文學的聯繫與比較的思維基礎之上的。它認為，現代文學是「在馬克思主義理論指導下逐步發展起來的無產階級革命文學。在三十年間，它作為整個中國革命的一個必要的和重要的戰線，發揮了重要的影響和作用，並在戰鬥中培育和鍛煉了具有民族特色的革命現實主義和革命浪漫主義的傳統，我國當代文學就是繼續著這個傳統，在社會主義制度的歷史條件下曲折地成長與壯大起來的。」「中華人民共和國的成立，開闢了我國革命歷史的新階段，也開闢了我國無產階級革命文學的新階段。」「毛澤東同志曾經形象地把中國革命的兩個發展階段比喻為上下兩篇文章，包括新民主主義階段和社會主義階段在內的整個我國無產階級革命文學，——人們習慣上把新民主主義階段的文學稱之為中國現代文學，而把社會主義階段的文學稱為中國當代文學。」談到這一性質認定的認識基礎時，〈緒論〉說：「自鴉片戰爭以來的中國近代歷史證明，凡屬根本性的社會政治變革，總是要反映到文學上，引起文學性質的變化。」「社會變了，文學就會跟著變化。」「中華人民共和國的成立，標誌著新民主主義階段的基本結束和社會主義階段的開始。在社會主義階段，社會主義已經不只是一種思想體系或一種理想，而是逐步變成活生生的現實了。通過形象化的手段，反映並促進社會主義政治、經濟制度的建立、發展和不斷完善、鞏固，是我國當代文學的光榮使命，當我們的文學真正肩負起這一歷史使命，並真正成為有社會主義覺悟、有文化的廣大勞動者（包括腦力勞動

者）所掌握的時候，就形成為社會主義文學了。建國三十年來，當代
文學走了一條曲折的道路，但就其總體來說，是社會主義性質的。」

（二）關於中國當代文學的總體成就

在總結中國當代文學的成就時，〈緒論〉從六個方面展開。（1）
「作家和工農兵群眾進一步結合，文學創作和勞動人民進一步結合，
從而形成了文學史上最深刻的革命。」認為一九四二年提出的文藝為
工農兵服務的方向，在當代得以徹底實現，「沒有一九四二年提出的
這一方向，就不會有今天嶄新的社會主義文學。」（2）「無產階級和
勞動人民的新人形象在作品中佔有突出位置。」（3）「勞動人民不僅
是文學作品的接受者，而且參與了文學創作事業。」（4）「在創作手
法上，……從整個傾向上看，充滿社會主義和共產主義理想的革命現
實主義和革命浪漫主義的方法日益被廣大作家所接受，並佔了主導地
位。」（5）「在藝術風格方面，在民族化，群眾化的總的方向下，越
來越多的作家逐步形成了各自獨特的風格。」（6）「提供了多民族文
學共同繁榮的現實可能性。」

對「當代文學史的分期和對各個時期的基本評價」，〈緒論〉將之
分為「三個時期」──「十七年」、「文革十年」、「七六年以後」。認
為「這個分期方法的好處是，它僅僅抓住了事物的質變點」。「三個時
期的質的規定性是十分明確，不易混淆的。」「十七年」「是正確路線
佔了主導地位，甚至『十七年』這個詞，已經成了人們評價當代文學
的習慣用語，是不好再分開的了。」「『文化大革命』中的十年，文藝
園地百花凋零，萬馬齊喑，形成了世界文學史上罕見的現象，因此，
它可以作為特殊的一頁留在文學史上。」

緒論在分述三個時期的成就和對之進行基本介紹時，提供了有意
思的思考。這些思考既是圍繞作品而展開的價值探討，亦是一種別樣
的文學「經典化」認識狀態。它認為，「十七年」時期的文學創作，

「總的說是繁榮的，有生氣的，在各種形式的文藝作品裡，都出現了一批思想上和藝術上比較成熟的作品。其中，如《紅旗譜》、《創業史》、《紅岩》這樣的長篇小說就算比起五四以來新文學史上任何一部長篇作品，都是毫不遜色的。」認為，朱老忠、嚴志和、梁生寶、梁三老漢、許雲峰、江姐、華子良等人物，「都是很有民族特色的典型形象，在它們身上，分別概括了民主革命時期和社會主義革命時期極為深廣的社會內容，」「可以看到中國人民在中國共產黨領導下建立根據地，推翻舊世界，建設新中國的偉大歷程。」「這些具有獨特性格內容和鮮明個性特徵的典型形象，不僅為世界文學史上所沒有，就是在我國以前的文學史上，也是沒有先例的。因此，我們可以說，這些典型形象的出現，是對世界進步文學畫廊的一個嶄新貢獻。」

對「文革文學」的基本估計，認為，「這是一個非常的時期」，「基本上有三類狀態的文藝：一是陰謀文藝；二是『瞞和騙』的文藝；三是革命文藝。」（關於「文革文學」的文學史評價問題，我將另文論述）。

（三）關於中國當代文學的「經驗教訓」

「緒論」在總結「經驗教訓」時，提供了幾個方面的認識。（一）「必須正確開展文藝上的兩條路線的鬥爭，拒絕用政治運動和群眾鬥爭的方式來對待文學藝術領域中的問題。」認為，「建國初期對電影《武訓傳》的批判，對《紅樓夢》研究中唯心主義思想和整個胡適派觀點的批判，以及後來對胡風文藝思想的批判等等，都是必要的、及時的。」但批判過程中「運動式的做法」和「缺乏辨證的、一分為二的全面分析」的「兩種傾向」，都是「消極的」、「有害的」。（二）「必須正確處理文藝和政治的關係。」「緒論」認為，「在文藝和政治的關係方面，我們多年來在認識上和處理上是片面的、機械的」，具體表現為「一方面對政治做了簡單的、片面的和庸俗的理解，把當前運動

和黨在各項工作中的具體政策當作了唯一的政治」。「機械地片面地強調『文藝為政治服務』的口號」，從而造成否定藝術特徵與功能的結果。另一方面，「在強調政治標準第一、藝術標準第二這個藝術批評的標準時，往往變成『政治標準唯一』。」〈緒論〉解釋說，「事實上政治和藝術是結合在一起的，政治是通過藝術來體現的。」「在文藝創作中，取消了藝術也就沒有了政治。」同時就作家主體的政治性，〈緒論〉說道：「向作家、藝術家宣傳深入群眾和改造思想的長期性和必要性，以期保證他們藝術創作的正確方向，這是正當的。但卻不應該提倡那種政治脫離藝術，甚至用政治代替藝術的錯誤理論和做法。」(三)「必須按照藝術規律辦事，堅決貫徹『百花齊放、百家爭鳴』方針。」〈緒論〉認為，「必須認真認識和尊重文藝自身的客觀規律，」認為「雙百」方針，就是嚴格遵循藝術規律辦事的正確方針。(四)「必須忠實於現實主義的傳統。」〈緒論〉認為，「在十七年中的我國文學，毫無疑問是堅持了現實主義的優秀傳統的，……是堅持了革命現實主義與革命浪漫主義的創作方法的。」但由於「左」傾意識的發展，「在我們的文學創作中還存在著現實主義嚴重不足的一面。」(五)「必須正確區分兩類不同性質的矛盾，」認為「只有堅持實踐第一，實行藝術民主，才能保護好的，批判壞的。」

　　從以「初稿本」「緒論」為代表的八〇年代初中國當代文學史的研究中我們可以看到，除了受政治轉換影響而對「文革文學」進行了「大膽否定」(甚至是全盤否定)之外，在面對「十七年」的許多影響全局的、根據毛澤東〈講話〉所確立起來的重大藝術理念，對一些基本範疇的價值判斷等等，都表現出基本肯定的態度。所做的「反思」，僅僅局限於對一些重要問題的「更加全面」或「辨證」的分析態度。例如，依然肯定並強調「生活」對主體創作的先天性的支配作用，從而完全迴避了作家的「主體性」問題。對「文學與政治」的關係問題，不但認為這是一個重要的「歷史問題」，而且也是一個必須

在新的條件下處理好的大問題。肯定政治對文學的支配作用，不否認政治價值之於文學的重大性和必要性。因而，對五〇年代的幾次「文學大批判」依然持肯定態度，甚至對《文藝八條》等一些重要文件裡的「左」的東西未能加以清理，也就不可能去分析六〇年代初周恩來的文藝言論與毛澤東的內在一致性，從而把「一個時期的錯誤」歸結為「一個人的錯誤」。正是這樣的思維，使得這一時期中國當代文學史的重要結論都值得懷疑。比如把「十七年」分為兩階段——一九五七年以前是正確的，一九五七年以後則基本是錯誤的，等等。這表現了從政治立場對文學進行價值判斷的普遍情形。

（四）關於中國當代文學和中國現代文學的關係

中國當代文學和中國現代文學的關係，是當時文學史家普遍意識到的並試圖給予回答的重要問題。但是在回答這一問題時，研究者普遍採用的是以當代為中心，並以「進化論」思維加以論述的。認為，中國現當代文學是一個整體，是建立在自五四以降無產階級對文學的影響與領導方面，不但將毛澤東的新民主主義革命論作為依據，而且在極力申述中國現代文學三十年的無產階級性質的基礎上，為當代文學的性質尋找歷史依據與合法性。站在「當代」立場，一是為了證明「當代」比至於「現代」的更顯「高級」的形態。對當代文學性質的「社會主義」的判斷，又使得當代文學在當時政治價值範疇之中其價值顯得更為重要。在這些文學史的敘述裡，文學的豐富性被淡化，文學的「時代性」和「功用性」仍然得到了普遍強調與凸顯。中國現當代文學「一體性」的立足點，主要是歷史和現實的「正確性」的一面，而非是從文學內部或文學本身的關聯方面加以體認的。

以上種種問題都說明，顯然在二十世紀七〇年代末、八〇年代初中國當代文學作為學科已走向建構，但它的「歷史敘述」則表呈出很強且不無隨意性的「主觀性」。這種「主觀性」並非是基於個人的，

而是意識形態權力意志的體現，作為真實存在的文學，並不參與中國當代文學史的敘述。這些也為此後的一長段時期──從八〇年代中期至九〇年代後期，中國當代文學的不斷「修改」、「重寫」、「改寫」留下了大量空間和話題。

三

　　二十世紀八〇年代中後期，對中國當代文學「史」的連續性「修改」，可視為第四個階段。「修改」的動機和原因，編著者是這樣表述的：「《中國當代文學史》於一九七八年開始編寫，一九八五年出齊。……在這六年中，在黨的十一屆三中全會所確定的思想路線指引下，我們國家的政治、經濟、社會生活等方面都發生了顯著變化。在文藝戰線上，由於『雙百方針』的貫徹，文學創作出現了蓬勃發展的局面，文藝理論研究和文學批評獲得了突破性進展，中國當代文學史的研究，也取得了新的成果，原來一些一時尚難做出比較正確結論的問題，在實事求是的探討中，也已經有了比較符合實際的認識。這一切都說明，對《中國當代文學史》作一次修改，以匡正本書第一版中某些現在看來已經不太顯得恰當的評價，使它更符合歷史的實際，更具有科學性，這不僅是必要的，也是可能的。」[16]《中國當代文學史初稿》的「修改說明」更透露了時代變化、尤其政治變化之於「修改」文學史的必要性。「這次修改的要點是：一，調整某些過時的提法，便全書在觀點和表述方面更加符合中央關於文藝問題的精神；二，注意吸收學術界新的研究成果，提高全書的科學性和理論水平；三，增刪和調整某些章節。」

---

16 二十二院校編著：《中國當代文學》（福州市：福建教育出版社，1986年12月），「修改說明」。

統觀這一時期的中國當代文學史的修改，我們可以看到大致著力於以下幾個方面：一、作家作品的「排序」變化和對重要作家、作品的「價值」修訂。二、對當代文學過程中具有「史性」影響的「文學現象」的評價「修改」；三、對「文革」文學的研究出現了新的變化；四、「新時期文學」的當下發展狀態及激起的全民認同，直接影響到研究主體對中國當代文學史一系列問題的認識；五、中國現代文學研究在二十世紀八〇年代的繁榮與活躍以及由此形成的「五四文學正統觀」大面積輻射到中國當代文學研究的價值評判。

以下我們僅就作家作品的「排序」變化和對重要作家、作品的「價值」修正方面做些較為細緻地考察。

以「初稿本」為例，在專門討論「十七年長篇小說」的第二章裡，作家「排序」和各自的「份量」都發生了不小的變化：梁斌及其《紅旗譜》原單為一節，置於「概述」之後。一九八八年出版的「修改本」則把原處於第七節、與「小城春秋」合為一節的歐陽山的《三家巷》提到第二節，與《紅旗譜》合為一節。位於第三節單列的「杜鵬程及其《保衛延安》」，退至第四節，並與吳強的《紅日》、曲波的《林海雪原》合為第五節。原合為一節的《紅岩》與《青春之歌》，在次序上作了調整，《青春之歌》置前，《紅岩》則在後頭。高雲覽的《小城春秋》則被刪掉了。長篇小說「節數」，也由原來的「九節」變為「七節」。

其中，作品評價的一些「關鍵詞」的修改值得注意：關於作家梁斌——「初稿本第一版」說「梁斌是建國後在小說創作上取得突出成就的作家之一」，「修改本」把「突出成就」改為「重要成就」。對作品的評價，「初稿本第一版」稱「《紅旗譜》是一部黨領導的農民運動的壯麗史詩」，修改本則以「史詩性作品」替代了「壯麗史詩」的稱譽。對《保衛延安》，修改主要集中於指出作品的「不足」。「初稿本第一版」認為：「《保衛延安》的缺點是不夠活潑、生動，就反映的生

活面來說，除戰爭之外，其他方面還比較狹窄，有單調感。作家真實地再現了人民戰士的英雄形象，但對敵人的刻畫則顯得薄弱。」在八〇年代後期則修改為：「《保衛延安》就反映的生活面來說，還比較狹窄，除戰爭以外，其他生活層面鋪展不夠，因而有單調感。此外，對敵方將領刻畫顯得薄弱，尚未克服臉譜化。」這裡的修改有兩點比較明確：一是「初版」的「不足」比較籠統，「修改本」則指出了作品造成單調感的原因是「其他生活層面鋪展不夠」。用「臉譜化」來解釋「對敵人的刻畫則顯得薄弱」，是一種已經有了審美距離的走向「客觀」的判斷。二是明顯弱化了「敵」「我」對立比較意味，調整了對之進行觀照的視點——自然，這種「調整」顯然是有限的，僅僅是「微調」而已。不過，雖然如此，也透露出二十世紀八〇年代各種頻繁而激烈的「論爭」對中國當代文學史研究與歷史敘述的重大影響。文學史觀念正在發生著「悄悄」的變化。

　　對《紅日》，「初稿本第一版」對它的價值表達是：「《紅日》在藝術地反映大規模革命戰爭方面所取得的成就是十分出色的」，「修改本」改為「《紅日》在藝術地反映大規模革命戰爭方面所取得成就比《保衛延安》有較大的進展。」第一版認為「從生活實際出發描寫英雄人物的性格的豐富性，是《紅日》塑造人物的又一個可取之處。」修改後的表述，對之肯定的力度大大加強：「力圖突破創作中寫英雄的模式，堅持從生活實際出發表現英雄人物性格的豐富性，是《紅日》塑造人物的又一個成功之處。」這裡顯然是把《紅日》與《保衛延安》進行了比較，暗示出藝術成就前者高於後者的評價變化。「豐富性」從「可取之處」升格為「成功之處」，這與新時期文學創作中大量出現的愛情描寫有關，實際上可以看作是「愛情描寫」在八〇年代的公開化、合法化反射在「十七年」歷史敘述的具體表徵——這也說明，文學史研究與時代當下思潮之間的必然的呼應及其在「歷史敘述」中敘述主體站位對審美評價的影響。

　　作為「十七年」文學「經典性」作品《林海雪原》,「初稿本第一版」在涉及小說「不足」之處時專門談到了小說的愛情描寫:「至於作品少劍波與白茹之間的愛情描寫,應該是無可厚非的,但有些地方處理的還不夠恰當。」「修改本」中這幾句話被完全刪去。這一變化依然值得我們注意:《林海雪原》發表之初及其以後的一段時日,評論界對它的「愛情描寫」就有著不同意見。基本上認為這部作品的「愛情描寫」沒有合理性——一是為了「突出個人」,[17]二是「損害整部小說,給人不好的印象。」[18]據此,我們看到,「初稿本第一版」的「不足」評價,明顯受到了「十七年」審美認識的影響。「修改本」對這一「不足」的刪除,在寬容「愛情」的同時,也反映了八〇年代「中國現代文學」經典在生成過程中對「中國當代文學史」的價值判斷的重要影響。

　　作為設「專章」講述的「農村小說」「三大家」——趙樹理、柳青、周立波,「初稿本」在修改中,其「排序」並未發生變化。但對他們的整體評價和代表作的評價都有不少的更動。其中值得注意的是,對於趙樹理評價明顯往「高處」走。例如關於《三里灣》的價值,著史者有意突破了長期以來僅僅只是在「縱向」的趙樹理創作範疇對其實施審美價值評價的既定意識,把他挪入中國當代文學史「農村題材創作」的縱橫比較視閾裡,突出了趙樹理的自我「堅守」和他自己的「現實主義」形態。「修改版」增加了這樣一段話:「值得我們注意的是,《三里灣》在揭示農業合作化初期農村的生活矛盾時,沒有受到像後來一些作品那種『階級鬥爭』模式的框囿。比如,小說就沒有有意識設計一條地主富農破壞的情節線索,人為地製造一種敵我矛盾的氣氛;即使寫合作化中兩種思想對立的人『擺開陣勢』,也不

17　何其芳:〈我看到了我們的文藝水平的提高〉,《文學研究》1958年第2期。
18　王燎原:〈我的印象和感想〉,《文學研究》1958年第2期。

故意將矛盾推向兩個極端。正如作者所認為的:『說他們走的是兩條
道路,不過是為了說話方便打的一些比方,實際上這兩種勢力的區
別,不像打仗或走路那樣容易看出彼此來。』小說這樣描寫農村鬥爭
形態,使它更富有生活實感。這個特點,是建國後同類題材的小說創
作中所不多見的。」從「十七年」至文革強調「階級鬥爭」是生活的
常態,到新時期政治與民眾對生活「非鬥爭」形態的普遍認同,以往
「鬥爭審美」逐步遭到質疑與否棄。由此帶來的趙樹理小說創作「當
代價值」的變化,畢竟是有限的。趙樹理創作價值的政治屬性並沒有
得以祛除。[19]柳青,基於當年《創業史》(第一部)出版時評論界對他
的「熱評」,作品對於「政治邏輯」的嫻熟運用以及由此建立的「農
村理想」與時代政治期待的高度一致性,使他在中國當代的「農村小
說」創作中「出類拔萃」,佔盡風流,似乎從《創業史》(第一部)問
世起,就天然地擁有了「宗主」地位。正是這些原因,致使進入文學
史的柳青,在敘述中一直處於被著史者仰視的位置。歷史地看,任何
一種得益於特定時代的產物,也必然會在與原來有著極大不同的文化
語境中受損。二十世紀八〇年代,在中國當代文學史的「修改」浪潮
中,對柳青的評價修改力度最大,並呈為「下挪」趨勢。比如「初稿
本第一版」說:「在當代文學史上,柳青的貢獻是很大的,」修改
為,「在當代文學上,柳青有著自己獨特的貢獻。」「初稿本第一版」
中的「為我國社會主義文學的發展提供了營養和經驗。」修改為「為
我國社會主義文學的發展提供了有價值的研究材料。」對代表作《創
業史》(第一部)的評價,有如下一些觸目的變化。首先對其文學史
地位的認定。「初稿本第一版」認為:「《創業史》是一部反映農村合
作化運動的史詩性的鉅著,其思想和藝術成就都遠遠超過其他同類題

---

19 可參見董之林:〈關於「十七年」文學研究的反思——以趙樹理小說為例〉,《中國
　　社會科學》2006年第4期。

材的作品，在我國當代文學史上占有非常突出的地位。」「修改本」改為「《創業史》是一部反映農業合作化的史詩式鉅著，在我國當代文學史上佔有突出的地位。」刪去了「《創業史》深刻地概括了我國農業合作化初期的社會矛盾衝突，著重表現了在這場變私有制為公有制的革命中的社會的，思想的，和心理的變化過程。」作品主人公梁生寶不再被指認為是「具有鮮明時代特徵的英雄形象」，不再被認為是「作者社會政治思想及美學理想的深刻體現」，而僅僅稱之為「農村新人形象」，並且指出作者「有意對人物作了淨化的處理，略去了這個年輕農民身上不可避免的小生產者的思想意識，一定程度上影響了形象的可信性。」「修改本」認為，梁生寶形象的感染力，更多地是與他身上所體現出來的「陝西農民所特有的精神氣質，行動方式、感情狀態以至語言習慣」等方面的地域特徵大有關係──這是「初稿本第一版」中沒有的表達。

　　梁三老漢由「初稿本第一版」「典型性很高的藝術形象」變為「《創業史》中最為成功的藝術形象。」郭振山從「一個具有深刻教育意義的藝術典型」變為「郭振山的形象具有深刻地警策意義。」顯然是，「史詩」下移為「史詩性作品」，梁生寶由「英雄」走入「新人」行列，梁三老漢藉助於「典型性很高」的臺階躍上「最為成功」境界，人物的「複雜性」成了他們價值位置發生變化的主要依據。更為重要的是，八〇年代關於「真實性」討論中「存在真實」對「歷史必然性」的有效剔除，「人性」的受寵和對「階級性」的有意放逐，「人」與「歷史」之間互為主體的複雜性的時代追問等等因素，無疑也是這些「修正」產生所仰賴的重要資源。

　　周立波當代創作評價的變化，主要體現在對其代表作《山鄉巨變》局限的突出上。「初稿本第一版」中是就它的「不夠充分」而言的，「但作為一部概括時代風貌的長篇小說，作品在表現清溪鄉合作化運動時，對歷史、時代背景展示得不夠充分；在注意描寫農民的思

想負擔，表現合作化運動中尖銳的矛盾衝突的同時，對他走社會主義
道路的積極的一面，還描寫得不夠有力，對敵我鬥爭的處理也有點簡
單化。這些都多少影響了作品的思想深度。」而「修改本」則從整體
上對作者的局限進行了陳述。「但今天看來，這個小說也還有一些局
限和缺陷，比如對時代風貌的概括，還在一定程度上受到過去農村階
級鬥爭模式的影響，像龔子元這個暗藏的革命分子的設置，就顯露出
一種人為地擴大階級鬥爭矛盾地痕跡，使許多描寫經不起推敲。對黨
的工作者李月輝的刻畫，作者一方面寫出他實事求是的作風，處處含
有真誠的讚許，但另方面又在一些地方生硬地給人物套上所謂『右傾
溫情主義』的批評，造成了形象的矛盾性。作者對老農陳先晉的精神
世界是剖析得相當深刻的，但這個人物在作品後半部就擱了淺，不敢
再作深化的處理，使藝術形象處在半完成狀態。這些，都反映出作者
當時創作思想所處的矛盾狀態：既想認真堅持現實主義態度真實描寫
生活，又不能不在一些地方屈從於當時流行的某些觀念，這就只能給
藝術創作留下了再也無法彌補的缺陷。」

　　在對詩歌評價修正方面，賀敬之的文學史敘述可以作為重點分析
對象。「修訂版」裡，除了把原版本中列為單節的長詩〈雷鋒之歌〉
與〈桂林山水歌〉合為一節以外，重要的是對〈雷鋒之歌〉「缺陷」
的評價變化。這樣的評價依然保留著：「經過十幾年實踐的檢驗特別
是經過十幾年實踐的檢驗來重新玩味它的『詩情』，自然會發現它的
某些不足之處。長詩對階級鬥爭形勢的估計，攙雜著一些虛誇不實的
成分；對雷鋒的評價以及對學習雷鋒的意義的認識，也有些過頭和絕
對化，顯而易見這是受了當時政治宣傳中某些形而上學和唯心論傾向
的影響。儘管詩人十分真摯地歌頌學習雷鋒的群眾運動，並把這一運
動與當時國際國內的鬥爭形勢聯繫起來，試圖把主題表達得更深刻一
些。但是由於他對現實生活觀察和體驗上的不足，激越昂揚的詩情
中，便帶有政治運動中的人為的過眼煙雲的東西，或者說，帶有一些

不夠真實的、經不起實踐檢驗的東西。賀敬之政治抒情詩中的這種不足，在他後來寫的詩歌中仍有表現。但是，實事求是地分析這種現象產生的複雜社會原因，人們就不會苛求詩人了。」

　　但我們看到，當「修訂本」把〈雷鋒之歌〉與〈桂林山水歌〉並置在一起時，也許並不是為了強調政治抒情詩的不足，而是提醒人們注意詩人藝術探索的「另一個側面」——〈桂林山水歌〉的「民謠」風味，顯然是強調了賀敬之自覺向中國古典詩詞學習與借鑒的一面，「十分注意煉字煉意，」「情醇而境美」。

　　在單獨談到賀敬之詩歌的藝術特色時，「初稿本」第一版首先強調了他是「最善於用詩來表現政治性很強的重大題材」的詩人。認為「賀敬之的政治抒情詩總能夠賦予抽象的政治性命題以具體生動的形象，以政治的『虛』來貫串、帶動形象的『實』，又以形象的『實』使政治變成可觀可感的東西。」其次強調他的抒情主人公的獨特性——「大我」與「小我」的融合。第三點強調了它在「語言」方面的獨創性。認為作者「注意詩的節奏、旋律和押韻，繼承了古典詩詞那種音樂美。」在「修改本」當中，雖然對賀敬之的評價基本方面沒有改變，但在某些「點」上的闡釋力度明顯加大了。比如對詩中「大我」與「小我」之間關係的論述；再如對賀敬之在「詩體」方面的「探索」，認為他「以廣泛借鑒吸收民歌和古典詩詞的藝術技巧以及外來形式為基礎，去熔鑄自己的新詩體、新風格」，具有「多樣化色彩」。

　　顯然可以看出，八〇年代初文學領域對文藝從屬於政治、必須為政治服務的理念的大規模反思，影響並制約著對賀敬之的評價。雖然寫足了他的政治抒情詩的種種「成就」特徵與「好處」，但對其「缺陷」「不足」的認識也是相當清醒的。我以為，這與「朦朧詩」所展現的新的時代抒情方式以及這種美學情態被越來越多的人所接受，有著極為密切的關係。「修改本」中對他的詩的某些方面的進一步的確

認，顯然是基於「小我」在詩中已經取得「合法性」有關。有意淡化詩人的「政治性」一面，進而有意「挖掘」並展示賀敬之那些被遮蔽的另一面——「純粹詩人」或「詩藝」的一面。八〇年代中期，我們對詩的評價標準已發生了極大變化，五〇年代的抒情方式受到普遍的質疑。

這種情況同樣呈現在「當代散文三大家」之一的楊朔身上。在「初稿本」「修訂版」中，對楊朔散文的「不足」的敘述，有了明顯的加強。對其「明顯缺點」，力求「從更高的美學層次上來認識他。」認為，他的散文「同時具有通訊性和小說化傾向」。「他的散文的題材都是相當『現實』的」，不是「憶舊」而是「追新」，是未經沉澱的新生活的掠影。「早先的〈滇池邊上的報春花〉、〈石油城〉是這樣，後來的〈香山紅葉〉、〈雪浪花〉還是這樣。……留下了報導氣的痕跡。」「如〈海市〉，總感到它是報導長山列島今昔巨變的。〈雪浪花〉，總感到它是記寫『老泰山』遭際、性情的。這樣，文章的客觀性就會擠壓主觀性，『它』或『他』就勢必會排斥『自我』。這種殘存的通訊性，不能不影響藝術散文個性和感情的充分發揮。小說化傾向也是如此，〈雪浪花〉最為典型，它發表後曹禺最早評論這篇作品，就說它是一篇『好小說』。像這樣刻畫人物、講究故事的文章還有〈香山紅葉〉、〈海天蒼蒼〉、〈百花山〉、〈黃海日出處〉等。」「多出現人物，多使用對話，這幾乎成了他散文的一個特點。這些，和詩化傾向結合起來，就較多、較重地偏離了藝術散文的內在軌跡。可以說：楊朔散文是獨特的、新穎的、有創造的；但它並沒有全面體現、充分發揮藝術散文的美學特質。表現『自我』的不足（他幾乎沒有一篇寫『主體』，寫『內宇宙』的作品），這是通訊性所造成的。作品人工氣的存在，這是小說化的必然影響；文章雕鑿痕跡較重、失之太『做』，這又是詩化主張帶來的結果——看來，他在進行大膽藝術探索的同時，也付出了相當昂貴的代價。散文雖然與詩毗鄰，但它永遠

是散文而不是詩。把散文寫成詩（楊朔散文實際上是以「詩」為主導的「多聲部」大合唱、交響樂），並不是散文的坦途。但楊朔畢竟是大手筆，所以他還是大致把握住了作品的『火候』、『度量』，做到了獨闢蹊徑、自成一體；那些學步者也走此『途』（這本非『正道』），則『東施效顰』，了無成就，這是楊朔不能負責的。至於指斥楊朔『粉飾』，更加離譜，既乏『知人』，又未『論績』。評價這樣一位有才華、有創新而又有勇氣、有操守的優秀藝術家，是應該更嚴謹、科學，實事求是的。」

這種帶有「論辯」性的文學史敘述，是這一時期中國當代文學史修史過程中的一個重要且獨特的現象。它多體現在當代文學史的「大家」身上，也鮮明地映現了八〇年代中後期中國文壇思潮變幻、意識轉型的激烈景觀。是值得我們認真研究的。

第五階段，是在「中國現代文學語境」下的對當代文學經典的考察。這一階段即從八〇年代中期萌芽一直持續到二十世紀末凸現出鮮明的「史」的階段性特徵。受「五四文學正統論」的普遍影響，研究主體自覺而不自覺地把現代文學經典性作為指認當代文學經典的基本參照和釐定標準。性格複雜性、主題多義性、強調人性化的作品被凸現，與中國當代文學中宏大敘事不同的其它敘事類型被重新闡釋，甚至是過度闡釋。比如茹志鵑的作品〈重放的鮮花〉、路翎的「異樣」的角度、孫犁風格等等。作家的複雜性、矛盾性也同時受到分外關注，如趙樹理、郭小川等。世紀末出版的洪子誠和陳思和的兩部文學史著作，雖然在一些地方仍有「現代文學正統論」的影響痕跡，但他們通過大量的對文學經典的重釋與置換，使經典在一種新的意義結構中恢復了生機，「經典」指認步入比較理性的境界。

由於這一階段「中國當代文學史」的研究語境和憑藉資源均發生了重大變化，呈現的「問題」的類型性也與前述諸階段差異迥然，故筆者亦另文論述，此不贅述。

中國當代文學史的「思潮」與描述

——以「十七年文學」為例

　　一九四九至一九七六年間的中國文學發展歷史，它在整體構成上包括「十七年文學」和「文革文學」兩個階段。由於這兩個階段在對文學一些基本問題的認識上多有一致，所以就其文學思潮的存在狀況和發展歷程而言，它們也表現為本質上的諸多一致性。「五○至七○年代」文學思潮的一致性，既表現為有關文學或審美理念方面的相同——諸如關於文學的性質、目的、功能、價值等，比如都一致性地強調文學的「無產階級」或「社會主義」性質，有意地堅持把服務現實、服務政治及配合國家意識形態作為文學的基本目的，分外重視文學或審美的「革命」功能和「用社會主義、共產主義精神」教育人民的作用，並在此基礎上有意凸現文學在某一歷史階段裡之於「意識形態」範疇的價值等等。同時這種一致性也鮮明地體現在文學或審美實踐的各個方面——比如，在這一階段裡，國家意識形態一直堅持不懈地在對文學的各種因素進行「體制化」的規範與整合，文學的「組織化」成為文學生產的基本形式，文學批評也一直扮演著規範、整肅、指導整個文學創作和確立文學發展方向的「監管」角色，文學創作也隨之呈現出大致相同的表現方式與審美風貌，甚至在諸如題材選擇、主題範疇、矛盾或衝突的設置、人物性格或意象的內涵等等方面，都逐步確立了一系列的「限制」和「成規」。文學及其與之相伴生的文學思潮，由此進入了一個前所未有的「一統化」階段。[1]

1　關於中國當代文學「一體化」的論述及其相關概念的運用，可參見洪子誠：《中國當代文學史》、《問題與方法——中國當代文學史講稿》等著作。

一

　　「五〇至七〇年代」的文學思潮發展走向，總體呈現為從「多維」「叢生」走向「單純」「純粹」的過程。一九四二年「延安文藝整風」和毛澤東《在延安文藝座談會上的講話》（簡稱「講話」）發表以後，解放區所形成的「延安藝術理念」，就開始了對包括「國統區」文藝在內的各個領域的影響與滲透，到了二十世紀四〇年代末，以服務「人民政治」和表現「工農兵」為核心的「延安藝術理性」已表現出對全國文藝界「混亂」局面的「整肅」趨勢[2]——這些無疑為一九四九年後文藝思潮的「定向」與發展，確立了原則和前提。在這一時期的文學思潮發展過程中，〈講話〉所闡釋的「延安藝術理性」不僅得到了進一步的確認，而且亦在不斷的「完善」中被泛化與強化。整個五〇年代的文學行為，大致一致地呈現為對創建文學新的格局與秩序的努力。有關文學或藝術問題的討論開始向「批判」層面推進。創建文學新的格局與秩序，既表現為對當下及未來文學發展的「規劃」，同時更加重視對已有的一切文學歷史存在的「清理」與價值的「重新確認」。異域文學、中國傳統文學、五四新文學及民間文學等，都在新的時代語境中面臨著被重新定位的命運。政治與文學的關係問題，上升為文學與所有外部關係中的最重要的問題。從一九四九年八月開始的關於「小資產階級人物可否作為文藝作品主角」問題的討論、以「中國戲曲改進委員會」成立和毛澤東「推陳出新」方針提出為方向的五〇年代對傳統戲曲的大規模「改革」、一九五一年對電影《武訓傳》的「討論」式批判、一九五四年就俞平伯在《紅樓夢》研究中的所謂「唯心主義」觀念的批判及一九五五年對「胡風反革命

2　參閱錢理群：《天地玄黃——一九四八》（濟南市：山東教育出版社，1998年）。

集團」的「鎮壓」等等，加之在此期間無以勝數的對於不同作品、作家、傾向、「思想」等等的批判風潮，文學思潮發展當中的「政治」理念得到了原則化的確立，並依次逐步把文學向「純粹」境界推進。進入六〇年代之後，「階級鬥爭文化思潮」逐步發展為社會的主導文化思潮。文學思潮中的「政治理念」則表現為階級意識的強化。直接地表現現實生活中階級之間的「鬥爭」關係，受到主流意識形態越來越多的推崇與鼓勵。一九六六年〈紀要〉[3]的出臺，提出了更加「純化」的「社會主義的革命新文藝」的口號，在對「十七年文學」進行「否定性」處理的同時，有意造成文學發展歷史的新「斷裂」，意在重新定位建構「文學新秩序」的新起點。「文革文學」的存在狀態與生產形式就能充分地說明這一點。在「文革」文學時期，文學與政治真正實現了「緊密結合」，或者說文學成為時代政治的主要表達形式——甚至在某些時段成為唯一的表達形式。在走向「政治」的過程中，文學有意棄絕了所有的「中介」，文學活動的全部功能與價值就在於這一活動本身就是別一形式的「政治活動」。由於有意拒絕所有文學歷史在確立「文學新秩序」過程中的參照作用，所以我們看到，作為主流的「文革文學」思潮，在其表面上不僅「單純」而且「純粹」。不過需要指出的是，「文革文學」思潮所表現出來的「單純」與「純粹」，並不完全是「怪異」時代的「怪異」現象，而是與「十七年文學」的審美理念有著密切的關聯，毋寧說就是「十七年文學」基本理念的極端發展結果。「文革文學」對按照「三突出」原則[4]創作出

3　一九六六年二月二日至二月二十日，江青召集一部分軍隊作家和藝術工作者，舉行部隊文藝工作問題座談會，會後起草了〈林彪同志委託江青同志召開部隊文藝工作座談會紀要〉，簡稱〈紀要〉。此文經毛澤東審閱、修改之後，作為黨內文件發表。一九六七年五月二十九日，《人民日報》第一次公開發表了〈紀要〉全文。

4　一九六八年五月二十三日，于會泳在《文匯報》發表題為〈讓文藝舞臺永遠成為宣傳毛澤東思想的陣地〉一文，提出了文藝創作的「三突出」原則。即「在所有人物中突出正面人物，在正面人物中突出英雄人物，在英雄人物中突出主要英雄人物。」

來的「英雄人物」的大力推崇、不惜以大量犧牲文學的複雜性而對「革命文藝」無限制的「純化」追求、對文學意識形態屬性的極端強調、對所有古往今來人類文學遺產的藐視與棄絕等等，都充分展示了「文革」時期「激進主義文學思潮」的屬性特點與構成面貌。

二

　　五○至七○年代中國文學思潮的內涵結構與變化更移，我們可以從這一歷史階段「文學口號」的演變中真切地看到。在一九四九年七月召開的第一次「中華全國文學藝術工作者代表大會」上，郭沫若和周揚的兩個報告提出了「新的人民的文藝」口號，並對此進行了具體的闡釋。在他們看來，「新的人民的文藝」就是「無產階級領導的人民大眾反帝反封建的新民主主義文藝」，是「表現和讚揚人民大眾的勤勞英勇，創造富有思想內容和道德品質，為人民大眾所喜聞樂見的人民文藝，是文學藝術發揮教育民眾的偉大效能。」[5]「新的人民的文藝」的描寫主體，是作為「人民社會專政的領導力量和基礎力量」的「工人階級、農民階級和革命知識份子」，就是「站在馬列主義毛澤東思想的水平上」，「深刻地反映生活與明確地堅持宣傳政策」的「富有思想性的作品。」一九五三年，「社會主義現實主義」作為新的文藝口號被正式提出。「社會主義現實主義應當成為指導和鼓舞作家、藝術家前進的力量。」「社會主義現實主義首先要求我們的作家去熟悉人民的新的生活、表現人民中的先進人物，表現人民的新的思想和感情。」[6]「社會主義現實主義所要求的，是政治性與藝術性統

5　郭沫若：〈為建設新中國的人民文藝而奮鬥——在中華全國文學藝術工作者代表大會上的總報告〉，《中華全國文學藝術工作者代表大會紀念文集》。

6　周揚：〈為創造更多的優秀的文學藝術作品而奮鬥——一九五三年九月四日在中國文學藝術工作者第二次代表大會上的報告〉，《人民文學》1953年第11期。

一的作品，也就是藝術描寫的真實性與具體性和以社會主義精神教育改造人民的人物相結合的作品。」「而其教育力量的強弱和教育內容的正確與否，則是決定於其藝術形象的真實性程度和作家的政治認識。」「社會主義現實主義的文學就是要教育我們的人民成為生氣蓬勃，相信自己的力量，能夠戰勝任何困難和阻礙的人。」[7]「社會主義現實主義文學」這一口號在內涵上進一步強調了作家的「階級意識」和「政治主場」。要求作家必須寫出「歷史發展的必然趨勢」。進一步突出了塑造「正面人物」、尤其是「英雄人物」的重要性，一再重申「典型是黨性在現實主義藝術中的表現的基本範疇。」[8]把早已被蘇聯藝術界否定的文學藝術是「教育人民工具」的觀念，重新確認為「社會主義文藝」的根本目的。「文藝工具」意識的時代倡揚，成為在社會階級鬥爭文化語境中文學對意識形態的必然回應。文藝的階級屬性與政治屬性進一步被明確化了──社會主義現實主義文學思潮的基本理念得以初步確立。一九六〇年前後，「革命的現實主義與革命的浪漫主義相結合」的「兩結合」口號，取代「社會主義現實主義文學」成為新的文學口號。一九五八年五月，毛澤東在中共八大二次會議上明確提出「無產階級文學藝術應採用革命現實主義與革命浪漫主義相結合的創作方法。」隨著一九五八年群眾性的「浪漫主義文學運動」的「大躍進」，這一口號得到了文藝的積極響應。「革命的理想主義」和「革命的樂觀主義」是「革命浪漫主義」內涵的基本特徵。對於那些屬於被時代政治大力肯定的「正面」現象進行大膽甚至是極度誇張的「暢想」，是「兩結合」創作方法的題中之義。有意倡導對現實的肯定與歌頌，成為一九四九年後「建立文學新秩序」工程在這一階段的一個突出體現。對於「新的英雄人物」「完美性」的強調，

7　邵荃麟：〈沿著社會主義現實主義的方向前進〉，《人民文學》1953年11期。

8　馮雪峰：〈英雄和群眾及其它〉，《文藝報》1953年第24期。

對於「未來」的樂觀性想像，成為這一時期文學以「總體風格」狀態
實踐「兩結合」創作方法的時代風尚。一九六六年二月〈林彪同志委
托江青同志召開的部隊文藝工作座談會紀要〉正式發表，提出了「社
會主義的革命新文藝」的口號。這一「口號」的提出，顯然是與〈紀
要〉對一九四九年以來「文藝戰線上存在著尖銳的階級鬥爭」的歷史
判斷聯繫在一起的。並認為「近三年來，社會主義的文化大革命已經
出現了新的形勢，革命現代京劇的興起就是最突出的代表。」「畫出
了一個完全嶄新的時代。」「社會主義的革命新文藝」就是「無產階
級的文藝，是黨的文藝。」「這是開創人類歷史新紀元的、最光輝燦
爛的新文藝。」這一文藝，「在創作方法上，要採取革命的現實主義
和革命的浪漫主義相結合的方法，不要搞資產階級的批判現實主義和
資產階級的浪漫主義。」「要滿腔熱情地、千方百計地去塑造工農兵
的英雄形象，要塑造典型。」〈紀要〉特別突出地強調了「社會主義
的革命新文藝」在「社會主義文化革命」中的重要功能與作用。〈紀
要〉通過倡言「要破除對中外古典文學的迷信」、「要破除對所謂三〇
年代文藝的迷信」、反對「外國修正主義」的文藝等，確立了「社會
主義的革命新文藝」階段與古今中外文藝歷史的根本差異，並在引
導、規範「文革文學」階段裡的「激進主義文學思潮」過程中，起到
了重要 作用。

三

　　一九四九至一九六六年的「十七年」文學，其作為一個「高度組
織化」[9]的文學階段，在文學思潮形成與發展過程中表現為鮮明的
「統一化」和「一元化」狀態。它一方面通過對一九四二年以後「解

9　參閱洪子誠：〈關於五〇至七〇年代的中國文學〉，《文學評論》1996年第2期。

放區文學」傳統的全面繼承體現了政治與文學關係的一致性，另一方面又必須根據「新的時代」的文化的、意識形態的要求，對於那些在「戰爭語境」中產生的審美理念，進行不斷的充實、修正、提高與完善。一九四九年以後時代性質的「社會主義」轉型，為文學藝術的發展在根本上確定了方向和要求。在「新的時代」看來，社會歷史的不同性質的交替，不僅意味著人民生活的進步與新生，同時也意味著文化發展在階級屬性上的某種「中斷」和面臨的新的起點。為此，文藝思想的全面置換更新就成為首要的任務。「十七年文學」階段裡，文學思潮發展必須在兩個前提的確立中進行：首先是對已有的各種各樣的歷史形態的舊有審美觀念進行「清理」，其次是盡快確立以〈講話〉精神為主體內容的「毛澤東文藝思想」權威地位。一九四九年五月，周恩來、郭沫若、周揚、茅盾等在一次文代會上的報告，都體現出這種努力。「凡是在群眾中有基礎的舊文藝，都應當重視它的改造。這種改造，首先和主要的是內容的改造。」「這種改造工作無疑地將是長期的巨大的工作」。[10]郭沫若明確地把五四以來的文藝發展概括為「兩條路線之間」的鬥爭——「一條是代表軟弱的自由資產階級的所謂為藝術而藝術的路線，一條是代表無產階級和其他革命人民的為人民而藝術的路線。」鬥爭的結果證明，「任何文藝工作者如果不接受無產階級的領導，他的努力就毫無結果。」「我們不應該忽視的重要事情，就是各種半殖民地半封建的舊文藝」，「我們要掃除半殖民地半封建的舊文學舊藝術的殘餘勢力，反對新文藝界內部的帝國主義國家資產階級文藝和中國封建主義文藝的影響」，「我們應該以奪取這種反動文藝的陣地為我們的責任。」[11]「一切封建藝術，從舊劇到小

---

10 周恩來：〈在中華全國文學藝術工作者代表大會上的政治報告〉（1949年7月6日），《中華全國文學藝術工作者代表大會紀念文集》。

11 〈為建設新中國的人民文藝而奮鬥——在中華全國文學藝術工作者代表大會上的總報告〉（1949年7月6日），《中華全國文學藝術工作者代表大會紀念文集》。

人書，都必須改造。」[12]這些「改造」的標準無疑是「新的人民的文藝」的所要求的「能夠完全達到文藝為人民服務的共同目標。」（郭沫若語）茅盾在報告中，用〈講話〉精神對「國統區」文學進行了重新「敘述」。他「檢討了」由於「作家與大眾生活的隔離」而造成的「空疏」、「無力」、「主觀」、「感傷」、「趣味主義」、「純文藝觀」等缺陷，認為根本的原因是「未經改造的小資產階級知識份子在生活思想各方面和勞動人民是有距離的」，並把「爭取進步、改造自己」作為「國統區」作家的努力目標。[13]與此同時，「新的人民的文藝」的理念內涵也逐步明確。「毛主席的〈在延安文藝座談會上的講話〉規定了新中國文藝的方向，解放區文藝工作者自覺地堅決地實踐了這個方向，並以自己的全部經驗證明了這個方向的完全正確，深信除此之外再沒有第二個方向了，如果有，那就一定是錯誤的方向。」（周揚語）「十七年文學」發展歷史上，那些連續不斷地、各種各樣的、大小不一的關乎文學的「批判」，從「清理」和「重建」兩個方面展現了「十七年文學」「社會主義現實主義文學思潮」的生成過程和發展軌跡。對當代文學社會主義性質的不斷強調，文藝的功能由五〇年代初突出「為人民服務」發展到六〇年代為「無產階級革命鬥爭服務」，在「十七年」裡，對於文學的基本任務——從一開始強調描寫「正面人物」到大力提倡全力塑造「高大完美」的「無產階級英雄典型」，對於古今中外文學遺產，由「有批判地繼承」到從「階級」「革命」意義上的不斷摒棄等等，「十七年」文學思潮呈現出向單一理念「收束」與「固化」走向，呈現為「革命現實主義」或「社會主義現實主義」創作原則的「至尊化」狀況——這一情形，鮮明地體現在「十七

---

12 周揚：〈新的人民的文藝——在中華全國文學藝術工作者代表大會上關於解放區文藝運動的報告〉（1949年7月6日），《中華全國文學藝術工作者代表大會紀念文集》。

13 〈在反動派壓迫下鬥爭和發展的革命文藝——十年來國統區革命文藝運動報告提綱〉（1949年7月6日），《中華全國文學藝術工作者代表大會紀念文集》。

年文學」的「理論建構」和「藝術實踐形態」兩個方面。

　　「十七年」文學思潮的發展過程，首先體現在一系列的「文藝運動」的交替更移中──「文藝運動」的過程，既是社會主義文藝「理論建構」的實際步驟，也是確立「文學新秩序」工程的重要組成部分。這些均由體制力量發動的「文藝運動」，雖然都受到時代政治所強調的「文化服務於政治」原則的制約，但每一次較大規模的「文藝運動」的功利指向卻各有所側重。從五○年代對電影《武訓傳》的批判，到毛澤東「兩個批示」[14]發表後對一系列作品的「批判」，就是分別從審美分析的階級論、學術政治化、對「觀念異端」擯斥和遏制知識份子「自由言說」、開創「無產階級革命文藝」「新紀元」等方面進行的「整肅」。文藝領域的風雲變幻，直接呈現了一九四九年後在意識形態範疇所進行的「文化革命」的真實景象。

（一）關於電影《武訓傳》的「討論」與「批判」

　　一九五○年年底，攝製、完成於一九四九年前後的歷史傳記影片《武訓傳》開始在全國公映。劇中的武訓是清末民初一位「行乞興學」的歷史人物。作者的創作動機是認為武訓的行為「反映了舊社會貧苦農民文化翻身的要求」，有利於新時代的文化建設和發展教育事業。因而影片肯定甚至歌頌了「武訓精神」。從影片公映到一九五一年四、五月間，不少報刊就影片的主題、人物形象、「武訓精神」以及教育意義等展開了褒貶不一的熱烈討論──不過，大多數文章給予

---

14 一九六三年十二月十二日，毛澤東在中共中央宣傳部文藝處編印的關於上海舉行故事會活動的材料上作了「批示」。其中談到：「許多共產黨人熱心提倡封建主義和資本主義的藝術，卻不熱心提倡社會主義的藝術，豈非咄咄怪事。」一九六四年六月二十七日，毛澤東又在〈中央宣傳部關於全國文聯和所屬各協會整風情況報告〉的草稿上作了「批示」。「這些協會和他們所掌握的刊物的大多數（據說有少數幾個好的），十五年來，基本上（不是一切人）不執行黨的政策，做官當老爺，不去接近工農兵，不去反映社會主義的革命和建設。最近幾年，竟然跌到了修正主義的邊緣。」

作品以積極評價。但隨著《人民日報》社論〈應當重視電影《武訓傳》的討論〉（毛澤東執筆撰寫）的發表（1951年5月20日），使得對《武訓傳》從「討論的批判」驟然轉變為「批判的討論」。毛澤東說：

> 《武訓傳》所提出的問題帶有根本的性質。像武訓那樣的人，處在清朝末年中國人民反對外國侵略者和反對國內的反動的封建統治者的偉大鬥爭的時代，根本不去觸動封建經濟基礎及其上層建築的一根毫毛，反而狂熱地宣傳封建文化，並為取得自己所沒有的宣傳封建文化的地位，就對反動的封建統治者竭盡奴顏卑膝的能事，這種醜惡的行為，難道是我們所應當歌頌的嗎？向著人民群眾歌頌這種醜惡的行為，甚至打出「為人民服務」的革命的旗號來歌頌，甚至用革命的農民鬥爭的失敗作為反襯來歌頌，這難道是我們所能夠容忍的嗎？承認或者容忍這種歌頌，就是承認或者容忍污衊農民革命鬥爭，誣衊中國歷史，誣衊中國民族的反動宣傳為正當的宣傳。
>
> 電影《武訓傳》的出現，特別是對於武訓和電影《武訓傳》的歌頌竟至如此之多，說明了我國文化界的思想混亂達到了何等的程度！
>
> 在許多作者看來，歷史的發展不是以新事物代替舊事物，而是以種種努力去保持舊事物使它得免於死亡；不是以階級鬥爭去推翻應當推翻的反動的封建統治者，而是像武訓那樣否定被壓迫人民的階級鬥爭，向反動的封建統治者投降。我們的作者們不去研究過去歷史中壓迫中國人民的敵人是些什麼人，向這些敵人投降並為他們服務的人是否有值得稱讚的地方。我們的作者們也不去研究自從一八四零年鴉片戰爭以來的一百多年中，中國發生了一些什麼向著舊的社會經濟形態及其上層建築（政治、文化等等）作鬥爭的新的社會經濟形態，新的階級力量，

新的人物和新的思想，而去決定什麼東西是應當稱讚或歌頌的，什麼東西是不應當稱讚或歌頌的，什麼東西是應當反對的。特別值得注意的，是一些號稱學得了馬克思主義的共產黨員，他們學得了社會發展史和歷史唯物論，但是一遇到具體的歷史事件，具體的歷史人物（如像武訓），具體的反歷史的思想（如像電影《武訓傳》及其他關於武訓的著作），就喪失了批判的能力，有些人竟至向這種反動思想投降。資產階級的反動思想侵入了戰鬥的共產黨，這難道不是事實嗎？一些共產黨自稱已經學得的馬克思主義，究竟跑到什麼地方去了呢？

為了上述種種緣故，應當展開關於電影《武訓傳》及其他有關武訓的著作和論文的討論，徹底地澄清在這個問題上的混亂思想。

毛澤東從「階級鬥爭」角度對這部作品所做出的「誣蔑農民革命鬥爭，誣蔑中國革命歷史，誣蔑中國民族」的判斷與定性，無疑是要旗幟鮮明地強調對審美活動實施分析的「革命」意識與階級方式，明確反對像過去那樣只是從空泛的進步性、或僅僅把一部作品作為藝術分析對象的觀念。所謂「根本性的問題」，就是要求必須以「正確」而鮮明的階級觀念評價歷史現象和歷史人物。文藝作品所反映的歷史事件和歷史人物的「真實性」，並不是歷史本身決定的，而是必須從「階級革命」的範疇予以重新認定。這裡已經關涉到對「歷史」如何「敘述」的問題。對電影《武訓傳》的「批判的討論」，進一步強化了對文學價值進行判斷的「政治性」標準，同時也提出了諸如作家的世界觀、文藝的階級性、審美的價值觀等方面的問題。從一部作品生發出一種具有普遍性的傾向，然後通過對這一「普遍的傾向性」進行大規模的「批判」，以「群體參與」的運動方式確立某種新的理念——這成為中國當代文學思潮生成、泛化的基本方式。對電影《武

訓傳》的批判，屬於新的時代意識形態在這方面的開端嘗試。

（二）對文學研究中「唯心論」的「批判」

如果說對電影《武訓傳》的批判，是「新的人民的文藝」意欲確立審美活動價值判斷的「階級論」觀念，那麼對一九五二年出版的《紅樓夢研究》和一九五四年發表的《紅樓夢簡論》（均為俞平伯所著）的批判及其後來擴展到對胡適「唯心主義」思想觀念的清算，則顯然是要開啟引導一種「學術研究政治化」的傾向。這種批判是由學術界對於《紅樓夢簡論》中所表達的觀點的不同意見引起的。持異議者認為，《紅樓夢研究》等著作的研究方法屬於「反現實主義」的「主觀唯心論」，它「否認《紅樓夢》是一部偉大的現實主義傑作，」「把《紅樓夢》歪曲成為一部自然主義的寫生的作品。」[15]這一情況引起了毛澤東的警覺。他在給中共中央政治局〈關於紅樓夢研究問題的信〉中指出：

> 駁俞平伯的兩篇文章附上，請一閱。這是三十多年來向所謂紅樓夢研究權威作家的錯誤觀點的第一次認真的開火。作者是兩個青年團員。他們起初寫信給《文藝報》，請問可不可以批評俞平伯，被置之不理。他們不得已寫信給他們的母校——山東大學的老師，獲得了支持，並在該校刊物《文史哲》上登出了他們的文章駁《紅樓夢簡論》。問題又回到北京，有人要求將此文在《人民日報》上轉載，以引起爭論，展開批評，又被某些人以種種理由（主要是「小人物的文章」，「黨報不是自由辯論的場所」）給以反對，不能實現。結果成立妥協，被容許在

15　李希凡、藍翎：〈關於《紅樓夢簡論》及其他〉，《文史哲》1954年第9期；〈評《紅樓夢研究》〉，《光明日報》，1954年10月10日。

《文藝報》轉載此文。事後,《光明日報》的「文學遺產」欄
又發表了這兩個青年的駁俞平伯《紅樓夢研究》一書的文章。
看樣子,這個反對在古典文學領域毒害青年三十餘年的胡適派
資產階級唯心論的鬥爭,也許可以開展起來了。事情是兩個
「小人物」做起來的,而「大人物;」往往不注意,並往往加
以阻攔,他們同資產階級作家在唯心論方面將統一戰線,甘心
做資產階級的俘虜,這同影片《清宮秘史》和《武訓傳》放映
時後的情形幾乎是相同的。被人稱為愛國主義影片而實際是賣
國主義影片的《清宮秘史》,在全國反映之後,至今沒有被批
判。《武訓傳》雖然批判了,卻至今沒有引出教訓,又出現了
容忍俞平伯唯心論和阻攔「小人物」的很有生氣的批判文章的
奇怪事情,這是值得我們注意的。
　俞平伯這一類資產階級知識份子,當然是應當對他們採取團結
態度的,但應當批判他們的毒害青年的錯誤思想,不應當對他
們投降。

　　把《紅樓夢研究》問題與胡適的「資產階級思想觀念體系」聯繫
起來,這就使對學術問題的論爭扭變為關於唯物主義與唯心主義「世
界觀」的思想鬥爭,為政治介入學術創造了前提。批判者依托被重新
界定的「社會主義現實主義」的一些基本理念,集中「批判」了「胡
適派」「新紅學」的三個方面:一是建立在「自然主義」和「唯心
論」基礎之上的「自傳說」。認為把《紅樓夢》主題確認為是作者
「感嘆自己身世」的「情場懺悔」的觀點,抹煞了它的表現現實的
「反封建」社會意義。第二,「新紅學」所強調的《紅樓夢》的「色」
「空」觀念,是想掩蓋這部作品所透示出的對於封建道統和封建統治
者的尖銳批判性質。第三,認為俞平伯對《紅樓夢》總體風格「怨而
不怒」的概括,否認了作品對中國文學「戰鬥性」傳統相繼承的一

面，貶低了它的價值。這些「批判」在極力否認《紅樓夢》具有的價值多元性的同時，更重要地是在思維方式上呈現出對「階級意識」和「政治判斷」的倚重，也反映了「十七年」階段裡對於歷史遺產進行「批判地繼承」的選擇方式、價值標準和重釋「經典」的努力。以唯物主義的「階級論」觀點重新「敘述」中國文學歷史，這已表明，時代政治對文化進行改造的對象範疇，已由「當下創作」領域順利拓展到「學術研究」領域，體現了「十七年」階段「社會主義現實主義文學思潮」的逐步深入狀態。

（三）對「胡風集團」及其文藝思想的「鬥爭」

　　一九四九年以後，作為共和國最高政治領袖的毛澤東，始終把「建立文藝新秩序」作為一項嚴肅的政治鬥爭。在毛澤東看來，要完成這一任務，既要對敵對階級及其思想體系進行不間斷的打擊，而更重要的是要及時發現並清除來自內部的「異己者」的聲音。一九五五年由他親自發動的對胡風集團及其文藝思想的鬥爭，就是他在「文化改造」中實施這一戰略的重要步驟。從二十世紀三〇年左翼文藝運動開始直至一九四九年後，胡風一貫以獨立且成熟的文藝理論家姿態活躍於文壇。他的文藝思想豐富而複雜，尤其對現實主義有著自己獨到、深刻的認識，並逐步形成了自己的理論體系。常常以對同一問題的「異樣言說」，引起文壇側目，並由此屢屢引發他與其他「革命文藝內部」人士之間的劇烈論爭。「左翼」時期關於「兩個口號」的論爭、一九四八年前後《大眾文藝叢刊》同仁對他的尖銳的批判、一九五二、五三兩年間「文藝整風」對胡風更加激烈的批判等，都說明了胡風及其同仁在文藝界「孤立」化的邊緣狀態。為了澄清文藝理論上一些基本問題的是非，胡風向中共中央遞交了長達三十萬言的《關於

解放以來文藝實踐情況的報告》（俗稱「三十萬言書」）。[16]這個報告全面系統地闡述了自己的文藝觀點，逐一回駁了一九四九年以來對於自己並非實事求是的「批判」，並對周揚等文藝界領導人的工作作風坦率地提出了批評。胡風的文藝思想主要體現在他一貫堅持應大力倡揚作家的「主觀戰鬥精神」；強調主觀對客觀的「熔鑄」與「擁入」；提倡對人物「精神奴役的創傷」進行深度表現，認為現實主義的關鍵是創作方法大於世界觀等，這些都與一九四二年以後毛澤東關於文藝問題的基本理念存在著深刻的差異與歧見。分歧在於「我們強調對於進步的社會主義作家，共產主義世界觀的重要性，強調文學作品應當表現有迫切政治意義的主題，應當創造人民中先進的正面人物形象，強調民族文學遺產的重要性和文學藝術上的民族形式，這些都是完全正確的，而這些也是胡風先生所歷來反對的。」[17]一九五五年一月至六月，《人民日報》連續三次刊登經過重新組合的所謂「關於胡風反革命集團」的「材料」和毛澤東為這些「材料」撰寫的「編者按語」和「序言」，[18]一場大規模的對「胡風反革命集團」的「鬥爭」在全國展開。這一「鬥爭的批判」，從一開始就把胡風及其他同好置於階級的敵對位置，以政治定性代替學術論爭，在被批判者「主體」被迫「缺席」的情境中，把學術是非問題扭變為階級的和政治的利害關係，以政治判處完成對「自由言說」的彈壓。「胡風冤案」是二十世紀四〇

---

16 參閱《胡風全集》（武漢市：湖北人民出版社，1999年），第6卷。

17 周揚：〈我們必須戰鬥〉，《胡風文藝思想批判論文匯集》（北京市：作家出版社，1955年），第3集。

18 《人民日報》在一九五五年五月十三日至六月十日期間所發表的關於胡風反革命集團的三批材料和「社論」一起，被集輯為《關於胡風反革命集團的材料》一書，由人民文學出版社出版。毛澤東為此書寫了「編者按」和「序言」。「序言」說：「胡風分子是以偽裝出現的反革命分子，他們給人以假象，而將真相隱蔽著。作為一個集團的代表人物，在解放以前和解放以後，他們和我們的爭論已有多次了。」（《毛澤東選集》，第5卷，頁160-167）。

年代「延安整風運動」中「王實味冤案」的當代繼續。這一當代「文藝運動」過程和結果，表明了政治權力對知識份子文化獨立創造權利的肆意剝奪，表明了時代意識形態對文化異動現象的高度敏感與警覺，以及由此所形成的知識份子與政治之間的緊張關係。其所帶來的嚴重後果是，藝術創造領域已十分脆弱的「多元」局面趨向暗淡與消亡，當代文學思潮的「主流化」格局開始形成，並日益走向更加「純潔」的歷史階段。

（四）「雙百」方針與「反右」運動

一九五六年，作為新的文化政策「雙百」（百花齊放、百家爭鳴）方針的提出和一九五七年的所謂「反擊右派進攻」運動，是五〇年代中後期中國歷史中的兩個重要「事件」——這是兩起有著深刻內在聯繫的「有意味」的關乎中國當代知識份子整體命運的歷史事件。兩個「事件」在表面上的巨大「差異」及其「因果式」內在關聯，寓示了中國當代知識份子與時代政治文化之間微妙、複雜而又緊張的關係狀態。一方面，中國當代知識份子基於對社會主義信念的信仰與恪守，總是在不斷地追尋與時代的和諧與一致，力求以真正主人的姿態參與到新時代的文化建設之中，因而對自我的改造就日益朝著自覺的方向展開；但另一方面，一九四九年以後不間斷的針對知識份子的「批判」運動，又在刺激著知識份子對於「外在」的懷疑性情緒的增長。隨著知識份子文化創造權力優勢的不斷削弱和其文化尊嚴感的黯淡化，「改造」的過程就日益表現為對知識份子的「不信任」和知識份子試圖擺脫「不信任」狀態的雙相互逆關係。「改造」所要全力解構的是知識份子以批判現實為核心的存在理性，以獨立、自由為中心的人格建構，以文明者自許的文化優越感，以學術為生命的漠視政治的傾向及面對大眾所承當的啟蒙角色意識和善於在歷史、未來視野裡看取現實的憂患情懷等等。當代知識份子的「文化言說」不得不在

「鸚鵡化」與「失語化」之間進行痛苦的選擇與徘徊。毛澤東在一九五六年把「雙百」方針作為新的發展文化的政策，這在一定程度上緩解了時代政治與知識份子之間的緊張關係。知識份子所渴求的「文化自由」得到了有限度的滿足。從一九五六年下半年到一九五七年上半年的一年多的時間裡，「雙百」口號和時代政治對這一口號的具體闡釋，使得廣大知識份子尤其是文藝界的知識份子獲得某種「輕鬆」和「解脫」感，文藝界出現某種程度的「鬆動」與「轉機」，尤其是文學的理論領域和批評領域呈現出某種有限的「探索」狀態——〈寫真實——社會主義現實主義的生命核心〉（劉紹棠）、〈現實主義廣闊的道路〉（何直）、〈關於社會主義現實主義〉（陳湧）、〈論現實主義及其在社會主義的發展〉（周勃）、〈要不要「干預生活」〉（晨風）、〈話劇演員要求創作民主〉（方焰）、〈解除文藝批評的百般顧慮〉（黃藥眠）、〈文藝刊物需要「個性解放」〉（李汗）、〈煩瑣公式可以指導創作嗎？〉（唐摯）、〈論人情與人性〉（王淑明）、〈刺在哪裡？〉（秋耘）、〈「探求者」文學月刊社啟事〉、〈我對當前文藝界問題的一些淺見〉（劉紹棠）、〈論「文學是人學」〉（錢谷融）、〈不能沒有自由討論〉（安旗）、〈電影的鑼鼓〉（鐘惦棐）、〈論人情〉（巴人）等等一大批文論的出現，表達了對諸如現實主義真實性、典型性、文藝創作中的人情與人性、對文藝與生活的關係、世界觀與創作方法、文藝生產規律與領導體制、歌頌與暴露以及人物性格的塑造等多方面問題的興趣與論爭。這些與文學創作領域集中湧現的「干預生活」作品一起，共同顯示了文學領域短暫的「早春天氣」。就當時的文學理論和批評而言，上述這些一般都屬於文學藝術常識的「不是問題的問題」，卻在當時被相當熱烈地爭論著。這也使我們可以從一個側面了解到「十七年」文學的「禁錮」狀態。但「雙百」所闡釋的「藝術上不同的形式和風格可以自由發展，科學上不同的學派可以自由爭論」的背後，並非是「無條件」和「無原則」的。它的前提是「政治思想上的一致」

和對「階級論」觀念的恪守。「百花齊放，我看還是要放，有些同志認為，只能放香草，不能放毒草，這種看法，表明他們對百花齊放、百家爭鳴的方針很不理解。一般說來，反革命的言論當然不能放。但是，它不用反革命的面目出現，那就只好讓它放，這樣才有利於對它進行鑒別和鬥爭。田裡長著兩種東西，一種叫糧食，一種叫雜草。雜草年年要除，一年要除幾次。」「雜草一萬年還會有，所以我們也要準備鬥爭一萬年。」[19]在此毛澤東明確容許「香草」「毒草」一起「放」，即是一個「引蛇出洞」的「陽謀」。知識份子們「很不理解」自是必然。一九五七年六至七月間，毛澤東連續發表講話，號召「組織力量，反擊右派份子的猖狂進攻」，「打退資產階級右派進攻」。[20]這一場並非僅僅針對文藝領域的「反右」運動，卻最終指向包括文藝領域在內的所有知識份子隊伍及其具有「知識份子性」的人群。先後有近六十萬人被定性為政治上的「右派」，成為新時代裡無產階級的「新的敵人」，用各種方式對他們進行「專攻」。文藝領域的「右派」定性，是與他們在「雙百」情勢下的「出格」的言論與創作聯繫在一起的，當然，也與他們的「歷史作為」聯繫在一起——像丁玲、馮雪峰、艾青等。「反右」運動置於文藝領域而言，屬於中國大陸建國後時代政治在確立「文藝新秩序」過程中所開展的一系列「整肅」行為的更大規模的繼續，鬥爭領域的知識份子和時代政治對於知識份子的日趨嚴重的「不信任」狀態，使得「知識精英」在參與時代文化重建中的作用空間也同時日趨縮小。隨著「反右」運動之後知識份子整體邊緣化，包括文學創作在內的時代文化創造，進入了一個缺乏活力的「冷寂」時期。

19　〈在省市自治區黨委書記會議上的講話〉，《毛澤東選集》（北京市：人民出版社，1977年4月），第5卷。

20　參閱毛澤東：〈組織力量反擊右派份子的猖狂進攻〉、〈打退資產階級右派的進攻〉等文（《毛澤東選集》，北京市：人民出版社，1977年4月，第5卷）。

（五）六〇年代的「文藝批判」景觀

　　中國當代文學在「十七年」階段裡，「文藝運動」不僅是文學思潮發展的主要載體和形式，而且從「文藝運動」之間的「間歇」中，還可以了解到當代文學思潮的發展節奏和主導趨向。我們從以前的幾次「文藝運動」中看到，時代政治在建立「文藝新秩序」方面的努力，主要體現為對「清肅」與「改造」對象領域與範疇的一步步擴大——從創作領域到學術研究領域、從文學領域到文化領域、從特殊領域的知識份子到知識份子的整體存在。「反右」運動之後至一九六六年五月的七、八年間，屬於文藝界相對平穩的一個時期。「疾風暴雨式」的「大鬥爭」境況雖然沒有出現，但文藝思潮的「收束」與「一統化」趨勢也並未發生變化，毋寧說其指向顯得更加「直接」與「具體」。值得我們注意的是，這一時期在繼續「破壞」的同時，能夠體現「社會主義現實主義」「革命文藝」理念的「新創作」不斷出現並受到異乎尋常的推崇。從「革命現代京劇匯演」到《歐陽海之歌》，其情形正是這樣。文學思潮繼續沿著「清算歷史」與「開拓未來」兩個方向挺進。一九五八年開初，《文藝報》特闢「再批判」專欄，對「延安整風運動」時期王實味、丁玲、羅峰、蕭軍、艾青等人以《野百合花》為代表的雜文作品和其他文類作品予以重新刊載與「批判」；提出了「修正主義文藝」的概念和「建設共產主義的文藝」的口號。一九六〇年則集中批判了「人性論」、「人道主義」、「藝術即政治」、「修正主義文藝思想」、反對黨的領導的「創作自由」思想、「反社會主義的『寫真實』」、「和平主義」、「中間作品」等，更加突出地強調要「更大地發揮社會主義文藝的革命作用。」儘管如此，毛澤東對文藝領域的「階級鬥爭」複雜性依然保持著高度警覺。一九六三年十二月和一九六四年六月二十七日分別在兩份材料上做出批示。第一個「批示」說：「各種藝術形式——戲劇、曲藝、音樂、美

術、舞蹈、電影、詩和文學等等，問題不少，人數很多，社會主義改造在許多部門中，至今收效甚微。許多部門至今還是『死人』統治著。不能低估電影、新詩、民歌、美術、小說的成績，但其中的問題也不少。至於戲劇等部門，問題就更大了。社會經濟基礎已經改變了，為這個基礎服務的上層建築之一的藝術部門，至今還是大問題。這需要從調查研究入手，認真地抓起來。許多共產黨人熱心提倡封建主義和資本主義的藝術，卻不熱心提倡社會主義的藝術，豈非咄咄怪事。」毛澤東在〈中央宣傳部關於全國文聯的所屬各協會整風情況報告〉上所作的第二個「批示」說：「這些協會和他們所掌握得刊物的大多數（據說有幾個好的），十五年來，基本上（不是一切人）不執行黨的政策，做官當老爺，不去接近工農兵，不去反映社會主義的革命和建設。最近幾年，竟然跌到了修正主義的邊緣。如不認真改造，勢必在將來的某一天，要變成像匈牙利裴多菲俱樂部那樣的團體。」

　　毛澤東的「兩個批示」對一九四九年以來文藝發展的「否定性」評價，使得「文革」前夕兩三年裡的「批判」高潮再起，一九六四年初文藝界四至七月再度「整風」。小說作品《苦鬥》、《三家巷》（歐陽山著），電影《早春二月》、新編歷史劇《謝瑤環》、《海瑞罷官》等多部作品被批判。這一時期對「中間人物論」的批判是引人注目的一個重要的理論事件[21]——這顯然是六〇年代日益強化的「階級鬥爭文化思潮」在文藝領域的一種「積極」的「回應」。

21　參閱〈「寫中間人物」是資產階級的文學主張〉，〈關於「寫中間人物」的材料〉，《文藝報》1964年8、9期合刊；陸貴山〈「寫中間人物」的理論是「合二而一」論和時代精神「匯合」論在文學理論上的表現〉，紫分：〈「寫中間人物」的一個標本〉，《文藝報》1964年第11期；張羽、李輝凡：〈「寫中間人物」的資產階級文學主張必須批判〉，《文學評論》1964年第5期；朱寨：〈從對梁三老漢的評價看「寫中間人物」的實質〉，《文學評論》1964年第6期。

四

　　與此同時，建立「文藝新秩序」的「拓展未來」方面，無疑更加受到重視。在相對「平穩」的一九五九年，由郭沫若、周揚親自編輯的《紅旗歌謠》出版，這一「新民歌運動」成果，在一定程度上展示了「工農兵文藝」的「創造狀態」。「文藝十條」（後改為《文藝八條》）的提出與推行、第三次文代會的召開等也在一定程度上體現出文藝的「繁榮」景象。在此期間，有關文藝的兩次會議——「全國文藝座談會和故事片創作會議」（簡稱「新僑會議」）、「話劇、歌劇、兒童劇創作座談會」（簡稱「廣州會議」），[22] 成為這一時期文藝發展呈「平穩狀態」的重要標誌。周恩來、陳毅等領導人對文藝領域的「溫和態度」以及對「知識份子」隊伍整體在「身份」上的「重新體認」，不僅緩解了長期以來體制與知識份子之間的緊張關係，也使知識份子的文化創造慾望在「深受鼓舞」中得以「恢復」，並具有了某種「重新高漲」的可能性。但是，人們普遍沒有注意到周恩來與毛澤東在對「文藝領域」總體判斷上的根本性「差異」。周恩來的「講話」與「報告」，雖然也還是繼續在政治範疇闡述了「階級鬥爭與統一戰線」、「物質生產與精神生產」等方面的關係，但重要的是涉及到「藝術民主」、「文藝規律」、「繼承遺產與創造」等屬於「純藝術」方面的敏感話題和「知識份子問題」——「關於知識份子和知識界的定義與定位、關於現代知識份子的發展過程、關於如何團結知識份子的問題、關於知識份子自我問題改造」等，會議甚至提出「應該取消『資產階級知識份子』的帽子。」（陳毅語）會議還對過去受到「批判」的「有爭議」的作品，比如「第四種戲劇」等給予肯定性評價。

22　《新僑會議》於一九六一年六月一日至二十八日在北京新僑飯店舉行。「廣州會議」於一九六二年三月二日至二十六日在廣州舉行。

這些自然容易獲得知識份子的認同與「共鳴」。文藝領域的理論層面又一次出現「探索」勢頭：「關於悲劇問題的討論」、呼籲「必須破除題材上的清規戒律」、「山水花鳥畫有無階級性的問題和文學上的共鳴問題」、「重視對中間狀態的人物和描寫」的問題、文學作品的「概念化」問題、戲曲的「推陳出新」的問題、「京劇演現代戲」的問題等等。在文藝實踐方面，這一時期也出現一批重要成果：《青春之歌》、《苦菜花》（1958年1月出版）、《山鄉巨變》（連載於《人民文學》1958年1至6期）、《新結識的伙伴》（《延河》第11期）、《上海的早晨》（《收獲》1958年第2期）、《百合花》（《延河》1958年第3期）、《林海雪原》（作家出版社1958年）、〈「鍛煉鍛煉」〉（《人民文學》1958年9期）、《三里灣》（人民文學出版社1958年）、《鐵道游擊隊》（同上）、《烈火金剛》（中國青年出版社1958）、《敵後武工隊》（解放軍文藝社1958年）、《野火春風鬥古城》（《收獲》1958年第6期）、《天山牧歌》（人民文學出版社1958年）、《說東道西集》（馬鐵丁，作家出版社1958年）、《關漢卿》（《劇本》1958年5期）、《茶館》（人文社出版1958年）、《紅旗譜》（人文社出版1959年）、《我的第一個上級》（作品集）、《紅日》、《三家巷》、《創業史》（第一部）（《延河》1959年第8至11期）、《鐵木前傳》（百花文藝社1959年）、《放聲歌唱》（詩集）（人文社1959年）、《蔡文姬》（歷史劇）（文物出版社1959年）、《奇襲白虎團》（劇本）（山東人民社1959年）、《林海雪原》（劇本）（寶文堂書店1959年）、《李雙雙小傳》（《人民文學》1960年第3期）、《花城》（作家出版社1961年）、《東風第一枝》（散文集）（同上）、《燕山夜話》（北京出版社1961）、《長江三日》《茶花賦》（《人民文學》1961年第3期）、《荔枝蜜》（《人民日報》1961年7月23日）、《雪浪花》（《紅旗》1961年第20期）、《風雲初記》（《新港》1962年第7至11期）、《賴大嫂》（《人民文學》1962年第7期）、《武則天》（歷史劇）（中國戲劇出版社1962年）、《杜鵑山》（劇本）（《劇本》1962年第10、11期）、《李自

成》（第一卷）（中國青年出版社1963年）、《雷鋒之歌》（詩）（《中國青年報》1963年4月11日）、《甘蔗林──青紗帳》（詩集）（作家出版社1963年）、《海市》（散文集）（作家出版社1963年）、《艷陽天》（作家出版社1964年）、《歐陽海之歌》（《解放軍文藝》1965年第6期）、《沸騰的群山》（人文社1965年）、《江姐》（歌劇）（中國戲劇出版社1965年）、《艷陽天》（第2卷）（人文社1966年5月）、《縣委書記的好榜樣──焦裕祿》（《人民日報》1966年2月7日）、毛澤東等「革命家」的詩詞作品等等。上述這些作品的「轟動效應」和「經典性」，應該說，是在與這一時期的「階級鬥爭文化語境」的一致與和諧中獲得的。一九六二年以後，毛澤東再次強調「階級鬥爭」的重要性。他藉觀看「革命現代戲劇」[23]行為所表達的日益鮮明的「傾向性」，使整個社會「階級鬥爭文化思潮」，又一次形成了對文學領域的全面「覆蓋」狀態──從以上情況中，可以看到文學對這一思潮的「感應」力度及其變化。「反右」運動之後、尤其是六〇年代以降，作品創作的數量與質量呈明顯的「下滑」走勢。而直接配合時代意識形態要求甚至於非常直觀地再現「現實形勢」「政策」、不隱諱「宣傳」意圖的「粗淺」的作品卻顯著增多，並日益受到推崇。「革命歷史題材」開始受到相對「冷落」，「農村題材」的創作也趨於「淡化」，這些都成為文學思潮日益走向「單純化」的具體表徵。

五

在「十七年」文學創作實踐領域裡，文藝思潮的發展與變化主要體現在提倡「寫什麼」、「怎麼寫」和反對「寫什麼」、「怎麼寫」的兩

---

23 從一九六四年一月至十一月，毛澤東先後觀看了豫劇現代戲《朝陽溝》、京劇現代戲《智取威虎山》、《蘆蕩火種》、《奇襲白虎團》、《紅嫂》、《紅燈記》、話劇《萬水千山》等。

個方面及其兩個方面的尖銳鬥爭。這些在一九四九年以後的一系列針
對具體作品和具體理論問題的爭論中可以清楚地看到。一九四九年八
月，上海《文匯報》關於「小資產階級的人物可否作為文藝作品的主
角問題」的討論，雖然有「應當少寫、批判地寫」和「絕對不可以
寫」等兩種意見，但最後卻都在「關鍵並不在於什麼人是主角，而在
於是否能夠寫的正確」、即「怎麼寫」的認識上統一起來。但「怎麼
寫」才更加符合「工農兵文藝」方向，並不像「寫什麼」那容易明
確——後者屬於「題材」問題，而前者則需要作家「世界觀」的根本
轉變。這一「難度」在一九五一年關於蕭也牧的小說創作及其對它們
的「批判」中繼續著。「批判者」認為，《我們夫婦之間》「虛偽」，
「李克實際上是一個很討厭的知識份子。」「最讓世人討厭的地方就
是他裝出一個高明的樣子，嬉皮笑臉地玩弄他的老婆——一個工農出
身的革命幹部。」充斥著「庸俗的小資產階級的不良傾向」。這些描
寫說明了他「自己身上所嚴重存在的非無產階級的立場、觀點和思想
感情。」[24]作者也不無痛切地檢討說「我的作品之所以犯錯誤，歸根
結底一句話：是我的小資產階級立場、觀點、思想未得切實改造的結
果」，「披著無產階級的外衣，出賣小資產階級的貨色。」[25]在此期間
對於趙樹理〈邪不壓正〉中主要人物「消極性」的「批評」、對路翎
小說集《朱桂花的故事》的「歪曲現實」的「抨擊」等，都重複強調
了作者的「思想」「立場」在處理「題材」和確立作品正確「傾向
性」方面的極端重要作用。一九五二年所開展的「關於塑造新英雄人
物的討論」，其「主要針對目前文藝創作中的落後狀況——缺乏新的
人物、新的事件、新的感情、新的主體；歪曲勞動人民的形象——而
提出來的。」[26]不同的觀點主要集中在「能不能在矛盾衝突中寫英雄

24　丁玲：〈作為一種傾向來看——給蕭也牧同志的一封信〉，《文藝報》，1951年8月。

25　〈我一定要切實改正我的錯誤〉，《文藝報》5卷1期。

26　《文藝報》9期「編輯部的話」。

人物、能不能寫英雄人物的缺點、如何處理英雄與群眾的關係」等方面。不過最後的主導意見體現為：「在我們的作品中可以而且需要描寫落後人物被改造的過程，但不可以把這看作為英雄成長的典型的過程。」「許多英雄的不重要的缺點在作品中完全可以忽略或應當忽略的。」「我們的作家為了突出地表現英雄人物的光輝品質，有意識地忽略他的一些不重要的缺點，使他成為群眾所嚮往的理想人物，這不但是可以的而且是必要的。我們的現實主義者必須同時是革命的理想主義者。」[27]英雄人物所「突出的東西，一定是屬於最充分最尖銳地足以表現人物的社會本質的東西。他所捨棄的東西，一定是屬於非本質的和主題無關的不必要的東西。」「英雄之所以成為英雄就是因為他是英勇的鬥爭者。這個鬥爭包括對敵人鬥爭，對人民中落後現象的鬥爭，也包括英雄人物的自我的鬥爭⋯⋯我們決不能把這種自我鬥爭描寫成資產階級文學中所描寫的兩重人格的分裂。」[28]「如果不把正面的新人物形象的根源緊密地放在普通人民群眾的力量和鬥爭的基礎上面，那麼，我們就無從創造任何正面的先進英雄人物的形象。」[29]一九五六年四月開始的「關於典型問題的討論」，實際上是上一個問題的繼續。它的展開是與在當時一些引起「熱烈反響」的具體作品評論──比如《組織部新來的青年人》、《創業史》（第一部）等密切聯繫在一起。對於《紅旗譜》、《紅日》、《林海雪原》等作品，認為雖然「它們裡面的一些重要人物大體上都是些有個性的⋯⋯但我們的文學應該再向前進。我們還應該創造出我們這個時代的新的典型人物來。」[30]甚至認為像某些作品的「傳奇色彩」與個人氣質上的「草莽

27　周揚：〈為創造更多的優秀的文學藝術作品而奮鬥──一九五三年九月二十四日在中國文學藝術工作者第二次代表大會上的報告〉，《人民文學》1953年第11期。

28　邵荃麟：〈沿著社會主義現實主義的方向前進〉，《人民文學》1953年第11期。

29　馮雪峰：〈英雄和群眾及其他〉，《文藝報》1953年第24期。

30　何其芳：〈我看到了我們的文藝水平的提高〉，《文學研究》1958年第2期。

氣息」，對於人物「典型性」的生成都是有害的。[31]茅盾認為，《七根火柴》、《百合花》等作品，「都通過一個簡單的故事，刻畫出一個英雄人物。」[32]對《青春之歌》、《「鍛煉鍛煉」》以及「中間人物」問題和對其代表性作品的「批評」與「反批評」等，都因涉及到作品主要人物或主題的「典型性」問題，成為了一場場關乎作品「生存」的「保衛戰」。[33]對「英雄人物」與「典型人物」的關係問題的探討，一直持續到六〇年代——關於《創業史》中的「梁生寶形象在書中是不是最豐滿、最出色以及藝術塑造方面是否還有某些問題值得探討，產生了不同的看法。」有人認為，「梁生寶是異常高大、豐滿的典型」，也有人「並不把他看作是第一部中藝術描寫上最成功的」，倒是梁三老漢的「典型性」更高些。[34]而作者柳青認為，梁生寶的「典型性」根本在於「他是黨的忠實的兒子。我以為這是當代英雄最基本、最有普遍性的性格特徵。」[35]在討論過程中，類型化的人物、有鮮明個性的人物與具有「典型性」的人物等等，呈現為概念上「糾纏不清」的狀況。[36]可以看出，「英雄人物」和「典型人物」的「時代性」「階級性」「革命性」被日益推重，在發展中並被逐步確立為主導性藝術理念。這種「突出」與後來的「三突出」並不是沒有聯繫的。在此期間，一九六一年的關於「悲劇」問題的討論和一九六四年的「關於京劇演現代戲的討論」等，都涉及到一些敏感而深刻的問題。這一文藝思潮發展的過程性「曲折」，也增添了當代「十七年」文藝思潮構成面貌的豐富性的一面。

---

31 王燎映：〈我的印象和感想〉，《文學研究》1958年第2期。

32 〈談最近的短篇小說〉，《人民文學》1958年第6期。

33 參閱王西彥：〈《鍛煉鍛煉》和反映人民內部矛盾——在一個座談會上的發言〉，《文藝報》1959年第10期。

34 嚴家炎：〈梁生寶形象和新英雄人物創造問題〉，《文學評論》1964年第4期。

35 〈提出幾個問題來討論〉，《延河》1963年第8期。

36 楊降：〈斐爾丁在小說方面的理論與實踐〉，《文學研究》1957年第2期。

中國當代文學史的「民族文學」敘述問題

　　「中國少數民族文學」在整體的中國當代文學史的「歷史敘述」問題，應是一個值得學術界長久關注的重要問題。這一問題的重要性，一方面體現為「中國當代文學史」作為「中華民族」文學當代存在狀態如何獲取其「整體性」問題，另一方面則體現為自二十世紀五〇年代末中國當代文學史開始編纂以來，「中國少數民族文學」在整體的「中國當代文學史」價值定位和歷史敘述的不斷變化中而日益走向淡化的嚴峻現實。就學科發展來看，作為「中國語言文學」一級學科所屬的「中國少數民族語言文學」學科，其自身在新時期以來有了切實的大規模發展，各種單一民族的文學史（包括通史、斷代史、文體史）著述層出不窮，幾乎囊括了五十五個少數民族，尤其是蒙古族、藏族、維吾爾族、壯族等比較大的少數民族的文學研究更是碩果累累。但另一方面我們也清楚地看到，在不斷修訂重寫的「中國當代文學史」中，有關「中國少數民族文學」的歷史敘述和價值分析卻一路淡化，甚至在絕大多數的文學史著述當中逐步被取消。這一現象值得中國現當代文學研究界深思。

　　一般意義上的「中國當代文學史」的「生成」應是以一九五九年為開端，[1]但真正的「中國當代文學史」課程設置則是自「新時期」

1　參見筆者：〈論中國當代文學史的「發生」與「發展」——以四部文學史著作為考察對象〉，《中國現代文學研究叢刊》2008年第6期。

肇始。本文意欲通過四部出版於「新時期初期」富有代表性的「中國
當代文學史」著述，並通過對這些文學史著述在二十世紀八〇年代中
期至九〇年代中期、九〇年代中期至新世紀兩個階段「修訂」狀況的
具體考察，以期深入討論「中國當代少數民族文學」在「中國當代文
學史」中的歷史敘述問題及其意味深長的變化。[2]

一

　　張鐘等人的《當代文學概觀》（簡稱「北大本」）、郭志剛等撰著
的《中國當代文學史初稿》（簡稱「初稿本」）、王慶生等編著的《中
國當代文學》（一、二、三卷）（簡稱「華中師大本」）和二十二院校
編寫組的《中國當代文學史》（一、二、三冊）（簡稱「二十二院校
本」），均出版於八〇年代初期，在當時是各個高校普遍採用的有較大
影響教材。[3]這四部文學史中關於「當代中國少數民族文學」的歷史
敘述的處理方式，能夠反映出中國文學界在新時期初期對於這一問題
的基本思考。比如「北大本」，該書除〈前言〉之外共設五編：〈第一
編　詩歌創作〉、〈第二編　散文創作〉、〈第三編　戲劇創作〉、〈第四
篇　短篇小說創作〉、〈第五編　長篇小說創作〉。這「五編」當中，
除〈第二編　散文創作〉之外，其餘四編均有關於「少數民族文學」

2　有學者統計，至二〇〇〇年，已出版《中國當代文學史》著作六十餘部。參見孟繁
　　華等《中國當代文學發展史》。

3　本文選擇作為研究對象的有四部《中國當代文學史》——張鐘、洪子誠、佘樹森、
　　趙祖謨、汪景壽等著《當代文學概觀》，北京大學出版社一九八〇年七月初版，文
　　中簡稱「北大本」；由陳荒煤擔任顧問，郭志剛、董健等人主編《中國當代文學史
　　初稿》（上、下冊）一九八〇年十二月初版，文中簡稱「初稿本」；華中師範大學
　　「中國當代文學」編寫組編寫的《中國當代文學》，第一冊一九八三年九月初版，
　　第二第三冊分別於一九八四年十一月、一九八九年五月初版，文中簡稱「華中師大
　　本」；《中國當代文學史》（一、二、三冊），第一冊一九八〇年初版，一九八五年三
　　卷出齊。文中簡稱「二十二院校本」。

的專節論述。該書第一編的〈概述〉中有關中國當代少數民族文學發展過程與歷史成就的評價，亮出了編著者在處理中國當代文學史構成中關於少數民族文學價值的基本思路和理論架構。以〈詩歌創作〉編為例，編著者說：「三十年來，在兄弟民族中，一批有成就的詩人做出顯著成績。他們是蒙古族老詩人納・賽音朝克圖和青年詩人巴・布仁貝赫，維吾爾族詩人艾里坎木，哈薩克族庫爾班阿里，藏族饒階巴桑，僮族韋其麟，傣族康朗甩、康朗英，土家族汪承棟，傀佬族包玉堂等等。少數民族的民間敘事詩，是我國詩歌寶庫的重要財富。解放以來，進行了大量收集、整理工作，有的詩人並根據這些民間敘事詩進行再創造。其中，《阿詩瑪》、《嘎達梅林》、《召樹屯》等，為人們所熟知。」[4]在這種總體評價之外的具體文學史敘述中，除上述詩人之外，還涉及蒙古族民間詩人毛依罕和瑟傑，維吾爾族詩人克里木・霍加，藏族詩人擦珠・阿旺洛桑，侗族詩人苗延秀等等。並對他們進行了比較詳細的文學史評價。比如對苗延秀、布林貝赫、饒階巴桑、康朗甩、康朗英等。

「北大本」在第三編〈戲劇創作〉中，設專節討論了「反映少數民族鬥爭生活的劇作」，[5]「北大本」在〈反映少數民族生活的長篇小說〉一節裡，不僅對中國大陸建國「十七年」中少數民族作家長篇創作的基本價值給予了充分肯定，而且還重點分析了代表性作家瑪拉沁夫、徐懷中、李喬等。談到瑪拉沁夫《茫茫的草原》（上部）的思想和藝術成就時，是這樣評價的：「走什麼道路的問題是這樣深刻地影響著草原」，「小說通過安旗騎兵中隊的成長，展現了草原上兩條道路鬥爭的情景，表現了內蒙人民在中國共產黨的領導下走過的艱難曲折的道路。」認為「鮮明的民族特色、強烈的抒情性是這部小說顯著地

---

4 《當代文學概觀》（北京市：北京大學出版社，1980年7月），頁21。

5 值得注意的是，這是筆者見到的唯一一部關注到少數民族戲劇創作的文學史著作。

藝術特點。小說中那些具有民族特色的描寫和熱烈的抒情是和人物的刻畫、事件的描寫緊密聯繫在一起並為後者服務的。」徐懷中的長篇小說《我們播種愛情》,「以一個農業技術推廣站籌建並發展成國營農場為中心線索,廣泛地反映了西藏和平解放初期的社會生活與發展變化,歌頌了為西藏進步和繁榮而艱苦奮鬥的人們及其領導者中國共產黨。」「小說關於朱漢才、葉海同秋枝之間感情的描寫是一曲動人的讚歌。活潑美麗、直率熱情的藏族少女秋枝愛上了農機站的拖拉機手朱漢才和葉海,並宣布要嫁給這兩個,這在西藏是允許的。可是同時愛著秋枝的朱漢才、葉海卻不能共同娶她。兩位年輕人失眠了。他們想的不是怎樣把秋枝據為己有,而是怎樣妥善處理此事。」當朱漢才編造了自己已有了對象的「謊言」從而促成了葉海與秋枝的愛情時,「他那深沉、無私的品德發出了動人的光輝。」[6]對於彝族作家李喬,認為他在小說創作中特色的形成是與他的生活經歷有密切關係。「李喬是彝族人,對彝族有深刻的了解,他筆下的人物無論是彝族幹部還是涼山奴隸,大都寫得較為形象,有一定的深度。」教材中重點分析了主要人物彝族幹部丁政委、奴隸阿火黑日、挖七、窮苦百姓阿土泥竹、接米約哈等。認為《歡笑的金沙江》裡「沒有那種為表現『民族特色』而獵奇逐異的描寫,沒有那種為引人注目而故作驚人的渲染。」[7]

　　「初稿本」對於中國當代少數民族文學的關注,體現為把「少數民族文學」置於「生活類型」和「題材類型」相疊合的範疇中加以闡釋。比如在其上冊第二章〈十七年小說(上)〉的〈概述〉中談到:「許多少數民族出現了自己第一代的小說家,他們一次拿起筆來反映

6　《當代文學概觀》(北京市:北京大學出版社,1980年7月),頁232-233、頁443-444、頁448。

7　《當代文學概觀》(北京市:北京大學出版社,1980年7月),頁232-233、頁443-444、頁448。

自己民族的生活，這在我國小說發展史上有著特殊的意義。建國初期瑪拉沁夫的《科爾沁草原的人們》、朋斯克的《金色的興安嶺》、李喬《歡笑的金沙江》等，都是有影響的作品。」[8]「對少數民族生活的反映也更豐富多彩。陸地的《美麗的南方》、林予的《塞上烽煙》、郭國甫的《在昂美納部落裡》，分別反映了僮族、佤族人民解放初期與反動殘餘勢力的激烈鬥爭。徐懷中的《我們播種愛情》反映了漢藏人民在建設新生活中所接下的深厚情誼。」[9]這裡有一點值得我們特別注意──在上述論述中，中國當代少數民族文學的範疇也包括了非少數民族作家描寫少數民族生活的作品，這是一個值得分析的現象。其實這關涉到如何定義中國當代少數民族文學的大問題。

　　我們同時還看到，在「北大本」中，「少數民族文學」被視為文體「類型」，而在「初稿本」中，「少數民族文學」的價值類型範疇既有「文體性」、又有「題材性」──「初稿本」〈概述〉中的上述價值評析，是在「革命時期艱苦卓絕的鬥爭」、「反映社會主義時期現實生活」、「反映工業戰線和工人生活」、「反映部隊生活方面」、「對少數民族生活的反映」等「生活題材」類型的並置中展開並加以本質化的──這是一種很有意義的關於「少數民族文學」文學史價值敘述的方式。其實，當撰史者只是把「少數民族文學」當成「生活類型」和「題材類型」時，作家的民族身份實際上並沒有進入審美價值獨特性的評判範疇。當主題或思想性的要求已內化為作品審美性的主要指標時，特定「族群」歷史及其風俗所形成的審美方式、美感呈現方式及其對人類及其自然的想像方式，都在這些「統一性」中被遮蔽了。這是中國當代文學史關於少數民族歷史敘述的一個缺陷。

8　《當代文學概觀》（北京市：北京大學出版社，1980年7月），頁232-233、頁443-444、頁448。

9　《中國當代文學史初稿》（北京市：人民文學出版社，1980年12月），上冊，頁120、頁123、頁205-206、頁207-211。

　　「初稿本」上冊除〈概述〉之外，單設的第九節把李喬和瑪拉沁夫合在一起加以評論（這是第一次看到李喬排在了瑪拉沁夫之前）。與「北大本」不同的是，「初稿本」在這一節裡對兩位作家的創作進行了比較詳盡的全面闡釋——等於一個微縮版作家論（含生平、創作歷程、代表作分析——分別從題材、主題、人物、藝術特色等方面）。具體到《歡笑的金沙江》，它認為小說的主題是「黨的民族政策的勝利」，「作者在塑造人物時，十分注意把握各人不同的階級地位與思想基礎，」「能夠十分自然地描繪他們帶有少數民族特點的性格與心理活動。」[10]對《茫茫的草原》的評價，書中引用了該書初版時的反響作為引子，「《茫茫的草原》出版後，立即因題材新穎，人物形象生動，草原氣息濃烈引起文藝界重視。」「小說採用多線索交叉發展的方法，通過眾多人物複雜錯綜的關係，細緻描繪內蒙各階層人物的思想動向。」「小說塑造了一批栩栩如生的人物形象。」「小說作者用飽含詩意的文筆，描繪了蒙古族人民的風俗習慣和生活圖景，勾畫出迷人的草原風光，使作品具有一種濃郁的地方色彩和生活氣息。」作品對「蒙古族人民豐富、幽默的民間諺語，在敘述中運用的恰如其分。」談到其缺點時認為「有一些描寫愛情的情節是多餘的，甚至有自然主義傾向。」[11]——這裡直接表呈出此階段中國當代文學史著述中對於「愛情」描寫評價的「曖昧性」：要麼遮蔽或迴避，要麼有意把「愛情」描寫放在「政治範疇」予以肯定或否定——少數民族文學中的「愛情」筆墨，並沒有因為民族文化觀念的特定性而得到寬容。

　　相比較而言，「二十二院校本」關於「十七年」時期「少數民族文學」的論述是比較簡略的。該著第一冊第一編第三章〈本時期的小

10　《中國當代文學史初稿》（北京市：人民文學出版社，1980年12月），上冊，頁120、頁123、頁205-206、頁207-211。

11　《中國當代文學史初稿》（北京市：人民文學出版社，1980年12月），上冊，頁120、頁123、頁205-206、頁207-211。

說〉（指一九四九至一九五六年）部分，其第十一節是關於少數民族小說的專項內容——〈瑪拉沁夫等兄弟民族作家的創作〉。此著對於所有涉及的作家均採用生平、創作歷程和具體作品分析相雜糅的論述方式。本節涉及的作家和作品有瑪拉沁夫《茫茫的草原》、朋斯克《金色的興安嶺》、扎拉嘎護《春到草原》（中篇）、李喬的《歡笑的金沙江》、祖農、哈迪爾《鍛煉》（短篇集）、陸地的一些短篇和《美麗的南方》等，同時還提到彝族作者普飛、熊正國，苗族作者伍略等，認為他們「也都寫了一些較好的短篇。」[12]在中冊〈本時期的詩歌〉一章裡，著者把藏族詩人與李瑛、張志民等並列進行了論述——「北大本」提到的一些詩人這裡全部隱去了。認為饒階巴桑是「深受藏族民間歌謠的影響，採用了一些藏族人民慣用的藝術手法，同時還繼承了五四以來新詩的優良傳統，融合了漢族民歌的語言特點，創造了詩歌的新形式，並具有雄奇剛健的獨特風格。」[13]第三冊集中論述了新時期文學——在〈本時期的詩歌創作〉、〈本時期的散文創作〉、〈本時期的小說創作〉等三章裡，對新時期的少數民族文學都有了比較多的論述，具體表現為掃描式、概覽式的敘述。作家特色和具體的作家分析尤顯不足。

　　「華中師大本」應當說是這四部文學史當中在少數民族文學敘述方面做得最為充分的。《中國當代文學》全三冊，按三個時期分冊（1949-1956、1957-1976、1976年以後新時期）在每一個歷史時期的文學史敘述中都有少數民族文學的專章論述，並且把概況介紹與名家經典細緻分析結合起來，突出了少數民族文學中的那些漢族文學所沒有的元素或不那麼突出的東西。比如少數民族的民歌傳統、少數民族古代文學歷史上的詩歌傳統尤其是長篇敘事詩傳統等，並對少數民族

12　《中國當代文學史初稿》（北京市：人民文學出版社，1980年12月），上冊，頁120、頁123、頁205-206、頁207-211。

13　《中國當代文學史》（福州市：海峽文藝出版社，1980年11月），（1），頁221-225。

文學經典作品的審美想像方式予以重點考察。「華中師大本」在第一卷敘述一九四九至一九五六年間中國少數民族文學成就時，重點分析了解放後經過黃鐵等四人整理的彝族撒尼人民間長篇敘事詩〈阿詩瑪〉、蒙古族敘事詩〈嘎達梅林〉、韋其麟長詩〈百鳥衣〉、納‧賽音朝克圖的詩、瑪拉沁夫的長篇小說《茫茫的草原》等。論者認為〈阿詩瑪〉的主題與思想性主要體現為「敘述勤勞勇敢、聰明美麗的姑娘阿詩瑪，為追求自己幸福的生活，反對強迫婚姻，同他哥哥一起，向封建統治者進行不屈不撓的鬥爭的故事。它用生動的形象，富有民族特色的優美詩句，展現出勞動人民熱愛勞動、機智勇敢，不屈服於封建壓迫的崇高品質和追求美好生活的強烈願望。」[14]作者進一步認為，其藝術成就主要集中於幾個方面：一是「成功地塑造了阿詩瑪和阿黑這兩個光彩奪目的藝術形象。」二是「它的人物、故事，都根植於民族生活的土壤裡。那一幅幅風俗畫和風景畫，反映出鮮明的民族生活特色，使人感到真實親切，從這個意義上說它是現實主義的。然而它又具有濃郁的浪漫主義色彩，作者巧妙地採用富有詩意的象徵手法來概括尖銳的鬥爭，在民族生活的土壤上，馳騁美麗的想像。」三是「語言既樸素而又優美。它廣泛採用了比興、誇張、擬人、對比的修辭手法。」[15]

　　上述分析與討論，在今天看來已派生出諸多有意義的學術話題。在特定歷史文化語境中對少數民族歷史傳說和集體性作品的「整理」與「改編」，不僅深受漢語文化的影響，而且「整理者」「改編者」的價值立場、審美趣味以及對時代意識形態主流理念的自覺認同等因素，也都深刻影響著「整理」「改編」後作品的價值面目。據此而言，顯然上述文學史價值評價，都是針對經過整理後的〈阿詩瑪〉而

14　《中國當代文學史》（福州市：海峽文藝出版社，1981年11月），（2），頁314。

15　《中國當代文學》（上海市：上海文藝出版社，1983年9月），（1），頁319、頁321-325、頁326-330、頁335、頁337、頁351、頁353-354。

言的。在這樣的價值認定中，時代文化語境及其特定歷史時期藝術理念通過「整理」這一中介對民歌原有生態的重構，其實被作為民族文學的「原生態」予以認同了。我們能夠看到，整理的〈阿詩瑪〉突出了「鬥爭」，強化了「階級對立」，對勞動人民的「革命化」的身份給予了充分提升，二十世紀五〇年代被強力推行的典型化意念和手法在這一「整理」「改編」過程中得以廣泛採用。同時，也正是這些步驟為它們在中國當代文學史中的經典化奠定了基礎與前提。「整理」與「改編」過程中對「阿詩瑪」幾種傳說「異文」的統一化處理，透示出時代意識形態對已有文學遺產的「再生產」過程與政治意圖。[16]

關於〈嘎達梅林〉的價值，論者認為「它取材於真實的歷史事件，而又不拘泥於史實，具有廣泛的概括性和典型性。」論者除對作品的主要英雄人物的刻畫給予充分肯定之外，重點分析了該作品在「繼承蒙古族民間敘事詩的優良傳統而又有新的發展」方面的藝術實踐。其「抒情性」特點，在以「唱詞」為基幹的基礎上，把「抒情性貫穿在對環境描寫、情節鋪敘和人物刻畫之中，通過獨唱、對唱和演唱人的敘事抒情等多種方式來實現，十分生動活潑，富於表現力。」並且是「說唱結合」，超越了傳統。[17]韋其麟的長詩〈百衣鳥〉，是根據民間故事傳說「創作」的作品，並非「整理」之作。對於被視為「經過整理和改編的民間創作的珍品」的〈百衣鳥〉，論者的評價主要集中於作者對它的「改寫」：「〈百衣鳥〉吸取民間傳說故事的基本情節，從壯族人民的實際生活出發進行大膽的創造，圍繞著古卡和依娌這一對青年男女悲歡離合的遭遇，真切地反映了壯族勞動人民在封建勢力殘酷統治下的苦難歷史和勇敢不屈的反抗精神，流露出對自己

---

16 《中國當代文學》（上海市：上海文藝出版社，1983年9月），（1），頁319、頁321-325、頁326-330、頁335、頁337、頁351、頁353-354。

17 與中國大陸建國初期對於所有文學遺產一樣——包括各民族古代文學、現代五四文學遺產以及民間文學遺產等等，其態度是一樣的，這方面的研究我們還很薄弱。

前途無比樂觀的豪邁感情。」[18]該著在細緻分析了主要人物性格發展史之後，對它在藝術上的「成功」給予了高度評價：「詩人取材於這個古老的民間故事進行再創作，不僅有一個去粗取精的問題，還有一個按照敘事詩的要求加工處理的問題。作者在這方面的努力是值得肯定的。例如，原故事的神奇色彩比較濃厚，需要什麼依娌就可以變出什麼來，因此古卡和她成親後，立刻便成了一個商人和富翁。作者對故事進行的改造，著重把主人公作為現實的勞動者來描寫，對其聰明才智給予適當的誇張，使作品更能真切地反映出壯族勞動人民的實際生活與階級鬥爭情景。」[19]

　　我們可以清晰地看到，上述文學史在對〈百鳥衣〉的各方面成就給予充分肯定的同時，卻把「改編者」自覺依從時代意識形態要求而對於「原生態」的「刪除」與「遮蔽」的問題，輕輕放過了。「時代階級性」的強化與民間文化（包括審美想像方式）原生趣味的弱化，正是特定歷史文化語境的映像。這是「新時代」裡所有藝術遺產（包括中國古代各民族文學、民間文學甚至五四以後的新文學）的共同宿命。「整理」和「改編」成了所有原有藝術遺產進入新時代「經典」譜系的唯一中介──這也是少數民族文學原有文學遺產時代境遇與變遷的一個值得深入研究的重要問題。〈阿詩瑪〉與此相類似。

　　關於瑪拉沁夫的文學史評價，各個中國當代文學史著述所側重的方面大致相同。不過，「華中師大本」更加強調《茫茫的草原》這部代表作的「主題」重大性及其思想意義。「《茫茫的草原》所表現的是一個具有重大歷史意義的主題。」論者在對幾個主要人物性格與時代關係進行了深入分析之後指出：「作品啟示人們，只有在中國共產黨

18　《中國當代文學》（上海市：上海文藝出版社，1983年9月），（1），頁319、頁321-325、頁326-330、頁335、頁337、頁351、頁353-354。
19　《中國當代文學》（上海市：上海文藝出版社，1983年9月），（1），頁319、頁321-325、頁326-330、頁335、頁337、頁351、頁353-354。

領導下，將蒙古族人民的革命鬥爭匯入祖國各族人民為解放全中國而戰的革命洪流之中，蒙古族才能獲得真正的復興，草原牧民才能實現自己夢寐以求的美好生活理想。民族團結和愛國主義思想，像一根紅線貫穿在《茫茫的草原》和其他作品中。」「『祖國啊，母親！』這種赤誠的感情洋溢在字裡行間，構成瑪拉沁夫文學創作的一個鮮明特點。」[20]對於瑪拉沁夫文學創作的藝術貢獻，學術界一向強調「民族特色」與「抒情性」——對於這一點，「華中師大本」是這樣解讀的：「《茫茫的草原》真實生動地展現出察哈爾草原人民的苦難生活以及他們的反抗鬥爭。這一民族地區的鬥爭生活，有著不同於其他民族地區、其他地區鬥爭生活的鮮明特點，它構成了作品民族特色的主要內容。」「在這基礎上，作者又從多方面增強了民族色彩。」主要表現為「善於勾勒草原的風俗畫和風景畫。」其「抒情性」既緣於作者一貫的寫作追求，同時又利用「借景抒情，藉渲染草原風光以抒發作者或主人公的內心感受，使情景融匯，造成強烈感染讀者的詩意。」[21]

　　今天看來，這種對於民族作家「民族特色」的認識是膚淺而表面的。族群作家的民族性體現出來的是一種文化心態或意識結構，在審美創造中更多地表現為富有民族特色的審美想像及其認知世界的方式。許多民族作家寫作中「民族色彩」的表面化，其實反映了在特定歷史文化語境中對一種「同一」的意識形態「言說」方式的認同，這是一個值得進行細緻文本解讀的棘手問題。「意識形態認同」與「民族情結」的意識結構狀態及其建構，是一九四九年之後所有少數民族作家面臨的難題，「何者為先」和「何者為主」，並不僅僅只是主體可以自由選擇的，它在很大程度上決定了少數民族作家在創作上是否可

20　《中國當代文學》（上海市：上海文藝出版社，1983年9月），（1），頁319、頁321-325、頁326-330、頁335、頁337、頁351、頁353-354。

21　《中國當代文學》（上海市：上海文藝出版社，1983年9月），（1），頁319、頁321-325、頁326-330、頁335、頁337、頁351、頁353-354。

以最終獲取創作自由的問題。「十七年」時期，是一個「階級範疇」可以涵納或替代「民族範疇」的歷史時期，「階級認同」的一致性可以有效地弱化民族記憶，這也是少數民族作家在「十七年」時期漢語寫作中普遍表現出來的文化症候。李喬、陸地、瑪拉沁夫等等均是如此。

縱觀這一時期《中國當代文學史》中關於「少數民族文學」的價值敘述，我們感到有這樣幾個問題值得注意：一、這一時期中國當代文學史敘述話語與意識形態話語的有意勾連與同構狀態。這不僅體現在對當代文學史階段畫分自覺與當代史的「革命式」畫分相一致，重要的是把當代政治對歷史的評判體系移植於審美評價過程。有意識地對文學的「政治性」價值予以強調，並以此為中國當代文學的合法性尋求依據。普遍地表現出對少數民族文學創作及其文學成就的重視與寬容性的價值體認。上述文學史著述中對於少數民族文學的「重視」與「寬容」，具體表現為一些敘述策略的選擇與斟酌：比如有關少數民族文學的內容大都實行「單列」，其創作的「成就」與「經典性」就可以有效避免與漢語寫作成果比較所可能產生的認定標準的「曖昧」與認定過程的「彷徨」，從而保證其所作出的價值評判應被牢牢限定於「少數民族文學」範疇所應具有的權威性和示範意義。同時，另一個策略是，有意凸顯關於創作主體、作品的「主題重大性」，對其創作的時代認同與階級政治認同方面實施異常深入的闡釋，在有意無意淡化「族群」歷史意識的同時強化「民族風情」地域性特徵。如此一來，有效地保證了文學史中「少數民族文學」價值敘述與中國當代文學總體格局與面目的內在「統一性」狀態。二、雖然各個文學史著述所涉及的作家作品的多寡有不少差異，但對於代表性作家的認定和少數民族文學經典的提煉與闡釋卻有著很大的趨同性。仔細分析，這一「趨同性」並非是特定歷史時期審美統一性所致，而更多地決定於「文化意識」的共同性。在上面所列的「少數民族文學」經典作家

和經典作品當中，除了第一點所涉及的「主題」、「意義」等因素的功能之外，如何使當代的少數民族文學加入到「新時代」民族國家「想像共同體」中，亦是撰史者需慎重考慮的重要問題。在這樣的情勢中，「漢語寫作」的主流性雖未被有意強調（甚至有時是需要故意隱匿的一種敘事意圖），但少數民族作家的「漢語寫作」不僅受到實際的重視，而且擁有著率先被「經典化」的資格。對於主流意識形態的認同，不僅啟動了「一統化」文化認同，而且「語言認同」也隨之成為順理成章的事情。三、表現在對經典作家和經典作品的價值評判方面，「主題決定論」、「題材的重大與否」以及對「政治」共性內容的過度闡釋等等，形成了價值認同的「有意偏頗」。「偏頗」體現為「內容」與「藝術表現」評價方式的間離，表現為與同類生活內容的漢語作家作品無比較的有意隔絕狀態，這實際上造成了中國當代文學史歷史敘述的「分裂」。與此同時，當代「少數民族文學」「獨創自足性」也由此受到了弱化──這是造成多年來文學史研究界一直質疑、批評「拼盤式」文學史的根源所在。如何把中國當代各民族文學融為一體，建立一種「等量齊觀」的文學史敘述，多年來一直是中國當代文學史界意欲破解的難題，同時也是中國當代文學史的理想敘述。四、「漢語文學正統」意識與「現代文學正統」意識體現得分外強烈。

二

　　二十世紀八〇年代中後期，對中國當代文學「史」的連續性「修改」，是當時出現的一個重要現象。「修改」的動機和原因，編著者是這樣表述的：「《中國當代文學史》於一九七八年開始編寫，一九八五年出齊。……在這六年中，在黨的十一屆三中全會所確定的思想路線指引下，我們國家的政治、經濟、社會生活等方面都發生了顯著變化。在文藝戰線上，由於『雙百方針』的貫徹，文學創作出現了蓬勃

發展的局面，文藝理論研究和文學批評獲得了突破性進展，中國當代
文學史的研究，也取得了新的成果，原來一些一時尚難做出比較正確
結論的問題，在實事求是的探討中，也已經有了比較符合實際的認
識。這一切都說明，對《中國當代文學史》作一次修改，以匡正本書
第一版中某些現在看來已經顯得不太恰當的評價，使它更符合歷史的
實際，更具有科學性，這不僅是必要的，也是可能的。」[22]《中國當
代文學史初稿》的「修改說明」更透露了時代變化、尤其政治變化之
於「修改」文學史的必要性。「這次修改的要點是：一，調整某些過
時的提法，使全書在觀點和表述方面更加符合中央關於文藝問題的精
神；二，注意吸收學術界新的研究成果，提高全書的科學性和理論水
平；三，增刪和調整某些章節。」[23]

　　參閱多部修改於這一時期的《中國當代文學史》，在「修改說
明」中很少有文學史提到關於「少數民族文學」相關方面的問題。就
這一時期「中國文學史」關於少數民族文學所涉及的諸多方面修改情
形綜合比較，若從上述幾部文學史的章節設置、內容含量的細部變化
來看，其中評述的作家數量沒有改變，對作家的文學成就和藝術貢獻
方面的評價也基本沒有變化，只是在極個別的地方做了文字上的修正
和少量的增刪——比如「初稿本」的原版與修訂版相比較，關於當代
「少數民族文學」的敘述部分與本書大量改寫的其他章節和內容相
比，幾乎可以說是「原封不動」，「初稿本」修訂本與第一版相比較而
發生的諸如作家作品的「排序」變化和對重要作家、作品的「價值」
修訂、對當代文學過程中具有「史性」影響的「文學現象」的評價
「修改」、由於「新時期文學」的當下發展狀態及激起的全民認同而

22　《中國當代文學》（上海市：上海文藝出版社，1983年9月），(1)，頁319、頁321-
　　325、頁326-330、頁335、頁337、頁351、頁353-354。
23　〈修訂說明〉，《中國當代文學史》（福州市：海峽文藝出版社，1987年4月），(1)，
　　頁5。

直接影響到研究主體對中國當代文學史一系列問題的認識變化、中國現代文學研究在二十世紀八〇年代的繁榮與活躍以及由此形成的「五四文學正統觀」大面積輻射到中國當代文學研究的價值評判等等情形，並未在「少數民族文學」的歷史敘述中出現。

　　不過，值得我們注意的是，這一時期的多部中國當代文學史著述之間，卻出現了關於「少數民族文學」敘述的「差異」與「分化」現象。比如「初稿本」、一九八七年四月至一九八八年九月印行的「二十二院校本」、在初版中就設有「少數民族文學」專章內容的「「華中師大本」等等，均屬於「原封不動」。而一九八八年一月出版的「北大本」修訂版與第一版相比較，卻呈現出明顯的差異：「北大本」第一版全書共有五編——分為〈詩歌創作〉、〈散文創作〉、〈戲劇創作〉、〈短篇小說創作〉、〈長篇小說創作〉。其中〈詩歌創作〉、〈戲劇創作〉和〈長篇小說創作〉三章都闢有對少數民族文學的專節論述。而修訂本則把有關少數民族文學的敘述（包括概述部分的內容）全部取消了。

　　這種「弱化」情形在其他的中國當代文學史的修改中也是如此。比如一九九一年發行的供自考學生使用的《中國現代文學史》（此著是把現當代和在一起的），除了在其下編第二章〈建國後十七年的小說〉中專節論述「瑪拉沁夫、李喬」之外，其他章節均未涉及「少數民族文學」的論述。[24]

　　二十世紀九〇年代中後期及至「新世紀」以來出版的多部《中國當代文學史》，如朱棟霖等主編的《中國現代文學史（1917-1997）》（高校出版社1998年）、洪子誠著《中國當代文學史》（1999年）、楊匡漢等主編的《共和國文學50年》（1999年）、孟繁華、程光煒《中國當代文學發展史》（人民文學出版社2004年1月）、董健等人主編的

24　《中國當代文學史初稿》（北京市：人民文學出版社，1995年），上冊，頁1-2、頁5。

《中國當代文學史新稿》（2005年8月人文版）、朱棟霖等主編的《中國現代文學史（1917-2000）》（2007年北大版）等，除了極個別文學史著述之外，如「華中師大本」修改版、陳思和主編的《中國當代文學教程》（1999年版）、陳思和、李平主編的中央電視大學教材《中國當代文學》（2001年版），[25]其他則一律採用了「取消」手法，全部刪除了有關當代少數民族文學的一切論述。令人深思與疑惑的是，上述所列的部分文學史著述卻大量增加了「臺港文學」篇幅和分量──比如，朱棟霖主編《中國現代文學史》兩個版本（98、07）、《中國當代文學史新稿》等等。

　　中國當代文學史在新時期三十多年的編寫著述過程中，關於少數民族文學的歷史敘述從「有意」敘述到「有限」敘述，再到「差異」敘述最後至「零敘述」的巨大變化，是值得我們深思的。

三

　　總括而言，自「新時期」至「新世紀」三十年來，中國當代文學史關於少數民族文學的敘述變化，可以概括出以下幾個特點：一、就大部分中國當代文學史著述而言，呈現出敘述分量的持續性「弱化」與「減量」敘述。這一「弱化」其實可以從多各方面看取──一種是在總體設想與篇章結構的安排方面，採用「不顧及」的方式，即「零敘述」狀態。比如洪子誠著《中國當代文學史》、董健等著《中國當代文學史新稿》、朱棟霖等《中國現代文學史（1917-2000）》等。[26]第

25　自考教材范伯群、吳宏聰主編：《中國現代文學史》（1917-1986）（武漢市：武漢大學出版社，1991年2月）。

26　進入「新世紀」後，各高校普遍採用洪子誠的《中國當代文學史》、陳思和主編的《中國當代文學史教程》、「華中師大本」、孟繁華、程光煒的《中國當代文學發展史》（北京市：人民文學出版，2004年1月）、董健等人主編的《中國當代文學史新稿》（2005年8月人文版）、朱棟霖等主編的《中國現代文學史（1917-2000）》（2007

二種則表現為「無變化」方式。上文我們已經談到，二十世紀八○年代中期至九○年代末，是中國當代文學史被大規模且連續性「修改」時期，這些「修改」牽扯到中國當代文學的多個重要方面——諸如作家作品的「排序」變化和對重要作家、作品的「價值」修訂；對當代文學過程中具有「史性」影響的「文學現象」的評價「修改」；由於「新時期文學」的當下發展狀態及激起的全民認同而直接影響到研究主體對中國當代文學史一系列問題的認識變化；中國現代文學研究在二十世紀八○年代的繁榮與活躍以及由此形成的「五四文學正統觀」大面積輻射到中國當代文學研究的價值評判等等。但是這些重大變動並沒有在少數民族的歷史敘述中表現出來。而實際情形卻是，中國不僅從學科建制的層面上單列了「中國少數民族語言文學」學科，而且在體制上有些切實的加強——國家級研究機構「中國少數民族文學研究所」的成立及其工作大規模展開，《民族文學研究》雜誌的創刊以及文學領域所增設的「中國少數民族文學學會」、中國作協「少數民族文學創作委員會」、《民族文學》雜誌問世和少數民族文學獎項「駿馬獎」的設立等等，更為重要的是新時期以來，中國少數民族文學的研究境界得以大幅提升，開拓性研究成果成批問世。這一切，應當是為中國當代文學史的「多民族整合」，提供了堅實的基礎。令人遺憾的是，「中國少數民族語言文學」學科的確立，卻造成了其與「中國古代文學」和「中國現當代文學」兩個學科的進一步「疏離」，彼此融匯的空間似乎在實踐中變得更加狹小。二、以新時期少數民族文學成就的敘述代替整體的六十年中國當代文學中少數民族文學的敘述。這一特徵似乎值得深入辨析。我們看到，上述幾部產生較大影響的中國當代文學是著述，在「新時期」文學敘述中，少數民族文學均沒有像「十七年」那樣被「單列」出來，若是得到了「整一」性的價值評

年北大版）等，也在一部分高校被選用。「二十二院校本」在二十世紀九○年代後期已逐步退出。

價。這裡可能反映出兩方面的問題：其一，說明「新時期」以來「少
數民族文學」的當下創作已步入與漢語主流寫作狀態的同步，原有的
差異已不復存在。其二，以新時期少數民族文學成就的敘述代替整體
的六十年中國當代文學中少數民族文學的敘述，也正是「五四文學正
統觀念」確立後之於少數民族文學價值重估的一種體現。「單列」的
敘述，從某種意義上說仍然屬於一種「差異性敘述」，它所強調的並
不是獨立的「差異性」，若不期然指向範疇的差異性，凸顯了兩者之
間的「不可比」性。這顯然不是走向「視界融合」理想途徑。當然
了，我們也必須認識到，「新時期」中國當代文學史這一「替代」敘
述的出現，又可視為對以往「單列」敘述模式的突破。無論是文學實
踐的啟迪，還是理論探險的促動，畢竟開啟了多民族文學被「整一
性」共同敘述的可貴空間。三、大學教育和社會文化教育體系裡中國
文學史知識譜系中少數民族文學的持續性缺失。應當說，這一狀況的
出現顯然與「中國當代文學史」歷史敘述中的關於「少數民族文學」
的缺失有著直接的關聯。「新時期」以來，尤其是八〇年代裡，由於
「中國現代文學」學科研究的興盛與當下文學創作的持續性繁榮，不
但導致了中國語言文學學科整體的某些「偏執」，而且似乎也為少數
民族文學之於公眾接受的「淡化」提供了某種合理的「客觀性」。這
固然是特定歷史階段的規定情形，但問題的複雜性並不僅僅如此。僅
就「中國語言文學」一級學科而言，其轄屬的幾個二級學科──「中
國古代文學」、「中國現當代文學」、「文藝學」、「比較文學」、「語言
學」、「應用語言學」等學科，均已成為「中國語言文學系」的基礎課
程和主要的選修課設立範疇，而「少數民族文學」除了在個別的「民
族大學」開設之外，絕大多數設有「中國語言文學」專業的大學，不
僅基礎課程體系中無之，選修科目中也了無蹤影。多年來關於要求在
綜合性院校中開設此類課程的呼籲可謂綿延不絕，但事實上「無」的
狀態並未改變。這一狀態必須引起我們的高度關注。四、中國少數民

族文學研究的「非主流化」、「邊緣化」和「孤獨化」。這一問題因涉及到文化語境的複雜多變和現代學科分層的具體情形，並非輕易說得明白，筆者將在另文中加以深入討論。

　　就「新時期」三十餘年的「中國當代文學史」學科發展來看，如何使「中國文學史」的歷史敘述趨向「合理」與「完美」，其實已成為任何一部「中國當代文學史」彰顯其「獨特性」的重要標示。當代文學史研究界的許多有識之士於此已做了不少嘗試。其中，張炯、鄧紹基、樊駿主編的《中華文學通史當代文學編》和陳思和主編的《中國當代文學史教程》（復旦大學出版社1999年），給人的啟示尤大──關於這方面的討論，筆者將以專文論述。

中國當代文學史與「民族文學」[1] 的價值敘述與可能

　　如果我們可以把「中國現當代文學」的修史歷史視為一種有緊密關聯的整體性現象，那麼，五四文學時期的後半期出現的一些新文學作品選本、過程總結以及有意從歷史視角考察「現代文學」現象的文獻，就應當被看做是「中國現當代文學」的修史開端。[2]這種情形意味著「中國現當代文學」的修史歷史與其自身發展的歷史，幾乎是同時開始的。此種狀態，一方面說明「新文學」之於「舊文學」的鮮明的「陌生化」，從一開始就被文學界乃至社會科學界真切感受到了，同時另一方面，西方近現代「歷史意識」的傳播與浸染，也促使著「新文學」的修史成為回應「現代性」思潮和播撒西方知識的有利場域。仔細分析我們能夠確認，「中國現當代文學」開始於「五四」時期的修史過程，既是歷史書寫領域「現代性」的生長期，也是中國歷史書寫傳統在激進語境中被迫發生變異的重要時期，還是「中國現當

1　關於「民族文學」的概念，自一九四九年至今有一個不斷變化的過程。「十七年」和「文革」時期，「兄弟民族文學」和「少數民族文學」兩個概念在同時使用著；新時期八〇年代多以「少數民族文學」稱之；九〇年代以來，「民族文學」的稱謂得到了越來越多地認同與使用。本文採用「民族文學」概念來指稱中國除漢族之外的「少數民族文學」。本文的「民族文學」範疇，包括產生於中國現當代歷史時空中「民間文學」和「作家文學」。

2　一般認為一個時段文學的修史歷史應以關於此階段的文學史專著的出版作為標誌。筆者認為，「經典化」是文學史的重要任務，而先於文學史著出現的各種選本，實際構成了文學史最早的經典化實踐。

代文學」歷史書寫的各種程序、規則、慣例等基本格式因素形成的重
要時段。雖然「現代」與「當代」的歷史書寫因世界文化語境和中國
現實語境所不斷發生巨變的影響，而有著諸多鮮明的不同。不過，值
得我們注意的是，「現代」和「當代」歷史書寫的一些觀念層面的東
西仍然存有相當密切的關聯——比如對「進化論」觀念的倚重、對社
會變革之於文學影響的因果關係的強調、文學價值判斷過程中內容先
於形式的具體操作等等。在這些林林總總的「新傳統」因素的因襲過
程中，「主流」與「邊緣」關係的觀照，一直是中國現當代文學歷史
書寫的一個重大盲點。從中國現當代文學史歷史敘述的實際情形中能
夠明顯看出，「城市」與「農村」、「體制化存在」與民間形態、「知識
者話語」與「百姓言說」、「現代西方知識」與中國本土學問、多數民
族的觀念與少數民族的意識、漢語與非漢語等等，其範疇的對立性遠
大於彼此的認同性。文學在「城市」、「體制化存在」、「現代西方知
識」、「漢語」領域中的景象不但備受關注，而且在歷史書寫中其價值
亦被有意無意地放大。與此相關的「重要作家」、「重要作品」等一些
等級觀念，也同時顯現在中國現當代文學史的歷史敘述細節之中。僅
就漢語文學與民族文學而言，中國現代文學歷史敘述的漢語中心觀
念，不僅體現在具體修史的章節安排和現象、作家、作品的遴選方
面，也對一九四九年之後「中國當代文學」的歷史書寫產生了持續性
影響。正因為如此，儘管「中國當代文學」中「民族文學」在當代尤
其是新時期以來有了極大的發展，甚至呈現出從未有過的繁榮，但直
到今天，「民族文學」在中國現當代文學史敘述中的「尷尬」與「困
頓」的局面，依然沒有得到有效改變。這一情形的嚴重後果之一，便
是「民族文學」的審美的和文化的等各方面價值在歷史書寫和現代中
國人知識譜系中的模糊與虛浮。「民族文學」的文學史價值的釐定，
始終處於「被呼喚」的過程與持續性的旋啟旋閉狀態中。縱觀迄今為
止已經行世的二百多部中國現當代文學史，除少數幾部曾有意嘗試著

使用各種方式進行「多民族文學」的整合性書寫之外，絕大多數仍然
採用「視而不見」或「一筆帶過」的「簡約」書寫方式。中國現當代
文學的「多民族」歷史書寫，已經不只是一個仍然需要在學理上繼續
建構的理論命題，更重要的是它已演變為一個亟需在「文學史觀」層
面加以重塑、在文學史書寫層面認真加以展開的實踐性命題。

　　這是迄今為止，「民族文學」的價值認定依然作為一個重要問題
的基本理由。

一

　　「民族文學」恆定性價值的指認困境，在筆者看來主要源於「框
架衝突」、「視點交叉」和「正典思維」干擾等三個方面。

　　作為歷史意識物化實踐的「文學史」書寫，主要展現為文學過
程、審美選擇與歷史觀念三者的相互生成與相互制約影響的複雜過程。
在文學史的生命過程裡，人們普遍地認為——就像歷史學科一樣——
「歷史觀」即「理解歷史的觀念及其相應地處理歷史的方式」，不僅
處於核心位置，而且常常受到歷史書寫傳統、時代政治所需要的意識
形態體系及其概念話語修辭好尚等諸多因素的深重影響。這在一般意
義上決定了「歷史觀」在任何歷史書寫中的「預置」特徵。其實，文
學史的書寫並不完全如此。一如「新歷史主義」強調歷史的建構性一
樣，我們更應當看到歷史建構中各恆定因素之間已有的或可能產生的
多種多樣的衝突。如今，文學史到底首先是「歷史學科」還是「文藝
學」的問題，人們已經不感到這是一個有展開空間的前沿話題了，但
是，在文學史書寫的具體實踐中，卻仍然常常遭遇到「歷史學科」的
基本觀念與基於文藝學理論對文學現象闡釋之間的失衡苦惱，以及由
此帶來的文學史書寫的「偏至」。這種狀況，在面對中國現當代「多
民族文學」已是顯在事實的時候，其困頓便顯得尤為突出。

　　自五四時期開始直到今日的中國現當代文學的發展過程，也是中國「民族文學」實現從以民間文學為主體轉向以作家文學為主體、從口傳集體創作轉向作家個人寫作的轉折時期。「多民族文學」歷史書寫的幾個各有特點的歷史階段，也與此有了比較清晰的界畫。已有學者把發表於一九二二年三月《申報》胡適所撰〈五十年來中國之文學〉，視為「新文學史」的研究起點。[3]中經王哲甫的《中國新文學運動史》、《中國新文學大系》的編纂，再到抗戰爆發之後的多部中國新文學史，在「一九四九年之前的編纂實踐」成果裡面，是看不到文學史敘述的民族視野的。我們可以把這一階段看作是「多民族文學」歷史書寫的「無有」階段。在這一階段裡，文學史的歷史書寫體現為「新」「舊」對舉狀態，新文學的價值性無不體現在新文學與作為隱性參照的舊文學的對照之中，而支撐這一對照並使新文學獲得價值性的合法性，則是源自西方的「進化論」。倚重「進化論」的歷史觀，代替了漢語歷史書寫已形成傳統的「循環史觀」。從當時的文學史書寫實踐來看，「進化史觀」在對已有文學歷史「腐朽性」「僵死性」一面進行「箭垛」式否定之時，也遮蔽了包括各民族文學在內的中華文學歷史存在的繁複性。更重要的是，這一對舉中的「舊文學」，不僅包括「腐朽」的漢語古典文學，也包括了各種各樣的處於低級狀態的「民間文學」。這樣一來，多數以「口頭文學」為傳統的民族文學，便順然地成為被「擱置」的邊緣性存在了。在「一九四九年之後的編纂實踐」中，「十七年」時期問世的以王瑤《中國新文學史稿》為代表的若干著述，均沒有關於「民族文學」的敘述，由此可以說，本時期「中國現代文學史」眾多著述中「民族文學」歷史書寫的缺失是一個普遍現象。這一「缺失」，既有著一九四九年之前「新文學史」撰寫慣性的作用，又有在一九四九年後仍未得以有效辯正的文學「雅」

3　參見黃修己：《中國新文學史編纂史》（北京市：北京大學出版社，2007年），頁3。

「俗」既成觀念的影響。當文學史撰述主體自然地認為文學進化應是
從俗到雅的過程時，以民間文學為主體的民族文學的「另類」性，就
被凸顯了出來。

　　從上述兩個階段文學史書寫的「同一性」裡我們可以看到，由於
民族文學被賦予「民間文學」性質，所以民族文學價值不僅在進化論
的文學史觀中被「合法」地輕視，也在文學史書寫實踐中被「合理」
地省略了。同時，「漢語文學」正統意識，也在這一過程中變成了一
種「自然」狀態，一種「理解知識的知識」，即「常識」。下面要論述
的關於「民族文學」歷史敘述的「兩個框架」，就是在這樣的知識背
景下產生的。

　　「民族文學」的文學史敘述，基本被置於兩個結構框架裡面：一
是「單一」斷代的「民族文學史」及其單一語種民族文學史敘述框
架；二是「總體性」的「國家文學史」敘述框架。[4]

　　作為文學斷代史的「中國現代少數民族文學史」或「中國當代少
數民族文學史」，它不僅在「時間」和「對象」的設定方面具有特定
性，同時在與歷史內容包含更為廣泛的具有「總體史」意味的「中國
現代文學史」或「中國當代文學史」相比較，雖然有著許多可以意會
並理解的差異，但是一些更為隱形的差異，並不為一般人所關注——
比如，入史作家作品的標準問題、歷史價值性的解釋理念問題以及與
範疇之外的文學存在的比較問題等等。中國現當代文學史撰述系列中
的「特定對象史」和「總體對象史」之間的階梯性質，其實也在具體
作家作品的價值闡釋方面得以續存，即，「總體史」[5]的標準和理念，

4　據有關機構和研究者統計，截至二十世紀末中國五十五個少數民族中已有四十多個
　　個少數民族文學史的撰寫得以完成，並有多部「中國現當代少數民族文學史」行
　　世，恕不一一列出。

5　關於「總體文學史觀」，筆者引用李正榮關於俄國學者A.維謝洛夫斯基「歷史詩
　　學」的解釋。他認為，維氏的歷史詩學蘊含著一個基本思想，即歷史是全體人民大
　　眾創造的歷史。在文學研究中他一直致力於發掘主流文學背後的「總體文學」之

很多時候不便運用到「特定史」的歷史書寫之中。在筆者看來，這是一種與「總體史」既有聯繫又有顯著差異的新的歷史書寫框架，它可以使民族文學價值的相關方面得以充分展開與論述。這一敘述的「自洽性」，既來源於民族文學基於進化論思維所呈現出來的線性進步景觀，又可以在民族文學的特性元素的充分張揚中獲得支撐。比如，關於當代蒙古族詩人納·賽音朝克圖的歷史評價，上述兩個不同範疇的書寫差異是很有意味的。二十世紀八〇年代影響較大的四部《中國當代文學史》[6]當中，華中師範大學「中國當代文學」編寫組的《中國當代文學》，[7]是其中在少數民族文學敘述方面思考審慎的著述。這部敘述不但在「十七年」文學單元裡為「少數民族文學」設置了專章，並在內容上盡可能做到全面。作為單節論述的納·賽音朝克圖，論者把詩人的精神變化歷程與其詩歌藝術進步結合在一起，認為建國後「詩人最有特色的作品，是另一類以直抒胸懷的方式寫成的讚頌黨和祖國、讚頌新生活的詩歌。」結合代表作《狂歡之歌》具體分析，認為詩歌的審美性體現為「在廣闊的背景上進行構思，將今天的美好現實與昔日的苦難與抗爭相聯結，使沸騰的感情同深刻的思索融為一體，鑄造出優美而深遠的意境。」論者認為，這些特徵是與其「民族性」身份聯繫在一起的。「納·賽音朝克圖的詩作，具有鮮明的蒙古族詩歌藝術的特色。」具體說就是「比喻」、「對比」的大量使用或「民族生活特色的生活細節」選擇等，並特別指出，其大型抒情詩中的「樓梯式」外在樣態，「是由蒙古族民間詩歌寶庫中所特有的祝詞

源。參見《從總體文學史觀看民族文學與主流文學的關係》，《「民族文學的多重視域與理論構建」學術研討會暨中國少數民族文學學會二〇一一年會論文資料匯編》。

6　這裡所說影響較大的四部文學史，包括張鐘等《中國當代文學概觀》、郭志剛、董健等主編《中國當代文學史初稿》、華中師範大學撰寫的《中國當代文學》、二十二院校合編的《中國當代文學史》。

7　《中國當代文學》一至三冊，上海文藝出版社一九八三年至一九八九年陸續出齊。

讚詞的格調演化而成。」[8]這種有節制的簡潔敘述，正是與此著中已有詩人艾青等幕後比較後的選擇。但是，納・賽音朝克圖在「單一的」（「特定史」）歷史書寫——《中國少數民族當代文學史》[9]中，無論書寫規模還是分析闡釋深度，與前述顯示出很大差異。作為專章論述對象，著者分別用三節詳細論述了詩人的「創作道路」、經典詩作細讀和總體「藝術特色」歸納，認為值得入史的「經典性」詩作有十餘首。對於代表作之一《狂歡之歌》的價值評價是這樣的：「這首詩以其宏大的規模，雷鳴閃電般的氣勢和強烈的政治抒情性，在當代蒙古族詩壇產生了深遠影響。這首詩在時代精神與民族形式的結合上，在採用完美的藝術形式表現健康向上的思想內容上，都表明了當代蒙古族詩歌思想內容的深化和藝術技巧的臻於成熟和完美。」[10]「納・賽音朝克圖縱跨蒙古族文學史上的兩個發展時期，成為現代詩歌的革新代表。」「納・賽音朝克圖是蒙古語言大師，他不僅是運用發展蒙古族文學語言的榜樣，而且是學習運用人民群眾豐富多彩的活的語言的典範。」「他的詩歌是蒙古族新詩歌的典範，他的開拓性、獨創性在蒙古族的新詩歌中佔有極為重要的地位。」[11]這種歷史價值的判定，放在蒙古族的現當代文學歷史變遷史上考察，應當說是恰切而適當的。甚至他在引領蒙古族文學從「過去」走進「現代」所發揮的作用，屬於「開山」之首。

　　然而，這一「單一」所具有的屏蔽性也是一個顯在的事實。在「單一」或「特定史」的範疇框架裡，「少數民族」不只是相別於漢

8　《中國當代文學》（上海市：上海文藝出版社，1983年），頁342-345。

9　特・賽音巴雅爾主編：《中國少數民族當代文學史》（呼和浩特市：內蒙古教育出版社，2009年）。

10　特・賽音巴雅爾主編：《中國少數民族當代文學史》（呼和浩特市：內蒙古教育出版社，2009年），頁10。

11　特・賽音巴雅爾主編：《中國少數民族當代文學史》（呼和浩特市：內蒙古教育出版社，2009年），頁10。

族多數的社會學概念，更應該是「單一」文學史歷史書寫對象的優先性標示，也可以說是這種文學史歷史書寫的唯一對象。這一情況說明，「單一的」或「特定史」範疇的有限性不僅是合理的，也是歷史書寫傳統或者慣例之於特定對象的基本選擇。在「單一」或「特定」中重設標準，安排書寫秩序和分配內容比例等，卻又是歷史書寫者必須根據現有對象與框架功能進行全新布局的生成過程。這種「單一的」或「特定史」在贏取自身「自洽性」時所付出的代價，便是與同時期漢族文學及其國外文學各類型的有效比較的缺失，天然地鎖定了「特定史」歷史書寫價值性的相對性質。「自給自足」的敘述過程無法贏得民族文學在國家屬性的「總體史」層面上的確定性價值。

　　二是「總體性」的「國家文學史」敘述框架。這是指以國家為單位、包括各民族文學實踐在內的具有鮮明「總體性」的文學歷史書寫——它既可以是國家所有時段整合為一體的「總體歷史」，比如張炯等編輯的《中華文學通史》；也可以是某個歷史階段的「斷代總體史」。所以，我們可以認定，不論是整體歷史性的還是斷代歷史性的，其基本的要點是現實的「國家視野」和「中華民族整體」。這是我們中國文學歷史書寫的複雜性所在。如果說，由於中國古代的民族關係的錯綜性和絕大多數的少數民族因為沒有文字，而使得長期以來關於「中國古代文學史」的漢語文學唯一性寫作可以理解的話，那麼，進入現代以來尤其是中國當代的文學發展現實，這種「漢語文學唯一性」歷史書寫模式，就顯得遺漏多多，其自身的邏輯自洽性也日益受到質疑。[12]但就當代而言，由於中共民族政策的鼓勵與扶持，和平時期中國各少數民族文學發展的突飛猛進，其代表性創作不但具有了與同時期漢語文學進行多層面比較的價值，而且少數民族文學在很

---

12 多年來，中國現當代文學史多數被指責為僅僅是「中國現當代漢語文學史」的說法的不絕於耳，正是這種狀況的具體表現。

多方面所表現出來的「先鋒性」與「獨異性」，以及相當多民族作家
在「現代性」語境中對於自身民族文明轉換的獨特描寫等，已經成為
中國當代文學面貌發生變異的重要的結構性因素。而這些本來需要在
文學史書寫中加以價值化論述的現象，卻很難在現有的「國家文學
史」框架中得到彰顯。

　　其實我們已經看到了，已形成許多慣例的「國家文學史」的書
寫，雖一直堅持著把每一個歷史時段的審美進步和狀態呈現看作是文
學史書寫的首要責任，但其參照對象的缺失問題並沒有得到認識與解
決。可以明確的是，以往「國家文學史」書寫中對於審美進步性的判
斷，只是選取了同體系中的歷史視角和與西方的共時性比較，而缺少
「國家」或「歷史」同一基礎上的「漢語文學」與民族文學基於特定
地域所生的文學事實的有意比較。這就造成了長期以來以「漢語文學
發展描述」替代「國家文學發展總體描述」的情形。同時，國家文學
的動態發展過程，也由於忽視了對民族文學在其構成機制中的作用的
深入分析，不但使國家文學史總體面貌的真實性受到損害，也遮蔽了
進入現代以來中國民族文學豐富複雜、多姿多彩的「現代化」過程
景觀。

　　再一方面看，由於文學史的基本任務是對文學經典的指認，「審
美進步」與代與代之間的「審美超越」是釐定文學價值的基本準則。
筆者曾就此做過探討：「『經典』指認，不僅是文學史價值建構的重要
步驟，也是文學史走向完善的鮮明標誌。從世界各國文學史經典選擇
確立的情形看，它無疑是一個需要被『歷史化』或曰在歷史語境中才
能予以完成的複雜過程。一般認為，有這樣幾個因素影響著經典的指
認與產生過程。首先是作品發表後所引起的接受反響。其次是作品所
含納的寫作行為與修辭方式（包括題材選擇、主題意義以及藝術理念
的結構呈現等）與主流意識形態所倡導的審美理性的關係狀態。再
次，取決於作家作品被置於歷史比較範疇中的創新程度和理論視野裡

被闡釋的可能性。誠然，具體的經典指認過程是不可能完全匯融上述
諸因素及其它們在被整合過程中所生發的新的整體性——比如，有時
會強調某方面，而有時則會凸現另一方面。但無論如何，上述三點作
為經典指認的基本原則，應是文學史著述不可漠視的前提性規約。鑒
於中國當代文學發展歷史的複雜性，其經典指認也充滿了別的文學階
段所沒有的獨特與異樣，並且，經典指認總是和研究主體不同的歷史
敘述有著緊密的關聯。」[13] 故此，民族文學在「單一」格局中的價
值，就會在這一視野中被忽略或否棄。上文中涉及的蒙古族當代詩人
納‧賽音朝克圖，其在「特定史」和「總體史」的評價比較，就能說
明這一點。此外，中國現當代文學史上的民族文學重要作家如老舍、
沈從文、瑪拉沁夫、鐵依甫江‧艾里耶夫、李喬、陸地、扎西達娃、
霍達、阿來等等，他們在兩種框架中的文學史定位與評價，都呈現出
上述「尷尬」情形——真實的情況是，在國家文學層面上，任何作家
的價值釐定，其實都是一個比較的結果。價值差異體現為不同範疇的
比較標準的差異，而不是其他因素帶來的差異。然而，無論怎樣說，
「差異慣性」並不能解答「差異」何以「合理」。我們要追尋的是，
「民族文學」的價值的「合理性」與「充足性」，在怎樣的文學史書
寫框架中可以實現，從而有效避免民族文學價值敘述的零散化、點綴
式的狀況。這是我們今天的「整體性」的國家文學史關於民族文學歷
史價值敘述，需要認真研究的重大問題。

二

　　「視點交叉」是指民族文學在進入文學史敘述之後所呈現出來的
價值點選擇與凸顯以及這一過程的敘述模糊性。具體而言，可以從以

13 席揚：〈「經典」重釋與「指認」困境——論「十七年」散文的文學史敘述〉，《文史
　　哲》2009年第3期。

下幾個側面加以理解：

首先，此種狀況一般發生在「總體性」的國家文學史書寫當中。「視點交叉」所帶來的問題性並不指涉作家的複雜性——比如作家的民族身份認定、非母語寫作或者作家民族身份意識變化等；而是指在「總體性」文學史書寫中所生發出來的問題——要不要凸顯作家作品的「民族性」、如何彰顯作家作品的「民族性」，以及如何處理特定文化型塑的文學「民族性」與世界視野裡審美普適性觀念之間的關係等等。這些問題，涉及到文學史書寫價值判斷的準確性和有效性，即如何使民族文學因素成為國家層面文化整體中審美意識和審美知識的有效構成部分，並逐步演化為公民知識譜系中的常識。

其次，「視點交叉」言及一般文學史書寫中「民族文學」價值敘述過程的游移性。就中國目前已出版的二百多部中國現當代文學史的「史學觀念」來分析，已產生兩種基本成熟的觀念及其敘述結構：一是主要著眼於藝術作品的創新程度，這是基於「進化論」的文學史觀，我們可以簡稱為「審美進化論」的觀念和結構。撰史者在歷史各階段的比較中，通過仔細判斷今日之於往日同類作品所具有的新因素——包括觀念層面、形式層面以及對象與呈現方式之間的融合性等等，從而確認作品作家的經典層次與價值分量；二是側重於文學思潮角度的歷史梳理。文學思潮視野規約下的文學史書寫，其目的是意欲有效還原歷史真相，最大限度本真地描述出文學歷史構成中哪些因素參與了對歷史的建構，著力要闡釋的是歷史動力因素的選擇理由和各重要現象在形成歷史過程中的結構功能。在基於文學思潮視野和方法的文學史書寫中，一切文學歷史的存在都會被最大限度地「現象化」，即把文學發展歷史看作是被現象合力生成的結構過程——哪些因素（即現象）參與了文學歷史的生成、各現象的結構作用如何等。文學史作為「歷史科學」分支的基本屬性，決定了文學真實面目和價值確認的鄭重與複雜。「歷史」、「審美」和「意識形態」的緊張關

係，常常致使特定時代的許多「即時性」因素影響著主體對文學價值的認識。上述這兩種文學史觀及其結構方式之於「民族文學」價值性敘述，也常常發生「尷尬」與「困頓」。如果著眼於「審美進步」性，「民族文學」與「漢語文學」在許多歷史階段是不可比的，這就會導致敘述的合理「空白」或「省略」；而當我們從文學思潮視角實施文學歷史書寫時，依然需要對特定時段文學現象的重要與否進行選擇，現象的影響力無疑又是我們取捨的指標。這樣一來，只在少數民族自身發生影響的文學現象，便無法整合到總體性的國家文學史之中。比如藏族、蒙族、彝族等「史詩傳唱」現象，無疑是其所屬民族的重大文學現象，但如何論述其在國家文學史中的結構性功能，顯然困難重重。

　　誠然，在中國現當代文學時空裡，很多「民族文學」的存在形態已發生了很大變化──「作家文學」的出現，改變了許多少數民族文學只靠「民間文學」一脈單傳的局面，這就為「總體性」的國家文學史的誕生創造了有利條件。同時，卻也使得已有國家文學史的書寫缺失顯得更為明顯。認真分析今天在全國高校普遍使用的各種版本的「中國現代文學史」和「中國當代文學史」教本便很容易看到，現有教材對於「民族文學」價值和民族作家的「身份」確認，一般是落實在對其審美成果裡面「民族性」成分的挖掘與闡釋方面，對民族文學的「民族性」描述，大多體現為「地域性」和「民俗性」兩個方面。雖然「地域性」與「民俗性」的疊合狀態並不鮮見，但當遭遇到兩者並不疊合的情形時，「民族文學」或者「民族作家」的文學史書寫就常常以所屬民族的一般性特徵替代了特定作家自我化的「民族性」呈現。有時候還會發生強調了一端便弱化了另一端的情形。這種情形在中國現當代文學史中老舍和沈從文兩位作家身上表現的異常突出。關於滿族文化或者「旗族」身份對老舍創作的影響，很多文學史書寫是根本看不到的。在已有現當代文學史中關於老舍與滿族文化關係的書

寫中，我們很少看到其「民族性」擁有對其創作各個要素層面影響的
細緻描述。「城市貧民」的大量描寫，究竟與辛亥革命後的「落魄旗
人」有何關係？這種執著的選擇是否藏有為「旗人」寫傳的隱秘意
圖？為何老舍常常把筆下的貧民描寫為「文明的貧民」？他們在文明
上的高貴與實際生活中的「低賤」之間，是否可以在「民族」「現代」
「革命」的相互關係中找到老舍寫作的真諦？！就是已經化為文學常
識的老舍創作的「京味兒」，與滿清入主中原之後所形成的「京城」
話語風尚也有著極大關係，它是不是可以算作滿族文化或滿清文化的
構成部分？！一味地到英國文學或者「底層敘述」裡面為老舍的獨特
尋找淵源與根由，其可靠性是值得懷疑的。同樣的，當我們把「湘
西」視為沈從文審美獨特性的確定性標識時，遮蔽的是沈從文苗文化
基因在其文學創作中的情感定位作用。苗族苦難歷史記憶與現代性遭
遇之後所產生的創作追求，不是僅僅體現為對湘西邊地風情的傾心，
而是為所屬民族文化屬性「正名」──所以，他的筆下才會有不但高
於漢族文明的另一種文明，而且有著與世界性的現代化潮流相比具備
超越性的文化價值因素。這些「民族文學」的文化價值，在我們的文
學書寫中是難以看到。

　　我們所遺憾的是，在理論上常常所強調的民族文化、思維方式、
價值理念、認知特性以及情感心理的「民族性」，無法在這樣的敘述
中看到。

三

　　二十世紀中國文學的生成過程，普遍地被認為是從「古典」走向
「現代」的過程。無論學術界把「中國文學現代化」的緣由認定為
「外援」還是「內發」，但「現代性」成了人們評價中國文學在二十
世紀發展狀態和歷史價值的重要範疇，並且似乎已經成為這個領域中

學人的共識。但我們要分析的是，自晚清至今的中國文學發展及其狀態，其「現代性」的質素的獲取，是歷史選擇的自然過程，還是基於某種意識形態訴求的「被建構」的邏輯過程。現在看起來，這已經愈來愈成為了一個值得鄭重討論的問題！從「現代性」到「後現代性」，中國文學在融入世界體系過程中也不斷凸顯著自身特性與價值的日漸模糊化的事實——有趣的是，無論是晚清、五四時期與中國文學傳統的有意訣別，還是二十世紀九〇年代中期以來在反思「現代性」過程中對於文化多元化學說的呼應，我們的思想展開卻都是在「西方」的引導下進行的。簡單地說，即是我們對於自身文化存在及其傳統的「否定」與「肯定」，不但受到西方自我審視過程中的啟迪，也同時接受了西方的理論及其邏輯法則。大致可以這樣說，從晚清五四時期以「進化論」為主導的「現代性」，到二十世紀九〇年代中後期對「後現代」文化多元合理理論的認同，昭示出這樣一條中國現代思想發展的脈線：我們有著深厚積累的價值體系喪失了作用，用西方知識體系思考中華民族的歷史與現實，已經成為「新傳統」。顯然，這是一種日益得到鞏固並泛化的思維成規。筆者把這種文化和知識語境中生成的觀照文學審美價值的思維方式，稱之為「正典思維」。

這一「正典思維」生成了兩種「元話語」。其一，自近代以降，中國的「經典意識」便走入「進化論」所導引的線性軌道。西方文化的存在作為「批判的武器」，從一開始就扮演著重估中國文化的價值性「元話語」，這一功能直到今天依然存在。其二是中國二十世紀九〇年代中後期在後現代文化多元理論學說啟發下形成的重估傳統價值的話語。這一波文化思潮的強勢狀態迄今依然保持著。當然，我們看到了，文化多元理論不僅為國家層面各個民族的文化，提供了理應保護、合法延續的理由，同時使得在歷史上具有深厚傳統的漢語文明也獲得了重回經典的便利。漢語經典及其所形成的歷史話語，成為今天與西方話語並置的又一「元話語」。上述兩種話語，在文化實踐中已

經自覺而不自覺地被我們運用為評價民族文學價值的雙重性元話語。中國現當代文學史書寫中關於「民族文學」的價值評價的虛浮與模糊，筆者認為於此關聯密切，並在「總體性」的國家文學史之中表現得尤為明顯。顯而易見，「民族文學」的「民族性」特徵，除了上文所述要有合理的框架與結構予以接納之外，更為需要一個合理的意義範疇。然而，文學史書寫的實際情形是令人沮喪的。「民族文學」的價值，長時間一直處於被上述雙重元話語輪番檢測的過程之中，在國家文學史的整體性論述中，其結果必然是，要麼被省略，要麼被簡約。

其實，我們已經看到，隨著中國民族文學和民族作家的族性意識的強化，文學史敘述中上述元話語的「真理性」已遭到懷疑，已有的敘述框架正在被撐破。理想的國家文學史應確立「多民族文學」史觀，重建「國家文學史」結構，深入闡釋民族文學作為總體性「國家文學」建構元素的獨特性價值及其在更新時代審美中的作用，進而確認「民族文學」之於中華民族整體文化建構的價值貢獻。這是今後文學史敘述中應當引起嚴肅思考的重要問題。

中國當代文學史視野中的
「戲改」及其特殊性

　　中國當代所進行的「戲劇戲曲」改革，迄今為止已有四次。[1]學術界對此亦給予不少研究，成果是相當豐富的。人們在涉及中國當代「戲劇改革」的發生語境、歷史過程、內外關係以及價值評價、功過是非和經驗教訓等方面，業已取得不少有價值的結論。縱覽這些成果，筆者感到，研究中人們對於發生在二十世紀五〇至七〇年代的三次「戲劇改革」的主要方面已形成許多共識，它們作為日益具有歷史品格的學術對象也愈來愈受到人們的關注。然而，九〇年代以來還在持續進行的第四次「戲改」，似乎還未受到人們應有的重視，或者說研究界許多人尚未從「戲劇改革」的角度來加以思考。我以為，與二十世紀五〇至七〇年代的三次「戲劇改革」相比較，這是一次在新的歷史語境諸多因素參與下呈現為空前複雜化的「戲劇改革」——自然，目前這還是一個需要認真討論的問題。本文所要論述的中國當代「戲改」的「特殊性」，既含有「戲劇改革」作為一個整體的不同階段各個參與因素的「歷時性」比較意味，也必然涉及戲劇（戲曲）在今天的現實困境和「可能性」問題。這些問題與過去的「戲改」有關，尤其是與中國當代歷次「戲改」的「特殊性」有關——正是在這裡，我們發現了「戲改」這一對象可供思考的可能性空間。

1　這是筆者的看法。中國當代四次「戲改」具體是指二十世紀五〇年代初期、六〇年代前期、「文革」時期和九〇年代至今等四個時期。

　　中國當代「戲改」的「特殊性」問題，我們是把它置於中國當代文學藝術整體的歷史框架和中國當代文化藝術思潮的複雜變遷過程之中加以考量的。這就需要我們對每一次戲改的目的、各個因素的變化以及之於文化整體的結構功能予以深入的討論。就此而言，不僅各次「戲改」之間存在許多隱蔽的差異，而且，這些差異也都在一個具有元話語性質的宏大結構中走向最後的同一——漸次完成「戲改」所擔負的「經典重識」、「再造經典」、「創造經典」的建構重任。每次「戲改」之間實際所形成的「等級」性，充分顯示了中國當代複雜的意識形態變遷在戲劇領域留下的濃重痕跡。

　　顯然，這是一個很有意味的話題。因此，我把中國當代「戲劇改革」按照上述功能進行重新的討論。

一　「重識經典」
——二十世紀五〇年代的「戲改」

　　隨著中華人民共和國的成立，新中國的「新文化」建構任務便顯得愈加急迫。一九四九年第一次文代會上，周恩來代表中共中央給大會所作的政治報告中，在談到「有關文藝的幾個問題」時就特別強調了「改造舊文藝的問題」：「我感到我們對於舊文藝的改造的重視是不夠的。凡是在群眾中有基礎的舊文藝，都應當重視它的改造。這種改造首先和主要的是內容的改造，但是，伴隨這種內容的改造而來的，對於形式也必須有適應的與逐步的改造，然後才能達到內容與形式的和諧與統一。」「舊文藝裡的一切壞的部分、一切不適合於人民利益人民要求的部分一定就會被消滅……另外一些合理的、可以發展的東西就會慢慢地提高、進步，逐漸變成新文藝的組成部分。」[2]郭沫若

2　〈在中華全國文學藝術工作者代表大會上的政治報告〉，《文學運動史料選》（上海市：上海教育出版社，1979年12月），第5冊，頁649-650。

在本次會上所作的「總報告」中，不僅鮮明地提出了「新的人民的文藝」口號，而且著重指出：「還有一個我們不應該忽視的重要事情，就是各種半殖民地半封建的舊文藝，以及原封不動的封建文藝，在落後群眾中間，還佔有很大的地盤。我們應該以奪取這種反動文藝的陣地為我們的責任。我們應該採取各種有效的方法來完成這種任務。」[3]比起周恩來、郭沫若尚顯籠統的說法，周揚的表述就顯得具體而直接：「舊劇是中國民族藝術重要遺產之一，和廣大人民群眾有密切的關係，為群眾所熟悉所愛好，同時舊劇一般地又是舊的反動的統治階級有意欺騙麻醉勞動人民的一種階級鬥爭的工具，因此改造舊劇是一個非常重要的任務，也是一個非常複雜的思想鬥爭。我們對於舊劇採取了從思想到形式逐步加以改革的方針。」「對人民有害的劇本，必須加以限制，……舊劇把中國民族的歷史通俗化了，但它是通過封建統治階級的儀式將歷史歪曲了，顛倒了，我們的任務就是要恢復歷史本來面目，以歷史唯物主義的觀點來創作新的歷史劇」。「要改革舊劇，必須團結與改造舊藝人……在毛澤東思想指導下，新舊藝人不但結成了統一戰線，而且這個新舊的界限將逐漸消除。」[4]在這裡，新中國的文學藝術不但有了自己必須遵循的明確的「藝術理念」，同時各個藝術門類，尤其是中國傳統的「戲曲」命運也被規限。基於新的文化建構需要而迅速展開的大規模的「文化改造」，顯然不僅僅只是為了滿足「人民群眾的需要」。我們看到，作為這一「改造工程」的重要組成部分，「戲曲改革」不但倍受重視，[5]更為重要的是它的「特

3　〈在中華全國文學藝術工作者代表大會上的政治報告〉,《文學運動史料選》（上海市：上海教育出版社，1979年12月），第5冊，頁661。

4　〈在中華全國文學藝術工作者代表大會上的政治報告〉,《文學運動史料選》（上海市：上海教育出版社，1979年12月），第5冊，頁697-699。

5　一九四九年成立了「中國戲曲改進會」，一九五一年五月五日《人民日報》刊載公布了政務院《關於戲劇改革工作的指示》。一九五二年十月，在北京舉行了第一屆全國戲曲觀摩演出大會，一九五六、一九五七又連續召開了全國戲曲劇目工作會議

殊性」在「改造」的過程中逐步顯示了出來。二十世紀五〇年代大陸文藝界開展的三次大規模的「批判」——關於電影《武訓傳》、關於俞平伯《紅樓夢研究》、關於「胡風集團」——的過程，正是第一次「戲改」運動逐步深入的過程。三次「批判」中所迅速確立的對文藝創作價值必須實施「階級分析」的觀念、學術研究方法論的「階級化」轉向和藉助於體制權力通過對「異端」言說彈壓而形成的話語霸權，其目的都從不同的維度指向「重識經典」這一重大命題。這實際上規定了此時所有文化行為的可能性語境。如此來看五〇年代的第一次「戲改」，其特殊性就表現為這樣幾個方面：

（一）作為「戲劇發展」的「戲改」

在這樣的範疇中我們看到，中國傳統戲劇（戲曲）在歷史上所形成的頗有自由競爭意味的生存、發展模式發生「斷裂」，戲劇行為（包括編、導、演等）的屬性發生根本性變化。它不再被允許把「戲劇」視為個人的或某個利益集團以及區域的獨享。時代政治試圖盡快抹去戲劇在中國歷史傳統中由於社會等級畫分而留下的「卑微身份」痕跡。不過，這種看來要明確提升戲劇行當的社會地位的舉措，實際上已暗示了主體必須付出的「交出自由」的代價。（其實，當時的許多人並未意識到這一點，即使是意識到，也未必有多少人在這種選擇面前過分猶豫）作為國家事業一部分的戲劇的前途，對於其今後發展的矚望與期待，個人或小團體的義務與權利同時都被淡化，國家承諾了一切。顯然，「國家承諾」對於個人或文化群體發展文化責任的公然替代或隱形的遮蔽，後果是相當不利的。為了便於管理而實行的國家包攬的做法，也為自己贏得了一個可能發生長期衝突的行業與為數不少的個人。

等等，這些都充分說明時代政治對戲劇的高度重視。

（二）作為「體制化過程」的「戲改」

與上一個問題相聯繫，體制化主要考量的是作為戲劇主體的個人在整體利益格局的站位與變化。作為國家行政版圖中的一個因素，演出群體的「單位化」，以合法性的權力等級代替了過去這個特殊行當裡傳統的實力等級。個人的角色具有了多重性。技藝的高低、群眾的追捧或者純粹的行業評價等等，都不再是最終決定一個人價值的因素，而變為一個人能夠從事某種行業的一般的、必須的尋常素質而已。作為有著「特殊技藝」的個人，因為其技藝的差異而形成的物質利益的差異已經消失，所以，個人被公開鼓勵去利用這一技藝為自己的政治角色服務，政治角色的差異決定著個人的社會價值差異——這是體制化過程之中的不可忽視的誘惑。「重視對舊藝人的改造」，實際所期待的是要求職業觀的改變。藝人們所需要的不是對藝術的負責，而是對藝術的「意義」負責。問題的重要性在於，藝人「身份」的改變，從根本上改變了戲劇主體在傳統歷史中始終所扮演的創續文明、啟蒙民間、融合廟堂與民間意識形態、在人與戲互動之中提升價值境界的「文化貴族」屬性和其自由延展的的生命情態。「戲改」過程中的「改戲」「改人」的聯動，人的改造更重要。值得我們注意的是，「戲劇改革」並沒有破除「藝人」的附庸性——只不過是所附庸的對象發生的改變。實際上，這種角色的轉換並不是輕易可以完成的。角色轉變，意味著割斷與傳統的聯繫和多重的「壓力」。接受改造的人們，其壓力來自於不同的方面——戲劇文化的歷史信仰、師徒關係中的藝術崇拜、門派視野中的經典意識等等。「重識經典」，意味著必須對所恪守的傳統戲劇價值實施放逐。

（三）作為新意識形態統一對象的「戲改」

第一次戲改的目標具有多重性和夾纏性的特點。包含有大規模對

於已有戲曲曲目的取捨，保留曲目的改「舊」為「新」，推陳出新，演出主體的由舊變新，促成新編歷史劇創作與演出的共同繁榮等等。在多重目的共同向前推進的行程中，始終卻有著意識形態化的宏大敘事目標的監控與調整。就是周揚所謂的「必須確立人民文藝的新的美學的標準」，「用歷史唯物主義的觀點創作新的歷史劇」。[6]這便涉及到戲劇主體的「戲劇價值觀」的問題——顯然，這是一個核心問題。戲劇價值觀就歷史範疇而言，就是歷史觀的問題，就是如何看待歷史、如何評價歷史，這顯然屬於如何闡釋歷史、如何建構歷史的重大問題。這不僅僅只是表現在對待傳統戲劇上，也普遍性地表現在所有具有歷史意味的戲劇創作方面——老舍的「今昔對比」主題的系列創作、田漢、郭沫若、曹禺等人的新編歷史劇、戲曲「推陳出新」的標本崑曲《十五貫》等。從中我們超前看到了二十世紀九〇年代大陸相當盛行的「新歷史主義」創作景觀，也明顯地感覺到了西方二十世紀以來不斷被強化的「敘述改變歷史」的觀念。作為新意識形態統一對象的「戲改」，正是以這種對歷史大膽的重新敘述，發揮了其對新意識形態的積極建構作用。

（四）作為整體的文學藝術一個構成因素的「戲改」

我以為，這一次「戲改」具有重要的示範意義，它推動了特定語境下的所有有關傳統的「推陳出新」的步伐，也率先確認了作為文學藝術範疇的因素在整個社會文化格局中的位置——即上層建築的領域角色、意識形態的功能角色、除舊布新的示範角色等。隱含於其中的還有對未來的想像方式以及戲劇改造的合法性的確立等等。

這一次「戲改」的文化史或文學史意義是不容忽視的。我以為主

6　〈在中華全國文學藝術工作者代表大會上的政治報告〉，《文學運動史料選》（上海市：上海教育出版社，1979年12月），第5冊，頁697-699。

要體現為三個方面。首先是實現了「新」「舊」斷裂，完成了對已有戲劇資源的重新整合，使戲劇的存在形態和發展模式發生根本性轉變。其次是率先參與到中國當代文學藝術建構之初對經典的重新指認的工程之中。再次，有力地推動了時代政治有關「文學藝術遺產」理念的順利實施。[7]

二 「再造經典」
——二十世紀六〇年代前期的「戲改」

在中國當代文學藝術的發展歷史中，「十七年」這一時段的重要意義，已被愈來愈多的研究者意識到。雖然「戲劇戲曲學」作為獨立的學科是二十世紀八〇年代才正式被確立，但，在「十七年」乃至文革十年及其新時期初期，「戲劇戲曲」始終是以實實在在的努力參與著中國當代文學藝術的建構工程。發生在二十世紀六〇年前期的第二次「戲改」，突出的確證了這一點。「戲改」的轟轟烈烈及其所取得的不平凡的成效，至今令人緬懷感慨！對這次「戲改」的必要性和必然性的研究，學術界已有不少的成果。但對它的「特殊性」作深入研究，應該說還有不少討論空間。在第一次「戲改」中我們看到，「推陳出新」作為一項系統工程，實際的效果是「推陳」有餘，「出新」不足。「推陳」對於「出新」的覆蓋，客觀上形成了第二次「戲改」的必須與必然。另一方面我們也注意到，五〇年代「戲改」過程中對於戲劇遺產的取捨進行得相當順利，對於遺產的「改編」也有著權宜意味，有許多重要的問題尚未涉及。作為重點的內容的改造主要是「用歷史唯物主義的觀點來創作新的歷史劇」——正如周揚所言：

---

7 新中國成立之後，有關處理「文學藝術遺產」的價值理念，是以「取其民主性之精華、棄其封建性之糟粕」為基礎的——不過，實踐中對它的理解，差異性是很大的。

「對於舊劇目，應以是否符合人民利益為標準全部加以審定。對人民有害的劇本，必須加以限制，影響群眾揭露它的反動內容」，「對人民有益的劇本，例如表現反抗封建壓迫、反抗貪官污吏、歌頌民族氣節、歌頌急公好義等等，這些都是舊劇遺產中的合理部分，必須加以發揚。」[8]（這些承諾，實際上很快就被超越了）。而有意味的是，「新編歷史劇」並沒有依此作為評價的標準，四〇年代以郭沫若為代表的「把這時代的憤怒復活在屈原時代裡去」的主觀化歷史劇寫作觀念得到張揚。[9]儘管如此，「新編」成就不很樂觀。至於周恩來指出的要內容和形式同時改造方面，戲劇形式的改造並未真正啟動。我以為這些為第二次「戲改」的「特殊性」的生成提供了條件。

具體說來，第二次「戲改」的「特殊性」表現為以下幾個方面：

（一）「戲改」的高潮與轟動狀態

六〇年代有關戲劇戲曲的「匯演」「評獎」可以看作是當代文化史的重要事件。比如說一九六四年就舉辦了三次全國規模的文藝會演和授獎活動。第一次是一九六四年三月三十一日，文化部在北京舉行一九六三年以來優秀話劇創作即演出授獎大會，包括《紅色娘子軍》、《龍江頌》等在內的二十二個劇作獲獎。第二次是四月六日至五月十日，全國第三次文藝會演大會舉行。演出活動中共展示了近幾年來創作的三百八十八個作品。圍繞這次匯演，各地報刊紛紛發表社論和大篇幅報導，幾乎一致地大力提倡創作、演出現代戲。（林彪第一次就文藝問題發表公開講話，提出了創作的「三結合」「三過硬」的主張）。第三次是一九六四年六月五日至七月三日，全國京劇現代戲

8　〈在中華全國文學藝術工作者代表大會上的政治報告〉，《文學運動史料選》（上海市：上海教育出版社，1979年12月），第5冊，頁697-699。

9　〈序俄文譯本史劇《屈原》〉，《郭沫若輪創作》（上海市：上海文藝出版社，1983年），頁403。

觀摩演出大會在北京舉行。十九個省市的二十八個劇團參加演出了三十七個劇目。其中《蘆蕩火種》、《紅燈記》、《奇襲白虎團》、《節振國》、《紅嫂》、《紅色娘子軍》、《智取威虎山》、《杜鵑山》、《紅岩》等後來成為「樣板戲」的劇作受到專家、群眾的熱烈好評。《人民日報》、《紅旗》雜誌分別發表了題為〈把文藝戰線上的社會主義革命進行到底〉、〈文化戰線上的一個大革命〉的社論。[10]應該說，六〇年代的戲劇創作與演出狀態，既是史無前例的戲劇史的巔峰狀態，又引領了中國當代文學藝術的先鋒潮頭，期間許多東西值得我們進一步思考。其「特殊性」表現為戲劇內外的共鳴、意識形態、戲劇藝術的恆常原則與民間接受的三者的「共謀」。這是中國戲劇史上極為罕見的現象。

（二）針對劇種的全面改造拉開帷幕，京劇被作為動大手術的首選對象。

顯然，在這樣的高潮和熱烈氣氛中，此前戲劇界關於「京劇可以不可以演現代戲」的爭論就顯得無力而迂腐。[11]京劇作為全國性的大劇種，它的「國劇」地位以及同仁對其藝術傳統「完整性」的頑強衛護，反倒從另一面論證了京劇改革的重大意義。包括戲曲在內，對自身「經典性」的時時強調，實際上一直是中國傳統藝術保持純潔性、擁有尊嚴的修辭策略。周揚在第一次文代會的報告中已經有了警覺，

---

10 七月一日，《紅旗》雜誌第十二期發表社論〈文化戰線上的一個大革命〉；八月一日，《人民日報》發表了題為〈把文藝戰線上的社會主義革命進行到底——祝京劇現代戲觀摩演出大會勝利閉幕〉的社論，顯示了輿論界對這次觀摩演出大會的重視。

11 一九六四年五月，《戲劇報》發表《關於京劇演現代戲的討論》的綜合材料。材料主要介紹了一九六三年下半年以來關於演現代戲問題的討論情況：一是要不要演現代戲？二是京劇演現代戲要不要像京劇？三是怎樣演好現代戲？

並指出了它作為對抗「戲改」藉口的可能性。[12]六〇年代前期的這次「戲改」，其「好評入潮」看似頗有些出人意料，但是一九四九年以後日益激進的階級鬥爭文化思潮，對於人民新的藝術趣味的培育以及所形成的期待視野，是其成功的一個重要因素。京劇能夠演現代戲、並且能夠演好現代戲，所證明的不只是「戲改」的正確性，更為重要的是，使得戲劇的意識形態功能被順利地合法化了——用改造過的藝術的勝利來說明這一點，是很不容易的。

（三）「戲改」在內容方面的「現代」訴求

與前次不同，此次「戲改」過程中對於「內容」的要求發生了很大變化。階級觀念的持續強化，使中國大陸建國初期的關於內容合理性的判斷標準不斷遭到質疑，在此標準內形成的經典意識日益顯露出保守性。我們看到，正是在這裡，出現了內容的「等級狀態」——現代的高於歷史的、革命的重於日常的，當下的內容獲得了最高的禮遇。這種情形也在六〇年代權力者對文藝日益強烈的批評中得到說明。毛澤東從一九六三年十二月到一九六四年七月半年時間裡，連續發出對文藝界大加抨擊的「批示」，[13]時任上海市委書記的柯慶施，在一九六三年華東地區話劇匯演大會上的講話已經把文藝界說的一團烏黑。[14]值得注意的是，即使是現代或當下的題材內容，也有了「等

---

12 周揚在第一次文代會報告中曾指出：「一方面，我們反對把舊劇看成單純娛樂的工具，盲目地無批判鼓吹舊劇，或者對舊劇的技術盲目地崇拜，在『掌握舊技術』的口號下，世紀拒絕對舊劇的改革。」

13 毛澤東的「兩個批示」——即一九六三年十二月十二日在中宣部文藝處的一份關於上海舉行故事會活動的材料上的「批示」，和一九六四年六月二十七日在《中央宣傳部關於全國文聯合所屬各協會整風情況報告》所作的「批示」。

14 《紅旗》雜誌一九六四年第十五期正式發表了柯慶施在〈華東地區話劇觀摩演出會上的講話〉，〈講話〉說：「對於反映社會主義的現實生活和鬥爭，十五年來成績寥寥，不知幹了些什麼事。他們熱衷於資產階級、封建階級的戲劇，熱衷於提倡洋的東西，古的東西，大演『死人』、『鬼戲』。」

級」形態──日常生活場景受到壓抑、性格複雜的「中間人物」類型
逐步擠向邊緣，「英雄人物」成為具有強大能量的時代關鍵詞。這些
種種「質疑」「否定」「批判」等，綜合體現出這一時期文藝領域強烈
的「再造經典」衝動。可以覺察到，「現代」訴求只剩下與激進政治
密切結合一條路子。戲劇由「改革」層次向「革命」境界邁進的步
伐，明顯是加快了。

（四）「戲改」中對「內容」與「形式」有效剝離

「剝離」的真正內涵是指「戲改」過程中對於戲劇內容和形式分
步進行革新的次序安排。正如前面所述，「戲改」過程中有關內容的
等級畫分及其作為評價標準的普泛化，既引導了創作主體對於題材的
判斷與追求，也同時引導著這一追求向形式方面的逐步逼近。從六〇
年代幾次匯演的實際情況看，出現在戲曲舞臺上的「現代戲」，其
「形式」方面種種因素的變化，令人耳目一新──借鑒於西方話劇的
布景「實景化」處理，與劇情相吻合的人物衣飾、道具，傳統臉譜類
型的取消和現代舞臺化妝技術的使用，在採擷原有戲功基礎上的新的
舞臺各類人物動作的設計，道白中以「普通話」對「拿腔捏調」的替
代，甚至是「聲口」的轉變等等。除了音樂唱腔之外，原有的作為戲
劇傳統的一切都程度不同地進行了「改造」。誠然，迄今為止學術界
對此依然是見仁見智，但不可否認，它的為數不少的成功之處，值得
驚嘆。且不說這一「改造」面世以來早已贏得了眾多的受眾。

（五）「戲改」形成受眾的分流

這種分流與過去由流派而形成的不同的「票友」群體不同。如果
說「票友」群體形成的受眾分割，是一種「共時」的「空間」存在狀
態，那麼這一次「戲改」的受眾分割卻是一種「歷時」的「時間」存
在狀態。比如京劇的「傳統樣態」與「改造樣態」擁有著不同的受

眾。他們所青睞的藝術樣態，分別屬於「歷史」與「現代」。當然，在這二者之間應該說還有第三種狀態。這是一個過去學術界未曾注意的問題。指出這個問題的意義在於，它與長期以來社會人生對於京劇改革的爭論有關，與新時期以來戲劇不斷遭遇到的發展「危機」有關。關於「戲改」的不同意見，戲劇界一直存在著。但我們必須注意到，行業內部的歧見與普通受眾從感性喜好出發得出的判斷，其作用是大不相同的。從此五〇年代到七〇年代，「戲改」進行了二十餘年，它以自己的藝術樣態培養了一大批只屬於自己的受眾。如此看來，當新時期出於對「文革」及其「革命樣板戲」的反動而導致傳統的藝術樣態全面復辟後，很快戲劇危機就接踵而來。其實，過去我們在思考戲劇危機時，忽略了這個事實——五〇至七〇年代期間出生的這兩三代人對於戲曲藝術趣味的感性認識，是從欣賞與他們的實際生活相同一的「現代戲」開始的。同時我們也看到，在九〇年代前期的「懷舊」思潮中，被強行塵封多年的「革命樣板戲」又浮出地面，坦然走進藝術遺產的行列。此次「戲改」的「特殊性」可以概括為：戲劇改革「現代」訴求的初步實現，傳統戲劇某些基本屬性得以改變，催生了新的戲劇受眾群體。

三　「創造經典」
——「文革時期」的「戲改」

「文革」時期的「戲改」與六〇年代前期的「戲改」有著密切的聯繫，有的研究者甚至認為後者是前者的繼續——這當然是可以繼續討論的。不過，在中國當代文學藝術發展的整體歷程中，就「戲改」的「特殊性」來說，二者之間存有不少差異。我以為，把文革時期的「戲改」視為一個獨立的時期，不僅可能而且必要。在此，我們強調的不是文革時期之於「戲改」過程的「非常性」的物理時間意義，而

是強調它有著明確的、相對於六〇年代前期的第二次「戲改」來說所具有的「超越性」特徵。這是一個以創造「無產階級革命文藝」的口號替代一九六一年第三次文代會所提出的「革命的現實主義和革命的浪漫主義相結合」創作口號的文藝激進時期。[15]文藝激進具體表現為對藝術功能的「純粹化」追求和徹底實現文藝意識形態轉型。應該說這是文革時期「戲改」的指導思想和原則規限，並且預示了此次「戲改」的可能性維度。〈紀要〉對二十世紀三〇年代文藝與「十七年」文藝進行否定的同時，提出了一個前所未有的「重新創造經典」的任務。我們看到，作為重新創造經典的重要途徑的「戲改」，有意地放棄了以往具有合理性的所有可以憑恃的資源：第一次「戲改」所遵循的對於遺產的「有益」「有害」的標準取消了，第二次「戲改」容許存在的題材多樣性被放逐了，以此大大拓展了「戲改」的可能性。具體說來，此次「戲改」的「特殊性」表現為如下方面：

（一）創作題材的等級畫分和對題材屬性的進一步強化

這一傾向在上一時期已經初露端倪。以第一次的「八個樣板戲」為例看，有京劇《紅燈記》、《智取威虎山》、《沙家濱》、《奇襲白虎團》、《海港》，芭雷舞劇《紅色娘子軍》、《白毛女》，交響音樂《沙家濱》等。除《海港》之外全為清一色的「革命歷史題材」。這些樣板的推出，與〈紀要〉設計的題材規劃是完全一致的。[16]我們想提請注意的是，首先，這些早已在五〇、六〇年代出現的劇目在這一時期被

---

15 〈紀要〉中提出的口號是「社會主義的革命新文藝」，進入文革後，「無產階級的革命文藝」的提法就逐步取代了上面的口號。

16 〈紀要〉中強調：「我們應當十分重視社會主義革命和社會主義建設的題材，忽視這一點，是完全錯誤的。」「遼沈、淮海、平津三大戰役以及其他重大戰役的文藝創作，也要趁著領導、指揮這些戰役的同志健在，抓緊搞起來。許多重要的革命歷史題材和現實題材，急需我們有計畫、有步驟地組織創作。」（人民出版社，1967年5月，頁20）。

賦予了特殊的意義——確定為「樣板」，意味著把其可以視為「經典」，並以此與這些劇目的前期過程相區別。其次，這是一次「再改編」（即重新創造）的結果。（此點，我們在後面將詳述），正是在這裡隱藏了大量對於題材屬性實施強調的具體做法。來自於戲劇遺產的改編劇目找不到了。顯然，排斥與張揚的意圖是十分明顯的。「革命歷史」、「現實的階級鬥爭」的生活內容贏得了獨尊身份。

（二）對已有「戲改」成果的「再突破」

具體研究此時的「革命樣板戲」，「再突破」體現在兩個方面：一是對戲劇矛盾、人物關係和主題的重大修改。《沙家濱》的主題，由隱蔽的「地下鬥爭」改為正面的「武裝鬥爭」。郭建光升為一號人物。人物關係的結構狀態以主要英雄人物為中心和制高點，依次呈梯形排列為次英雄人物、成長類英雄人物、正面人物、基本群眾等。《紅燈記》原有的李玉和等祖孫三人的倫理關係被淡化，革命的繼承關係得到突出。作為「抗戰題材」屬性的《紅燈記》，在民族鬥爭線索之外增加並突出了階級衝突線索，作為具有「抗日鬥士」和「共產黨員」雙重身份的李玉和，對其性格特徵的設計始終圍繞「黨的兒子」這一理念。這些無疑是此次「戲改」對前面成果的重要的有意識的突破。我以為，這一突破帶來的連鎖反映，不只是確立了「樣板」的經典特性，更重要的是戲劇藝術所仰賴的「情感」範疇由日常生活轉入二元對立的階級範疇。再突破的第二個方面是對原有戲改未曾涉及的領域或因素進行了「探險式」革新。在戲劇音樂方面。比如中西樂器混編，配器結構的改變，與劇情相一致的音樂設計，樂隊指揮的設置，唱腔設計尤其是背景音樂、過門音樂的設計，完全突破了傳統的調式成規，真正實現了音樂因素對主題表現、人物塑造的作用。擁有了獨立的音樂形象，並有效地以此彌補了臉譜廢除後舞臺人物性格展示的不足。

（三）確立了「三突出」的創作理念

對於文革時期提出的「三突出」創作原則，多年來學術界幾乎採取了全盤否定的做法。我以為，對於這個問題應該以學術的客觀化的眼光予以認真審思。就戲劇舞臺藝術而言，其實它強調的無非是舞臺調度中如何突出人物形象的問題。在中國傳統戲劇演出過程中，「三突出」所強調的情形是普遍存在的。中國古代文學敘事文學作品中如《三國演義》等，此類痕跡也是明顯的。在我看來，「三突出」對主要人物的突出，並非排斥其他類型人物的存在及其作用的發揮。如果我們仔細地檢視一下「十七年」和文革時期的文藝理念，就能發現它們之間有著相當深刻的多方面的內在聯繫——比如五〇、六〇年代文藝界關於「英雄人物」塑造的長期討論，尤其是周揚、馮雪峰、何其芳等理論家的論述，與這一觀點在學理邏輯上有著諸多相同之處。就「革命樣板戲」來說，這一方法的確起到了對主要人物性格和作品主題的凸顯作用。與前兩個時期的「戲改」成果相比，經過「再改編」「再突破」後的京劇劇目、以及改編自其他劇種的「樣板」，顯然更精緻、戲劇性特徵更突出、也更好看了。與此項關聯的還有一點值得我們注意，即作為「樣板」向其他劇種的大規模移植，這些無疑都對傳統戲劇改革的深入有著程度不一的推動作用。

（四）戲劇活動對「市場化因素」的完全拒斥

文革時期，戲劇的市場狀況發生了絕大的改變——傳統意義範疇的市場已經不復存在。戲劇演出活動被高度的組織化，成為有目的有組織的政治啟蒙活動，戲劇藝術的天然的娛樂性被堅決的排斥（其實，受眾的娛樂感受並不完全受制於戲劇創作主體和劇情的影響，「看戲」這一舉動本身的娛樂性是任何時候都無法取消的）。這些都使得文革時期的戲劇藝術的自由競爭完全失去了條件。這是文學藝術

極端體制化的必然結果，其戲劇藝術的萎縮也就不可避免。但是，這一次展開於文革時期的「戲改」所給予今天的啟示，我以為並非全是負面的。比如它在「戲改」方面的總體考慮、對劇本文學性品位的強調、錘煉與提升、對舞臺布景的實景化的處理嘗試、把音樂因素作為戲劇整體有機性構成的設計思路、舞臺人物造型象徵化、意境化的處理以及整體的精緻化的追求等等，不僅在今天的舞臺藝術實踐中大量存在，也是我們今後戲劇改革應該客觀對待的重要資源。

四　「新一輪的經典創作」
——新時期以來的「戲改」

與前三個時期相比，新時期的「戲改」似乎特徵並不明顯。我把它視為「戲改」的理由是，不僅包括戲劇在內的文學藝術所面對的文化語境在不斷地發生著變化，而且我們從新時期二十年來的戲劇樣態的不斷翻新也可以體味的這一點。雖然它沒有再藉助於體制化的力量以規模化的「運動」方式展開自身，但被局限於藝術領域的戲劇改革從來沒有停止過。而且我認為，它的進程、細節和所取得的成績值得認真研究。作為「戲改」的「特殊性」，是與這一時期社會發展和文化轉型所形成的語境的特殊性密切聯繫在一起的，是與文學藝術在社會文化整體建構過程中的角色變化有關，是和戲劇再度逐漸地與「市場」相遇後所產生的一系列的悲喜狀況有關。具體說來有如下幾點：

（一）從「否定」「回歸」到「復辟」

這是指新時期以來戲劇主體相對於包括文革時期的所有戲劇遺產的價值態度而言的。新時期隨著政治權力主體的更替，對歷史的「重新敘述」也隨之展開。戲劇領域的否定當然是指向與傳統大膽背離的文革時期及其「革命樣板戲」和其他的同類作品。這種否定今天看來

始終沒有走出「革命樣板戲」的政治屬性範疇和這些作品在文革中與權力主體形成的「特殊關係」範疇——顯然，這是一種容易取得否定成功的做法，但卻很難否定的徹底，對於「文革戲改」的藝術否定從來都沒有認真展開、也不可能展開。不過，這種簡單化的否定卻在當時贏得了共識，否定帶來的直接的積極效應就是對「十七年」「戲改」合法性的重新確認。戲劇界也與藝術領域的其他門類一樣，「回歸」成了統一的價值追求和時代風潮。我們還看到，在思潮挾裹下的「回歸」勢頭並沒有止步於「十七年」的門限，而是急速地跨越到以「民間趣味」為主導的「戲劇遺產」範疇之中，大量的舊版古裝戲重現於舞臺，一時間「復辟」的景觀成為此時主要的戲劇樣態，民眾對於這些久違的已經有些「陌生化」的古裝舊版戲劇的熱烈迎接，形成了新時期唯一一次、也是二十世紀最後一次戲劇高潮。（其實，這一熱烈情形，同樣表現在那些被塵封多年、此時「重現江湖」的話劇、歌劇等演出領域。他們與傳統戲曲一起構成了這一高潮。）我以為，這既可以看成是一次「戲改」，也可以被視為是新時期「戲改」的前奏。

（二）從「探索」到「包裝」

這裡所涉及的「探索」話題對象，對應當從新時期話劇的諸多集中的有意試驗說起。從八〇年代初沙葉新、高行健的創作探索以及與此聯袂出臺的有關「戲劇觀」爭論的理論突圍，到八〇年代末以《桑樹坪紀事》、《魔方》等為代表的比較成熟的探索成果，與八〇年代一系列的「戲劇事件」一起，對於整個戲劇領域的觀念衝擊力度應該說是比較大的。具體到「戲曲」領域，這一衝擊所帶來的直接的創作成果雖然並不明顯，不過，「回歸」後的熱烈開始大幅度降溫，「戲曲」危機顯出徵兆。我們也看到了，戲曲界尋找回應危機的目光，也並沒有直接指向話劇的探索狀態。但探索劇的形式創新，無疑給了危機中的戲曲以啟迪。藉助與現代化的新器材和技術來加強對戲曲演出的包

裝，是普遍採用的方法。我以為，這一「包裝」可以視為新時期「戲改」的一個明顯的集體動作，並且一直持續著。國家干預「危機」的做法是陸續設立了一些具有經典遴選作用的獎項——諸如「梅花獎」「文華獎」等等。事實上，新時期戲曲危機從一出現就沒有得到根本緩解，戲曲界的努力和國家採取的扶持政策，更多地體現為在商業化社會成型過程中時代對於文化遺產的保護態度，和對它可能在全球化語境中承載強化「民族國家意識」功能的重新發現。在「危機」中進行被迫的「戲改」，這在中國當代戲劇的「戲改」史上，屬於第一次。

（三）「雙軌」體制的運行

　　新時期的文藝體制尤其是藝術院團的管理體制改革，是在減輕財政負擔和搞活演出市場的雙重預設目的指導下進行的，它與五〇年代對文學藝術的全面體制化形成了有趣的歷史比照。戲劇觀眾的大量流失、演出成本的持續上漲、編創表演人員的紛紛「出走」以及其他新型娛樂形式日漸興盛帶來的衝擊等等，使預設的演出市場並未順利形成，而且還出現了一系列新的困擾與問題。比如原有藝術院團藝術實力的持續削弱、經費的進一步緊張和專業人才的斷檔等等。對於民間滋生的「草臺班子」又缺乏有效的管理，出現了前所未有的混亂狀況。這種情況，可以說到了一九九五年前後才出現改善的跡象。可以說，這一時期由於種種原因，國家和政府有意無意地放棄了保護、發展民族文化遺產的職責。

（四）新一輪的「經典」創造

　　九〇年代後期以來，我們看到傳統戲劇的「孤獨」狀態得到明顯改善。仔細分析可以覺察出國家對於戲劇發展思路上的兩個展開：一是放開民間演出市場，以受眾的藝術趣味來左右演出市場，以形成真正的競爭局面。二是逐步淡化市場因素在評價戲劇價值方面的權重，

藉助於國家所設立的各類藝術大獎的權威性，達到既保護又創新的目的。加之各種集中於北京等中心城市的大型匯演，大大強化了戲劇創作演出主體的「精品」打造意識。以專業人員和城市受眾為主體的接受局面，無疑有力地推動了戲劇改革的現代化和精緻化。我以為這可以視為新一輪的「經典」創造。近年來，國家舞臺精品工程的啟動，使得新時期以來一直進行的「戲改」，似乎進入到思路清晰、穩定發展的時期──不過，戲劇的「危機」並沒有真正消除，而是被懸置了起來。

　　通過回顧一九四九年以來的四次「戲改」的過程及其各自的特殊性，筆者認為，各個歷史時期不同的文化語境和產生的「問題」的「具體性」，深深影響著戲劇改革的目標預設和思路設計，徒然地增加了「戲改」的曲折和茫然。任何因素的過分具體的干預，只會導致「戲改」走向某一極端。我以為，對於作為傳統遺產的中國戲劇（戲曲），一方面要以充分「貴族化」的方式使之能夠在歷史與現代的合力下走向「經典」境界，另方面，鼓勵戲曲的民間運作，以市場的力量和民間演出主體的自由創造性，獲取這一遺產的普及和其生命的延展。在這樣的視野中，我們要做的工作是，去努力發現屬於戲劇發展的真正的問題。

中國當代文學史經典的「指認」
與「困境」

──以「十七年」散文的文學史敘述變遷為例[1]

　　「經典」指認，不僅是文學史價值建構的重要步驟，也是文學史走向完善的鮮明標誌。從世界各國文學史經典選擇確立的情形看，它無疑是一個需要被「歷史化」或曰在歷史語境中才能予以完成的複雜過程。一般認為，有這樣幾個因素影響著經典的指認與產生過程。首先是作品發表後所引起的接受反響。其次是作品所含納的寫作行為與修辭方式（包括題材選擇、主題意義以及藝術理念的結構呈現等）與

1　據有關專家和筆者的研究統計，截至二○○七年底，已有近七十部中國當代文學史著作出版發行，其中包括把現代文學和當代文學合在一起的「二十世紀中國文學史」──比如朱棟霖主編的《中國現代文學史（1917-2000）》等。文中涉及的中國當代文學史著作，筆者有意選取了在一九八○年代具有代表性、並且發行量很大四部文學史著述：張鐘、洪子誠等主編《當代文學概觀》北京大學出版社一九八○年七月第一版，簡稱「北大本」；由陳荒煤任顧問、郭志剛、董健等人擔任「定稿」者的《中國當代文學史初稿》，人民文學出版社一九八一年七月第一版，一九八八年修訂，簡稱「初稿本」；由復旦大學、山東大學等二十二院校聯合編纂的《中國當代文學史（共一、二、三冊，分別於一九八○年五月、一九八一年十二月和一九八五年面世，一九八六年底對一、二冊進行了修訂）。簡稱「二十二院校本」；由馮牧任顧問、王慶生任主編、華中師大中文系編纂的《中國當代文學》（共三冊），第一冊初版於一九八三年九月，第二冊一九八四年五月第一版面世；第三冊初版於一九八九年五月。第一、第二冊於一九八九年四月修訂版問世。簡稱「華中師大本」；此外還參照了全國高等教育自學教材《中國現代文學史（1917-1986）》，武漢大學出版社一九九一年二月第一版；張炯、邾瑢主編的《中國當代文學講稿》，中央廣播電視大學出版社一九八三年六月第一版。

主流意識形態所倡導的審美理性的關係狀態。再次，取決於作家作品被置於歷史比較範疇中的創新程度和理論視野裡被闡釋的可能性。誠然，具體的經典指認過程是不可能完全匯融上述諸因素及其它們在被整合過程中所生發的新的整體性——比如，有時會強調某方面，而有時則會凸現另一方面。但無論如何，上述三點作為經典指認的基本原則，應是文學史著述不可漠視的前提性規約。鑒於中國當代文學發展歷史的複雜性，其經典指認也充滿了別的文學階段所沒有的獨特與異樣，並且，經典指認總是和研究主體不同的歷史敘述有著緊密的關聯。

一

　　總體上看，二十世紀中國當代文學的「史」的研究過程中，其「經典指認」亦可分為三個階段。第一階段包括「十七年」和文革時期。筆者認為，這一階段經典指認的特點主要集中在「當下語境」給與它的制約。例如，配合中國大陸建國十週年慶典而大量出版的短篇小說、詩、散文、劇本等文類的「選集」，並非是著眼於歷史的選擇，而更多是偏重於成就檢視和對十年文學過程（1949-1959）的全面總結。其價值取向在數量上的要求是必然的，文本審美質地的衡定標準被有意拘囿於「新生活」或「新氣象」範疇。那些直接或間接地與時代政治節奏保持了一致性的創作顯然受到了分外的關注。經典的價值意義並不需要在與歷史的比較中覓取，而是以其是否鮮明地體現了新舊兩個時代之間的斷裂為標準。如此看來，這一與新時代精神建構同步進行的文學經典指認，不但粗疏難免，而且因無法把「經典」置於歷史語境遂致使這一工作難以真正得以展開。

　　二十世紀七〇年代末至八〇年代初，是中國當代文學「經典」指認的第二個階段——並且，就其功能性而言是一個相當重要的歷史時段，此間形成的許多結論，至今仍在文學閱讀的諸多領域發揮著不可

忽視的影響。不過，從今天來看，由於新時期初期文學整體性向「十七年」格局大規模復歸的態勢，使得這一時期文學史敘述中經典指認不可能出現重大的或嶄新的變化。比如，這一時期從一開始就匆忙地為經典指認確立了一些基本前提和規約。普遍認為，「這個時期（指『十七年』）的文學創作，總的說來是繁榮的，有生氣的，在各種形式的文藝作品裡，都出現了一批思想上和藝術上比較成熟的作品。」[2]這一時期在「經典」認識上，由於「中國當代文學史」的編纂普遍是為了填補高校「教材」的空白與急需，所以不能不受到當時教育理念的極大影響。對「教化」、「倫理」功用的趨奉，深刻影響著中國當代文學史撰述主體的經典意識與價值判斷。以下這種觀點表徵了當時中國當代文學史家的普遍認識：「中國當代文學是一門新興的獨立的學科。學習和研究當代文學，恰切地評價當代作家作品，科學地分析社會主義文學的特點和規律，對於發展文學藝術事業，對於促進高等學校文科教學，對於用共產主義教育青年一代，對於建設社會主義精神文明，具有重要意義。」[3]在大量雷同化的編著者對「經典」遴選原則的「說明」裡我們看到，這一時期所普遍強調的「歷史的美學的觀點」，在具體的能指闡釋裡就被具體落實到毛澤東的「三個統一」，即「政治與藝術」、「內容與形式」、「革命的政治內容與盡可能完美的藝術形式」的統一。判斷作家和作品「經典性」程度的高低，主要標準是「反映生活」、「概括時代精神」是否「真實深刻」，是否「堅持真實性與典型化原則」等，而對以上要害的判斷最終歸結為「社會作用，藝術價值，社會效果」三個方面。

這種對文學經典指認方面的「二元論」及其內在矛盾性，是當代文學研究中普遍遭遇到的難題。其實這些看上去頗為辯證的「經典」

2　《中國當代文學史初稿》（北京市：人民文學出版社，1980年），上冊，頁15。

3　華中師範大學「中國當代文學」編寫組：《中國當代文學》（上海市：上海文藝出版社，1983年），第1冊，頁23。

評判原則及其細化標準，不但在具體指認時無法實施，同時掩蓋了種種非審美因素在「經典」指認方面的特權與隱性操控。僅就這一時期作為經典指認重要範疇的「社會作用」而言，在實際的理解與闡釋中其眾多差異性就被有意忽略了──比如，「社會作用」至少有兩個截然不同的價值指向：批判暴露的，歌頌維護的。具體而言，「藝術價值的高低」與其「社會作用」「社會效果」之間是一種怎樣的關係？如果從「作用」「效果」考慮，就必然要區分文學作用於不同人群階層或利益群體之間的不同性；如果僅僅指文學之於當下社會需求的作用與效果，那麼「藝術價值」與「社會作用效果」之間的矛盾就不可能解決。如果僅就作用而言，直接描寫某一時段政策的作品就容易得到首肯，但它的藝術性必然被質疑，至於那些「探索性」的作品，其藝術價值的突破亦會被遮蔽在對作品社會作用的強調裡面。這種對文學經典指認的「二元論」內在矛盾，是當代文學發展過程中一直未能解決的難題，以此來確定的經典遴選標準，必然是尷尬的。

　　從今天來看，對文學經典的體認一般有兩個重要維度：一是主要著眼於藝術作品的創新程度。在與歷史的比較中，須仔細判斷今日之於往日同類作品所具有的新因素，包括觀念層面、形式層面以及對象與呈現方式之間的融合性等等：二是側重於文學思潮角度。在文學思潮視野中，一切文學歷史的存在都會被最大限度地「現象化」，即把文學發展歷史看作是被現象合力生成的結構過程，重點要分析的是哪些因素（即現象）參與了文學歷史的生成，各現象的結構作用如何等，並在此基礎上實施「文學經典性」的辨析。文學史作為「歷史科學」的基本屬性，決定了文學作品經典性指認的鄭重與複雜，「歷史」、「審美」和「意識形態」的緊張關係，常常致使特定時代的許多「即時性」因素影響著主體對文學經典性的認識。僅就作品而言，題材的新穎性、格調的獨異性、表現形式的新奇性、作品受眾的廣泛性，以及作品與某一重大歷史事件的耦合性、作品問世之後的特殊待

遇、作品面世之於公眾生活的強大影響等等，都將影響文學史對它的價值敘述。而更為重要的是，以上這些因素被納入不同的意義結構或以不同的理論模式加以闡釋時，其經典性的呈現狀態亦是大有差異的。呈現了作品的某一面，那另一面必然會被微縮或淡化。因此，對二十世紀七〇年代末八〇年代初中國當代文學經典性指認的考察，應當緊密結合它的「歷史敘述」方式的特性詳加辨析。

筆者認為，這一時期的中國當代文學史「經典指認」特性有如下一些方面：

其一，由於強調中國當代文學之於中國現代文學的「發展性」，所以「審美進化論」思維支配著文學史敘述，同時設定了「文學經典」價值的邏輯前提。當然，這裡很容易看得明白——其立論的依據源於「新民主主義革命」和「社會主義革命」兩個階段的界說及其後者比前者「高一級」的形態確認。強調當代文學的「新」或者所呈現的社會主義思想形態是極為重要的，這些必然需要在文學的具體方面得到落實。比如，文學作品所表達的「新生活」（或理想生活，理念生活）、「新人物」、「新風貌」或「新精神」等往往被首先注意到。其次，在功能方面，「社會作用」被提升到決定性層面。這些特性在關於中國當代文學的散文作家和散文作品的經典確認方面，表現得尤為突出。這一時期（二十世紀八〇年代初期）眾多文學史是這樣看待中國大陸建國三十年的散文創作的：

> 以反映現實生活的廣闊和迅速見長的散文創作，同社會變革的關係是很直接和密切的。建國三十年來，散文創作的發展表明，那引起千百萬人激動和深思的重大事件、生活變遷，穩定、民主的政治氣候，乃是散文創作的重要背景。五〇年代初期和中期散文創作的欣欣向榮，六〇年代初期散文創作的空前豐收，以及粉碎「四人幫」後散文創作的新開拓，都是在這一

　　背景下出現的。[4]

　　這一時期中國當代文學史中被提及的「經典性」散文作品有《志願軍英雄傳》、《志願軍一日》、《革命回憶錄》、魏巍《誰是最可愛的人》、巴金《我們會見了彭德懷司令員》、《生活在英雄們中間》、華山《毛主席向著黃河笑》、楊朔《香山紅葉》、秦牧《社稷壇抒情》、冰心《小橘燈》、何為《第二次考試》、郭鳳《葉笛》、碧野《天山景物記》等等。二十世紀六〇年代前期，被認為「既是散文創作的豐收期，又是散文作家的黃金期。」「可以毫不誇張地說，建國以來許多散文作家藝術風格是在這一時期臻於成熟的；那些廣為傳頌、膾炙人口的散文佳品，大都湧現於這一時期。如劉白羽的《長江三日》、《櫻花》，楊朔的《雪浪花》、《荔枝蜜》、《茶花賦》，秦牧的《土地》、《花城》，巴金的《從鐮倉帶回的照片》、冰心的《櫻花贊》、《一只木屐》，吳伯簫的《歌聲》、《記一輛紡車》，魏鋼焰《船夫曲》，碧野的《武當山記》、方紀的《揮手之間》等等。[5]對於散文作家「經典性」的考量，除了其題材選擇自是重要指標外，散文創作中所體現出來的對於人、事、情、景的「新」的「處理方式」，在總體價值判斷中得到特別倚重。由此，二十世紀八〇年代初期中國當代文學史對散文作家的「經典性」座次排定找到了合理情由。劉白羽散文的價值體現為「具有非常強烈的時代的、戰鬥的思想特色。」「激勵人們不忘往昔艱苦鬥爭，為創造新生活英勇奮進，這是貫穿劉白羽散文作品的一條戰鬥的紅線。」[6]對他的「美中不足」只是談到感情「節制不夠」，議

4　張鐘、洪子誠等：《當代文學概觀》（北京市：北京大學出版社，1980年），頁104。

5　張鐘、洪子誠等：《當代文學概觀》（北京市：北京大學出版社，1980年），頁106-107。

6　張鐘、洪子誠等：《當代文學概觀》（北京市：北京大學出版社，1980年），頁118-119。

論「有時流於說教」,「同讀者的認識稍有距離」。而這一時期對於楊
朔的價值判斷,則有意無意側重於「美學範疇」:「在我國當代散文發
展中,楊朔是有重大開拓與貢獻的作家,他自覺地把詩與散文結合起
來,大大提高了散文的美學價值,其影響是非常深刻而廣泛的。」認
為「楊朔的特色在於:他善於在看來極其平凡的事物中提煉動人詩
意,在一片奇景中寄寓深邃情思,通過這詩的意境,來展現出時代的
側影。」[7]對於秦牧的評價多著眼於其「思想性、知識性、藝術性」
的「完美地結合」。「在秦牧散文中,先進思想的貫穿,首要體現於對
事物的精闢分析和獨到的見解,它是豐富的知識,不管是平凡的還是
奇異的,幽微畢現,舊意翻新。」[8]

　　其二,「本質主義」寫作受到普遍推重,這一標準與文學作品社
會作用的大小、社會效果的好壞判斷聯繫在一起。在文學經典指認過
程中,「本質主義」寫作被推重,具體表現為「等級的畫分」:即「現
實的真實性」和「歷史的真實性」的有無和強弱是決定主體價值判斷
的關鍵,並且前者明顯高於、優於後者。就散文創作而言,絕大多數
中國當代文學史不但在「概述」裡把「革命歷史題材創作」和「農村
現實題材創作」置於前位,而且充分注意到了它們的「新穎性」:「楊
朔的散文,是新生活新時代的頌歌,也是普通勞動者的讚歌。」他
「以革命者的情懷,揭示了中華民族內在的高貴品質,表現了我國人
民為社會主義艱難創業的崇高精神美。這是楊朔散文創作的主調。」[9]
在對於秦牧的價值體認上,人們普遍感到的所謂「知識性、趣味性、
議論性」特徵,在具體的價值闡釋中被整合進「愛國主義」範疇
中──〈古戰場春曉〉裡他「回顧過去的民族災難,他感到無限悲

7　張鐘、洪子誠等:《當代文學概觀》(北京市:北京大學出版社,1980年),頁123。

8　張鐘、洪子誠等:《當代文學概觀》(北京市:北京大學出版社,1980年),頁129。

9　華中師範大學「中國當代文學」編寫組:《中國當代文學》(上海市:上海文藝出版
社,1983年),第1冊,頁342-343。

憤，回想過去人民英勇的鬥爭，他感到情思激蕩。」〈社稷壇抒情〉
抒發了「他熱愛祖國燦爛的歷史文化」，「作者熾熱的愛國主義感情在
談知識、講故事中很自然地流露出來。」[10]

　　其三，這一時期的文學史著述，非常重視人物形象的時代特徵及
其對作品經典性體認的影響。這一點主要體現在對劉白羽、楊朔相關
散文作品的解讀方面。[11]

二

　　第三階段，是在「中國現代文學語境」下的對當代文學經典的考
察，這一階段從八〇年代中期一直持續到二十世紀末。受「五四文學
正統論」的普遍影響，研究主體自覺而不自覺地把現代文學經典性作
為指認當代文學經典的基本參照和釐定標準。性格複雜性、主題多義
性、情調人性化的作品被凸現，與中國當代文學中宏大敘事不同的其
它敘事類型被重新闡釋，甚至是過度闡釋。比如茹志鵑的作品《重放
的鮮花》、路翎創作「異樣」的角度、孫犁風格等等。作家的複雜
性、矛盾性也同時受到分外關注，如趙樹理、郭小川等。新時期中期
以後中國現實文化語境的急劇變化，不僅導致了這一時期「中國當代
文學史」修訂熱潮，對於中國當代文學經典性體認也發生了一些引人
注目的重要變化。

　　就散文而言，這一時期在作家作品經典性的指認變化中也同時產
生了一新的困惑與問題。我們以《中國當代文學史初稿》（以下簡稱
「初稿本」）為例加以討論。

---

10 二十二院校編：《中國當代文學史》（福州市：海峽文藝出版社，1980年），（2），頁
　243。

11 參見張炯、邽瑢主編：《中國當代文學講稿》（北京市：中央廣播電視大學出版社，
　1983年），第2章。

　　在「初稿本」原版本中，作為「第十七章」的「十七年散文」排列於「十七年文學」的最後——列於電影文學之後，這也反映了編者對「十七年散文」總體偏低的看法。作家排序上依次是「概述」、「魏巍」「劉白羽」「秦牧」「巴金與冰心」、「吳伯簫與曹清華」、「碧野」、「魏鋼焰」、「劉賓雁徐遲」等。楊朔被單列一章。而到了「初稿本」修訂本，散文排序位置被提前，置於「小說」之後的第二文類。刪去了原版本中的「碧野、袁鷹、魏鋼焰、劉賓雁」，增加了秦兆陽。排序作了明顯調整，依次是「劉白羽」「秦牧」「巴金與冰心」「吳伯簫與曹清華」、「魏巍」、「秦兆陽與徐遲」，楊朔依然單列一章。關於「十七年散文」的「概述內容」則完全重寫。「初稿本」初版是從「十七年」總體評價視角切入，分論「成就」「特點」與「不足」，而在「修訂版」裡則以「散文」文類的內部特徵加以分類，先談「通訊、史傳、回憶錄」，再論「藝術散文」，兼及「雜文」，企圖勾勒出「散文藝術發展」的漸進過程。對其缺憾反倒減少了敘述。與此同時，突出了散文風格的形成和個人特色的意義。「修訂本」重點論述了「藝術散文」的兩次「崛起」（1956-1957、1961-1962），詳細描述了散文進程中「藝術描寫與時代語境變化」之間的關係狀態。

　　「初稿本」初版把「十七年」「散文創作中存在的片面性」概括為兩個具體的方面：一是「題材和體裁還不夠豐富多樣。」二是幾乎所有的作家「一直在藝術上未能形成自己鮮明的個性特徵。」而到了「初稿本」「修訂版」裡，其批評則多著眼於藝術方面。「建國後的十七年裡，和『新聞』、『歷史』相結合的報告、史傳等『客觀化』散文發展較好；和『政論』相結合的雜文的發展嚴重受阻。」「『散文中的散文』——主觀性、內向化的藝術散文兩起兩落，道路曲折。」我們看到，文學史敘述視角和敘述方式的改變，應當說是源於這一時期散文研究中對「十七年」的評價變化。顯然，「修訂本」對十七年散文所作的評價修改是斟酌再三，透視出謹慎與躑躅。更為值得我們注意

的是，它有意識地弱化當代散文與現代散文研究比較中的「五四文學正統論」觀念，客觀地分析了「十七年」散文的曲折進程和藝術上的獨有成分，增加了文學史的說服力。

　　具體到作家分析，這一敘述視角也貫徹了進去。如對劉白羽的價值評判，不再僅僅著眼於「主題」方面，而強化了對他的「散文性」的體認——不過評價變化不大。值得關注的是「初稿本」初版中那種對劉白羽散文創作痛切針砭的文字表述在「修訂本」中被弱化了，這是令人深思的。[12]請看：

> 「初稿本」初版——「劉白羽散文的缺點也是較為明顯的。作者的熱情往往帶著一些狂熱性和虛誇性，缺乏冷靜地實事求是的態度，結果他的文學家的眼光，就往往只能停留在事物的表面，而不能洞察事物的底蘊。當現實中那種打著革命旗號的左傾教條主義思潮襲來時，他就會把『跟時髦』當作『跟時代』，寫出一些浮誇不實的東西。」[13]
>
> 「修訂版」——「作為『進軍的號角』、『嘹亮的戰歌』，劉白羽的散文自有它的價值、地位；但毋庸諱言，他的散文的缺點也是相當明顯的：取材的相近使文章的思想主旨較為單調、重複；激情的奔放使作品顯得直露、散長；壯美的文風有時又帶

---

12 這一點，在同時期其他文學史當中是相當罕見的。比如「華中師大本」、「二十二院校本」、「北大本」及其他的中國當代文學史，對於劉白羽的「批評」幾乎輕微到了可以忽略不計的程度。

13 劉白羽散文價值評價的情形是一個有意味的現象：在《中國當代文學史新稿》（2005年）中，劉白羽只在「第一編一九四九——一九六二年間的文學」部分中的散文「概述」提及——「作為這時期對散文重視的一種表現，一個『專業』散文作家群凸現出來，楊朔、劉白羽、秦牧以『散文三大家』馳名海內」。該書在「專節」中具體論述的作家只有「巴金、冰心、楊朔」，「徐懋庸和『三家村雜文』」等寥寥數位。見《中國當代文學史新稿》（北京市：人民文學出版社，2005年8月），頁163。

　　　　來了內容的空泛、虛誇。特別是這一切在當時嚴重『左』傾的
　　　　整體氛圍影響下，他因未能分清跟形勢與跟時代、空洞的豪言
　　　　壯語與科學的求實精神的區別而變得較為嚴重了。」

　　與劉白羽的情形相反，在「初稿本」「修訂版」中，對楊朔散文
「不足」的敘述有了明顯的加強。對其「明顯缺點」，力求「從更高
的美學層次上來認識」。認為，他的散文「同時具有通訊性和小說化
傾向」。「表現『自我』的不足（他幾乎沒有一篇寫『主體』，寫『內
宇宙』的作品），這是通訊性所造成的。作品人工氣的存在，這是小
說化的必然影響；文章雕鑿痕跡較重、失之太『做』，這又是詩化主
張帶來的結果。」「把散文寫成詩（楊朔散文實際上是以「詩」為主
導的「多聲部」大合唱、交響樂），並不是散文的坦途。那些學步者
也走此『途』（這本非『正道』），則『東施效顰』，了無成就，這是楊
朔不能負責的。至於指斥楊朔『粉飾』，更加離譜，既乏『知人』，又
未『論世』。評價這樣一位有才華、有創新而又有勇氣、有操守的優
秀藝術家，是應該更嚴謹、科學，實事求是的。」
　　這種帶有「論辯」性的文學史敘述，是這一時期中國當代文學史
修史過程中的一個重要且獨特的現象。它多體現在當代文學史的「大
家」身上，也鮮明地映現了八〇年代中後期中國文壇思潮變幻、意識
轉型的激烈景觀，是值得我們認真研究的。
　　至於另一「大家」秦牧，對他評價呈現「走低」趨勢。「初稿本」
「修訂本」說道，「一般論者皆認為秦牧散文具有『思想性、知識
性、趣味性』的三個特點，其實，這些特點都還不是藝術散文的本質
特性——如果沒有濃厚抒情性的話，『自我』和『對象』既不能滲
透、交融，『知識』和『趣味』也不能造成『情境』，那麼，它們就還
只是『理智』的而不是『感情』的，是『冷』的而不是『熱』的，是
『短文』而不是『美文』。所以，缺乏抒情性是秦牧散文最大的問

題，也是他的創作未能取得更大突破的關鍵原因。」這與「初稿本」初版只是談到「往往因涉獵題材過多而顯得知識性有餘和抒情性不足」，「不忍割裁」材料和「異文互現」「雷同之感」等分析比較，就顯得深入、切實多了。

從以上「初稿本」「修訂本」對「散文三大家」論述看，其修正是有力度的。如果我們把「初稿本」在一九八八年的「修訂」與「二十二院校本」一九八六年的「修訂本」、「華中師大本」一九八九年四月「修訂版」等作一比較，「初稿本」的修改力度確實是最大的。比較中可以清楚地看到：不僅提出了「藝術散文」的概念，而且對作家的美學分析進入到了細部，對他們創作的審美價值分析被置於「現代」與「新時期」之間，使得他們的蒼白與不足讓人看得更清楚了。當然，八〇年代有關「楊朔模式」的討論及其大量有關中國當代散文問題的相關討論，無疑是一個相當重要的影響因素；相比於「初稿本」這種深層次的「修訂」，「華中師大本」似乎在追求「四平八穩」，對「三大家」，「肯定」過多，缺乏必要的認真地分析；「二十二院校本」對於楊朔散文的「成就」評價，始終圍繞「詩意」展開，從他對「詩意的敏感」到對生活詩意的捕捉，再到「創造意境」及至以詩意安排結構、錘煉細節等，但分析空泛、缺乏深度。對劉白羽和秦牧，則是分別扣住「激情性」和「知識性」加以展開，實際上是對「共識」的重複，難見文學史敘述的推敲與斟酌。從八〇年代後期中國當代文學史「修訂」高潮中我們可以看到，散文三大家的地位並未有根本性的動搖，其中關於「楊朔模式」和對劉白羽散文「假、大、空」的批評，主要是來自於八〇年代中國現代文學史研究的深入，以及由於八〇年代與五四時代的相似而逐步形成的對於「中國現代文學」作為一種資源和價值標準的倚重。「新時期」在八〇年代中期所呼籲的「向內轉」和形式探險的大規模展開，都為審美在自身尋求合法性提供了足夠多的理由。

三

　　不過，我們同時也看到了其「修訂」中出現的一些有關文學史經典選擇與敘述的新的問題和所遭逢到的新的困境。

　　比如：隨著「經典」作家在論證分歧中逐步趨向於集中，文學史觀的矛盾性也日益凸現出來。「文學本體」論和多重關係中的「文學存在論」之間的裂隙，不但沒有得到有效彌合，而且更加擴大了。純粹審美視野及其以審美進化論作為文學史現象的觀照方式，與從整體的社會文化演進及其形成的歷史語境對文學史現象進行價值判斷的思維方式之間，體現在「文學經典」的認定上已經產生了不少的差異。

　　其次是「文學的真實」與「歷史的真實」對舉。八〇年代文藝理論界、文學批評界和文學史研究界，結合著「現實主義」討論過程中出現的對於「文學真實性」問題的持久關注和是非難辨的論爭，對於中國當代文學史各文類「經典」的遴選與斟酌都有著不小的影響。包括「三大家」在內的幾乎全部的「十七年」散文作家及其他們的作品，都在強調「歷史真實」的語境中受到普遍質疑。例如對楊朔「部分作品忽視對現實矛盾的揭示，顯得不夠真實」的詬病，[14]以「內容的空泛、虛誇」、「沒能分清跟形勢與跟時代、空洞的豪言壯語與科學的求實精神的區別」等重審劉白羽時所看到的「嚴重」弊端等。[15]其實，「文學經典」的困境也正在這裡出現：文學史在對某一個作家進行具體分析時加在最後的關於作家「不足」的批評，往往和前面的「肯定」是相矛盾的——比如劉白羽，文學史一方面大力肯定其「語言絢爛峭拔，富於鼓動性與感染力。」而這些特徵恰恰是違背「歷史

14　《中國當代文學》（華中師大本）（上海市：上海文藝出版社，1989年），頁346。

15　《中國當代文學史初稿》（北京市：人民文學出版社，1980年），頁402。

真實」的想像性的政治化的「豪言壯語」。楊朔的「詩意」是與作者
對人事情景的時代主潮化的處理結果密不可分。從這裡我們可以領悟
到：二十世紀八〇年代文學經典的論證，既要保留在歷史中已經建構
起來的意識形態意蘊，又要把表達形式在審美範疇裡進行單獨指認。
這種今天看來不無荒誕的「割裂」的「雙重性」，正是八〇年代文學
史敘述的常態。

中國當代文學史「文革文學」敘述的歷史變遷

——以五部中國當代文學史為例

　　新時期以來，中國當代文學研究中關於「文革文學」的「歷史敘述」及其變遷，是一個深值得注意的重要課題。表面上，似乎可以用從「全盤否定」走向「有限肯定」這一線索變化來概括它的評價走向。但實際上，在這一由「否定」走向「肯定」的變遷裡所蘊涵的問題卻大大超越了上述觀點的遞進範疇，呈現出多重的複雜性。比如，對「文革文學」的評價是如何從「批評」走向「學術」的？關於文革文學現象的描述姿態是怎樣變化的？在「經典」指認與衡定中，「文革文學」經典性被確認的比較範疇有哪些變化？其「經典性」是著眼於審美差異性還是注重其在社會文化及其審美「思潮」中的構成性作用？有關「文革文學」歷史敘述的困惑到底是什麼？在獲得了怎樣的條件下才可能有所解答？等等。「文革文學」如何面對進而展開有效研究，應該說到今天依然是一個困難的課題（因為它的敏感期並未過去）。它所具有的既在整體上隸屬於歷史而又必須充分重視當下語境作用從而把它從歷史的「一體性」中剝離出來的性質，是我們在實際研究中繞不過去的難題。直到今天這種糾纏依然困惑著人們。從某種意義上說，對「文革文學」敘述的變化，隱含了新時期以來文學研究界觀念解放和學術研究的全部可能性與曲折過程。新時期以來有關「文革文學」的歷史敘述變化，顯然已構成了鮮明的階段性。我們有理由對它進行學術式梳理——這也是有關中國當代文學研究中一個不

可忽視的重要方面。

　　在我看來，新時期有關「文革文學」研究史，可以概括為這樣幾個階段：一、「一筆抹殺」階段（「空白論」「廢墟說」）；二、「替代敘述」階段；三、「等級畫分」階段；四、「真正面對」（即「學術化」）階段。本文的考察對象是新時期以來的文學史著述──選取了北京大學出版社的《當代文學概觀》（簡稱「北大本」）、復旦等二十二院校編寫的《中國當代文學史》，一九八〇年五月第一冊初版（簡稱「二十二院校本」、人民文學出版社的〈中國當代文學初稿〉（簡稱「初稿本」）、華中師範大學編寫的《中國當代文學》（簡稱「華中師大本」）、高等教育出版社的《中國現代文學史（1917-1997）》（簡稱「世紀課程本」等等為主要的個案分析對象。

一

　　「空白論」（亦即「廢墟說」）一九八〇年七月北京大學出版社的《當代文學概觀》（以下簡稱「北大本」），由於考慮到「它的經歷是複雜的」，「對它的歷史過程的認識，還在不斷發展和深入，還需要一個過程」，所以採用了以「文類」相別的貫穿體例。但無論以「文類」為體例，還是編年史體例，都無法逃避對「文革文學」的評價和必要、鮮明的價值判斷。在〈前言〉裡，編著者分別以幾個理論命題來結構全篇，但在論述「文學與現實」、「文學與政治」等一些重要的理論命題的發展流變時，依然得面對文學的「文革時期」。在談到七〇年代中國文學時說道：「『林彪四人幫』主政文壇，使文學與現實的關係，走到了惡運的盡頭。瞞和騙，成了四人幫控制下的文藝的特色。」在書中每一章的文體發展總述中，對「文革文學」的敘述都是鮮明的──「文化大革命的十年內亂時期，許多詩人受驅逐。詩壇遭到鐵蹄的踐踏。有的作品則成為林彪、江青反革命集團纂黨奪權的工

具。人民真正的心聲往往被扼殺、被壓制。」「林彪、四人幫倒行劣施的十年間，散文園地……幾乎一片空白。」戲劇創作「文化大革命期間，林彪四人幫篡黨奪權，推行文化專制主義，製造假繁榮，實行真圍剿，戲劇藝術遭到空前洗劫，百花凋零，損失慘重。」（樣板戲被否定，京劇革命及「樣板戲」隻字不提）。小說創作在「文化大革命的十年中，短篇創作同其他樣式一樣，遭到毀滅性的摧殘。」至於長篇小說創作「從六○年代中期到七○年代中期，即林彪、四人幫實行法西斯文化專制主義的十年間，十七年長篇小說的創作幾乎被踐踏殆盡，小說創作隊伍被無情摧殘。四人幫一方面絞殺，一方面樹立自己的樣板，《虹南作戰史》就是一部。這是對四人幫那一套反動創作理論進行圖解的最拙劣的作品。四人幫為了篡黨奪權的需要，大搞陰謀文藝。有些作品適宜四人幫的政治需要，炮製上市（如《西紗兒女》），有些作品深受四人幫發動思潮的影響，走向創作歧途（如《金光大道》、《前夕》、《飛雪迎春》等）。」

以「北大本」為代表的上述這種對「文革文學」的學術敘述，顯然受到了當時普遍性「空白論」的影響。「空白論」思維本質上屬於「二元對立」的政治化思維模式。這是一種具有「元話語」性質的先置性理論，其重心可析為兩個方面：一是以政治鬥爭的利害關係替代藝術發展的是非關係，即凡是與某一政治判斷相違背的判斷都是錯誤的判斷，因而難以獲得合法性而立足；二是「歷史」與「現在」的對立性（即勢不兩立性）。這顯然與前一個「前提」是相關的。由於政治已經畫分了今是昨非，所以「歷史」的畫分被價值化了。「歷史」與「現在」的性質差異被凸現，也是判斷的基本前提。「空白論」思維牽引與規約下的「文革文學」的「歷史命名」也是深有意味的——在這一時期，對「文革十年文學」的總體歷史指認是「一片空白」，或「廢墟」，對文革文學的具體創作，標之為「陰謀文藝」，「幫派文藝」或「瞞和騙」的文藝等。所有的創作一概被稱為「篡改」「炮

製」，或「出籠」等。對「文革文學」的歷史敘述實際上呈現為清一
色的批判和性質的判決，有意或不無有意地避開藝術範疇，懸置了問
題的複雜性。新時期初期有關「文革文學」的研究，從研究主體姿
態，判斷標準與方法，研究的思維與途徑等方面分析，實質上和文革
時期的有關文學的歷史研究狀況並無二致。

二

　　「替代敘述」。對「文革文學」以「替代」方式進行敘述，在我
看來是一種進步。它對於「空白論」「廢墟說」的超越，體現為承認
了歷史之鏈是無法割斷的，文學展開自身的方式在某些特殊時期會生
發出別樣的形式。文學天然的創新屬性在具體的藝術細部呈現方面，
都似乎擁有被承認的權利。不過，從思維方式尤其是價值判斷的標準
方面看，和前一段沒有本質的差異。當我們在有關文學史敘述中看到
以凸現「天安門詩歌」或把圍繞電影《創業》的風波擴大為「鬥爭」
時，我們似乎感到當代文學研究中的「文革文學」探索並沒有得到深
入與發展。「二十二院校本」文學史，鑒於體例上的編年樣態，採用
了對中國當代文學階段畫分的「四分法」。認為，「我們主張『四分
法』。我們的畫分正好與中共中央〈關於建國以來黨的若干歷史問題
的決議〉相吻合。」「是根據政治對當代文學的影響和當代文學由此
表現出來的特徵所決定的。」在體例上，單獨把「一九六六年五月至
一九七六年九月」列為一個時期，這說明了編著者對歷史發展在整體
上的某種尊重。但如何敘述文革文學——即選擇什麼如何選擇，「二
十二院校本」採用了「替代」為主、否定為輔的歷史敘述方式。我們
只要看一看它的綱目設計就清楚了。作為第三編的〈一九六六至一九
七六年的文學〉，共含三章。〈第一章，文藝運動與文藝思想鬥爭〉。
其中包括的「四節」內容分別為「第一節〈部隊文藝工作座談會紀

要〉的出籠和對文藝事業的摧殘；第二節，江青反革命集團的陰謀文藝活動；第三節，圍繞《創業》等電影的鬥爭；第四節，天安門詩歌運動。」「第二章，本時期的文藝批評。第一節，概述；第二節，江青反革命集團的唯心主義形而上學文藝觀點。」「第三章，本時期文學創作。第一節，概述；第二節，〈天安門詩歌〉；第三節，其他文藝作品（電影《創業》、《閃閃的紅星》、小說《第二次握手》等）；第四節，《反擊》、《盛大的節日》、《歡騰的小涼河》等反動作品。」在對「本時期的文學創作」進行具體分析時，編著者這樣說，「一部分文藝作品，由於江青反革命集團及其黨羽的插手，或直接體現江青一伙的反革命意圖，為他們篡黨奪權服務，墮落為反革命陰謀文藝。如長篇小說《虹南作戰史》，短篇小說〈初春的早晨〉、〈警鐘長鳴〉、〈第一課〉、〈一篇揭矛盾的報告〉，電影《春苗》、《反擊》、《歡騰的小涼河》、電影文學劇本《千秋業》等等。」

「這時期的另一部分作品，在思想上受到階級鬥爭擴大化和絕對化的理論和實踐的影響，圖解所謂的『基本路線』；在創造方法上，則受江青反革命集團的唯心主義形而上學文藝觀的驅使，大搞『三突出』，神化『英雄』。如長篇小說《牛田洋》、《江畔朝陽》、《金光大道》、《萬年青》、《較量》、《大海鋪路》；中篇小說《春風楊柳》、《大梁》；話劇《戰船台》；電影《艷陽天》、《清松嶺》等。

「這時期有一些作品雖然在不同程度上受到了當時社會思潮的影響，但它們的基本傾向還是應該肯定的。小說方面如以抗美援朝為題材的《昨天的戰爭》，反映解放初期工業戰線鬥爭的《沸騰的群山》，描寫第二次國內革命戰爭初期、黨領導的一支紅軍隊伍在祖國南方某山區建立農村革命根據地的《萬山紅遍》，以及塑造了潘冬子形象的中篇小說《閃閃的紅星》等等。在電影方面有以開發大慶油田為題材、熱情洋溢地評價黨的獨立自主、自立更生方針的《創業》，有描寫海島女民兵生活和戰鬥的《海霞》。這些作品在鬥爭中誕生，給人

民以鼓舞，受到群眾的歡迎。」「在這時期，張揚寫的長篇小說《第二次握手》的手抄本，曾在群眾中廣為流傳。」「在這時期，值得注意的是姚雪垠寫完了長篇歷史小說《李自成》第二部。」「在本時期創作中，最值得大書特書的是天安門詩歌運動。」

這些論述已透示出此時有關文革文學敘述的思維方式的細微變化。雖然依然是政治利害的判斷佔據著主導，但歷史總體的認可與分類論述的企圖是明顯的。在其所畫分的幾類創作中，已呈現為某種「價值等級」——只不過，這種等級畫分依然是以它們的政治性質畫分為前提的。第一類「陰謀文藝」，其存在價值是歷史政治性質的反面被呈現。第二類如〈牛田洋〉之類，屬於「圖解所謂基本路線」的「極左文藝路線的產物」，否定是基本前提。第三類則屬於「基本傾向上還是應該肯定」的一類，肯定的視角是題材的時空屬性——要麼是「新民主主義」，要麼是「十七年」。而作為「主流」「主體」的則是《第二次握手》、《李自成》（第二部）和「天安門詩歌運動」。編著者在其後的個案分析上，就是集中於這第三部作品。把「文革十年的創作」的總體論述與個案分析混合起來看，以《第二次握手》、《李自成》第二部和「天安門詩歌運動」來「替代」文革全部文學創作的敘述意圖異常鮮明。對這類作品價值的判斷，一是它們的身份——「在鬥爭中誕生」，二是「堅持革命現實主義原則」，三是「其中顯示了革命文藝『團結人民，教育人民，打擊敵人，消滅敵人』的強大威力」。值得注意的是，這一時期的文學史關於「文革文學」的敘述都一致性地有意忽視了重要的文學現象——對「革命樣板戲」及其同類作品的認識與評價。

這種發生在一九八四年前後的當代文學史研究的狀況，與當時創作領域的多元探索、突飛猛進局面形成了巨大反差，同時也與當時以新時期文學為主要對象的文學批評的「激進姿態」呈現出極大的差距。這似乎反映出八〇年代初期到中期（具體而言一九八三至一九八

七）歷史階段裡文學的「現實」與「歷史」的巨大活力——其內在的衝突是相當緊張而尖銳的。這個時期可以被看作是「新時期文化轉型」的起始時間。（檢視一下當時文藝界的重大事件和爭鳴狀況加以對比，就更有說服力了。）

僅從以下兩個方面，我們明顯可以看到八〇年代中國當代文學史研究的缺陷與幼稚：

一、「文革文學敘述」中，對〈紀要〉的批判，是所有文學史敘述都重點涉及到的內容。「二十二院校本」闢為專節，《中國當代文學史初稿》（簡稱「初稿本」），則以之為重點，專列一章「十年文化大革命對社會主義文藝事業的大破壞」。因為只是從「創作」著眼，所以「北大本」有理由不涉及這方面的內容。「華中師大本」與「初稿本」相同。對〈紀要〉的批判主要涉及的是：一是「文藝黑線專政論」，二是對三〇年代革命文藝的誣蔑，三是「三突出創作原則」等。對於〈紀要〉這個文件，在文學史的稱謂顯得五花八門。「初稿本」使用的是《林彪委托江青召開的部隊文藝工作座談會紀要》（少了「同志」二字）。「二十二院校本」簡稱為〈部隊文藝工作座談會紀要〉，直到一九九九年八月出版的「面向二十一世紀課程教材」《中國現代文學史》（1917-1997）中，依然採用了這種不負責任的看法。全國高等教育自學考試教材《中國現代文學史》與此相同，不做任何說明。只有「華中師大本」採用了原名——〈林彪同志委托江青同志召開的部隊文藝工作座談會紀要〉。在這些對〈紀要〉的批判中，沒有任何一種教材談到當年毛澤東對〈紀要〉的三次修改、審定的內容，這樣一來，就把本該是最高領袖批准下發的文件，無形之中改變為某些野心家的個人行為。這一情形只有到了一九九九年八月出版的洪子誠《中國當代文學史》中才得以恢復歷史的真相。這裡隱含了八〇年代政治原則對文學史撰寫的無形制約。整體上看，這只是個小問題，但從中透示出的文學史著述主體對歷史科學性有意無意的漠視，研究

主體「歷史」意識的匱乏和長期以來把歷史敘述政治化慣性所導致的結果。從中也可以看到八〇年代文學研究中當下意識形態對於「歷史敘述」的滲透方式及其呈現方式。歷史敘述的狹隘的意識形態屬性是極為明顯的。這也可以被看作是這一階段文革文學研究中「替代」表述的一種泛化結果。當時文學史敘述裡對「文革文學」的這些並非不重要的「歷史細節」的有意改寫或忽略，不但使人們無法認識到歷史的真相，也同樣損害了當代文學研究的科學性，從一個側面現露了中國當代文學史學科的幼稚。

二、關於「革命樣板戲」。「革命樣板戲」，不僅是「文革文學」「主流派」的代表，而且在當時它還能夠藉助於絕對的權力使自己成為真正的標準化「樣板」。「革命樣板戲」的創作修改過程，其藝術理念以及傳播方式，都隱含或涉及到了當時有關文藝的許多重大問題——比如戲曲改革的問題，政治與藝術的關係，傳統與現代的融合，審美與娛樂的關係，題材處理以及對革命歷史中形成的一系列藝術理念的突破、修正等等。從文革中文藝所扮演的功能角色角度考察，對「文革文學」的歷史敘述，是無法避開「革命樣板戲」的。但是在很長的一段時間內，「革命樣板戲」在文學史著述中處於兩種位置：要麼隻字不提，比如「北大本」；要麼是以批判的方式且一筆帶過，例如「初稿本」和「二十二院校本」、「自考本」等。真正在文學史著述中把「革命樣板戲」作為分析對象的是「華中師大本」。這部文學史不但追溯了「樣板戲」的來源及流變，並詳細梳理了「樣板戲」產生過程中的理論風雲，並對所謂「八個樣板戲」等一類常識作出了精確解釋。第一次對文革中「樣板」類作品進行了分類：「第一類如《智取威虎山》、《紅燈記》、《沙家濱》、《奇襲白虎團》等，本來是六〇年代初文藝工作者在周恩來的直接關懷下創造出來的勞動成果，它們在思想上和藝術上都達到了相當水平，即使今天看來，在某些方面也依然自有藝術價值在。江青依仗特殊的地位，按照她的政治

觀點、藝術觀點對它們進行了一些改動、就變成她『嘔心瀝血』的成果。第二類是江青一伙選挑了一些有影響又能利用的作品移植改編，如根據同名話劇改編的京劇《龍江頌》、《杜鵑山》，根據同名電影改編的京劇《紅色娘子軍》，根據電影《平原游擊隊》改編的京劇《平原作戰》等。這樣『樣板』劇目僅存原來的軀殼，已失去了本來的藝術魅力。第三類是四人幫按照反革命政治目的，準備樹立為新的『樣板』的作品，如電影《盛大的節日》、《反擊》。這類作品藝術上極其粗糙，政治上十分反動。」不過，作者對「樣板戲」是持否定態度的。理由是，一認為「革命樣板戲」「把階級鬥爭絕對化、擴大化」，認為改編作品「歪曲人物關係，杜撰人物構成，拔高人物性格」，有的則是「削弱和破壞了原作的完整性和真實性。」二是「把英雄人物偶像化。」認為「樣板戲」中的人物都被「裝扮成洞見三世，拯救眾生，不食人間煙火的超凡入聖的神人。他們沒有缺點，沒有錯誤，也沒有成長、發展過程，不管處境如何險惡，不管敵人的力量如何強大，都始終處在支配地位，起主導作用。」

　　現在看來這些分析是粗糙的也並不客觀和認真，但它畢竟是文學史著述中對「革命樣板戲」的本體性分析，值得重視。「華中師大本」對「樣板戲」評價所面臨的複雜性狀況的分析，是有啟發意義的。「時至今日，經歷過『文革』人們往往會把樣板戲同深重的民族災難聯繫在在一起，本能地對樣板戲產生強烈的反感。」「這種情況，就使得全面正確地分析和認識樣板戲這一文革現象，成為一件極為複雜的工作。但是無論任何，『樣板戲』作為一種文化現象和歷史現象，實際上已經成為動亂年代政治生活和社會生活中的一個組成部分。已經成為江青反革命集團的重要鬥爭工具，這一點恐怕是無法否認的。因此，任何企圖為樣板戲恢復名譽或使它東山再起的想法，同廣大群眾的意志和感情都是背道而馳的。」不過需要指出的是，九〇年代初的「懷舊熱」、「毛澤東熱」已經證明，人們並未放棄樣板戲，

也並非因它與政治的直接關係而惡視它。《中國現代文學史》（1917-
1997）一書，儘管對它的論述略顯籠統，儘管它採用了把「樣板戲」
植入現代京劇的戲改歷史中加以觀照的敘述策略，但它畢竟是第一次
公開地肯定「革命現代京劇」的成功。它認為，「革命現代京劇」除
了「在內容上的突出特點是塑造了一系列具有時代特徵的工農兵英雄
形象」之外，其成功主要建立在「對傳統形式的變革」。應當說這種
評價是相當客觀的。

三

　　關於「文革文學」的「等級敘述」。如果說「空白論」和「替代
法」中有關「文革文學」的歷史敘述在本質上體現為「二元對立」政
治化思維的話，那麼「等級」畫分視野中的文革文學的歷史敘述，則
開始兼顧作品的「傾向性」與「藝術性」兩個方面。其實，在「空白
論」思維中，文革文學已經被植入等級範疇，即好與壞、是與非、
「優秀」與「拙劣」的對立。這種對立的等級性體現為誰為歷史主
體、誰具有合法地承載歷史的身份等方面。所以從本質上看，一旦
「文革文學」的歷史主體以及它的合法性被確定，那麼非「主體」的
存在就自然被摒棄、排除。不過，我們看到，二十世紀八〇年代以前
「新啟蒙」語境下由於向歷史告別過程中對政治判斷的倚重和現實批
判的意識形態視角的普泛化，致使中國當代文學的「史性」研究一直
徘徊在「走向歷史原在」和「全新結構歷史」的兩難之中。處於這一
話語場域中的「文革文學」研究，對其歷史整體性處理的最大可能就
是引入是非判斷從而收納文革歷史中的所有文藝現象。強調「主流」
文學主體的政治身份，凸現文學功能的鬥爭性質，彰顯其存在形態與
五四至「十七年」文學「常態」的差異，在一種對比與歸謬邏輯中，
文革文學的顯性層面（如公開出版，演出等作品）只能進入否定之

例——這顯然不是對象在學術化過程中的結果。

八〇年代末期及以後的幾年間，社會語境尤其文化語境的構成因素開始逐漸疏離意識形態，尤其是現代文學研究的大規模繁榮和當下文學創作實踐的活躍與突破，也漸漸使當代文學研究獲得了把文革文學加以客觀化、學術化的有限可能性。對「文革文學」的等級畫分和「等級」敘述，正是對世事變遷和語境變化的有效回應。在這一方面，「華中師大本」應當說做的是比較好的。著者認為：「文革十年的文學創作呈現出非常複雜的情況。大致有兩種類型。一類是林彪四人幫『左傾』思潮影響、程度不等地宣揚了一些錯誤觀點，藝術形式或多或少地受『三突出』模式束縛的作品。」「如浩然的《金光大道》、根據同名電影和話劇改編的電影文學劇本《火紅的年代》、《艷陽天》、《激戰無名川》、《青松嶺》、《戰洪圖》等。」「另一類是在嚴峻的劣境中，力求從社會生活出發，堅持文學創作規律，經過曲折複雜的鬥爭產生的作品。其中又分為公開發表和未公開發表兩種。公開發表的有長篇小說《春潮急》、《沸騰的群山》（第三部）、《萬山紅遍》，電影戲曲劇本《創業》、《海霞》、《三上桃峰》、《園丁之歌》等。未經公開發表的有天安門詩，張志新烈士的詩歌，郭小川《團泊洼的秋天》、《秋歌》、《第二次握手》等。」「另外《李自成》（第二部），凌力的《星星草》，楊沫的《東方欲曉》、莫應豐的《將軍吟》等，也在十年浩劫中基本寫成。」整體上看，「華中師大本」實際上把「文革文學」在創作方面分為三類——「樣板」類，「公開發表」類和「沒有公開發表」類。「世紀課程」本也是分為三類：「陰謀文學」和直接受制於政治的「主流文學」——「不願完全遵從政治之命的文學」——「地下文學」。「地下文學」類，除了郭小川，《第二次握手》等，還包括了後來「朦朧詩人」的部分作品——舒婷《船》、《贈》、《春夜》；芒克《太陽落了》等。「二十二院校本」則把文革文學創作分為四類：一是「陰謀文學」；二是「左」傾類；三是疏離政

治類；四是「反抗」類（地下創作）等。

　　其實，如果我們僅僅著眼於此，那麼這種「類型」的畫分只可能是「類型」，而非「等級」意義層面的「類型」。著者對它們進行「等級畫分」的依據，我認為有二，一是「作品」與當時文革時期權力主體的關係，二是「藝術理念」的是非差異。對於「樣板類」作品的價值評判，主要著眼於它們在文革時期的政治或權力功用性的外化程度。「華中師大本」這樣說：「從篡取京劇革命成果到炮製反動『樣板』作品，江青一伙十年經營的目的就是妄圖通過佔領戲劇舞臺進而在政治舞臺上實現全面專政。」「十年間，四人幫把推廣樣板戲作為推行文化專制主義和反革命政治陰謀的重要手段，」「實際上已經成為動亂年代政治生活和社會生活的一個組成部分，已經成為江青反革命集團的重要鬥爭工具。」「世紀課程」本認為：文革中「樹立『樣板戲』」，是「用來圖解他們的政治綱領，煽動造反派和走資派作鬥爭，露骨地美化江青之流。」是一種「為陰謀家所控制和操縱」的「受制於政治」的文學。「初版本」認為，此類作品是「反革命的政治陰謀與文藝的『雜交』，是四人幫反黨活動的罪惡記錄。」「陰謀文藝」的「顯著特徵」是「是非顛倒」，「內容虛假」，「手法卑劣」，認為「把文藝同政治結為一體，變成實現其政治陰謀的一個直接的工具，是四人幫的一大發明，為文學史所罕見。」「二十二院校本」談到，「一部分文藝作品，或由於江青反革命集團及其黨羽的插手，或直接體現江青一伙的反革命意圖，為他們篡黨奪權服務，墮落為反革命陰謀文藝。」「他們炮製的這些作品，不僅思想反動，而且藝術上也極其低劣，歪曲生活，胡編亂湊，說假話，貼標籤，完全是公式化、概念化的標準。」顯然，這些「否定」與「批判」，不僅無意越出意識形態鬥爭範疇，而且多從其主題、與語境相關聯的「思想意義」出發，有意避開或不涉及「思想」「主題」的「表達」及其「表達方式」——比如人物關係、矛盾設置、結構布局乃至生活細節的有

意提煉，甚至其特有的「浪漫激進情調」以及藝術方面的某些「獨特」性等等。這種判斷的修辭指向是，這不是文藝。不過，從其言說的反面又似乎透示出了另外的信息——主題與語境的關係似乎是作品獲取生存權利的唯一理由。

對於那些「疏離政治」的作品，普遍認為其創作主體「沒有泯滅藝術良知，他們採取種種方式抵制『左』傾思潮，與陰謀文藝頑強抗爭，艱難曲折地維護藝術的尊嚴。」（世紀課程本）以幾個教材普遍看好的「革命歷史小說」《萬山紅遍》的評價為例來看，認為作品「成功之處在於：他從現實主義的要求出發，通過一系列較為典型的情節，令人可信地揭示了郭大成如何在實踐中鍛煉成為一個卓越的紅軍指揮員的過程。」「基本上真實地反映了當時的階級關係和革命歷史面貌。」（初稿本）「小說在一定程度上突破了『四人幫』的『創作原則』，較為真實地再現了第二次國內戰爭時期的階級矛盾和社會面貌，塑造了郭大成的英雄形象。」（華中師大本），其分析相當空泛。《李自成》（第二部）亦是文革文學歷史敘述視野中經常出現的作品，對它的分析大多著眼於「深廣而堅實的思想內容」和「把歷史人物塑造成一批生動、感人的藝術形象。」（初稿本）「在如何正確處理歷史真實與藝術真實的問題方面，作了有益的探索。」可以看出，編著者是以是否體現了「歷史本質」和史實真相的角度對之加以評價的。本質化的敘述是其肯定的，也是被弘揚的。編著者對這些作品肯定的前提依然是其主體與當時主流政治和權力人物關係的親疏性。

在對「未公開發表類」作品的評價方面，「天安門詩歌」和《第二次握手》被激賞。八〇年代初的文學史著述給予了不無過譽之嫌的高度評價。「初稿本」單列專章論述，認為「『天安門詩歌』是矗立在我國無產階級文藝運動史上的一座豐碑。」「譜寫了中國當代文學史上最為悲壯的絕唱與戰歌，無愧為我國詩歌史上的奇觀。」（世紀課程本）「在本時期創作中，最值得大書特書的是天安門詩歌運動。」

「在中國詩歌史上，這是一個偉大的創舉。」（二十二院校本）「以強烈的戰鬥性和廣泛的群眾性而獨樹一幟，成為中國當代文學史上一座不朽的詩的豐碑。」（華中師大本）「天安門詩歌」作為分析對象，編著者首先注意到的是它的政治立場以及由此衍生的主題。綜觀八〇年代初到八〇年代末以來的文學史著述，大多把對它主題的分析闡釋置於第一位。普遍認為天安門詩歌的主題有三個方面：

一是「對周恩來同志的無限熱愛和對四人幫的切齒痛恨。」

二是「對社會主義民主的要求和對共產主義理想的堅持。」

三是「為『實現四個現代化』而鬥爭。」。（初稿本）

對其藝術成就的評價則無疑「豐富」些：有的認為「樸實自然，情真意切」，「注意運用比興手法」，「豐富、奇特的意象，」「帶有沉鬱的革命浪漫主義色彩。」（二十二院校本）有的則把它的風格概括為「樸素真摯」，「曲折堅韌」，「機智鋒利」。還有的認為它在藝術上「第一是具有如火如荼的革命熱情。」「第二，短小精悍，語言樸實，形象生動，易懂、易記、易抄、易傳。」「第三，大量採用人民群眾所喜愛的詩歌形式，具有為人民群眾所喜聞樂見的中國作風和中國氣派。」。（華中師大本）「質樸真純、生動潑辣，是基本的特色。」「有傳統的民間色彩，帶有群眾所喜聞樂見的作風氣派。」（北大本）

我們可以看到，這一時期有關中國當代文學史著述對天安門詩歌在章節安排上的一致性（不是專章就是專節），顯露出研究界文學史意識的一致性和藝術理念的一致性以及對其意識形態性質的熱情而廣泛地認同。既帶有專制時代語境的遺留，也透示了新時期「新啟蒙」的文化心態基礎。這是值得深為分析的東西。替代的意圖是相當明顯的。

對於《第二次握手》的敘述，情形則稍嫌複雜。從某種意義上說，知識份子從《第二次握手》中找到了映照自身或證明自身的對

象。它在言說中被對象化的過程，還可以被看成是知識份子被壓抑身份的甦醒。知識份子也在蘇冠蘭等人所表呈出來的忠誠方面，證實了自己存在的合法性。故而，對其評價多在以下方面展開：一是它在政治鬥爭中的「遭遇」。這裡涉及到姚文元對它的評價、作品被圍剿的情形和作者因此被關押四年的「事實」（一九七九年一月平反）。「二十二院校本」在談到《第二次握手》的成就時這樣評價：「主要是，這部作品熱情地歌頌了周總理等老一輩無產階級革命家和戰鬥在科技戰線上的各級領導幹部；『四人幫』把知識份子打成『臭老九』，『專政對象』，而這部作品卻讚揚了熱愛祖國，愛科學，正直勤奮，為祖國建設作出了重要貢獻的科學家；『四人幫』滅絕人性，不准寫『愛情』，這個作品卻大膽地表現了純真、熾熱的愛情，深入掌握了隱藏在人物心靈深處的人性美。」這無疑是在強調和凸現此作的「非主流性」和「叛逆性」，以便在特殊時期的政治鬥爭範疇中為它的價值尋找定位──這在新時期初期的文學價值評判是一種普通的作法。這種評價方式自然被延伸到作品人物身上。作品主人公之一丁潔瓊性格的「崇高性」一直被強調：「她出生革命烈士家庭，受到黨組織和周總理的關懷。在進步科學家凌雲竹教授的撫養下，她追求正義，追求進步，酷愛科學」，「在她身上，強烈的事業心、愛國心和對愛情的忠貞，高度結合起來。她身處繁華的資本主義社會，卻摒棄了一切燈紅酒綠的生活，甘受孤獨與冷清，」「因發現了『丁氏構造』而到達科學高峰時，仍總是不忘自己的祖國，寧可不當科學大師，也決不放棄中國國籍。」「三十年後，她歷盡艱難險阻，終於回到了日夜思念的祖國。」對另一人物蘇冠蘭的評價是「造成蘇冠蘭愛情悲劇的原因，主要是黑暗的社會」「然而就是在他成長極度困苦、生活極其清貧的情況下，他仍然沒有放棄對光明的追求，仍然為了祖國一心撲在科學事業上，甚至為了掩護黨的地下工作者，為抗日軍隊釀製、籌集藥物」「這是他最可寶貴的高尚的品質。」「小說描寫了丁潔瓊、蘇冠

蘭、葉玉菡的愛情關係，決不是舊小說中那種陳腐不堪的三角戀愛糾葛，而是為了展示主人翁對祖國、對科學、對愛情忠貞不渝的優秀品質，為美好的理想而獻身的崇高精神。」（二十二院校本，海峽文藝出版社，1988年8月第二版，頁61-65）《第二次握手》的敘事不僅使人想起張恨水式的小說創作——只不過，男女主人公的個人品質更多了一些直接的時代色彩和政治色彩罷了。而這也正是作者在十七年敘事成規影響下的一種敘事策略選擇，為作品的合法性尋找公共範疇。「華中師大本」的評價與上述評價是基本一致的：「小說通過對丁潔瓊、蘇冠蘭、葉玉菡三個科學家坎坷的生活經歷和愛情波折的真實描寫，熱情讚揚了他們追求科學與真理的堅毅不拔的精神，對祖國的無比愛戀以及對愛情的矢志不移。」

　　值得我們思考的是，對《第二次握手》不無誇張的歌頌評價，反映了當代文學研究界在新時期初期與整體時代語境之間的緊密關係。此種狀況不能不說是於一九四九年後知識份子文學表現的長期被壓抑和新時期初期「知識份子」題材創作被合法化從而帶來的接收效應的「傳奇性」有關。中國當代文學史在歷史敘述裡對《第二次握手》的關注，其意義今天看來不只是由於它的前後變化所能折射出來的「文學」與「文化語境」關係方面的意義，而是能進一步促人思考有關「文革文學」歷史敘述的範疇擴延於文學史研究領域後，文學史研究主體「歷史意識」的新變。比如，「地下文學」這一稱謂是在二十世紀九〇年代才出現的，[1]直到九〇年代末才被學術界接受——而接納的方式，就是把「地下文學」視為「文革文學」的一個主要組成部分，並且進一步明確地強調了此類創作的「非主流性」和「叛逆性」。這是值得我們充分關注的。有研究者這樣評價：「它們與公開的文學世界構成了對比的關係，並為八〇年代出現重要文學潮流作了準

1　一九九三年楊健出版了《「文化大革命」中的「地下文學」》（朝華出版社）。

備」[2]當人們把穆旦「最後的詩」、牛漢、蔡其嬌、曾卓、綠原、流沙河、郭小川等「未發表」的詩作與「白洋澱詩群」以及《第二次握手》、《公開的情書》、《波動》等創作集合為一體時,「地下文學」(「隱在的文學」──洪子誠語)就不單只是有了被目為「群」的存在的可能性,似乎還暗示了「文革時期」中國文壇的另一種「思潮」的存在。這無疑大大「豐富」了文革文學史的敘述。更重要的是為新時期文學發展找到了更多的「歷史聯繫」與合法化途徑。一是使人們看到了五四以來文學因子的頑強留存;二是向人們揭示中國文學與世界文學「一體性」的隱性存在方;三是誘導人們去思考新時期文學與「文革文學」難以割斷的內在關聯性。這亦可以看作是對以往「文革文學」「空白說」「廢墟說」更本質的否定。無疑,「文革文學」研究在這樣的情勢中以漸進方式實現著它的突破。

四

　　「真正面對」。進入九〇年代以來,我認為「文革文學」擁有了被置於「真正面對」學術位置的極大可能性。雖然,「等級畫分」方式依然是大多數研究者對「文革文學」展開歷史敘述的主要策略,但要求把它客觀化,學術化的呼聲日漸強勁,海外及港臺地區此方面研究成果的大陸傳播以及大陸知識份子精神心態的變化,「文革文學」幾乎被作為中國當代文學研究的突破點受到普遍關注。即使是原有的意識形態視角,人們也還是看到了它的價值所在:「這一時期文學具有很高的社會認識價值勿庸置疑」。其「獨特語言和獨特形式」更值得關注。[3]「整體性」的歷史眼光,也使研究者注意到「文革文學」

2　洪子誠:《中國當代文學史》(北京市:北京大學出版社,1999年8月),頁211。
3　謝冕:〈誤解的「空白」〉,《文藝爭鳴》(吉林)1993年第1期。

所涉及的「藝術本體性」方面的一些問題，認為「文革文學」「蘊含著一些有關中國現代文學的重要問題與矛盾，這涉及現代文學傳統、作家精神結構、現代文學藝術形態以及文類、樣式特徵等等。」[4]這裡有著把「文革文學」實施學科化學術化處理的明顯指向。我以為，「整體性」思維和「文化研究」思潮是研究界實現對「文革文學」「真正面對」的切實步驟，也是九〇年代初中國當代文學界普遍實現的一種轉換──它具有著價值與方法的雙重意義。與八〇年代相比，出現了一些重要變化。一、「歷史化」的處理方式；二、「一體化」的綜合考量；三、「詩學批評」與「文化批評」相融合的價值判斷；四、文學史定位的學科化。

其實，中國當代文學史敘述在二十世紀九〇年代上述這些特性的顯現，既是一個漸性的過程，又有著文化語境變化所帶來的新的複雜性。比如就「歷史化」的處理方式而言，通常意義上說，早在七〇年代末八〇年代初的中國當代文學史編纂熱潮中對「文革文學」的評價也不失為一種歷史的處理方式。只是我們必須看到，「文學史重新被敘述」和「如何進入文學史敘述」顯然並不是一個問題，因為它們對對象的觀察方式和側重點是差異很大的。七〇年代末，八〇年代初中國當代文學史中的「文革文學」，顯然是更多地被作為一種政治的對應物或負面價值而存在的。對其進行「歷史化」處理的價值取捨範疇自覺皈依於政治範疇和現實需求的價值判斷，而不是審美的「歷史範疇」。「文革文學」所真正具有的歷史品格──審美史品格或「記錄了特殊歷史」的品格被遮蔽了。真正的「歷史化處理方式」是要麼重審它的真正的屬於歷史的分量，要麼是歷史鏈接過程中呈現為結構性因素的實際狀況與可能性。顯而易見，這兩個維度的「歷史價值」，在九〇年代以來的中國當代文學研究中被普遍注意到了。

4　洪子誠：〈目前當代文學研究的幾個問題〉，《社會科學》1995年第2期。

趙樹理為何要「離京」「出走」

　　一九六二年二月二十二日，趙樹理離開居住了十六年的北京，攜全家來到山西太原，住進南華門東四條省文聯的平房四合院中，一直到一九七○年被迫害致死。我說趙樹理是「來」而非「回」，那是因為太原並不是他的「老家」，只不過他的家鄉隸屬於山西，故而，趙樹理「來到」太原，在一般人眼裡就是「回」山西了。筆者研究趙樹理多年，所接觸的資料自然也不能說少，但趙樹理為何要離開北京「出走」山西，卻始終未能獲得一種讓我確信無疑的說法（據筆者所知，到目前為止，尚未有哪一篇文章是專門談論這個問題的）。一九六五年的二月二十二日，正是農曆蛇年的正月二十一。就北方習俗或北方人習慣，正月裡過大年，「過」罷「二十」，這「年」才算真正「過」完了。趙樹理選擇這一天啟程，應該說是蠻有意味的──一是說明，離京的「去意」是早已定了的，故此才有這樣「從容」的安排；二是他實在是想和全家人一起在北京度過一個完完整整的「大年」。也許他早已意識到，能在北京屬於自己的家裡愉快地「喜迎新春」，今生今世怕只有這一次了吧──幾多蒼涼、幾多悲慨早已在不言之中了。他對北京的留戀是深切的：十六年當中，「榮」「辱」的置換，在他的身上體現的真是太富有戲劇性了！趙樹理對「官」是輕看的，但北京市文聯副主席、全國曲藝家協會主席、《說說唱唱》主編、工人出版社社長等職務，對他來講，又絕不是一時間全然可以漠視的閒職虛位。雖然他在北京因「兩個胡同」的彼此相輕而不免「孤獨」，但他畢竟是「大人物」，連那些很看不慣的人也不能無視他的存

在，且不說還上有周揚這樣的通天人物頻頻關注著他，下有像老舍類的「同氣好友」也常常以極真誠的「欽佩」給他注入著不斷的自信與傲然。[1]對北京，他實在是該留戀的。一九五九年《廬山會議》之後，趙樹理被批了幾個月，但批判在「高潮」時分的戛然而止以及後來作協內部給他鄭重其事的「平反」，倒不如說是為他的生涯平添了一次「有驚無險」的愉快。至於一九六二年的「大連會議」，幾乎成了對他的「讚美大合唱」。此情此景已是讓許多人「嫉妒」得受不了了──甚至有人在此事過了兩年之後的一九六四年還憤憤不平地責問：「在現代文學史上，當面受到這麼多作家的恭維、吹噓，恐怕沒有先例吧。」[2]是的，僅此一點，趙樹理就足以自豪一輩子了。周揚、邵荃麟等領導們對他的讚美幾乎變成了「謳歌」。周揚說：「他對農村有自己見解，敢於堅持，你貼大字報也不動搖。」邵荃麟則表白得更真誠：「這次要給以翻案。為什麼稱讚老趙？因為他寫出了長期性、艱苦性，這個同志是不會刮五風的，在別人頭腦發熱時，他很苦悶，我們還批評了他。現在看起來他是看得更深刻一些，這是現實主義的勝利。」「我們的社會常常忽視獨立思考，而老趙認識力、理解力，獨立思考，我們是趕不上的，五十九年他就看得深刻。」[3]這與其說是在針對個人，不如說是對中國當代知識份子獨立性的一種頌揚。如果我們想一想五、六〇年代中國知識份子那日益惡化的文化處境，就知道趙樹理的這種「堅持」顯得多麼的稀有、可貴！凡此種種，趙樹理是沒有理由非要離開北京不可。

　　然而，他還是決定要走──何以如此呢？

───────────

1　可參見胡絜青《老舍與趙樹理》，香港《文匯報》，1980年10月8日。

2　陳徒手：《人有病　天知否──一九四九年後中國文壇紀實》（北京市：人民文出版社，2000年），頁165。

3　陳徒手：《人有病　天知否──一九四九年後中國文壇紀實》（北京市：人民文出版社，2000年），頁165。

有關的說法不但很多，而且歧異很大：

同是「山藥蛋派」的馬烽，解放初與趙樹理在《說說唱唱》共事經年，應該說是比較了解他的。馬烽在〈憶趙樹理同志〉一文中這樣說：「文化大革命前二年，（趙樹理）為了深入生活的方便，乾脆把家搬回了山西，從事農村的實際工作，他在好幾個縣擔任過具體職務。」[4]王培民回憶說：「建國初期，趙樹理曾有一段時間在北京專職擔任文藝界的領導工作。他住在北京，卻想著鄉下的春種秋收，農民們還未擺脫的貧困生活，常常使他寢食不安。為了和農民同甘共苦，為了能和農民一道耕作，一道生活，一道思考，他離開北京，回到了家鄉山西。」[5]董大中先生在他的《趙樹理年譜》中對這件事是這樣敘述的：「全家離開北京，遷往太原。」[6]在他的《趙樹理評傳》裡他作了進一步的推論：「儘管在建國以後好多年，趙樹理每年都要回到晉東南跟他的老熟人們『繼續共事』，但畢竟不如把戶口轉到這裡來比較方便。於是在一九六四年底到一九六五年初，趙樹理離別了偉大首都北京，把全家遷回山西住在太原市南華門十六號。」[7]高捷等撰著的《趙樹理傳》談到這件事時這樣表述：「從十二月二十日到一九六五年的一月四日，他以山西省人民代表的身份，參加了第三屆全國人民代表大會後，即調回山西省文聯工作。」[8]他的老同事沈彭年先生在一九七九年回憶說：「一九五八年大躍進時，他寫信把房子交給了國家。後住和平里，又住大佛寺西街。一九六五年攜全家返回山西太原。」[9]老作家王亞平認為他離開北京，是「晚年回鄉深入生活，

4　《光明日報》，1978年10月15日。

5　〈求實與獻身——紀念趙樹理逝世十週年〉，《晉陽學刊》1980年第2期。

6　《趙樹理年譜》（太原市：北岳文藝出版社，1994年），頁605。

7　《趙樹理評傳》（天津市：百花文藝出版社，1990年），頁341。

8　《趙樹理傳》（太原市：山西人民出版社，1982年），頁228。

9　李士德：《趙樹理憶念錄》（長春市：長春出版社，1990年），頁132。

志在搞出幾部文學鉅著」。[10]趙樹理的生前好友、原《工人日報》社長章容對前來採訪的記者說：「我曾問過他，為什麼對先進人物的描寫不夠豐滿？他說，沒有找到。一九六五年初他把全家遷回山西，就是要深入生活，發掘先進人物，作新的探索。」[11]趙樹理的師範同學、老朋友王中青在評價他的創作時順便談道：「（他）可惜對新一代農民的精神狀態的描繪還不夠深透，晚年他注意到了這個問題，下決心回山西深入基層，竭力觀察一代新型農民的成長，並構思了兩部長篇《戶》和《石頭底》。」[12]與趙樹理一起在中國作協共事、在藝術上有共同追求的老作家康濯於一九八一年接受李士德採訪時卻提出了與上述說法相左的意見：「一九六四年作協貫徹『兩個批示』，頭一個批了邵荃麟，批判了所謂『中間人物論』，點了趙樹理和我。趙樹理在大連的會上說：『刮五風，公社三年困難時期的情況，好比舊社會農村婦女，想找個好丈夫，嫁個人家不怎麼好，但也得過下去。』這類話，當然被視為攻擊『三面紅旗』（即所謂『社會主義建設總路線』、『大躍進』和『人民公社』）的言論，遭到厄運。一九六五年初，所謂『中間人物論』挨批之後，他被打發回山西，全家遷太原。」[13]阿農先生在〈大師的風度──懷念作家趙樹理同志〉一文中也表達了與康濯相似的觀點。「是因為《火花》上的觸犯聖靈的文章（此是指趙樹理發表於《火花》一九六四年第二期的〈『起碼』與『高深』〉一文──引者注）自然也還會有一些什麼別的因由了，趙樹理在『文化大革命』前兩年就被逐出北京，搬家到了太原。」[14]嚴文井〈趙樹理在北京的胡同裡〉一文中這樣說：「幾經周折，老趙終於離開了北京

10　〈趙樹理的創作生活〉，《新文學史料》1979年第5期。

11　李士德：《趙樹理憶念錄》（長春市：長春出版社，1990年），頁132。

12　李士德：《趙樹理憶念錄》（長春市：長春出版社，1990年），頁132。

13　李士德：《趙樹理憶念錄》（長春市：長春出版社，1990年），頁132。

14　《鐘山》1981年第1期。

的胡同，回到了山西的山溝溝裡去了。」「北京東總布胡同四十六號的寓客當中有一個趙樹理——一個真正的作家。」[15]當時在山西省委領導身邊工作的劉開基也認為，是因為「文革」前毛澤東連續針對文藝界的「兩個批示」下達後，趙樹理又一次成為「整風」的重點。「趙樹理首當其衝，而且離開生活過十六年的首都，下放於晉城縣委副書記的位置上。」[16]

趙樹理自己是如何說的呢？現在唯一可以作為資料徵引的、是他在「文革」初期檢討書〈回憶歷史，認識自己〉裡的一段話。他寫道：「離京之後一、寫英雄之計：我對創作上沒有寫出英雄來的錯誤雖說是早有察覺，卻還數在北京整風時候（一九六四年後半年）認識得更為深刻，調到山西省文聯來便打下了寫英雄的決心。」但是我們可以悟出，趙樹理在此談的是到達山西之後的心態，為什麼要離開北京「回到山西」的問題，他是跳過去並未涉及。許多人認為，趙樹理一直是把山西視為自己的「根」之所在——縱觀趙樹理的一生，這種看法顯然是無大錯的。但他畢竟已在北京居住了十六年——除了老家晉東南之外，這裡無異於他的第二故鄉。作為一個文化人，趙樹理十分清楚北京這個政治文化中心對於他的意義。這裡不能不談到趙樹理一生都未能擺脫的精神矛盾：他多次說過，他畢竟是一個與農民不一樣的知識份子。但他同時又常常有意無意地表露出他在農村天地裡的「駕輕就熟」。一九六四年底，他對在北京學習的山西青年作家義夫直言：「如果讓我當一個縣裡的農工部長，我一定能把全縣的農業生產搞好。」[17]一九五九年「反右傾」時，趙樹理因「挨批」很苦悶，甚至對康濯說：「如果需要我去亞非拉人民中做點工作，我倒真想去

15　《中國作家》1993年第6期。

16　《趙樹理研究》2001年第12期。

17　轉引自董大中：《趙樹理年譜》（太原市：北岳文藝出版社，1994年），頁602。

去，熱熱鬧鬧幹一幹哩！」[18]聯繫他在「文革」前「十七年」裡的活動，我們確實看到他對於農村、基層的偏愛。五、六〇年代，趙樹理總要擠出時間到基層農村住些日子。這些都在說明，趙樹理自始至終都把自己定位於一個代表農民利益的知識份子的角色位置上。我們在這裡要強調的是，趙樹理想幹什麼與他非要離開北京並不存在必然的因果關係。居留北京十六年裡，趙樹理的創作幾乎全是面向農村的——這至少說明在北京並不妨礙他創作理想的完成與實現。雖然，他在〈回憶歷史，認識自己〉一文中也談到，早在五〇年代他就「對於作家應否專業化開始懷疑，以後便肯定了不應有專業化的想法，並請示過轉業未被批准」。但「轉業」並不等於「回山西」——即使後來「回」到山西，也並未實現其「轉業」的理想。

實際上，趙樹理的「離京出走」是一個值得說清楚的、卻又是頗為複雜的問題。

從以上所徵引的材料看，趙樹理「離京出走」的原因不外乎以下這幾種：

一是方便「深入生活」說。返回到上面看，持這一說法的有馬烽、王培民、董大中、王亞平、章容、王中青等。這些人中間，除了董大中之外，其他人或多或少都與趙樹理有著交情。這些人中如馬烽、王中青、章容、王亞平等，多年來不僅從事著文藝的創作、批評，更重要的他們又都是「意識形態領域」裡的領導者。他們的革命生涯、藝術理念，他們對於藝術之於現實功利性的體認，他們對於一個作家進行評判時首先注重其「政治性身份」的偏好以及他們對於藝術創作與現實關係的有意強調等，都不可能使他們把趙樹理「離京出走」這一事件，看成是「私人事件」。加之他們在與趙樹理長期「共事」過程中對他的了解與推想，不由自主地要突出趙樹理這一行為的

---

18 〈根深土厚——憶趙樹理同志〉，高捷編：《回憶趙樹理》（太原市：山西人民出版社，1985年）。

「神聖性」、「公共性」和「非個人性」意義。把趙樹理「離京出走」的理由坐實在為了「深入生活」方面，既符合自一九四二年以來趙樹理所贏得的歷史輝煌，又切合時代理念對一個作家所有個人行為的闡釋要求，同時也是他們外化自我價值信仰的一種方式。就這些「回憶文章」的整體來看，他們對於「君已無言」的趙樹理的「言說」，痛惜、哀憐是其內容的情緒特徵，竭力把趙樹理以見證人的真實口吻描述成為一個「公共英雄」形象，是其「主題」用力所在。為此，淡化或對趙樹理的「個人空間」、「精神私史」有意予以忽略，也就是自然的事情了。這也是他們這一代人在長期歷史中所形成的不可更改或難以改變的話語結構與言說方式。另一方面，從另外一種角度思考他們的說法，我們甚至可以認為或許他們壓根兒就不怎麼知道趙樹理「離京出走」的真正原因。據我們所知，一九六二年以後的趙樹理，好日子沒過幾天就連連厄運臨頭。一九六四年前後毛澤東「兩個批示」下發後，中國作協對他是「老帳新帳一起算」——所有在大連會議上「謳歌」過他的人，包括邵荃麟等領導在內，一一都觸了霉頭。一九六四年八、九月後，《文藝報》開始集中批判「中間人物」理論及其創作。同年一月份，趙樹理在中國作協參與「整風」，對他真是觸及到了「靈魂深處」。他對自己的不合「時宜」，「認識的更為深刻」。他已明顯地感到，時代已是「山雨欲來風滿樓」了。一九六四年全年，趙樹理在山西呆了不少時間——「四月中旬，應邀赴長治參觀全區戲曲匯演」，直到八月底才返回北京。這四、五個月的時間，他基本上是在長治、晉城兩地參觀走訪、排戲寫作。但在這一年裡，他在山西的麻煩也不少。一九六四年三月，山西省文聯的機關刊物《火花》雜誌，因發表趙樹理的雜文式反批評文章〈「起碼」與「高深」〉而受到追查。「華北局轉發中央有關方面的指令，責成山西省委追查《火花》所發表的趙樹理的反動文章。原來，趙樹理的文章中，有幾句批

駁以毛主席詩詞為例證來反對『兩化』[19]的理由，文中寫道：毛主席多寫古體詩詞，那是他老人家的愛好，形式上的不通俗，無論如何也不能被當作方向來提倡。毛主席本人還曾在給《詩刊》編輯部信上這麼說過。打一個比方來說吧，毛主席喜歡吃大米，不等於白麵不是吃的東西。毛主席出門坐汽車，也不等於火車不是交通工具（大意如此）。在當時的情況下，這還了得嗎？這可觸犯禁區闖下十惡不赦的大禍了，編輯部的同志和文聯的領導，大家都神色慌促，急得搓手頓足，不知如何是好，人人都在自責自己的糊塗。這麼明顯的『反動』言論，怎麼會沒有把住關，沒有看得出來呢？於是，大會檢討，小會追查，責任自然是不可免的了。身在北京的趙樹理，不用說其罪責更難逃脫。」[20]趙樹理在山西的六、七月間，寫出了他一生中最後一個完整的劇本《十里店》，並十分投入地在「專區上黨梆子劇團進行排練」。據有關同志回憶，趙樹理為了這個戲，真可謂是「嘔心瀝血」。因為，這劇本，是他「自動寫的，而且是以為重新體會到了政治脈搏，接觸到了重要主題」。（趙樹理自語）據趙樹理生前好友、劇作家栗守田回憶：「一九六四年省里要搞現代戲匯演，晉東南地區上黨梆子劇團發愁拿不出有代表性的劇作。同年四月下旬，趙老師赴河南與李准、楊蘭春合寫劇本，路過晉東南。地區宣傳部告訴我們設法把他留住，給咱地區寫戲。我出面挽留，趙老師答應停下來幫著搭個架子。五月二日，他帶我們到陵川的黑山底大隊採訪省勞模董小蘇同志，同她談了三四天，便開始構思劇本。起初叫《結婚前後》，分幾場都想好了，準備交給我，他仍去河南。我不大敢接受這一重擔……恰在這時，李准要去朝鮮訪問。趙老師說，李准走了，合作不成，留長治跟你們一起寫戲吧。我正求之不得。他打算搞一齣八場戲。讓我寫後三場，他寫前五場。六月中旬擬出提綱。十五日，趙老師就寫出

19　「兩化」在當時指的是文學創作的「群眾化」和「通俗化」。
20　阿農：〈大師的風度——懷念作家趙樹理同志〉，《鐘山》1981年第1期。

了第一場的初稿。七月初，寫出了前四場。」[21]吳向周在〈我給趙樹理照相〉中談道：「因為專區梆子劇團參加匯演沒有劇本，他寫一場給大家念一場，全體演員興高采烈，決心把趙老師寫的這個戲排好，去參加全省的匯演。趙樹理一邊寫劇本，一邊和導演張仁義、音樂設計馬天雲研究設計導演方案、唱腔、布景的處理和安排。並住在劇團宿舍同演員們一起參加排練，緊張地工作了一個多月。七月下旬，進行了彩排，向地委[*]、專署領導做了匯報演出，取名《十里店》。」[22]葉桂榮在〈趙樹理與程聯考〉一文中也描述了同樣的情形：「八月，劇本寫成了，就在專區上黨梆子劇團進行排練，趙樹理親自導演。在排練時，趙樹理特意從鄉下請了幾位農民來看，徵求他們的意見。由於這戲敢於揭露社會矛盾，提出的問題多，反映落後面大，沒有人敢負責讓這戲演出。後來地委書記趙軍親自到劇團觀看彩排才說可以演出。」[23]郝聘芝作為主演曾深情地回憶說，「一九六四年八月，在『四清』前夕激烈的階級鬥爭中，趙老師親自編導、設計音樂和舞美，親自挑選演員，趕排他的最後一部劇作《十里店》。」[24]……我們且不管這些當年參加《十里店》排練的歷史見證人回憶中的「細節」有多麼大的殊異，但有一點是共同的：趙樹理為此花費了很大的心血。根據趙樹理的自述來看，這部作品雖然是寫於一九六四年八月底回京參加整風之前，但是，他想把它寫成代表自己「觀念轉變」──即「寫英雄」的作品，這一點動機是不會錯的。《十里店》不僅是他自己「自動」想寫的產物，而且與他在這一年給自己規定的創作任務──到河

21　〈敢於堅持自己的觀點──栗守田同志憶趙樹理〉，見李士德：《趙樹理憶念錄》（長春市：長春出版社，1990年）。

*　為中國共產黨統治區一級委員會之簡稱，其級別在省委以下，縣委以上。下文不另附註說明。

22　轉引自董大中：《趙樹理年譜》（太原市：北岳文藝出版社，1994年），頁613。

23　《趙樹理研究》1989年第4期（總第8期）。

24　〈師恩難忘〉，《趙樹理研究》1989年第4期。

南與李准、楊蘭春合作寫「現代戲」的意圖是一致的。對於趙樹理來講，這無疑是一個「計畫外」的產物。我以為，在《十里店》裡，他已經充分地把要到河南的激情、期待、嚮往與自信等體現在這一偶然的創作中了。在他的老朋友們回憶中我們還看到，已近花甲之年的趙樹理，似乎不但沒有被越來越多的「困惑」和「厄運」所擊倒，反倒是雄心勃勃，「志在搞出幾部文學鉅著」，並已經「構思兩部長篇《戶》和《石頭底》」。也許，這一切的「洪誓大願」，如果沒有「文革」是有可能實現的。但我們不得不正視，趙樹理的「文化處境」在一九六四年的山西也是非常不妙的——這年的九月，晉東南上黨梆子劇團興沖沖地帶著精編細排的《十里店》參加全省現代戲匯演，卻只在內部演了一場，即被禁演。和他一起創作了《十里店》的栗守田回憶說：「八月底，《十里店》參加省現代戲匯演，省裡有關領導認為是毒草，不准公演。十月初，我們進京向趙老師匯報了這一情況，他煩躁地說，以後回山西再說吧！」[25]當時任山西省委書記衛恆同志秘書的劉建基回憶道：「一九六四年夏天，山西省在太原舉行新戲匯報演出，晉東南上黨梆子劇團排練了趙樹理同志一九六四年新創作的劇本《十里店》。因為是匯報演出，只在內部進行，未向社會公演。衛恆、王大任、王中青、史紀言等領導人看過。我也跟著去看過。演出的戲場大概是在柳巷的『山西大劇院』或『長風劇場』，這是一本六場現代戲（尋根、出診、報警、擠進去、擠出去、查衛生），它的主題是：通過農業與副業爭勞力的事實，反映了那時農村黨群關係、幹群關係的緊張、矛盾。用現在的話說，它的主題是黨風問題。省裡每次舉行匯報演出，總要請組織觀看演出的戲劇文化領導機關和專家同行討論、評論，提出意見，這已是多年的慣例了。對《十里店》提出的意見，是希望對太尖銳的臺詞能請作者修改一下。我清楚地記得唱

---

25 〈敢於堅持自己的觀點——栗守田同志憶趙樹理〉，《趙樹理憶念錄》（長春市：長春出版社，1990年），頁146。

腔裡有一句『小臺灣』的唱詞。意思是說《十里店》裡的貧下中農李東方及其年邁的母親受的罪、吃的苦太多太深了，形容十里店如同『小臺灣』。討論、評論會上的意見反饋給在北京的趙樹理同志，趙樹理同志的態度很明確，回電報說『文責自負』，堅決不同意修改，對他劇本裡的字一個都不讓動。這件事過去三十五年了，別的記不太清楚了，但這一點在我腦子裡印象特別牢，永遠也忘不了。就從這一點可以看出，趙樹理是一個原則性很強的人，是一個非常慎重的人。他的有些詞句是經過幾天幾夜的思考、深思熟慮定下的，不是一時心血來潮隨便下筆的。」「他曾說過，我寫的《十里店》劇本，大家都看了，支書軟弱，隊長跋扈，牛鬼蛇神出籠，寫的是『三類隊』的事。這齣戲出不得國，上不得京，招待不得國際友人，是為農村開展『四清』寫的。有人說是毒草，我說是香花。有人說是陰暗面太重，我說最後還是看到了光明。」[26]對於趙樹理來講可真是「禍不單行」：八月底一回到北京，作協整風第一個批的就是他，心緒還沒有緩過來，山西這邊又當頭給了一棒子。此時的趙樹理豈止是一個「煩躁」可以了得！他隨即致信他的老朋友，時任山西省委領導的王中青（因為王與其他省委領導一起審查了這個戲），對山西省禁演《十里店》提出了不同意見。（據考證者言，此信未發出，「文革」中被抄）趙樹理自己回憶，「這個戲在一九六四年到太原演出受到許多批評後，自己雖有想不通的地方，可是總算擱下不提了。去年夏天（1965年），李雪峰同志到太原開會，不知誰向他提起此事，他說可以到太原去做一次內部演出看看」[27]此時的趙樹理已回到山西，並被委任為晉城縣委副書記，聽到這個消息自然是很高興的。他對《十里店》被禁演的不滿此時又一次轉變為「自動」創作的激情：「晉東南專區梆子劇團通知我要到太原演劇的消息，要我來幫著再排一下。然後隨他們到太

26　〈我所見到的趙樹理〉，《趙樹理研究》2001年第12期。

27　〈回憶歷史，認識自己〉，《趙樹理文集》（北京市：工人出版社，1980年），頁1827。

原去。我是迷在這個戲裡的，老以為別人的批評冤枉了自己（其實這種感覺沒錯——引者加），便向縣委請了假，來長治和劇團排了幾天戲，一道到太原去了。在太原住了將近一個月才演出，演出之後，各方面又都提了好多意見。」[28]演了兩次，李雪峰觀後認為，「這齣戲是有點毛病，叫老趙改改。」從匯總到趙樹理這裡的「一大堆意見」看，絕不是「有點毛病」，而是問題很多也很大，但趙樹理還是不服氣，仍寄希望於「改改」，以便盡快公演。為了準確把握「意見」的核心精神，趙樹理親自找到當時省委分管意識形態的領導王大任，「王大任同志親自把好多意見單子訂成一本給了我，並談了一下總的精神，說要改就需大改，改的時候可以把那個本子上的意見都考慮一下，能接受的就接受。」[29]我們完全可以想見趙樹理在翻看這些意見時酸甜苦辣鹹的複雜心情。但他還是懷著「僥倖」自動地開始了漫長的、艱難的、公演希望十分渺茫的「修改工程」（這與老舍當年修改《春華秋實》的情景真是太相似了）。「我根據他的指示，住在太原改了一個月，改完之後，去給他送，沒有見到他，找到宣傳部江萍部長，江部長看了和我談了他的意見，又送盧夢部長看。盧看後又指出若干處要改的地方（主要是刪）。那時候江萍部長已經往晉東南來，我向盧夢同志說，改後是否再送他看，他說不用了。我改完了，便回到長治來找劇團重排（因為改動在一半以上，所以排的時間又磨去好多時間）。這次排出之後，地委和江萍同志看了都仍有意見。這樣一月、兩月、三月，幾乎把半年時間又投進去了。」[30]從興沖沖地「自動創作」到完全出乎意外地被「禁演」，悲憤之餘本想「擱」起來算了，卻又有了可能「公演」的僥倖。四易其稿，費時大半年，不曾想那些對文藝似懂非懂的各級「領導們」還是「都仍有意見」，依然是

28　〈回憶歷史，認識自己〉，《趙樹理文集》（北京市：工人出版社，1980年），頁1842。

29　〈回憶歷史，認識自己〉，《趙樹理文集》（北京市：工人出版社，1980年），頁1842。

30　〈回憶歷史，認識自己〉，《趙樹理文集》（北京市：工人出版社，1980年），頁1842。

胎死腹中、難見天日。趙樹理的悲涼是銘心刻骨的。他不由得哀嘆道：「除鑄成一次大錯之外，又妨害了自己的正業的計畫，等正式到峪口蹲點去，已是秋風掃尾、秋翻地開始的時候了。」[31]我想，虛歲已是花甲的趙樹理在太行之秋的「蕭瑟」裡，是否感到已走近「再沒有從事寫作的資格了」的窮途之界與末路之境呢？北京與山西對他的「雙重拒絕」——尤其是「故鄉」的有意「刁難」，對他更是要命的一擊！

　　他為何要選擇「回來」，實在是沒有理由。由以上的分析來看，前面那些自命與他「相知」的同道之言，實在是太值得懷疑了。

　　然而，在北京住下去，亦是困難的。這不能不涉及到自中國大陸建國之初就愈演愈烈的中國作協「東總布胡同」與「西總布胡同」之間曠日持久的、或明或暗的爭鬥。有研究者這樣論述：「隨著共和國的成立，文藝界各路諸侯雲集北京，通俗化、大眾化的文學潮流迅速湧進北京。一九四九年十月十五日，北京市大眾文藝創作研究會成立，選舉趙樹理、王亞平、苗培時、辛大名等十五人為執委，趙樹理為主席。趙樹理在成立大會上指出：『我們想組織起來一個會來發動大家創作，利用或改造舊形式，來表達新的內容也好，完全創作大眾需要的新作品也好，把這些作品打入天橋去，就可以深入到群眾中去。』『打入天橋去』是建國前原太行區通俗化、大眾化潮流彌漫北京城的口號。從此，趙樹理就把主要精力投入到大眾文藝研究會的工作，他團結了一批文人和北京市的通俗文學工作者。在不到一年的時間裡，大眾文藝創作研究會就擁有會員四百餘人，分別在北京《新民報》和天津《進步日報》編輯了六個週刊，編輯出版了《說說唱唱》月刊和《大眾文藝通訊》雙月刊，出版多種大眾文藝叢書，發表文字二百四十多萬字。並進行戲曲改革工作，幫助藝人演唱新戲曲。開發

31　〈回憶歷史，認識自己〉，《趙樹理文集》（北京市：工人出版社，1980年），頁1842。

了新曲藝演唱園地『大眾游藝社』和『西單游藝社』。主持籌備中華
全國曲藝改進會，甚至在燕京大學、清華大學等高校開設文藝講座。
這股強勁的通俗化、大眾化的潮流從太行山湧進北京城，從鄉間廟會
湧進京城殿堂。通俗化、大眾化文藝確實在京城火爆起來了。」[32]

　　「在此前後，大眾文藝研究會和中國文協（即後來的中國作協）
的一些負責人之間出現了令人不愉快的摩擦。趙樹理、王春等是帶著
『太行山的門戶之見』進京的。在太行山根據地時，通俗化研究會的
基地華北新華書店曾堅持『歐化一點的詩和文一律不予出版』。有的
知識份子文人也小瞧趙樹理，說他是『海派』作家。到北京後，王春
對趙樹理說：『好貓壞貓全看捉老鼠捉的怎麼樣，你最好是抓緊時機
多捉老鼠，少和那些高級人物去攀談什麼，以免清談誤國。』那麼誰
是『高級人物』呢？趙樹理也說到了，那就是丁玲、艾青、沙可夫等
人。王春稱那幾個人為『自然領導者』，說『東總布胡同那些人總是
說空話的』。趙樹理亦有同感。對此，陳荒煤談到，趙樹理『因為堅
持自己的主張，所以與一般的文藝界的朋友與知識份子出身的文藝界
人士往來不多，關係不很融洽。』（趙樹理同老舍、康濯、張恨水等
人的關係好）嚴文井說，趙樹理『堅持自己的藝術主張有些像狂熱的
宗教徒』。這即已引起人們的反感與偏見。」「進北京後，丁玲等擔任
『文協』（後來改稱中國作家協會）的領導工作，辦公地點在東總布
胡同。《工人日報》和工人出版社的辦公地址在西總布胡同。大眾文
藝創作研究會的主要成員，趙樹理任工人出版社的社長，王春擔任工
人出版社的副社長兼總編輯，苗培時任編輯部主任。實際上為大眾文
藝創作研究會的總部。東西總布胡同開始出現不協調音調。」[33]為

32　〈從「通俗研究會」到「大眾文藝創作研究會」──兼及東西總布胡同之爭〉，《趙
　　樹理研究通訊》1999年第12期。

33　〈從「通俗研究會」到「大眾文藝創作研究會」──兼及東西總布胡同之爭〉，《趙
　　樹理研究通訊》1999年第12期。

此，嚴文井著文〈趙樹理在北京的胡同裡〉這樣寫道：「五〇年代的
老趙，在北京以至全國，早已是大名鼎鼎的人物了，想不到他在『大
醬缸』裡卻算不上個老幾。他在『作協』沒有官職，級別不高，他又
不會利用自己的藝術成就為自己製造聲勢，更不會昂著腦袋對人擺架
子。他是一個地地道道的『土特產』。不講究包裝的『土特產』，可以
令人受用，卻不受人尊重。這是當年『大醬缸』裡的一貫『行情』。
『官兒們』一般都是三〇年代在北京或上海薰陶過的可以稱為『洋』
的有來歷的人物。土頭土腦的老趙只不過是一個『鄉巴佬』，從沒有
見過大世面。任他的作品在讀者中如何吃香，本人在『大醬缸』裡還
只能算一個『二等公民』，沒有什麼發言權。他絕當不上『作家官
兒』對人發號施令。」[34]「東西總布胡同的公開交鋒是在北京市大眾
文藝創作研究會成立一週年的紀念會上。紀念會由大眾文藝創作研究
會和大眾游藝社聯合主辦，在長安大戲院舉行。會議開得轟轟烈烈，
白天開會，晚上是曲藝戲劇演出。本次大會，趙樹理是主席，苗培時
為司儀。丁玲當時是中宣部文藝處處長，到會祝賀。丁玲在會上講
話，首先肯定了大眾文藝創作研究會做了不少工作，幹了不少好事，
但也給人民群眾帶來一些不好的東西。我們不能以量勝質，我們不能
再給人民吃窩窩頭了，要給他們麵包吃。（時下裡，也有流傳說東總
布胡同是高雅人士生產麵包，西總布胡同是生產窩窩頭的工廠。還有
『窩頭與麵包之爭』的說法。）丁玲還在會上談到《太陽照在桑乾河
上》在蘇聯獲獎與發獎的情況，也有涉及苗培時作品之嫌，當場激起
苗培時的極大不滿，苗培時等丁玲講完話後，立即拍著桌子講，認為
丁玲的講話是荒謬。趙樹理立即出面調解。就此事及其他原因，苗培
時後來受到處分。此前，由於申報斯大林文學獎名單，雙方意見相
左，王春等提議報趙樹理，最後申報的卻是丁玲的《太陽照在桑乾河

---

34 《中國作家》1993年第6期。

上》和另外兩部作品。雙方對立情緒劇烈，弄到各自組織人寫文章，要在報上公開批評。在此情況下，周揚召開了東西總布胡同會議，雙方各有五人參加。文協參加的有丁玲、陳企霞、嚴文井、王淑明（另一人失記）；大眾文藝創作研究會參加會議的除趙樹理之外，還有王春、章容、苗培時、顏天明。周揚在會上說：『今天參加會議的都是共產黨員吧，不能再這樣搞門戶之見了，以後你們東總布胡同不要再批判趙樹理了，西總布胡同不要批判丁玲，誰要批評這兩位同志，都得經我批准。』此後，大眾文藝創作研究會的發展受到很多牽制……日子逐漸不好過了。」[35]這其中許許多多難以與人言說的情形，孫犁在一篇文章中是認真涉及到了。他說：「抗日戰爭剛剛結束，我在冀中區讀到他的小說〈小二黑結婚〉〈李有才板話〉和〈李家莊的變遷〉。我立即感到，他的小說，突破了前此一直很難解決的、文學大眾化的難關。」「隨著抗日戰爭的勝利，土地改革的勝利，解放戰爭的勝利，隨著全國解放的勝利鑼鼓，趙樹理離開鄉村，進了城市。全國勝利，是天大的喜事。但對於一個作家來說，問題就不這樣簡單了。從山西來到北京，對趙樹理來說，就是離開了原來培養他的土壤，被移植到了另一處地方，另一種氣候、環境和土壤裡。對於花木，柳宗元說『其土欲故』。他的讀者群也變了，不再完全是他的戰鬥伙伴。這裡對他表示了極大的推崇和尊敬，他被展覽在這新解放的、急劇變化的、人物複雜的大城市裡。不管趙樹理如何恬淡超脫，在這個經常遇到毀譽交加於前、榮辱戰於心的新的環境裡，他有些不適應。就如同從山地和曠野移到城市來的一些花束，它們當年開放的花朵，顏色就有些黯淡了下來。政治鬥爭的形式也有變化。上層建築領域，進入了多事之秋，不少人跌落下來。作家是脆弱的，也是敏感

---

35 〈從「通俗研究會」到「大眾文藝創作研究會」——兼及東西總布胡同之爭〉，《趙樹理研究通訊》1999年第12期。

的。他兢兢業業，唯恐有什麼過失，引來大的災難。」「漸漸的也有人對趙樹理的作品提出異議。這些批評者，不用現實生活去要求、檢驗作品，只是用幾條杠杠去要求、檢驗作品。他們主觀唯心地反對作家寫生活中所有、寫他們所知，而責令他們寫生活中所無或他們所不知。於是故事越來越假，人物越來越空。他們批評趙樹理寫的多是落後人物或中間人物，吹捧者欲之升天，批評者欲之入地。對趙樹理個人來說，升天入地都不可能。他所實踐的現實主義傳統，只要求作家塑造典型的形象，並不要求寫出『高大』的形象。他想起了在抗日根據地工作時，那種無憂無慮、輕鬆愉快的戰鬥心情。他經常回到山西，去看望那裡的人們。」「他的創作遲緩了、拘束了、嚴密了、慎重了。因此就多少失去了當年青春活潑的力量。」[36]

　　這檔子窩囊事，雖然是發生在中國大陸建國初期，對趙樹理的刺激不謂不深。他不能不想：這究竟是怎麼回事呢？文藝大眾化的路子怎麼就走得這麼艱難？遠在一九四一年太行文化人座談會上他就為此得罪了一批從「亭子間」到來的滿肚子洋墨水的城市知識份子。兩個春秋之後的一九四三年，一個「通俗故事」〈小二黑結婚〉，直弄到「橫刀立馬」的彭德懷那裡才得以問世。原本想，到了和平時期可以甩開膀子大幹一場，沒料到鑼鼓剛敲，戰場裡已經亂套了！最使他費解的恐怕是周揚這種「各打五十大板」、像調解夫妻鬥嘴般「無是無非」的中庸做法。兩年前，你不是還在第一次文代會上的主題報告裡對趙樹理的幾篇小說直言不諱地大加讚賞嗎？！解放以後所有作家的「體制化」狀態，也使「作協」迅速地向利害運作的「官場」轉化。作為駐會作家的趙樹理，既不謀官，又不求財，只是一門子心思地想方設法為老百姓搞創作，用今天的話說就是為大伙兒「找樂子」，這不是傻到家了嗎？可悲的是，一輩子「直腸子的」（趙妻之語）趙樹

36　〈談趙樹理〉，《天津日報》，1979年1月4日。

理也許真的不知道，在一個一切都要被迅速「意識形態化」的時代裡，這種操守，輕者惹來滿肚子煩惱，重則只能是招來不幸。以我看，趙樹理是直到《十里店》屢屢受挫之後才有了些微的覺悟。從三〇年代初就立志文學的大眾化，到此時已是近二十年了，自己神聖理想的屢屢受挫，加之盛名之下未立「新功」的焦慮，趙樹理的自信被搖撼了。其實，「東西總布胡同」的爭論，暗寓著對一直被尊為「正宗」的「新文學」的極大威脅。面對「新文學」的態度，已經不是藝術家之間的「審美趣味」的差異，而是滲透著濃烈的「政治暗示性」話語。一貫與「大政治」有意疏離的趙樹理，卻從另一個側面被捲進一場「利害之爭」而不自知。周揚的「模稜兩可」是與胡喬木的「敏感」連在一起的——趙樹理回憶說：「中宣部見我不是一個領導人才，便把我調到部裡去。胡喬木同志批評我寫的東西不大，要我讀一些借鑒性作品，並親自為我選定了蘇聯及其他國家的作品五、六部，要我解除一切工作盡心來讀。我把他選給我的書讀完，他便要我下鄉，說我自入京以後，事業沒有做好，把體驗生活也誤了，如不下去體會新的群眾的生活脈搏，憑以前對農村的老印象，是仍不能寫出好東西來的。」[37]這顯然是有意在對趙樹理進行藝術理想的矯正。從後來看，趙樹理並未接受這種「暗示」——《三里灣》依舊按照自己對農村的「老印象」寫：不但沒有寫到地主、富農的破壞，還有意無意地把一大批「中間人物」當作主體予以重彩濃墨地刻畫。這是他的固執，也是可貴的堅守。他不想輕易地改變自己，無論是「棒」還是「捧」。不過，這種「固執」所面對的是一種已被國家意識形態加以體制化的日益強大的話語，此時，趙樹理被「邊緣化」的命運似乎已是被注定了——不是嗎，「老對頭」丁玲「倒霉」之後，他的「文化處境」並未得到改善。

37　〈回憶歷史，認識自己〉，《趙樹理文集》（北京市：工人出版社，1980年），頁1830。

正因為如此，趙樹理在北京期間，悲涼的、孤獨的、日益被邊緣化的感覺才日益濃郁。有一篇文章寫到了趙樹理在即將離開北京前夜與「老戰友」苗培時告別時的情景：「一九六五年的正月初二，苗培時到北京大佛寺趙老師的家裡去拜年。……這一天大雪紛飛，苗培時興致勃勃地對趙樹理說『我最近寫了個劇本《紅梅傲雪》，你提些意見吧。』趙樹理說，『咱倆是寫劇本認識的，你的劇本說啥也要看。』談著談著，苗培時覺得老趙的話裡沒有『火藥味』，他的心情很憂鬱。苗培時已知道在大連的一次重要會議上有人向趙樹理發難，給老趙的心靈上蒙上了一層陰影，圍繞苗培時劇本的交談顯然不能那樣熱烈了。」「『苗公，我這一輩子是不寫違背自己良心的作品的，要寫真的人。』趙樹理又心情沉重地對苗培時說，『這次我要和老伴一起回山西了，我是吃山西的小米長大的，不寫山西怎麼行啊！我們將來在山西見面吧！你能不來山西看我嗎？』停了停，趙樹理又說，『陳伯達說，我寫中間人物，沒有寫大人物，大場面。』倔強的趙樹理說這番話時顯得十分激動。」「苗培時在趙家吃過趙嫂做的炒麵，兩人又談了很長時間。趙樹理黯然神傷地對苗說：『我一生最喜愛的就是書。』他指了指滿屋的書：『我的這些書，你隨便拿，找個車拉走才好呢。』夜深了，兩位患難多年的老戰友在風雪交加的夜幕中揮淚握別。」[38]應當說，離京出走前的趙樹理，此時此刻的心裡，是悲傷多於其他的。趙樹理的這一悲傷情懷，實際上成了他最後幾年的一種基本的心理色彩。一九六五年春到達山西之後，出於多種考慮，五月份，他把和他一起到太原的三兒子三湖轉學到了離市區很遠的太原十三中學。當時任該校教師的高炯回憶說：「一九六五年初夏，大約是五月份的一個上午，第二節課剛下，我夾著教案本從教室出來，在二樓走廊裡劈頭碰上校長高震思。只見他興高采烈，一反往日當領導

---

38 周學恭：〈趙樹理與苗培時〉，《趙樹理研究》1990年第1期（總第9期）。

的矜持，拍拍我的肩幾乎是喊著說：『快回組裡去，今天可給你們請來了貴客——作家趙樹理！把語文組的同志都叫來，好好座談座談。』我不覺一愣，心中暗暗稱奇，顧不得再問，三步併兩步奔回組裡。……接著大家入座，紛紛提問。看看有些雜亂，趙樹理同志也無法回答，組長便同大家商量道：『今天是否集中向趙老師請教兩個問題？第一請趙老談談語文教材中他本人的作品如何教？第二請趙老就當前文藝創作問題，給我們一些指示。』於是大家提出了〈小兒黑結婚〉、〈李有才板話〉、〈田寡婦看瓜〉、〈地板〉……一大堆題目。這時趙樹理同志謙遜地說：『我寫這些東西的時候，並沒有想到成為教材，而且教學上各位老師才是內行……』他抽了一口煙，好像正在考慮下文。組裡都是些二十幾歲或三十出頭的年輕人，懷著真誠的敬意向他請教，我想他是不會拂大家意的。這時冷不丁的有位同志問道：『什麼是中間人物？有什麼不好？』趙樹理同志臉上的肌肉微微抽動了一下，然後他從容地掐滅煙頭，笑了笑，轉過話題向大家說：『實在對不起！今天我是送孩子來貴校上學來的，高校長非要我拜見各位老師，我就來了，拜託了！今後孩子交給各位老師，請嚴加管教。』這話一出口，大家全愣住了。我們都知道，趙樹理家在北京，什麼時候搬到太原的？就算把家搬到太原，孩子上學為什麼不到市內五中、十中這些重點中學？卻把孩子送到荒郊野外的一所水平不高的中學？於是我急忙問道：『趙老，您家住哪兒？』『南華門。』看來趙樹理同志已經意識到大家的疑慮，便接著解釋道：『要寫點東西，必須深入生活。我常年不在家，孩子顧不上照管。貴校是寄宿制，校風好，管理嚴，我下鄉後放心。讓各位老師費心啦，以後有機會我再來拜謝。』接著就告辭要走……」[39]趙樹理此時的心情，哪裡是這些年輕的中學教師可以理解的？一向以厚道、平易著稱的老趙，何以在這一

39　〈趙樹理在太原十三中〉，《趙樹理研究》1990年第3期（總第11期）。

群年輕人面前，如此的言不及義甚至是有點「擺架子」──內心的極度焦慮已使趙樹理不由自主地「失態」了。趙樹理到太原後，還一反常態地為別人多次寫過條幅──這在董大中先生的《趙樹理年譜》中已有詳細考證。我是覺得這些題詞的背後自有大的「隱情」在裡面。他曾為一位友人題了一首唐詩：「朝光瑞氣滿宮樓，彩纛魚龍四面稠。殿前御廚分冷食，臺霞飛騎逐香球。千官盡醉尤教坐，百戲皆呈未放休。共喜拜恩寢夜出，金吾不敢問行由。」大部分人把這理解為是趙樹理對修建晉祠招待所的暗中批評，但我以為似別有所指。為漫畫家石兵所題的七幅字中，其中有一幅這樣寫道：「大雪滿天地，胡為仗劍游。欲談心中事，同上酒家樓。」兩人同樣有著被「冤枉」的鬱鬱情結，詩中之意，應當是容易明白的。他對自己的遭遇是深有看法。即使是一九六五年遷到山西之後，他在悲傷之餘，並不想改變看法。如同年十一月他在參加「四清」戲劇觀摩匯演大會上，當談到《十里店》時他說：「《十里店》真實不真實？能不能演？應由農民群眾來決定。他們是生活的主人，最有發言權。在思想傾向上對不對？我是根據革命需要看重現實的，現實變化了，政策也得改。各級領導幹部們，是執行政治路線者，在這方面最有發言權，藝術技巧上成熟不成熟？在座的都是戲劇內行，古典的、現代的，甚至外國的，不同劇種的，看過許多戲，在這方面最有發言權。有同志說《十里店》是個壞戲，這也嚇不倒我。我怕的是事實先生。全盤否定的態度，不利於文藝創作。」[40]趙樹理明知道山西的省地兩級領導對《十里店》「都很有意見」，但他還是要抗辯。因為這是「趙樹理正使出吃奶的勁頭在努力追求新的英雄人物」（康濯語）的產物。

　　由此一系列的遭遇可以看到，趙樹理到山西後的處境依然很糟。他無奈地離開了北京的「大醬缸」，卻又跌入了山西的「是非窩」。此

40　見董大中：《趙樹理年譜》，頁614。

時，趙樹理作為當代以「作家」立足的「知識份子悲劇性」，已顯露得十分明顯了。在他時不時對北京的牽念裡，深深的無奈布滿胸中。曾在中國大陸建國初期就作為「大眾文藝創作研究會」工作人員的沈彭年，一九六六年初到晉東南出差順道看望了正在晉城蹲點的趙樹理。他回憶說：臨別時，「他一定要送我們到村口，只好由他。我們默默地走著，我計算著他的歲數有多大了。四九年成立大眾文藝創作研究會時，我搞組聯工作，幫老趙填過會員登記表，那時他是四十二歲。啊，已經五十九歲幾屆花甲了！他忽然回道：『大頭好吧？』我的大男孩子小時候經常受到他的撫愛，他給起了一個大頭娃娃的綽號。我忙說：『好！上中學了。』到了村口，握別之後，我們回首向他致意，他卻抱拳在胸，向我們拱了拱手說：『請代我問候京中友好！』我一面大聲說：『好！』一面忽然想起『明日隔山岳』那首杜詩。」[41] 令趙樹理沒有想到的是，到達山西還僅僅是一年多一點點，又一次更大的運動來了——「文革」初期，他還像一九五九年那樣老老實實地寫了一份〈回憶歷史，認識自己〉的「檢討書」，也許他還以為，中國就是這樣，折騰一下，過幾年又會倒過來，說不定自己還會有一次「大連會議」，你們到時候又得自己打自己的嘴巴了。也許正是這樣，所以，〈回憶歷史，認識自己〉才寫得那樣不卑不亢、從容鎮定。竟想不到是他一生的「絕唱」了。

　　趙樹理「離京」「出走」的原因，也許永遠是一個謎，但他在長期被擠對中的無奈與焦慮，無疑，是一個不可忽略的心理動因。

　　——本文原刊於《長城》2002年第5期，中國人民大學複印報刊資料
　　　　《中國現代、當代文學研究》2002年第12期轉載

41　〈老趙剪影〉，《山西文學》1982年第6期。

趙樹理創作價值新論

一

　　一個關於趙樹理研究的嶄新的時代命題將會這樣被鮮明地提出：在自近代開始的一百多年以來的民族文化選擇和重構運動中，趙樹理創作存在的文化代表性將如何界定。

　　長期以來，在趙樹理的研究中，人們為了突出強調趙樹理在整個新文學史上的地位和對新文學的歷史貢獻，有意無意地忽略了自五四以來的劇烈文化蟬蛻及其重大成果對趙樹理心理──文化結構的潛在影響，忽視了這一文化運動中各種範疇的時代衝突對趙樹理文化心態及其文學實踐的作用。一九〇六年，當趙樹理在山西東南部山區的沁水縣一個小村莊降生時，「大山」之外的民族風雲變幻，甚至包括五年以後的辛亥革命，實際上並未對趙樹理最初的生存環境產生什麼翻天覆地的影響。耕織自為的生活場景，無所奢求但亦不無歡樂的生活格調，談不上殷實，但可以飽腹的家庭存在，頗有點「桃園」意味的閉塞生存方式，在怡然自樂的追求中，形成了一種摒斥外在刺激的意識，任何外在信息在這庶幾於無聲的緘默之中被可怕地遏止了──這就是趙樹理童年生存的文化環境。我們從趙樹理自己若干文字自傳中似乎很強烈地意識到這一點。[1]占星卜卦、裝神弄鬼、社火土戲，喪婚嫁娶、禮尚往來……構成了正統文化之外，長期承襲相沿的現實文

1　參見〈我在創作中的一點體會〉、〈新食堂裡憶故人〉、〈當前創作中的幾個問題〉、〈與讀者談《三里灣》〉、〈《三里灣》寫作前後〉等，均收入《趙樹理文集》（北京市：工人出版社，1980年），第4卷。

化。在這裡，我們可以把他和魯迅作一點有趣的比較。趙樹理比魯迅遲出生二十多年，在他沒有來到人間之前，魯迅就已經到「異地」，尋求「別樣的人們」，北進南京，東渡日本，探索真理的真正所在，並且以沉重的憂患意識開始了「國民性」問題的嚴峻思索。但，我們僅就他們生前對自己童年生活的自述看來，傳統文化，包括與這一文化形態相契合的生存方式，遠在他們的精神理性產生之前就已經進入了對他們心靈的塑造過程，構成他們文化心態的最初基礎。

趙樹理講：「我小時候沒上過初級小學，那時我們山區的文化還很落後，我進的是私塾，聽老師講四書五經，也就是坐『冷板凳』。後來上過兩年半初中，學語文也沒有新式課本，老師選的講義，是從《古文辭類纂》上選下來的古文。講的方法是老師先講，講懂了就念，念著念著就作起文章來了。」[2]接著，我們再稍往後看，他們二人的青年時期，也走過了基本一致的尋求之路。相對於趙樹理，魯迅的確經歷了更多的坎坷、苦悶、彷徨、沉浮。當年魯迅毅然「肩起黑暗的閘門，放他們過去」，這「過去」的「他們」中就有趙樹理。魯迅及現代一大批文化先驅們艱苦卓絕的頑強探索及其成果，影響了五四時期每一位熱血青年。而趙樹理正是在這一新文化取得絕對勝利的歷史背景中，告別了少年，告別了故里，告別了封閉僵死的文化環境的。到長治求學和在太原等地流浪期間，正是他受五四文化影響的第一個富有深遠意味的文化意識自覺時期。在一九三四年八月連續發表的〈神經質的文人〉、〈歐化與大眾語〉、〈嗚呼，李長之教授！〉、〈給青年作家〉等文章中，趙樹理一方面贊同中國文字的大眾化、拉丁化，但不相信僅僅運用大眾語就可以寫出真正反映大眾生活的作品。他認為，只有扎實的生活作為基礎，才可能產生出偉大的作家。我們看到，這個時期趙樹理對藝術的理解，早已超出了五四時期文學先驅

2　見《趙樹理文集》（北京市：工人出版社，1980年），續編，頁282。

們對新文學建設的表面化層次，進入到對新文學本體內容的探尋之中。時代新型藝術的建構，絕不只是外在形式的轉換可以奏效，而應是藝術全部存在的脫胎換骨。我以為，這一切都得益於他「在學生時代也曾學過五四時期的語體文和新詩，而且有一度深感興趣」。[3]

　　根據今天不斷發現的趙樹理早年佚文看，我們很難判斷出這裡將產生十幾年以後人們所稱道的「趙樹理方向」，[4]也很難看出他可能在藝術上成為一時領騷文壇的民族藝術家──恰恰在這裡，我們和某些研究者們發生了分歧──正如我在本文開頭所提出的那樣，為了突出強化趙樹理在整個現代文學史上的階段建樹意義，人們有意無意地避開這些問題，自然就談不上對趙樹理藝術生命前後關係的深刻說明。為了凸現趙樹理創作的區域美學風格，不惜把他向民間文化及其形式的「順化」強調到「神聖」地步，給人的印象似乎是，趙樹理是在幾乎不受新文化影響的環境中驟然冒出來的。如果沒有來源於新文化運動的批判意識和文化鑒別能力，那麼，喜愛民間藝術的趙樹理至多不過是一個新時代的民間藝人罷了。趙樹理就說過：「我在文藝方面所學習和繼承的還有非中國民間傳統而屬於世界進步文學影響的一面。能使我成為職業寫作者的條件主要還得自於這一面──中國民間傳統文藝的缺陷是靠這一面來補充的。」[5]上述觀點的初步闡述，便是我們今天重新審視趙樹理與五四文化關係的質點所在。在這裡，也許我們可以找到趙樹理之所以成為趙樹理的真正原因，為界定趙樹理藝術存在的文化代表性尋找到有力的歷史依據。

　　五四新文化的理性精神是趙樹理縱向接受的首要因素。在長期傳統蕪雜文化的自然薰陶過程中，培養了趙樹理對民族文化至死不渝的深厚感情。但這一大家公認的存在事實並不能構成造就趙樹理成為一

3　見《趙樹理文集》（北京市：工人出版社，1980年），第4卷，頁1834。

4　見〈悔〉、〈白馬的故事〉、〈到任第一天〉、〈糊塗縣長〉、〈有個人〉等。

5　《趙樹理文集》（北京市：工人出版社，1980年），頁1486。

名傑出的人民藝術家的必要前提。一如魯迅當年喜愛故鄉社戲一樣，這並不決定魯迅會沿著社戲的美學格調去造就自己的藝術生命。對民族民間健康藝術的深厚感情和來自於時代文化的理性重構傾向，使他在熟悉一種藝術式樣的同時，在社會現代氛圍的驅迫下，形成一種對自身的超越。傳統便在主體對外在文化信息進行輸入的過程中成為未來選擇的價值參照。而對這一舊有系統的重新組合，在某種意義上將強烈地刺激選擇主體的慾望指向，這一慾望指向的理性精神正是五四新文化運動所能夠給予的。基於此，我們更能深刻地理解到，早年趙樹理以筆名在太原地區報章雜誌上發表的各種體裁的作品，絕不是一種盲目的趨時，而是趙樹理在以後的四〇年代能夠形成「趙樹理方向」的必須的階段。正是在這一階段裡，趙樹理得到並接受了五四文化選擇運動中對傳統文化的理性批判意識，開始了在以傳統為主導成分的精神基礎之上自我文化心態的時代重構，為他自己在後來進行大規模的農民文化時代選擇奠定了非常重要的基礎。

　　但是，趙樹理這一歷史階段畢竟太短了。傳統的、淺顯的、封閉式的區域文化的長期自然薰陶，在趙樹理身上畢竟產生了許多局限，而五四文化的理性精神無疑是摒除這些局限的一付良劑。對於沒有直接參與過現代文化激烈交鋒，遠離文化中心的趙樹理來講，這一過程應當更長些，文化心態的自我蟬蛻也似乎應更艱巨些。二、三〇年代的山西，並未能給趙樹理在短時期內迅速確定自我文化價值歸宿以時代的環境和歷史條件。他在這個時期的探索是孤獨的，帶有某種朦朧感。加之他當時在精神上的某些變態，新文藝在太原地區的發展，對趙樹理來講幾乎是隔膜的。「一九三三、三四年以後，太原文藝界的形勢發生重大變化。一是新文學團體多了，刊物也多了。二是話劇等其他藝術形式發展很快，到一九三五年夏天，『西北影業公司』也在太原成立。三是由一些進步青年和地下共產黨員主編的報紙大力提倡新文藝，積極開展文藝評論，並且跟遠在上海的魯迅和左聯的一些主

張相呼應。」一九三五年七月，太原青年文學研究會成立，並且辦有《青年文學》專刊。這是抗戰前太原最大的一個文學團體，也是活動最經常、最有成效的一個團體。[6]令人遺憾的是，從今天已有的資料看，趙樹理卻沒有參加過這個團體的任何活動，也未在這個專刊上發表過任何作品。不過，這還不能說，當時的太原文藝運動對趙樹理一點影響也沒有。他畢竟在西北影業公司（電影製片廠）的演員訓練班待過三個月。我們完全可以假設：如果再有一個時期，或曰趙樹理能夠得到更多的文化選擇機會，那麼，他以後的作品給今天留下的遺憾就會更少些。由於民族矛盾的驟然強化，歷史在民族存亡的關頭，把更為現實而嚴峻的鬥爭任務交給了時代，抗日──這一時代主題統轄了一切。當時的趙樹理作為已經參加了中國共產黨的一名戰士，從文化戰場轉向了另一個戰場。尤其是當黨在晉地建立了抗日根據地之後，政權體制的劃時代變革，使這一區域的原有文化，在這一外在因素的強力刺激下呈現出特有的激變狀態。封閉文化環境在時代政治的要求下開始動盪、破碎，封建文化與五四新文化的衝突在特殊的時空條件下終於進入了決戰時期。面對決戰的白熱化，趙樹理在前期並未完全成形的、朦朧綽約的文化理想，得到了根據地區域政治的理性重塑，他幾乎是飛速地確定了文化理想的價值指向。但是，他能夠做到的只是對現實問題的直接關切，未能從農民文化存在的整體形態著眼去深化農民文化與五四新文化衝突的歷史主題。作品的某些溫和和喜劇結局，限制了他理性批判意識的主導功能的發揮，從而在農民問題上一直未能達到魯迅那樣的廣度、力度與深度。

　　趙樹理的文化選擇之路是曲折複雜的。由於時代的緣故，五四新文化與農民文化在他自身的文化心態建構中一直混而未分，歷史所肯定的批判意識與時代政治所要求的對農民文化的寬容態度，是他藝術

6　董大中：〈新文藝在太原發展的一個實績〉，《批判家》1986年第1期。

構思的邏輯起點，充分肯定了趙樹理創作中農民文化代表性的政治，其中的不適應社會發展的「左」的部分又限制他真實地表現農民，成為他持續了一生的內心困惑。他在夾縫中一直做著調和的努力。如果說，在一九四九年之前，這一困惑還隱潛在作品之中的話，那麼，一九四九年之後，這一困惑強迫著趙樹理不得不進行理性思索。一九五一年，在一篇訪問記中，趙樹理對「趕任務」頗有些稱許之意。他認為，「如果本身生活與政治不脫離，就不會說臨時任務妨礙了創作，因為人民長遠的利益以及當前最重要的工作才是第一位的」。他直言〈李家莊的變遷〉就是趕出來的。[7]而一年以後，他卻在〈我與《說說唱唱》〉一文中檢討自己說，他在趕任務時不得不臨時選一些來充數，沒有把階級鬥爭時時體現在作品之中和編輯思想裡，「甚而遷就了非無產階級觀點」。一方面是稱許「趕」，另一方面卻在實踐中不能「趕」，這是多麼深刻且微妙的困惑！到了一九五六年以後，在困惑中掙扎了多年的趙樹理，不得不把自己的獨立選擇向世人直白，「我感到創作上常常有些套子束縛著作家，如有人對我的〈傳家寶〉提意見，說我沒有給李成娘指出一條出路。也有人批評我在《三里灣》裡沒寫地主的搗亂。好像凡是寫農村的作品，都非寫地主搗亂不可。」[8]一九六二年他在大連會議上對自己近二十年來農村題材創作作了理論上的明確總結：「農村自己不產生共產主義思想，這是肯定的。農村的人物如果落實點，給他加上共產主義思想，總覺得不合適。什麼『光榮是黨給我的』，這種話，我是不寫的。這明明是假話，就沖淡了。」「農民是同盟軍，是因為有一部分相同的，我就寫同盟這部分，至於其他，就需要外面加進去的。一個隊真正有一個人去搞社會主義，就很了不起了。所以，我的作品有時反映不充分，腳步慢一

7　見《趙樹理文集》（北京市：工人出版社，1980年），第4卷，頁1880。

8　見《趙樹理文集》（北京市：工人出版社，1980年），第4卷，頁1516。

些。自己沒看透，就想慢一點寫。」[9]

可惜的是，趙樹理這一切試圖衝出困惑的努力，一直受到指責、壓抑，終未能化為藝術實踐而獲得有利的發展。

二

對於農民作為一個文化層次構成的存在意義，趙樹理自始至終持有一種理性剖析的嚴峻態度。童年生活的強烈印象，使他一生與農民文化保持著相當親昵的情感聯繫。但有意思的是，這一情感聯繫並未在他整個藝術作品的構思中時時處處都能左右他。他清楚地知道，對農民文化整體的藝術再現，僅僅把時代的政治價值標準來作為自己對農民文化進行時代選擇的尺度，是偏頗的、不科學的。在這一點上，他的藝術創作的確體現了與魯迅及二〇年代鄉土派作家們之於農民態度的一貫性。封建正統文化在悠久歷史中所賦予農民文化的寄植性質，是他們否定的。但是，隨著三〇年代革命運動的深入發展，政治先驅們在非常歷史階段上對農民階層時代作用的空前張揚，農民作為民族構成的主導成分被置於推動歷史運動的前臺，他們基於經濟貧困、政治壓迫而潛在的反抗意識，被激進的時代賦予革命的性質，他們的反抗已越出心理反抗水平，形成了群體規模的行動力量。與之相應的，農民階層本身由歷史積澱造成的，與他們自身所擔負的歷史使命不相契合的文化屬性，包括寄植在這一載體內部的封建正統文化因素也一同被特定的時代所寬容。相對於二〇年代，對農民整體文化屬性的批判意識在趙樹理走紅的四〇年代被大大減弱了。動情的讚美代替了冷峻的剖析——趙樹理就是在這樣的歷史時代開始了自己的藝術生涯和對農民文化屬性長久沉重的思索。區域政體（解放區）的新型

9　見《趙樹理文集》（北京市：工人出版社，1980年），第4卷，頁1718-1719。

形式，區域生活的民主氣氛，以及區域相對於外在（國統區）所特有的使命感和相互關係，迫使趙樹理不得不考慮藝術作品中歌頌與暴露的問題。為此，他以增強藝術在特定時代裡的直接戰鬥性出發，強化封建文化與民主文化的衝突，以時代需求為歸宿，對農民文化屬性中的劣性積澱則用一種善意的嘲諷來淡化嚴峻的理性批判。當然，這只是一種縱向比較的結果。橫向看，趙樹理則顯然高人一籌。從〈小二黑結婚〉、〈孟祥英翻身〉、〈李家莊的變遷〉、〈福貴〉、〈劉二和與王繼聖〉直到解放前夕的〈邪不壓正〉、〈傳家寶〉，都始終貫穿著五四新文化對農民文化觀照時所應有的嚴肅態度。在此，我想重點談談〈李有才板話〉。

民主革命時期尤其是民主革命後期，在解放區對農民、特別是村幹部的肯定態度幾乎構成一種原則，即只能說好不能說壞。據康濯同志回憶，晉冀魯豫邊區的報紙上曾發表過〈村幹部萬歲〉的社論。正是在這樣的背景下，趙樹理顯示了自己藝術描寫上的現實主義深度。〈李有才板話〉中的人物我以為可畫分為四類。一是敵對勢力。包括閻恆元、閻稼祥和張啟昌。二是屬於「對主子是奴才，對百姓則是主子」的一類。喜富、廣聚、得貴，包括恆元家的領工老范和「槐樹底」下的老秦。他們始終把富貴權豪作為景仰的對象，價值觀念和統治階級同出於一個模式。三是陳小元、馬鳳鳴，顯然是革命中「農民意識」的代表。他們的革命目的和價值判斷離不開個人利益的得失。農民文化在推動歷史前進中的悲劇性，都集中體現在他們的最後墮落和轉向上。四是李有才、小福、小保、小順、老陳，這才是革命實現的主力，他們體現著新型農民意識的覺醒。

我以為，老秦這個人物在整部作品中是一個特殊的存在。他，前進一步就是李有才，後退一步就是陳小元，或者張得貴。作品對這個人物的描寫是極為出色的。張得貴敲著鑼告訴大家明天選村長，他走後，陳小元說：「吃屁吧！章工作員還在這裡住著啦，餅恐怕烙不

成。」老秦便埋怨道：「人家聽見了！」五個字便把老秦怯懦、怕事、忍讓甚至窩囊的心理顯露了出來；說到選村長，聽到陳小元說「偏不選廣聚」，又是老秦反對：「不妥不妥！指望咱老槐樹底人誰得罪起老恆元？他說選廣聚就選廣聚，瞎惹那些氣有什麼好處？」當他兒子小福和大伙要出去活動活動時，他拿出父輩的氣魄來呵斥道：「小福，你跟人家逞什麼能！給我回去。」當人們議論「丈地不公」時，又是老秦唱反調：「我看人家丈得也公道。要寬都寬，像我那明明是三畝，只算了二畝！」縣農會主席老楊來了之後，他一聽說老楊是長工出身，便立刻變了臉，大有不屑一顧的樣子。後來又聽說老楊跟村長說話很「硬氣」，「自然又恭敬起來，把晌午剩下的湯麵條熱了一熱，雙手捧了一碗送給老楊同志。」當老楊把他押給恆元的地奪回來後，又是他攔住老楊「跪在地下鼓咚鼓咚磕了幾個頭道：『你老先生們真是救命恩人呀！』……」這裡，「唯上」的奴性，「唯利」的價值觀，等級意識和報恩思想，就是老秦文化心態的全部構成。身為被壓迫者而甘心受虐，連一點反抗的慾望都不存在——這就是農民令人震驚的悲劇文化性格。

這一悲劇文化性格，一旦進入革命的實踐中，其危害性是明顯的——陳小元的反抗僅僅只是換取個人地位的改善，一套「制服」，一支「水筆」，坐享其成，就可以使他是非不清，「逼著鄰居當奴才」了。馬鳳鳴也是如此。鬥爭會上他第一個提意見。而在「丈地」的時候，閻恆元給了一點小便宜，他也就再不吭聲，投到閻恆元的懷抱裡去了。

但是，我們說封建文化與五四新文化在衝突過程中的嚴酷性，並未能在趙樹理作品的最後結局中得到一以貫之的體現，他不得不和時代政治進行妥協，繼續把陳小元、馬鳳鳴放在農會之內，以待所謂「改正」。另一方面，作者也未能從更高的層次上對農民文化進行歷史的批判。對陳小元的批評僅僅停留在外在影響對陳小元的滲透上。

殊不知，農民的文化性格的悲劇性，恰恰在於它與封建正統文化有著難以理清的血緣關係。沒有整體否定批判的氣魄，具體的肯定便顯得虛弱無力。

　　鄉土，對趙樹理的哺育之情，使他每每面對農民時總懷有一種難以理清的親切與同情。但他從五四新型文化所接受的價值觀念又時時刻刻提醒著他不能沉溺其中。農民在當時時代條件與歷史環境中的突出地位及政治對它的鮮明肯定，常常使他在理性與感情的兩極之間彷徨不安。他從五四新型文化價值結構中所汲取的理性精神，使他早已明白農民文化——心理結構中很多與時代歷史未來需要完全相斥的東西——這決定著他不可能以犧牲這一理性為代價而換取對鄉土式情感的完全認可。假設這樣，那麼，趙樹理作品中的現實主義藝術力度就要大大打一個折扣，深刻的思索和濃烈的憂患意識就會在向這一情感的日益傾斜過程中漸漸化為烏有。另一方面，五四新型文化價值觀念中某些偏激和當時時代政治對農民的文化評價產生了相當尖銳的矛盾。這一矛盾，又制約著他不可能不顧時代政治的嚴肅性而一味張揚這一理性精神。第三方面，作家本人與農民存在的血緣關係，及農民階層在特定時代中的出色奉獻與犧牲，又使他常常對自己的理性態度施以反思而產生疑竇。滲透著嚴峻思索、痛苦選擇的文化心理情狀，制導著作為藝術創作主體的趙樹理舉止拘謹，左顧右盼，態度相當審慎。內心深處嚴肅冷峻的思想意念，在藝術外化過程中不得不常有「溫柔敦厚」的善氣與平和，形成了他善意調侃的特殊幽默——這一點儘管為人們屢屢稱道，但誰又真正弄清了它產生的深層心理呢？這絕不是僅僅只具有形式意義和普通語言學層次上的主觀組合，而是滲透著極為複雜的歷史因素、時代因素、心理因素及文化衝突因素、價值選擇因素的特殊機制。

　　由這一特殊機制而決定的作家本人對題材選取角度的確立，人物造型的典型方法及作品主旨意蘊最後昇華方式的明確選擇——這些，

對於有著複雜文化心態構成的趙樹理來講既是自覺的，又是非自覺的。當他一旦被時代使命感激逗起來時，自覺性表現得最為突出。而一旦回歸到內心深處的嚴肅理性中，便呈現出某種藝術把握上的紊亂——藝術自覺與非自覺時而衝突時而共棲的狀況，形成了他四〇年代初至五〇年代初在現實條件制約下的特殊藝術風致。不論作者怎樣地慘淡經營，在那平樸淡泊、溫善柔和緊緊包裹的縫隙中，依然迸射著作家內心深處沉痛思索的嚴峻之光。在大家異常熟悉的〈小二黑結婚〉、〈李有才板話〉、〈李家莊的變遷〉、〈劉二和與王繼聖〉等趙樹理的早期作品中，只要我們採用動態的美學眼光，那麼，上述情形應當是非常明顯的。〈小二黑結婚〉中主人公最後結局與原始素材的悖異，〈李有才板話〉中的悲劇式調侃意味，〈李家莊的變遷〉對農民擔當歷史重任的文化憂患感，及〈劉二和與王繼聖〉裡作者藉小說人物聚寶所表達的憤怒：「唉，照你們這樣，一千年也翻不了身！」都表明了作者在時代政治的嚴格規定範疇內不失自我的大膽藝術追求。

　　那麼我們說，趙樹理又是在何種歷史邏輯的框架裡展示作家主體的複雜選擇功能呢？這只要對他的「問題小說」稍稍作一點重新研究也就能夠清楚了。「問題小說」——這在趙樹理那裡是屢屢提到的，但他在實踐中對「問題小說」的闡釋卻與二〇年代前後的「問題小說」大有不同。五四時期，「問題」的提出，多半具有著發難的意味，「問題」成為小說全部因素的中心。新舊交替的時代氛圍，科學與愚昧的直面交鋒，民主與專制的無情格鬥等，一切衝突將在現實問題上獲取焦點，成為藝術作用於現實的最初動因。在這裡，「問題」僅僅具有著內容的意義，還只是一堆人生社會材料的有傾向的提取與抽象，並未參與到作品的結構因素中去，例如當時的婦女問題、婚姻問題、人權問題等。「問題」往往成為藝術昇華的最終指向，並不決定結構的組合。趙樹理的「問題小說」，儘管不無單純外化藝術功能的上述趨向，但它更為重要的是成為作家構思作品的現實起點和思維

框架。正如某些西方文藝批評家指出的那樣，作家和作品的獨創性問題或曰他們的獨創價值，顯然不能依據他是否運用了已有的題材或在題材層次上有什麼掘進，而是判斷他是否有創造意識，即，如何改造了傳統，而在這一改造中體現了他的批判意識和重構意識。[10]是的，我們不否認，現實生活中出現的問題往往在趙樹理那裡具有著藝術啟迪的重要意義，也不想否認作者常常為了提出並解決一些現實問題而表現了急功近利的實用藝術傾向，同時這一點也確實在很大程度上妨礙他對人生的深入開掘。但他卻時常自覺或不自覺地掙破「問題」有限的涵蓋範疇，去進行縱橫交叉式的思索，以便把「問題」擴展為一種普遍存在的人生形態及其人類的特殊生存方式──即文化屬性，通過對其現實行為與心理構成的藝術表現，賦予作品長久的文化價值。僅舉一個例子也就可說明。趙樹理在〈我為什麼寫《三里灣》〉一文中說：「原來的農民畢竟是小生產者，思想上都有傾向發展資本主義那一面⋯⋯為了批評這種離心力，我所以寫了馬多壽夫婦、馬有餘夫婦、袁天成夫婦、范登高、馬有翼等人。」[11]趙樹理在這裡舉出各色人等、世相，和范靈芝、王玉梅等顯然隸屬於兩種文化。作者由「離心力」這一問題發現了一群人，一個具有普遍意義的文化人種和文化心態群。我們今天在思索馬多壽等人的現實行為時，就不能不由這些文化人種的現實行為去探源溯流，發現制約著他們的深層文化──心理意識結構，及其這一心理意識結構的歷史生成過程和未來走向。我們可以看到，作品在接受過程中，「問題」的涵蓋早已大大超出作者在構思作品伊始時對「問題」的理解──這就導致了作品內容的彈性和張力。在作品價值的時代新發現面前，作家本人有關各種各樣的「為什麼」之類的創作自述，就不那麼顯得至關重要了。作品的內在

---

10 〔美〕韋勒克・沃倫：《文學理論》（北京市：三聯書店，1984年），第1章。

11 見《趙樹理文集》（北京市：工人出版社，1980年），第4卷，頁1485。

意旨已經在上述富有彈性的結構中超出了時代政治對作品褒貶的單色調限制。作家也以這樣的價值，坦然自若地面對歷史的風雨陰晴，從而在未來選擇中確立自己的真正存在。

三

如果上面的論述還算有些道理的話，那麼我們就可以回答趙樹理研究中一系列實質性的問題了。即，他的作品並不是以自己所處時代的政治興趣來確立自己的歷史價值的。農民文化的時代選擇是他的全部作品價值的最高歸宿。基於上述推導和結論，我們可以把趙樹理置於一個價值評判體系——更廣闊、也更有科學性的文化價值體系中予以重新說明。

理性作用下的選擇目光，「問題小說」的特殊機制，使他經常能夠突破時代新聞主題的無形限制而對農民及其文化存在進行整體思索。我們指責趙樹理沒有在藝術表現中深化這一整體思索，但這並不影響我們在究其細部時對其某些整體思索成果的充分肯定。有關這一點，我在第二部分已經涉及到了，這裡需要強調指出的是，他在藝術實踐中對「問題小說」框架的自我確立和具體處理，由於種種限制而時強時弱。由問題切入現實人生，由人生在現實中的外在行為過程而進入對人類歷史本身的接觸，而這些接觸，既是他突破藝術平面化的必要前提，又是對現實人生表現的超越。在他對農民文化整體思索的價值選擇中，通過對現實問題的態度和行為來鑒別每個人物的文化心態，組成了他自己有趣的人物系列。劉家父子、鐵則、魚則（〈劉二和與王繼聖〉）、王永富（〈表明態度〉）、馬多壽夫婦、馬有餘夫婦、范登高、馬有翼（《三里灣》）、二諸葛、三仙姑（〈小二黑結婚〉）、老秦（〈李有才板話〉）、福貴（〈福貴〉）、「小腿疼」、「吃不飽」及農業社主任王聚海（〈「鍛煉鍛煉」〉）等等，從作品中分給這些人物的筆墨

色彩我們可以體味到，趙樹理是以批判為主的。這些人物的文化屬性，儘管作者在藝術實踐中沒有予以充分的形象說明，但卻沒有影響到他對一種文化心態的鮮明勾勒。上述那些人物，絕不是「落後農民」這一政治概念所能囊括以盡的。作者在四〇年代初到五〇年代末這一藝術豐收的時期裡，有意地推出了這一最富有價值的人物系列。但可悲的是，這些以其文化價值為其最高存在形態的作品，在過去的年代裡，人們除了看見那可憐的政治闡釋之外，無法看到更多的東西。趙樹理研究中，價值選擇的文化系統過程與價值選擇的政治昇華構成的歷史矛盾，只有今天我們才看清了癥結所在。直接的、因果式的線型評判只能導致藝術內在價值的喪失。〈表明態度〉中王永富入組、退組又重新入組的現實行為軌跡，《三里灣》裡各色人物在入社這一事件上的不同態度，以及寫於一九五八年的〈「鍛煉鍛煉」〉中的「小腿疼」、「吃不飽」等人物，我們完全可以把這些看作是一個人物在不同時空條件下的不同境遇。用政治概念系統（例如中國、世界、歷史、社會、科學等觀念）也確實可以對趙樹理的作品進行「破譯」，並能產生一些結果。但它在對藝術整體進行分析時表現出來的簡單化，其消極後果可能抵消了其中合理的東西。也許我們今天可以這樣說，價值參照的選擇失誤，從一開始就封閉了對之進行多種觀照的可能性，使趙樹理研究多年來徘徊不前。

縱觀趙樹理一生的創作，我們過去不曾深究的又一個問題產生了：從五〇年代末期上溯，作品中小字輩的人物一直吸附著他的深厚感情。他曾經非常冷靜地藉《三里灣》創作談來敘述自己這方面的體會：「在建社工作中還有一種新生力量是青年學生。這些人，不一定生在貧農家庭，自己對農業生產工作也很生疏，然而他們有不產生於農村的科學、文化知識（例如中國、世界、歷史、社會、科學等觀念），有青年人特有的朝氣，很少有甚至沒有一般農民傳統的特

點。」[12]筆者認為，趙樹理在這裡對青年的認識是全面而又深刻的，具有著歷史的洞悉感，相對於其他類型（如他所說的小生產者）人物，他傾注了更多的熱情和希望。不論作者是否意識到了，但我們可以感覺到，新型的文化價值觀念，使他似乎在這些青年身上找到了對應。他從新型文化的整體要求出發，對他們大加肯定並吟唱著優美的讚歌。但自六〇年代以後，趙樹理第一次真正迷誤在時代政治的偏頗之中。他對小字輩的態度急轉直下，在許多文章中用一種陌生而不無強制的口吻，批評那些嚮往城市的農村青年，從一九六二年至一九六四年，他連續發表了〈楊老太爺〉、〈張來興〉、〈互作鑒定〉、〈賣煙葉〉等作品，從「善意嘲弄」轉到政治性判決。一直致力於對農民文化時代選擇的藝術觀照開始走向歧途──這是趙樹理對農民文化價值界定的最令人痛心的迷失。

　　在我們從文化價值評判體系對趙樹理進行總體考察時，可以看到歷史進程與倫理意識的衝突，是他整個作品審美價值的質點所在。小二黑與小芹經過幾番周折而最後取得婚姻勝利，是以犧牲了父子、母女的感情為代價的。感情和理智的交鋒，恰恰是在最難以產生是非結果的倫理範疇之內展開的。這也許是中國以家庭為中心的社會存在所特別引人注目的地方。存在著什麼樣的經濟制度，通常便出現什麼樣的政治制度，而這種政治制度還一定決定著家庭生活的形式，而家庭在教育上，在兩性關係和愛的觀念上，在人類感情的整個習慣和傳統上，都具有重要作用。家庭在通常意義上可以被視為一個文化有機體，各種文化因素將在特有氛圍中形成具有審美價值的文化──倫理衝突。趙樹理的創作，儘管在展示歷史進程與倫理構想的矛盾時，未能提供足以使這一衝突更具有超越意義的宏大背景，但畢竟讓我們感到了這些方面。這一未能使上述矛盾加以深化的內在原因，是趙樹理

12 見《趙樹理文集》（北京市：工人出版社，1980年），第4卷，頁1485。

一生都未曾擺脫的困惑——嚴肅的思索驅使他應該去展示文化選擇中的深刻衝突。而時代政治對藝術急功近利的要求，又常常把他拉回到應對現實的尷尬境地。那個僅僅完成了構思的長篇《戶》，從作者提到的隻言片語中我們已經感到了他力圖衝出這一困惑的精神努力。他在〈我與《說說唱唱》〉一文中說過一席今天看來頗令人心酸的話：「每逢有了重要的政治任務，就臨時請人補空子，補不起來的時候，就選一些多少與該問題有點關係的來充數，簡直有點和政治任務開玩笑。」[13]

這是自責？顯然不是。這是一種無可奈何的悲涼之嘆！趙樹理的困惑和悲涼，正是那個時代的困惑和悲涼。

趙樹理一生都在研究農民，在農民文化的時代選擇中以自己獨特的成就進入了歷史的殿堂。他對農民文化——心理結構的藝術表現，早已超出藝術範疇而富於民族文明的重構意義。時代要求回答：什麼是趙樹理的文化存在！

——本文原刊於《中國現代文學研究叢刊》1987年第3期

---

13 見《趙樹理文集》（北京市：工人出版社，1980年），第4卷，頁1447-1448。

趙樹理的「知識份子」意義

　　把趙樹理視為一個完整意義的知識份子，或者說把趙樹理及其文學世界作為一種現代中國特殊而又有普泛性的知識份子文化——心理視域裡的精神——審美結構來加以釋讀，我以為，這既是我們在過去趙樹理研究中所忽略的地方，又是使趙樹理在今天的語境中走入「經典化」境界最有力的切口。就我們對往昔趙樹理研究史料的一般印象而言，在很多研究者那裡，「知識份子」和「作家」並非「同一性」概念，毋寧說在研究者的「潛話語」中還有意無意地在使用時對二者加以區別。我們在此想強調的是，在現代文明範疇之中，「作家」與「文人」的含義更近一些，而「讀書人」與「作家」則似乎有著較大的差異。在中國古代，「士」或「士人」更多地是從「知識擁有者」角度體認的概念，「吟詩作文」乃是古之「士人」應當或必須具有的某種特殊的、甚至是標示「身份」的技藝而已，它至多不過是「知識擁有者」「文化身份」的外在表徵罷了。如果說，在中國古代「知識擁有者」的價值實現只能是「做官為宦」的「體制化」範疇，那麼現代的「知識擁有者」——「知識份子」則恰恰是在與「體制」的有意疏離之中獲得獨立並葆有自身價值的。西方近現代文化進程中知識份子所起的作用及形成的「知識份子」、「現代性」概念內涵，在強調它的獨立性時，還格外看重其在「體制」異化之中「良知」、「正義」、「國家良心」的代言人身份，「完善文明」成為現代知識份子的存在本質。這便使得知識份子在現實中呈現為兩個作用向度——一是「批判現存」，「創造」體現為對一切業已生成的物化或精神形態的「不滿

足」與「有意挑剔」；二是「思想生產」，即不斷嘗試用前人不曾使用過的「組合」，來展示一種「新秩序」。當然兩個向度是相輔相成、互為動力的。近現代世界歷史和文明實踐已經證明，知識份子在拒絕「體制化」過程中，失去的只是無數被奴役的可能，而贏得的則是一種堪與「體制」威壓相抗衡的「文化霸權」。

　　二十世紀，中國的知識份子經歷了從「體制內」到「體制外」再到「體制內」及「體制邊緣」的漫長而又艱難的跋涉旅程——直到今天，這一旅程仍未接近終點。可喜的是，在二十世紀九〇年代以來的「非意識形態化」文化思潮中，知識份子文化畢竟形成了與國家意識形態文化、大眾文化相對應的多元中有力的一元。為此我想起了趙樹理。在中國現代知識份子「文化身份」漫長的體味確認過程中，他和任何一位操持「作家職業」的知識份子一樣，一生充滿了角色自塑與意識重構的艱難性、惶惑性和痛苦感。而這些則是長期以來處在功利性文化語境中的我們所常常忽略的。人們對他的文化身份的體認，不得不在他一生耕耘不輟的「農村題材」及與農民文化的簡單對應之中苦苦覓取，加之他常常不加掩飾地對農民親昵的自我表白，因此把他書寫為一個「現代的農民作家」——這種對趙樹理來講不尷不尬的命名，已無形之中把他排除在知識份子行列之外了。另一種情形是，長期的關於審美的「政治言說」及對文化構成的強制、審美價值的政治化界定，也同樣在把趙樹理充分「體制化」情形之下，有意無意淡化、稀釋了趙樹理作為一個具有鮮明「題材定向」的審美創造者的文化主體困惑和創造過程的選擇尷尬。幾十年來有關趙樹理評價的「七上八下」，說透了都是「體制語言」忽左忽右的回應表現。如此等等，都是造成趙樹理研究境界難以提升的原因所在——上述這些，無非是筆者對歷史進行的另一角度的回顧，無意在此釐定是非。把趙樹理納入「知識份子」文化範疇，是我企圖使趙樹理研究趨進經典化的一種努力。本文將從社會角色、情感角色、權力角色及角色焦慮等方

面，對趙樹理及文學世界的「知識份子性」作一點探討。

一

　　趙樹理走上歷史前臺的語境因素，既是一種人所共知的「歷史」事實，又是趙樹理「知識份子性」得以釋讀的文化空間。我們首先應當注意的是，當趙樹理不自覺地在走向某種社會角色和自我對這種社會角色體味確認的過程裡，其自身的文化屬性與角色自塑、重組也同時隱含其中。在這裡，「現代性感覺」的擁有與否和形成過程是一個重要的前提。趙樹理無疑是五四現代文化與理念的受惠者──但他與「五四」卻有著一個漫長而又極為自我化的體認熔融的過程。我以為，上述這種「體認熔融」的過程，在趙樹理這裡可分為四個階段或四種狀態：第一階段是他入長治第四師範學校讀書時期。一九二五年夏，已結婚成家的趙樹理考入「山西長治第四師範學校」，我們要問的是在此之前應如何看待趙樹理的「文化屬性」呢？其實，生活在貧瘠閉塞家鄉的趙樹理，雖然多受鄉村文化及區域文化（包括他父親的言傳身教、八音會及其他種種）的薰陶，但這些並未完全構成趙樹理的文化心態恆穩不變的色調。原因是他此時對文化（不管哪種文化）的接受與釋讀還是一種「自在」狀態，並非有意──這意在說明，此時的他還不具備作為一個「文化主體」的文化選擇能力和在「異質參照」衝撞之下面對自我的反省能力，把此時的趙樹理稱之為「農村文化人」（與其父輩一樣）或「識字人」應當是無大錯的。他「當時的迷信，不吃肉，敬惜字紙」等宗教意念，完全是宗教信徒盲目受之的結果。從這樣的文化屬性看，趙樹理在入「師範」之前也同樣沒有「社會角色」意識，其情感還無法在文化範疇中加以分析。他曾自述道：「其後我的思想為班上的同學王春打垮，並給我介紹梁啟超《飲冰室文集》，我此時如獲至寶……我則每讀一書均是王推薦者。我們

所讀之書甚為雜亂，主要的為康、梁、嚴復、林紓、陳獨秀、胡適等人之著作和翻譯。」「對科學與玄學的東西可以兼收並蓄——而在思想上起主導作用者則為反禮教、反玄學的部分。」[1]據他的師範同學史紀言回憶：「當時，我們大量閱讀創造社、文學研究會出版的報刊和五四新文藝，也看一些政治、經濟方面的書，經常翻閱綜合性雜誌《東方雜誌》等，至於《胡適文存》、《獨秀文存》、梁啟超的《飲冰室文集》、魯迅的小說和郭沫若的詩等，則更是我們爭相傳閱的讀物。」[2]這顯然表明了主體的一種文化趨屬，並且值得注意的是，他的這種「喜好」是在與王春等人的激烈、長期爭論中以屢輸的形式建立起來的——這是否說明趙樹理的選擇不是被動而是主動？一九二六年冬至一九二七年四月不到半年時間，趙樹理先後加入國共兩黨。我以為，這既是他「自覺閱讀」的自我社會外化，也是其「角色意識」開始成型之時——與五四以來的所有知識份子一樣，功利化的文學，導致閱讀者必然進入實踐角色，文學青年或知識青年的「知識份子性」必然表現為對激進文化的青睞和啟蒙向上的民族解放「現代性」的探求。

　　第二階段是趙樹理滯留太原期間。閻錫山政權「自新院」存在的特殊性及對「在押者」學習閱讀上的非限定性，大大方便了趙樹理，「任何有關馬列主義的書，在這裡都可以閱讀」。[3]出「院」之後在太原的滯留，尤其是一九三三年前後在他「賣文為生」的日子裡，不僅直接參與了當時文壇熱點問題的討論[4]，而且在實踐中有意進行選擇。「賣文」卻並不迎合，而是以激進姿態行批判之實，可以認定，

1　轉引自董大中：《趙樹理年譜》（太原市：北岳文藝出版社，1993年），頁47。

2　李士德：《趙樹理憶念錄》（長春市：長春出版社，1990年），頁44。

3　董大中：《趙樹理年譜》（太原市：北岳文藝出版社，1993年），頁68。

4　參見董大中：〈編者的話〉，《趙樹理文集續編》（北京市：工人出版社，1984年），頁8。

趙樹理從此開始有意把「作家」身份與革命青年的「社會角色」聯為一體，他依然在第一階段後期已朦朧意會到的文化趨進向度上展示自己——不過更為自覺罷了。顯而易見，此階段中的趙樹理，已走入「單純閱讀」狀態，即完成了對五四新文化理性的內在吸納，在「大眾化討論」的語境中，遂產生「鄉村藝術情感」與「五四藝術理性」的融合難題。趙樹理的「大眾化」選擇，肇因於對現實的批判而始終不曾離開啟蒙理性，其知識份子性體現為對兩種文化融合機制的選擇與建構。

　　第三階段是根據地時期及其「成名」之後。這時他的作家身份被定位，不過在根據地這只是「黨的幹部」的分工不同。為此，趙樹理的「知識份子性」就只能是「作家」技藝與「幹部」作用的疊加，走向「問題」創作，是與這種疊加身份密切聯繫在一起的——這也是所有投奔到解放區根據地的「作家」類知識份子的自覺而又共同的文化選擇。如果說這時候趙樹理更多地矚目於農村的話，那是因為此時的他所面對的只有農村——並且又是他最熟悉的人生世界，新文化理性則成為他探求「問題」背後文化淵源的前提意識。我們看到他這一時期的作品，側重於歷時性文化衝突類遠遠多於他對「戰爭情景」的展示。

　　第四階段是一九四九年以後。「十七年」中，中國作協「東總布胡同」與「西總布胡同」之間那說不清、道不白的「觀念之爭」，再一次把趙樹理推入「誰為正宗」的競爭漩渦裡。「左翼」文藝的強大傳統及由此形成的「天然霸權」和「作家官兒們」之間的「身份」之爭，使趙樹理陷入從未體驗過的痛苦與困惑之中。他既未利用自身創作與〈講話〉之間的被公認的「血緣」關係而謀取官職，又不可能如當年「太行文化人座談會」上那樣以「非體制化」身份據理力爭甚至拍案而起。生活環境、資歷淵源、心態情感、「作文」與「為官」之間等種種的不適應，陷入「孤獨」的他，第一次有了一種被人排擠的

淒涼之感。在一九四九年初「文學話語霸權」以「左翼」引領而逐步
生成的過程中，使實際處於體制邊緣的趙樹理感到，唯一能夠挽救這
種自我傾倒的方式就是創作。我們看到，在這一段歲月裡，他展示了
知識份子難能可貴的「固守」姿態——拒絕融入「都市的俗庸」與
「文化的醬缸」，而執著地、一如既往又更加理性地把自己定位在
「農民利益代言人」的角色上。一如當年梁漱溟的「犯顏直諫」，他
對自我角色的體認，依然是淡漠「作家」、而看重能介入「問題」的
身份——不脫知識份子性的「幹部」。「文革」前他長期在故鄉掛職及
其作為，足以說明趙樹理對於這種角色的執著。

　　社會角色之於趙樹理生命過程的選擇定位意義，不是像今天的商
業化時代一樣，只能是社會派定的或者受著慾望文化驅動而向「眾
者」的靠攏。從趙樹理對五四新文化理性體認及內在化過程來看，其
社會角色之於知識份子，絕大多數都呈現為主動選擇的結果。不過選
擇的過程卻始終是知識份子性的，即執著地以知識份子的現代性激進
精神姿態和「安邦濟民」心態參與其中。他們普遍表現出的「準革命
者」的外在面貌，與其生命化的知識份子性總是處於難以完全相融的
疏離狀態。「啟蒙者」及其實踐方式與「革命者」及其實踐方式，是
我們今天認定現代知識份子社會角色的歷史前提。五四新文化理性維
度的西方指向，雖然是導源於晚清以降至五四前夕的民族淪亡的現實
需求，但並非是文化主體對此體認及恪守的唯一功利。「啟蒙者」甚
至成為五四以降知識份子現代性身份的生活護照，是他們在科舉制度
廢除之後絕望於仕途而以「文化霸權」對抗外部世界的精神特憑。當
知識份子的這一「獨立身份」不斷得以張揚後，必然與「體制化」的
意識產生矛盾——一九四九年後知識份子一系列的悲劇性遭遇，於此
也可以得到說明。趙樹理雖不像五四先驅們那樣具有先進文明傳播者
和實踐者的雙重身份，但他的文明價值觀始終是指向五四與現代，這

一點是得到充分論證的。[5]社會角色的選擇與定位，體現在趙樹理這裡的複雜性，是與他終生不曾淡化的鄉村文化情趣和對農民的親情分不開的。在戰爭文化環境與階級鬥爭語境中，趙樹理自覺扮演著「啟蒙者」角色，這在從〈小二黑結婚〉到〈田寡婦看瓜〉等十數篇小說作品中被明顯表徵。他對生活切入的「問題」角度，對階級衝突方式的宗法化設置，對「中間人物」的分外關注，甚至包括文體上對「可說性」文體的刻意追求，[6]都可以看作是「啟蒙者」社會角色的特殊的文學言說。顯然，趙樹理重視農民及農村的生命存在狀況而非「鬥爭」性，是深有意味的。這就使他身處根據地這一特殊政治區域的「革命者」社會角色。因擁有共同的文化空間（農村）和一樣的文化對象（農民）而自然疊合為一。一九四九年以後，這一「共同性」在審美方面雖有所變化，但農民佔國民的絕大多數的這一事實並未改變，這種狀況為趙樹理以一貫的「啟蒙者」與「革命者」兩重疊加身份繼續作用於現實，不僅提供了巨大的可能性空間，而且因和平時期農民存在本質的持續弱化，使其天然就具有的「平民意識」逐漸把「啟蒙者」和「革命者」雙重身份熔鑄為「農民利益代言人」的社會角色。有趣的是，我們從《三里灣》中看到，他似乎有意淡化「啟蒙者」與「革命者」社會角色的歷史功利性，而逐步凸現「知識份子性」。從二十世紀五〇年代末到六〇年代中期，趙樹理在兼任山西省陽城縣委和晉城縣委副書記期間，為了農民的利益，他寧肯放棄創作，更無顧於「仕途」了。他的「知識份子性」，因眷戀著農民農村而始終牢居於「平民」層次，又因啟蒙理性的慣性驅使，使他的行為做派日趨探進作為社會良知、公正、真實的境界裡。如果說他因「誰

5　席揚：〈面對現代的審察——關於趙樹理創作的一個側視〉，《延安文藝研究》1992年第2期。

6　趙勇：〈可說性文章的成敗得失——對趙樹理小說敘事模式、傳播方式和接受圖式的再思考〉，《通俗文學評論》1996年第4期。

為正宗」之爭而產生過痛苦的話，那麼這一痛苦對趙樹理來講是可以忽略不計的——因為他的痛苦感覺最後歸結為：他愈來愈意識到，一個「作家」身份的知識份子為民「鼓呼」的無力，良知、真實在「體制化」面前的軟弱與渺小。他的困惑也必然成為自我拷問——我究竟能為弱勢的農民做點什麼？當他以一生的代價為農民的命運思考探詢時，他作為知識份子的外在體認，就自然被微縮於農民或鄉村文化範疇裡了。無怪乎人們在傳統知識份子期待視野之中拒絕他的進入。

二

「家」「國」是中國傳統文化的常規概念。「家」「國」一體，在儒家那裡既被作為古代「士」階層文化功能的作用範疇，也同時被作為士人階層實現其文化抱負、提升自我價值的層次畫分。一體化體認的前提是二者秩序的不可顛倒性。由「家」之「國」，「齊家」之於「平天下」，為士人規劃出一條倫理化政治宏圖的實現途徑。但這種知識份子實現自我的傳統程序，進入五四後的現代中國被徹底改寫了。我們看到，以「反叛家庭」的方式而進入「憂國」之列，已成了許許多多知識份子競相效仿的行為。如果我們對於知識份子的出身與家庭先不做階級畫分的話，那麼「貧」「富」差異便在這一行為上呈現為兩種方式：前者的「叛逆」表現為「離家出走」，「去尋找別樣的人們」；後者的「叛逆」則是以否定的方式完成，即生活方式上與「家」決裂。二者的「叛逆」行為，當遭逢到三〇年代以降階級話語時代時，主體的文化情感也同樣呈現出差異。「叛逆」者們在對階級意識的全面認同中重塑自我情感，情感的階級成分成為主體的一種身份證明；而「離家出走」者，卻並未在階級範疇中因「同質體認」而產生自豪，他們容易陷入一種複雜的情感選擇與建構之中。這涉及到他們對「家」「園」內涵的認識。對他們說，「離家出走」後對「家」

的認識，不再只是血緣倫理意義上的生存處所，而是這一「處所」所依托的具有同樣生活和文化境遇的群體——但這又絕不是從階級的同質性上加以區別的。「家」成了大於血緣倫理邊界的「文化世界」，自我與之有著難以割斷的聯繫。複雜性就在這裡，滲透於「啟蒙者」和「革命者」疊加身份中的這一複雜色彩，一方面表現為如二〇年代「鄉土派」那樣的寓居都市而遙想故園的「鄉愁」與「憂慮」；另一方面則表現為如趙樹理這般對農民利益日益強烈的探詢與呼籲。人們所常常談到的發生在趙樹理或「山藥蛋派」作家身上的這種「意識」，在我看來，並非「小農」，而是「大農」或「民間世界」意識。在「家」「園」範疇中，這是構成趙樹理「情感世界」的基礎，也同樣決定了趙樹理作為一個知識份子的現實情感角色。

現代中國革命之與農民、農村關係的一個基本事實是：當時代政治為了權力利益需求而最大限度地張揚農民的「革命先鋒性」時，農民與鄉村的文化滯後性被有意而又委婉地加以遮蔽，遮蔽的結果也使其文化境界被提升的可能性相對失去了。現代生活中城鄉兩種方式指向，國家經濟體制並非有意的對農民的排斥，其在實際效果中「削弱」農民利益的做法，被趙樹理這樣的知識份子敏銳地捕捉到了——不論是〈李有才板話〉中章工作員的官僚主義、陳小元的蛻化，還是《三里灣》裡「中間人物」群體的「無奈」，都折射出上述這種情感力量的支配作用。重要的是，當趙樹理不得不以這樣的情感角色面對「家」與「國」時，「家」「國」之間的利益衝突，就明顯地影響到他的現實行為和創作追求。

小說的「問題性」，是研究者們對趙樹理創作特色的一種概括，也似乎是一個得到大家公認的特徵表述。然而，當我們從他的創作中知悉了「問題」的能指之後，我們應該深究的是，趙樹理提出這些「問題」的真正動機和隱含的情感趨向是什麼。趙樹理有一段自述是研究者喜歡引用的——也是上述公認的趙樹理小說創作「特徵表述」

的主要論據：「我在做群眾工作的過程中，遇到了非解決不可而又不是輕易能解決了的問題，往往就變成了所要寫的主題。這在我所寫的幾個小冊子中，除了〈孟祥英翻身〉與〈龐如林〉兩個英雄的報導之外，還沒有例外。如有些很熱情的青年同事，不了解農村中的實際情況，為表面上的工作成績所迷惑，我便寫了〈李有才板話〉，農村習慣上誤以為出租土地也不純是剝削，我便寫了〈地板〉（指耕地，不是房子裡的地板）。……假如也算經驗的話，可以說『在工作中找到的主題，容易產生指導現實的意義』。」[7] 我所理解的「問題」，是「非解決不可而又不是輕易能解決了的」一層，趙樹理這種表述我以為就是指「生存困境」，即趙樹理捕捉到的均是農村及農民生活中的具有「生存困境」一類的「問題」。看來，這些「問題」就不單單具有政治層面的含義，而是現實生存和選擇的文化困惑問題，如〈李有才板話〉中的官僚主義問題，〈地板〉、〈邪不壓正〉、〈傳家寶〉等作品裡所揭示的農民觀念滯後將給自身未來帶來嚴重後果的問題等。顯然，這裡「問題」選擇的「生存困境」意味，並不是創作主體在自我——外在範疇之中有意體驗的結果，而是一個清醒的置身其外的「農民利益代言人」或「鄉村良知」體現者理性思考發現的歸宿。趙樹理的這種「感覺」由於與對象之間的特殊作用關係而與三〇年代何其芳「畫夢錄」式的「生活困境」感覺大大區別了開來，「情感角色」的外在表現，在趙樹理這裡不是指向階級立場，而是「大眾立場」，「為大眾打算」。[8]「大眾」，在趙樹理這裡始終是「平民」、「百姓」、「下層」等語義界限內的所指。他在答覆〈邪不壓正〉發表後所激起的不同意見時真誠地表白：「我在寫那篇東西的時候，把重點放在不正確的幹部和流氓上，同時又想說明受了冤枉的中農作何觀感，

7　趙樹理：〈也算經驗〉，見《趙樹理全集》第4卷。

8　趙樹理：〈小更正〉，《趙樹理全集》（太原市：北岳文藝出版社，1990年），第4卷，頁194。

故對小昌、小旦、聚財寫得比較突出一點。據我的經驗，土改中最不容易防範的是流氓鑽空子。因為流氓是窮人，其身份很容易和貧農相混。在土改初期，忠厚的貧農，早在封建壓力下折了銳氣，不經過相當時期的鼓勵不敢出頭。中農顧慮多端，往往要抱一個時期的觀望態度；只有流氓毫無顧忌，只要眼前有點小利，向著哪一方面都可以。這種人基本上也是窮人，如果願意站在大眾這方面來反對封建勢力，領導方面自然也不應拒絕，但在運動中要加以教育，逐漸克服了他的流氓根性，使他老老實實做個新人，而絕不可在未改造之前任為幹部，使其有發揮流氓性的機會。可惜那地方在土改中沒有認清這一點，致使流氓混入幹部和積極份子群中，仍在群眾頭上抖威風。其次是群眾未充分發動起來的時候少數當權的幹部容易變壞，在運動中提拔起來的村級新幹部，要是既沒有經常的教育，又沒有足夠監督他的群眾力量，品質稍差一點就容易往不正確的路上去，因為過去所有當權者盡是些壞榜樣，少學一點就有利可圖。我以為這兩件事是土改中最應該注意的兩個重點，稍一放鬆，工作上便要吃虧。」[9]這裡，趙樹理對「流氓」和「容易變壞的幹部」的「重要性」的強調，固然是從土改目的出發的，但思考中所倚重的「情感」，依然是明顯地站在「百姓」層面。因為這些「問題」不解決，傷害的直接對象是廣大貧苦農民。趙樹理這種「情感角色」意識與定位，在一九四九年以後的創作過程中依然十分自覺而清晰。比如《三里灣》的寫作動機，亦是碰到了「不太容易解決的問題」——「第一，在戰爭時期，群眾是從消滅戰爭威脅和改善自己的生活上與黨結合起來的，對社會主義的宣傳接受得不夠深刻（下級幹部因為戰時任務繁重，在這方面宣傳得也不夠），所以一到戰爭結束了便產生革命已經成功的思想。第二，在

9　〈關於〈邪不壓正〉〉，見《趙樹理全集》（太原市：北岳文藝出版社，1990年）第4卷。

農業方面的互助組織，原是從克服戰爭破壞的困難和克服初分的土地、生產條件不足的困難的情況下組織起來的，而這時候兩種困難都已經克服了，有少數人並且取得了向富農方面發展的條件了；同時在好多年中已把『互助』這一初經組織形式中可能增產的優越條件發揮得差不多了，如果不再增加更能提高生產的新內容，大家便對組織起來不感興趣了。第三，基層幹部因為沒有見過比互助組織更高的生產組織形式（像農業生產合作社這樣的半社會主義性質的組織，在這時候，全國只有數目很少的若干個，而且都離這地方很遠），都覺著這一時期的生產比戰爭時期更難領導」。[10]他為解決「問題」而「下鄉掛職」，參與實踐，並長期生活於一個農業社，便是其主體「情感角色」必然的現實行為選擇。作為一個解放後被體制化的知識份子，趙樹理始終清醒地知道自己「雖出身於農村，但究竟還不是農業生產者而是知識份子」，[11]當他認同於歷史選擇時，他的理性批判鋒芒會自然轉向那「很不容易消滅」的「中間人物」身上，並以善意的「幽默」來承載自己對農民親近的「情感角色」，《三里灣》的寫作即是如此。而當體制運作過程中呈現出「傷農」傾向時，他的否定鋒芒則毫不猶豫地指向體制的代言者——這構成了他一生創作的基本脈線，而且在此時，他便不再遮蔽自己的「情感角色」，徑直以「平民化」的「知識份子性」，高揚自己的理性判斷，甚至以「困惑」的「沉默」來衛護自我「情感角色」的完整性。從他的當代創作看，《三里灣》之後近五年的時間，他的小說創作是個空白。一九五八年的兩部小說作品——〈靈泉洞〉寫的是「抗戰」，〈「鍛煉鍛煉」〉則明顯指向社主任王聚海的思想批判。順此，一九五九年的〈老定額〉、一九六○年的

---

10 〈《三里灣》寫作前後〉，見《趙樹理全集》（太原市：北岳文藝出版社，1990年），第4卷。

11 〈《三里灣》寫作前後〉，見《趙樹理全集》（太原市：北岳文藝出版社，1990年），第4卷。

〈套不住的手〉、一九六一年的〈實幹家潘永福〉、一九六二年的〈楊老太爺〉、〈張來興〉、〈互作鑒定〉等，其創作傾向滲透著共和國在這一時期的特定情形。這些情形以「家」「國」衝突的方式，呈現在趙樹理「情感角色」的文化歸屬選擇和「角色自塑」的困惑之中。但其「知識份子性」卻與大唱頌歌的「楊朔模式」呈鮮明的悖反狀態，即「家」「國」衝突之中對「良知」的捍衛。值得分析的是趙樹理的「情感角色」在中國大陸建國初期、五〇年代中期到六〇年代的「站位」變化。我以為這種變化依然是圍繞著「為大眾著想」而深入探詢的結果，當他認同於「體制意志」時，他是「啟蒙者」；而當他在某種趨勢中陷入「困惑」時，他是「農民利益代言者」，二者都在「情感角色」的統轄下一同呈現為始終如一的「知識份子性」。

三

　　中國自進入現代時空以來，知識份子就飾演著特殊的「權力角色」。其特殊性是指這種「權力」並非是體制賦予個人某種可以任意支配別人的職能。當自我以「良知」、「公理」來規範自身並以此面向外部世界時，也同樣構成一種「權力」——這應當視為現代知識份子對權力認同的一個特點。在中國古代的「士」階層那裡，對權力的體認是以自身的「達」而後行為外化的「濟」序列中完成的。「士」自身被「體制化」（更多地表現為主動的追求）是他們體驗權力的起點或基礎，「退而獨善其身」，也同樣是在失去了「權力」體驗空間和「權力」運作可能的情況下出現的。顯然，在「士」階層這裡或者說在中國人傳統心理當中，「權力」不僅體現為主體對外在支配的單向性，也體現為非體制化情形下個人權力的空洞狀態。當然這與古代「士」的文化目標、自我實現方式及一體化體制狀態有關。但近代以降，西風東漸，域外「人本主義」、「人道主義」及種種人與社會關係

學說的傳入，中國知識份子在失去了入仕可能的情況下，迅速成長為一個可與體制抗衡的具有相對獨立性的階層，以其來自於異域的全新的「文化資本」而擁有了「文化霸權」，並由此誕生一種新的權力體驗方式，即非體制化的、以「公理」、「良知」、「未來代言人」而左右社會的權力體驗。當主體意識到這種權力及權力的外化功能後，知識份子也同樣擁有了對權力運作的新型方式。權力被重新解釋，對現存及一切社會歷史現象進行文化學理式的判斷，無疑成為知識份子獨擅勝場的特殊權力。為此，我們可以對這種新權力觀念作這樣的簡單的解釋：它既體現為體制統治的一種方式，也是主體（尤其是文化創造主體）外化自我的一種過程。擁有這種方式並且能自覺地運用這種方式，可看作是現代知識份子性的一個顯豁標示，尤其是當這種方式的運用與體制產生矛盾時，知識份子的作用則顯得更為重大。

　　我以為，趙樹理一直體現為這樣的「權力角色」。趙樹理自〈小二黑結婚〉發表之後贏得大名，正如美國記者貝爾登不無誇張的描述，他「可能是共產黨地區中除了毛澤東、朱德之外最出名的人了。其實他是聞名於全中國的」。[12] 其時的情形真是如日中天，然而趙樹理並未走入「特殊」、「異常」，而是保持了令人難以置信的冷靜。對於「作家」及其由此帶來的「方向」等等榮譽他並不看重，或者說是無所謂的：「我不想上文壇，不想做文壇文學家。」[13] 這恐怕是他真心的表白，甚至在一九四九年以後他也曾屢屢透露，認為自己最擅長的是到農村基層做點與農民利益有實在關係的工作。陳荒煤曾回憶說：「一九四七年我在邊區文聯召開文藝工作座談會寫了那篇〈向趙樹理方向邁進〉的文章，就請趙樹理看過。他曾一度提出意見，希望我不要提『趙樹理方向』這個字句……『無論如何不提為好』。」[14] 一九四

12　《中國震撼世界》（北京市：北京出版社，1980年）。

13　〈《三里灣》寫作前後〉，見《趙樹理全集》第4卷。

14　〈趙樹理小說人物論序〉，見《回憶趙樹理》（太原市：山西人民出版社，1985年）。

九年之前，趙樹理甚至沒有一篇有關自我創作的「自述文章」。我認為這一切並不是簡單的「謙遜」，而是反映了趙樹理作為一個成熟的文化主體拒絕被體制化的自由心態和卓然不俗的知識份子性格。在這種不事張揚的背後，他有意想與「文壇」（或者還有其他）保持一種距離。趙樹理被標為「毛澤東文藝思想」實踐者的特殊身份，在這層意義上與周揚的特殊關係，這些「資本」本應成為趙樹理據此獲取更多更高「權力」的階梯，然而他竟淡然於這些在別人看來是可遇而不可求的「資源」——第一次文代會上，「方向性」人物趙樹理只是眾多理事中的一個而已，北京市文聯職務對他來講也是可有可無的，他偏偏看重的是「大眾文藝研究會」的角色，而且在《說說唱唱》這本被「正宗」文藝家很是看不起的主編位置上勝任愉快。這是對自我權力的執著，為此他甚至「與一般文藝界的朋友、與知識份子出身的文藝界人士往來不多，關係不很融洽」（陳荒煤語）。當時的中國作協內，像丁玲、艾青等這些「自然領導者」面對趙樹理時的「內心情感」是相當複雜的。丁玲曾在日記中寫道：趙「這個人是一個容易褊狹的人」，原因何在？「這個人剛看見時也許以為他是一個不愛說話的人，但他是一個愛說話的，愛說他的小說，愛發表自己的意見，愛說自己的主張」。[15]中國大陸建國初期中國作協「東總布」與「西總布」兩「胡同」之間的摩擦，表明了一些從國統區來到延安的作家們在趙樹理「正宗」「威壓」下一種難以理清的心態。在這種「文藝霸權」或「文藝正宗」的暗自較量中，趙樹理除了堅持以作品說話之外，並未動用其他「技巧」。而受到「威壓」的人則不同了，嚴文井回憶說：「五〇年代初的老趙，在北京以至全國，早已是大名鼎鼎的人物了。想不到他在『大醬缸』裡卻算不上個老幾。他在『作協』沒

---

15 蘇春生：〈從「通俗研究會」到「大眾文藝創作研究會」——兼及東西總布胡同之爭〉，《趙樹理研究通訊》第8期。

有官職、級別不高，他不會利用他的藝術成就為自己製造聲勢，更不會昂著腦袋對人擺架子。他是地地道道的『土特產』。不講包裝的『土特產』，可以令人受用，卻不受人尊重。這是當年『大醬缸』裡的一貫行情。『官兒們』一般都是三〇年代在上海或北京薰陶過可以稱之為『洋』的有來歷的人物，土頭土腦的老趙只不過是一個『鄉巴佬』，從沒有見過大世面；任他的作品在讀者中如何吃香，本人在『大醬缸』裡還只能算一個『二等公民』，沒有什麼發言權，他絕對當不上『作家官兒』對人發號施令。」[16]這說得夠明白了，趙樹理既然被「排斥」，沒有多少被體制化的空間，同樣，「固守自持」的他對此也示以漠然。對他來講，最重要的權力是能以「良知」、「公正」說話，這種權力角色的定位，給了他難得的「自我自由」，從而完整地保存了他的「知識份子性」。

趙樹理先後兩次到山西的晉城和陽城擔任縣委副書記的職務，我以為這不是簡單的「掛職」問題──因為在這裡隱藏著一個特殊的身份問題。眾多的資料表明，趙樹理在農村區域的工作不只是走馬觀花，而是身體力行，他的筆記本上所記的似乎都不是可以進入創作的素材。他在大連「農村題材短篇小說創作座談會」上的發言，從今天看幾乎沒談到「創作」，而是農村及他自己對農村現狀各方面的感覺分析。其實我們從中不能僅僅只看到他「熟悉」的一面，更重要的是「角色」的獨立性和「權力」意識、功能、作用的「知識份子化」。在「掛職」這樣的特定情景中，他既非完全體制化的「幹部」，又非真正被權力制約的「農業生產者」，這種兩重「疏離性」使他獲得了以「第三種人」（即知識份子視點）進行生活觀照與思考的方便與超脫。他以「實事求是」的心態（其實就是一九四九年後知識份子代表良知、公理、平民利益的言說方式），既抗拒著體制的「左」，又能體

---

16 〈趙樹理在北京胡同裡〉，《中國作家》1983年第6期。

察到農村農民中許多「必須解決而又一時不太容易解決的問題」。「疏離」的「第三隻眼」，使他體味出現實衝突的複雜性、尖銳性，他並不回避這些，毋寧說是「複雜性」、「尖銳性」激逗起他積極「介入」的激情。他始終把「介入」當成自己的一種神聖的權力，唯其如此，權力的功能外化不但成了必然，也是他作為一個知識份子良知承諾的文化理性的驅動結果。

　　我們還可以進行這樣的分析，如果僅僅從趙樹理「農民出身」與他熱衷於表現農村的對應關係上考察，很容易得出趙樹理藝術視野和文化擁有的「非知識份子性」的結論。但從敘事學觀念看，趙樹理作品中的「隱含作者」的身份，不但是一以貫之，而且與魯迅、老舍、茅盾、巴金一樣，其「知識份子性」已化作濃郁淳厚的人道主義情懷滲透於作品的一切方面。趙樹理的這種人道主義，在過去長期庸俗社會學文藝理論的限定性閱讀接受中往往被理解為膚淺的對農民的「同情」，或者意識形態話語系統中的與「農民共命運」等。同樣的情形也表現在過分迷戀趙樹理對自我創作的「自述文字」。一說「問題」，便必然與「農村工作」這樣的時代體制化概念連在一起，對趙樹理喋喋不休談論「農村」，我們往往只把它當作「鄉村現實」而不是「文化表達」。對趙樹理與農村關係的過分板滯的理解，是導致對趙樹理「文化身份」認同過程中「知識份子性」被遮蔽的重要原因。在創作中對自我體驗世界的固守，表現在趙樹理身上並不只是「堅持現實主義」一句話可以說透的，這是他把穩知識份子權力角色的一種特殊姿態。為此他不懼於在領導高層公開自己的觀點，[17]不惜與掛職所在的縣區其他領導幹部頻頻發生激烈衝突。[18]他多次說過：「我沒有膽量在創作中更多加一點理想，我還是相信自己的眼睛。」所以「〈小二黑

17　可參見趙樹理〈給長治地委××的信〉、〈給邵荃麟的信〉及一九五九年八月寄給當時的《紅旗》雜誌主編陳伯達的長信。
18　參見潘小蒲：〈趙樹理活動拾遺〉，《趙樹理研究》1990年第3期。

結婚〉沒有提到一個黨員」,「農村自己不產生共產主義思想,這是肯定的。農村人物如果落實點,給他加上共產主義思想,總覺得不合適。什麼『光榮是黨給我的』這種話,我是不寫的。這明明是假話」。[19]很顯然,趙樹理所恪守的身份並不是「農民性」和「幹部性」,而恰恰是「知識份子性」。他在複雜現實中的「權力角色」分量是由此而決定的,痛苦與「自由」也同時共孕共生。

——本文原刊於《鄭州大學學報》2001年第5期,中國人民大學複印

報刊資料《中國現代、當代文學研究》2001年第12期轉載

---

19 〈在大連「農村題材短篇小說創作座談會」上的發言〉,《趙樹理全集》(太原市:
　　北岳文藝出版社,1990年),第4卷,頁517。

趙樹理創作與「現代性」

一

　　「現代」──我們在這裡使用這一概念，更重要的不是指物理時序範疇中的「時間」指謂，而是一種觀念的表達。正如我們尋常對「傳統」的含義總是在往昔精神與物質的總體時空中所把握的那樣，「現代」所指謂的要義是工業文明過程中人類所形成並認可的理性。這一理性在西方的近代歷史中被表述為自由的觀念、民主的觀念以及延伸於審美領域後的人的本體觀念。這一現代意識經過了我們民族近百年的痛苦選擇之後，尤其經過五四啟蒙的激蕩，在中國當時特殊的情勢下，被吸納的是這一理性在早期所具有的群體性質和救亡的功利性質，而捨棄的是這一理性在後工業化文明階段裡逐漸向人的存在本體化入的「孤獨」特徵──這一理性，雖然是五四前後中西衝撞的產兒，也由此奠定了二十世紀以來民族文化的新理性。

　　因為這一理性是在民族瀕臨潰滅的危機中孕育而成，所以危機不僅成為它賴以生長的土壤，而且從一開始就潛在地把它制約在救亡的功利範疇之內。與此同時，這在重構民族文化的這一視線上與洋務運動的物質改革，戊戌變法的制度改革縱向聯繫起來，形成以價值觀念和生存方式為核心的文化啟蒙態勢。從五四先驅者們那奮然挺起的激昂姿態中我們可以看到，當他們面對「傳統」的千年大山要反叛時，其決絕的態度，便成為他們擁有了這一理性之後最自然也最恰當的行為方式。我們還可以進一步分析，這一態度的情感本質是西方化的，是嚴酷的民族潰敗現實驅迫下對西方「現代」意識痛苦熔鑄的結果。

由此我們可以列出下列程序來顯示五四以後中國現代理性的生成順序和構成要素：救亡的現實驅迫著人們開始中西文化的比較，並逐漸從物質層面、制度層面到文化層面予以痛苦的認可——意識的轉換在深化著中西比較的同時認清了本土文化的弊端，繼而以西方的近代觀念構成理性核心——新理性的定型以價值觀念和生存方式的重構為標幟，轉而形成與傳統徹底決裂的情感態度——大規模全面地批判「傳統」，既是西化觀念和情感態度雙重外化，同樣也是對救亡的切實回報——價值功利與現實需求合二為一，「現代」歷史就此誕生。

值得注意的是，這一現代理性是與五四文學的審美世界同步生成的，甚至可以說，它從懷孕到分娩是通過審美這一「臍帶」輸入營養的——這一點可以從五四先驅們諸如李大釗、魯迅、陳獨秀、胡適、周作人等人的雙重身份（既是思想家又是文學家）而得到確證。胡適的發難，陳獨秀的「戰叫」，魯迅的決絕批判，甚至林語堂的「浮躁凌厲」及周作人「人的文學」、「平民文學」側翼呼應，所顯示的五四現代審美的勃興，無疑是上述現代理性催化的結果，並形成新文學走向繁榮的內在張力。在文學領域中終其一生的魯迅最能說明這一點。早期小說和後期雜文中對國民劣根性的酷烈批判尤其是對封建文化主要載體的知識份子和農民的情感態度，都始終如一地在上述這一現代理性中吸取著批判激情。魯迅在審美操作中所始終堅持的對農民那種「哀怒」交雜式的批判式同情的藝術理性正是我們今天面對趙樹理創作時所不應忘懷的。

面對著這樣的「現代」審視，趙樹理創作的價值如何呢？

二

審美獨創性的獲得，從尋常情形上看，一般需要兩個基本條件：一是客觀給予主體的自由空間，也即是主體在客體的有限制的前提下

所獲得的自由度；二是主體本身在沒有被客體限制之前所擁有的自由意念的強弱。強烈的自由意念與外在相對寬鬆的自由空間的共時生發，無疑是審美獨特性產生的基本條件。趙樹理作為一個獨特性非常鮮明的作家，他那在與時代發生審美聯繫前的自由審美意識的張力與當時的時代理性對審美價值的限制之間，顯然存在著差異。而重要的是，這種由「差異」所造成的「間離」效果，不僅連續地向人們顯示出他在審美實踐中的困惑，而且這種天然「間離」一開始就促使他在自己的審美活動中構建起獨特的審美調節機制——困惑玉成了他的深刻，而這一獨特「機制」又使他在強化審美同一性的時代裡永葆獨特地位。顯而易見，趙樹理的藝術理性不但大不同於當時的許多農民式作家，並且與其時的區域時代理性從初始就不處在同一範疇裡。

我們不妨先看看趙樹理的心態的文化基調和理性構成過程。他的心態的文化基調是傳統的，這取決於他的生活環境及最初受到的教育。「一九〇六年，當趙樹理在山西東部山區的沁水縣一個小山村降生時，『大山』之外的民族風雲變幻，甚至包括六年以後的辛亥革命，實際上並未對趙樹理最初的生存環境產生什麼翻天覆地的影響。耕織自為的生活場景，無所奢求但亦不無歡樂的生活格調，談不上殷實、但可以飽腹的家庭存在，頗有點桃園意味的閉塞生存方式，在怡然自樂的追求中，形成了一種摒棄外在刺激的意識，任何外在信息在這庶幾於無聲的緘默之中被可怕地遏止了——這就是趙樹理童年生存的文化環境。」[1]「占星卜卦、裝神弄鬼、社火土戲、喪婚嫁娶、禮尚往來，構成了正統文化之外長期承襲相習的現實文化。我們從趙樹理諸多對自己童年生活自述文字中看到，傳統文化以及與這一文化形態相契合的生活方式，遠在他們的精神理性產生之前就已經進入到對他

1　席揚：〈農民文化的時代選擇——趙樹理創作價值新論〉，《中國現代文學研究叢刊》1987年第3期。

心靈的塑造過程之中，構成他文化心態的最初基礎。」[2]我們追述上述情形，目的在於試圖確認趙樹理這位獨特作家其後的理性生長土壤到底是什麼，為探討他的藝術理性成熟過程鋪設前提。趙樹理的藝術理性恰恰是超越了這前提而與五四精神取得順向對接之後始得成熟的。「魯迅及現代一大批文化先驅們艱苦卓絕地頑強探索及其成果，影響了五四時期每一位熱血青年。而趙樹理正是在這一新文化取得絕對勝利的歷史背景中，告別了少年和故鄉，告別了封閉僵化的文化環境的。到長治求學和在太原等地流浪期間，正是他受五四文化影響的第一個有深遠意味的文化自覺時期。」[3]從他在一九三四年連續發表的〈神經質的文人〉、〈歐化與大眾語〉、〈給青年作家〉等文章的價值指向上看，的確證明他自己「在學生時代也曾寫過五四時期的語體文（書報語，不能做口頭語用）和新詩（語言上屬於翻譯語），而且一度深感興趣」。[4]「我在文藝方面所學習的和繼承的還有非中國民間傳統而屬於世界進步文學影響的一面。能使我成為職業寫作者的條件主要還得自於這一面——中國民間傳統文藝缺陷是靠這一面來補充的。」[5]

趙樹理的這些自述及其早期的藝術實踐說明，正是在這一階段裡，他得到並接受了五四文化選擇運動對傳統文化的情感態度和理性批判意識，開始了在以傳統為主導成分的精神基礎之上自我文化心態和藝術理性的時代重構。這為趙樹理以後成為新文學的大家打下了堅實的基礎。既造就了他的藝術價值觀，也埋下了他在審美實踐中格外看重功利性的種子。

但是我們又必須看清，趙樹理最初的藝術趣味畢竟是在民間文學

2　〈農民文化的時代選擇——趙樹理創作價值新論〉，《中國現代文學研究叢刊》1987年第3期。

3　〈農民文化的時代選擇——趙樹理創作價值新論〉，《中國現代文學研究叢刊》1987年第3期。

4　〈回憶歷史，認識自己〉，《趙樹理文集》（北京市：工人出版社，1980年），頁1834。

5　〈《三里灣》寫作前後〉，《趙樹理文集》（北京市：工人出版社，1980年），頁1486。

的氛圍中培植而成的。民間文學在其發展的過程中並不十分看重其功
利性；它在自在狀態中把自己的價值寄植於娛樂的審美層次上，不僅
形成了自由自在的發展過程，而且本身就是自由創造的結果。這顯然
要求創造者必須以自由的心靈、並以智慧的自由組合而獲得。民間文
學作為農民文化的一個顯性層面，其存在方式的自由性無疑成為農民
文化中最為活潑、對人的精神最能產生影響的因素。民間文學的自由
存在形式和自為發展的狀態以及由此對創造者提供的審美自由空間和
對創造者自由意念的要求，對於趙樹理來講太重要了。他正是在這一
「自由」、「自為」的審美氛圍中，在不知不覺中培植了自己的審美情
趣並激起審美創造能力的。怡人性情的地方戲曲，游走四方的說書藝
人，流行於田間炕頭的板書及出現在人們調侃之間的「順口溜」式的
詩的創作，給予趙樹理的是一種極自然的陶冶，是對他在趣味牽導下
審美創造衝動的自然誘發。審美創造和接受的自由氛圍，創造者與接
受者的非功利性的對應契合以及在此基礎上對每一個有志於審美的後
來者自由的誘惑，形成了趙樹理既不同於五四「理性自由」，又不同
於延安時代「共性自由」的審美創造的自由意念。這也許正是汪曾祺
先生所說的「趙樹理最可讚處，是他脫出了所有人給他規範的趙樹理
模式，即自得其樂地活出了一份好情趣」[6]的緣由所在。

　　與此同時，這一多重自由，還培養了趙樹理那種獨有的、別的農
民作家所根本不具備的審美智慧。「智慧」在這裡不是才能的替代表
述，也不是認識積累之後的必然結果，當然更不是建立在一種理性之
上的認知水平。「智慧」在此首先獲取昇華的範疇是自由，是生命存
在和無礙狀態下自我悟性任意發展的結果。在自由的範疇裡，它是以
生命的自在強度來決定的。「智慧」所指的是生命在自由狀態下對萬
物融會於心而生成的純然把握。周揚曾經說趙樹理在創作〈小二黑結

6　〈趙樹理同志二三事〉，《古今傳奇》1990年第5期。

婚〉之前就已經是一個成熟的人民藝術家了——這一評價本身就含有
對趙樹理獨特智慧的認可意味。[7]如前所述，趙樹理的藝術趣味是在
多重自由的民間審美氛圍中養成的，而民間文學又是農民或曰鄉村文
化最活躍的因素之一，他的獨特智慧的獲取，無疑也就是對一種文化
的了然於心的通透體悟。這智慧不但包含對某一文化最高成果的吸
收、生成走向的明瞭，還應包括對文化創造的實際參與過程。可以說
趙樹理擁有了這種文化靜的和動的全部。據許多研究者考證，趙樹理
的爺爺是一個識一些字且很能講故事的民間藝人；他父親則是農村音
樂組織——八音會裡的一個全把式，能唱、會拉、善打，這些被趙樹
理從小就繼承了下來。「趙樹理擅長樂器。一般農村的器樂，他都能
拿得起來。他一個人既能打鑼、敲鼓，也能拉琴吹笛，無論走到哪
裡，一見到樂器，一聽到樂聲，他的手就會癢癢起來，想來摸摸、動
動、吹吹、拉拉，就是碰到劇團演出時，他也能幫助敲鑼打鼓拉胡
琴。」「趙樹理愛說快板，好講故事。他還能耍把戲、講笑話。」「他
是個大戲迷。他對上黨梆子唱腔、對上黨梆子的歷史演變等等，都很
通曉。他還能登臺扮演各種角色。」[8]智慧在這裡以愛好的形式呈現
出來，還是他智慧外化的一種渠道。這一智慧轉入審美活動後就集中
表現為一種調製情調的能力，（自然，情調的形成與語言的搭配、節
奏的安排等敘述體式分不開，這些均表現為審美情調的智慧。）以他
的成名作〈小二黑結婚〉為例，展示解放區新人精神面貌這一主題的
情調恰恰是在以對「三仙姑」、「二諸葛」等人描寫的純然情調背景為
基礎的。「米爛了」和「不宜栽種」這兩個細節結晶，從結構功能上
看，對突出本作品的主題並無太實在的重要意義。但它正如《紅樓
夢》中劉姥姥進大觀園一樣，在整個作品中起著強化情調的作用。審
美創造者的智慧就體現在把主旨消融在生活整體向前推進的能力。

7　〈論趙樹理的創作〉，《解放日報》，1946年8月26日。

8　楊宗、韓玉峰：〈趙樹理與民間文藝〉，《山西民間文藝》1981年第2、3期。

　　歸結上述，我們可以這樣說，趙樹理的藝術趣味是在多重自由的民間文學土壤上生長起來的，由於這種興趣的建立過程是一個純自然過程，也就決定了他不僅接受了它的價值觀念和創造方式，而且接納了其自由意念並構成了趙樹理自己在審美創造中的藝術理性和智慧。他在生命的自然需求中對審美產生了興趣，又在興趣的自在發展中獲得了智慧，理性的基礎和歸宿都是生命的自由需求。這種審美心態在經過五四理性的淬火之後，把鄉村審美的自由天性導向救亡的功利上面，價值歸宿指向「現代」的啟蒙方向。

　　——這就是趙樹理在「別人給他規範的趙樹理模式」產生之前已經成熟的獨特理性。

　　但趙樹理進入真正審美創造時所遭遇的時代已經不是二、三〇年代，而是具有獨立文化性格的解放區時代。區域政體（解放區）的新型形式，區域生活的民主氣氛，以及區域相對往昔和外在（國統區）所特有的使命感與相互關係，都是趙樹理的自由藝術理性必須面對的現實。在新的區域裡，政治不再以間接的形式來影響審美，而直接從現實需求出發向藝術提出了嚴格的理性要求。它要求所有審美創造者必須接受時代政治統轄下的藝術理性之後才可開始創作。毛澤東〈在延安文藝座談會上的講話〉就是延安文藝理性的最高說明：「為什麼人的問題，是一個根本的問題，原則的問題」，「中國的革命的文學家藝術家，有出息的文學家藝術家，必須到群眾中去，必須長期地無條件地全心全意地到工農兵群眾中去，到火熱的鬥爭中去，到唯一的最廣大最豐富的源泉中去，觀察、體驗、研究、分析一切人，一切階級，一切群眾，一切生動的生活形式和鬥爭形式，一切文學和藝術的原始材料，然後才有可能進入創作過程。」「要使文藝很好地成為整個革命機器的一個組成部分，作為團結人民，教育人民，打擊敵人，消滅敵人的有力武器。」「我們的文學藝術都是為人民大眾的，首先是為工農兵的，為工農兵而創作，為工農兵所利用的。」四〇年代是

民族矛盾和階級矛盾相互交織的嚴峻歷史時刻。「政治先驅們在非常歷史階段上對農民階層時代作用的空前張揚，農民作為民族構成的主導成分被置於推動歷史運動的前臺，他們基於經濟貧困、政治壓迫而潛在的反抗意識，被激進的時代賦予了革命的性質，他們的反抗已越出了心理反抗的水平，形成了群體規模的行動力量。與之相應的。農民階層本身由歷史積澱造成的、與他們自身所擔負的歷史使命不相契合的文化屬性，包括寄植在這一載體內部的封建正統文化因素也一同被特定的時代所寬容。相對於二〇年代，對農民整體文化屬性的批判意識在趙樹理走紅的四〇年代被大大弱化了。動情地讚美代替了冷峻的剖析——趙樹理就是在這樣的歷史時代開始了自己的藝術生涯和對農民文化屬性長久沉重的思索」。[9]延安時代對藝術政治功利性的強化要求，既是他已成熟的藝術理性中所缺少的，也是他所不曾料到的。〈講話〉中那些「必須」對他在天然環境中孕育的審美自由意念構成了考驗。自由生成的審美選擇機制在這裡遇到不自由的限制，他必須在認同上述理性的前提下才能進入創作實踐——儘管〈講話〉是在一九四四年才傳到趙樹理那裡，但他卻早就置身於產生〈講話〉的環境之中了。這就是說，趙樹理已經成熟的自由藝術理性與時代政治統轄的共性藝術理性的「間離」，在他一進入太行解放區時代就發生了。但特殊的地方在於，趙樹理在寫作〈小二黑結婚〉之後，甚至整個四〇年代並沒有真正感到這種「間離」帶來的隔膜與痛苦，也自然沒有像丁玲那樣痛苦的理性蟬蛻過程。（他對〈講話〉的自覺認同是解放以後的五、六〇年代）他所從事的基層實際工作幫助了他，使他能夠及時發現並篩選出合於自我藝術理性的審美素材，在以契合於自由創造的審美心態的內化過程中開始了他的創作——這一創作顯而易見是

9　席揚：〈農民文化的時代選擇——趙樹理創作價值新論〉，《中國現代文學研究叢刊》1987年第3期。

在自由選擇的心理狀態裡完成的。趙樹理的審美心態的大眾化基調與民間文學的「故事」所常常包含的道理——即「問題」，又被趙樹理染上時代色彩，這方面恰與區域政治的藝術理性不自覺地順接，客體在欣賞其大眾化形式的同時也把趙樹理那份獨特的審美自由意念予以寬容，主客體便在彼此不需要付出代價的前提下，完成認同過程。趙樹理的創作便在這一「間離」之中獲得了相對自由的審美創造空間。以自由的狀態在時代的限制之中進行創作，這在當時只有趙樹理才可以做到，也是他取得成功的最獨特的因素。

三

　　出現在趙樹理身上的這一情形，在中國新文學史上屬於罕見的偶然。這一偶然類似於五四時期突然間衝上五四新詩峰巔的郭沫若，人們必然會像驚異於一個旅居海外的青年的詩作何以比生活在五四漩渦中的詩人們更能反映時代精神那樣，懷疑著趙樹理的成功，或者是對他的審美情調和操作方式予以超然的否定。[10]與此相反，或者把趙樹理創作的價值界定過程作為現代政治革命的一個附屬過程，以強化其作品中的政治功利價值的方式完成對趙樹理成功的最高說明——這兩種態度都可能導致同樣否定的結果。前者的「超然」顯然是因忽略了中國現代文學發展的某種歷史必然性所致，一味地把西方近代文學的模式置於不可「證偽」的位置，這等於在對獨特對象進行研究時恰恰取消了獨特視點；後者的「附屬」，尷尬更是人為的，當往昔歷史在今天的審視下顯出乖謬時，所有依附在這一「根本」上的對象的原有價值也必將隨之黯然。如今趙樹理的研究恰恰需要的是「證偽」的膽

---

10 參見戴光宗：〈關於趙樹理方向再認識〉，《上海文論》1988年第4期，鄭波光：〈趙樹理藝術遷就的悲劇〉，《文學評論》1988年第5期。

量和過程。我在寫作此文中試圖那樣做，因而便發現──不論是認為「民間文學」為「正統」的那方面，還是認為「民間正統論」應予否定的那一方面，誰都沒有認真地對民間文學的審美機制、民間文學的審美本質以及它的全部擁有之於趙樹理這一主體時所發生的新情況，作過深入的研究。簡單地把這樣一位獨特的作家歸結到這裡或那裡，從趙樹理幾十年來屢沉屢浮的情況看來，都多少有點不負責任。某一種的往昔的審美「先在」，其本身的高低優劣，並不能說明後來效法者的結局。正如郁達夫喜愛西方近代消極浪漫主義，魯迅終生喜愛尼采，許地山、豐子愷矢志不渝的宗教情懷一樣。被師承者自身的歷史局限性卻無法阻擋一個獨特作家的出現。趙樹理與中國民間審美的關係也應作如是觀。在趙樹理這裡，我們首先要弄清的是他在民間審美範疇裡師承了什麼，更重要的是民間審美本身的結構狀況和獨特性有哪些。正如我在第二部分已經詳細說明的，民間審美生成的自由狀態以及對每一個審美創造者所暗示的自由意念，正是他吸收的最重要的東西。他在自由氛圍中對含孕這一審美的文化的自然收納，最後形成他的以「自由」為核心的「智慧」，建立在這一「智慧」之上的藝術理性被他置於民間審美的創造參與之中，最後玉成趙樹理那份具有外塑能量並能自由調節的審美心態機制。他以民間審美的「自由」縱接五四理性，以其通俗的形式橫合時代之需求。他自己不但始終處於主動地位，並且可以兼收並蓄豐富自身。汪曾祺先生看出了趙樹理的瀟灑，真正是慧眼獨具。[11]

　　趙樹理對五四理性的接納和對〈講話〉精神的認同，情感態度和過程都是不一樣的。前者是自覺而為，是理性的行動，這大約持續了十餘年的過程，為他能把自身從過去審美混沌中提醒出來起了很重要的作用。他在長治師範對五四報刊的大量閱讀，在太原期間對歐化語

11　〈趙樹理同志二三事〉，《古今傳奇》1990年第5期。

體文的精心實踐，均構成他把五四理性的抽象觀念加以內化的有力步驟。也許正是從這個時候起，他才開始有意識地摒棄過去對農民文化的無意識親昵，持有了辯證的批判眼光。「自由」觀念也從封閉的自在發展中導向與封建文化相抗衡的現代觀念範疇中，完成他從農民文化屬性向現代文化屬性的艱難蛻變過程。隨著這個過程的不斷深入，他逐漸地開始以一個現代知識者而不是農民式知識者的眼光來對待農民文化了。這是一個絕大的進步。這也正是趙樹理在一九四九年以後的五、六〇年代，面對愈演愈烈的左傾之風而陷入困惑的根本所在。這是迥乎不同於其他作家的「不適應」！如果說在其他作家那裡只是因為「忠於生活」而導致了「不適應」，那麼趙樹理除此以外，還取決於他長期以來對農民文化現代命運的理性思考。

　　對「延安藝術理性」的認可，在趙樹理這裡是一種偶然碰撞的結果。除了大家所熟知的原因之外，比如〈小二黑結婚〉發表時〈講話〉並未傳到他那裡，對民間審美的熱愛等，更重要的是他早就具備了一個審美創造者成熟的理性——這些我在上面已論述過。在這裡我們不妨將幾個作家與他比較一下。研究界有趙樹理與康濯風格相近的共識。原因是康濯的作品不但多是表現農民，而且也是通過家庭生活的描寫，「反映解放區農村社會的變化與進步」。[12]在語言的口語化、通俗、平易、生動等方面，與趙樹理相比他也是頗具獨特性的。但他並沒有趙樹理那種在天然的環境中獲取民間審美「自由意念」和「智慧」的經歷，康濯的創作衝動是較接近於實際鬥爭需要刺激下的產物。從一九四三年的《臘梅花》到一九四九年《我在鄉下》，包括代表作《我的兩家房東》，都是用第一人稱寫的，通過「我」的眼睛去觀察，用「我」的口氣去敘述，帶著「我」的特有情緒。這裡的「我」顯然帶有知識者的情調，旁觀者的位置使敘述者和他所描述的

---

12 黃修己：《中國現代文學簡史》（北京市：中國青年出版社，1984年）。

對象總有一點距離。他在作品中所釀製的情調，總以時代性取勝而不似趙樹理那樣具有相當自然的農民文化韻致。此外，他的藝術理性是孕育成長於「延安環境」中的，上與五四理性淡漠，下則直接受惠於「延安藝術理性」，最終難以形成如趙樹理的創作那樣獨特的價值。

丁玲則屬於另外一種情形。她到延安之前，已是知名度很高的作家。都市審美好尚對《莎菲女士的日記》的廣泛認可，使她從中獲得的是五四以來「人」的個性解放為核心的審美觀念。這顯然與解放區在共性的前提下看取個性的觀念有相當的差異。當她固守這一觀念而寫下《我在霞村的時候》之時，作品主人公儘管身為村姑但卻是擔當著作者原有觀念的負載者。這樣的作品不僅觀念與時代相悖，就是情調也與延安藝術理性所倡導的相去甚遠。原有理性與時下的觀念所形成的衝突，把它推入痛苦的選擇境地。痛苦越巨，選擇的空間就越小，最後只好面對非此即彼的抉擇。痛苦的解除就是對延安藝術理性的自覺認同。正因為這一認同過程伴隨著痛苦的觀念衝突和文化隔膜，因而就必然導致一旦認同就可能造成個性消失的後果，丁玲正是這樣。《太陽照在桑乾河上》便是她在認同條件下又沒有聿立起新的個性之間半生不熟的產物。

至於像孫謙、西戎、馬烽、李束為、李季等年輕的一輩，其情形就更簡單些。他們的藝術意識是在「魯藝」或「部藝」中被輸入的。這一時期政治對藝術的直截了當的功利要求，在與他們革命生涯暗合的前提下被他們欣然接受。為此，他們一開始就認為藝術必然服務於政治的觀點及在這一觀念指導下的審美創作等情形，不但是必然的而且也是自然的。對於他們來講，趙樹理是學習的榜樣，而效法的重點是他的反映解放區翻身農民的精神面貌和展示農村的階級鬥爭以及文體上大眾化操作方式。趙樹理獨特的審美心態及觀念的形成過程，被僅僅解釋為向工農兵學習的結果，是〈講話〉理性的實踐成果。這一切不能不導致青年作家們對趙樹理這一獨特現象認識的偏頗。

　　從上面的論述及比較中我們應該敢於承認：趙樹理自從被當作「方向」的那一刻起，在其闡釋過程中就被忽略了不該忽略的東西。這不僅導致了以後趙樹理研究中的許多「官司」，而且使一代又一代師承者只好停留在表層上，無法從趙樹理的真正獨特的創作構成裡獲得審美的現代啟迪。[13]「山藥蛋派」從第一代到第四代那種每況愈下的情形就很能說明這一點。

四

　　從趙樹理創作的漸進過程中我們可以體味到，上面所論述的趙樹理的藝術理性與時代政治理性之間在無言的默契之中所獲得的自由和平衡，並沒有持續很久。當他的作品在接受過程中被確定為解放區文藝發展方向的時候起，主客體原來隱伏的「間離」就會表面化。接受過程所呈現出來的強制性反誘導——對其審美創造時代性的空前張揚，勢必漸漸導致趙樹理對自我的自由審美心態產生懷疑。很明顯，一旦當他有意要把審美創造過程或時代要求拉在一起時，二者之間的理性衝突過程也就開始了。我在一篇文章中對這一現象作過分析：「鄉土，對趙樹理的哺育之情，使他每每面對農民時總有一種難以理清的親切與同情。但他從五四新型文化所接受的價值觀念又時時刻刻提醒他不能沉溺其中。農民在當時時代條件與歷史環境中的突出地位及政治上對它的鮮明肯定，常常使他在理性與感情的兩極之間彷徨不安。他從五四新型文化價值結構中所吸取的理性精神，使他早已明白農民文化—心理結構中很多與時代歷史未來需要完全相悖的東西——這決定著他不可能以犧牲這一理性為代價而換取鄉土式情感的完全認

---

13 關於「山藥蛋派」的代際構成有一種分法認為：趙為第一代，西、李、馬、胡、孫等為第二代，五六○年代走上文壇的為第三代，新時期如潘保安等人為第四代。

可。假設這樣，那麼趙樹理作品中的現實主義藝術力度就要大大打一個折扣，深刻的思索和強烈的憂患意識就會在向這一情感的日益傾斜過程中漸漸化為烏有；另一方面，五四新型文化價值觀念中某些偏激和當時時代政治對農民的文化評價產生了相當尖銳的矛盾，這一矛盾又制約著他不可能不顧時代政治的嚴肅性而一味張揚這一理性精神；第三方面，作家本人與農民存在的血緣關係，及農民階層在特定時代的出色奉獻與犧牲，又使他常常對自己的理性態度施以反思而產生疑竇。滲透著嚴峻思索、痛苦選擇的文化心理情狀，制導著作為藝術創作主體的趙樹理舉止拘謹，左顧右盼，態度相當審慎。」[14]顯然，這一內在隱形的理性衝突，一方面導致趙樹理在以後的創作中對對象的把握不斷走向模糊，不得不自己放棄原來的瀟灑和自由；另一方面他在不斷濃重的困惑之中進入丁玲式的二難選擇之中。這便是趙樹理特有的審美困惑，在解放前的創作中是隱伏著的，那麼到了解放後的六〇年代就完全表面化了。

　　趙樹理在審美實踐中的這一困惑，表面上看，是兩種藝術理性的衝突，而在深層則是主體的審美自由心態與時代急功近利式限制之間的不適應。當時代理性的限制有著嚴酷現實（如抗日戰爭）作為大背景支撐時就容易被人接受，主體為此付出代價自然出於心甘情願——這是「忠於生活」的作家很容易做到的。但當時代理性對審美的限制在發生了變化（解放後）的時代裡失去了生活的基礎後，審美創造者對它產生懷疑並在藝術實踐中加以糾偏，也同樣是「忠於生活」的作家們必然要做出的舉動。在這樣的衝突環境和過程中，誰困惑得最早困惑愈大，則誰對現實主義藝術原則的理解就愈深刻，恪守得就愈執著——趙樹理的偉大就在這裡。趙樹理在解放前後的創作變化就能說

---

14 席揚：〈農民文化的時代選擇——趙樹理創作價值新論〉，《中國現代文學研究叢刊》1987年第3期。

明這一點。像解放前的〈小二黑結婚〉、〈李有才板話〉、〈李家莊的變遷〉、〈田寡婦看瓜〉等，除開那些積極的主題之外，僅作品中那份情趣就夠傑出的了。解放後的創作，這些情趣在慢慢減弱，為「趕」任務，趙樹理不但無暇瀟灑創作，而且常常忘懷了情趣的調製。〈楊老太爺〉、〈張來興〉、〈互作鑒定〉、〈賣煙葉〉等六〇年代的創作，趙樹理無意識之中把審美價值等同於政治性判決。「每逢有了重要的政治任務，就臨時尋題材補空子，補不起來的時候就選一些多少與該問題有點關係的來充數，簡直有點和政治任務開玩笑。」[15]從這自由裡看，既有痛苦的迷失，又有迷失的痛苦。這種迷失是自由審美心態消失之後的結果。總之，我以為趙樹理的困惑是中國現代文學發展過程中最有意義的困惑，類似於「何其芳現象」，可寶貴的是趙樹理一直很清醒地感受著這困惑。迷失的恰恰是審美範疇中最重要的因素——心靈的瀟灑和自由！如果說趙樹理曾有過「藝術遷就」悲劇的話，那麼這才是「遷就」的真正含義。

問題很清楚，民間審美所給予趙樹理的最大惠益是審美存在的自由狀態和對審美創造的自由誘發，即天然的自由意念。他從中獲得了獨特「審美智慧」。自由意念的消失也必然導致「智慧」的消失。如果說他的前期創作是「智慧」的產物的話，那麼後期的作品則是「做」出來的，我們很難再看到活在那份獨特情趣中的靈性了。

趙樹理是民間審美自由理性和五四文學理性合孕而成的產兒。在他的身上我們不但看到民間審美在時代理性的偏頗功利挾持下畸變的悲劇，同時也看到五四文學理性在這一偉大作家身上形成的深刻困惑。我們要申明的是，如果我們站在今天審美高度上看到了趙樹理全部創作歷程中某些悲劇的話，那麼，絕不要把責任獨獨歸咎於趙樹

---

15 〈我與《說說唱唱》〉，《趙樹理文集》（北京市：工人出版社，1980年），第4卷，頁1447。

理。他對以民間審美為核心的中國農民文化的通透的把握，在這把握基礎上所形成的天然的審美自由意念和創造性智慧以及對五四理性的自我消化等，在中國現代文學史上堪稱獨步。

　　——本文原刊於《延安文藝研究》1991年第2期，中國人民大學複印
　　　　報刊資料《中國現代、當代文學研究》1991年第6期轉載

趙樹理與儒家思想傳統之關係

　　趙樹理與中國傳統思想文化之間的關係，迄今為止依然是一個值得深入探討的重要問題。這一關係的複雜性，不僅隱藏在長期以來人們對於趙樹理「鄉村民間」身份的認知過程中，而且因為趙樹理與「解放區文學」的等同關係和他對五四以來功利主義文藝觀念的直接地又具超越性的繼承與光大，使得人們對趙樹理與傳統思想文化的關係認識，越來越趨向於淡化。甚至於在中國古代長期佔據主流的儒家思想及其觀念和行為方式對於趙樹理的影響，又因為受到預置在趙樹理身上「政治化」和「鄉間化」身份的干擾，這一關係似乎不成為什麼問題了。筆者認為，這是一種需要質疑並且應當加以改變的錯誤認識。

一

　　從趙樹理人生歷程看，他進入省立長治第四師範學校讀書時已開始在同學的影響下逐步接觸五四新文化──長期以來，研究界也充分注意到這一點，並且廣泛深入地論述了趙樹理與五四新文化、新文學之間的影響關係。但是我們同時也必須看到另一個事實：一九二五年夏趙樹理進入「師範」就讀時已經二十歲。結婚已經兩年兒子也已出生。此前，「六歲就開始跟祖父讀《三字經》、《四書》」，十一歲「入本村私塾」，「老師趙遇奇，是位老秀才，整天讓孩子們背《四書》，趙樹理背得挺熟」，十二至十四歲輟學習農期間，「攻讀」《聊齋》、

《施公案》、《包公案》、《七俠五義》、《劉公案》、《西廂記》等「閑書」。十五歲,「入硅山寺高級小學」。一九二三年秋,十八歲的趙樹理不僅「以優異成績畢業於硅山寺高小,應聘擔任本縣野鹿村初級小學教員。畢業前買了一部江希張注的《四書白話解說》,認真攻讀。」「任教期間,每日捧讀《四書白話解說》,並信奉、實行之。假期回家,聽妻子訴說『日常生活之苦,以為無關聖賢之道』。此書雜以『獨身主義』的佛家思想,自己也清心寡欲起來,對妻子疏遠。」進入以「做古文為學生的主要課目」的「師範」讀書之後,「仍繼續鑽研《四書白話解說》,並購得江希張所著另一部書《大千圖說》,讀後更加迷信。」[1]這說明,儒家思想體系及其觀念,不僅很早就進入到趙樹理的意識構成之中,也成為他知識譜系的重要部分。

　　與此同時,抗戰前趙樹理生活的「鄉村民間」,應當說始終是一個被社會主流意識所覆蓋的非自主的思想場域,以傳統儒家思想信仰為主流的價值觀念,並不是主要表現為以經典為核心的知識譜系的普泛化建構,而更多是以主流價值觀念的「日常生活化」方式對一般百姓發生影響。作為「讀書人」和「鄉野俗民」兩重身份的趙樹理,主流意識(儒家思想觀念)的「譜系化」教育和其「日常生活化」影響的兩種方式,同時對主體的情知建構發揮著作用。「士」的身份與觀念,便在這一與「農村」「不即不離」的狀態中逐步地孕育成形。同時,也為他參加革命後在新的「廟堂」與「江湖」之間明確自身的「中間人」角色,奠定了意識基礎。

　　從先秦儒家開始,儒家士人就清醒地認識到自己這一群體是獨立於「上面」(君)與「下面」(民)之「中間」的社會階層。士人群體所擁有的「文化資本」,不僅是他們區別於其他階層的精神徽記,也同樣構成了這一群體「入世」「干世」的武器。關心天下、衷情大

1　李士德:《趙樹理憶念錄》(長春市:長春出版社,1990年11月),頁174-177。

事、議論政治、干預社會等，在其對社會生活全方位的深入中所世代承續的「憂君憂民」之精神文化，日漸泛化為士人群體的職責行為。尤其是當處於動蕩不安的社會環境時，他們更濃烈地希冀於通過關心天下大事、解決社會問題來尋找安定的社會環境，從而解決自己的生存問題。他們在整個社會體系中充當了協調者、中間人的角色。就在野的士人群體與政治權力之間的關係看，士人群體是以制約規範這種政治權力為旨歸。士人階層價值話語建構之背後，隱藏著的是強烈而自覺的主體精神與權力意識——即通過對政治權力的制約而使社會秩序和諧化，進而構建他們心目中的理想世界。上可以規範制約君權，下可以引導教化百姓——這種雙重施教者的「中間人」身份，在中國古代儒家士人群體身上是普遍存在著的。[2]

　　無疑，趙樹理深受儒家士人群體這一「身份」傳統的影響，甚至從某種意義上來說決定了趙樹理的自我身份定位。「我雖出身農村，但究竟還不是農業生產者而是知識份子。」[3]趙樹理的這一強調，寓示著他對自己小說創作（包括戲曲創作）中「敘述人」身份與預設讀者之間的「疏離性」認識，始終保持著清醒和自覺。趙樹理談他的寫作對象時有三種不同的言說。第一種是趙樹理經常強調的寫作中對「農民讀者」的設定：「我每逢寫作的時候，總不會忘記我的作品是寫給農村讀者讀的。」「我所要求的主要讀者對象是農民」。[4]第二種則明確說明是寫給幹部（上面）看的。如「有些熱心的青年同事，不了解農村的實際情況，為表面上的工作成績所迷惑，我便寫了〈李有

2　分別參見李春青：《詩與意識形態——西周至兩漢詩歌功能的演變及中國古代史學的生成》（北京市：北京大學出版社，2005年），頁272、頁273、頁167。

3　〈《三里灣》寫作前後〉，《趙樹理文集》（北京市：工人出版社，1985年8月），第4卷，頁1486。

4　〈隨《下鄉集》寄給農村讀者〉，《趙樹理文集》，第4卷，頁1760、頁1761、頁1761-1762；〈不要急於寫，不要寫自己不熟悉的〉，《趙樹理文集》，第4卷，頁1931。

才板話〉。」[5]「〈催糧差〉，是挖掘舊日衙門的狗腿子卑劣的品質的。那是一九四六年，我到陽城去，見到好多那一類的人員，到處鑽營覓縫找事幹，恐我們有些新同志認不清楚，所以挖一下。」[6]關於〈福貴〉，趙樹理說：「那時，我們有些基層幹部，尚有些殘存的封建觀念，……我所擔心的一個問題是作農村工作的人怎樣對待破產後流入下流社會那一層人的問題。這一層人在有些經過土改的村子還是被歧視的，……我寫福貴的時候，就是專為解決這個問題。」[7]第三種，趙樹理對自己作品讀者的「預設目標」具有雙重指向——既是寫給農民（下面）的，又是寫給幹部（上面）看的。比如他在談到〈邪不壓正〉的寫作意圖時這樣說：「想寫出當時當地土改全部過程中的各種經驗教訓，使土改中的幹部和群眾讀了知所趨避。」「使我預期的主要讀者對象（土改中的幹部和群眾），從讀這一戀愛故事中，對那各階段的土改工作和參加工作的人都給以應有的愛憎。」[8]趙樹理從這樣的預設要求出發，自然認為好作品的標準就是「農民歡迎、領導歡迎」。[9]故而，他對心目中理想讀者（幹部與群眾）的意見是很重視的。相反，他對「文藝界本行話」卻頗不以為然。在〈關於邪不壓正〉、〈和青年作者談創作〉、〈隨下鄉集寄給農村讀者〉等文中他都明確表達了這樣的取捨。令人深思的是，趙樹理有意忽略的「本行話」，卻往往代表著主流政治對他的批評——這種批評，在客觀上常常形成對趙樹理站位於「中間人」立場、干預「政治」企圖的一種壓抑與非難。

　　正是由於對儒家士人群體「憂世」精神和「中間人」角色的認

5　〈也算經驗〉，《趙樹理文集》，第4卷，頁1398。

6　〈回憶歷史，認識自己〉，《趙樹理文集》，第4卷，頁1827、1831。

7　〈對金鎖問題的再檢討〉，《趙樹理文集》，第4卷，頁1423。

8　〈關於〈邪不壓正〉〉，《趙樹理文集》，第4卷，頁1437-1438。

9　參見〈與青年談文學〉、〈戲劇為農村服務的幾個問題〉等，《趙樹理文集》，第4卷，頁1733-1774。

同，趙樹理自覺承擔起「新政權」與底層民眾（尤以鄉村農民為最）之間的利益協調者角色。從早期〈小二黑結婚〉、〈李有才板話〉到一九四九年後《三里灣》、〈鍛煉鍛煉〉、《十里店》等，其作品的深層意蘊無不含納著對社會弱勢群體利益的深沉關切——只不過在不同的時期側重點有所不同而已。當趙樹理在情感上傾斜於「民眾」而與自己參與建構的「新政權」實際處於「對立」狀態時，他有著常人難以想像的痛苦：「在這個問題上，我的思想是矛盾的——在縣地兩級因任務緊張而發愁的時候，我站在國家方面，可是一見到增了產的地方仍吃不到更多的糧食，我又站在農民方面。」[10]在這裡我們須注意的是，趙樹理的「矛盾」，並非來自於他的角色猶疑，而是來自於「新政權」對農民利益的漠視所激起的趙樹理在特定角色作用下的價值情感的應激反應。

　　當然，對趙樹理的社會身份進行歸類，確實比同時代的其他作家更為困難——這一點既與趙樹理人生歷練的特殊性相關，也與趙樹理在不同歷史時期對自己寫作姿態的諸多權宜性表白不無關係。趙樹理既擔任過縣委副書記這樣的公職，又從形象、氣質到感情都充分的「農民化」過，甚至「是一個從俗流的眼光看來的十足的鄉巴佬。」若從文化譜系和學養構成看，他的「身份」的複雜性則更為突出：趙樹理會寫（與一般文人相比甚至是「善寫」）通俗化的故事，對各種民間藝術形式稔熟而又痴迷；同時他又多次提到自己還是一個「頗懂魯迅筆法」的與農民「畢竟不同」的現代知識者。這些原本已呈模糊狀態的「文化身份」，亦在不斷激進化的意識形態對趙樹理時代價值的重新闡釋和他與「五四」文學正統傳人之間日漸深化的隔閡中，遂使得趙樹理「文化身份」的確認日益變得複雜起來。筆者認為，也許正是這種「曖昧」的複雜，卻使我們認識到，趙樹理既不是「民」，

---

10 〈回憶歷史，認識自己〉，《趙樹理文集》，第4卷，頁1827、1831。

也不是「官」，而是深受傳統儒家思想影響的知識份子。誠然，這一身份的建構是一個相對長期的過程——既與他青少年時代所受到的鄉村文化教育有關，更為重要的是趙樹理在二十世紀三〇年代的境遇獨特性，強力推助他無可選擇地認同並確立了這一身份。

正如傑克·貝爾登所言，趙樹理的身世「也許更能說明鄉村知識分子為什麼拋棄蔣介石而投向共產黨。」[11]身處亂世之中的趙樹理早年一直過著「萍草一樣的漂泊」生活。他的這段經歷可以用「淒涼」、「悲慘」來概括。這段「豐富的」經歷也直接影響了他在三〇年代初文學觀的形成以及抗戰以後人生道路的抉擇。實際上，一九二五秋趙樹理在進入長治省立第四師範求學後不久就對五四新文化表現出極大的熱忱，在政治上和藝術上均表現出少見的激進性。但是趙樹理很快就因為「亂世」處境的擠壓而理智地放棄了這一選擇。理性地選擇，理性地放棄，這正說明了趙樹理思想的成熟。趙樹理在四師讀書時參與領導學潮一事，對他來講並非只是正面的影響，毋寧說是收穫了太多的人生酸辛與悲苦——從一九二八年初夏開始，趙樹理為了逃避當局的搜捕，只好半路輟學逃入陽城等地的山中。被人告密被補，旋即由於證據不足獲釋。為了生計他常年流浪於太原、沁水及開封等地。做過游方郎中，當過學徒，也教過幾天書，甚至為了糊口不得不替人刻講義、改作文、糊信封、印信紙，當差役，入青幫。但是無論趙樹理如何努力都無法解決基本的生存問題。「最苦惱的是，我維持不了生計。」不能見容於現世的趙樹理只好選擇自殺。甚至後來土匪在太原想毒死他時，「他那漠然處之的態度使土匪也感到驚奇，他們覺得犯不上把這種絕望的人殺掉，有一天，當他們轉移巢穴的時候，就把他放了。」[12]作為一個深受儒家思想影響、有政治頭腦和政治熱

---

11 〔美〕傑克·貝爾登：《中國震撼世界》中譯本（北京市：北京出版社，1980年），頁87、88。

12 〔美〕傑克·貝爾登：《中國震撼世界》中譯本（北京市：北京出版社，1980年），頁87、88。

情的農村知識份子，[13]趙樹理在這種處境下必然會對以前的選擇做出反思、從而重新確定新的路向——他當年立下「上文攤」的志願，堅持大眾化、通俗化的探索等等，就是建立在這種為了解決自身困境的反思上面。這是儒家知識份子積極入世精神的「原始動機」。對趙樹理而言，無論學生時期對五四新文學的熱衷，還是混跡於亂世賣文為生時期小說創作的大眾化取向，應該是一體兩面的事情。它們的意旨是一樣的，都是儒家知識份子積極入世、干預現實的精神之體現，都是為了讓文學擔當知識份子話語建構之責任。「希望依靠這種通過關心天下大事、解決社會問題來尋找安定的社會環境，從而解決自己的生存問題。」結合著民族解放時期中國知識份子和中國共產黨的現實處境，趙樹理很快就意識到：在當下的中國要解決自己（與農民同命運的知識者）的問題，就必須優先解決農民的問題。或者可以這樣說，知識份子以及一切社會問題（包括政黨的生存問題）的解決在當時的歷史情境下必須仰賴於農民問題的徹底解決。這一點後來成為知識份子（尤其是左翼知識份子）與延安政權達成的默契與共識，也是雙方建立「統一戰線」的基礎。

　　同時，趙樹理顯然承續了近代以降新型知識者（也是傳統知識份子）的「入世」「干世」精神，[14]對這種選擇的文學表達，他有意採取了與普遍歐化方式迥異的表達形式——中國形式。這是因為趙樹理強烈地感到新文學和群眾間的隔閡。趙樹理將這種文學稱之為「交換文學」。很顯然，這種文學在當時是無法起到發動民眾的作用的。顯然，當趙樹理以這種心態從事文學寫作時，「通俗化」（大眾化）就被賦予知識份子在特定語境中進行話語建構的功能，在新的現實中以新的方式彰顯著儒家士人群體以話語建構參與現實政治的強烈願望和干

---

13 參見李普：〈趙樹理印象記〉，《長江文藝》第1卷第1期（1949年）。
14 參見〈運用傳統形式寫現代戲的幾點體會〉，《趙樹理文集》，第4卷，頁1775-1784。
　　在此文中，趙樹理認為自己是在長治第四師範讀書時開始接受五四新文化觀念的。

預現實權力的努力，這也是儒家士人千百年來所慣於操持的基本政治
策略和文化策略。趙樹理期待著藉重於這一「話語工程」的建構，賦
予審美文本這樣的價值取向：既可以規範制約現實政治，又可以對
「下」起到「啟蒙」的作用，從而引導、教育農民。即「通過自己持
之以恆的話語建構使整個社會都納入嚴密有序的價值規範之中，而自
己也在現實生活和個體精神上最終找到安身立命之所。」[15]一九四〇
年代的周揚，曾強調了趙樹理一九三〇年代在思想上的成熟。他認為
趙樹理是「一位在成名之前已經相當成熟了的作家」。「其成熟的重要
標誌，不僅在於有豐富的生活積累，純熟的語言技巧，更重要的，是
他有明確而堅定的創作目的。」有人將趙樹理描述成一個天生的大眾
化作家，這顯然低估了趙樹理。

　　當然，正如有研究者所言，儒家話語建構過程的權力運作是很複
雜的現象。儒家欲使自己的話語建構產生實際的效果，便不得不以滿
足主流政治穩定政權的需要為交換條件，所以他們也就在很大程度上
充當了官方意識形態的建構者角色。這樣，他們的言說才能達成真正
有效的言說。趙樹理的文本顯然是政治權力意識形態與知識份子烏托
邦話語的複合。這一「複合」顯示了趙樹理審美文本的兩個世界——
「顯在」的話語世界和「隱在」的話語世界。

二

　　趙樹理審美文本的話語世界所要表達的真實意圖，無疑常常受到
「中間人意識」及其與之相對應的價值觀、人生觀和世界觀的多重制
約。筆者認為，趙樹理所表現的已被現代文化氛圍浸潤的「中間人意
識」的核心是：一曰對「下」——對農民進行反封建啟蒙教育，表現

---

15 分別參見李春青：《詩與意識形態——西周至兩漢詩歌功能的演變及中國古代史學的
　　生成》（北京市：北京大學出版社，2005年），頁272、頁273、頁167。

在作品中就是對改造農村舊風俗舊習慣以及農民「落後」思想的高度重視（例如迷信報應、好逸惡勞、自私自利、軟弱膽小怕事、保守等）。二曰對「上」——從保護農民利益的角度出發，對解放區中共政治權力進行規約。「老百姓喜歡看，政治上起作用」這一名言——正是趙樹理「中間人意識」及其自我角色定位後的通俗表達。他的所謂「老百姓喜歡看」就是對下的教育功能；「政治上起作用」就是對上的規約作用。

　　首先，從他的中間人立場出發，趙樹理在創作全程中重視作品對農民的教化作用，即「反封建教育」。他直言要「真正替小伙子想辦法」，因為他「究竟比小伙子多上過幾天學，能夠告訴小伙子說遇到了苦難『怎麼辦』」。[16]趙樹理認為通俗化「應該是『文化』和『大眾』中間的橋樑，是『文化大眾化』的主要道路；從而也可以說是『新啟蒙運動』一個組成部分——新啟蒙運動。一方面應該首先從事拆除文學對大眾的障礙；另一方面是改造群眾的舊的意識，使他們接受新的世界觀。而這些離開了通俗化，就都成了空談，都成了少數『文化人』在兜圈子，再也接近不了大眾。」[17]趙樹理極為重視文學的教育作用，並把這一觀點一直堅持到生命的終點。「勸人說」就是他文學功能觀的別緻表達。「小說是說『人』的書，《三里灣》也是如此。……其中我贊成的人，我就把他們說得好一點；我不贊成的人，我就把他們說得壞一點。」「俗話說：『說書唱戲是勸人哩！這話是對的。我們寫小說和說書唱戲一樣（說評書就是講小說），都是勸人的。」「凡是寫小說的，都想把他們自己認為好的人寫得叫人同情，把他認為壞的人寫得叫人反對。你說這還不是勸人是幹什麼?！」[18]

---

16 〈文化與小伙子〉，《趙樹理文集》續編，頁54。

17 〈通俗化「引論」〉，《趙樹理文集》，頁143。

18 〈隨〈下鄉集〉寄給農村讀者〉，《趙樹理文集》，第4卷，頁1760、頁1761、頁1761-1762；〈不要急於寫，不要寫自己不熟悉的〉，《趙樹理文集》，第4卷，頁1931。

「《三里灣》中幾個反面人物對人民起告誡作用。好人是教人學習，讓人同情；壞人要使人恨，或引以為戒。」[19]「通過什麼形象來感動人，使人受到感動後思想意識上可能發生一點什麼變化，是寫作者在計畫一個具體作品之前應該首先考慮的事，不見得見到了什麼人什麼事都有寫成文藝作品的任務。」[20]有無教育意義決定了趙樹理對題材、主題的選擇——甚至他認為，即使事情「動人」，但沒有教育意義也不要寫。[21]寫《萬象樓》這樣的反迷信戲是因為它的「主題有廣泛的教育意義」。[22]有無教育意義甚至決定了趙樹理對舊戲的態度。抗戰時期趙樹理對有關羅成、張飛等的英雄戲大加讚賞就是因為它們「在廣大群眾中還是有些鼓舞作用的。」[23]「抗戰時期許多農民就是聽了羅成等英雄的戲去當八路軍的。」「八路軍三八年在太行山動員農民參軍，那些受地主、日寇壓迫的人參加了革命，就有看戲的影響。」[24]也許正因為如此，一九四九年後趙樹理對舊戲依然秉持寬容、扶持的態度——不過，唯獨對「狀元戲」討伐有加。「這些高中皇榜的公子們都是投降於統治者，或者說是『入伙』到統治階級中去。舊社會有的窮家子弟上學讀書，大學畢了業，當上區長，還給閻錫山賣土、收稅，結果是入了統治階級的伙，不入伙，就當不了官。和他有關係的人也因為『一人成佛、九族升天』，爬上了統治階級。中狀元報仇，就是這類思想。這種思想還有一種副作用，窮小子一旦得中，有轎有馬，呼奴使婢，洞房花燭，這對今天中學畢業後，還鄉生產的青年學生們，會起極大的副作用。」究其緣由，只是因為「狀元戲」「對今天中學畢業後還鄉生產的青年學生們，會起極大的副作

19　〈戲劇為農村服務的幾個問題〉，《趙樹理文集》，第4卷，頁1767。

20　〈和青年作者談創作〉，《趙樹理文集》，第4卷，頁1507。

21　〈和青年作者談創作〉，《趙樹理文集》，第4卷，頁1507。

22　〈運用傳統形式寫現代戲的幾點體會〉，《趙樹理文集》，第4卷，頁1775。

23　〈若干問題的解答〉，《趙樹理文集》，第4卷，頁1785-1787。

24　〈戲劇為農村服務的幾個問題〉，《趙樹理文集》，第4卷，頁1768、頁1770。

用。」[25]趙樹理一貫強調創作主體對作品主題的積極性預設與把握，在他看來這是充分實現審美「美刺」功能的重要方面。他結合自己的創作多次談到，作家在寫作時「處世哲學要正確，思想健康，不然的話，你感到要表揚的人，恰恰不是應該表揚的；你感到要痛恨的人，又恰恰不是應該痛恨的。」[26]「勸人有勸對了的時候，也有勸錯了的時候。」「我們寫小說的，想叫自己勸人勸得不出錯，就得先端正自己的認識。……一方面要靠學習馬列主義，一方面要鍛鍊自己的思想感情是它和勞動人民的思想感情融洽起來，簡捷地說來，就叫做政治修養。」[27]值得我們注意的是，趙樹理的「政治立場」並非只是一般意義上與「行政權力」相勾連的價值站位，而更多地是「中間人」身份所已經含納的不乏民主意味的「親民」、「民本」等方面的價值理性，這也是他對政治常常意欲把文學扭轉為純粹服務性工具的傾向，能時時保持警惕的深層緣由所在。[28]不論是一九四九年前後，趙樹理的審美文本都可以看作是特定歷史時期知識份子話語建構與國家權力話語建構的美妙混合——筆者認為，他在一九四九年前的小說創作，對此表現得更為自然、也更為熔融。

比如〈地板〉就是這樣一部對「減租減息時候農村中一些人的傳統偏見」進行批評、「在減租減息時具有教育群眾的意義」的作品。因為「農民」這種「偏見」不利於中共動員農民而直接影響到戰爭的成敗、政權爭奪的結果。趙樹理很清楚，這種「偏見」是以在「農村習慣上誤以為出租土地也不純是剝削」的傳統思路上形成的，[29]趙樹

25　〈戲劇為農村服務的幾個問題〉，《趙樹理文集》，第4卷，頁1768、1770。

26　〈和工人習作者談寫作〉，《趙樹理文集》，第4卷，頁1589。

27　〈隨〈下鄉集〉寄給農村讀者〉，《趙樹理文集》，第4卷，頁1760、頁1761、頁1761-1762；〈不要急於寫，不要寫自己不熟悉的〉，《趙樹理文集》，第4卷，頁1931。

28　比如在〈北京人寫什麼〉一文中，趙樹理就曾反覆強調作家轉變立場就是要「把大眾的利益放在第一位」。

29　〈也算經驗〉，《趙樹理文集》，第4卷，頁1398。

理就為了說明「糧食是勞力換的，不是地板換的」，而創作了這篇作品。據作者回憶，在一次說理會上，有個地主說他收的租子是用土地換來的。農民說沒有我們的勞力，地裡什麼東西也不會產生。但是當地主反問農民「沒有我的地板，你的勞力能從空中生產出糧食來嗎」時，農民們便無話可說了。雖然在會議上幹部用威權將地主的氣焰打了下去，但從農民散會後私下議論中可以看出，他們對共產黨土改政策的合法性仍是將信將疑。作者一開始就把這部作品的基本價值定位於「為了糾正舊制度給人們造成的這種錯誤觀念」。顯然，這是一種直接的並在動機和效果上直接呼應權力政治的啟蒙。趙樹理認識到，當時農民的這種「錯誤觀念」，不僅直接影響到解放區土地政策的執行和新政權的信譽，而且可能造成的後果是「顛覆性的」，當然有必要對農民進行教育。

再比如，針對農民對新政權的不信任情緒，趙樹理積極給予教育開導。他對農民中間普遍存在的對新政權不信任情緒，不僅耳熟能詳，更是憂心忡忡，每有機會他就注意對身邊的群眾進行教育。「土改前，農民和地主階級的鬥爭很複雜，在根據地地主雖受到民主政府的遏制，但封建的經濟基礎未變，他們仍然有地、有糧、有錢、有人，所以威風不倒。農民們對他們還是恐懼的。老趙對這些底細瞭如指掌，與老鄉嘮不了幾句話，就能叩住事物的本質，說出他們心中的秘密，使農民覺得老趙是他們的貼心人，對他可以無話不談。」[30]「敵後抗戰最艱苦的年月，有些老百姓怕『變天』，有一個老伙夫聶同志，也不相信八路軍能勝利，老聶當年走過太原，修過同蒲路，他常說：『我就不帶聽八路軍宣傳，你們光說有辦法，鑽在這山溝子裡，撥火棍（意即破槍）每人還發不上一根，憑什麼能勝利？！』老

---

30 〈具有工農本色的作家——楊俊同志憶趙樹理〉，收入李士德編：《趙樹理憶念錄》
　　（長春市：長春出版社，1990年11月）。

趙不給他說什麼大道理，他只就老聶贊成過的事情上說起，上下古
今的打比方，後來老聶對人說：『我就佩服老趙，能說得入情入
理！』」[31] 抗戰時期，根據地和游擊區農民對共產黨草草建立起來的基
層政權及其有效性多有懷疑甚至不屑，「觀望」在一些地方和一些時
候成了農民面對新政權的普遍性姿態。「在農民來說，對政權這個東
西的不信任是相當普遍的。之所以這樣，是因為儘管凌駕於他們之上
的政權是各種各樣的，但只不過是變來變去而已。」「正因為如此，
黨才派來農村工作者，即黨的幹部。到處都會遇到的困難是農民群眾
開始都以半信半疑的態度來觀望新政權，絕不會有積極協助的事，很
少找到自告奮勇出來當幹部的人。」「在那些很少具備外來經驗的知
識份子幹部中間，……被愚弄了。這樣一來，原本抱著懷疑、等待、
觀望的農民群眾，就越來越對他們不放心了。」「這曾經是當時——
必須鞏固人民政權基礎時期一個最重大的問題。」[32] 不解決這一問
題，新政權的統治就難以穩定。所以，要求幹部深入群眾，取得普通
民眾的普遍信任，就不是一個簡單的工作方法問題。正因為如此，解
放區時期趙樹理的文學創作，顯然是別有深意的。趙樹理創作中所具
有的關乎政治利害性的價值，在這樣的特殊語境中得到分外強調。

三

　　趙樹理當年利用文學對農民進行「反封建教育」，其中一個重要
方面就是戳破迷信的騙局。由於破除「迷信」直接與新政權的生存密
切相關，因而得到了中共政權的提倡與幫助。創作戲曲劇本《萬象
樓》便是趙樹理一九四一年「為了揭露敵人、教育人民」、「反迷信」

---

31 楊俊：〈我所看到的趙樹理〉，《中國青年》1949年第8期。
32 〔日本〕鹿地亘：〈趙樹理與他的作品〉，轉引自黃修己編：《趙樹理研究資料》（太
　　原市：北岳文藝出版社，1985年9月），頁436。

的「奉命之作」。那一年，太行抗日根據地腹地黎城縣發生「離卦
道」暴動。該縣「離卦道」組織在敵偽唆使下發動叛亂，攻打抗日縣
政府，殺害抗日幹部，並有許多不明真相的農民參加。雖然這次叛亂
很快被平息，但卻給中共當局敲了警鐘，使他們認識到破除封建迷信
對鞏固政權基礎的重要性。「我當時在太行區黨委宣傳部工作。領導
問我能否寫反迷信的戲，我就把迷信、反迷信的材料，作了劇本的主
要來源。」[33]歷數趙樹理一九四九年前從〈小二黑結婚〉到〈田寡婦
看瓜〉等十幾部小說戲曲作品，「迷信」與「反迷信」衝突，或濃或
淡地流貫於所有作品之中。

　　當然，解放區政治權力主體對「反封建」的重視，還由於封建意
識的存在已嚴重影響到基層政權的良性運作。趙樹理作品中多有這樣
的描寫：地主惡霸利用了農民的落後思想，對農民進行分化、收買，
導致新政權仍然掌握在舊勢力手中。「舊勢力」又以「權力」狀態分
化、弱化農民的減租、土改和建立民主政權的要求。「他們（地
主——筆者注）充分地利用了農民的自私落後，和工作幹部的沒有經
驗，主觀主義，官僚主義。〈李有才板話〉中〈伏地〉一章便提供了
關於這一方面非常特出的描寫。」[34]「村政權既然這樣不民主，那自
然要發生貪污，使得減租只是個名目，」[35]正因為這樣，周揚才有理
由認為趙樹理描寫了解放區農民「為實行減租減息，為滿足民主民生
的正當要求而鬥爭；這個鬥爭在抗戰期間大大地改善了農民的生活地
位，因而組織了中國人民抗敵的雄厚力量。」[36]新政權對反封建予以
支持的根本理由在於：「反封建」能夠有力地促進新政權盡快獲得
「合法性」與「權威性」。〈小二黑結婚〉的意義便不只是僅僅謳歌了

33　〈運用傳統形式寫現代戲的幾點體會〉，《趙樹理文集》，第4卷，頁1775。
34　周揚：〈論趙樹理的創作〉，《解放日報》，1946年8月26日。
35　茅盾：〈關於李有才板話〉，《解放日報》，1946年11月2日。
36　周揚：〈論趙樹理的創作〉，《解放日報》，1946年8月26日。

自由戀愛的勝利，而在其「謳歌新社會的勝利（只有在這種社會裡，農民才能享受自由戀愛的正當權力）。」[37]同時也正因為如此，趙樹理對解放區政治的批評和規約意圖，輕易地獲得了容忍與默許。解放區時期和一九四九年初期的趙樹理文本中，其「封建」的意蘊是複雜的：它不再是五四時期與個性解放、科學民主相衝突的「舊的歷史意識」，而更多是那些容易直接影響到政權建構及其有效運行的「對立物」。當權力建構需要時，「封建性」生活細節的「現實轉化」已在解放區被大大寬容。趙樹理作品錄下了一系列這樣的「歷史細節」：〈小二黑結婚〉中「區長的恩典」、〈李有才板話〉裡「老秦的磕頭」、〈傳家寶〉主人公李成娘「高興得面朝西給毛主席磕過好幾個頭」等等，這些「歷史細節」的象徵意味是耐人尋味的（它似乎給人一種暗示：有助於證明新政權合法性的「封建」可視為「合理的封建」）。所以，這就出現了趙樹理闡釋歷史上的矛盾現象：既有人批評趙樹理對「封建思想意識的嚴重程度誇張得有些過分」[38]又有人指責他「對我們這個擁有數千年封建專制傳統的國家在現實生活中的種種封建主義表現，缺乏足夠的揭露和批判，」「把封建主義的強大障礙這一無產階級和農民群眾最危險的敵人輕輕放過了，」[39]趙樹理「對三仙姑婚姻悲劇缺乏同情，對其裝扮服飾的過分指責，就已暴露出他對農民思想中舊道德舊傳統的認同。」[40]如果我們回到趙樹理文化身份的特殊性範疇來認識這一「矛盾」現象，我們便能夠意識到「中間人思想」及其相關身份在特定歷史時期展示自身時的尷尬與痛苦。趙樹理並非不想「兩面討好」，然而趙樹理所要兼顧的「政治」與「農民」二者之

---

37 周揚：〈論趙樹理的創作〉，《解放日報》，1946年8月26日。

38 王中青：《談趙樹理的《三里灣》》（上海市：上海文藝出版社，1962年8月），頁39。

39 樓肇明、劉再復：〈趙樹理創作流派的歷史貢獻和時代局限〉，《山西日報》，1980年8月7日。

40 劉潔：〈論趙樹理筆下人物形象的文化底蘊〉，《甘肅社會科學》1995年第2期。

間的潛在衝突，不但無助於他在身份堅守時獲得價值理性的神聖感，而且主體在衛護已有的「中間人」知識者身份所需要的內心平衡也終將失去。趙樹理一九四九年後一系列悲喜「遭遇」，正是在這樣的身份範疇和對象範疇中，贏得一份極為獨特的沉重感。

四

值得我們重視的是，趙樹理不但沒有使這種面對農民的啟蒙教育轉變為權力話語的傳聲筒，而且他還自覺地時時警惕著這種危險。正是在這裡，趙樹理的「中間人意識」及其身份意識得到了進一步固化。這首先表現在他並非完全按照權力政治的要求對農民進行教育，毋寧說趙樹理更多是站在儒家知識份子「民本」「親民」立場上，具體實施著對農民的「體諒」與「呵護」。比如他對〈孟祥英翻身〉寫作主題的修改。本來，他打算寫孟祥英是如何領導生產渡荒的英雄事跡，但後來卻寫成了她是怎樣從舊勢力壓迫下解放了出來。在〈劉二和與王繼聖〉中，趙樹理也通過小說人物聚寶之口喊出了「啟蒙」之難：「唉，照你們這樣，一千年也翻不了身！」它滲透著知識份子話語建構的企圖。趙樹理說自己「頗懂一些魯迅筆法」，「魯迅筆法」實際上就是儒家士人的那種積極入世、干預現實的精神，是「改變他們的精神」的那種聖人情結。可以這樣說，趙樹理的「教給小伙子們怎麼辦」和魯迅「揭出病苦，以引起療救的注意」，都是知識者文化權力在價值引導上的重要表現。

其次，更重要的是，「儒家從甫一誕生，就是以整個社會各個階級共同的教育者和導師的身份出現的，他們認為為全民確立正確的價值觀念是他們的天職。在他們眼裡，即使是君主，也是受教育的對象，而且從某種意義上說，教育君主似乎是更重要、更迫切的任

務。」[41]趙樹理的問題小說，就是「把工作中的問題提出來以教育幹部和群眾」而不僅僅只是以教育農民為旨歸。這滲透了趙樹理對延安政治權力的某種規約企圖。「記得當時就有人說過，趙樹理在作品中描繪了農村基層黨組織的嚴重不純，描繪了有些基層幹部是混入黨內的壞份子，是化了裝的地主惡霸。這是趙樹理同志深入生活的發現，表現了一個作家的卓見和勇敢。而我的文章卻沒有指出這點，是一個不足之處。」[42]「為什麼在延安時代他看不到趙樹理作品中的這一特點呢？這種揭露根據地農村幹部的陰暗面，顯然不是延安時代的政治意識形態所需要的。」[43]根據趙樹理的了解，當時根據地由於絕大多數農民對新的政權還摸不著底子，採取觀望的態度。一些流氓分子乘機表現積極，常常為根據地新政權裡那些沒有工作經驗的同志提拔為幹部（當時的村長大部分是上面委派，不是本村人）。所以當時的基礎政權中像〈小二黑結婚〉中的金旺、興旺這樣的幹部有著相當的數量。趙樹理在〈小二黑結婚〉、〈李有才板話〉、〈邪不壓正〉等創作中，連續性地追問著解放區基層政權嚴重不純的重大問題。這顯然是站在農民立場上對新政權的一種提醒，因為政權不純首當其害的是那些貧弱的底層農民們。這些惡霸式幹部必然會利用手中的權力魚肉鄉里、為非作歹。金旺、興旺是「想捆誰就捆誰」，陳小元剛當上幹部就逼著鄰居當奴才。趙樹理的藝術表現堪稱觸目驚心。

　　其實，趙樹理對權力者的規約企圖，同樣延續到解放後的創作中。〈登記〉寫於一九五〇年，本是「宣傳婚姻法」的「趕任務」之作。[44]但是趙樹理在實際寫作中卻寄予了對權力濫用者的某種規約企

41　分別參見李春青：《詩與意識形態——西周至兩漢詩歌功能的演變及中國古代史學的生成》（北京市：北京大學出版社，2005年），頁272、頁273、頁167。

42　周揚：〈序〉，《趙樹理文集》（北京市：工人出版社，1980年10月）。

43　陳思和：〈民間文化形態與政治意識形態之間的關係鉤沉〉，《上海文學》1994年第1期。

44　參見馬烽：〈憶趙樹理同志〉，《光明日報》，1978年10月15日。

圖。作者通過這篇小說試圖說明，在一個「完全新的時代，即消滅了地主階級的統治和威脅的時代，」「自由婚姻的破壞者」不僅是趙五嬸、燕燕的媽媽這樣頭腦裡裝有封建思想意識的老一輩農民，更可怕的是像民事主任、王助理員這樣的鄉村權力的擁有者。其實，艾艾、小晚、燕燕、小進等青年的婚姻命運就掌握在他們的手中。村幹部不給寫介紹信，區幹部就不給登記，「任你有天大的本事，這個介紹信我不寫！」「不服勁你去試試！」——作品惟妙惟肖地刻畫出一群「新貴」玩弄權力的醜惡嘴臉。趙樹理告訴我們，在農村中貫徹實行婚姻法的最大障礙來自於幹部。再如，〈邪不壓正〉中軟英和小寶的婚姻命運不也是掌握在小昌這樣「舊時的奴才現在的主子」的幹部手裡嗎？趙樹理在這裡提出了這樣的一個命題：如果新的政權不對自身進行純化，那麼，即使是在「消滅了舊階級的新的時代」，農民的利益自主也是沒有希望的。

如上所述，既然趙樹理對新政權的規約只是一種「歷史的需要」，那麼當這些「歷史的需要」不能見容於日益激進化的現實時，趙樹理的「老寫法」就是「醜化工農兵」、「污蔑解放區」了。雖然趙樹理一再辯稱這些人物落後性的根源仍然是「舊社會」，但是，依然擺脫不了日益強化的階級鬥爭語境中激進者對作者寫作動機的指責。種種批判與指責說明，趙樹理基於「中間人意識」的價值立場及其言說，蘊含著對主流意識形態價值觀念實施否定的可能與企圖。從這點上看，一九四九年後趙樹理不斷被否定和批判的命運，早已由他自覺選擇的文化身份所給定，他在當代的悲劇命運，也映現了具有儒家「中間人意識」的知識者的精神光輝，在特定歷史時期裡饒有意味的黯淡過程。

趙樹理與「十七年」現實主義文學之關係

　　今天，重提趙樹理與「十七年」現實主義文學的關係問題，並不是一個輕鬆的話題。話題沉重感，既來自於中國文學自九〇年代以來的實際構成中「現實主義」的創作與批評中的全面退隱，也來自於有關當代文學的「史性」研究中對這一概念之於相關對象功能的有意拒斥，[1] 還有當下文學創作中所凸現的「現實主義意味」與「十七年」「現實主義文學」之間形成的巨大差異，和由於這一差異未被及時澄清而帶來的現實主義美學品格的矮化與審美價值的耗散。即使就「真正對趙樹理進行全面認真的學術研究」的新時期而言，這一問題的重要性依然沒有顯現出來。有人這樣概括：「研究的視野從生平、思想、創作推及到與趙樹理有關的『山藥蛋派』、『趙樹理方向』、『文藝大眾化』等一系列重要的文學研究課題。研究方法從單一走向多樣，突破了社會歷史學的單一分析法，充分借鑒了國外多種現代研究方法，」「出現了多角度系統化的研究成果」。「隨著現代文藝觀念的發展，也出現了更充分的學術爭鳴。對趙樹理評價又一次在大起大落，呈現出穩定深入發展中的波動性。整個研究形成了以內在價值研究為

1　一九九〇年代以來的中國當代文學史著述，在談及趙樹理當代創作的意義時普遍採用了這一策略。比如，陳思和在其《中國當代文學史教程》中，趙樹理創作是被嵌入其預置的「民間」結構中獲得意義的。洪子誠的《中國當代文學史》，趙樹理的存在則被處置為四、五〇年代文學轉換的一個代表性現象。

重、以傳統研究為貴、以新方法研究和比較性研究為開拓和以外在影響研究為補充的立體化研究新格局。」[2]就這一時期學術界對「趙樹理文學內在價值」的研究看，除了以「民族性」、「大眾性」範疇探討其「藝術形式」之外，對其創作的「思想」價值則更多地著眼於「革命現實主義」意義範疇，[3]並對趙樹理小說創作的真實性、時代性、理想化的創作特徵給予了揭示。但由於「從典型化的理論出發」，依然未能掙破趙樹理被當代所規範的模式化闡釋，趙樹理存在的複雜性未能得到持續有效的挖掘。八〇年代中期「文化熱」思潮影響下的有關趙樹理創作價值的外探，只是發現了「社會歷史學」視野裡趙樹理「現實主義」存在的另一面──與特定時代主流意識形態之間的某些糾葛，但同樣也並未解決趙樹理的現實主義獨特性以及趙樹理在何種條件下可以被視為現實主義等諸多複雜性問題。至於說新時期趙樹理研究中那些具體探討──比如對「問題小說」屬性的辯析、關於趙樹理一九四九年後創作矛盾性的分析以及拋向趙樹理的諸多「否定性」指責等[4]都無助於問題的深入與解答。

直到今天，這一問題依然橫亙在我們面前──作為一個最容易被人指認為現實主義作家的趙樹理，他在「十七年」的文學創作究竟屬於何種現實主義？他以具體成果形式呈現出來的現實主義傾向性與「十七年」「主流話語」中不斷被「提升」「提純」的「理論的現實主

2　徐瑞岳主編：《中國現代文學研究史綱》（南京市：江蘇人民出版社，2001年6月），頁1427。

3　此類論文主要有：陳娟的〈簡論趙樹理建國後創作的現實主義精神〉，《上海師院學報》1980年第2期，董大中的〈堅持革命現實主義道路──試論趙樹理建國後的創作〉，《文學評論叢刊》1980年第6期、骨雲的〈趙樹理作品的社會主義現實主義特色〉，《晉陽文藝》1981年第2期，方欲曉的〈趙樹理創作的現實主義特徵〉，《遼寧大學學報》1981年第4期，程繼田〈論趙樹理創作的革命現實主義特色〉，《文藝論叢》（上海）1983年等。

4　參見戴光中：〈關於『趙樹理方向』的再認識〉，《上海文論》1988年第4期、鄭波光：〈趙樹理藝術遷就的悲劇〉，《文學評論》1988年第5期等。

義」[5]之間究竟有著怎樣的差異？對這種差異如何進行價值判斷？這些必然觸及趙樹理與「十七年文學」諸多變遷的複雜聯繫，對這些問題進行深入的考察，也是確認趙樹理在「十七年文學」歷史中其現實主義獨特性的必要前提。

一

「十七年文學」歷程中的現實主義，相比於五四之後的任何一個時期，它的發展和差異都是最為複雜的。一九四九年前「革命文藝」或「左翼文藝」的複雜存在，在它們其後被闡釋的過程中，不僅日益走向「現實主義」，而且還以本體性的資源身份要求被新的時代文藝理念所整合。「延安傳統」所具有的革命文藝繼承者的天然合法性及其在區域政治作用下生成的「新質」，同樣是一九四九年後十七年文學現實主義塑造自身不可忽視的存在。顯然是，以往對這一階段現實主義發展的歷史梳理，除了對政治不斷強化介入這一點擁有共性認同之外，對作為「藝術精神」、「藝術觀念」或「創作手法」等不同層面的現實主義實際審美實踐，至今仍然未形成一致且深入的認識。如果說五四、左翼時期及其一九四八年前後第三次展開的有關「現實主義」的大規模討論，顯示了當時理論批評界對「現實主義」理論空間和關鍵環節的特殊注意的話，那麼一九四九年後「現實主義」以及附著於它身上的許多問題，都已變為實踐性命題了。可以明顯地看到，當代現實主義附著於不斷出現的新作品之身而被推進的情形，愈來愈

---

5 「理論的現實主義」是筆者對「十七年」文學中居於主流的現實主義理念及其一系列規範的稱謂，主要體現在周揚、茅盾、陸定一等人的諸多相關論述之中。「十七年」文學歷史上，雖然關於「現實主義」有過許多論爭，但對它的「政治功能」的認識並無大的歧義。參見陳順馨：《社會主義現實主義理論在中國的接受與轉化》（合肥市：安徽教育出版社，2000年10月）。

昭示出「現實主義」被公開本質化的趨勢。我認為，「十七年現實主義文學」的發展變化路徑，可以表述為從「樸素的」現實主義走向「革命的」現實主義的過程。這是個巨大的轉折。任何自覺認同與不自覺認同的作家在現實主義被「原則化」的趨勢裡都必須作出選擇。趙樹理是否自覺地實現這一轉折，是必須首先考察清楚的問題，早在三〇年代左翼文化思潮風靡之時，現實主義已被新興的「階級敘事」理念所規訓——表現現實題材，以凸現直面人生的宗旨；對社會制度罪惡的揭露，從而強化著現實主義的「批判性」；指出「反抗」的出路，已有著明顯的社會主義現實主義理念牽導的痕跡了。現實主義文學啟蒙的「階級」指向，已逐步形成現實主義「本質化」敘事的基本套路。我們在趙樹理一九四九年前的創作中看到了這一套路——但是對趙樹理而言，這並非是左翼思潮直接影響的結果，而更應被看做是作家個人獨特經歷與「革命隊伍」教育相融合的產物——因為，一九四三年連續發表的〈小二黑結婚〉、〈李有才板話〉、《李家莊的變遷》等一系列作品的敘事風貌其實與早在一九三三、一九三四年就公開出版的短篇《有個人》和長篇《盤龍峪》並無二致。應該說這是一種「樸素的現實主義」！這種「樸素」，極明顯區別於「光赤式」的「鬥爭加愛」的模式，也與茅盾在政治意識籠罩中對人生進行社會學剖析的作品差異甚大。同樣是「本質化」敘事，趙樹理並沒有把「環境」與「人物」「典型化」，他顯然更看重生活中的「事象」，並能從「事象」中看出「問題」，並把「問題」的意義引向對「革命」的幫助和「勸人」的可能性。作為現實主義精髓的「真實性」，在趙樹理的創作中並沒有走向理念範疇，而是始終與生活的「倫常日用」聯袂而行。閻家山裡，閻恆元與「李有才」的鬥爭在土地問題上顯示了衝突的激烈性。然而這種「激烈」展示的形式卻是地主階級與農民階級之間的智慧博奕。在趙樹理這裡，其創作對舊時代制度罪惡的控訴，並不是通過人物的符號化處理加以完成，而是以一個個單體（人的個

體）的「好人不得好報」、「好人變壞」或「壞人使壞」的生活化行為
表現出來。「由於不論在任何事情上，每個農民都遭受著這樣那樣的
困難，每個公民身上都印著被奴役的烙印，面對著切身體驗到的統治
階級的權力。」[6]說他「樸素」，亦可以理解為他執著於所表現的是他
「最熟悉的」東西和最熟悉的表現形式。如此，這種「樸素」，即是
自我經驗的「真實性」與民族大眾人生願望「傾向性」的合二分一。
王瑤說過：「一個是現實主義，一個是民族風格，這兩點是五四以來
我們一直追求的東西。」「趙樹理同志的作品在這個問題上取得了突
破」。「歷史給他提供了條件，解決了這個問題」，即「無產階級的文
學的思想傾向性與藝術真實性怎樣結合」的問題，寫「工農大眾的必
要性和作家不了解工農的矛盾的問題。」[7]在趙樹理這裡，「樸素性」
就是「真實性」，最熟悉的也是最樸素的，更是最真實的存在。這可
能也是他並未直接表現「抗日烽火」，而樂於大量描寫農村「壓迫現
實」的重要原因。樸素的現實事象與他所熟悉的農民的樸素的願望，
顯然內在地制約著他的小說創作的題材選擇和處理方式。「岳冬至」
悲劇事件，他在〈小二黑結婚〉中把它處理成一連串的問題景觀。封
建意識、村政權主體不純和必要的鬥爭等，被輕鬆格調編製成一個
「大團圓」喜劇。這恰恰是現實主義的本質敘事所需要的，也同樣是
根據地農民對共產黨政權的樸素期待。當趙樹理讓鐵鎖成為一個革命
者時，那是他經歷了抗戰之後共產黨給太行地區帶來的實在變化。
〈催糧差〉裡崔九孩的「壞」、〈劉二和與王繼聖〉中主人公的悲慘，

6　日本學者秋野瀚二認為，〈有個人〉的發表，應該視為趙樹理自覺以「大眾化」策
　略進行文學創作的開端標誌。筆者認同這一觀點。參見〈關於他的笑和愛情──從
　趙樹理的初期作品〈有個人〉說起〉，《趙樹理研究文集》（北京市：中國文聯出版
　公司，1995年），下卷，「外國學者論趙樹理」，頁194。另可參見〔日〕荻野修二
　著，高捷譯：〈談趙樹理作品的札記〉，《趙樹理學術討論會紀念文集》（太原市：中
　國作家協會山西分會，1982年），頁239。
7　〈王瑤同志的發言〉同上，頁13。

是趙樹理攜帶著自己切實的生活經驗而指向制度的腐壞。〈催糧差〉中對制度「執行者」的出色描寫，可謂現代文學史上最精彩的篇章。我們只有在崔九孩與屠維岳的比較中，才能領略樸素的現實主義的巨大能量與魅力。同時我們也注意到，當趙樹理被植入以〈講話〉為核心的「延安文學」範疇並作為「方向」「旗幟」的價值形象加以塑型時，顯然是有意忽略和遮蔽了這種建構在「經驗」、「熟悉」基礎上的樸素的現實主義魅力。趙樹理當年對這一「方向」的拒絕，並不能只看作是個人的「謙虛」，而是以「樸素」方式衛護著自己「樸素」的現實主義。

趙樹理並未迎合「轉折」——而時代已在「轉折」中日新月異了。

二

其實在我看來，這種「轉折」隨著一次文代會的召開就已經迅猛地展開了，[8]並且隨著文藝體制化的形成而得以完成並繼續深入。一次文代會上郭、茅、周等三個報告，雖然並未明確提出有關現實主義作為「原則」的問題，但它們在對「國統區」、「解放區」文藝發展歷程的梳理中已莊嚴地指出了「在文藝上什麼是我們所要提倡的，什麼是我們所要反對的」對象，在所提出的一系列「要求」中已實際寓含了對以往「革命文藝」歷史中現實主義內涵的諸多修正。比如在如何更好地反映現實的問題上，他們不約而同地強調了「學習」的重要性：「深入現實是一切作家創作家必須努力的。」但「接觸現實還不就等於完全認識現實。今天的中國社會正處在偉大的劇烈的變化之中，我們所面對的現實比過去的文學藝術者所面對的現實要複雜得

8　有不少學者認為，這一「轉折」早在一九四〇年代就已經大規模開始了。參見錢理群《天地玄黃——一九四八》，洪子誠《中國當代文學史》，賀桂梅《轉折的年代》等。

多」,「因此,學習革命的理論和政策,學習進步的文藝理論,對於我們就十分必要了。」[9]號召要「使文學藝術發揮教育民眾的偉大功能。」茅盾在批判了「左翼文藝」諸如「空疏」「無力」、「主觀」「趣味主義」、「抗戰加戀愛」「純文藝」以及「主觀論」等傾向之外,鮮明地提出「一切問題只在於我們能否學習——向時代學習,向人民學習。」周揚在報告中對「學習」的對象進行了更為具體的明確和解釋:「為了創造富有思想性的作品,文藝工作者首先必須學習政治,學習馬克思主義毛澤東思想與當前的各種基本政策。不懂得城市政策、農村政策,便無法正確地表現城鄉人民的生活和鬥爭。政策是根據各階級在一定歷史階段中所處的不同地位,規定對於他們的不同待遇,適應廣大人民需要、指導人民行動的東西。每個個人的命運,都被他所屬階級的地位以及對待這一階級的基本政策所左右的,同時也是被各個具體政策本身或執行的好壞所影響的。」「這就是說,他們的行動是被政策所指導的,人民通過根據他們的利益所制定的各種政策來主宰著自己的命運,這就是新的人民時代不同於過去一切舊時代的根本規律。」[10]「學習」的必須及其「人民」、「政策」等學習對象的肯定,不僅改變著作家與現實的關係,也改變著作家認識現實、把握現實的方式,甚至成為作家是否可以運用現實主義的合法性前提。現實主義已成為了需要在作家「自我改造」、「深入現實」和「學習政策」等全面實踐中重新面對和認識的新的重大問題。在這樣的要求面前,包括趙樹理在內的過去的一切作家都做得太不夠了。因為,雖然「我們的作品是有思想內容的」,「但思想性還不夠,必須提高一步。

---

9 郭沫若:〈為建設新中國的文藝而奮鬥——在中華全國文學藝術工作者代表大會上總報告〉,《文學運動史料選》(上海市:上海教育出版社,1979年12月),第3冊,頁661。

10 周揚:〈新的人民的文藝——關於解放區文藝的報告〉,《文學運動史料選》(上海市:上海教育出版社,1979年12月),第3冊,頁701-702、頁700-701、頁686、頁689。

一切前進的文藝工作者必須站在像黑格爾所說的時代思想水平上。今天具體地說，就是站在馬列主義毛澤東思想的水平上。」[11]雖然，趙樹理及其創作在周揚的報告中兩次得到高度的評價，[12]但這並不等於「歷史」的「解放區」「最傑出」的趙樹理可以代替在「新的人民文藝」要求下必須「提高」和「前進」的社會主義時代的趙樹理。「樸素」的、基於個人經驗的、「感性」的現實主義意識受到挑戰，新時代的生活，要求新的現實主義。對趙樹理的新的塑造也同時開始：「要使這種學習，環繞著創作，更具體更有效起來，就必須有一種工作同時進行，這就是全面地把趙樹理的創作提高到理論上來，根據社會主義現實主義的創作原則進行分析研究說明，確定趙樹理創作各種特色的應有的意義和前進的道路。」[13]從一九四九年後趙樹理的具體創作看，他對這種要求並沒有太在意，依然以解放區的樸素面目應對著各種挑戰。一九五〇年關於〈傳家寶〉和〈邪不壓正〉的「批評式」討論，趙樹理因猝不及防在當時並未回應，但是卻耿耿於懷，六年之後依然有著「不服」之「慨」：「我感到創作上常有些套子束縛著作家，如有人對我的〈傳家寶〉提意見，說我並沒給李成娘指出一條出路。」[14]發表於一九四八年十月的〈邪不壓正〉，是一部「寫出了現實主義深度、農民生活深度」的出色作品，它在對現實隱秘黑暗的揭示上比〈小二黑結婚〉、〈李有才板話〉等作品前進了一大步。作品著重刻畫了翻身當了幹部的小昌的「新惡霸」行為，以軟英婚姻為線索而顯現的衝突是驚心動魄的——然而這個作品在發表之初就遭到了質疑。從一九四八年十二月二十一日——一九四九年一月十六日，《人

---

11 周揚：〈新的人民的文藝——關於解放區文藝的報告〉，《文學運動史料選》（上海市：上海教育出版社，1979年12月），第3冊，頁701-702、頁700-701、頁686、頁689。

12 周揚：〈新的人民的文藝—關於解放區文藝的報告〉，《文學運動史料選》（上海市：上海教育出版社，1979年12月），第3冊，頁701-702、頁700-701、頁686、頁689。

13 竹可羽：〈再談談〈邪不壓正〉〉，《人民日報》，1950年2月25日。

14 《趙樹理全集》（太原市：北岳文藝出版社，1990年），第4卷，頁321。

民日報》連發六篇文章，爭論的焦點集中於作品的「主題及主人翁」兩個方面。趙樹理顯然對這種激進的批評有所不滿，隨即提出了自己的反駁意見，表明自己的意圖「是想寫出當時當地土改全部過程中的各種經驗教訓，使土改中的幹部和群眾讀了知所趨避。」作品突出地描寫了「不正確」的幹部小昌和流氓小旦、聚財，因為「土改中最不易防範的是流氓鑽空子。」[15]顯然，主人公的「壞性」及其「壞」的過程被凸顯，使作品「光明結局」的能量受到削弱——而這正是文藝轉向歌頌的現實主義（革命現實主義）所必然警覺的。趙樹理卻用自己獨特的修辭行為，使得以「歷史趨勢」為支撐的「本質化」敘事能指被因「壞人」為非作歹而難以制止的悲劇感所指所消解，從而出現「革命的現實主義」的敘事總旨與這種「樸素的現實主義」的「真實化」的描寫之間滋生出日益走向嚴峻的摩擦、衝突。遺憾的是趙樹理並未意識到衝突的嚴峻性。就這部作品而言，他堅持自己親眼看到的已屬於經驗的「當時當地的土改全部過程」——而這種「堅持」，在他並不是感到了衝突而對自己的一己之見的固守，而是他從事「革命文藝」實踐以來審美理念的積累的結果。他多次談過這樣的認識：「在好多群眾作品中，我見到兩個共同的特點：第一，不論在內容上或形式上都是多樣性的；第二，他們寫出來的具體生活，有好多是我們的文藝工作者事先不易體會到的，看了他們的東西，使我感覺到自己接觸的社會面太狹窄、膚淺。」[16]這也是他在一九五〇年敢於為〈金鎖〉辯護的底氣。趙樹理把別人指責〈金鎖〉的意見概括為「四點」——人物不真實，侮辱了勞動人民，下三爛話太多。結尾矯揉造作，模仿《阿Q正傳》。面對這種種指責，他的「辯護」讓人感到意味深長：「論者意見中，有一條是說這篇作品中的主角金鎖是不真實

---

15 〈關於〈邪不壓正〉〉，《趙樹理全集》（太原市：北岳文藝出版社，1990年），第4卷，頁197-199。

16 趙樹理：〈談群眾創作〉，《文藝報》第1卷第10期（1950年2月10日），頁202。

的，是對勞動人民的侮辱。我以為這是不對的。我所以選登這篇作品，也正因為有關寫農村的人，主觀上熱愛勞動人民，有時候就把一切農民都理想化了。有時與事實不符，所以才選一篇比較現實的作品作為參照。事實上破過產的農民，與掃地出門之後，其謀生之道普通有五種：『賺』、『乞』、『偷』、『搶』、『詐』，金鎖不過是開始選了個『乞』，然後轉到『賺』。『有骨頭』這話是多少有點社會地位的人才講得起的，凡是靠磕頭叫大爺吃飯的人都講不起，但不能說他們都不是勞動人民。他們對付壓迫者地方法差不多只有四種：『求饒』、『躲避』、『忍受』、『拚命』，有時選用，有時連用，金鎖也不例外。」「作農村工作的同志們，如果事先把農民都設想為解放軍那樣英雄好漢，碰上金鎖這類人就無法理解，其實只要使他的生活有著落，又能在社會上出頭露面，他並不是沒骨頭的，解放軍中像金鎖這一類出身的人也不少，經過教育之後，還不是和其他英雄一樣的？這篇作品中對金鎖這個人物的處理，最大的缺陷是沒有寫出他進步的過程。」[17]然而始料不及的是，這個「一點辯護」卻惹來更大麻煩，一個多月之後趙樹理不得不「再檢討」。有趣的是，趙樹理已感到這不得不做的事情的「無聊」，使用了暗寓譏諷的口吻，表達了「對辯護的檢討。」「一，好多人指出這篇小說『是對勞動人民的侮辱』，我的辯護說『不是』。大家是對的，我是錯誤的。把惡霸地主和農民平列起來，一例第挑著眼用俏皮話罵下去，還能說不是侮辱勞動人民嗎？」「二，說『有些寫農村的人……把一切農民都理想化了，所以才選一篇比較現實的作品來做個參照』，也是錯的。指導我做這樣辯護的思想是自己有個熟悉農村的包袱。當時收到的稿件中，〈……翻身記〉就有好幾篇，可惜都好像新聞，看不出農村的生活，看到〈金鎖〉之後，覺著其中寫到的事物有不少地方和我自己的觀念中已有的事物都

17　〈〈金鎖〉發表前後〉，《文藝報》第1卷第10期（1950年2月10日），頁211-214。

相差不多,因此就說它是『比較現實的作品』,還要交給別人做個參照。仔細一想,別人真的如果參照了這個譏諷農民的風格來寫東西,不是都諷刺起農民來了嗎?因為自己有了熟悉農村的包袱,在感情上總覺著千篇一律的概念化的作品討厭,沒有認識到,只有概念或千篇一律固然不好,但是寫的人主觀上誠誠懇懇的歌頌勞動人民,自己如果比人家多知道一點什麼,應該把自己的意見提出來給人家作個參考,為什麼要以為人家的作品『討厭』呢?」至於「對辯護的保留與保留中的檢討」則依然用自己「熟悉農村」作盾牌:「我所擔心的一個問題是作農村工作的人怎樣對待破產後流入下層社會那一層人的問題。……我對這一層人的分析還認為沒有大錯。」[18]以「反諷」方式表達自己,在趙樹理一生中是非常少見的。可見他對日益激進化的革命現實主義「本質」敘事並不認同,而在他,不認同的最大支撐亦不外是對於「事實」和「經驗」的執著與崇奉。

我們看到,趙樹理從一次文代會至一九五五年的《三里灣》發表的五、六年間,就小說創作而言只有四部作品(三個短篇,一個長篇),但是各類發言、講話、「序」、「感」等卻多達三十餘篇。這類文字除個別屬於「應景」、「應需」之作以外,絕大部分可以視為趙樹理對自我文藝理念的弘揚與辯護——令人驚奇的是,在這些文字中,反覆申述著他在日益體制化的語境中對現實主義內涵變遷的「異見」。從前述周揚關於「學習政策」的表述看,一九四九年後文藝服務於政治的理念,不但更為合法,也已迅速成為作家必須遵循的創作原則。周揚在報告中儘管稱趙樹理為「解放區文藝的代表」,然而這僅是因為在「反映農村鬥爭」方面,「使他的作品具有了高度的思想價值」,這些價值來源於「他對農村的深刻了解,他了解農村的階級關係,階級

---

18 〈對〈金鎖〉問題的再檢討〉,《文藝報》第1卷第10期(1950年2月10日),頁217-220。

鬥爭的複雜微妙，以及這些關係和鬥爭如何反映在幹部身上，」——
這顯然與一九四九年後「新的人民的文藝」的「革命化」——即「革
命現實主義」要求相比，明顯落伍了。如何表明「政治」，依然是時
代需要解決的重要問題。周揚陳荒煤等人為趙樹理作品價值確立的
「闡釋模式」，趙樹理並不認同，上述有關〈金鎖〉的「辯護」只是
一例。這種日益強烈的「不認同」意念還頻繁呈現於此間大量的「創
作談」等一類文字中。在談到戲劇改革時他說，「以〈逼上梁山〉和
〈野豬林〉來講，我說〈野豬林〉要好一些，因為〈逼上梁山〉裡邊
政治的話太多了。政治意義要加到藝術裡邊去，如果只有些政治口
號，那就不妥。」對「文藝作品怎樣反映美帝侵略的本質」，他坦言
「實感不多，不易寫出這方面的東西來」。[19]他對老舍劇本《方珍珠》
的讚揚，是認為「這劇本給我的第一個印象是其中的任何構成部分都
沒有和其他的寫翻身的作品重複，但又都是翻身過程中必然現象，竟
無『出奇制勝』之嫌。」[20]在為《工人文藝創作選集》（第一集）寫序
時，讚揚這些工人創作：「第一，主題單純而明朗正確」，「第二在形
式上有創造性」，「第三寫到工人生活的細部，往往是別人寫不出來
的。」「第四他們運用語言通俗，生動、準確、深刻，更是值得我們
深刻學習的。他們不採用那些標語上學來的『偉大』、『熱烈』、『光
榮』、『幸福』等字樣，可是他們都能用極普通的話把這些字樣中的涵
義很生動地傳達出來。」而那些「說教成分過重，不曾通過具體生活
的作品，則一律不收。」[21]趙樹理與《說說唱唱》雜誌情緣很深，但
也因此收獲了許多無奈，二、三年間大小的幾次檢討，是他深感常常
「自己搬石頭砸了自己的腳面。」一九五二年文藝界整風期間，他已

19　〈戲劇改革問題座談會上的發言〉，《文藝報》第1卷第10期（1950年2月10日），頁
　　221。

20　〈《方珍珠》劇本讀後感〉，《文藝報》第1卷第10期（1950年2月10日），頁240。

21　〈本書的產生及其特點〉，《文藝報》第1卷第10期（1950年2月10日），頁242。

初步認識到自己「糊塗的想法」,「不懂今日的文藝思想一定該由無產階級領導。」「不是去宣傳無產階級在國家生活中的領導作用,而是故意把階級面貌模糊起來,甚至遷就了非無產階級的觀點。」「每逢有了重要的政治任務,就臨時請人補空子,補不起來的時候,就選一些多少與該問題有點關係的來充數,簡直有點和政治任務開玩笑。」[22]

　　對於「近三年來沒有多寫東西」的原因尋找,趙樹理的解釋仍不出「經驗範疇」。「我之不寫作,客觀的理由找一百個也有,可是都不算理由,真正的原因只有一個,就是脫離實際,脫離群眾。」「同志們對我所寫的作品的觀感是寫舊人舊事較明朗,較細緻,寫新人新事較模糊較粗糙。」原因蓋源自「在農民群眾中所吸取到」的「養料」使然。[23]具體而言「就在於我對原來的苦海熟悉而對起著變化的甜海還沒有來得及像那樣熟悉」。他期望「什麼時候看到我的新作品中的新人物比舊人物更生動、具體了,那就是我有了新的進步了。」[24]對楊朔的《三千里江山》,他評價說「正文寫工作是不能太多的,太多就沒人看了。」「我想楊朔同志在朝鮮只一年多,正面的場面見得也不會太多,大概有些是聽來的,從別人那裡聽來的,就是再生動我也不敢正面描寫。」[25]我們看到,創作處於「貧困期」的趙樹理,在一九四九年初期既有一些「困惑」和焦慮,但更多的是面對文化語境變化對自我藝術理念的頑強衛護,這一「衛護」在很多情況下是趙樹理藉助於「戲改」運動而得以公開宣揚。對這種狀況的深入分析有助於我們澄清研究界對趙樹理的一個誤解——即認為一九四九年後的趙樹理仍然在堅持「問題小說」的寫作。其實不然,如果說一九四九年前

22　〈我與《說說唱唱》〉,《文藝報》第1卷第10期(1950年2月10日),頁253-254。

23　〈決心到群眾中去〉,《文藝報》第1卷第10期(1950年2月10日),頁257。

24　〈我在創作中的一點體會〉,《文藝報》第1卷第10期(1950年2月10日),頁275。

25　《《在三千里江山》討論會上的發言〉,《文藝報》第1卷第10期(1950年2月10日),頁261。

「問題小說」是延安文學所需要的「現實主義」，那麼一九四九年後，「問題小說」的藝術功能與格局已遭到普遍質疑。「社會主義現實主義」的原則化過程，使現實主義涵義向更高的價值範疇提升。周揚在第二文代會的報告中給文學規範了一系列「新」的標準：「社會主義現實主義首先要求我們的作家去熟悉人民的新生活，表現人民中的先進人物，表現人民的新的思想和感情。」重提〈講話〉所強調的「我們的文學必須首先寫光明，寫正面人物。」「當前文藝創作的最重要最中心的任務：表現新的人物和新的思想，同時反對人民的敵人，反對人民內部的一切落後的現象。」「文藝創作的最崇高的任務，恰恰是要表現完全新型的人物，這種人物必須是和舊社會所遺留的影響水火不相容的，恰恰是不只要表現我們人民的今天，而且要展望他們的明天」「文藝作品所以需要創造正面的英雄人物，是為了以這種人物去做人民的榜樣，以這種積極的、先進的力量和一切阻礙社會前進的反動的和落後的事物作鬥爭，不應該把表現正面人物和揭露反面現象兩者割裂開來，但是必須表現任何落後現象都要為不可戰勝的新的力量所克服。」 一九五三年前後提出的如何描寫「英雄人物」的問題，周揚也予以回應：「英雄人物的光輝燦爛的人格主要表現在對敵人及一切現象決不妥協，對人民無限忠誠的那種高尚的品質上，」「現實主義必須同時也是革命的理想主義者。」[26]這一切對趙樹理而言並非陌生，他在一九四九年前一系列的創作，既生動地表現了這一模式，也是文學史對他的價值定位，但過去的新人物與現在所要求的「社會主義現實主義」「革命的理想主義」的英雄人物，還是頗有距離的。「新」與「英雄」本應是兩個不能混合的層次，周揚在這裡，不僅把創造「英雄人物」作為「最崇高的任務」，還就「落後」的「反面」的力量與「英雄之間」的關係也作了明確規定。時代所不

---

26 〈為創作更多的更優秀的文學藝術作品而奮鬥〉，《文藝報》1953年第19期。

斷強調「劇烈的鬥爭」和「複雜的矛盾」以及有機地把「藝術描寫的真實性與具體性和以社會主義精神教育改造人民的任務相結合」等等，已鮮明包含著對包括趙樹理在內的「舊現實主義」的否定判斷和超越意圖。[27]這正如研究者所指出的，進入當代之後，「現實主義」在急速的「經典化」過程中，「具有強烈政治功利性和革命傾向性的現實主義進一步從『舊現實主義』等中蟬蛻而出，為革命的政黨、團體和社會階層以及依附於它們的作家、批評家所推崇，在推進『革命』與現實主義的連接的同時，也推進了政治與文學的緊密連接。」在十七年當中，「現實主義經典化過程首先是一個不斷選擇、排斥的過程」，「又是一個政治和革命理念不斷被放大、被泛化到文學批評理論中去的過程」，從而在這一過程裡形成「革命現實主義的話語構型」，全面建構起在文學的一切內容和形式方面都可以有效發揮作用的規約機制。[28]這種日益「純粹化」的「革命現實主義」都不是固守著「樸素現實主義」的趙樹理可以容易改變並且做到的——不過趙樹理的努力早就開始了。紀念〈講話〉十週年他自覺地表態之後，[29]一九五二年早春就到了山西平順縣川底村一待就是七個多月。《三里灣》在一九五五年初的出版，是他在「新時代」最輝煌的一次亮相。平心而論，《三里灣》的結構和主題與周揚的要求是吻合的，但依然招來許多相當尖銳的批評。王中青的觀點具有代表性：[30]其一，「政策思想不夠完整。」「雖然《三里灣》中已經比較充分地表現了初級社的優越性，由互助組發展到初級社的必然性，但並沒有正面表明黨對單幹戶的政策。這不能不說是一個比較大的不足之處。地主富農也是應該描

---

27 邵荃麟：〈沿著社會主義現實主義的方向前進〉，《人民文學》1953年第8期。

28 王又平：《新時期文學轉型中的小說創作潮流》（武漢市：華中師範大學出版社，2001年9月），頁204-209。

29 參見〈決心到群眾中去〉，《光明日報》，1952年5月24日。

30 王時任山西省副省長，是趙樹理一九二五年至一九二八年在長治省立第四師範學校讀書時的同學。

寫的……我們要求他寫地主富農的活動，黨對地主富農的政策與群眾
對地主富農的態度，是有充分理由的，因為這並不是一般的可有可無
的細節。而是在兩條道路的鬥爭中必然要涉及到的一個方面。」其
二，「對「兩條道路」這一「你死我活的鬥爭」，《三里灣》的作者
「卻把它作為一種先進與落後的鬥爭加以反映，是不妥當的。」把對
范登高的「批評與鬥爭」，「像對待一個一般性質錯誤的黨員，那就是
大錯特錯了。」其三，「這部作品對黨如何領導群眾，通過具體的鬥
爭實踐，思想上如何發生變化，發生了哪些變化等等，是寫得不夠
的。」就人物而言，批評者為趙樹理進行了一系列的修改設計──對
於范登高，「如果作者能把范登高這個人物放在資本主義有形無形，
直接間接的聯繫中展開，那麼作者對這個人物的刻畫，無疑將會更生
動、更現實，范登高這個人物的典型性格將會更鮮明。」「關於『糊
塗塗』一家人」，認為「作者對『糊塗塗』『常有理』，『鐵算盤』，『惹
不起』這四個人物的塑造，都只集中於表現了他們的保守、封建、自
私和落後的一面，而忽視了黨的政策的影響。」「如果把馬有翼處理
成為政治比較進步，意識上卻相當落後的典型，是更合理些。」對
「王金生」這個作品中的「支部書記」，批評作者筆下的「王金生的
政策界限不明確，政治修養不夠，」「表現了思想上的右傾，」「缺乏
堅定的原則性的鬥爭精神」。甚至指責趙樹理還把王金生的「右傾」
作為優點加以頌揚。[31]

　　這是一種有代表性的批評，更是一種綜合式批評，並且隨著五七
年反右和五八年「浮誇」，《三里灣》被「冷靜」地觀察到的「問題」
更多，也更嚴重。當批評者以日益激進的「革命現實主義」要求《三
里灣》時，不僅趙樹理「熟悉農村」的經驗受到質疑，他所「努力趕
上」的主觀的努力也同時被輕視。〈談趙樹理的《三里灣》〉一文的作
者自始自終坦然的以政治視角分析這部作品，並且以俯視的姿態「指

31　王中青：〈談趙樹理的《三里灣》〉（上海市：上海文藝出版社，1959年）。

點迷津」。的確，批評者對《三里灣》種種不滿與刻責，到《創業史》第一卷出版後確定得到了順向圓滿的回應。回頭看看趙樹理創作《三里灣》的過程，能鮮明地感到，他深入生活、介入生活的狀態及思考問題和結構作品的醞釀角色人物的價值起點等，都沒有走出「樸素」的現實主義視野。一九五五年底，他相當平靜地介紹了《三里灣》的創作過程，對王金生的定位是「高尚的品質，鬥爭的智慧和耐心細緻的作風」，「能實事求是」的「好黨員」；王萬全、王玉生、王滿喜等這些「正面人物」分別屬於「創造性大的人」和「疾惡如仇的性格」，范靈芝屬於有「科學文化知識」，「有青年人特有的朝氣，很少有一般農民傳統的缺點」的「新生力量」；而馬多壽夫婦、馬有餘夫婦、范登高、馬有翼等人，則是「思想上都具有傾向發展資本主義」的「離心力」的人物。趙樹理認為「目前的農村工作中，幾乎沒有一件事可以不和那一面（即私有制觀念——引者注）作鬥爭」。「富農在農村中的壞作用，因為自己見到的不具體就根本沒有提。」[32]趙樹理這種謙遜的表白，與他所鍾情的「現實主義」「樸素」的「真實」理念緊緊相關。半年後他談到：「有人批評我在《三里灣》裡沒寫地主的搗亂，好像凡是寫農村的作品都非寫地主搗亂不可。」[33]這裡充分顯示了他對日益激進的文藝風氣的不滿。周揚、邵荃麟要求農村小說創作向「階級鬥爭」傾斜而必然產生的「劇烈的鬥爭性」——這些在此後出版的《山鄉巨變》和《創業史》、《艷陽天》等作品中都充分地實現了。當我們注意到《創業史》與《三里灣》的評價差異時，明顯感到趙樹理從一九四九年一開始就與「十七年」日益激進的「革命現實主義」主潮拉開了距離。如果說五〇年代前期他的回應是坦然地堅持已有的創作理念，那麼「十七年」後期（一九五七年以後）他只能以抗爭和有意疏離的方式公開自己與時代的衝突。

---

32 〈《三里灣》寫作前後〉，《趙樹理全集》，第4冊，頁276-286。

33 〈不要有套子〉，《趙樹理全集》，第4冊，頁321。

三

　　中國當代五〇年代後期社會政治文化語境的重大變化，對趙樹理的影響是相當有意味的——這與趙樹理早年形成的文學的對象範疇和關注方式有關。我們看到，任何社會變化只有在涉及到農村或者農民利益的時候，才會引起趙樹理的興趣。不論在任何時候，他關心的並不是具體的「政策文本」，而是這些政策在農村實施過程的實現效果。一九五一至一九五二年，他曾兩次深入農村實際參與了「試辦農業社」的改革過程[34]，此間所寫的〈表明態度〉,《三里灣》和《開渠》等作品，不但肯定了農業合作社的改革實驗，也衷心希望它們「能促進人們改天換地的積極性」，對他自身而言，這無疑是「主動」的創作的結果。趙樹理對生活的積極介入姿態表現為對「未來現實」的肯定性，即使他在作品中表達了對主流意識形態的高度認同，也是理性自覺選擇的結果。但此後的幾年間，趙樹理的思想便跌入不安、焦躁與波動之中。一九五六至一九五七年，當他在晉東南看到「合作社迅速發揮出來的優越性」時,「對這次飛躍的發展是很興奮的。」然而，他還是發現了「一個幾年前社會已經出現的問題沒有解決，那就是徵購任務偏高，增產和增購不能按比例進行，結果豐產區多吃不了多少」。他說,「在這個問題上，我的思想是矛盾的——在縣地兩級因任務緊而發愁的時候，我站在國家方面。可是一見到增了產的地方仍吃不到更多的糧食，我又站在農民方面。」[35]後來「因參觀了高平、趙莊的大面積豐產田後,」「從現場看到了群眾的積極性，所以對一九五八年報上登的產量信以為真，我以為口糧問題徹底解決

---

34 一九五一年到晉東南，一九五二年到晉中平順縣川底村。

35 〈回憶歷史，認識自己〉,《趙樹理文集》（北京市：工人出版社，1980年10月），4卷，頁1831。

了」。並且「在新事物鼓舞下」,「訪問朝鮮時,看到了《人民日報》登載的陽城煉綱放衛星的消息,向朝鮮作家宣傳了一番,並作詩把『千里馬』和『大躍進』用文字交織起來歌頌了一番。」但「一接觸實際,覺得與想像相差太遠」。[36]「曾多次向有關領導提出建議。」他自己曾總結說,「公社化前後」,「我的思想和農村工作的步調不相適應正產生於此時。」[37]趙樹理這種「矛盾」困惑直到「三年自然災害」結束的一九六二年才得到緩解。思想的困惑與矛盾在他這時的創作上反映得十分明顯——對文學創作的興趣正在日益弱化,在追趕「時代主潮」的跋涉裡愈來愈顯露出無奈與疲倦。一般不寫「應徵」之作的趙樹理,「響應大躍進號召」創作了應徵之作《靈泉洞》上篇(本來計畫是上下兩篇,而描寫「現實農村變化的下部,他卻再也沒有興緻寫下去了」)。「半自動」寫的〈鍛煉鍛煉〉和〈老定額〉的預設主題「都是反對不靠政治而只靠過細的定額來刺激生產積極性的」。使趙樹理始料不及的是,這種應時的主題卻在接受中被濾掉了。「小腿疼」與「吃不飽」兩個婦女形象與當代農民應當具備的形象特徵之間的關係,引發了相當激烈的論爭,以至於王西彥也憤怒地喊出了「要先來充當一名保衛〈鍛煉鍛煉〉的戰士」的稀世之聲!趙樹理自此時開始,面臨著一種從未有過的「錯位」局面——他的「預設主題」和這一主題呈現的特有方式,總是與作品接受過程的實際評價發生著「原則性」的衝突。趙樹理晚年對一九五八至一九六五年這一階段「寫作行為」進行的「自動」、「半自動」和「奉命」寫作等三種類型的界畫,[38]不僅與他在這一時期思想上的頻繁波動有關,也與

---

36 一九五九年,趙受省委委派,任陽城縣委書記處書記。

37 〈回憶歷史,認識自己〉,《趙樹理文集》(北京市:工人出版社,1980年10月),4卷,頁1831。

38 〈回憶歷史,認識自己〉,《趙樹理文集》(北京市:工人出版社,1980年10月),4卷,頁1831。

他一直崇奉的「樸素」的現實主義信念緊密相連。對於「樸素的現實主義」的恪守，此時已經不是有關「藝術精神」的問題，而更多地體現了「他作為一個知識分子良知承諾的文化理性」[39]和「為了弱勢群體的利益」而「與『體制化』力量」展開的「頑強的對峙與抗爭」。[40]一九五八年發表的〈鍛煉鍛煉〉中，作家以「中間人物」的「轉變」（實際是「壓服」）來體現政治功能的方式，不但是《三里灣》本質化敘事的繼續，而且以批判「和事佬」暗寓了生產中「政治掛帥」重要性的潛在主題。但「問題」就出現在這種樸素的現實主義「表達方式」方面：他背離了日益激進化的革命現實主義同時對文學主題與這一主題表達方式的雙重設定。具體而言就是「應該在解決大是大非的基礎上再行解決小是小非。」即「解決社內存在的生產問題與農業的整風」不能「分割開來」，這才是「真正反映現實的好文章」。〈鍛煉鍛煉〉顯然屬於「並不現實的所謂現實的作品。」[41]革命現實主義張揚的是「積極的現實」的描寫，而非「消極的現實」的展示——如何描寫「消極的現實」，取決於作家的立場是否「站在保衛社會主義社會的立場上」。支持趙樹理的論者認為趙樹理是站在這樣的立場上的，「把生活裡面的消極現象，確實寫成消極現象，而且是前進中的新社會顯示的消極現象，也就是正在被克服的消極現象，而不是把它寫成好事，或不可克服的社會制度的產物。」[42]顯然，這種把「消極現象確實寫成消極現象」的寫法，正是忠於現實的樸素的現實主義的基本做法。其實今天來看，保衛〈鍛煉鍛煉〉的人們並沒有看到趙樹

---

39 席揚：〈角色自塑與意識重構——試趙樹理的「知識份子」意義〉，《鄭州大學學報》2001年5期。

40 席揚：〈趙樹理「模式」與「當代語境」的複雜關係——關於〈為農民的寫作與農民的「拒絕」〉一文的幾點商榷〉，《中國現代文學研究叢刊》2005年第2期。

41 武養：〈一篇曲現實的小說——〈鍛煉鍛煉〉讀後感〉，《文藝報》1959年第7期。

42 王西彥：〈〈鍛煉鍛煉〉和反映人民內部矛盾——在一個座談會上的發言〉，《文藝報》1959第10期。

理在這部作品中預置的更為積極「主題」側面，——作者把故事設定在「整風」時期，並藉助整風的大字報形式揭開故事，也是依靠「整風」的鬥爭氛圍制服了「小腿疼」，「吃不飽」，無論如何，作者在矛盾的解決與政治強化之間已明確建構了一種因果式的邏輯關係。無論楊小四等人的管理智慧有著怎樣「玩笑」性質，但畢竟幹部們「智慧」的勝利是藉助於強大的政治氛圍得以實現的，楊小四等人「智慧」的非政治屬性，使他和村長王聚海之間工作方法的比較，未能成為政治範疇的優劣比較，而被理解為「軟弱」與「強硬」的差異。《老定額》這部作品也同樣是在表達方式上出錯，對主人公的教育和其轉變並不是來自於「加強政治」，而是一次偶然的「雨前搶收」。這便是「問題」在「生活化」和「意識形態化」兩種不同處理方式中呈現的兩種不同結果。樸素的現實主義表現必然與革命現實主義對主題的處理方式相衝突。作品之所以被認為「缺點突出」「甚至有」「三大罪狀」，根本原因正如王西彥所說的那樣，「趙樹理不愧是描寫農村生活的能手，他在這篇作品裡，一點也不利用叫喊和說教，卻運用他一貫的樸素的白描手法通過生活形象的描繪和情節的巧妙安排，揭露在農村前進的生活中所產生的矛盾」。[43]「對於他這一類型的人，我覺得最好的辦法是把事實提出來……」[44]也正是趙樹理自己所說的「我沒有膽量在創作中更多加一點理想，我還是相信自己的眼睛。」[45]

〈鍛煉鍛煉〉的遭遇，應該說是對趙樹理在創作上固有理念的又一次重創。

「描寫農村中兩條道路的鬥爭」，既是一九五〇年代末時代政治所規範的農村小說的敘事本質，也是趙樹理早已認同的時代主題，並

---

43 王西彥：〈《鍛煉鍛煉》和反映人民內部矛盾——在一個座談會上的發言〉，《文藝報》1959第10期。

44 《趙樹理文集》，第4冊，頁429。

45 〈在中國作協作編輯座談會上的發言〉，《趙樹理全集》，第4冊，頁631。

在他一九五九年以前的現實題材小說創作中一直體現為作品矛盾衝突和主題範疇的結構理念。[46]但問題是，趙樹理對農村現實中「兩條道路」的具體內容卻有著自己的理解。他認為，農村走社會主義道路的主要障礙是「中間人物傳統的私有觀念」，而這一觀念是與國家在發展中對農村缺乏照顧的做法相關——這裡含有著對弱勢農民「私有觀念」的現實主義同情。比如他說：「關於農村中兩條道路鬥爭的問題，這個問題是不好講的。集體化、集體經濟是基礎，農民要依靠這個基礎，解決自己的生活前途問題。」可是，「集體對農民是能照顧了就照顧，照顧不了自己想辦法。因此集體要盡量想辦法幫助農民解決困難，不能不管。集體如果不管，就得個人想辦法，這對鞏固集體是非常不利的。」「每個人的前途、打算，不在集體就在個人，依靠個人，就要發生資本主義。」因此，「寫人物，寫那種既能照顧國家又能照顧集體、個人的人物，是最值得的。」[47]就「十七年」歷史發展看，「革命現實主義」所要求的「農村現實」描寫，已鼓勵著把「兩條道路」和「階級鬥爭」融合起來的更為本質的宏大敘事。《創業史》第一部發表之後在意識形態層面上所獲得的高度評價就是明證。困惑的、執著於「眼睛中的現實」的趙樹理是不可能接受的。他的政治遲鈍性表現為，在毛澤東強調「千萬不要忘記階級鬥爭」的時候，他依然「認為農村的階級矛盾仍以國家與集體的矛盾以及投機與『滅機』的兩條道路的鬥爭為主」。[48]即使有所認識，也在實際參加「四清」運動中「因所見所聞盡是我不想再要的材料」，而又一次陷

---

46 趙樹理在〈談談花鼓戲《三里灣》〉、〈《三里灣》寫作前後〉等文章裡多次提到。參見《趙樹理全集》，第4冊，頁565、頁276。

47 〈農村中兩條道路鬥爭的問題——在中國作家協會山西分會第一次會員代表大會上的講話〉，《趙樹理全集》，頁619。

48 這一認識是在一九六二年黨的八屆十中全會——一九六四年「整風」期間。參見〈回憶歷史，認識自己〉，《趙樹理文集》（北京市：工人出版社，1980年10月），4卷，頁1832。

入困惑。

　　為了擺脫這一持續多年的困惑，趙樹理在一九六四年後半年「下了寫英雄決心」，並於一九六五年春節之後舉家「離京」返晉，大有孤注一擲的味道。[49]回到山西後，幾乎全身心投入到了戲劇《十里店》的「自動」創作中，「而且自以為重新體會到政治脈搏，接觸到了重要主題。」不過我們仔細分析就發現，《十里店》有關兩條道路鬥爭的「主題」，依然是《三里灣》的延續。鬥爭複雜性的表現卻沿用了〈鍛煉鍛煉〉的模式——村級領導的方向問題。支書有「和事佬」思想，大隊長則奉行「經濟掛帥」。最後導致「壞人鑽了空子」，集體利益遭受損失。作品以從一九六四年到一九六五年連改五次都未獲得各級領導滿意的坎坷經歷，使得趙樹理實實在在地經歷了憤怒——固守——妥協——絕望等各種情緒的反覆衝擊，他的創作熱情跡近絕滅。

　　其實，趙樹理描寫「當代英雄」的嘗試，早在五○年代末就開始了。不過，他採取了經過深思熟慮、相當「討巧」的辦法——他要寫的是他認為值得寫的「真正」的「千方百計認真做事」的「英雄」。這些「英雄」，趙樹理一律設定為老年人——而不再像一九四九年前那樣把熱情的目光投向那些「新生事物」代表的「小字輩」身上。我認為這是一個絕大的變化！[50]此間浸透著他對「危局」中樸素現實主義的頑強恪守。具體分析〈套不住的手〉、〈實幹家潘永福〉、〈楊老太爺〉、〈張來興〉、〈賣煙葉〉等作品的「寫作狀態」[51]和趙樹理在一九五九年至一九六六年間的「思想頹唐」，是頗有意味的。一貫堅持

49　參見席揚：〈趙樹理為何要「離京」「出走」〉，《長城》2002年5期。

50　參見席揚：〈盲視與洞見——趙樹理建國後小說創作的「修辭行為」分析〉，《多為整合與雅俗同構——趙樹理和『山藥蛋派』新論》（北京市：中國社會科學出版社，2004年10月），頁76。

51　參見張頤武：〈趙樹理與「寫作」——解讀趙樹理的最後三篇小說〉，《趙樹理研究文集》（北京市：中國文聯出版公司，1996年5月），上卷。

「我是不寫真人真事」主張的趙樹理，此間的創作卻多以「真人真事」為素材。〈實幹家潘永福〉（1961），嚴格地說是一篇有關「真人」故事化傳記。作者企圖把自己對「當代英雄」的理解通過潘永福表達出來。這部「自動寫」的作品，預設的主題是「提倡不務虛名，不怕艱苦，千方百計認真做事的精神。」作品側重描寫了潘永福在工作中追求「實利主義」的作風，作者藉此議論道：「其實經營生產最基本的就是為了實利，最要不得的作風是擺花樣讓人看而不顧實利，潘永福同志所著手經營過的與生產有關的事，沒有一個關節不是從實利出發的。」〈套不住的手〉集中對陳秉正老人勞動品質的歌頌，也是在真人事跡的基礎上稍稍加工而成的「紀實性」創作，堅持「有一點寫一點」，絕不誇大的求實原則。趙樹理在這一階段裡「修辭行為」的巨大轉變則意味著他與時代所倡導的大行其道的審美的「權力修辭」風氣在進行著痛苦而頑強的剝離與告別。筆者曾經在一篇論文中作過分析：

從一九五九年趙樹理創作發表〈老定額〉開始，他在創作過程中的修辭行為發生了巨大變化，這顯然與趙樹理在一九五九年的「不尋常」遭遇有關。（參見陳徒手〈一九五九年冬天的趙樹理〉，《人有病天知否──一九四九年後中國文壇紀實》，北京市，人民文學出版社，2000年）時代權力對於「歷史」、「現實」、「未來」的意義強化，在原有的基礎上日益趨向烏托邦式的極端化。在此語境中，趙樹理由原來的認同者逐步轉為質疑者。「老」之與「歷史」、「少」之與「現實」或「未來」的相互關係的恆定性被自覺打破。其在前期所居官場使用的修辭預設──諸如「歷史」或「歷史屬性」的存在等同於「沒落」、「不合時宜」，「少」（青年）則可在「新」的招牌掩護下為所欲為等的觀念日趨淡出，病在作家的自覺反撥中顯現出荒謬性。趙樹理這種修辭行為的自覺調整，不僅意味著一人物為主體的作品結構的巨大變化，而且顯示著趙樹理依然與自我創作歷史中那些以根深蒂固的

「權力化修辭傳統」所進行的大膽告別。在〈老定額〉、〈套不住的手〉、〈實幹家潘永福〉、〈楊老太爺〉、〈張來興〉、〈賣煙葉〉、〈互作鑒定〉等一系列作品組成的趙樹理當代後期創作中,「老」與「少」各自在意義與價值的擁有上的位置完全被顛倒,如「已經是七十六歲的老人」陳秉正、「五十六歲」的潘永福、「七十五歲」的張來興、舊社會就給人當過「長工」的縣委王書記、「六十四歲」的李光華老師等,他們都代表著務實、肯幹、認真、負責、樂於犧牲、道德完善並容易與集體相整合,體現出生活中「善」的一面。在作品的敘述中這些人從來就沒有想過要改變自己的行為方式和處世原則,總是以「掌握著真理」的「少數人」的精英姿態,以默默地「對抗」和勝利的最終獲得者而贏得自身的價值。[52]

趙樹理在這一時期對「樸素的現實主義」的堅守,修辭上就表現為「陳舊的思想主題」和「真人真事的紀實」。這與後來的被郭沫若稱頌為「不僅是解放以來,而且是延安文藝座談會以來的一步最好的作品,是劃時代的作品」[53]──《歐陽海之歌》的「革命現實主義」風格,差距實在是太大了!他在讀完《歐陽海之歌》後,自感已經被新的「劃時代」無情地遺棄:「這些新人新書給我的啟發是我已經了解不了新人,再沒有從事寫作的資格了。」[54]

能否寫出代表時代特徵的英雄人物,在五〇年代的激進歲月裡,日益成為判斷一個作家的最高標準。如果五〇年代初《三里灣》中支部書記王金生、王玉梅等還算有著「英雄氣」的人物,那麼後來的創

---

52 參見席揚:〈盲視與洞見──趙樹理建國後小說創作的「修辭行為」分析〉,《多為整合與雅俗同構──趙樹理和「山藥蛋派」新論》(北京市:中國社會科學出版社,2004年10月),頁76。

53 〈毛澤東時代的英雄史詩──就《歐陽海之歌》答《文藝報》編者問〉,《文藝報》1966年第4期。

54 〈回憶歷史,認識自己〉,《趙樹理文集》(北京市:工人出版社,1980年10月),4卷,頁1844。

作就越來越遠離了這個目標。〈鍛煉鍛煉〉遭到否定之後,「中間人物」也在他的筆下絕跡了。創作興緻的疲憊,導致了創作上的應付狀態,他已有了深深的職業厭倦感。他對農村長期觀察形成的農村經驗以及「自成一個體系」的表達方式,使得趙樹理的樸素的現實主義「從未改變過我的原形」。研究界稱之為「趙樹理模式」的實際所指,我想就是上述樸素的現實主義,這種現實主義顯然把「親歷」「經驗」視為最重要的因素,與「浪漫主義」無緣,也本能地拒斥革命現實主義本質化敘事中具有天然合法性的「虛化」的種種衝突。因此,趙樹理進入「當代」,他就面臨著不斷強化的對他的「修正」。早在一九五〇年關於〈邪不壓正〉的爭論中,新時代就已經把趙樹理創作置於「社會主義現實主義」範疇中加以審察。當論者把「創造新人物的英雄形象作為文藝界的主要任務提出來」與趙樹理作品的價值可能性加以比較時,這個「社會主義現實主義創作原則的中心問題」,對他同樣是一個嶄新的問題。批評者認為,趙樹理的人物創造,「在作者創作思想上還僅僅是一種自在狀態。」希望「像趙樹理這樣的作者,能夠把創造新的英雄形象的任務,自覺地擔負起來。」[55]而趙樹理並沒有認真理會。《三里灣》裡,他認為「農村不產生生產主義」,主人公王金生的性格閃光點被定位於「對人對事都能實事求是加以分析研究,作出非常實際的具體對策」的實幹家形象。[56]作品兩條道路鬥爭的主題是藉中間人物「離心力」的最後消解得以完成的。〈鍛煉鍛煉〉依然描寫的是這種「離心力」,只不過多了一點「政治意識」而已。直到《十里店》,趙樹理對農村現實的表現始終著眼於對這種「離心力」的克服與改造,激進時代對他的修正,表面看是一個趙樹理自我超越的問題,而實際上則必然導致作家對自我歷史的否定。

---

55 竹可羽:〈再談〈邪不壓正〉〉,《人民日報》,1950年2月25日。

56 〈《三里灣》寫作前後〉,《趙樹理全集》,第4冊,頁278。

　　從「社會主義現實主義」到「革命的現實主義和革命的浪漫主義相結合」再到六〇年代初所謂對「修正主義文藝」的批判,「十七年」文學的「現實主義」內涵不斷發生著變化。主流的強勢話語始終沒有放棄「政治視角」,對現實主義所習慣的意識形態闡釋和現實主義的意識形態定位,總體上標畫出其內涵不斷被純化、不斷走高的態勢。現實主義作為藝術精神、創作方法和創作手法等三個層面的理論界畫始終沒有展開,同樣在不斷緊張的當代生活中也不可能得到澄清。就中國當代「十七年」文化語境而言,現實主義內涵若指向精神或理念範疇時,在文學實踐中是一個有關作家良知和主體傾向性的問題;而當它的內涵被置於創作方法範疇解釋時,它顯然指向「本質化敘事」的唯一性;至於作為「創作手法」的內涵指向,則更多地要在「普及和提高」的接受範疇中加以理解。因此如何理解現實主義的觀念所指,趙樹理與主流始終存在著差異,這種「差異」集中體現於趙樹理五〇年代後期至六〇年代前期一系列的「創作談」中。「現實生活」怎樣,如何才能真正「看」到「真的」現實生活——趙樹理認為,這與「深入生活」的方式緊密相關。可以說,趙樹理在這方面有著許多極為獨特的見解。「為了避免下去做客,我每待一個村子裡,總要在生產機構中找點事做。」「我把這種的做法叫做和群眾『共事』。」「要和群眾在一塊做事,自己就變成了群眾生活中的一個成員,重要的情況,想不知道也不行」。他把自己的經驗概述為「久」——由「久」才能達到「親」(親歷)、「全」(摸透)、通(變化的原因)、約(深刻化)。[57]「只要真心到生活中去,就能發現每個人都是具體的,千方百計不要在具體上加上概念」「要裡裡外外去熟悉人,寫人;要從人與人的關係中研究人,研究生活。」[58]「必須做

---

57 〈談久——下鄉的一點體會〉,《趙樹理全集》,第4冊,頁470。
58 〈在長春電影製片廠電影劇作講習班的講話〉,《趙樹理全集》,第4冊,頁496。

生活的主人，對生活真正關心，有感情，以主人公的態度對待生活中的一切。到了村裡，娃娃哭了你要管，尿了也要管。這樣才有真情實感，寫出來的哭是真哭，笑是真笑。」[59]「在工作中認識很多人，我很喜歡和他們共事。共事多了就熟悉人了。工作時，不要專門注意如何寫這個人，而是和他們認真地工作，共一回事，知一回心，日久天長，人物自然而然地在你的腦子裡出現了，那時你想離開他們也離不開了。」[60]「不管什麼事，都是人做的，摸透了人，也就看透了事。事情的演變有內因外因。人是主要因素，人是在發展的。我們深入生活，碰到落後人落後事，不必大驚小怪，碰到先進人先進事不必一見傾心，一聽信以為真，還需多方了解。其實很先進很落後的人，常是少數，居於中游者，倒是多數。……各家有長有短，就是富裕中農家庭，也有辛勤刻苦簡樸的好人。就是貧下中農家庭，也會產生好逸惡勞的蠻橫子弟。」等等[61]趙樹理在這裡強調「共事」、「做主人」、「長期性」以及「不要帶任何框框」等，是一種相當獨特的表達。他相比於那時代的有關文藝的「高頭講章」來，是真正把「現實生活」——「現實主義」具體實在化了。在趙樹理這裡，任何隨時代被修飾的現實主義，都應當是「經驗的」即客觀性的，而不能是邏輯的主觀的。我認為，這是趙樹理樸素的現實主義的要害所在。

　　其實，十七年文學歷史中的「革命現實主義」，從一開始就警惕著三種現實主義走向的可能性——其一是屢遭批判的具有「批判現實主義風韻」的對現實「黑暗面」的描寫；其二是以路翎式（也是陀斯托也夫斯基式）的拷問靈魂主觀擴張的景觀；第三則是以趙樹理為代

59　《文藝與生活》，頁506。

60　〈生活、主題、人物、語言〉、〈做生活的主人〉、〈作家要在生活作主人〉，見《趙樹理全集》，第4冊，頁540、頁548、頁561。

61　〈在晉東南會議期間的三次講話〉，《趙樹理全集》，第4冊，頁654。

表的傾向於「客觀主義」的樸素的現實主義。[62]在這種比較中我們可以發現，趙樹理的樸素的現實主義始終採取對生活描寫的「底層視角」，這一視角「不斷創造著有關社會公正、民族寓言和中國歷史特殊性的表述。」「民族的藝術性所反映的是社會多姿多彩的個體在民族認同下對自我的發現、表述和尋找。」（蔣暉〈中國農民革命文學研究與左翼思想遺產的創造性轉化〉，《文藝理論批評》2004年3期）這也許正是趙樹理對農村現實絕不誇大的原因。他與現實主義的權威定義，早已處在不可通融的衝突之中了。

四

　　作為「十七年」現實主義文學實踐性文本——「干預生活」類創作，與趙樹理「樸素」的現實主義文本加以比較，是一個學術界至今未曾涉及的課題。分析比較兩類文本的現實主義差異，顯然是我們正確認識「十七年」現實主義文學複雜面貌的重要側面。有研究者指出：五六年前後出現的「干預生活」的創作，實際上與一九五三年斯大林去世後蘇聯的「解凍文學」對中國文學的影響有著重大關係，尤其是在創作方面「對中國內地『干預生活』作品的出現起著重要作用」[63]從「干預生活」類創作的發展全程看，實際上一九五五年前即有此類作品產生，到五六年便形成思潮。「作家更看中的是介入社會和政治生活的敏銳程度」，「社會普遍希望文學擔負起批評和監督的作用」。「對政治功能的期待」，使這類創作顯得「格外引人注目」。「干預生活的小說以比較激進的視點與觀念來表現生活」，使「日常生活

---

62 參見昌切：〈趙樹理與路翎：現實主義小說潮流重的兩脈流向〉，《華中師範大學學報》1992年第3期。

63 董之林：《舊夢新知——「十七年」小說論稿》（桂林市：廣西師範大學出版社，2004年12月），頁99。

尖銳化的創作傾向」，是它們共同的特徵。[64]顯然這群年輕作家在激情和赤誠的雙重簇擁中走向現實生活時，面對現實生活「庸凡性」的創作主體很容易產生「感傷」與「憤慨」。因為沒有「自我創作」的歷史羈絆，他們不可能拒絕已逐步確立的文學的本質化敘事，在認同這一本質化宏大敘事同時，認為當代的「革命現實主義」應當具有更高形態的「純粹化」和「高尚境界」、或者「革命現實主義」激進性還應該展示另一維度的價值可能性——即生活應當是或者應當有能力走向「陽光燦爛」。林震對劉世吾、韓常新的反感，與他們並不像自己（林震）一樣純潔、激進有關。作品表達的並不是對於社會的不滿，而是把他們對於革命的想像視為理應兌現的「現實」。因為，在林震看來「激進」應當是革命者永遠的本色。

這同樣表現在劉賓雁筆下羅立正（〈在橋梁的工地上〉）、陳立棟們的「保守主義」與作為激進青年的劉賓雁對生活激情想像的差異方面。這種「差異」，我以為並不表現為「立場」或「世界觀」的分歧，更多地表現為對生活期待高度的不同。正是在這裡，並非原則差異的狀態，卻與具體的文學表現形式——即「真實性」問題發生衝突。當青年作家莊嚴地把文學創作視為自己介入生活獨特行為時，其行為的社會倫理責任便蘊涵其中。劉紹棠講道：「教條主義理論，只簡單強調作品的生活性，而抹殺作品的藝術功能，漠視複雜色彩的生活真實，閉著眼睛質問作家『難道我們的生活是這樣的嗎？』機械地規定正面人物、反面人物以及在正面人物之上更高一層的理想人物；為了教育意義，寫英雄人物應該寫缺點等等。諸如此類的戒條與律規式的理論，迫使作家不去忠實於生活的真實，而去忠實於要求生活和要求人物的概念，迫使作家忘記藝術的特性，而去完成像其他社會科

---

64 董之林：《舊夢新知——「十七年」小說論稿》（桂林市：廣西師範大學出版社，2004年12月），頁102。

學那樣的教育任務。」[65]這種文學理念或功能觀的差異，同樣會通過「真實」這一種中介返回到原來的出發地，即「忠於生活」的「真實」必然會與「本質真實」悖抗，導致意識形態意圖被遮蔽，不可能完成「社會主義現實主義」用共產主義思想教育人民的重大任務。

同時，「干預生活」類創作對於社會生活「陰暗面」的集中描寫，以及所形成的「典型環境」和生成於這一「典型環境」中的人物性格的「典型性」，也會由於其不符合「典型化」理論的黨性原則，而常常不被指認為「典型」，這自然就使此類作品的描寫失去了合法性。當時對〈組織部新來的年輕人〉指責說：「由於作者過分的『偏激』，竟至漫不經心地以我們現實中某些落後現象，堆積成影響這些人物性格的典型環境，而歪曲了社會現實的本質。」「用羅列現象的方法，來表現我們偉大現實生活的落後面，也同樣不能取得『真實』的生命，不能為它的人物性格找到和現實環境的真正的有機關係。」[66]姚文元則把之列入「修正主義文藝思潮」之列，認為「干預生活」的作品是「站在敵視社會主義立場上提出問題的」。他認為社會「陰暗面」必須從「階級鬥爭」角度來理解。在他看來，社會主義現實生活的「陰暗面」，根本來源於「一切敵視社會主義的階級敵人的暗地下的破壞活動」和「資產階級思想在某些人心中還嚴重地盤踞著」等方面。指責這是「歪曲」，談不上什麼「生活的真實」。[67]姚文元對〈本報內部消息〉、〈不是單靠麵包〉、〈一個離婚案件〉、〈田野落霞〉、〈在深夜裡〉、〈在懸崖上〉、〈紅豆〉等作品的傾向性判斷，反映了當時時代邏輯的「典型」論與忠於生活的「典型」理念之間的嚴重對峙。事實上，在主流要求以想像取代經驗的時代，同樣是本質化敘事，卻有了反向的闡釋結果。

---

65 〈現實主義在社會主義時代的發展〉，《北京文藝》1957年第4期。

66 李希凡：〈評〈組織部新來的青年人〉〉，《文匯報》，1957年2月9日。

67 〈文學上的修正主義思潮和創作傾向〉，《人民文學》1957年第11期。

　　趙樹理在「十七年」的小說創作，有些地方雖然也有過上述作品所遭遇過的闡釋悲劇，但差異性則是明顯的。趙樹理在抗戰時期自覺強化文學的工具性，應該說是民族被侵略的現實和根據地區域政治雙重意識塑型的結果，其創作的本質化傾向性更多地應當在「啟蒙」語境中加以指認。作為一個生長於「鄉村民間」又與傳統文化有深刻關係的趙樹理，文學在傳統社會中形成的社會倫理是他的文學理念構築的最初起點。「勸人論」與中國五四以來現代文學已矗立起來的強大的啟蒙傳統，正是他在功能範疇確認現實主義內涵的堅實的基礎。他對鄉村生活經驗累積以及對這份精神資源的分外寶貴，使他看待現實的眼光中總有著類乎天然的懷疑與探究性，「經驗」和「底層視角」是他接納一切外在的慣常姿態。如果說「干預生活」類的創作主體傾向於對生活實施「完美化」處理的話，那麼趙樹理則更關注各種想像的現實「實利」和其可能性。一九四九年後，他在作品中對「階級鬥爭」敘事功能的逃避，應該是有意為之。就「干預生活」類作品的實際情形而言，其「官僚主義」「保守主義」的侵害對象並不具體，這也使此類作品的批判鋒芒具有了多種危險的可能性。趙樹理只是在農民利益受到過度傷害時才把他自己的知識份子良知揮灑出來，指向具體的有關農民這一弱勢群體的衣食住行。這也成為他在作品中規劃「中間人物」活動的基本範疇。「能不夠」、「常有理」、「吃不飽」、「小腿疼」的「壞」，顯然是在公私近乎對立的語境中凸現的，因而，即使像她們苛刻丈夫、計算兒媳的行為，總是與她們在私人生活的歷史中所經受過的「不適意」有關，很難激起人們的公共義憤。倒是像劉世吾、羅立正、陳立棟等，很容易以其特殊的「黨員幹部」身份從而使作品對生活描寫的否定性意蘊指向政權的合法性──這是否正是十七年現實主義文學最大的「危險性」所在？！

　　我認為，與趙樹理的「樸素」的現實主義景觀相比較，「干預生活」類創作無疑是一種以「批判性」作表象的「完美性」的現實主

義——內在地蘊涵著在更高層面上認同主流話語的浪漫主義因子。趙樹理的「樸素的現實主義」的獨特性，應該在本土與異域、現代與傳統、階級與世俗、激進與守成、底層與「廟堂」、「有機」知識份子與傳統知識份子等多種範疇比較中，以及對「十七年」文學發展過程的複雜性的深入分析中加以確認。

「趙樹理模式」與「當代語境」的複雜關係

一

　　范家進先生〈為農民的寫作與農民的「拒絕」〉一文[1]發表後，得到中國現代文學學術界不少同仁的充分肯定和高度評價。如有論者認為：「〈為農民的寫作與農民的「拒絕」〉一文，則對人們關注的『趙樹理模式的當代境遇』作出了自己富有獨創性的闡釋。」[2]「富有原創精神，能站在學科前沿提出真正屬於『中國』的問題。」[3]筆者多年來一直關注著學術界有關趙樹理的研究狀況，細讀此文，覺得文中的有些觀點值得深入辨析與討論。

　　學術研究中的「獨創性」與「原創性」，在今天是一個熱門、敏感且複雜的話題，基本的共識目前似乎尚未形成，我個人竊以為至少應有兩方面的含義：一是指提出了前人所未曾提出的問題。二是指對已有的問題能以全新的闡釋方式予以解答，並得出有說服力的結論，這兩方面從根本上是互涉的。不過，前者所涉及的是論者對對象「問題史」的了解與把握，後者則更側重於研究主體思維與方法的更新。〈為農民的寫作與農民的「拒絕」〉（以下簡稱〈拒絕〉）一文所提出

1　《中國現代文學研究叢刊》2002年第1期。

2　參見《中國現代文學研究叢刊》2002年1期「編後記」。

3　參見吳福輝：〈厚積、創新而拓展──唐弢青年文學研究獎評選感言〉，《中華讀書報》，2003年4月9日。

的問題，筆者以為是關乎趙樹理創作文本的接受及其在接受過程的「障礙性」的問題，並由此提出了趙樹理在一九四九年後精神上的「無奈、感傷與悲憤」。如果，這種理解與作者的原意沒有大的差異，那麼，這個問題在「趙樹理的接受史」上並不「新銳」。黃修己先生在一九八五年出版的《趙樹理研究》一書中的第十一章裡就提出了趙樹理「文藝觀與創作中的矛盾性」問題。黃先生對趙樹理的「矛盾性」的分析主要是從文藝與政治、文藝思想內部、創作實踐與文藝思想三方面加以論述的：「趙樹理的主觀創作目的，與他的客觀的實際成就、實際效果之間，是不一致的，有矛盾的。」「他的創作的那一些矛盾，其實都出於同一個原因，那就是都由他的特殊的生平經歷所決定。無論矛盾的哪一面，都與他的農民出身和後來那坎坷的生平密切相關。由於統一根源，他的矛盾雙方（農民身份與黨的幹部身份——引者注）在多數情況下，是能夠統一在一起的。這種時候，趙樹理心情比較舒暢，創作比較豐富，成就也高。有的時候矛盾則顯得相當尖銳，以至於他想結束寫作生活回鄉當農民。無論矛盾是統一著的，或者尖銳的衝突著，歸根到底反映了黨和農民的關係。」[4]這與〈拒絕〉一文中第一節的內容無疑有著極大的相似性。日本著名學者竹內實在解釋趙樹理文學的「新穎性」時，認為他的作品的獨特性來源於其對「人民文學」（以茅盾為代表）和「現代文學」的「雙重超越」。這個「雙重超越」的標誌就是「現代小說的手法和民族形式的手法相結合」——如《李家莊的變遷》等。他在激賞之餘又把之命名為與魯迅屬於同類的「客觀現實主義」。在竹內實的論述過程中，農民對於趙樹理作品「好歹容易懂」的判斷是被置於文學的民族性和傳統性範疇加以展開的。他說：「趙樹理周圍的環境中不存在讀者與作者隔離的條件。因此，使他能夠不斷地加深對現代文學的懷疑。他有

4　《趙樹理研究》（太原市：山西人民出版社，1985年）。

意識地試圖從現代文學中超脫出來。這種方法就是以回到中世紀文學（在此「中世紀」主要是指我國的宋、遼、金、元、明時期——引者注）作為媒介。就作者與讀者的關係而言，中世紀文學史處於未分化狀態。由於這種未分化狀態是有意識地造成的，所以，他就以此為媒介，成功地超越了現代文學。」[5]竹內實的結論顯然是，在農民的被動的「傳統性」與趙樹理「有意地造成的」「傳統性」之間，正因為沒有「障礙」所以他才獲得了巨大的成功。類似的論述在拙作〈農民文化的時代選擇——趙樹理創作價值新論〉一文裡也作為重點予以了討論：「趙樹理的文化選擇之路是曲折複雜的。由於時代的緣故，五四新文化與農民文化在他自身的文化心態建構中一直混而未分，歷史所肯定的批判意識與時代政治所要求的對農民文化的寬容態度，是他藝術構思的邏輯起點。」「五四新型文化價值觀念中的某些偏激又與當時（指革命根據地時期——引者著）時代政治對農民的文化評價之間頻頻產生著相當尖銳的矛盾。這一矛盾制約著他不可能不顧時代政治的嚴肅性而一味張揚這一理性精神。作家本人與農民存在的血緣關係，及農民階層在特定時代中的出色奉獻與犧牲，又常常使他對自己的理性態度施以反思而產生疑竇。滲透著嚴峻思索、痛苦選擇的文化心理情狀，制導著作為藝術創造主體的趙樹理舉止謹慎、左顧右盼，態度相當審慎。」[6]這些論述，其重點無疑是想要揭示〈拒絕〉中所提到的趙樹理「不可能給當代中國農民帶來更為切實有力的藝術關注」的原因的。有關這一問題的後續探討，還可參見拙作〈面對「現代」的審察——趙樹理創作的一個側視〉[7]和〈角色自塑與意識重構——試論趙樹理的「知識份子」意義〉。[8]前者討論了擁有「民間智

5　《趙樹理研究文集：外國學者論趙樹理》（北京市：中國文聯出版公司，1996年8月）。

6　《中國現代文學研究叢刊》1987年第2期。

7　《延安文藝研究》1992年第2期。

8　《鄭州大學學報》2001年第5期。

慧」與「自由意念」為趙樹理擺脫「別人給他規範的趙樹理模式」
（汪曾祺語）的巨大可能性；後者則著重分析了趙樹理在「社會角
色」、「情感角色」和「權力角色」三者衝突中頑強捍衛其「知識份
子」立場的痛苦與掙扎。

二

　　對於趙樹理創作文本在接受過程中的「障礙性」問題，趙勇先生
在〈可說性文本的成敗得失──對趙樹理小說敘事模式、傳播方式和
接受圖式的再思考〉[9]和〈完美的假定　悲涼的結局──論趙樹理的
文藝傳播觀〉[10]已有相當精深的探討──我以為比之於前述竹內實的
解釋更加清晰。在前文中，趙勇分析了「五四新小說」與普通民眾之
間的「隔閡」，提出趙樹理創造了一種能夠消弭這一隔閡的「中間性
文本」──與「可寫性文本」大為異樣的「可說性文本」。他認為，
五四以降的「新小說」明顯屬於「寫──讀」的傳播方式，而趙樹理
的「可說性文本」則是一種與中國敘事傳統相聯繫的「說──聽」式
傳播模式。這種方式「在求意義的明晰與含混之間、意蘊的單純與豐
厚之間、主題的鮮明與隱晦之間，作者必然選擇前者。」在後一篇文
章裡，論者藉助於美國政治學家哈羅德‧拉斯韋爾的傳播學理論，既
分析了趙樹理的文學傳播理念，又詳細的描述了趙樹理對自己作品的
接受者的定位。「趙樹理終其一生堅持寫農民、為農民寫的創作指導
思想。所以，接受者的問題既是他思考的長期興奮點，也是他文藝傳
播觀的邏輯起點。」為此，趙樹理是有意把農民「看作是具有某種古
典色彩的『聽眾』，而不是現代意義上的『讀者』。」「從聽眾的角度來

9　《晉東南師專學報》1996年第4期。

10　《浙江學刊》2001年第3期。

規範作為接受者的農民，這個定位可以說既準確又合理。」「由於趙樹理把自己作品的接受者定位於農民；而農民絕大多數不識字，只能以聽眾的身份出現」，要使作品走向農民須有一個中介者——「對於中介者的顯在要求是他們須能識文斷字，有一定的文化功底；其潛在的要求是他們還須具備一定的『說書』的能力。惟其如此，他們才能既接受作品的意義，又能行使傳播的功能——這才是趙樹理心中的『理想讀者』。」在一九四九年後的中國當代農村，能夠擔當「中介者」這一重任就只能是那些生活在農村、且有著「農民身份」的「中學生和中小學教員」。「大多數農民沒有當讀者的資格，這個趙樹理非常清楚……但是我們似乎可以隱約感覺到作為中介者的中學生和中小學教員並沒有完成趙樹理所期望的說給農民聽的任務。」從以上所引片段來看，論者是想通過對趙樹理作品與農民之間的「中介者」——農村「中小學生和中小學教員」作用的分析，來試圖解答趙樹理作品何以被農民「拒絕」的問題——其實，「拒絕」的問題如果放在這樣的文化語境和邏輯程式中，結論自然是簡單的：不是農民在「拒絕」，而是「中介者」的「失職」所致。

〈拒絕〉一文第一節裡還有一個重要提法值得質疑——論者認為，一九四九年以後趙樹理失去了「以個人身份進入民間、進入鄉村社會」的可能。作者說：「當獨具中國特色的『鄉城二元體制』使得城市居民與鄉村居民、作家與農民之間在社會身份、經濟地位及生活方式上的隔閡和差距與日俱增，而且作家又擔負著前所未有的意識形態教化任務之際，作家以個人身份體驗與表達鄉村生活的社會空間至少已從體制上被加以封閉。」「新體制下，趙樹理以個人身份進入民間、進入鄉村社會的渠道已經基本被堵塞。」如果僅就一九四九年後的文化語境來說，這一論斷是沒有太大問題的。但當論者將這一論斷之於「今昔對比」邏輯中加以確認時，其合理性應受到懷疑。我們從趙樹理一九四九年前後深入生活的身份與方式比較來看，其實並沒有

什麼本質上的差別。從抗戰爆發趙樹理參加革命的那一天起，他的身份就已經牢牢地被「體制化」了。我們只要簡單回顧一下一九四二年冬趙樹理調入中共中央北方局調研室之後的工作活動情況就可以清楚地看到，作為「幹部」的趙樹理，當其時的主要任務就是埋身鄉村從事調查研究。一九四三年一至九月的大部分時間趙樹理都是在太行農村。〈小二黑結婚〉的題材與主題是在這年三、四月間於左權縣後柴城村下鄉時獲得的。後又被「領導抽調到遼縣狻溝村的李家岩參加減租減息運動」，在此結識了「李有才」，「於是，他決定創作〈李有才板話〉」。我們不妨引兩段材料對比一下。當年任河北省武安縣趙莊村村長的靳才恆老人回憶了趙樹理一九四七至一九四八年間在趙莊下鄉時的情形：「趙樹理大約是一九四六年冬來趙莊的。那時，我任趙莊的村長。介紹時說他是新華書店的編輯，來包我們黨支部。人很樸素，穿的是普通老百姓的衣服，挺舊的，有補丁，不很乾淨，腰上別個旱煙袋。……見誰思想有疙瘩，就跟你嘮一嘮。他好開小會，座談會，很少開大會，也不愛發表長篇大套的講話。沒有官架子，也沒有讀書人的架子。整天東門出來，西門進去，跟誰都能搭上腔、說上話，誰有什麼心裡話，都願意跟他扯。連父子吵架、夫妻反目、兄弟不合、妯娌拌嘴也常常找老趙解決。……所以，男女老幼都把老趙當成貼心人，等到機關轉移分離時，多少人哭得鼻涕嘴歪，送出老遠，捨不得老趙！」[11]山西省平順縣川底村，是生活中的「三里灣」，在此下鄉差不多有一年時間的趙樹理給鄉親們留下了這樣的印象：「一九五二年陰曆二月，趙樹理穿著棉袍、戴著棉帽，手拎旱煙袋，來到我們川底村。開始大家不知道這老漢是幹啥的，什麼會他都參加，和什麼人都談得攏。公雞打架他也要看個頭尾，甚至碰見婦女燒飯也要嗑嘮。起初以為他是個莊稼人，沒想到他還是個寫書的。這一年陰曆十

---

11 李士德：《趙樹理憶念錄》（長春市：長春出版社，1990年）。

月老趙才回北京，斷斷續續呆了小一年。」「生產合作社組織社員上
山植樹造林，老趙也跟著去，秋天算帳，他跟班頂會計，打場分配他
都參加。而且，很有眼力，打下一堆糧，他轉圈步量一下，就能估出
有多少糧食，按戶分配完畢，不差上下。秋後生產合作社的胡蘿蔔捂
到雪裡，老趙跟社員們一起從雪裡往外搶收。」[12]即使是六〇年代初
趙樹理在分別擔任陽城、晉城兩縣縣委副書記期間，了解真實「民
間」的渠道也並未被「堵死」。其間多次與一些縣委主要領導人的激
烈衝突，說明趙樹理在當時對於農民、農村的「實情」與「複雜性」
是非常了解的。造成趙樹理「無奈、感傷與悲憤」的，不是由於他的
「體制化」身份所造成的「障礙」，而是相當一批黨的領導幹部的
「指鹿為馬」。潘小蒲在〈趙樹理活動拾遺〉一文中回憶說：「一九五
九年二月中旬，陽城縣召開春耕生產誓師大會。內容是總結上年工
作，交流典型經驗，樹立先進標兵，部署當年生產計畫。氣氛是報喜
不報憂，指標是就高不就低，而且是層層加碼，互相攀比。有一個大
隊的領導在會上報了一個十分驚人的計畫，被樹為全縣的先進典型。
趙樹理聽了，心情沉重，搖頭嘆氣。會後他找到這個大隊幹部，開門
見山地說：『我算了算帳，照你這樣的計畫，肥料鋪到地裡得有半尺
多厚一層，莊稼擠在一起成了栽絨毯子。以我看，這麼個幹法，只能
長把草，連一顆糧食也放不上。』趙樹理鋒芒直刺的大實話，說的那
位幹部目瞪口呆，無言以對。縣委分管農業的書記李文彬同志，得知
趙樹理批評了那些幹部，心中極為惱怒……就向趙樹理瞪了眼睛，拍
了桌子。趙樹理態度鮮明，寸步不讓，而且怒不可遏、聲色俱厲地
說：『我們做工作不單是為了向上面交帳，更重要的是向人民負責。
指標好定，想定多高都行。可是以後打不下那麼多糧食，還不是苦了

---

12 李士德：《趙樹理憶念錄》（長春市：長春出版社，1990年）。

老百姓。」」[13]有關這方面的資料是很多的——如趙廣建〈回憶我的父親趙樹理〉、〈群眾是想念老趙的——賈致順同志憶趙樹理〉、〈尉遲人是不會忘記趙樹理的——趙樹理老漢採訪錄〉（李士德《趙樹理憶念錄》）、陳天聖〈求實典範〉、趙樹理〈給邵荃麟的信〉、〈回憶歷史，認識自己〉等。拙著〈論趙樹理的「知識份子」意義〉一文曾就此做過這樣的解釋：「從五〇年代末到六〇年代中期，趙樹理在擔任山西省陽城縣委和晉城縣委副書記期間，為了農民的利益，他寧肯放棄創作，更無顧於『仕途』了。他的『知識份子』性，因眷戀著農民農村而始終牢居於『平民』層次，又因啟蒙理性的慣性驅使，使他的行為作派日趨探進作為社會良知、公正、真實的境界裡。他的痛苦感覺最後歸結為：他愈來愈意識到，一個『作家』身份的知識份子為民『鼓呼』的無力！良知、真實在『體制化』面前的軟弱與渺小！他的困惑也必然成為自我拷問——我究竟能為弱勢的農民做些什麼？」〈拒絕〉的論者這樣說：「無論是外在的環境還是他自身的思想與藝術積累，都不足以使他在偏離主流的道路上走得太遠，從而也不可能給當代中國農民帶來更為切實有力的藝術關注。」這樣的斷語未免歸納得太輕鬆了——遍數當代所有作家，請問還有哪一位作家能夠為了弱勢群體的利益，像趙樹理這般敢於與「體制化」的強大力量做過如此頻繁、頑強的對峙與抗爭？！怎樣的「思想與藝術積累」才能使作家「走得太遠」——「太遠」究竟有多遠？

三

　　〈拒絕〉的論者在文章後兩部分裡，是從「趙樹理的小說果真還是當代農民所需要的嗎」這一點來展開分析的。其立論的依據——是

13　《趙樹理研究》1990年第3期。

當代中國文學批評環境的「惡化」──此一點，筆者沒有異議。二是
「鄉村讀者大眾本身──已經發生了真正稱得上是『翻天覆地』的變
化。」論者認為，一九四九年前，趙樹理的小說之所以被「熱情接
納」是與「趙樹理小說所履行的『生活教科書』般的功能有關。」
「但進入五、六○年代之後，趙樹理的『問題小說』已難以為繼。不
僅創作的量日益減少，所寫出的作品也已經無法繼續履行生活教科書
的功能。因為此時的鄉村大眾倘若要想了解政策，盡有革命成功以後
的執政黨所提供的無遠弗屆的各式宣傳工具，」「若要尋求具體的政
策指導與解釋，則更有從中央到地方的各級黨政權力部門。」這裡有
兩個問題需要辨析：即作品作為文本存在的自身價值與作品在被解讀
過程中的價值衍化問題。趙樹理的小說無疑是具有多種價值的，其作
品在歷史的某個「特定時代」被定位於「政治教化」或「生活教科
書」一類功能，固然我們可以在作家創作的意圖與動機中找到說明，
但更為主要的原因還是來自於外部的「有意誤讀」──這一點，「接
受美學」理論已徹底的解釋了這一點。文學文本的價值多元性，文學
文本面對所有接受者的全方位開放性，使得人們有理由在任何範疇中
對它做出有利於自己的闡釋。連經典的《紅樓夢》、《水滸傳》，也照
樣在毛澤東這裡被開發出它們的「政治」與「權力」的鬥爭功能。
「問題小說」對於趙樹理來講，更多地不過表現為作家個人介入生
活、實施敘述的一種慣有的方式而已，並不應該成為我們對對象進行
研究的價值歸宿。走入當代的趙樹理，始終不曾有意要把自己拘宥於
「別人給他規範的趙樹理模式」之中。一九四九年以後，趙樹理雖然
對題材處理的方式與過去相比沒有多大改變，但對作品中的「問題」
之於現實的對應性，已不再過分強調。農民對於趙樹理作品的接受一
如前面趙勇先生所指出的那樣，一九四九年前後中國的農民們（不識
字的）在面對趙樹理作品時，從來就是以群體性「聽者」的姿態而不
是個人化的「讀者」的身份。農民們對於趙樹理作品的喜愛，除了其

小說屬於「可說性文本」之外，更為重要的是因為他的作品真正反映
了廣大底層普通農民的切身利益與人生願望。顯然，作品題材屬性的
某種群體指向性，並不決定這部作品的接受者範疇。正如「反腐小
說」並不是寫給紀檢委的幹部們看的，王朔筆下的「痞子」其實並沒
有幾個生活中的真痞子知道一樣，農民們沒有非要閱讀趙樹理的法定
義務。當年革命根據地把趙樹理的小說作為「土改文件」下發，其體
制性就已經規範了這文本的讀者不是被動參加運動的農民，而是那些
在領導農民進行土改過程中把不穩政策、並常常出岔子的幹部。他在
答覆〈邪不壓正〉發表後所激起的不同意見時已是很詳盡地道出了這
一點：「我在寫那篇東西的時候，把重點放在不正確的幹部和流氓
上，同時又想說明受了冤枉的中農作何感想，故對小昌、小旦、聚財
寫的比較多一點。據我的經驗，土改中最不容易防範的是流氓鑽空
子。因為流氓是窮人，其身份很容易和貧農相混。在土改初期，忠厚
的農民，早在封建壓力下折了銳氣，不經過相當時期的鼓勵不敢出
頭。中農顧慮多端，往往要抱一個時期的觀望態度。只有流氓無所顧
忌，只要眼前有點小利，向著哪一方面都可以。這種人基本上也是窮
人，如果願意站在大眾這方面來反對封建勢力，領導方面自然也不應
拒絕，但在運動中要加以教育，逐漸克服了他的流氓性，使他老老實
實做個新人，而絕不可在未改造之前任為幹部，使其有發揮流氓性的
機會。可惜那地方在土改中沒有認清這一點，致使流氓混入幹部和積
極份子群中，仍在群眾頭上抖威風。其次是群眾未充分發動起來的時
候，少數當權的幹部容易變壞，在運動中提拔起來的村級新幹部，要
是既沒有經常的教育，又沒有足夠監督他的群眾力量，品質稍差一點
的就容易往不正確的路上去，因為過去所有當權者淨是些壞榜樣，少
學一點就有利可圖。我以為這兩件事是土改中最應注意的兩個重點，

稍一放鬆，工作上便要吃虧。」[14]這裡所強調的，無疑是站在普通群眾立場上對「領導幹部」的訓誡與期待——趙樹理作品的「讀者」到底瞄準的是誰，應該是十分明瞭的。當代農民在一九四九年之後的工業化進程中所遭遇到的自身利益不斷被侵害的現實，使得此時的農民已經不僅僅是被啟蒙的對象，而成為需要特殊關照的弱勢利益群體。趙樹理自始至終都是他們利益的最忠實的捍衛者。

四

　　即使就當代農民對趙樹理「拒絕」的話題而言，〈拒絕〉一文的根據也是缺乏充足性的。趙樹理的當代小說創作，依然通過農民們所習慣的傳統方式——各種戲曲形式的「翻譯」，以「說——聽」的傳播方式獲得了最廣大的「農村讀者」。僅就趙樹理一九四九年後的小說創作而言，〈登記〉被三次改編為連環畫、評劇改編三次，其他如秦腔、豫劇、粵劇、眉戶戲、滬劇（二次）、歌劇、評彈等均作了改編——這是繼〈小二黑結婚〉之後趙樹理小說被改編的又一次高潮，前後長達十三年之久。《三里灣》——先後被改編為連環畫、話劇、電影（《花好月圓》）、評劇、花鼓戲、粵劇、維吾爾文連環畫等，這可看作是趙樹理作品改編的第三次高潮。此外，《靈泉洞》〈套不住的手〉等也被改編為連環畫。我們甚至可以這樣說，從現代走進當代的作家們，在「十七年」中有誰能夠像趙樹理這樣以全方位的形式佔有時代、佔有文化市場?! 一九六三年二月十一日《文藝報》第二期曾刊登一篇名為〈記一次「關於小說在農村」的調查〉文中這樣說：「趙樹理同志的具有深厚的現實生活基礎的小說，一直受到農村中廣

---

14 〈關於〈邪不壓正〉〉，《趙樹理文集》（太原市：北岳文藝出版社，1990年10月），第4卷，頁197。

泛的歡迎，他較早的作品如〈李有才板話〉、〈小二黑結婚〉以及前幾年寫的《三里灣》，在農村中影響都很大，可以說歷久不衰。特別是〈小二黑結婚〉曾經改編成戲曲演出，更是家喻戶曉。」「關於短篇小說……如趙樹理同志的〈登記〉、〈「鍛煉鍛煉」〉都為不少社員所熟悉，不久前發表的〈互作鑒定〉，在一部分青年社員中也獲得了好評。他們認為問題提得及時，有很大的現實意義，啟發人思考。」一九六三年三月二十五日《人民日報》用一個整版的篇幅發表葉遙、楊昌鳳撰寫的河南農村生活見聞〈變化和要求〉，文章指出，趙樹理的《三里灣》和其他十多部小說，「是農村青年和基層幹部爭相傳閱的作品。」文中援引農民的話說，「咋不再演演〈小二黑結婚〉呢，二諸葛那號人，俺鄉下還不少哩！該演演戲教育教育他們才好。」一丁在〈像趙樹理那樣做人〉一文中回憶說：「僅以當時的晉東南為例，讀《三里灣》的人，時時可見，處處可見。筆者，藉工作的方便，曾做過一個統計，長治專區內十六縣一市的新華書店，在短短的三個月內，就銷售四萬餘冊，還不包括本地人在外地買的。光三〇四廠就有《三里灣》三千餘冊。沁水縣曾有近二十名筆者的朋友來函托購，因書店書少，其中兩位朋友的要求未能滿足，還引起來信責怪。平順、武鄉兩縣，因當地書店進的書少，讀者還專程到長治、太原求購，還有的讀者找到作者趙樹理同志在地委工作的臨時辦公室向本人索要。」[15]在以往的趙樹理研究中，人們往往過分關注趙樹理對自我小說創作目的與動機的「陳述」，「為農民寫作」的意思在他不少的自述文字裡屢屢談及。但不能僅僅把之理解為是為了讓「農民閱讀」，「為農民寫作」更本質的含義應當是代表農民說話、正確理解農民的處境、為農民的利益著想。其實這一話題也涉及到對趙樹理所謂「問題小說」話語指涉範疇與功能作用方式的理解。一說到「問題」，便必

15　《趙樹理在長治》（北京市：中國文聯出版公司，1990年8月）。

然與「農村工作」或「農民落後性」等這樣的時代體制化概念聯在了一起，對趙樹理「喋喋不休」談論「農村」，往往只把它當作「鄉村現實」而不是知識份子的一種別樣的「文化表述」。這勢必會無形遮蔽趙樹理作為富有鄉村倫理情懷的知識份子的精神超越性。趙樹理之所以一生不改其對於普通農民的呵護，是與他那建立在知識份子精神範疇中的充分自信有關。他說過，「我是頗懂一點魯迅筆法的。」他還直言自己：「雖出身於農村，但究竟還不是農業生產者而是知識份子。」如果我們看不到趙樹理在當代境遇中其與時代意識形態、與農民農村的複雜關係，只是想在趙樹理本人與時代意識形態所「規範」的「趙樹理模式」之間尋求對應，其結論多半會是可疑的，亦不可能真正闡釋「趙樹理模式的當代境遇」問題。

「趙樹理研究」的「世界格局」與「域外形象」

　　國外對於趙樹理的研究，發生時間可以上溯到一九四九年。在迄今為止的半個多世紀裡，總體上看，雖然研究成果難說很多，尤其是深入研究的大部頭重要著述更屬少見。但是，深入探析這些研究成果我們深切感到，與在此期間中國大陸有關趙樹理研究的確構成了鮮明對比──不只是數量上的對比，而且更重要的是在研究方法、視角，及其關於趙樹理獨特性價值等方面形成的重大差異。一方面，在縱向的時間延展中，全球語境流變的狀況是複雜而驚人的。語境流變所形成的全球尤其是西方文藝觀念的騰挪跳躍，在趙樹理研究中留下了鮮明的印痕，漸次形成了以「意識形態」價值理念和「國別」為界畫的平行研究板塊；而另一方面，各自構成系統的「板塊」研究及其深入，不僅呈現著具有不同文化身份與知識譜系的研究主體對趙樹理創作價值的「發現」，而且這些「發現」又以其超系統的影響性與大陸（包括港臺）的趙樹理研究一起，日益凸顯著趙樹理在中國現當代文學發展史上的價值和特性，以及在跨文化語境中趙樹理的存在對世界各國文學發展所能提供的許多極有啟發性的解答方式。

　　大陸學術界對「國外趙樹理研究狀況」的關注，應當說肇始於一九五〇年代初。不過，當時的關注只限於「作品譯介」的報導，或者簡略地反響介紹。真正把「趙樹理研究在國外」作為一個學術對象認

真加以研究，卻是從「新時期」八〇年代開始的。[1]八〇年代初，有
關趙樹理資料類編中增列了「國外部分」，同時，總體上對「國外趙
樹理研究」概況的描述開始問世。在這一方面，賈植芳先生有著開拓
之功。他認為「趙樹理同志作品的翻譯和介紹是全世界性。」「趙樹
理同志是個有國際影響和國際聲譽的現代作家。」他比較詳細地介紹
了日本、蘇聯和東歐國家關於趙樹理作品地翻譯和介紹，以及一九六
〇至七〇年代美國和西歐一些國家在百科全書、文學史著述中對趙樹
理的評價。此後，大陸現代文學研究界有關此類的成果日見增多。[2]
然而，進入一九九〇年代以來，這種學術關注卻逐漸淡出。研究界除
了對日本的趙樹理研究狀況有所介紹之外，認真梳理這一領域的研究

1　此類成果主要有：一九八一年福建人民出版社出版的復旦大學中文系編輯的《中國
　　現當代文學研究資料・趙樹理專輯》；《趙樹理研究資料》黃修己編，北岳文藝出版
　　社，一九八六年九月出版，以及內部出版社《趙樹理學術討論會紀念文集》山西作
　　協一九八二年等，都有意識地收錄了國外趙樹理研究的資料。

2　有關這方面地著述有：陳嘉冠：〈趙樹理研究在日本〉，《晉陽學刊》1981年第3期；
　　〈一本明麗多彩地作家傳記——評介日本釜屋修的趙樹理評傳〉，《山西師範學報》
　　1981年第9期；〔日〕小野忍著，一鷗譯：〈論趙樹理〉，《外國文學研究》1982年第3
　　期；〔日〕荻野修二，高捷譯：〈談趙樹理作品札記〉，《山西大學學報》1983年第1
　　期；黃修己：〈關於趙樹理三篇外文的譯文〉，《山西文學》1983年第9期；〔日〕岩
　　崎富久男著，華隆譯：〈趙樹理在日本〉，收入吉林文聯理論研究室編印：《文藝論
　　稿》，1983年；〔日〕釜屋修，張修譯：〈日本的趙樹理研究〉，《沁水》1984年第1
　　期；〔日〕小野忍著，黎喬譯：〈趙樹理評傳〉，《外國問題研究》，《譯文增刊》1984
　　年；〔日〕林千野著：〈趙樹理作品在日本〉，《中國現代文學研究叢刊》1985年第1
　　期；〔日〕洲之內紛著，石野譯：〈趙樹理的世界〉，《延安文藝研究》1985年第2
　　期；〈趙樹理作品在國外〉，《文科月刊》1986年第8期；董大中：〈趙樹理研究在國
　　外〉，《山西文藝報》1986年9月16日；〔日〕加藤三由紀：〈趙樹理文學在日本〉，
　　《熱流》1986年第9期；〔美〕馬若芬：〈趙樹理筆下的舊鄉村人景——談談〈催糧
　　差〉與〈劉二和與王繼聖〉〉，《批評家》第87卷第1期；加藤三由紀著，高捷譯：
　　〈關於《三里灣》的評價〉，《山西大學學報》第87卷第2期；（蘇）：〈趙樹理作品的
　　新譯本〉，《延安文藝研究》1989年第4期；守紹香：〈趙樹理文學在日本〉，《延安文
　　藝研究》1990年第1期；〔日〕荻野修二，林治祖譯：〈文革對著名作家趙樹理的批
　　判〉，《趙樹理研究》（長治）1991年第3期；董大中：〈十五年來趙樹理研究的回顧
　　與展望〉，《中國現代文學研究叢刊》第95卷第2期。

成果，庶幾為空白。正是因為大陸不能及時地反饋消化這些信息，導致「國內」、「國外」對話機制難以形成，影響了趙樹理研究的整體深入和價值開掘的可能性。[3]對「國外趙樹理研究」的梳理，僅僅著眼於一般性介紹，顯然是不夠的。如何在國內外研究成果的深入對比中發現「國外趙樹理研究」在思想方式和方法論等層面上的「獨特性」，是一項極待展開的課題。

一

由於趙樹理成名的「過程性」（應當說直到《李家莊的變遷》出版後，趙樹理的創作獨特性才真正確立起來）和太行解放區相當落後的傳播條件限制，直到一九四〇年代末期，他才真正進入西方世界的視野之中。從趙樹理作品向國外譯介過程看，四〇年代到五〇年代初，是一個高潮期。在這一階段裡，日本和蘇聯扮演著重要角色。「日本的趙樹理文學介紹始於四〇年代末，到了五〇年代，在當時特定的社會背景下，趙樹理研究進入其高潮期。」[4]一九五〇年代到七〇年代，日本的趙樹理研究便進入到「介紹」與「研究」並行的狀態，並且取得了許多至今仍然具有啟發性的研究成果（本文將在第二部分詳細論述）。蘇聯對趙樹理的介紹與研究，一開始就把重點放在具體作品的評價和作品的翻譯上。到了一九五二年前後，趙樹理解放前的創作基本上介紹到了蘇聯。[5]安德列·謝列茲洪夫講到：「東歐國

3　新時期以來，我們看到大量的研究成果，由於研究主體缺乏對「國外趙樹理研究」成果的了解，形成了簡單重覆的狀況。

4　加藤三由紀〈趙樹理研究在日本〉，《熱流》（長治）1986年9月。

5　這一時期的研究成果主要有：P·基姆：〈巨大的變遷〉，《文學報》86期（1949年10月26日）出版，此文重點評介了《李家莊的變遷》；M·切恰諾夫斯基：〈中國作家的兩本書〉，《文化與生活》30期（1949年10月31日），此文分析了《李家莊的變遷》和丁玲的作品；B·托克馬科夫：〈評描寫新中國的兩本書〉，《西伯利亞之火》

家中，蘇聯是最早翻譯趙樹理小說的國家。我國翻譯的趙樹理的第一部作品是長篇小說《李家莊的變遷》。」「在蘇聯評價趙樹理作品的文章中，多半是分析這部長篇小說的。」「五○年代在蘇聯出版的趙樹理小說特別多，那時候在蘇聯農村發生了很大的變化，所以農村題材引起了蘇聯人的關注。由於蘇聯讀者了解了中國農民面臨的問題，趙樹理的長篇小說《三里灣》，短篇小說〈「鍛煉鍛煉」〉在蘇聯引起了很大反響。從一九五一年到一九五九年，在我國出版了不少趙樹理的小說，如〈登記〉、〈李有才板話〉、〈地板〉、〈孟祥英翻身〉等等。」趙樹理在蘇聯被譽為「是真正的人民的作家」。[6]以《李家莊的變遷》為主，以其他作品為輔的對趙樹理的評介方式，顯示著蘇聯對趙樹理創作價值的獨特判斷。相比於日本，蘇聯恰好是研究在前，介紹在後，具有多向選擇的意味。其他東歐國家中，趙樹理及其作品在捷克得到了切實的研究，表現為漢學家雅羅斯拉夫·普實克對趙樹理長達三十年的關注和探討。此外，美國也是較早注意到趙樹理的國家。美國新聞記者傑克·貝爾登一九四九年出版的《中國震撼世界》一書，以抒情方式描述了趙樹理和他的作品，因為作者與趙樹理有過親自的接觸交流，加上他的職業限制，此書中對趙樹理的描述不僅具有素描意味，也以張揚的「西方自我」的觀點，提出了對趙樹理作品的看法。到了一九五五年，在學者西里爾·貝契的專論〈共產黨中國的小說家——趙樹理〉一文，趙樹理的價值得以嚴謹的評述。

1950年1期；西維特洛夫、烏克倫節夫：〈關於中國農村的小說〉，《新時代》30期（1949年）出版；K·布可夫斯基：〈評《李家莊的變遷》〉，《星火》1950年3期；杜勃洛維娜：〈新中國小說〉，《新時代》40期（1950年）出版，此文評價了趙樹理〈小二黑結婚〉等四篇作品；克里夫佐夫：〈《小二黑結婚》短篇小說集前言〉，《真理報》（1950年）；B·克里佛佐夫〈《李家莊的變遷》譯者序並後記〉，《遠東》1949年第2期等。以上情況可參閱申雙魚等編：《趙樹理資料索引》（太原市：山西人民出版社，1993年2月）。

6　《趙樹理研究文集：外國學者論趙樹理》（北京市：中國文聯出版公司，1998年），頁262-263。

　　這既是國外趙樹理研究的初期景觀，也是趙樹理研究在國外的唯一一次高潮。

　　綜觀國外有關趙樹理的初期「評介」，有這樣幾個特點值得我們注意：

　　（一）是趙樹理被賦予「傳奇化」、「神秘化」色彩。中共政權的崛起引起西方世界的極大好奇。對趙樹理的關注應看成是對中國政權關注的一個方面。第一個記述趙樹理的外國記者傑克‧貝爾登說到：「『其貌不揚』的趙樹理，可能是共產黨地區除了毛澤東、朱德之外最出名的人了。其實他是聞名於全中國的。」他認為，〈李有才板話〉「是一個很有意義的宣傳，是目的崇高的宣傳。趙樹理講述了一個村子如何與壓迫民主作鬥爭的故事，就等於告訴別的村子，它們也能夠打垮壓迫者而贏得民主。趙樹理還向人民指出，他們必須自己動手為平等而鬥爭。不能把民主當成共產黨或八路軍的一種恩賜。」傑克‧貝爾登還想通過趙樹理作品的解讀，澄清也許在西方很流行的看法：「如果認為八路軍或共產黨一夜之間就能在封建主義的廢墟上建立起歐美那樣的民主政府，也是一種主觀臆想。」貝爾登在詳細介紹趙樹理身世時，試圖想尋找「鄉村知識份子為什麼拋棄蔣介石而投向共產黨」的原因。他認為，「趙樹理投奔八路，卻由於他不見容於中國封建舊社會。」[7]

　　（二）是把趙樹理的創作指認為可以了解和把握中共「政治」的形象記錄。「今天，在我國，趙樹理是引人注目的，這似乎是與他是由中共提拔起來的這一點大有關係，對共產黨的關心，在今天的日本是非常強烈的。人們希望了解中共所做的事情，希望了解中共的文學，這種興趣就轉向了趙樹理。而且，僅僅在這一點上，趙樹理對這個要求給予了我們最好的回答。因為，趙樹理不僅擁有文學愛好者，

7　傑克‧貝爾登著，邱應覺譯：《中國震撼世界》（北京市：北京出版社，1980年）。

而且擁有廣泛的讀者階層。」「從論文、統計數字中體會不到的具體
知識，從趙樹理的小說中開始體會到了。」[8]對於戰敗的日本來講，
「趙樹理熱」更有其「當時特定的社會背景」，即「希望從中國新文
學裡找到自己國家走向光明未來的途徑。在這樣的氣氛中，趙樹理文
學很受歡迎。」[9]這種雜夾著「好奇」的探秘心理與歐美並無二
致——只不過，處於戰後凋敝的日本，對「新中國」的想像更多了一
層「熱切」與「期待」。這種「期待」與戰後世界短時間的「和平民
主」思潮泛化有關。作為最早譯介趙樹理的社會主義國家蘇聯，在趙
樹理作品中顯然發現了與蘇聯革命相一致的具體的歷史內容，發現了
趙樹理作品能夠「粉碎」西方敵對勢力對「新中國」種種「偽科學的
捏造」的事實性存在。認為他的作品擊破了以往西方關於中國的「邪
惡」想像——諸如「中國人民自古以來就是保守的」「對任何一件新
事物有著本能地反感」和「誇張」的「中國的惰性」論等等。「他讓
我們看到了最近十五年來中國在政治上、經濟上、文化上發展的一幅
真實圖畫。（1934-1949）他的意義不僅是在暴露了國民黨反動統治的
本質和中國共產黨驚人的建設力量，而且這裡面忠實地描寫出中國人
民的覺醒與政治力量的成長。」「每一個讀者能夠從作者這本書中看
到和感覺到今日中國的真實情形。」[10]這種解讀，顯然側重於趙樹理
小說的本質化敘事方面，作者對主體、革命意義以及本質生活等方面
的分外側重，顯露著屬於「社會主義」意識形態範疇的價值理性。

　　（三）「各取所需」的特點。歐美、日本、蘇聯東歐三大板塊的
趙樹理譯介，與他們不同的意識形態背景中的文化身份密切相關，差

8　〔日〕洲之內徹：〈趙樹理文學特色〉，《趙樹理研究文集：外國學者論趙樹理》，頁
　　60-61。

9　〔日〕加藤三由紀：〈趙樹理研究在日本〉，《趙樹理研究文集：外國學者論趙樹
　　理》，頁198-199。

10　西維特洛夫、烏克倫節夫著，金陵譯：《關於中國農村的小說》，頁227。

異是十分明顯的。以傑克‧貝爾登的描述來看，他們關心的是趙樹理
作品中所描寫的「民主」屬性——有意識地辨別著「民主」在中共領
導的區域裡到底是「手段」還是「目的」的差異性問題，並圍繞這一
點闡釋了趙樹理作品不同於一般性新聞報導的獨特價值。值得我們注
意的是，他們從趙樹理作品中看出了「民主」的艱難。比如貝爾登認
為，「人民」的「民主」，在趙樹理的描寫中是「自我鬥爭」的一部
分，他的作品還寫出了由於執政者操縱「民主」而可能產生的惡果的
警示。日本的譯介則側重於挖掘趙樹理作品所能提供的中國共產黨
「幹什麼」和「怎麼幹」等方面的內容。日本在最初譯介過程裡，趙
樹理作品的「樸素」表達，更多地被日本學術界或讀者作為「客觀」
的依據，因而更看重它們的「真實」性的價值。這顯然與他們想為日
本戰後尋找「民主」前途的「共同」焦慮有關。不過，隨著對趙樹理
研究的學術化，其本身的諸多「問題性」反倒使趙樹理成了反思日本
民族文學的適當的由頭。蘇聯學者對《李家莊的變遷》的外格垂青[11]
恐怕與這部作品的「史詩」性質有關。作品寫出了「新」「舊」更替
的必然性，而這正是蘇聯當時奉行的「社會主義現實主義」本質化敘
事所要求應該達到的境界，符合社會主義新意識形態對於歷史建構的
需求。

　　一九八〇年代，伴隨著中國大陸文化與學術事業的全面復甦，國
外趙樹理研究進入了學術化的理性時期，提出了一些有價值的見
解——比如日本學者秋野修二對趙樹理早期小說〈有個人〉的分所
（〈關於他的笑和愛情——從趙樹理的初期作品〈有個人〉說起〉，
《趙樹理研究文集（下卷）外國學者論趙樹理》，頁189），釜屋修對

---

11 據蘇聯學者安德列、謝列茲涅夫在〈趙樹理小說在蘇聯〉一文介紹說，一九四九至
　　一九七七年期間，蘇聯評介趙樹理的文章中，有關《李家莊的變遷》的研究就達十
　　餘篇。此文見《趙樹理研究文集：外國學者論趙樹理》（北京市：中國文聯出版公
　　司，1995年），下卷，頁262-264。

伊藤永之介和趙樹理——「兩個農民作家」的比較（《兩個農民作家——伊藤永之介和趙樹理》，頁121），加藤三由紀關於《三里灣》的重新評價，尤其是美國學者馬若芬對趙樹理一九四九年後小說創作中主體與時代主流意識形態緊張關係的探討等等，都不乏精闢之處。我們將在下文就國外半個世紀以來的研究成果進行深入地考察。

二

正如有的外國學者所意識，一味地從「功利性」角度來關注趙樹理，很快就會「失去新鮮性」，「活力」也很難持續。[12]隨著一九五〇年代世界冷戰階段的開始和這一態勢的持續強化，包括日本在內的西方國家已不自覺地把趙樹理研究向「學術化」境界推進。他們的研究給我們提供了許多有益的啟示，直到今天，依然值得我們充分重視。

（一）趙樹理文學的「現代性」問題

就世界範疇的趙樹理研究而言，日本是重要的一個板塊——不僅研究者的人數眾多、譯介廣泛，而且持續時間最長，思考的問題也最為系統、深刻。如果說對於日本大多數普通民眾而言，閱讀趙樹理是他們了解「共產黨中國」的一個相當重要的途徑的話，那麼，青年對趙樹理及其中國文學熱衷卻有著這一「群體」的獨有特徵。竹內好正是從「青年問題」與趙樹理文學之間的關係認識到「趙樹理文學」的「現代性」價值的。（這個問題，中國迄今為止未做過研究）他說：「我所接觸的學生們，由於不滿現狀，總是想追求某種帶根本性的東西。」「他們是在尋求與中國文學的相同之點，他們感到存在著共同

---

12 〔日〕加藤三由紀：〈趙樹理研究在日本〉，《趙樹理研究文集：外國學者論趙樹理》，下卷，頁198。

的問題，也感到有了解決問題的線索。」「這一共同點是：整體中個人的自由問題。」竹內好認為，從二戰後到一九五〇年代，日本青年中普遍存在著「虛無主義和存在主義」的傾向，這使他們已陷入深刻的困境。「在以表面的現代化還未成熟的個體為條件建立起來的日本社會裡，想要誠實地生存下去，誠實地思考人，是不能停留在虛無主義和存在主義之上的，」「因此，他們想到別的地方去尋找解決問題的方法。」他精闢地指出，「如果想僅僅把文學當作『政治教科書』的話，那麼新中國任何一部作品都可以滿足你的要求。」「但是，若要滿足內心的要求的話，對象就很有限了。我認為，趙樹理恐怕是唯一的一個人了。在這裡，趙樹理具有一種特殊的地位，它的性質既不同於其他所謂人民作家，更不同於現代文學的遺產。」──而這正是竹內氏所提出重要觀點──「趙樹理文學」的「新穎性」──兩個重要的比較範疇。即趙樹理作品解決了「人物和背景的統一問題」。《李家莊的變遷》中主人公鐵鎖所抵達的「自我解放的境界」，而這種境界正是處在「虛無主義」和「存在主義」之中從而把「個人事件」同「社會事件」對立起來陷入孤獨絕望的人們──尤其是日本青年所渴望的。在竹內好看來這也就是最「根本的東西」，即「現代性困境」。值得我們分外重視的是，竹內好之所以認為趙樹理文學能夠解決這一「現代困境」，是因為趙樹理的創作成功實現了對「現代文學」（五四文學）和一般的「人民文學」（延安文學）的雙重超越。他同時強調自己反對把「人民文學」和「現代文學」二者或「機械地對立」或「機械地結合」的觀點。他分析說：「現代文學和人民文學之間有一種媒介關係。」能夠成為這一種「媒介」的有兩種類型：「一種是茅盾的文學，一種是趙樹理的文學」。「在趙樹理的文學中，既包含了現代文學，同時又超越了現代文學。至少是有這兩種可能性。」竹內好所理解的「茅盾的文學」似乎指的是那種把人物處理為社會政治符號的作品──不論是「革命」的，還是「反革命」的。結合對《李家莊

的變遷》的具體分析，竹內好說：「作品中的人物在完成其典型性的同時與背景溶為一體了。」「現代文學」恰恰不是這樣，而是「通常典型是從環境中選擇出來的，加以充實，使其成為典型的。」也就是：首先典型的選擇是有條件的——即它的代表性。其次「充實」的過程即典型化過程是「主觀」塑造和想像的結果。再次「典型」的完成是一種主觀意識附加後的替代。所以這樣的「創造」，「就是從整體中將個體選擇出來，按照作者的意圖加以塑造這樣一種具有單方面傾向的行為。」因而「現代文學本身絕不可能具有『還原』的可能性」。我以為，竹內好這裡的「還原」是指那些「具有單方面傾向的行為」無法在真實的生活中找到經驗性的對應存在。無疑，這種「典型」是超越於現實的「理想」人物。「趙樹理文學與現代文學性質的不同之處」在於前者可以「還原」，即有這種「還原」的極大可能性。

　　竹內好在分析「趙樹理文學」與「人民文學」之間的差異性時，依然著眼於「典型」的「整體中的個人自由問題。」他說：「如果要概括人民文學的特徵，那就是個性寓於共性之中」。這種方法創造出來的典型「不是完成的個體，而是最多只不過是一種類型」，是一種「不重視人的文學」。如果「現代文學」的「典型」是主觀地追求「個體」超越於「整體」，那麼「人民文學」的「典型」則是把「個體選擇出來服務於整體。」趙樹理文學的不同之處是，「在創造典型的同時，還原於全體的意志。這並非從一般的事物中找出個別的事物，而是讓個別的事物原封不動地以其本來面目溶化在一般的規律性的事物之中。這樣，個體與整體既不對立，也不是整體中的一個部分，而是以個體就是整體這一形式出現。採取的是先選出來，再使其還原的這樣一種兩重性的手法。」雖然，作者對這一論點的申述並沒有緊密結合《李家莊的變遷》文本的具體分析而展開，但我們可以意識到，竹內好對《李家莊的變遷》主人公鐵鎖與革命關係實施分析的邏輯架構——鐵鎖的苦難是與閻錫山的邪惡統治聯在一起的，他的反

抗並不是「革命者」小常直接引導的結果，而正像貝爾登所指出的那樣，趙樹理筆下的鐵鎖之所以拋棄閻錫山政權而投奔八路軍，是因為「自己不見容於這個社會」（一般認為，鐵鎖的經歷有著趙樹理自己生活的影子）即反抗成為保存生命的唯一方式。民眾走向革命的「規律性」與鐵鎖的別無選擇是自然相遇的結果，「共性」與環境的「革命性」體現為「同一」的必然──這是相當深刻的分析。實際上，竹內好在這裡提出了二十世紀中國文學史發展過程中如何看待「現代文學」的「正統性」的問題。[13]

　　竹內好批評了「現代文學」尤其是小說創作中對「固定坐標」的預設。這裡所謂的「固定坐標」也就是左翼文學一再強調的作家「世界觀」問題。「現代文學」的啟蒙指向，造成了作者與讀者的不平等狀況，二者的「隔離」使「現代文學」陷入到自造的「不自由的桎梏」裡。因此，「現代文學」並意識不到自己的「局限性」。正是在這樣的基礎上，竹內好分析了趙樹理能夠達到「新穎性」的條件。他說，「趙樹理周圍的環境中，不存在作者與讀者隔離的條件，因此，使他能夠不斷地加深對現代文學的懷疑。他有意識地試圖從現代文學中超脫出來。」而他認為，趙樹理的「超脫」成功，「就是以回到中世紀文學[14]作為媒介」。讀者與作者，在「中世紀文學」中是「處於未分化的狀態。」他顯然認為，解放區文學所具有的「作者與讀者」的「這種未分化的狀態是有意識地造成的」，「所以，他（趙樹理）就能以此為媒介，成功地超越了現代文學。」竹內好接著分析，正是由於人們忽視了趙樹理文學對「中世紀文學未分化」狀態作為媒介的使用狀況，因而才會出現對《李家莊的變遷》「傳統」與「現代」屬性上的認知差異──有人甚至懷疑「這是不是現代文學之前的作品？」，

---

13 這一問題，直到九〇年代才得到中國現代文學界有限的正視。

14 中世紀，論者指中國的魏晉至明代這一歷史時期。主要是指《水滸傳》產生的前後時代。

或者相比於有著「固定坐標」「現代小說」，斷言「作品是不成熟」的等等。竹內好認為「這些看法就是這種錯誤認識造成的結果。」「從不懷疑現代文學的束縛的人的觀點上看，趙樹理的文學的確是陳舊的、雜亂無章的和混沌不清的東西，因為它沒有固定的框子。」

　　在趙樹理對「現代文學」成功地實現了超越這一視野裡，竹內好的評價甚至不無溢美之嫌：

　　　　粗略地翻閱一下趙樹理的作品，似乎覺得有些粗糙。然而如果仔細咀嚼，就會感到的確是作家藝術成功之所在，稍加誇張地話，可以說其結構的嚴謹甚至到了增一字嫌多、刪一字嫌少的程度！趙樹理以中世紀文學為媒介，但並未返回到現代之前，只是利用了中世紀從西歐的現代中超脫出來的這一點，趙樹理文學之新穎，並非是異教的標新立異，而在於他的文學觀本身是新穎的。」「可以舉出大量的證據來說明他是自覺地從現代文學中擺脫出來的。僅就《李家莊的變遷》的結構來看，也可以一目瞭然了。這部作品無論從手法還是文體來看，儘管在很大程度上承襲了中世紀小說的形式（如《水滸傳》），但二者之間卻存在著根本性的差別，這差別只能看作是作者有意識努力的結果。因為《李家莊的變遷》在結構上一次也沒有出現過重覆的現象。無論是《水滸傳》還是其他小說，都是以結構的重覆來展開故事情節的。……在所謂的人民文學的作品中，這種小說體的作品很多。但是，只有《李家莊的變遷》沒有結構上的重覆。[15]

　　無疑，竹內好在他的研究中，提出了一系列相當重要的問題。

　　這一研究成果的深刻性在於，竹內好對趙樹理文學「新穎性」的確認，是在與歐美文學的「虛無主義」、「存在主義」、「現代文學」的啟蒙主義和「人民文學」的「類型化」以及中國「中世紀文學」的「平面重覆」等多個範疇的比較中獲得的，鮮明地提出了趙樹理文學

15　〈新穎的趙樹理文學〉，《趙樹理研究文集：外國學者論趙樹理》，下卷，頁68-79。

「超現代性」和對「現代文學」、「人民文學」的雙重超越——這些「問題」至今在中國的現代文學研究界尚未得到解答。

(二)「現實主義」問題

有關趙樹理作品的「現實主義」或者趙樹理與延安文學以來的現實主義文學的關係問題，似乎已在過去人們那種把趙樹理與〈講話〉聯繫在一起時就已經解決了——至少在中國大陸相當長一段時間內是這樣認識的。其實問題並不是這樣簡單。日本的中國現代文學研究界在關注趙樹理文學的「現實主義」問題時，並沒有簡單地把他置於「新民主主義文化」範疇或「新民主主義意識形態」範疇予以比附，而是把他置於與「現實文學」「人民文學」（革命文學）的對等位置上，看到了趙樹理對二者超越性。這為鑒別趙樹理文學的「現實主義性質」的獨特性提供了一種新的範疇，是值得我們充分注意的。

日本學者竹內實講到：如果魯迅的作品可以叫做「主觀現實主義的話」，那麼「趙樹理的作品不就是客觀現實主義了嗎」。他在聯繫中國傳統藝術手法分析趙樹理文學這一特徵時說：「客觀現實主義描寫人物時，不直接觸及人物的內心世界，而是根據描繪人物身體的行動來理解人物的內心世界。不只是行動，對話也起著重要的作用。」「我想這個客觀現實主義可以說是中國傳統的藝術手法。」「那些人物的描繪方法即是客觀現實主義的，憑藉行動和對話展開情節。」「為了追求情節展開的有趣，為了追求多姿多彩、千變萬化的人物的命運的有趣程度，首先必須十分用心地設計好開始的場面。」「如果不是先說明戲劇的背景、布景，就不能明顯地襯托出人物的心理和性格。趙樹理的說唱故事就使用了這種客觀現實主義。」對趙樹理小說作品往往一開頭先介紹人物的性格、職業、家庭關係等這樣的做法，竹內實認為，這恰恰體現了趙樹理文學「客觀現實主義」的特徵：即「開場的說明」，看似完全規定了人物的行動，而實際上在情節發展

中並沒有導致「性格固定化」。「就是說要切合行動和會話，某些人品不是越來越明朗，某個固定的性格、人品不過是為了展開對話和行動。在這裡產生出來的意外性。就是情節的意外性，而不是人性的意外性。」作者在分析了趙樹理文學與中國傳統說唱藝術的關係後指出，不僅可以「從這些作品中得到理解屬於同系列的人民文學的其他作品的一把鑰匙」，而且它就是「人民文學的一個原型」。趙樹理的創造體現為「使用了相當現代的小說手法，設置適當的伏線，充分推敲了構思」等等方面。《李家莊的變遷》「可以說，正是一個現代小說手法與民族形式的手法相結合的頂點。」[16]小野忍也提出了同樣的看法，他是圍繞「素樸」這一審美範疇來看取趙樹理文學的「現實主義」美學品性的。「在作品的形式方面，趙樹理至今仍是一個無與倫比的、獨特的存在。用一句話來概括，它讓我們看到的好像是托爾斯泰在《藝術論》中，『明細、單純、簡潔』主張的樣本式的作品形式。某些短篇具有和托爾斯泰的民間故事相近似的風趣。」「由於簡潔，沒有多餘的筆墨。語法極為正確，這是一字一句雕琢而成的作品，是與魯迅、毛澤東的文章一起，多次被引用為語法書的例文的範文。」他還深刻地指出，在把「樸素」用以貶義時，並不能真正理解趙樹理文學，「這樣的看法是把過去的文學，特別是西歐近代文學絕對重視的文學觀，作為唯一的尺度來衡量文學作品而來的」。——在這裡，小野忍和前述竹內好體現了同樣的深刻性：在以「西歐文學」及其西歐文學的「中國翻版」五四文學為正統的價值視野裡，學術界對趙樹理文學獨特性造成了長期的遮蔽！這就是大陸多年來在評價趙樹理以及解放區文學，乃至「十七年文學」和「文革文學」時一直奉行的「五四文學正統論」。他認為，即使把趙樹理置於「喜聞」「樂見」這個層面上來說明他的「通俗性」，也同樣無法否認趙樹理文學的「劃時代

---

16 董靜如譯：〈關於趙樹理型的小說〉，《趙樹理研究文集：外國學者論趙樹理》，下卷，頁91-96。

意義」。論者借用魯迅當年批判蘇汶的話申述到,「通俗文學」與「文學的偉大」並不矛盾。「而且我相信,從唱本說書是可以產生托爾斯泰‧弗羅培爾(福樓拜)的。」小野忍認為,趙樹理文學的歷史意義就在於「展示了擺脫西歐近代文學的方向。」趙樹理是「第一個」在「魯迅的預言完全實現」的征途上「樹立起路標的人。」因此,「趙樹理在文學上的功績很像魯迅的文學功績」,「可以說都具有完成了文學變革的意義。」[17]小野忍的這種觀點,在年輕的一代趙樹理研究者加藤三由紀對《三里灣》價值分析得到了更加清晰地說明,她乾脆把趙樹理文學稱之為「樸素地現實主義」。不過,我們從她的論述可以體會到,這一「樸素」既是「底層視角」的產物,又是趙樹理作為一個知識份子良知的呈現。她不同意過去在有關《三里灣》討論中對趙樹理沒有表現農村階級鬥爭「激烈性」的指責。認為他「根據樸素的現實主義,而直覺地在作品中沒做反映」。「他採取了更好地關懷幫助單干戶從而擴大了合作社的正確態度,絕不是根據毛澤東的《關於農業合作化問題》中顯露出的階級鬥爭激化論。」趙樹理「儘管對農民的進步一直抱有熱切地希望,但並不故意去捏造易於說服或對什麼事都似乎理解正確的農民形象。趙樹理畢竟讓我們感到,他和那些『局外人的文學家』或取材浮淺的文學不可同日而語。」這種「樸素的現實主義」,在具體描寫上就體現為「他精心深入描繪了猛一看似乎與主線無關」的「被認為是無用的東西」,即大量生活細節及其細節關係的描寫。而這些描寫中恰恰蘊含著足以讓范登高、馬多壽轉變的巨大力量。因而在結構上,《三里灣》有意把「新舊摻和在一起」,從而寫出「合化作運動」中的「新舊結合的統一體」。[18]在分析這種「樸素的現實主義」藝術魅力時,日本學者深刻地指出:「作家的真情實感

---

17 董靜如譯:〈趙樹理──二十世紀作家評傳之一〉,《趙樹理研究文集:外國學者論趙樹理》,下卷,頁80-90。

18 〈關於《三里灣》的評價〉,《山西大學學報》1987年第2期。

是感動廣大群眾的看不見的因素，理解不了這一點，就不能說真正看懂他的作品。」[19]趙樹理文學與時代主流意識形態的緊張關係，是國外學者普遍意識到的——比如英國學者約翰·伯耶在〈《三里灣》與〈花好月圓〉之比較〉一文中也指出：「從一九五八年七月發表〈「鍛煉鍛煉」〉到一九六四年一月發表的〈賣煙葉〉，趙樹理始終如一地反對超樂觀主義的觀點，即農民們可望戲劇性的社會變化特別是大躍進的觀點。」「任憑政治氣候風雲變幻，趙樹理的確始終保持了一個公正的立場，這是根據他的作品和研究來斷定的。他的創作總有一個政治目的，走他認為寫好的途徑，在於從個人經歷出發，而不是理論。」[20]

　　無論是「客觀現實主義」還是「樸素現實主義」，他們對趙樹理文學的「現實主義」特性的體認邊界是鮮明的。顯然，他們注意到趙樹理文學的這種自覺追求與其「預設」讀者的關係，注意到趙樹理文學的「真實性」與時代意識形態所要求的本質化敘事之間的緊張關係以及它與民族藝術傳統的多方面勾連等等。我們也遺憾地看到，他們卻並未深入探析這一追求與作家本人自覺的藝術理性之間的種種深在的互相指涉性，即未能從一個知識份子的角度看到趙樹理從「底層視角」出發而可能引發的悲劇以及甘願承擔悲劇後果的悲壯情懷。但他們畢竟看到了趙樹理文學的「現實主義文學」特性與「現代文學」和「人民文學」模式的巨大差異——這應當是我們繼續探索的課題。

　　同樣是關注趙樹理文學「現實主義」特性的美國學者馬若芬，則是從我們所習慣「意識形態」批評視角，看到了趙樹理作品一些長期被忽略的或者在中國當代語境中難以發現的問題。比如她對〈催糧差〉、〈劉二和與王繼聖〉兩部作品的解析就顯得相當深刻。她認為「這兩篇小說被忽視的一個原因是」，作品並沒有「把社會主義思想

---

19 駒田信：〈怎樣看趙樹理文學〉，《趙樹理研究文集：外國學者論趙樹理》，下集，頁211。

20 《批評家》（太原）1986年第1期。

明白地顯現出來。」「沒有描寫社會改變的波折，只是給鄉村生活動態攝了一個『快照』。這兩個故事跟趙樹理其他作品的另一個明顯的區別是，其中的人、事、活動，都是在短短二十四小時之內，這兩個故事的主要人物的表現場合沒有受到戰爭、革命和反傳統觀念的影響，這兩個場面是報導過去人生插曲的自身完整的場面。」「這兩篇作品既然不擁有藝術本體之外的目的——我認為它們代表了趙樹理本人對舊農村社會的透徹看法。」「我從社會學分析出發的一個結論是，〈催糧差〉的主題是貪污滿天下。〈劉二和與王繼聖〉的主題是天真的夭折。這兩者間的共同主題是，有權者濫用職權的行為和社會對這種濫用職權的默許。」作品主要描寫司法警察崔九孩本該自己去「催糧」，可是他嫌「油水太少」不願去，便臨時雇了個煎餅店的伙計去替他催糧。這位「伙計」雖然不了解有權有勢的人是可以不交的，但他卻知道任何一個抗拒者都可以被他詐出一筆錢來。「有權有勢」的「二先生」甩了他一個耳光，末了還得崔九孩親自來賠不是。崔九孩知道如何區別地對待富人與窮人。辭過「二先生」，直奔已死了多年的孫二則家裡來。二話不說，捆起他的孫子就要帶走。懂「行情」的鄰居們，最後湊了五塊大洋行賄了事。作者指出，正是「在這種社會默許的風氣中，使得崔九孩在濫用權力時仍然有正直無罪和不虧心的感覺。貪污腐化使個人在道德上毫無責任，個人不認為自己的非法行為是不道德的。這是因為人人如此的緣故。」〈劉二和與王繼聖〉中的劉二和則是「通過發現社會中並無正義，而失掉了他的天真單純的觀念。」兩部作品，一個是司法警察濫用職權，一個是村長濫用職權。問題的關鍵是濫用職權均受到了被侵害人的默許，他們已把這種行為視作慣例，「他們實際上是幫助催糧者延長貪污制度。」馬若芬認為在這類作品中，趙樹理表現了他驚人的現實主義「深度」——他揭示了「一個促使人民堅信無端濫權會綿延下去的氣氛」。[21]對一九

21　〈趙樹理筆下的舊鄉村人景——談談〈催糧差〉與〈劉二和與王繼聖〉〉，《批評家》

四九年之後趙樹理作品的「現實主義追求」，馬若芬談到：「事實上這位一直忠誠於黨，渴望社會主義在中國完滿勝利的作家的遭遇有別於他的理想。他終於了解到一個極悲的政治現實，不乖乖地等政府首先給他指定主題，而主動對政府指出問題，就等於自討苦吃。」「農民受苦，那是他忍受不了的事。為此，他繼續在寫作上保持現實觀點。」「他堅強地現實主義明顯地反映著他對文藝功用性的基本概念：他把文藝視為政府的同伴，兩者會同合作為社會服務，不把文藝處於從屬地位。因此，他在觀念上並不接受政府對文藝地操縱權，在實踐上未採取遷就政府的方式。」而是聽命於「內在聽眾」的要求，（即被傳達的利益主體），因而，「趙樹理的現實主義不僅是一個表達政治觀點的工具，而也是他藝術創作上不可缺少的組成部分。」這一「現實主義」特性的形成在人物上便是，「他塑造的眾多人物形象的一個共同特徵裡，從故事的開頭到結尾，其性格是一致的。具體地說，趙樹理並不為了表現出共產主義思想的正確性，或為了稱讚社會主義制度的優越性，而對人物性格描畫加以牽強附會的轉變。他這樣自發的嚴格寫作氣魄是相當出眾的，特別在他那時面臨的是一個相當微妙的政治局勢。」她分析說，即使像趙樹理經常採用的「大團圓」的「喜劇樣式」，也「沒有影響他的藝術構造的健全性。」那麼，趙樹理如何平衡「現實主義」嚴峻性與「喜劇樣式」「無衝突」之間的「悖論」式傾斜？她分析道，趙樹理在人物的轉變描寫上，「從來不超出人性的現實境遇。」「從〈小二黑結婚〉到〈賣煙葉〉中那些角色的最主要和最顯著的共同點是：他們處在人物性格一致的這個原則的範圍之內。在行為與思想轉變的表現上，這些為數眾多的人物都受

（太原）1986年1期，頁26-32。不過，這裡需要指出的是，馬若芬顯然有意地忽略了〈劉二和與王繼聖〉這部作品的後半部分內容。作品的後半部分，既描寫了劉二和等小字輩的揚眉吐氣，也同時有意地揭示包括他們在內農民階級在「繼續鬥爭」面前的短視與內在恐懼。筆者以為，這部小說分別在一九四七年和一九五七年兩次發表，在趙樹理是別有寄托的。

最古老也最原始的動機支配：即個體的切身利益。」為此，三仙姑的轉變，緣於她已認識到自己的年老色衰；「能不夠」的轉變，則是想透了離婚對於一個女人來講，意味著生命的艱難與羞辱。「常有理」則是為了避免損失而繳械。上述三位中年女性「他們的生存作風的轉變，從政治意識形態，思想立場的角度來測驗，無疑是中立的。這種意識形態中立化的變化，在趙樹理的虛構境界中，是經常重演的現象。」「她們變化的過程與下場是另有來龍去脈的。即每個人物的覺悟都是性格的啟發，起點和催化反映一系列社會與心理因素的影響。」

「切身利益」在這裡顯然被馬若芬當作表達現實主義深度的核心概念。轉變人物或「中間人物」的「覺悟動機」，在當代同類型的很多作品中是與作品人物親身體會到「社會主義優越性」而形成因果關係，由此表達中間人物對政治意識形態的認同，從而使文學的本質敘事合法化、真理化。但趙樹理沒有這樣做。他在作品中總是把人物的「覺悟動機」與「追求切身利益」結合在一起，在人物的利益權衡中讓人物做出自己的選擇。「被迫」和「自願」都應當看作是「利益動機」的直接後果，──這正是趙樹理「現實主義」的巨大「真實性」和「客觀性」。

馬若芬還看到了「切身利益」在正面人物描寫上的廣泛運用。她以《三里灣》的范靈芝為例說：「只在她家庭生活氣氛和平，或她的婚姻可能性不受政治理想破壞的前提下，她才盡力爭取政治目標的落實。」論者認為，在這一點上，她與馬有翼在「革命性」方面「差到底了。」〈表明態度〉裡王家福的「轉變」，則是他「認清追求個人主義的打算是極其得不償失的。」論者認為，「喜劇樣式」的「轉變」，意味著趙樹理的表達隱藏著「批判性」。在〈鍛煉鍛煉〉這部作品中，趙樹理對「小腿疼」的故事敘述，「是一種意味深長，充滿許多涵蓄意義的手法。」論者把之命名為「結構批評」的寫作手段。所謂「結構批評」，我們從論者的分析可以理解為，雖然作品帶有喜劇調

子，但幹部與她的緊張一出現，喜劇性就不存在了。而當作者把「小腿疼」「吃不飽」列入「諷刺」對象後，也使她們的「罪行顯得輕微，同時使社會的罪過顯得重大。」論者認為，趙樹理以這樣的喜劇的「樣式轉變」，促成了「極其尖銳寫作方法」的形成，「是個批評現實社會內惡現象的生動妙筆。」即，從「小腿疼」視角看來，「時代的現實社會並非無辜。」「趙樹理所看到的社會罪惡是對婦女武斷的看待和壓抑的態度。」「趙樹理這樣操縱故事的結局顯然的理由是，他不但對政府的一些政策有意見，也知道直接提出自己的看法是不智之舉，因此只好採用巧妙的間接地表達筆法。既有微妙的樣式轉變，來引起讀者內心的波動，讓讀者自己動動腦筋來領會到內涵的批評。」因此，趙樹理並沒有在作品中展示她們的轉變。「〈鍛煉鍛煉〉的結構本質包涵的意義是，給我們提供足夠的理由來做個斷定：趙樹理雖然渴望社會主義的圓滿建設成功，可是極不同意強迫平民這一舉，非得他們志願走上社會主義道路，才能達到真正的社會主義社會。」從這些論述中我們可以看到，論者有意的把社會學批評、結構主義批評以及敘事學批評結合了起來，相當深刻地揭示了趙樹理「十七年」小說創作的極為獨特的修辭行為。[22]

　　正像魯迅的偉大與卓然恰恰在於一代代人對他的不斷闡釋一樣，趙樹理在外國學者那裡的「價值形象」不能不引起我們深刻地反思。雖然我們還不能完全說這一「價值形象」是被我們完全遮蔽了。但至少可以說明，對趙樹理研究的價值指認有著多種可能性。那種僅僅局限於「延安時代」政治意識形態傳統中，要麼肯定與否定，或者依照「五四文學正統論」的一元價值論來壓抑趙樹理文學的做法早該結束了。

22　〈意在故事構成之中，趙樹理的明描暗示〉，《批評家》（太原）1986年第1期，頁33-48。

趙樹理小說創作「修辭行為」研究之一

　　就文學而言，它的「話語」指向總是被文學的「形象性」所規範。這既是文學話語的特殊性標誌，又是我們從「修辭行為」角度闡釋文學話語功能所必須顧及的關鍵所在。「話語與現實」的關係，在文學的狀態裡，並不總是以直接的「說明」或「鏡子式」的反映而被確立，毋寧說它拒斥與疏遠的恰恰是這種機械的對應方式。當我們有意把「文學話語」與「非文學話語」進行比較時會發現，「文學話語」在修辭上對「非文學話語」的影響，要遠遠大於後者對前者的影響。當一種話語的預設目標是「說服」或「使人信服」時，毫無疑問，目標從一開始就把話語的「施」與「受」的位置給定位了。值得我們注意的是，在這種定位裡明顯含有「權力意圖」或「權力化」狀態。「語言」被納入「權力」自身運作程序之後的「話語」狀態，不但迅速地遠離了語言本身的中性立場，也稀釋了語言的感染功能——在這種情況下，不論話語主體如何掩飾自己的目的與意圖，也無法逃離其話語在展開過程中權力邏輯對它的制約。在新亞里士多德修辭主義者看來，修辭學的「新」「舊」之別在於，前者強調話語主體的「認同性」，無意識的認同亦包括在內；後者則表現為有意設計的「規勸」指向。[1]照我的理解，造成這種差異的關節點是「權力」是

1　〔美〕肯尼斯・博克等，常昌富、顧寶桐譯：《當代西方修辭學：演講與話語批評》（北京市：中國社會科學出版社，1998年）。

否在場。正因為如此，通常過去在比較過程中所釐定出的「文學話語」比之於「非文學話語」而具有的模糊性、形象性、再生性及感性等特點，在新修辭學看來，都是無法涵蓋文學話語特殊性本質的尋常識別結果。不過，「形象性」依然是我們對文學話語進行分析的關鍵所在。在我看來，修辭學視野中的「形象性」與一般意義上的現實主義體系裡把「形象性」作為文學（話語）的目的，還是有很大差別的。我們更多的把它認定為是一種「策略」，也就是說，既然是一種「策略」，那麼，一個文學文本的「話語」世界，應當有別的目的、或更高的超越性所指。

我們選擇趙樹理小說創作的修辭行為來作為闡釋對象，原因是簡單的。不僅是長期以來人們對趙樹理小說創作的意識形態屬性已有了共識，可怕的是這種共識已通過文學教育系統的傳授與流布而成為一代又一代後來者的常識。我們試圖把人們從這種既成的「規約」裡拉出來，從現代修辭學角度重新體認趙樹理小說創作在風格形成過程中的複雜性以及應當大力彰顯的在過去由於各種各樣的原因而被重重遮蔽的許多獨特性。當然了，就理論與對象的諧和性而言，趙樹理的文學話語世界也確實能給我們提供許多方便：比如他對自己作品旨意連續而又肯定的自白與其作品實際存在狀態動態性之間的反差、文學史命名過程中對他不斷的「更正」與其作品在這過程裡所顯示的巨大的「再闡釋可能性」之間許多有意味的問題、「權力」與「非權力」對同一話語世界截然相反的價值認定等，這種情形，不僅說明了趙樹理的確是一位大家，而且從「趙樹理接受史」[2]中我們還能鮮明的看

2　趙樹理及其作品在從二十世紀四〇年代至九〇年代的「接受過程」中，經歷了肯定（40年代）——否定（50年代）——肯定（60年代早期）——否定（「文革」時期）——肯定（80年代前期）——否定（80年代後期）——肯定（90年代）的起伏而又多變的複雜進程。當然，也有幾個時期裡同時存在著肯定與否定的「喧嘩狀態」。可參閱黃修己：《不平坦的路——趙樹理研究之研究》（天津市：天津教育出版社，1998年）、洪子誠：《中國當代文學史》（北京市：北京大學出版社，2000

出，二十世紀四○年代至今中國文學及理論演化在面向世界時的「納潮」狀態。

一

　　我們擬從「幹部」與「群眾」這一組形象入手來展開討論。

　　「幹部」「群眾」作為趙樹理小說作品中重要的修辭性角色與功能性因素，其在前後兩個時期是很不相同的（在此我把一九四九年作為前後期的分界點）。鑒於篇幅有限，我在這裡只能討論他解放前的小說創作。作為趙樹理小說文本「文學話語世界」裡主要角色的「幹部」「群眾」，其全部的修辭性，不只是僅僅表現在已完成的「文學話語世界」中。如果我們要考察這些角色在文本中的功能時，就必須涉及到創作主體對角色在文本中的修辭預設、作用、目的等方面的先期考慮，也還包括趙樹理在特定文化語境裡是如何把「語境因素」轉化為主體的修辭激情與動機的——其實，對於「文學話語世界」修辭狀態的分析，並不是我們的真正目的。修辭狀態形成的過程即主體全程參與的修辭創造才是研究的焦點與難點。當我們縱觀趙樹理一生創作時，一個瞭然的事實是，「幹部」「群眾」及其二者之間的關係，不僅在人物方面是中心，而且已滲透到諸如作品衝突、結構、細節等多方面。在這一「幹群」範疇裡，可供我們闡釋的切入點是很多的。例如要著眼於主體方面，則有趙樹理的立場姿態及其與時代意識形態的關係等；如從純粹的「外部範疇」觀察，時代權力語境對趙樹理這裡的反應表現狀況、文本接受史對他的「話語世界」的影響等等，這些都將作為我們試圖索取有關趙樹理修辭行為獨特性的不可或缺的組

年）、拙作：〈二十世紀山藥蛋派研究的幾個問題〉，《人文雜誌》1999年第5期或人大複印資料《中國現當代文學研究》2000年第3期等。

成部分。我們在閱讀過程中所感到的「幹群」範疇裡「幹群」位置的變化，不僅指那些已表呈為一種修辭性結果的狀態，還有其變化所指向的「話語與現實關係」的微妙變化。這些都強烈地表達了他在日趨緊張的語境中對修辭自主性的持守。

這裡所謂的「幹部」，是指在中國共產黨領導下的民主根據地區域的各級負責的工作人員。從特徵上講，他們都具有鮮明的體制化身份，並擁有相對大的權力實施空間。就趙樹理解放前的小說創作而言，我們所要論述的「幹部」人物群體大致包括以下各類人物：小二黑（村青抗委員）、金旺（村政委員）、興旺（村武委會主任）、鄉助理員、區長（〈小二黑結婚〉），老楊（縣農會主席）、章工作員、張得貴（村農會主席）、陳小元（村武委會主任）、張啟昌（村財政委員）、馬鳳鳴夫婦（村調解委員和婦女委員）、閻恆元父子（村民事委員和教育委員）（〈李有才板話〉）；農會主任小昌、村共產黨支部書記元孩、高工作員、工作團組長、區長（〈邪不壓正〉）；滿土（村長）、小回（政治主任）、滿囤（農會主任）、小胖（村武委會主任）、小管（農會副主任）（〈劉二和與王繼聖〉）；李成（區幹部）等（〈傳家寶〉）。

以上這些按照當時公選法規和程序走上領導崗位的各級各類「幹部」們，從文本所設定的人物一般性格差異上可以分為三類：一類是像老楊、小保（〈李有才板話〉中經過鬥爭最後當選為村長）、元孩、滿土、小回、小胖、小管、小二黑及鄉助理員、工作團組長、區長等，這些人物除「區長」們或鄉幹部們多是在關鍵時刻才出現之外，其餘在（尤其是村幹部們）作者都以相當詳盡的筆觸描寫了他們「成長過程」和「政治姿態」。趙樹理所賦予這些人物的質的規定性，不只是著眼於作為時代「新生力量」這一範疇，或僅僅通過其從「人下人」到「人上人」的轉變，呈現當時「舊社會把人變成鬼、新社會把鬼變成人」的流行主題。依我看，作者更多的是矚目於他們的「人

格」力量和精神能動性——這些，從表面上看雖然只是一個人作為幹部的必備要素，但實際上卻暗寓著大多數群眾之於幹部的關係狀態和這一關係狀態在未來向什麼方向發展的「可能性」等重要的問題，即是否可能獲得群眾持久信任的問題。也許正因為如此，趙樹理在這些小說文本中並未有意強調或凸現「自我」視點，而是（我以為是有意的）把「話語與現實」的關聯性始終置於一般百姓的視野裡。文本「敘述」的「中性化」狀態，使話語修辭很自然的導向一種與百姓意願相和合的情景，從而有效地避免了時代或特定區域的意識形態概念化說教可能對文本完整性所帶來的傷害危險。同樣是「鬥爭範疇」，趙樹理作品中上述人物佔有時代的勝利結局（往往以政權獲取為主要標誌）並不是靠什麼計謀性的「智慧」贏得的，而是「民心向背」的結果。由此我想起中國古代小說，例如《三國演義》一類，劉備、關羽、張飛、諸葛亮等在文本敘述中所佔有的修辭優勢，是作者有意把他們當作正統文化或百姓意願的代表來加以敘述的必然結果。因而，他們才總能夠逢凶化吉、遇難呈祥，收獲的權力總是與「正義」「道義」始終相伴。從我們的討論中也已看出，深諳中國文學傳統精華的趙樹理，在其小說創作的修辭處理上，無疑對此是有所繼承的。

　　第二類「幹部」，是指像陳小元、馬鳳鳴、小昌、章工作員、高工作員等一類。對這些人物，在過去的闡釋中已經有專門針對他們的「蛻化變質分子」和「官僚主義」一類的共識性命名。在一般意義範疇中，他們的性格發展和結局呈現常常被統馭於如下修辭語境裡：出身貧苦但卻無法始終堅守對這一身份進行體認的階級意識，「幹部」身份始終與純個人「私欲」糾纏在一起，使其必然在政治——階級一體化的時代關頭做出非此即彼的選擇：要麼日益純潔，要麼墮落下去。尤其是像小昌、小元等，最後走入阿Q式「革命」似乎帶有很大的普遍性。在文本中，雖然作者並未有意渲染其精神構成與「革命需要」之間的疏離狀態和內在衝突性，也許這正是趙樹理在修辭上的高

明處——此類人物結局的代表性和普適性，不僅表達了趙樹理鮮明的知識份子站位與立場，[3]而且並非無意地把他們那精神深處的慾望可能性看作是一種「農民」的自在狀態，這就大大強化了趙樹理的深刻與犀利。趙樹理為他們在未來所設計的出路上——這一點在過去常常招致研究者的疵議——比如，總是讓他們接受「批評」「教育」、並且擁有了政權的大多數群眾也從未真正地「拋棄」他們，從而暗示著他們「回頭」的多種可能性等等。趙樹理為何沒有真正地把他們徹底地打入「另類」呢？在我看來，這正是趙樹理的一種特殊修辭。正如〈李有才板話〉在最後對陳小元的錯誤根源所總結的那樣：「第一是穿衣吃飯跟人家恆元們學樣，人家就用這些小利來拉攏自己，自己上了當還不知道；第二是不生產，不勞動，把勞動當成丟人事，忘了自己的本分；第三是借著一點小勢力就來壓迫舊日的患難朋友。」在文本中，雖然這些文字是以第三者陳述的方式表達出來的，但其中的「親切感」是強烈的。既未在政治方面上綱上線，也沒有表現出階級式的情感壓惡，一如老楊最後的表態：「一個人做了錯事，只要能真正改過，以後仍然是好人，我們仍然以好同志看他。從前的事情已經過去了，盡責備他也無益，我看往後不如好好幫助他改過……」。趙樹理有意無意的把陳小元「墮落」的主要原因歸咎於「跟恆元們學樣」，並且只限於「穿衣吃飯」的日常化範疇，這種修辭指向是明確的：陳小元的本質並不壞，生活小事可能帶來不利於自身的大變化。只有保持勞動者身份或狀態，才能不走歪路。顯然，趙樹理的「出路」之於陳小元，是首先注意到了他的本質屬性和意識形態對此類人物的要求以及二者之間結合的可能。

　　第三類則是指「閣恆元們」。金旺、興旺、閣恆元父子、張啟

3　可參閱拙作：〈試論趙樹理的知識份子意義〉，《鄭州大學學報》2001年第5期或人大複印資料《中國現當代文學研究》2001年第12期。

昌、張得貴等都可歸入這一類。其中除張得貴之外，作者把他們指認為階級性符號的意圖是明顯的。同屬於「惡」類，但「壞」的方面與程度卻是差異有別。金旺、興旺更接近於「惡霸」，在本質上與惡霸地主李如珍、小喜、小毛（《李家莊的變遷》）、小旦（〈邪不壓正〉）等是基本相似的。趙樹理在創作談裡[4]把他們界定為農村社區中的「流氓」，其與魯迅筆下的「洋場惡少」、「癟三」、「吃白相飯」等一類的城市「混混」可做比較觀。這一類人物，在本質上呈現為趨利性、貪婪性和無理性狀態，只要有便宜可佔便會放棄、蔑視一切約束和人倫法度。趨炎附勢、欺軟怕硬、為虎作倀是他們的基本行為特徵，在他們身上集中了舊中國農村惡霸的全部特徵。趙樹理在處理這些人物時，除了以「漫畫」方式強化其「惡」的單一性之外，特別注意把他們的行為實施過程與「在場」的政府工作人員的官僚主義和群眾基於傳統的畏懼心理並置在一起──這種修辭策略性的選擇，顯然是為了表明此類「問題」容易被解決的可能性和主觀性因素。說白了，在趙樹理的話語世界裡，他們並不是最主要的敵人，一俟政策到位或群眾覺悟，事情的解決就是很輕易的了。這些人物裡，閻恆元可視為一個「異數」。在趙樹理筆下，他是被作為「智慧」對象來加以處理的。〈李有才板話〉中許多老謀深算細節的展示、得勢與失勢時一般人所缺乏的心理詳情、走一步看三步的運籌策略以及善於利用局勢或個別對象（如陳小元、張得貴、劉廣聚等）進行幕後操縱的能力與「技巧」等等，既區別於「漫畫式」的金旺，又與張得貴一類的「奴才」鮮明地區別了開來。在這裡，展示「敵人」的「鬥爭智慧」，其在修辭上的效果是很明顯的：這種描寫不但切近於生活的原在真實性，也使文本的「生活化衝突」得以厚實與複雜，而且為民主

4　趙樹理在多篇文章中談到這類問題：〈關於〈邪不壓正〉〉、〈《三里灣》寫作前後〉、〈停止假貧農團活動，不能打擊貧雇〉、〈發動貧雇要靠民主〉、〈幹部有錯要老實〉、〈窮苦人要學當家〉、〈在大連「農村題材短篇小說創作座談會」上的發言〉等。

政權及所依靠的基本力量在改造世界中的大智大勇的充分展示提供了亮相的舞臺。我們還發現，趙樹理在這樣的修辭中還隱含著一個更大的所指企圖，即革命過程中的敵我較量、贏或輸的結局裡含納著更多的智慧的因素。這一重意指，顯然超越了前面所說的中國傳統中「得道多助、失道寡助」的一般性闡釋，智慧的有無或多寡成為影響結局面貌的至關重要的因素。正義與智慧的疊加，為民主政權必然佔有時代與未來展示了前所未有的邏輯感——我以為，這是我們過去所未曾想到的空白。

在分析討論中我們還感到，趙樹理對於幹部群像的刻畫重點是村政權的實際擔當者。村政權構成成分的不純以及對百姓利益的侵害，是他所焦慮的中心。寫「敵方」智慧的絲絲入扣和對官僚主義的提示，使他的作品不僅在當時、即使現在也依然具有「生活教科書」的作用。但這並不是壞事。文學作品在面向人生時對人生智慧的側重，是文學發展日趨向未知的人的精神複雜性挺進的需要。他在修辭預設中已安排好的結局，因為有了「智慧」的較量，便多了一種傳世的魅力和被後世不斷進行闡釋的可能性。

在「幹部群像」中，除了具有明顯結構性因素作用的如章工作員、老楊等之外，那些「影子式」的或曰「跑龍套」的幹部角色（如區長）也同樣不可忽視。他們不只是在這一類幹部的形象整體性上起著作用，而且有其「角色」的特殊性。看看他們極其相似的「出場」時機、方式和在結局現實中的作用，把他們的「角色」定位於人們在生活選擇中的「仲裁者」，應當是恰當的。不過，他們所「仲裁」的均是有關價值選擇的「利害」與「是非」。「權力」對生活的「介入」，並不表現在對個人日常行為的監控與導引，而是對所選擇對象其未來可能性的明確判處。我以為，趙樹理每每讓他們在最後「出場」，既不是為了「大團圓結局」的順理成章，也不是為了顯示「權力」對話語整體最後走向的定位，而更多的是一種「認同」，即「權

力」對「革命過程」的認同。就文本衝突的完整性而言，若沒有他們並不影響主題修辭目標的實現。這些角色在最後的「出場」與對所有人物行為的「指認」，表明的是意識形態對「生活」的「認同」——也是對「問題」即發現問題的主體——趙樹理獨特性的認同。趙樹理藉此巧妙地稀釋了「忠於生活」與具有超前性的意識形態在面對同一對象時所可能產生衝突的緊張性色彩。這是否是趙樹理在創作中一直可以坦然自信的一個秘密呢？

二

　　「群眾」，是指那些在作者筆下有單獨出場機會、並在人物群落中具有性格比較意義的一般百姓。就趙樹理解放前的創作來看，作者在他們人生道路的選擇過程中，設置了進步／落後、反抗／忍受等二元對立的修辭語境，以此使其作為對「幹部群體」進行人格、代表性等方面進行最終判斷的力量，並始終處於被同情的位置。以行為來展示他們內在的精神重負是作者有意為之的修辭策略。此類人物亦可分為不同的幾類：第一類如小芹（〈小二黑結婚〉）、小順、小福、小旦、小明、小保、李有才（〈李有才板話〉）、鐵鎖、冷元、二妞（《李家莊的變遷》）、孟祥英、三喜（〈小經理〉）、小寶、軟英（〈邪不壓正〉）、二和、聚寶（〈劉二和與王繼聖〉）等。他們所擔當的修辭任務，一方面指涉到民主區政權建設初期對民眾力量的期待和政權屬性的未來代表性，另一方面，則通過他們的精神狀態的描寫（比如對於歷史循環合理性的大膽質疑，並在此基礎上所生發的對現實的反抗及對未來美好的堅執與信仰等），意在表現「敵我鬥爭」過程中「智慧較量」的戲劇性與不可調和性。至於他們與「老字輩」們在觀念上的衝突，只不過是為了更加凸現他們在歷史進程中的「另類」性質罷了。為此，這一類「小字輩」在面對「敵人」和「老字輩」時，這兩

種對象恰恰顯示了趙樹理為了使他們盡快成熟起來的一種修辭語境和
策略。他們面對的「異己」力量越強大，考驗則就越嚴峻，所需要的
毅力與智慧也就更多。尤其是當他們的行為與時代區域的政治需求相
一致並在各個方面都能得到「權力」的支持後，不僅暗示了他們最終
勝利的必然性，也同時獲得了無可置疑的合法性。作品中，既寫到了
他們因年輕而帶來的性格特點，如衝動、敢於挑戰權威及好勇鬥狠
等，又特別細緻地展示了他們根據不同對象所採用的創造性智慧和人
格上的完美性。同時由於他們的存在及屬性價值，又使其成為陳小
元、小昌等「蛻變」的參照系與監控者，暗示了此類人進入政權後如
何繼續獲取民眾支持的行為方式和價值訴求。有一點需要特別指出，
以往的趙樹理研究歷史中，當涉及到此類人物性格飽滿性判斷時，人
們常常給予了很多的保留——這一點在一九四九年後的研究文獻中表
述的更加直接。[5]如果從修辭範疇與意義來說，這些「保留」意見是
大值得商榷的。人的複雜性往往是和「時空狀態」聯繫在一起的，人
的複雜性更多是屬於歷史。青年與歷史並不是可以隨時連接的兩種屬
性。作者在文本中凸現他們大膽質疑歷史的一面，既符合生活的真
實，也是此類人物給創作主體提供的惟一可能的「想像性空間」。其
實，在研究此類人物時，過多的強調其與意識形態話語的一致性、並
在「小」「老」兩個群落之間作比較性判斷，如果忽略了「時空狀
態」的介入，便可能是無意義的。

　　「群眾」的另一類，為了論述的方便，我們仍以「老字輩」予以

5　一般的文學史描述，在涉及到趙樹理作品中「新人」與「舊人」的比較時，對各自
　　進行肯定的範疇與價值標準是有意區分的。比如對於「新人」的肯定更多是在五四
　　新文學歷史的「歷時」比較中凸現其「當家作主」的一面，而對「舊人」則以純藝
　　術的標準來加以肯定。到了二十世紀六〇年代，這種認識就更加普泛化了——比如
　　趙樹理的許多同事、朋友在對他「為何再離京返晉」的原因進行解釋時，大部分都
　　不約而同的採信了是「為了創作出更豐滿的新時代英雄人物」這一說法。可參見拙
　　作：〈趙樹理為何要「離京出走」〉，《長城》2002年第5期。

指稱（這裡也包括與「老字輩」的精神狀態相一致的部分青年形象）。二諸葛、三仙姑、老秦、老宋（《李家莊的變遷》中看廟的）、福順昌雜貨舖老板王宗福、陳修福、楊三奎（以上為《李家莊的變遷》中的人物）、孟祥英婆婆、福貴（〈福貴〉）、雜貨舖掌櫃王忠（〈小經理〉）、王聚財夫婦、窮人老拐、安發夫婦（〈邪不壓正〉）、李成娘（〈傳家寶〉）、劉老漢（〈催糧差〉）、老驢（本名李安生）、老劉（大和、二和之父）、老黃與魚則（父子）、老張與鐵則（父子）、李恆盛（小戶人家但一心想高攀）、宿根（以上為〈劉二和與王繼聖〉中的人物）田寡婦、秋生（〈田寡婦看瓜〉）等。我們細讀文本發現，與他們相衝突的對立面更多地不是「敵方」，而是「小字輩」，這一點值得我們深思。這是否是趙樹理為他們所特意設置的修辭語境呢？比如，面對小二黑被誣陷的境況，二諸葛從未把怨恨的矛頭指向金旺兄弟，而是自己的兒子。老劉對因反抗而被打的兒子二和，他的舉動卻是又一次「施暴」。老秦對兒子小福的「過激行為」，從來都是斥責的。王聚財明知道地主劉錫元「逼婚」是仗勢欺人，但他的所有言談都構成了對女兒反抗行為的消解。「穿黑衣保黑主」的老宋、老驢，關鍵時刻總是以犧牲「天地良心」以求保住自己的奴才位置。這些行為恐怕不是僅僅歸咎於歷史便可被完滿解釋的。我感到，這反映了趙樹理在對這些人物進行文本修辭化處理時的複雜心理。凸現其「奴才」屬性，雖然在趙樹理的修辭預設裡是相當自覺的，但如何揭示其「奴才」行為外顯的複雜性，卻成了創作主體不能不焦慮的問題。如果像魯迅、茅盾等人那樣以藉「外在威權」使受壓迫者日趨「奴性化」的方式，固然具有鮮明的社會啟蒙效應，是文學在特定時期功利性外化的首選方式。但深諳中國農民習性及生存環境的趙樹理，並未僅僅停留在五四啟蒙文學傳統所昭示的這一層面上。我們看到，趙樹理在〈小二黑結婚〉之後的創作中，他所屢屢揭示的是農民對壓迫其身的傳統、現實毫無「質疑」能力的愚昧方面。他們從未對「現存秩

序」的合法性有過任何懷疑，反倒常常懷疑的是自身（包括其力所能及的對象）之於現存秩序的不和諧和的一面。外在壓迫的效果總是激起「老」「少」的衝突──這種修辭機制裡，為我們更深入地理解人物提供了多邊可能性：面對壓迫的退縮，並不是來自於對對象暫時強大的清醒認識，而是來自於長期以來把壓迫關係自然化的認同態勢。最後，「敵人」往往變成了自我，即自我意識到的那些「不安分」的狀態。這是相當深刻的悲劇！雖然他們也看到了為虎作倀者的罪惡行徑，但又往往把這種「制度性劣根性」歸結為某個個人道德的操守問題。如〈邪不壓正〉中王聚財們對小旦、李家莊人面對小毛懺悔求饒時的心理、窮人老宋對鐵鎖的「昧良心」、老驢的「東家意識」等等。趙樹理有意把這一群人的「受壓」與「施壓」分別表於兩種對象身上，其行為發生的必然性與行為、精神的整體性，恰恰在這一衝突中被揭示得驚心動魄。他對其奴性屬性的展示，其修辭指涉始終圍繞著文化範疇，任何政治式的意識形態的闡釋，都只能削弱或遮蔽其價值的多元性與厚重感。

我想著重指出的是，不論「幹部」或「群眾」，趙樹理在文本中呈現給我們的「分類」狀態，絕不是他的政治意念下的產物。當他把對象進行修辭化處理時，更多考慮的是人的複雜性與現實複雜性之間的對應關係，是「幹部」「群眾」身份的認證過程。趙樹理小說文本話語的生活化狀態與他處理對象時的修辭的繁複性是緊密聯繫在一起的。從現代修辭學角度重讀趙樹理，我們能夠不斷發現過去許多「共識性」闡釋結論的不足與偏頗之處。

趙樹理小說創作「修辭行為」研究之二

　　趙樹理稱謂自己的小說文本為「問題」小說——這一被研究界認同的自我表述，其實在後來大量有關趙樹理的實際研究中卻被當作一種無需證偽的「認知範式」來加以使用，並被常常作為研究前提預置在對趙樹理文學世界闡釋之前。今天看來這是大有問題的——疑點之一是幾乎很少有人於研究中涉及在趙樹理的話語世界裡他是用怎樣的「同義概念」來界定「問題」的具體含義的；疑點之二是，它的「問題小說」有無「所指」與「能指」的夾纏情形。因為在我看來，「問題」——在趙樹理話語世界裡，意味著一種「敘事結構」的原則性，它不僅只是「內容」或主觀性意願的表達，而更可能地是在潛在層次裡暗示著一種「形式感」或審美追求的境界——也許，它可能常常呈現為不清晰的模糊狀態。這一情形，就使「問題」成為趙樹理小說文本生成過程中有意堅持的「修辭恆定性」。它既決定了文本的修辭情景、又必然制約著主體的修辭行為、修辭預期和話語展開方式及話語意義的指涉範疇與目標。這顯然就需要對趙樹理所稱謂的「問題」進行具體規束：首先我們看到，「問題」在趙樹理這裡是「非想像性」的，即「問題」不是「可能性」產物。「我在做群眾工作的過程中，遇到了非解決不可而又不是輕易能解決了的問題，往往就變成了所要寫的主題。」[1]如果用「主題」來詮釋「問題」，就趙樹理所處的話語

1　《趙樹理文集》（太原市：北岳文藝出版社，1990年），頁185、頁186、頁424。

環境和他對藝術功利性的慣常理解（勸人說）來看，其含義不僅是具體的、明確的，而且其對象所指與時間界畫（即時代性）也是非常明晰的——這一點符合趙樹理一些小說文本的存在實際。不過，我們要注意的是，被感覺到的生活實際中的「問題」成為小說文本的「主題」，其「演變」是必然的。我們要問的是，「問題」（非想像性）的外延內涵是否恰好就與「主題」（想像性）的外延內涵完全一致？比如〈李有才板話〉中，按趙樹理的說法其所要反映的「問題」是「有些很熱心的青年同事，不了解農村中的實際情況，為表面上的工作成績所迷惑」，即「閻家山」到底「模範不模範」的「問題」。但在實際文本中，除了這一「問題」之外，還有武委會主任陳小元蛻化變質的「問題」、農村基層政權建構過程與機制的「問題」、「老秦」們的「落後」「畏懼」的原因及危害的「問題」及農民們如何有效地與反動勢力進行鬥爭的「問題」等等，僅僅如此，其「問題」就已經大大超越了「主題」的所限之界。「問題」的產生之與作者的感覺，是「非想像性」的，但進入小說文本之後，構成「主題」的「問題」卻大大溢出了感覺，即具備了想像性成分。這是值得我們注意的。其二，就「問題」而言，其本質上是屬於「可能性」範疇。「問題」是矛盾普遍的、共性的存在狀態，作為化為「主題」的「問題」，在趙樹理這裡並非只是提出來即可——如「五四」「問題小說」那樣，而是要加以「解決」，所以，「解決問題」才是趙樹理小說主題的真正指向。矛盾的可能性是無確指的，而「解決問題」的可能性可能服從一種「權力敘述」——「問題」的修辭原則性在此就體現出來了，且不說趙樹理的小說中「問題」的「解決」總是依靠「權力」的。[2]不過，就趙樹理小說文本的「敘述」而言，「問題」作為一種修辭，最後總指向對一種外在於自我的「權力」的膜拜與認同。在此情形下，

2　參見秦和：〈論趙樹理作品中關於「問題」解決的描寫〉，《紀念趙樹理誕辰九十週年暨學術討論會論文》（打印稿）。

「問題」的「可能性」就容易被單一化，可能會被「解決」所規約的主題指向所消解。「問題解決」的主題傾向，必然導向對主流意識形態權力意志的倚重。「問題」的修辭性，在其多種「可能性」被淘汰出局的過程裡，以最後的結果呈現為「敘述原則」或「修辭原則」。

「問題」發生的「現實性」，雖然在一開始排斥「想像性」與「可能性」，但在被「主題」置換和主體創造的小說文本加以重新「敘述」時，卻又顯示了「現實性」與「文本性」的差距。在這一差距裡，「問題」的「可能性」又有著被復活的機遇──這正是我們進入趙樹理小說文本「修辭世界」的入口處。就趙樹理的小說文本而言，其更能體現出二十世紀西方新修辭學理論所指出的「話語即修辭」的境況。在主題鮮明、功利明確的小說文本中，修辭擔當著結構因素配置、情節生發轉折策畫、動機與目的實現對位的設計師角色。即「修辭」不是被策略化，而是限制性的不可排異的存在，因而扮演著「本體性」的角色。

我們以趙樹理一九四九年前的小說創作為例，來加以討論說明。

一

趙樹理在〈回憶歷史，認識自己〉一文中，曾就自己解放前的小說及戲劇創作進行了一番冷靜、認真的回顧。他是從創作動機角度著眼的，以我看也就是他後來所常說的「問題」或「主題」。「〈李有才板話〉，是配合減租鬥爭的。」（關於這篇小說的「問題性」，他在〈也算經驗〉中已談到，並在以後的幾篇文章中屢屢涉及，主要是想提倡「老楊式」的工作方法。）「《李家莊的變遷》，是揭露舊社會地主集團對貧下中農種種剝削壓迫的，是為了動員人民參加上黨戰役的。」「〈催糧差〉是挖掘舊日衙門的狗腿子卑劣品質的。那時一九四六年，我到陽城去，見到好多那一類人，到處鑽營覓縫找事幹。恐我

們有些新同志認不清楚，所以挖了一下。」「〈福貴〉，也是在陽城寫的，那時，我們有些基層幹部，尚有些殘存的封建觀念，對一些過去極端貧窮、做過一些被地主階級認為是下等事的人（如送過死孩子、當過吹鼓手、抬過轎等），不但不尊重，而且有點怕玷污了自己的身份，所以寫了這一篇，以打通思想。」「〈地板〉，這篇是在涉縣寫的。時間也可能在這兩篇之前。那時我們正在進行反奸、反霸、減租、退租運動，和地主進行說理鬥爭。在一次討論會上，某地主說他收的租是拿地板（即土地面積）換的。當時在場的佃戶們對勞動產生價值的道理是剛學來的，雖然也說出沒有我們的勞力，地板什麼東西也不會產生，可是當地主又問出『沒有我們的土地，你的勞力能從空中產出糧食嗎？』便遲遲回答不出。……散會後，仍有一些群眾竊竊私議，以為地主拿出土地來，出租也不能是剝削。為了糾正舊制度給人造成的各種錯誤觀念，我才寫了一篇很短的小說。故事是藉一個因災荒餓死佃戶而破了產的地主之口，來說明土地不能產生東西的道理。」「〈孟祥英翻身〉，這是一篇勞模傳記，寫於一九四三年，在前三篇之前，內容是一個童養媳解放後翻身的故事。」「〈龐如林〉，這篇也是那時候寫的，內容是寫一個生產、戰鬥雙帶頭的英雄，文體是鼓詞。」「〈兩個世界〉，這是一個話劇本，寫國民黨龐炳勳部隊在陵川的血腥統治的。」「〈劉二和與王繼聖〉，是連載於《新大眾》小報上的一篇寫抗戰開始前後地主與農民對抗鬥爭的，只寫了抗戰前的部分，可以獨立存在。」「〈邪不壓正〉，寫土改後期（平分土地）一個流氓乘機竊取權力後被整頓的故事。在老區土改總過程中（包括反奸、反霸、減租、減息歷次複查直至平分土地），不少地方每次運動開始，常有貧下中農尚未動步之前，而流氓無產者捷足先登、抓取便宜的現象。這篇是一九四八年太行新華書店與晉察冀新華書店合併時在平山寫的，就是為了提出這一問題，使結束土改時不上他們的當。」

　　從一九四三年至一九四九年，趙樹理共創作小說十三篇，大約平均每年兩篇。除上述作品之外，趙樹理未提及的還有〈來來往往〉（1944）、〈小經理〉（1947）、〈傳家寶〉、〈田寡婦看瓜〉（1949）等四篇。還有未提到的劇本〈兩個世界〉、〈龐如林〉（鼓詞）（1942），一九四九年還寫了劇本《雙轉意》，一九四五年創作了《好消息》、《秦富貴放牛》，一九四六年的《鞏固和平》。另有曲藝劇本《鬧元宵》、《告反動派》、《漢奸閻錫山》、《繳械》、《為啥要組貧農團》、《考神婆》等六部作品。

　　〈回憶歷史，認識自己〉是趙樹理「文革」初期以「檢討」形式寫成的「回憶錄」，提到的作品，作者稱是「據記憶所及」。然而，這還是足以引起我們研究的興趣。其一，為何只提到九篇小說、兩個劇本？而且對有的作品的「動機」回憶的相當詳細，其他則不提及。其二是趙樹理慣常所自謂的「問題」概念為何竟不出現？不但藉「故事」一詞概括，而且他對作品內容的複述幾乎全是每一部小說的「主題」提要。

　　如何看待以這九篇小說、兩個劇本為主體的「這一階段的特點」，趙樹理概括說「一、讀了毛主席〈在延安文藝座談會上的講話〉，明確了直接為工農兵服務，在普及基礎上求提高等；二、內容上增加了針對群眾思想進行教育的比重；三、形式、結構、語言文字上仍保持力求群眾便於接受的民間風格。缺點是，一、對毛主席講話接受有片面性，忽略了『歌頌光明』的最重要的一面；二、過分強調了針對一時一地的問題，忽略了塑造正面人物。」趙樹理對自我作品的「特點」陳述，有三點值得我們注意：一是他給我們講清楚了〈講話〉是他對自己的創作價值進行反思、取捨、重估的理論基點。二是對「教育」作用的有意突出和「民間風格」的堅持。三是承認了過去的作品裡對「歷史敘述」的有意側重（即揭露）。在這裡，趙樹理「有意提及的」和「有意不提及的」作品，可以明顯的被看作為兩

類：「問題」──「解決問題」──「主題化修辭」為一類，側重於對「現實世界」矛盾性的提示、解答與分析，是一種依附於某種權利（在作品中以解決問題的方式體現出來）的話語方式，其角色身份為「幹部」；另一類則是以「現象」──「展示現象矛盾性」──「非主題修辭」為主，側重於對人物事件「歷史性」關聯和人性方面的敘述，呈現了趙樹理創作的「自我狀態」，其角色身份的「文化人」與知識份子視角，使其創作的「話語形式」為「啟蒙」所統轄，「主題」並非依托「權力」所生成。

〈小二黑結婚〉、〈李有才板話〉、《李家莊的變遷》、〈地板〉、〈邪不壓正〉、〈兩個世界〉、〈龐如林〉等作品，其「動機」，不但為鮮明的「主題」所淨化，而且規約了修辭，甚至可以說，動機等於修辭。按照博克的新修辭學理論來說，修辭研究的指涉重點是「話語與現實」的關係。「話語」（修辭）不再是過去亞里斯多德時代所界定的那樣，只是永遠被主體隨意驅使並甘願「服務」於主體的「工具」，而是藉助於象徵、想像性來重構現實，即修辭給我們規定了創造知識、真理、現實或可能的唯一性。在趙樹理這裡，「動機」「目的」統一為「主題」，而「主題」又與「現實」的權力作用及關係狀態密切相關。「革命者」的身份及主體在特殊時期裡對創作「革命化功利」的體認，使得趙樹理解放前的創作文本在修辭上體現為修辭與主題的一統化，即「主題化修辭」。這一修辭性，在文本形成之始就被預置為原則，並調度、制約著行動、情景、任務、手段、目的等修辭因素的各個方面，共同完成著一個個「主題事件」。

比如〈小二黑結婚〉（趙樹理〈回憶歷史，認識自己〉一文中首先提到，但未做評論），其對「真實」的「悲劇故事」的「喜劇化」改寫，這裡就有一個「修辭行為」的定位問題。這篇小說作為趙樹理的代表性文本，在一般文學史的論述中都不曾鮮明地提示其「問題性」，而更多的只是從「塑造新人」的角度加以闡釋。其實趙樹理是

把〈小二黑結婚〉當作「問題」之作予以對待的。他肯定的告訴我們：「我在作群眾工作的過程中，遇到了非解決不可而又不是輕易能解決了的問題，往往就變成了所要寫的主題。這在我寫的幾個小冊子中，除了〈孟祥英翻身〉、〈龐如林〉兩個勞動英雄的報導之外，還沒有例外。」[3]研究界對〈小二黑結婚〉所公認的主題是：「根據地一對男女青年小二黑和小芹，為了爭取婚姻自主而同封建傳統、惡霸勢力做鬥爭。」[4]小說的描寫「揭示了舊中國鄉村的封建性、原始性和中世紀式的落後性。」「是在反省舊中國農村平民百姓的傳統婚姻模式基礎上，進而展示了新一代兒女對婚姻家庭幸福的追求。」「展示了民主區域新老兩代的意識變遷。」「透過新一代兒女對愛情和幸福的自覺追求，……剝視了農村中家庭勢力、習俗文化勢力和政權勢力的封建殘餘的相互錯綜。」[5]如果我們簡而括之，流行的關於〈小二黑結婚〉的主題接受，無非就是「反封建」而已。有人甚至認為，趙樹理的小說就是「農村政治問題小說」。[6]種種情況使我們看到，「主題」在接受、闡釋過程中的單一化，實際上遮蔽掉了這部小說的「多邊」「問題性」。就〈小二黑結婚〉文本的實際情形而論，既有愛情婚姻問題、迷信問題，也有家長制的問題、道德與私慾問題和農村基層政權不純等問題。這些「問題」雖然從廣義上都可以以各種方式與「封建性」並置，但「封建性」卻不是造成上述「問題」的唯一根源。比如金旺、興旺兄弟的「私慾」並不僅僅只是可以藉「封建性」解釋了的——反而他們恰恰正是通過「反封建」（童養媳）而使自己

3　《趙樹理文集》（太原市：北岳文藝出版社，1990年），頁185、頁186、頁424。

4　郭志剛等：《中國現代文學史》（北京市：高等教育出版社，1993年），下冊，頁251。

5　楊義：《中國現代小說史》（北京市：人民文學出版社，1993年），第3卷，頁537、頁538。

6　楊義：《中國現代小說史》（北京市：人民文學出版社，1993年），第3卷，頁537、頁538。

的「私慾」得以「合法化」。「捉奸」的合法性前提也是以維護「道德」的面目出現的（直至今天，非婚性行為也是不被提倡的）。〈小二黑結婚〉作為一個「問題文本」與其在接受過程中的「修辭主題化」之間存在著許多有待進一步解釋的疑難。〈小二黑結婚〉最初名為〈神仙世界〉，作者當初的打算是寫反動會道門的罪惡，主題自然應當是揭露批判舊社會民間幫會的反動性。就在此篇小說創作的同時，趙樹理還寫了三個劇本，其中有一個劇本的名稱也叫〈神仙世界〉（〈神仙家族〉、〈神仙之家〉）。劇本〈神仙世界〉用了〈小二黑結婚〉小說故事的一半。它的戲曲劇本〈萬象樓〉又用去了〈神仙世界〉的大部分內容。從〈神仙世界〉到〈小二黑結婚〉，除去其故事被其他文本使用了之外，還把單一的「反迷信」轉換並擴大為「反封建」主題。當然，對趙樹理修辭行為產生影響的具體因素是很複雜的。有研究者在分析趙樹理何以能在一九四三年寫出〈小二黑結婚〉時指出：「一是離不開一九三九年至一九四二年這三年的編輯生涯，而這期間一九四二年十月出現的黎城縣離卦道反革命叛亂、次年一月舉行的太行文化人座談會、同年秋他被楊獻珍調往中共北方局調研室工作以及（邊區政府早在一九四一年初及一九四三年初相繼頒行的《婚姻暫行條例》、《妨害婚姻治罪法》）新頒布的《婚姻暫行條件》等」因素有關。[7] 楊獻珍也回憶說：「一九四一年中秋節，太行區黎城縣發生了離卦道暴動事件，暴動很快被平息下去了。這是日寇為了加緊從政治上破壞敵後根據地利用會道門和民間迷信團體所策動的。這個事件說明為鞏固敵後根據地，將抗日戰爭進行到底，在農村普及文化教育、破除迷信和肅清各種反動、落後思想的必要性。同時也暴露了當時的文化工作存在嚴重脫離實際、脫離群眾的缺點。」[8] 在這樣

7　崔岳恆：〈大器晚成一鳴驚人——試論趙樹理為何在一九四三年才寫出〈小二黑結婚〉〉，《趙樹理研究》，第32期（長治）。

8　高捷編：《回憶趙樹理》（太原市：山西人民出版社，1985年），頁196、頁156。

的語境中，岳冬至、智英祥的戀愛悲劇在趙樹理的思考中就不單單只是「愛情婚戀」或「悲劇」的「問題」了，而是與他所面對的現實（迷信與政治）緊密相連，其「問題」背後的關聯性因素，必然影響到他的文本構思。調研的幹部身份、對文藝功利的現實性傾斜、政治的需要和趙樹理那與生命一同生長起來的「民間藝術經驗」等，一併定位了他對〈小二黑結婚〉小說文本的修辭行為——封建性的「迷信」，因為有了現實的血的教訓必然是文本的應有之意，愛情婚姻作為一種展示農村各種意識力量的場景關節，使他決定把其作為主線使用。對二諸葛、三仙姑的「幽默」處理與大團圓結局的預置，都以「勝利」的敘述，使得金旺、興旺兄弟的「私慾」與「政權純潔」的問題，有了被解決的可能。〈小二黑結婚〉中的「權力敘述」，既體現為所有因素轉變可能的預設和「勝利結局」的先置，又表徵為對所有不同類型人物之於「權力」關係的不同處理，還反映在通過故事的「喜劇化」建構了讀者對「權力」的信仰與敬服。「修辭」改變了趙樹理所面對的現實，「修辭」也重構了趙樹理在權力視野裡所期待的「文本現實」。當喜劇的團圓與中國百姓的「歷史性想像可能」重疊時，轟動性的「教育」情景就必然出現。這也就是為什麼趙樹理在一開始就把〈小二黑結婚〉命名為「通俗小說」、「通俗故事」的一個重要原因。「修辭行為」中，隱藏著主體所有的動機、目的的秘密。

「修辭」在話語全程中的「本體」位置，使任何企圖逃脫修辭制約的話語都失去了可能。我們藉對趙樹理〈小二黑結婚〉在生成、創作及接受中的「問題」／主題、故事／小說、現實性／想像性、預置／完成、手段動機／目的效果等之間的隱秘轉換性的辨析意在說明，如果說「問題」是屬於現實的，那麼當它一進入「主題化」，即完成了它全部的修辭預設，作者也必然按照這一預設走向目的。故事進入小說文本雖然有了曲折，但也不過是為了使「修辭預設」顯得更加合理、或者更加合法罷了。「合理」「合法」與「權力」的關係，是修辭

所要竭力掩飾的，以避免強迫。完成「勸人」的目的，與「主題」動機是相輔相成的。當主體把「想像性」等同於現實權力的某種慾望時，修辭就當然地呈現出「敘述本位」色彩，即一切都是為了完成目的。這時，作者對預想讀者的設計，也就成了空想。這裡涉及到又一個如何對趙樹理加以體認的問題：他的作品到底是寫給誰看的？其「隱含讀者」是否真如他說的那樣？

二

〈李有才板話〉正可以從這個角度分析其修辭性。

趙樹理本人多次在不同場合與文章裡談到有關〈李有才板話〉的話題。有從動機方面說的：「如有些很熱心的青年同事，不了解農村的實際情況，為表面上的工作成績所迷惑，我便寫了〈李有才板話〉。」[9]「例如我寫〈李有才板話〉時，那時我們的工作有的地方不深入，特別是對狡猾的地主發現不夠，章工作員式的多，老楊式的人少，應該提倡老楊式的做法，於是我就寫了這篇小說。這篇小說有敵我矛盾，也有人民內部矛盾。」[10]有從主題方面說的：「〈李有才板話〉是配合減租鬥爭的，階級陣營尚分明，正面主角尚有。不過在描寫中不像被主角所諷刺的那些反面人物具體。」[11]

大致看去，這些種種「表述」，似乎都可以在〈李有才板話〉文本內容裡找到對應點。但上述這幾種「表述」的整合，卻也並非就是〈李有才板話〉內容或主題的全部。從根本上說，本小說的創作動機主要來源於作為「幹部」的趙樹理發現了減租減息運動中存在「問題」——而「問題」到底是「什麼」、到底是由何原因所造成，單從

9　《趙樹理文集》（太原市：北岳文藝出版社，1990年），頁185、頁186、頁424。

10　《趙樹理文集》（太原市：北岳文藝出版社，1990年），頁185、頁186、頁424。

11　《趙樹理文集》（北京市：工人出版社，1980年），第4卷，頁1827。

作品看，趙樹理並沒有給我們以明確的答案。章工作員的「輕信」、「幼稚」甚至誇張點說他的「官僚主義」工作作風等等，只能是造成「問題」的一種原因。從作品的敘述看，「章工作員——老楊」的視角與「板話」的視角，形成了一明一暗的雙重視角。不過值得我們注意的是，後者即「板話」視角所觀照的還包括前者視角的過程與行為結果。由於有前一視角，「閻恆元們」的行為才能得以完成；因為後一視角的存在，才使「閻恆元們」的活動與「章工作員——老楊」的關係，構成一種互生互克的關係。「板話」視角作為明線，直接起著點示矛盾的作用。仔細深入分析，〈李有才板話〉中的「問題」，可歸結為「基層政權建構與存在形態」的問題。「減租減息」動機與目的的展開、完成，與此「事件」的政權歸屬直接形成依賴關係。章工作員與老楊的差異，只是表現在如何面對「閻家山」的現有政權。前者肯定，後者否定。以「否定」取代「肯定」，方才完成了主題。分析至此，我們就可以明白：〈李有才板話〉的隱含讀者是明確指向當時的「工作員們」的，作者的修辭行為由此而確定。

　　作品有意把對「模範村」的真假評價設定為修辭情景，並把判定「真假」的權力從一開始就交給了農村文化人、閻家山受苦群眾的精神領袖李有才及其麾下的「小字輩」（以體現權力的階級性）。「真假」成為矛盾焦點，並擔當著推動事件演化的結構性作用。「真假」的象徵性人物章工作員與老楊的相繼出場，形成不同修辭手段的對比。作品中對老楊衣著、做派的特意描寫，已暗示出作為「官」的老楊與閻家山「小字輩」在身份、權力擁有上的一致性。老楊的「否定」之舉，不但發揮著顯示「真假」結局的作用，也成為對章工作員的「官僚主義」進行定性、對「窮」「富」對峙矛盾的勝輸判別、對老秦等老一代農民轉變的可能性及處理蛻化變質的陳小元等「問題」，提供了一攬子解決的「修辭空間」，最後的「鬥爭大勝利」，就是必然的了。〈李有才板話〉的修辭策略，體現為對「章工作員」式

的人們的「勸」——其作品的思想主題含義在深層次裡被拓展為：只有緊緊依靠貧下中農，才能避免工作的失誤，才能取得各種鬥爭的徹底勝利。也許正是如此，〈李有才板話〉（還有〈地板〉）才被列為各解放區開展鄉村工作的幹部們的學習材料。趙樹理在這部作品中所預設的修辭行為，在讀者與意識形態的雙重視野裡都得到了充分的回應。

對〈李有才板話〉的有關「官僚主義」的揭示，很多人認為這表現了趙樹理創作的藝術膽識或當時別的作家難以企及的現實主義深度，連周揚在幾十年之後的文章中，也為當時（延安時期）未能闡釋趙樹理小說創作中的這一部分意蘊而感到慚愧。[12]但是，我以為其更有價值的是體現了趙樹理在當時相當自覺的一種修辭策略的選擇。主體的「務實」天性（這一點與趙樹理經常生活在農民之中大有關係）與當時要求文藝必須服務於現實革命的功利號召，驅使並制約著他在「修辭策略」的選擇上必須傾向於真實的、實用的「生活化」狀態。在趙樹理這裡，「想像性」不是體現為對生活經驗裡「事件全程」的重新編碼，而是更多地矚目於「俗人」慾望的理想化可能，即結局完滿性的期待視野。由此看來，「想像性」因素在趙樹理文學創作的修辭行為中是次要的。以〈李有才板話〉而言，「官僚主義」只是在「真假」「模範村」顯示過程中的一個副產品，因此，並不影響整體修辭預設對「權力」（主流意識形態）的皈依朝向。所以，趙樹理的看似危險的「深刻」，並沒有被政治敏感者讀出「偏頗」。無論如何，趙樹理的「話語」，始終自在地「活」在權力所制約的一種隱形結構裡。

〈孟祥英翻身〉、〈催糧差〉、〈福貴〉、〈劉二和與王繼聖〉等屬於另一類修辭。以〈孟祥英翻身〉為例，作者將其文本明確命名為「特寫」，作品在一九五四年三月初版時，標題後還標明是「現實故事」。這似乎說明趙樹理在對其進行「文類」歸屬時的困惑。作者在「小

---

12 高捷編：《回憶趙樹理》（太原市：山西人民出版社，1985年），頁196、頁156。

序」裡提示，這篇作品應當叫做「生產渡荒英雄孟祥英傳」，但因為「得到的材料，不是孟祥英怎樣生產渡荒，而是孟祥英怎樣從舊勢力壓迫下解放出來，」所謂的「翻身」之一，就是「一個人怎樣從不英雄變成英雄。」人們長期以來一直接這篇描寫真人的「特寫」（或曰報告文學）視為「小說」，似乎與趙樹理在「小序」中的提示有關，更與作者對「孟祥英」的文本化處理有關——顯然，在實際操作中，趙樹理是有意要把「孟祥英」當作小說人物來處理。「翻身」的過程，應當說是「虛構」大於「寫實」。一九七九年，孟祥英在接受研究者採訪時，詳細回憶了三十幾年前趙樹理採訪她時的情景。她說：「大會（指一九四四年十一月太行區殺敵勞勞群英會）在黎城縣南為泉舉行。會上，老趙找我談過兩次話，像嘮家常一樣。我把自己怎樣組織全村婦女和帶動鄰村婦女進行生產渡荒活動的情況談的很細，他默默的聽著，似乎不太感興趣。他反覆打聽的倒是我怎樣受婆婆氣、挨丈夫打，又怎樣不屈服、鬧翻身等方面的詳情。我像個受屈的女學生遇到了親人，向他傾吐了全部苦水。」[13]根據採訪者的紀錄我們知道，趙樹理所寫的「孟祥英翻身」的大致情節與人物作為，和孟祥英本人的情況是基本相合的。但明顯的是，趙樹理對孟祥英感興趣的不是其成為「英雄」之後的「公共活動」及其「豪言壯語」，而是其「私人空間」裡的「家庭鬥爭」。作者有意淡化現實人物「孟祥英」的政治代表性，而有意賦予她類似於五四女性的啟蒙價值，即作者要重新安排對「孟祥英」的敘述，也就是「修辭」。與作為現實勞動模範的孟祥英相比，小說文本中的孟祥英的價值體現為如何成功地擺脫家庭壓迫與束縛。「不英雄怎樣變成英雄」，不只是作品的主題所在，也是其結構的配置狀態。如此一來，〈孟祥英翻身〉的修辭場景，就被趙樹理由一般人了解的「社會」轉換到了「家庭」，主人公之外的

---

13 李士德：《趙樹理憶念錄》（長春市：長春出版社，1990年），頁105。

人物，不再是為了陪襯「英雄」的同類，而是倫理關係中的婆婆與丈
夫；事件及矛盾不再是人與自然災害或戰爭的對抗，而是生活化的衝
突。解決矛盾衝突的方式，作者遵循「現實故事」樣態，以「鬥爭」
作為手段，目的也不是指向「英雄」，而是調整為婦女自身的全部解
放。如果說「問題」，〈孟祥英翻身〉只能勉強歸入「婦女解放」一
類——這顯然是與趙樹理所自述的「遇到」「碰到」一類的「直接性」
「問題」是有距離的。因而，這篇作品的主題也是相當模糊的。如果
我們把這與〈傳家寶〉做一比較，此點就更加清楚。細究作品，「翻
身」的艱難性是其主要的表現內容，而艱難性又與婆婆、丈夫的壓迫
直接相關。如此趙樹理在實際敘述中，婆婆、丈夫對孟祥英「翻身」
慾望千方百計的遏制就成了內容主體。婆婆、丈夫之於暴露批判的對
象化，就使作品人物呈現出與現實的象徵關係，拓開了因「真人」限
制而難以確立的「修辭空間」。人物走入屬於「小說」的空間裡，其
主體的修辭預設便會藉助於「想像性」而順利完成。

　　從以上分析看，趙樹理在創作〈孟祥英翻身〉之初，不僅預設了
修辭原則，並且令人驚異地且自覺地要讓「修辭指涉」疏離現實權力
與公共話語的崇高化範疇，「故事化」策略使孟祥英得以從「公共空
間」返回「私人生活」場景，「倫理化」範疇的設定，使嚴峻的「鬥
爭性」融入到倫常日用的生活之中而增添了審美風度與藝術感染力。

三

　　在〈回憶歷史，認識自己〉中，趙樹理未提及的〈來來往往〉、
〈小經理〉、〈傳家寶〉、〈田寡婦看瓜〉等，我把它們看成是另一類修
辭行為的小說創作。我以為，趙樹理的「忽略」是有意的。其原因有
如下幾個方面：一是這幾篇作品均不屬於「問題」創作。〈來來往
往〉寫的是抗日戰爭時期軍民互諒互讓的「魚水情」的故事。〈小經

理〉裡的主人公三喜，經過刻苦學習，終於掌握了財會知識與技能，在經理的職位上勝任愉快。〈傳家寶〉的主旨是寫如何處理新家庭中的婆媳關係，暗示了「互諒」的解決辦法。〈田寡婦看瓜〉顯然是藉「瓜地」從「看」到「不看」的轉變，作者試圖寫出被解放了的、且擁有土地的農民在精神上的巨大變化。二是這幾篇作品都屬於篇幅短小、矛盾單一的作品。〈傳家寶〉最長也不過萬餘字，其它均在幾千字左右，〈田寡婦看瓜〉僅一千四百餘字。三是這些作品與其所「提及」的作品相比，均未產生多大的社會影響，其藝術性也屬一般。

不過，在我看來，當把這一類作品作為一種修辭行為的結果來看時，其價值是值得分析的。它們「無問題」存在狀態的背後，分明有著趙樹理奉命寫作的無奈與輕薄。在這些作品中，讀者很難感覺到主體基於真誠與衝動的創作激情，「民間風度」與「民間智慧」也被一種平庸的「歌頌」「褒揚」所遮蔽，即使是趙樹理最得心應手的「農民言說風趣與韻味」，也在許許多多牽制裡黯淡了。如果說在〈李有才板話〉一類創作裡，激情包裹中的「修辭預設」給主體提供了一塊「智慧」與「想像」自由揮灑的空間，那麼，在這幾篇「促狹」之筆處處可見的作品中，其「修辭作為」幾近於「新聞記者」的狀態。作品所張揚的「理念」的單薄性，放逐並驅除了作品所可能具有的全部韻致。矛盾性，要麼沒有，要麼被淡化為無衝突狀態，使作品失去了內在震撼力。這些「現象」的生成範疇被局限在一維狀態之中，「矛盾性」呈示為非衝突性的「誤會」糾葛，「主題」表現在對所有人物的理解與稱頌，人物關係呈現為「同類異表」狀況。為此，修辭預設從一開始就避開了「評判」與「差異性」體認，修辭的動機與目的並不需要任何「策略」而被直接呈現。正由於這一類作品的修辭原則外在於作家主體，當主體被動的使用時，「敘述」就變成了「無衝突」事件的陳述。作者的智慧，只是為這一外在於主體的修辭原則提供一點生活氣息罷了，而且極不自然。

　　由此看來，「問題」的有無，並非只是標示著趙樹理是否進入到了對現實觀照的境地，也不是對其現實主義身份進行說明的唯一依據，而重要的是，這直接影響到他對自我創作「修辭行為」的定位與自信。

趙樹理小說創作「修辭行為」研究之三

　　人們在審視趙樹理小說創作時，很容易偏向對其「審美的意識形態屬性」的過分強調──當然，縱觀自二十世紀四〇年代來「趙樹理接受史」的實際情形，無疑是有利於得出並強化這種印象和結論的。我們不否認在「社會歷史學」的評價範疇裡，任何作品都有多種理由被作為具有意識形態色彩的話語表述來加以分析，尤其是當作者──像趙樹理這樣以連續性自白方式自我認定之後，這種情形便似乎變得很難改變。我們在此提出這個問題，並不是想隨意否認趙樹理小說創作的「意識形態」屬性，而是恰恰起因於對他的不斷「重讀」過程中，逐步發現了其「意識形態修辭」的「異質性」與基於某種深刻而巨大的困惑在具體的「修辭策略」上的頑強變化。我們知道，在類似於二十世紀八〇年代之前的文化一統化、言說體制化的非常時期裡，絕大多數作家與作品都呈現出主題（文本顯性形態）與動機（文本暗示性內容）的相對同一。這種「一致性」，一方面說明個人與時代關係的「認同」狀態，[1]另一方面也表現出創作主體的「修辭行為」向

1　這裡所謂的「認同」，是在現代修辭學，意義層面上來加以使用的。美國新修辭學領袖人物肯尼斯・博克（Kenneth Burke）認為，人在現實生活中總是審時度勢的，總是不斷的對他周圍的環境進行觀察和判斷。他會根據對有利和不利因素的觀察和判斷，權衡它們可能對他的行動帶來的影響，選擇適當的策略，採取必要的行動。他說：「如果要用一個詞來概括舊修辭學與新修辭學之間的區別，我將歸納為：舊修辭學的關鍵詞是『規勸』，強調『有意的』設計；新修辭學的關鍵詞是『認同』，其中

時代靠攏的潛在意向，不能不指向對自己（也許這是一個「大」的自己或集體、階級）有利的種種方面。這種情形告知我們，被主體充分修辭化的文本，不單單只有被時代闡釋後又被當時的大多數人或權力、利益所認可那部分意義，也還包括文本中那些或被有意閹割掉的或被無意遮蔽去的種種「可能性因素」，簡言之，修辭總是個人與時代雙重選擇、互文作用下的產物。趙樹理創作的存在價值，一方面是那些已有化為常識的文學史敘述會經常提示著我們，同時也需仰賴我們不斷地對其早已存在的種種「可能性」進行解讀。我們認為，掘發其創作的「修辭性」之於中國現代文學史的創新意義，是一項極待展開的研究。

　　當有意把趙樹理置於「現代修辭學」理論視野裡加以觀照時，我們看到，趙樹理小說創作的「意識形態性」恰恰是我們進入其審美世界的一個相當方便的入口——當然，如果是從宏觀與微觀相融匯的角度講又遠遠不只是這些。因為，修辭關注的不單單是已成「事實」的狀態，而更多矚目於「為什麼會有這樣的事實」的問題。值得注意的是，我們在研究中對於「修辭動因」之於「修辭行為」、「修辭結果」之間關係的討論，不能只是像過去所習慣的那樣，只要「原因」可以在主體自身找到證據就算完成了，而是要探索修辭機制的超主體的作用性。我以為，就修辭行為的研究期待來講，所要揭示的並不是「主體選擇了什麼」，而是「什麼選擇了主體」。進入一種修辭，實際上是進入了一種主體難以駕馭的「被運作」的狀態。這大概應該算是關於文學文本修辭研究的難點所在。修辭並非是關於主體的「才質」或「想像力」的問題。問題的癥結也許只是要求我們破解主體的修辭行

包括部分『無意識的』因素。『認同』就其簡單的形式而言也是『有意的』，正如一個政客試圖與他的聽眾認同。……但是，認同還可以是目的，正如人們渴望與這個或那個組織認同一樣。這種情況下，他們並不一定有外界某個有意的人物作用，而是他們可能完全主動地去為自身而行動。」

為到底為怎樣的因素所規約。我們意識到，被「群性」所涵育的「機制」，所能給與每一個個體的空間彈性並不是相等的，主體的任何自主性只能體現在被限定的「可能性」中。話語修辭的複雜性、豐富性正呈現在這裡。

趙樹理創作的修辭行為的選擇意味，也許就體現於他在創作時一系列「自動」、「半自動」或「應徵」、「半應徵」的困惑與變化之中。

一九四九年之後，從一九五〇年至一九五四年的四年間，趙樹理雖然只創作了四部小說作品，但〈登記〉與《三里灣》兩度持續性轟動，其影響之大，應當說是超過了〈小二黑結婚〉、〈李有才板話〉時期。[2]在此之後，從一九五五年到一九五七年，小說創作是空白。一九五八年一長一短——《靈泉洞》顯然屬於「歷史小說」，〈「鍛煉鍛煉」〉又是屢惹風波。一九五九至一九六〇年的三年間平均每年只有一個短篇。一九六二年所寫的三篇中，屬於「歷史」的三有其二，〈互作鑑定〉已帶出明顯的滯澀生硬。發表於一九六三年的〈賣煙葉〉，連趙樹理自己都認為是一個大大的「敗筆」。[3]整整「十七年」，趙樹理所發表的十三篇小說作品，平均到每一年裡還不足一篇。我們再來看其他方面：戲劇劇本共寫了五個，其中的〈焦裕錄〉還是個「半拉子工程」。趙樹理平生所喜愛的曲藝，也只有五個長短不一的劇本，並且〈小經理〉類似〈焦裕錄〉，又是一個「見首不見尾」。就以上所列各文體創作情形比較而言，小說創作依然是他在「十七年」

2　據有關資料顯示，對於〈登記〉的改編從一九五一年一直持續到一九六三年。改編中所涉及的藝術形式、式樣有：連環畫、評劇、秦腔、豫劇、越劇、粵劇、眉戶戲、歌劇、滬劇、評彈等。其中，評劇有五個版本，滬劇有四個版本，秦腔有兩個版本，連環畫有三個版本，歌劇兩個版本。《三里灣》在改編中也有連環畫、評劇、粵劇等形式，除此以外還增加了湖南花鼓戲、電影、話劇等形式。以上資料可參考《趙樹理資料索引》（太原市：山西人民出版社，1993年2月）。

3　趙樹理在〈回憶歷史，認識自己〉一文中曾談到：「〈賣煙葉〉，半自動寫的，寫一個投機青年的卑污行為，是我寫的作品中最壞的一篇。」

當中的主體文類。顯然，包括所有創作在內，鮮明呈現出「一路歉收」的狀況。從趙樹理的研究歷史看，已有不少研究者注意到了這個問題，並從中引申出「十七年」裡趙樹理創作與時代「左」風日熾之間的相互消長的比例關係，幾乎所有的結論都傾向於認為，趙樹理創作數量的日漸減少，均是外部原因所致。我們認為，這些研究都是很有意義的，尤其是關於「時代與作家」的關係方面。但我們同時也不得不指出，這些結論之於「修辭」範疇，其作用幾乎是可以忽略不計的。這不僅因為「修辭」畢竟是以對作品的細讀為基礎，而更重要的是「修辭行為」研究的關注焦點的是分析討論任何個體變化的「機制」作用。我們感興趣的是這樣一些問題：趙樹理在小說創作中的修辭動機、目的、行為、策略及對修辭效果的預期，是否全部被一步步「機制化」了？其「修辭」的個人性與時代性之間體現一種怎樣的權力關係？或者說我們在討論趙樹理創作時如果有意放棄「權力」與「修辭」的相互指涉性，其修辭空間與策略是否可以在文本的細部因素身上被還原出來等等。

　　我們擬從以下幾個方面入手來加以討論。

　　一，「新」與「舊」的關係呈現及其變化。與趙樹理在二十世紀四〇年代一樣，他在五〇年代前期的小說創作，其修辭的統一性特徵首先可以在人物被作為「符號」設計的意圖與效果中體現出來。以〈登記〉、〈表明態度〉、〈求雨〉、《三里灣》、〈「鍛煉鍛煉」〉等作品為例來看，張木匠、小飛蛾、王永富夫婦、馬多壽夫婦、袁天成夫婦、范登高夫婦、跪在龍王廟裡「求雨」的「八個老頭」、「吃不飽」、「小腿疼」，甚至包括那些已有明確「體制」身份的民事主任、王助理員、支部成員、黨員等鄉、村「大人們」，一律被那些具有未來代表性身份的青年視為「老腦筋」。這種是「老」便「壞」、是「小」便「好」的情形，在上述趙樹理的創作中呈現為鮮明而整齊的對應狀態。我們以為，這種看似簡單的二元對立價值判斷情形，一方面可以

肯定是趙樹理在小說創作之前自覺預置的修辭語境，但這種結果卻並不能全部歸咎於趙樹理個人的理念作用。類似於魯迅一九二七年之前以「社會進化論」來進行歷史現實判斷的狀況，在趙樹理身上從來沒有出現過。其原因更多的產生在自二十世紀四〇年代「延安藝術理性」統馭了時代的修辭語境之後，一種「集體修辭」的個人化體認與操作結果。當然，這是與時代在「生長期」裡有意對「新生事物」分外關注、倚重有著極其密切的關係，這實際上就已經內在地規約了「社會」或一個「政權」在生長期的期待慾望與全部的修辭要求。具體到趙樹理的創作實踐和文本實際操作中我們看到，顯示這種「好壞」分野的修辭環境，總被設計為所有人物對「新事物」的態度、判斷及最後的歸屬。因為作者的傾向性很容易在「敘述」的所有關節與細節中看出，所以這樣被預設的「修辭環境」，使得置身其中的讀者的判斷結果，只能是毫無選擇的認同。「新」就意味著更合情、更合理、更人道也似乎更符合人性要求，從而使主體的「修辭預置」具有了無可懷疑的「合法性」。上述幾篇作品有這樣幾個細節值得我們分外注意：〈登記〉的最後，區分委書記在「結婚典禮」上的一番話，實際上是為趙樹理的這種「修辭行為」作了最權威的肯定；〈表明態度〉的結尾是「思想」「病」了幾天的王永富，在「先進群體」的幫助下，「過了幾天，永富能走路了，就去找支部書記談思想去。」《三里灣》裡最頑固的馬多壽，其最終「轉變」的「可能性」也是在村幹部們集體精心編製的「圈套」裡呈現為作品所預想的生活現實。〈「鍛煉鍛煉」〉中楊小四作為幹部解決問題的方法與《三里灣》是類似的。無論是「軟」是「硬」，趙樹理在「解決問題」情節過程中所顯示的「修辭行為」，總是指向「新」的存在，並直接依靠「權力」或「體制化」力量最終指認其「合法性」。從中我們看到的事實是，趙樹理筆下的「新」的東西的存在狀況，總是「政府」或使讀者可以輕易感覺到的具有體制外形的「權力」所提倡的，並且往往以依附於

「權力」的本質屬性方式顯現出來，作用於現實。其文本中，人物對「新」的「事物」的看法及其所引起的一切行動，不但規約著他們「好」「壞」的路徑走向，而且也是作品的「價值」所在。這實際上又透示出另一種類型的人物與「權力」的關係——「新」的「事物」在主體創作之前的「修辭預設」裡，所擔當的既可以理解為約束主體與時代關係的監控角色，又是修辭目的在讀者這裡被接受呈現的效果的檢測者。從這個意義說，趙樹理面對「權力」對自我審美智慧越來越強大的覆蓋性，巧妙地藉「矛盾設置」（新與舊）和「人物設置」（老與少），從而使他的「權力修辭」既繞過了直接宣傳的陷阱，又以充分生活化的情節內容不斷強化著修辭過程的老百姓式的趣味。可以說，完全實現了其「政治上起作用，老百姓喜歡看」的修辭目的。主體在「權力修辭」過程中的倫理化情懷及對百姓疾苦的一以貫之的真情關注，又以一種始終與「權力」相抗衡的生命意識、情感力量和人格精神，一路見證了主體與「體制權力」保持「疏離感」的不和諧過程，並以結構性因素促使其「修辭」不時走向非權力化狀態。這在趙樹理是極其難能可貴的，此點若放在中國二十世紀文學發展的歷史中來考察，可以說是相當罕見。

　　二，「現實」與「歷史」的關係問題。如果我們從「是非」與「利害」的雙重視野分析，「現實」與「歷史」之於「權力」的存在狀態，它們在很多時候都以一種「可能性」因素呈現自己。一般而言，因時空關係，「現實」在更多的時候不得不隸屬於「權力」，而「歷史」常常容易被排除在「權力」大門之外——除非「權力」在現實語境中受到大規模質疑從而必須藉助於歷史重建自身威信的關鍵時刻。「歷史」及其所有具有「歷史屬性」的存在，不但經常處於「非權力」狀態，更為重要的是它對「現實」或「權力」的作用總是以「對立」性的比照物形態而實現的。這便涉及到文學文本中人物的時空屬性和價值屬性。就「現實」的權力屬性說，「現實」的權力擁

有，不但可以在「現實」與「權力」的利害關係裡得到說明，尤為重要的是，「現實」的所指維度在修辭上早已指涉到「未來」，即在「權力」的慣常視野與價值判斷中，「現實」常常等同於「未來」。無論在怎樣的語境裡，只要「權力」與「未來」的依附關係不被質疑，主體的「想像性」空間就會被「現實」（「未來」的替代物）鎖定。當這種時代語境一旦作用於審美創造時，任何大膽與狂放、樂觀與喜劇，都會被當作「真實」的生活予以接受。深有意味的是，上述這樣的分析還能給我們一些另外的啟示：「權力修辭」對創作方法的選擇，是通過「歷史」「現實」與「未來」三者之間、尤其是後兩者的「合法化」的邏輯置換巧妙完成的。

「歷史」與「現實」，我們認為可以被看作是趙樹理小說文本中構成其修辭環境的兩個重要因素，不過，在他這裡更多地體現為以「現實」為主。我們之所以把趙樹理文本中的這種設置看成是一種修辭的權力化安排，因是創作主體早已賦予它們以特殊的意義性和價值性。在趙樹理的小說文本中，「歷史」與「現實」不單是對立的，而且在情感範疇限定了它們被讀者接受的可能性。即人物面對「歷史」「現實」的非此即彼的選擇，不僅意味著「是非」，更關涉到「利害」。創作主體對於「歷史」與「現實」的先期體認（即對「歷史」與「現實」象徵性的體認與分類），在其文本操作中便有多種可能被挪移為修辭的「目的」與「動機」。不過值得注意的是，這種修辭的目的與動機並不都是會以「作者自白」的方式表現出來，就趙樹理而言，則體現為一種在文本中無處不在的敘事功能與影響全局面貌的結構。

在趙樹理的小說文本世界裡，「歷史」與「現實」至於人物設置的對應性體現為，「老」的屬於「歷史」或者是具有「歷史屬性」的存在（當然，其正面的共產黨人形象可以另外加以看待——即使是這樣，像〈表明態度〉中的王永富、《三里灣》裡的范登高、袁天成、甚至他在一九五九年創作的〈老定額〉中的林忠等，也都是在不斷的

被改造中才有可能繼續保持了某種「先進」身份）。由於時代與「新」在內涵上的某種人為地「親緣關係」，其所造成的時代語境又暗示著對「歷史」的放逐意味。時代對於「新」的大規模的群體性崇奉，不僅形成了新的權威話語，而且其又能夠隨時隨地的藉助於「權力」從而引領著時代的選擇判斷與價值導向。在這樣的語境之中，任何存在的「歷史屬性」，一方面在與「現實」的對立中獲得自身的價值，另一方面，則被創作主體作為一種修辭策略運用到對於人物的結構功能調動上。「老」與「歷史」的不可分割性，不但預示著此類人物走向「壞」的全部可能性，而且亦為讀者的這種價值判斷與理性接納提供了全部的「合法性」。這實際上在另一重意義上暗示著主體，無論如何做都不過分。與之相對的另一極——「少」（青年）則只能以「現實」或「未來」的體現者進入修辭環境。他們可以完全蔑視「歷史」及由此形成的傳統，他們可以更「人性」的生活（文本中以自由戀愛、自主婚姻來表示），甚至只要他們樂意，他們完全可以把「想像的可能性」作為自己期待的生活目標。不過，值得我們特別注意的是，這一切又都與他們所擁有的獨特優勢密不可分：與「新」結緣的時代權力每時每刻都在為他們的所有行為提供強有力的支持。同理，與時代權力一樣佔有著「現實」與「未來」的「少」（青年），其行為的「合法性」則由此得到最充分的認可。由此我們就應當清楚了，以〈登記〉、〈表明態度〉、〈求雨〉、《三里灣》、〈「鍛煉鍛煉」〉等為主的趙樹理在五八年以前創作的小說文本中，其修辭行為裡面的「權力化因素」，就是以「老」「少」「權力」三者之間巧妙的價值對應被隱藏在作者那不動聲色的敘述之中。這其中，所謂的「合法性」，也同樣來自於「歷史」、「現實」與「權力」的關係。實際上在這樣的關係之中，「權力」始終操縱著對「歷史」和「現實」的價值界劃。

　　以上的分析如果從目的上看，無疑體現為趙樹理在小說創作過程

中的「修辭原則」；要是考察他的動機，這些又可以被看成是「修辭策略」。「原則」與「策略」的共同作用牢牢定位著趙樹理的全部修辭行為。其實，在這樣的修辭行為中，諸如「歌頌」、「批判」、「諷刺」、「調侃」等等釀製意蘊、趣味的方方面面，都只不過是一種「技藝」而已，而難以被認作是「風格」的標誌性產物。有關「風格」是如何形成的一類話題，可以在「修辭行為」的研究中被徹底破解。

　　三，話語與象徵的關係。二十世紀西方現代修辭學研究的重點是文本中「話語」與「現實」的關係問題。而溝通二者之間聯繫的最重要的因素，是賦予「象徵」以新的含義。在他們看來，「象徵」遠不是一種只限於「語言技巧」層面的存在，而是「意義」與「價值」之源。在這樣的層面與範疇中，「象徵」就是「修辭」，「修辭行為」從預設、展開、完成直至檢測，都不僅指向「象徵」，而且以完成「象徵」為目的。在創作主體這裡，「象徵」往往被用於對已有「思想意圖」的掩藏與遮蔽，當然，這樣做僅僅只是為了使審美性顯示出最大力度，而不是真正走向消解或退隱。「思想意圖」的審美顯現，常常是作者所追求的最高目標。而在讀者這裡，對於「象徵」的逐步破解，恰恰是「意義」與「價值」的復顯過程。從修辭行為的預設性和恆定性來看，「象徵」的意蘊生成不能不被「歷史」、「現實」、「未來」在「權力」統馭下的價值指向所規約。趙樹理文本世界中的「象徵」，從其表面上看並不是都鮮明地指向「未來」，而是以直接指涉「現實」的方式內在的完成對「歷史」「未來」判斷，並在這一過程中有意強化其文本的世俗化氛圍。比如〈表明態度〉中的王永富，作為一個老黨員與「集體化」的對抗，作者並沒有讓他的對立性性格在所謂「典型環境」裡展開，而是有意讓他與不識字、無理想、純粹生活化的老婆合而為一，把衝突的尖銳性置於家庭成員之間的日益不和諧因素方面，徹底讓主人公的選擇單一化、極端化，為修辭目的的順利實現只留下唯一的可能性。其他如《三里灣》裡馬多壽的轉變，也

是在家庭成員眾叛親離的「孤獨」狀態下實現的。〈「鍛煉鍛煉」〉中楊小四對「落後婦女」的「整治」方式等都是基於同樣修辭目的下相似的修辭策略。「權力」效應的充分生活化、世俗化，使得趙樹理作品的「意義與價值」，既具有了意識形態主流話語的色彩，又成為百姓日常生活在走向未來的必然性歸宿。因為我們看到，趙樹理作品的「意義與價值」，畢竟是在「歌頌」與「批判」兩個層面上生成的，始終沒有走出「權力」的覆蓋。主體與「權力」兩者分別在對文本的意義、價值的認定上，並不具有相同的起點和空間。

不僅僅趙樹理的作品是如此，恐怕所有的作家都會遭逢到這樣的境況：「話語」與「象徵」之間的複雜聯繫，只能是藉主體對於「現實」「歷史」「未來」在「權力」賦予下的不同的意義、價值的體認來完成。回到趙樹理小說上來看，如果說「老」與「少」在特定的時代語境中各自具有相對於「歷史」「現實」「未來」的象徵性能指，那麼，「話語」就可能在「象徵」趨於「完型」的狀態中走向修辭，即話語的全部修辭化。

總之，在這一時期裡，趙樹理小說文本的修辭可以看成是一種基於自覺選擇、深有意味的「權力修辭」，因為其全部的修辭行為始終與時代的權力化價值觀保持著一致性。

從一九五九年趙樹理創作發表〈老定額〉開始，他在創作過程中的修辭行為發生了巨大變化。這顯然與趙樹理在一九五九年的「不尋常」遭遇有關。[4]時代權力對於「歷史」、「現實」、「未來」的意義強化，在原有的基礎上日益趨於「烏托邦」式的極端化。在此語境中，趙樹理由原來的認同者逐步轉為質疑者。「老」之於「歷史」、「少」之於「現實」或「未來」的相互關係的恆定性被自覺打破。其在前期所慣常使用的修辭預設──諸如「歷史」或「歷史屬性」的存在等同

4　參見陳徒手：〈1959年冬天的趙樹理〉，《人有病 天知否：1949年後中國文壇紀實》（北京市：人民文學出版社，2000年）。

於「沒落」、「不合時宜」、「少」（青年）則可在「新」的招牌掩護下為所欲為的觀念等日趨淡出，並在作家的自覺反撥中顯現出荒謬性。趙樹理這種修辭行為的自覺調整，不僅意味著以人物為主體的作品結構的巨大變化，而且顯示著趙樹理毅然與自我創作歷史中那些已根深蒂固的「權力化修辭傳統」所進行的大膽告別。在〈老定額〉、〈套不住的手〉、〈實幹家潘永福〉、〈楊老太爺〉、〈張來興〉、〈互作鑒定〉、〈賣煙葉〉等一系列作品組成的趙樹理當代後期創作中，「老」與「少」各自在意義與價值的擁有上的位置完全被顛倒，如「已經是七十六歲的老人」的陳秉正、「五十六歲」的潘永福、「七十五歲」的張來興、舊社會就給人當過「長工」的縣委王書記、「六十四五歲」的李光華老師等，他們都代表著務實、肯幹、認真、負責、樂於犧牲、道德完善並容易與集體相整合，體現出生活中的「善」的一面。在作品的敘述中，這些人從來就沒有想過要改變自己的行為方式和處世原則，總是以「掌握著真理」的「少數人」精英姿態，以默默的「對抗」和勝利的最終獲得者而贏得自身的價值。

　　而「少」（青年）則與之相反——表現了對自我的體制化現實社會角色與身份的不認同、不安心。在趙樹理的這一類敘事文本中，他們往往被刻畫為有文化但無理想或者是純粹的個人主義理想；其精神心理方面不自覺的又是非常頑強的向外宣泄著苦悶、盲目、好高騖遠、討厭農村、輕視體力勞動及嚮往「知識份子生活」狀態等等弱點——而且這些「弱點」並不是可以忽略不計的。這些特徵在〈互作鑒定〉、〈賣煙葉〉兩部作品中表現得十分突出。劉正、賈鴻年等甚至成了趙樹理聲色俱厲地加以批判的對象，作品中連一絲幽默也沒有了。趙樹理有意識地把劉正、賈鴻年描寫成不但完整的接受過中學教育、而且是被「知識份子性」毒害至深的一類。這種情況，如果從他在一九四九年以後創作的兩個階段對照來看，似乎呈現為前後「修辭行為」的否定過程。但當我們結合二十世紀六〇年代中國大陸語境中

對於知識份子日益強勁的否定趨向就可以明白，此時趙樹理在修辭行
為自覺變化之中卻又不自覺地於另一方面被時代的「權力話語」所覆
蓋。我們在此所要認真鑒別的情況是：這是否意味趙樹理又一次對於
時代意識形態話語權威的自覺認同呢？答案是否定的。當趙樹理在此
類作品的修辭預設中已經把劉正、賈鴻年等判定為「土地」觀念體系
的「背叛者」角色時，他們就自然成了趙樹理情感厭惡的對象。如此
說來，劉正、賈鴻年等人的知識份子身份，只是趙樹理為了順利完成
其修辭目的的「策略」而已。幾年以後他曾非常冷靜地專門談到「我
與青年」的「問題」：「和我接觸過的（包括通過信的）青年分為兩大
類：一是要學習文藝寫作的，一是農村中升學的初中畢業生。現分述
如下：文藝這一行，在某個階段（特別是革命取得政權之後）說得過
火一點，可以叫做『名利行』，而且好像沒有個深淺。不像數學、物
理等學科學會多少，就是多少，沒有學過的在事實中冒充不過去。過
去，我對一些有名利思想表現的青年非常敏感，具有深惡痛絕之意。
文藝界每談到發動青年寫作，以培養接班人，我也感到重要。可是一
遇到上述那些青年來信來稿的鑽營乞憐之語，我便覺怒不可遏。不過
我對他們的態度仍以說服教育為主，所覆之信，也不發表。」「收入
《三復集》的〈答夏可為的信〉是《人民文學》編輯部和我商量了發
的。我把原信給了他們，並寫好了信封，貼了郵票，囑他們發表時勿
提『夏可為』之名，而以『XXX』代之。發表之後，代我把原信發
出。可是後來還是把夏之名登出來了。……好在我於這封信中雖對夏
有些批評，卻無失禮之處。就在此信發表之後，同情夏的人來信百餘
封，對我興師問罪。『罪』倒判得不夠準確，卻把他們自己的名利熏
心的思想暴露無遺。所以我又寫了個極不平靜的總答覆——那種態度
是錯誤的，總不如平心靜氣的講使人易於接受。」「其次，每逢青年
請我講創作方法、創作經驗時，我往往只講學習政治、學習文藝、深
入生活三個要素，而且勸其安心於業餘化，聽的人往往趁興而來，敗

興而返，對我講的十分不滿意。我接到他們的諷刺信甚多，像『我頂不了你』、『你的經驗準備帶到棺材裡去嗎』……之類的話就不知有多少了。」「其次是對農村的初中畢業生，他們的家長有一個歷史上遺留下來的傳統觀念，以為中學畢業後的前途就是離開農村到外邊找事，以為那才是正經出路，在家種地是大材小用，是沒有出息、不會找門路的孩子。我對這些孩子講話，要講大道理，他們聽不進去，常是我講我的，他們互相講，他們的講完了散會。一九五七年（或者五六年），《中國青年》約我寫一篇批評上述思想的文章，並給了我幾封有這種思想代表性的青年來信作為資料，我便先後寫過〈出路雜談〉、〈才和用〉兩篇文章，在《中國青年》上發表，也引起過一些學生來信謾罵。……總之，我對要求學習文藝的青年常勸其學習政治、學習文藝、體驗生活，並決心從業餘上打主意；對其他農村知識青年，常勸其安心農業生產，從發展農業生產上消滅三大差別，而不要利用三大差別去找便宜的主意。」[5]（P1825-1837）這裡所表現出來的「意識傾向」，只能算是與時代意識形態話語價值趨向的一種「耦合」結果。我們在深入細讀他的這些作品時還思考到：劉正、賈鴻年等作為「修辭化」的人物形象，是否暗含了趙樹理在面對五〇、六〇年代國家急於工業化過程中農民利益被日益削弱而產生的十分痛苦的情感反應？如果這樣的分析可以得到證明，那麼，趙樹理在這一階段裡「修辭行為」的巨大轉變，則意味著他與時代所倡導的大行其道的審美的「權力修辭」風氣在進行著痛苦而又頑強的剝離與告別。簡而言之，在趙樹理這種「修辭行為」的前後「翻轉」裡，從根本上說修辭語境並未改變，但其修辭策略略作了有意味的調整。人物的「修辭性」發生了巨大變化。「歷史」與「現實」作為直接影響價值判斷的

---

5 趙樹理：〈回憶歷史 認識自己〉，《趙樹理文集》（北京市：工人出版社，1980年），第四卷，頁1835-1837。

重要因素，在文本修辭中的作用發生了明顯位移。修辭目的中的批判性指涉不再是瞄向「歷史」，而是明確地指向「現實」的某一方面。

　　此外，趙樹理全部小說創作中的「幹部」與「群眾」在修辭意義上的複雜而有趣的變化，也是值得細說的話題。我們將在今文中予以討論。

「山藥蛋派」的價值及其研究方法

　　「山藥蛋派」不僅是中國當代文學研究界迄今為止唯一得到公認的流派（例如相比於「荷花澱派」等一些「准流派」，它的文學史地位不論其「命名」的歧義有多大，但都沒有否定它的存在），而且是自一九四二年以降在日趨「完備」的一統化時代裡，對當代審美格局產生過重大影響的結構性因素。如果沒有對這個流派的準確描述和深入研究，勢必影響到中國現當代文學史描述的真實性和完整性——諸如中國當代現實主義敘事形態、藝術理念、文學民族化廣度與深度、外來的、五四的和民間的三種傳統的融合過程和式樣及其「完型」形態等等重大問題也就不可能得到有效說明。「山藥蛋派」這一現象所潛含的理論意義在於：通過對它的生成、發展、繁盛、式微、影響和演變過程及其過程中各個關節點功能範疇的梳理與研究，無疑可以使二十世紀中國當代文學史五〇至八〇年代的內在線索變化更加清晰化、明瞭化，以便為我們總結這一時段的文學與意識形態、傳統、五四、民間及外來文化等多重文化因素影響之下的審美整合圖式提供一個可靠的基礎與前提。從今天來看，「山藥蛋派」實際上經歷了從生成、發展、繁榮、衰落直至終結的全過程。作為「歷史形態」的「山藥蛋派」，已經獲得了進入「經典式」研究的可能。不論是從「史」的角度進行價值定位，還是在「領域範疇」進行現象描述，都為研究者的結論趨向「科學化」提供了良好的契機。但多年來對它的重視和

研究都遠遠不夠，整體上還處於現象描述階段。如果說把二十世紀八
〇年代初看作是對「山藥蛋派」研究的真正開始，但這也不過是僅僅
以關於「流派」的大爭論作為認可方式、所形成的普泛化局面而已。
檢視一番我們便會發現，成果的研究深度普遍不足，不少文學史家依
然對之抱有偏見，除了該派主將趙樹理之外，其他幾位主力如馬烽、
西戎、李束為、孫謙、胡正等，還未得到有效的研究。至於「山藥蛋
派」的第三代、第四代作家，研究者更屬寥寥。令人不安的是，作為
一個實實在在的流派現象，卻一直未能得到從流派群體和史的角度的
審美衡定。相比於二十世紀八〇年代，對這一流派的研究在九〇年代
雖有所拓展，但在新時期理論語境頻繁變化的文化背景之中，研究的
深入也因當代文壇人為炒作的一個又一個「熱點」的遮蔽而難以展開。

　　其實，對「山藥蛋派」的研究，就我個人看來，撮其要而簡言
之，主要的問題不外乎這樣幾個方面：一、審美類型生成及狀態描
述；二、文化價值描述；三、文學史定位描述等。這些「描述」中我
以為重心之處是揭示「山藥蛋派」在生成、演變過程中對二十世紀四
〇至八〇年代多重文化因素的整合狀態及其機制。如此一來，這一研
究路向，對外——則可以指涉到其與時代意識形態、不同時期的不同
文藝思潮、當代農民文化與精神心理、民間與傳統審美、區域文化及
接受效果等方面的論題；對內——則應當瞄準「山藥蛋派」的生成過
程、整體風格、主題學類型、人物和結構模式、敘事特性、審美因素
的內在變遷，以及流派中作家比較、「代際」比較等等方面。筆者在
多年來的研究中體會到，對「山藥蛋派」進行任何一種單向度如敘事
學、結構主義或其他「角度」的切入，都可能會因「範疇」或「對象
屬性」的逼仄或錯位而導致研究者的倦怠或結論的平滯。為此，提出
對這一流派進行「文化詩學」的研究，應當是一條相對通豁的道路。

　　「山藥蛋派」風風雨雨半個世紀，人們對它的評價升降錯雜，正
誤互見。作為從二十世紀四〇年中期就被新民主主義意識形態尊奉為

「審美主潮和未來趨向」的「山藥蛋審美」，無疑是這一時期中國文藝格局中的關鍵性構成因素。很顯然，無論是就「山藥蛋派」整體而言，還是它在局部的功能作用方面，都是任何一位嚴肅的當代文學治史者所繞不過去的話題。

　　作為流派，「山藥蛋派」被認定的時間範疇無疑是在當代。但從它被朦朧認可的那一天起，並不意味著它的審美使命的終結，而恰恰使其在高潮中獲得了自身發展的嶄新起點，最終形成了「山藥蛋審美」這一重要而又獨特的中國現代文學現象。它的這一特點提示我們，不僅要從中國當代文學的構成中看取它，更重要的是要深入到它的生成過程的動態歷史中去搜求——很顯然，以趙樹理為旗手，以馬烽、西戎、胡正、孫謙、李束為等人為主力的「山藥蛋派」，是一個從現代走向當代的跨代作家集團。其作為富有歷史意味的審美現象，它的「魅力」是與其複雜性連在一起的。同時我們還看到，當「山藥蛋審美」以成熟姿態（主要是指趙樹理）辭別「現代」進入「當代」之後，時代的文化選擇為它的完型化提供了良機。可以說，「山藥蛋派」自身機制的完善過程就是中國當代文學審美格局成型的過程。通觀中國當代審美歷程，「山藥蛋審美」的影響絕不像二〇年代詩歌領域中的「新格律詩運動」、三〇年代散文領域中「何其芳現象」之於審美主潮那樣的淡漠狀態，而是以弄潮兒的身份，始終領騷於潮頭。這一流派之於中國當代文學全部歷史的價值定位作用，以一個「特殊現象」從一定意義上證明了二十世紀四〇年代到八〇年代初中國文學歷史構成運動的同一性。當我們把社會變革的代際觀念引入文學史之後，我們便會驚奇地發現，在近半個世紀政治對歷史、政治對文化的苛刻選擇中，只有「山藥蛋審美」以其不變的固有姿態，坦然邁入當代，也只有「山藥蛋審美」成為聯結現代與當代兩個時空審美歷史的唯一中介。

　　這一情形將給我們的研究以豐富的啟迪：比如，在一九四九年前

這一段以戰爭為主要手段的新民主主義的文化整合過程中,「山藥蛋審美」到底扮演了怎樣的角色?作為審美現象,它的特質表現在哪些方面?「山藥蛋審美」同時被兩個時代所寵愛,這是否可以說明解放區與新中國的文化構成過程富有內在的統一性?同時,作為一個相當「單純」的審美現象,它是如何在文明與愚昧、傳統與西方、都市與鄉村、五四藝術理性與「延安藝術理性」、浪漫情懷與務實精神等諸種交錯複雜的矛盾運動中保有自身發揚光大的?在當代,它又是以怎樣的審美魅力影響於審美格局建構過程、並參與到時代意識形態文化的整合運動過程之中的呢?

這些問題之所以不容易解答,是因為「山藥蛋派」及其審美構成的指涉範疇早已逸出文學圈子,而從一開始就根植於多種因素重組的特殊文化土壤裡。

一

何謂「山藥蛋派」?這是一個相當重要但在許多文學史上並未解釋清楚的問題。我們可以首先作這樣的概括:「山藥蛋派」是二十世紀文學歷史中對一個小說創作流派的特殊稱謂。它一般是指一九四二年〈講話〉發表以後,在趙樹理小說創作風格影響下所產生的有特定區域性標示的小說創作流派。該流派以趙樹理為旗手,骨幹作家包括馬烽、西戎、李束為、胡正、孫謙等。這一流派的活動時間範疇是二十世紀四〇至八〇年代中期。在近半個世紀的發展過程中,逐步形成了從趙樹理到八〇年代四代「山藥蛋派」作家。該流派發軔於二十世紀四〇年代,形成於五〇年代,繁榮於六〇年代,衰竭於八〇年代。人們對該流派的共識是:一、他們的小說創作在題材上體現為清一色的農村題材並以山西農村生活為主。二、他們的創作能夠緊扣時代發展的脈搏,在表現各個時代「新人物」的同時,重點刻畫了「中間人

物」。三、他們自覺地把鄉村民間審美作為主導型審美形式，並且始終堅持以農民作為讀者對象。四、他們的創作成就了一種可以稱之為「山藥蛋審美」的獨特品質和特性。在與時代各種文學、文化思潮的互動中，既受到了不同程度的影響，又保持了相應獨立性。這一流派從五○年代中期開始成為二十世紀五○至八○年為中期中國文學發展過程中的一個重要的結構性因素。通過對它的研究，我們可以從一個側面把握二十世紀四○年代至八○年代中期中國文學發展的基本脈絡。「山藥蛋派」在這一階段中國文學歷史中，無疑具有著主潮性、主導性的作用。也可以說在此階段中，「山藥蛋派」在創作成果裡面所蘊含的「審美理性」，就是這一階段「政治——鄉村化審美思潮」的典型代表。[1] 近半個世紀以來，「山藥蛋派」與中國當代文學中的現實主義、與風雲變幻的時代政治、與政治第一或唯一的社會文化、與當代審美格局的生成建立過程、與農民或知識份子的閱讀狀況、與五四新文學及古代文學審美傳統的當代整轉等等一系列關涉文化和美學領域的重大問題，都有著極為密切的關係。

　　「山藥蛋派」的命名過程及其複雜性，也許可以作為對二十世紀以來中國文學發展歷史的「現象研究」當中的一個特例。其實，這一流派的命名過程，從一開始就蘊含著直到今天才稍稍清晰化的文學觀念之爭。這種「爭」總括起來就是：誰是中國現代文學的「正宗」、誰有「資格」作為「正宗」的問題。我以為，正是這一特殊性，制約著我們不可把這個流派的命名與別的流派的命名等量齊觀。一般來講，文學史的命名，都是現象研究的結果。命名的用意大約有兩種：一是通過命名對某種特定的現象予以定位，即命名的「名」就含有獨特性的分析，說白了即「名實」相符，循「名」可以「責實」。如三

---

[1]　參見席揚：《二十世紀中國文學思潮史論》（長春市：時代文藝出版社，2001年），第6章。

〇年代的「現代派」、「新感覺派」，二〇年代的「象徵派」，或「浪漫抒情派」、「後期浪漫派」、「信天游詩派」、「紅色鼓動詩派」、「尋根派」、「先鋒派」、「新寫實派」等等。二是特稱性命名，僅僅從「名」的語義裡一般很難直觀地把握到對象的實際狀況。這種命名的隨機性與限制性很強，如「九葉詩派」、「京派」、「海派」、「晉察冀詩派」、「中國詩歌會派」、「七月派」、「論語派」、「語絲派」等。這些命名不是以「群性」的共通性為基礎通過理論抽繹加以概括，或是著眼於該群體審美特徵的某一點。而恰恰相反，隨機性、限定性表現在「群性」生成的特殊性方面，如有的以「刊物名稱」命名的，有的以地域命名的，有的以活動組織命名，還有的乾脆以某種形象命名——如「九葉詩派」一類。但無論如何「命名」，只要能被認可即是。從這個意義上說，文學史的研究過程也可以被看作是命名的選擇、認定、定位的過程。無論是關於文學階段性畫分的命名，還是思潮、流派的命名，抑或是現象的命名，或者對某一種具有特殊性創作的命名——如「易卜生主義」等，都是一種類型化手法的運用，自然不過是為了研究的方便而已。無論研究者在命名時對這一「名」的概念及感情色彩的設定是什麼狀態，但某種「命名」一俟得到公認，便迅速「現象化」、「客觀化」、「歷史化」了。「山藥蛋派」的命名歷史就充分說明了這一點。一九四三年趙樹理發表〈小二黑結婚〉引起轟動，此後他接連發表〈李有才板話〉、《李家莊的變遷》等一大批作品，在解放區乃至一九四九年後的中國文壇形成爆炸性效應。反響是雙重的——既有政治與體制的肯定，又有普通群眾的廣泛認同。這一雙重「肯定」性，是現代文學史上任何一個流派都不曾有過的。一九四六年八月二十六日，周揚在延安《解放日報》發表〈論趙樹理的創作〉一文，代表了根據地政治和意識形態對它的高度肯定。緊接著陳荒煤在一九四七年八月《人民日報》發表題為〈向趙樹理的方向邁進〉一文，第一次以鮮明的「方向」概念，把趙樹理創作的重要性推進到一個新的高

度。也許我們可以這樣認為,「趙樹理方向」可以看作是中國現代文學史對這個流派的最早命名。不過,此時的「山藥蛋派」尚處在萌芽狀態——這一情形,我們可以從「西、李、馬、胡、孫」的創作生涯起點上看得很清楚。比如馬烽,生於一九二二年,一九三八年入伍並加入中國共產黨。一九四〇年受派遣到「魯藝」學習。兩年後即一九四二年開始發表作品,頭兩篇只能算是「故事」(比如〈張初元的故事〉等),直到一九四五年才寫出第一篇真正意義上的小說(〈追隊〉)。截止到一九四九年底他共發表短篇七篇,長篇一部——這一切也只能算是文學創作的初學階段,而且基本上是農村題材。這透露出一個信息:在文學創作方面,他是自然而然地傾心於農村。連他在高小讀書階段所涉獵的新文學作品,留給他深刻印象的也是魯迅的〈祝福〉、茅盾的〈春蠶〉、丁玲的〈水〉、葉紫的〈豐收〉、柔石的〈為奴隸的母親〉、蕭軍的〈八月的鄉村〉等。馬烽覺得這些「農村題材」因和自己的經歷多有相似,故而更容易理解。他在當時對外國文學的了解,以蘇聯的為最多。[2]西戎在一九四九年以前,長篇、短篇,包括戲劇作品共有七部;孫謙、胡正等在解放前所發表的作品都不到十篇(李束為例外)。對他們來說,這一切都僅僅是開始。因為他們並不曾有意識地從藝術或審美的角度來體認自己創作行為的價值所在。「我常常想,對於我走上文學道路,並不是我有什麼文學才能,也不是我對這個行當有什麼偏愛,而是工作的需要,組織的安排,黨的培養。」「『講話』印在腦海裡的三個字『工農兵』」——「工農兵方向,工農兵路線,工農兵道路,為工農兵服務,和工農兵相結合,把立足點轉移到工農兵方面來。」[3]——這些都可以作為對他們共同性的概括。與趙樹理相比,他們是被有意「培養」出來的一代。與趙樹

2　〈偶然機遇步入文壇〉,《五人集》(太原市:北岳文藝出版社,1992年)。

3　李束為:〈生活之樹常青——從事創作五十年的體會〉,《五人集》(太原市:北岳文藝出版社,1992年)。

理獨自生長的情形大不相同——對於「延安藝術理性」，他們比趙樹理感受得更深切——這既是他們從事文學創作的動力，又是他們一生都難以擺脫的「束縛」。也許正是在這裡，顯示了趙樹理與他們之間的差異。

那麼他們是如何認識趙樹理的，或者說他們與趙樹理是如何被人們聯繫在一起的呢？弄清楚這個問題，對於我們探討「山藥蛋派」的生成是必要的。從具體的歷史過程來看，他們對於趙樹理的感受和認識應當從趙樹理作品發表後在解放區所引起的廣泛影響，以及這種影響之餘他們的關係狀態來加以分析。四〇年代後期，美國一位名叫傑克・貝爾登的記者曾到解放區作過詳細採訪，這次採訪錄以《中國震撼世界》為書名出版。書中曾這樣描述了作者對趙樹理的印象以及趙樹理在解放區的「異乎尋常」的影響——

「這天一清早就下雪。我坐在我那石板的屋子裡，感到有些鬱悶和孤獨。這時，他從外面進來——一位幽靈似的人，身穿棉袍，頭戴小帽。他像私塾先生似鞠了一個躬，就在我的炭火盆前找了個凳子坐下，貪婪地拷著手。他一邊打著寒戰，一邊仰頭看了我一眼，然後又垂下眼皮。從我的桌子上揀起一顆瓜子，熟練地嗑起來。他怯生生地看了我一會兒，不自然地笑了笑。一個很靦腆的人！我想。」「但是走進我屋裡烤火的其貌不揚的這個人，可能是共產黨地區中除了毛澤東、朱德之外最出名的人了。其實他是聞名於全中國的，他就叫趙樹理，是個作家。」[4]一位傳記文學作者在一篇文章裡這樣談道：「一九四三年，華北根據地出版了一本薄薄的小書——《小二黑結婚》。這本書篇幅雖小，但影響巨大，自五四以來，這沒有過一本新小說能在農村引起這樣的轟動。它衝破了新文學與農民之間的隔膜，在窮鄉僻壤不脛而走，被農夫村婦交相傳閱，並且很快就由各種劇團搬上舞

4　〔美〕傑克・貝爾登：《中國震撼世界》（北京市：北京出版社，1980年）。

臺，使大字不識的人們扶老攜幼，如痴如醉地以一睹小二黑為快。從此，小說的作者就從默默無聞的地位一躍而成為家喻戶曉的名人，人人都在談論趙樹理了。不久文藝界權威人士郭沫若、茅盾、周揚等相繼撰文，高度評價了他的作品。一九四七年，晉冀魯豫邊區文聯又根據中央局宣傳部的指示，專門討論了趙樹理的創作，一致認為他是解放區最有代表性的作家，他的作品是衡量解放區文藝創作的一個標尺，還發出『向趙樹理方向邁進』的號召，就在這短短的幾年間，趙樹理以驚人的速度崛起於我國文學的地平線，成為一顆閃爍著奪目光輝的新星。」[5]

　　西戎回憶說：「我讀趙樹理同志的作品，還是在抗日戰爭時期的年代裡。當時我在晉西北抗日根據地《晉西大眾報》社當編輯。我們辦的這張報，主要讀者對象是農民。當時雖然政府在大力推行掃盲工作，但農民中認字的人仍然很少，報紙出來，只能請村裡僅有的『先生』組織讀報。既然廣大農民不是看報，而是聽讀報，這就需要把報紙辦得通俗易懂。聽說趙樹理同志當時在太行抗日根據地辦《新大眾》通俗雜誌時，有一條編輯方針是，粗通文字的幹部群眾能看懂，不識字的幹部群眾能聽懂。並且還規定每篇文章中，生字生詞不能多用。用趙樹理同志的話說：『攔路虎多了，把群眾阻擋住了，就起不了要起的宣傳教育作用了。』趙樹理同志辦刊物如此，自己寫作時也是如此。當我們讀了他的〈李有才板話〉、〈小二黑結婚〉、〈地板〉、〈劉二和與王繼聖〉等作品後，啟示很多，感到他筆下的人物寫得真活，故事引人入勝，特別是在群眾語言的運用上，確見真功。無論是人物的對話，還是敘述描寫，每句話都能做到生動形象，通俗易懂，既是群眾的語言，又是經過加工錘煉的文學語言。趙樹理同志當時努力於通俗化工

5　戴光宗：〈黎明時期的歌手〉，《趙樹理學術討論會紀念文集》（太原市：中國作家協會山西分會，1982年）。

作所表現出來的優異成績，對我們這些剛剛從事通俗報刊編輯和搞寫作的青年人，提供了極好的經驗。我們為了把群眾最難聽懂的國際時事編好，採用編故事的辦法，把新華社的電訊稿加以改寫，既不是原稿，又不失原意，有頭有尾，通俗明白，深受群眾的歡迎。」[6] 孫謙是這樣說的：「捧讀趙樹理的作品，就像久別歸鄉吃到了家鄉飯菜。飯菜極簡單，原料大都是大隊生產和製作的糧油、蔬菜和調味品。沒有山珍海味，沒有雞鴨魚肉，但卻有濃重的鄉土氣味。很適口，很解饞，很有味道。放下飯碗，餘香在口。」[7] 馬烽是這樣回憶的：「趙樹理是我所尊敬、所熱愛的作家之一。戰爭時期，我們雖然不在同一個根據地，但他的作品卻是在那時候讀過了，而且不止讀過一遍兩遍。我從他的作品中得到不少教益，也受到很大啟發。我最佩服的就是他筆下的人物是那樣的活靈活現，真可謂『如聞其聲，如見其人』。」[8]

　　從以上情況看，趙樹理對他們的影響無疑是很大的。這種影響的發生，我以為是必然的，同時也是自然的。理由如下：一是地域的聯繫。趙樹理是山西東南部人，西戎是南部，馬烽、孫謙、胡正等屬晉中地區，這種地緣關係實際是一種「地緣文化」關係，昭示出他們在理念構成、情感類型、生活習俗等方面的相似性和相近性。二是角色的共同性。他們在四〇年代都是抗日根據地報紙的記者編輯。這種特殊職業所要求的就是政治上的敏感，在服務大局的前提下再進行自我的文化創造，本質上是拿著筆桿的戰士。三是他們文化身份的相似。他們在參加革命前後的一段時間，是可以作為有著濃厚鄉村背景的小知識份子或曰農村文化人來看待的。只有在上述三者相同的背景下，第四個相同點才能發揮作用——即相同的戰爭文化語境中所生成的共同的人文理想，還有特定區域和時期內所給定的審美意識與生活理性

6　〈懷念作家趙樹理〉，見《回憶趙樹理》（太原市：山西人民出版社，1985年）。

7　〈思念趙樹理同志〉，見《回憶趙樹理》（太原市：山西人民出版社，1985年）。

8　〈憶趙樹理同志〉，見《回憶趙樹理》（太原市：山西人民出版社，1985年）。

姓名	出生年月	籍貫	出身	文化程度	參加革命時間	赴延安魯藝或部藝時間	處女作及其發表時間和報刊	晉綏時期	分散時期	山西文聯作協時期
馬烽	1922年	山西孝義	農民	高小	1938年	1940年冬	〈第一次偵察〉1942年9月16日《解放日報》	1943年初至1949年秋	1949年秋調北京	1956年春至去世
西戎	1922年12月	山西蒲縣	農民	小學	1938年	1940年冬	〈我掉隊以後〉1942年10月31日《解放日報》	1943年春至1949年冬	1949年冬隨軍南下至四川成都 1952年冬調北京	1956年至去世
孫謙	1920年4月	山西文水	農民	小學	1937年	1940年秋	〈我是這樣回到隊伍裡來的〉1943年8月5日《解放日報》	1942年冬至1947年冬	1947年冬調至東北電影製片廠 1949年入京	1957年夏至去世
李束為	1918年11月	山東東平	農民	小學	1937年	1940年冬	〈租佃之間〉1943年8月《解放日報》	1943年初至1949年底	1949年調太原	1953年至去世

姓名	出生年月	籍貫	出身	文化程度	參加革命時間	赴延安魯藝或部藝時間	處女作及其發表時間和報刊	晉綏時期	分散時期	山西文聯作協時期
胡正	1924年10月	山西靈石	農民	高小	1938年	1940年冬	〈碑〉1943年5月16日《解放日報》	1943年春至1949年冬	1949年隨軍南下重慶1950年調北京	1953年夏至今

等。同時有一點在此需要特別強調，對於西、李、馬、胡、孫來講，閱讀趙樹理正如上述孫謙所說的那樣，是一種類似「故知重逢」的情形，是一種感染、確認，是對對象與自我共同性的藝術趣味的強化。影響的發生過程始終是在被感染、欣喜、陶醉的氛圍中完成的，故而這種影響不是「陌生化閱讀」可以比擬的，恰恰是一種「非陌生化效果」。同時，他們五個人之間的親密關係，常常可以使得其中任何一位的個性化審美興趣都可能變為「共有財產」，成為五人集體模仿的對象。這一點可以從以上的表格上看出。[9]

二

　　我們還可以從另外一個角度看問題，即這個流派的實際存在與難以承認的巨大落差。從今天來看，它成為二十世紀中國在「當代」時空中唯一得到廣泛認可並在文學史論述中加以肯定的流派。但它在文

9　李旦初：〈在〈講話〉的旗幟下——「五戰友」與「山藥蛋派」〉，見《五老作家創作五十年研討會紀念文集》，1992年。

學史上究竟怎樣站位？在整體格局的建構過程中究竟起到了什麼作用？……實際上，直到今天這些問題依然沒有搞清楚。我以為，這些問題依然與對這個流派的「山藥蛋」命名有關。以「山藥蛋」來對流派命名——一看就知道命名者和使用者在命名之初或最初的傳播過程中的感情傾斜。無非是說它「土」、「俗」、不入流，離所謂的「正宗文學」差距甚大等等。這便牽扯到對它的價值評價和歷史定位問題，也同時反映出在中國當代文學格局形成過程裡，五四文學傳統與解放區文學之間的衝突，是一種相當典型的「話語霸權」爭奪現象。從一九四二年以後到一九四九年，相比之於國統區，解放區文藝畢竟實現了某種審美理念與話語權力的轉移——在這一「轉移」中我們也畢竟看到了五四文學與解放區文學之間的差異。不論這種轉移是政治需要的推動，還是時代情勢所迫，總之是現實了。與三〇年代「革命文學」與「自由主義文學」之爭、四〇年代關於現實主義的論爭相類似，解放區文學的話語權力轉移是以政治權力和體制運作的方式進行的，這既為「轉移」的成功提供了最大的可能，但同時也埋下了分歧。其實，這一「分歧」的尖銳性，早在抗日戰爭時期「根據地文學」建設之初就表現出來，在許多有關文學的重大問題上，存在著嚴重的衝突。比如「太行文化人座談會」。一九四二年一月十六至十九日，中共晉冀豫區（太北區）黨委和一二九師黨委聯合召開太行區文化工作者座談會，四百多人參會。在會上，關於根據地文藝發展方向的問題，爭論激烈，分歧尖銳。一月十七日下午開始舉行文藝座談，發言者異常踴躍，「發言中意見殊多分歧，辯論熱烈」。一月十八日，繼續舉行座談，「當時繼昨日之爭，會場氣氛異常緊張」。[10]關於這次會上爭論的激烈情形，報告文學作家華山曾詳細回憶說：

　　「那是一九四二年一月間，一二九師和太行區黨委在清漳河畔七

10　《新華日報》（華北），1942年1月19日。

原村裡聯合召開『太行文化人座談會』，檢查文化工作脫離實際、脫離群眾的傾向。鄧小平在會上講了話，號召文化人到群眾中去，做社會調查，做農村調查，抓住緊迫問題，發動群眾起來鬥爭，團結人民戰勝敵人。這個講話，方向明確，振奮精神，得到熱烈響應，紛紛要求深入生活。可是一談到學習群眾語言，說到文藝大眾化通俗化問題，高詠（一位一九四一年以國際新聞社記者身份，從重慶投奔到太行山抗日根據地來的青年詩人。行前曾寫寫出一首短詩：『這裡太冷／留不住人／我要走了／去找北方的春。』他時年二十三歲──引者注）公然宣稱，群眾語言寫不出偉大作品。他提出了一個令人吃驚的問題──群眾雖然是大多數，但卻是落後的！會場哄地亂了營啦。都說群眾是英雄，偏你說群眾落後，這還了得！都爭著發言反駁。可是說實在的，在延安整風之前，特別是〈在延安文藝座談會上的講話〉發表之前，真正同群眾打成一片，說得出切身感受，在敵後文藝界也是不多見的。只好長篇大論，說個不清，越說越氣。高詠笑吟吟地好不得意！趙樹理倒是不氣，還像平時說話一樣：『我搞通俗文藝，還沒想過偉大不偉大，我只是想用群眾語言，寫出群眾生活，讓老百姓看得懂，喜歡看，受到教育。因為（他把話鋒一轉，提出了一個針鋒相對的命題）──群眾再落後，總是大多數。離了大多數就沒有偉大的抗戰也就沒有偉大的文藝！』鼓掌聲把房頂都快抬起來了。」[11]

　　這說明「話語霸權」的爭奪早就開始了。我以為關於「山藥蛋」命名過程的研究可以帶起很多問題。

　　對於「山藥蛋派」而言，在一九四九年前可以說只是出於孕育萌芽狀態談不上命名。如果說有，那就是「趙樹理方向」──不過，這還只是一種提法，是對應於毛澤東的〈講話〉而言的。況且在這一創作群體中，除了趙樹理藝術意識已呈現為自覺狀態以外，其他人則還

11　華山：〈趙樹理在華北新華日報〉，《瞭望》1982年第11期。

處於藝術的「蒙昧」狀態。還沒有多少值得細讀的作品，也還沒有意地去向某種方向努力。在藝術──工具選擇中，他們只能選擇工具。這也是自然而又必然的事情。

　　「命名」的前提是「群性」引起關注，並有相當數量的作品來撐起這一「群性」。那麼，他們，他們的「群性」是何時引人注意的呢？

　　一九四九年後的五〇年代是這一流派命名過程中的重要時期。一九四九年的一次文代會，是確定當代文藝大政方針的大會。大會對解放區文學的評價，與趙樹理及其類似作家的未來發展關係甚大。郭沫若在總報告中提出文藝的「今後的具體任務」時這樣說：「解放區的文學藝術工作者所做的改造農村的文藝和改造農村的藝人的工作就是有效的方法之一。」「而這些經驗中的最重要的經驗就是我們文學藝術工作者自己必須經過各種不同的途徑去和人民大眾相結合。這應該成為一種文學藝術工作者的自覺的運動。」[12]茅盾在報告中（題目為〈在反動派壓迫下鬥爭和發展的革命文藝──十年來國統區革命文藝運動報告提綱〉）用大量篇幅檢討了「國統區文學」的不足，顯出明顯的低調姿態：「從鬥爭的總目標上看，國統區與解放區的文藝運動是一致的。從文藝思想發展的道路上看，雙方基本上也是一致的，而就國統區的革命文藝運動的主流來說，最近八年（1942-1949）也是遵循著毛主席的方向而前進。」他還鄭重地指出：「如果作家不能在思想與生活上真正擺脫小資產階級立場而走向工農兵的立場、人民大眾的立場，那麼文藝大眾化的問題就不可能解決。」[13]周揚作為黨在文藝工作上的具體領導，他的報告是至關重要的。在題為〈新的人民的文藝──在中華全國文學藝術工作者代表大會上關於解放區文藝運

12　〈為建設新中國的人民文藝而奮鬥〉，見《文學運動史料選》（上海市：上海教育出版社，1979年），第5冊，頁654。

13　〈為建設新中國的人民文藝而奮鬥〉，見《文學運動史料選》（上海市：上海教育出版社，1979年），第5冊，頁663。

動的報告〉中一開頭就對解放區文藝作了高度評價：「這個文藝是如
此的年輕，充滿了強烈無比的生命力，它又在廣大人民群眾的考驗中
積累了如此豐富的經驗，以至於我們還沒有來得及將這些經驗加以全
面的研究、總結和提高。但有一點是肯定的，文藝座談會之後，在解
放區，文藝的面貌、文藝工作者的面貌，有了根本的改變。這是真正
新的人民的文藝，文藝與廣大群眾的關係根本地改變了。文藝已成為
教育群眾、教育幹部的有效工具之一，文藝工作已成為一個對人民十
分負責的工作。」「毛主席的〈在延安文藝座談會上的講話〉規定了
新中國的文藝的方向，解放區文藝工作者自覺地堅決地實踐了這個方
向，並以自己的全部經驗證明了這個方向的完全正確，深信除此之外
再沒有第二個方向了，如果有，那就是錯誤的方向。」[14]他在報告中
列舉反映「人民」戰爭題材創作作品時，首先提到的是馬烽、西戎合
著的《呂梁英雄傳》和趙樹理的長篇作品《李家莊的變遷》。接著他
說：「反映農村鬥爭的最傑出的作品，也是解放區文藝的代表之作，
是趙樹理的〈李有才板話〉。」並在後文中再次提到，也同時提到
〈小二黑結婚〉──這是報告中唯一兩次提到同一作家的兩部作品。
在談到解放區文藝的大眾化方面時，周揚這樣說道：「解放區文藝作
品的重要特色之一是它的語言做到了相當大眾化的程度。語言是文藝
作品的第一個因素，也是民族形式的第一個標幟。趙樹理的特出的成
功，一方面固然得力於他對於農村的深刻了解，他了解農村的階級關
係，階級鬥爭的複雜微妙，以及這些關係和鬥爭如何反映在幹部身
上，這就使他的作品具有了高度的思想價值；另一方面也是得力於他
的語言，他的語言是真正從群眾中來的，而又是經過加工，洗煉的，
那麼平易自然，沒有矯揉造作的痕跡。在他的作品中藝術性和思想性
取得了較高的組合。」[15]用這樣一段文字在報告中對一個作家進行評

14　《文學運動史料選》（上海市：上海教育出版社，1979年），頁683。

15　《文學運動史料選》（上海市：上海教育出版社，1979年），頁686-689。

價，也是絕無僅有的。這個報告在說到今後的文藝任務時，首先強調的是「仍然普及第一，不要忘記農村」。他還莊嚴地宣告：「必須確立人民文藝的新的美學的標準，凡是『新鮮活潑的，為老百姓所喜聞樂見的中國作風與中國氣派』的形式，就是美的，反之就是醜的。」[16]

　　這些都說明，「趙樹理方向」已作為「新的人民的文藝」的方向得到了「體制」的充分肯定。據此，我們可以稱中國當代文學發展初期為「趙樹理時代」。

---

16 周揚：〈新的人民的文藝〉，《文學運動史料選》（上海市：上海教育出版社，1979年），頁703。

「山藥蛋派」的生成、演化過程

　　「流派」的生成總具有時間維度特徵──這是古往今來一切文學流派在其生命延展中的共性。在此，「時間性」不只是我們審視「流派」現象的視點。因為「時間性」的物理特性總使「流派」的生成具有「歷史意味」，並且在此期間，與之相聯繫的一切方面都將被迫或自覺地參與到這種「意味」的釀製之中。為此，過程之中的「流派」「意味」又必將侵入另一類「時間性」──文化性。文化性在「流派」這裡展示為另一類非物理的「內在維度」，即「流派」構成自身各因素之間不斷裂化的張力與彈性。這屬於「流派」自身可以自我調適的獨立時空。以上所說的兩種「時間性」，都與「流派」的演化關係甚大。

　　把「山藥蛋派」旗手趙樹理認定為該流派的「生發」之源是無疑義的。但是「山藥蛋派」的演化過程的特殊性在於，它並不像中國現代文學史上的諸多流派的生成演化那樣，要麼以「刊物」為吸附體（如「七月派」、「新月派」、「語絲派」或「論語派」等），要麼以「藝術理念」的同氣相求而集中（如「新感覺派」、「紅色鼓動詩派」等），要麼是「師德相授」，而以「承續」方式有別於其他流派（如周作人之於廢名、李廣田等）。「山藥蛋派」的生成演化情形多少類似於「鄉土文學派」──以某種「身份的相似性」或文化情感的「地域屬性」而形成「同類」。「山藥蛋派」的特殊性還體現於趙樹理與其他幾位骨幹作家之間相互影響方式的別樣性。當馬烽、西戎、李束為、胡正、孫謙等幾位以二十歲左右的「文藝兵」身份被派入「魯藝」「部

藝」學習不到一年，趙樹理便以〈小二黑結婚〉名揚解放區了。當他們還剛剛在一九四三年左右發表習作之時，[1]趙樹理已經以短、中、長篇各類創作基本奠定了他在文學史上的地位。當然，這種「懸殊」並不影響他們對趙樹理小說審美趣味的接受，但從他們直到一九四九年後才與趙樹理「會面」這一點看，是否可以說，他們對於趙樹理的「接受」與其他人（即那些與趙樹理在精神心態構成上有所不同的人）的「接受」可以一視同仁呢？馬烽曾經這樣說：「戰爭時期，我們雖然不在同一個根據地，但他的作品卻是在那時候讀過了，而且不止讀過一遍兩遍。我從他的作品中得到不少教益，也受到很大的啟示。我最佩服的就是他筆下的人物是那樣的活靈活現，真可謂『如聞其聲，如見其人』，他的作品的主題，也正是當時根據地農村現實生活中的真實反映。後來我讀了一些介紹趙樹理的文章，逐漸懂得了，他所以能寫出這樣好的作品來，除了其他原因之外，最主要的一條就是他長期深入生活，熟悉農村中各種各樣的人物。」印象之二是趙樹理「趕任務」的能力——「給我印象最深的一件事是，一九五○年夏天，正是大力宣傳婚姻法的階段，刊物（指《說說唱唱》，趙為副主編，馬為編委——引者注）急需發表反映這一題材的作品，但是編輯部卻沒有這方面的稿子。編委會決定自己寫。誰寫呢？推來推去，最後這一任務落到老趙頭上。這是命題做文章，也叫做『趕任務』。一般說來是趕不出好作品來的。老趙卻很快趕出一篇評書體的短篇小說〈登記〉，這篇小說曾轟動一時。」「我當時曾這樣想過，如果這任務落在我的頭上，即使給我半年時間去專門收集資料，也不可能寫出這

1　馬烽的第一部小說〈第一次偵察〉，發表於一九四二年九月十六日《解放日報》；西戎的第一部小說〈我掉隊之後〉，發表於一九四二年十月三十一日《解放日報》；孫謙的第一部作品〈我是這樣回到隊伍裡來的〉，發表於一九四三年八月五日《解放日報》；李束為的第一部作品〈租佃之間〉，發表於一九四三年八月《解放日報》；胡正的第一部作品〈碑〉，發表於一九四三年五月十六日《解放日報》。

樣動人的作品來。老趙為什麼能在短時間內『趕』出〈登記〉來呢？最根本的原因還是他生活基礎雄厚……是作者長期深入農村生活的積累。」[2]顯然，馬烽把趙樹理藝術遺產的精華概括總結為「深入生活」，是與他自己長期以來所形成的藝術理念分不開的。西戎在憶及趙樹理最初對自己的影響時這樣說：「我讀趙樹理同志的作品，還是在抗日戰爭的年代裡。當時我在晉西北抗日根據地《晉西大眾報》社當編輯。我們這張報紙，主要讀者對象是農民。當時，雖然政府在大力推行掃盲工作，但農民中識字的人仍然很少，報紙出來，只好請村裡僅有的『先生』組織讀報。既然廣大農民不是看報，而是聽讀報，這就需要把報紙辦得通俗易懂。聽說趙樹理同志當時在太行抗日根據地辦《新大眾》通俗雜誌時，在一條編輯方針是，粗通文字的幹部群眾能看懂，不識字的幹部群眾能聽懂。」「當我們讀了他寫的〈李有才板話〉、〈小二黑結婚〉、〈地板〉、〈劉二和與王繼聖〉等作品後，啟示很多，感到他筆下的人物寫得真活，故事引人入勝。特別是在群眾語言的運用上，確見真切。無論是人物的對話，還是敘述描寫，每句話，都能做到生動形象，通俗易懂，既是群眾的語言，又是經過加工錘煉的文學語言。趙樹理同志當時努力於通俗化工作所表現出來的優異成績，對我們這些剛剛從事通俗報刊編輯和搞寫作的青年人，提供了極好地經驗。」與馬烽一樣，西戎認為趙樹理的「成功」，「正是由於他對生活非常熟，才寫出一篇又一篇膾炙人口的優秀作品。」[3]孫謙則是從「語言」的角度來回憶自己對趙樹理的「認識過程」的——「趙樹理是精通許多種語言表現手法的，他用駢文寫詩，也用《聊齋》體和用十分歐化的語法寫小說，但最迷人的還是他自己創造的趙樹理式語言。」「趙樹理的語言極易上口，人人皆懂，詼諧成趣，準

2　〈憶趙樹理同志〉，見《光明日報》，1978年10月15日。

3　〈懷念作家趙樹理〉，見《汾水》1978年第11期。

確生動。這種語言是純金，是鑽石，閃閃發光，鏗鏘作響……遠在三十年前，我就想，趙樹理在運用語言方面準是有一套奧訣的。」他結合一九四九年後趙樹理與他長談時所說過的「無它術，唯喜愛而已」感悟到，趙樹理的「喜愛」──對故鄉一切的熱愛，是其語言獨特性的「奧訣」所在。[4]

與此相類似的文字是很多的──這些「時過境遷」幾十年之後，在已經大大變化了「語境」的八〇年代，對自我之於趙樹理最初的「接受」回憶，其「真實性」暗示人們，這一流派在生成演化過程中對「中心作家」的解讀是「文化式」的，即時代的「語境」因素和權力話語在相當大的程度上影響著受眾對趙樹理的理解向度和消化深度。不過需要加以說明的是，這種「解讀」未並反饋給趙樹理。藝術創新的「孤獨感」，從某種意義上說成為趙樹理在解放前長驅直入的動力之一。

為此，我們有必要梳理一下趙樹理影響的「時代語境」──解放區與國統區。尤其是國統區作家對「趙樹理方向」的積極回應，為趙樹理審美話語迅速走入「權力」狀態起到了主要的作用，也成為「山藥蛋派」迅速生成並按「規定向度」沿單向朝縱深演化的體制化動力。

趙樹理從一九四三年至一九四九年，共創作小說十三篇。除一九四八年只有一篇外，其餘年份每年平均兩篇：一九四三年有〈小二黑結婚〉、〈李有才板話〉；一九四四年〈來來往往〉、〈孟祥英翻身〉；一九四五年〈地板〉、《李家莊的變遷》；一九四六年〈催糧差〉、〈福貴〉；一九四七年〈劉二和與王繼聖〉、〈小經理〉；一九四八年〈邪不壓正〉；一九四九年〈傳家寶〉、〈田寡婦看瓜〉；其中反響大的有〈小二黑結婚〉、〈李有才板話〉、《李家莊的變遷》、〈地板〉、〈邪不壓正〉、〈田寡婦看瓜〉等。

4　〈思念趙樹理同志〉，見《汾水》1978年第10期。

我們先來看看這些作品的出版情況：

一、〈小二黑結婚〉：一九四三年華北新華書店首次出版後，一九四四、一九四七年連續再版。新華書店一九四四、一九四六、一九四九年再版，《膠東大眾報社》一九四四年十月出版；《新文化》創刊號（上海）一九四五年十月出版，以後收入多種集子。各種版次達幾十次之多。

二、〈李有才板話〉：華北新華書店一九四三年十二月首版，一九四四年三月、一九四六年五月、一九四七年五月再版，冀魯豫書店一九四四年十月出版；《解放日報》（延安）一九四六年六月二十六日至七月五日連載；《晉綏日報》一九四六年七月二十五日至八月十三日連載；《群眾》雜誌第七卷第十三、十四期，第十二卷第十一、十二期，第十三卷一、二、三期連載；《長城》雜誌、冀南書店、大眾文化社、遼東建國書社、東北書店、晉察冀新華書店、東北書店等一九四六年五月至十二月分別單獨出版；其後選入各種選集。

三、〈孟祥英翻身〉：一九四四年十二月創作完成，一九四五年三月由華北新華書店初版。此後一九四六、一九四七年連續再版；一九五〇年新華書店、《東北文藝》創刊號、華中新華書店一九四六年等又單獨出版。

四、《李家莊的變遷》：作於一九四六年冬，華北新華書店一九四六年一月初版，一九四八年再版。此後從一九四六年始，先後有太岳新華書店、山東新華書店、大連大眾書店、遼東建國書社、上海知識出版社、香港新民主出版社、上海新知書店、重慶新知書店、東北書店、冀魯豫書店等出版單位又分別單獨出版；《東北日報》一九四七年十二月十八日至一九四八年五月六日連載。冀中新華書店、華東新華書店、新華書店、人民文學出版社分別於一九五二年十一月、一九五三年十二月、一九五七年九月、一九五八年十二月、一九六二年、一九六三年連續出版。

　　五、〈地板〉：首刊《文藝雜誌》（太行區）第一卷第二期（1946年4月1日），《解放日報》一九四六年六月八日、《晉察冀日報》一九四六年七月十九日分別單獨刊發。此後收入多種選集多次出版。

　　六、〈催糧差〉：《新文藝》第三期（太岳新華書店主辦）一九四六年八月一日首刊；《東北文藝》一九四七年九月、《大眾文藝叢刊》（香港）一九四八年九月分別單獨出版。

　　七、〈福貴〉：作於一九四六年八月，首刊《太行文藝》創刊號（1946年10月）。《晉察冀日報》一九四六年十二月十四至十六日、《東北日報》一九四八年一月十二日分別刊出；華北新華書店一九四六年五月、一九四七年十一月、一九四八、一九四九年連續出版；此後又收入多種選本多次出版。

　　八、〈邪不壓正〉：作於一九四八年十月，《人民日報》於一九四八年十月十三日、十六日、十九日、二十二日連載；冀南新華書店一九四六年十一月、太岳新華書店一九四八年十二月又分別單獨出版，《新華週報》一九四九年二月六日至三月十四日連載；天津知識書店、華中新華書店等於一九四九年又分別單獨出版。

　　九、〈傳家寶〉：作於一九四九年四月，《人民日報》一九四九年四月十九至二十一日以連載方式首刊；《解放日報》一九四九年六月十三日、《浙江日報》一九四九年六月二十五至二十八日分別進行了連載；蘇南新華書店、冀南新華書店、東北新華書店、天下圖書公司均於一九四九年分別單獨再版。

　　十、〈田寡婦看瓜〉：作於一九四九年五月，《大眾日報》一九四九年五月十四日首刊；後被選入多種語文課本——這是趙樹理全部創作中最早進入中學語文課本的作品。

　　從小說集的出版情況來看，趙樹理的第一個短篇小說集名為〈李有才板話〉，新華書店一九四六年五月出版；同年，這個小說集在希望書店、知識出版社、冀中新華書店連續出版；一九四七年上海知識

出版社、香港新民主出版社、東北畫報社連續出版：內收〈孟祥英翻身〉、〈小二黑結婚〉、〈李有才板話〉、附錄二則等。新華書店版，希望書社的版本目次為：〈李有才板話〉、〈小二黑結婚〉、〈地板〉和周揚《論趙樹理的創作》；冀中新華書店版目次為〈小二黑結婚〉、〈李有才板話〉和周揚《論趙樹理的創作》；知識出版社目次為：〈小二黑結婚〉、〈李有才板話〉，附錄有周揚〈論趙樹理的創作〉、郭沫若〈讀了《李家莊的變遷》〉、茅盾的〈關於〈李有才板話〉〉等。

《趙樹理小說選集》，先是由呂梁文化教育出版社於一九四七年三月出版，此後新華書店、中原新華書店、人民文藝出版社、大眾文藝出版社、上海燈塔出版社、華中新華書店等分別在一九四九年出版；目次為〈小二黑結婚〉、〈李有才板話〉、〈福貴〉、〈地板〉。

《李有才板話》（小說集），是由香港華廈書店初版的一個新選本。目次為〈孟祥英翻身〉、〈地板〉、〈小二黑結婚〉、〈李有才板話〉；附錄有〈論趙樹理的創作〉（周揚）、〈讀了《李家莊的變遷》〉（郭沫若）、〈關於〈李有才板話〉〉（茅盾）、〈後記〉（周而復）等。

《福貴》（小說集），華北新華書店一九四七年一月出版，此後在同年二、四、五月間，又以《晉冀晉豫邊區文藝創作小叢書》（之二）相繼出版；目次為〈福貴〉、〈地板〉、〈催糧差〉。

《福貴》（華東新華書店版），一九四八年十月首刊，目次為〈福貴〉、〈地板〉、〈催糧差〉、〈小經理〉。

《趙樹理短篇小說選集》華中新華書店一九四九年九月出版，目次為〈小二黑結婚〉、〈李有才板話〉、〈孟祥英翻身〉、〈福貴〉、〈地板〉、〈小經理〉、〈邪不壓正〉、《李家莊的變遷》等。

《李有才板話》（小說集），此為周揚主編的《中國人民文藝叢書》之一種，天津新華書店一九四九年五月第一次出版。此後，上海新華書店又分別於一九四九年八月、一九五〇年七月，人民文學出版社在一九五二年八月、一九五八年四月連續再版，目次為〈小二黑結

婚〉、〈李有才板話〉、〈孟祥英翻身〉、〈地板〉、〈福貴〉。

　　《傳家寶》（小說集），是《大眾文藝叢書》之一種，天下圖書公司一九四九年八月初版。目次為〈傳家寶〉、〈田寡婦看瓜〉、〈孟祥英翻身〉，附錄有〈我所看到的趙樹理〉（楊俊）。

　　《趙樹理選集》（新文學選集編輯委員會編），茅盾主編。開明書店一九五一年九月版，一九五二年七月出版乙種本，同年九月再版。目次為〈也算經驗——代序〉、〈李有才板話〉、〈小二黑結婚〉、〈傳家寶〉、〈登記〉、〈地板〉、〈打倒漢奸〉。

　　《李有才板話》（英文版小說集），外文出版社一九五四年版。目次為〈李有才板話〉、〈小二黑結婚〉、〈孟祥英翻身〉、〈傳家寶〉、〈登記〉等，這個版本後在一九五七年譯為法文、印尼文出版；一九六〇年又以阿拉伯文出版。

　　《李有才板話》（小說集），《文學小叢書》之九，人民文學出版社一九五八年九月版，目次為〈小二黑結婚〉、〈李有才板話〉、〈孟祥英翻身〉、〈地板〉、〈福貴〉。

　　《趙樹理選集》，人民文學出版社一九五八年九月版。目次為〈也算經驗——代序〉、〈小二黑結婚〉、〈李有才板話〉、〈孟祥英翻身〉、〈地板〉、〈福貴〉、〈小經理〉、〈傳家寶〉、〈田寡婦看瓜〉、〈登記〉、〈表明態度〉、〈「鍛煉鍛煉」〉、〈打倒漢奸〉等。

　　《三復集》（隨筆集），一九六〇年七月作家出版社初版。

　　《下鄉集》（小說選集），作家出版社一九六三年九月出版。目次為〈隨〈下鄉集〉寄給農村讀者〉、〈「鍛煉鍛煉」〉、〈老定額〉、〈套不住的手〉、〈實幹家潘永福〉、〈楊老太爺〉、〈張來興〉、〈互作鑒定〉等——這是一部專收一九四九年後小說創作的作品集。

　　《趙樹理小說選》，山西人民出版社一九七九年十二月出版，內收二十篇小說。《趙樹理文集》，工人出版社一九八五年十月出版。《趙樹理全集》，一九九〇年北岳文藝出版社出版。《趙樹理戲劇曲藝

選》，山西人民出版社一九八〇年版。

就翻譯來看，情形更加引人注目：

從一九五〇年開始，日本對趙樹理研究就進入了熱潮，幾乎他的所有作品都在日本有譯本，其代表作則有多個版本和譯者。除了單篇以外，主要翻譯的集子有《登記》（岩波書店，1953年5月），內收〈傳家寶〉、〈小二黑結婚〉、〈地板〉、〈孟祥英翻身〉、〈登記〉等，翻譯者小野忍。《趙樹理作品集》（青木書店，1955年6月），內有〈也算經驗〉、〈小二黑結婚〉、〈李有才板話〉、〈地板〉、〈孟祥英翻身〉，小峰王親等譯。《現代中國文學全集・趙樹理篇》（河出書店，1956年1月），內收有〈李家莊的變遷〉、〈小二黑結婚〉、〈李有才板話〉、〈地板〉等，小野忍翻譯。《中國現代文學全集九・趙樹理》（平凡社，1962年5月），內有〈靈泉洞〉、〈李家莊的變遷〉、〈小二黑結婚〉、〈李有才板話〉、〈地板〉、〈福貴〉、〈表明態度〉等，駒田信二、小野忍、田崎俊夫譯。《現代中國文學八・趙樹理》（河出書房新社，1971年），內有〈李家莊的變遷〉、〈登記〉、〈三里灣〉。至於單部作品的翻譯，其數字是難以準確統計的。

蘇聯從一九四九年就開始關注趙樹理的作品，除單篇發表譯作之外，一九五〇年《星火》叢刊第四十一期，出版《小二黑結婚》（小說集），目次有：前言、〈小二黑結婚〉、〈地板〉、〈福貴〉、〈小經理〉等；一九五三年莫斯科外國文學出版社出版《趙樹理選集》，目次為：序言、〈小二黑結婚〉、〈李有才板話〉、〈地板〉、〈李家莊的變遷〉、〈福貴〉、〈小經理〉、〈傳家寶〉、〈邪不壓正〉、〈田寡婦看瓜〉、〈登記〉等十篇小說作品；《趙樹理短篇小說集》（哈薩克文）一九五三年版。《趙樹理選集》，莫斯科國家文學出版社一九五八年版，目次為：趙樹理的創作（H・費德林）、〈小二黑結婚〉、〈李有才板話〉、〈催糧差〉、〈劉二和與王繼聖〉、〈福貴〉、〈孟祥英翻身〉、〈地板〉、〈李家莊的變遷〉、〈小二黑結婚〉、〈登記〉、〈邪不壓正〉、〈傳家

寶〉、〈求雨〉、〈三里灣〉。

　　羅馬尼亞、波蘭、捷克斯洛伐克、阿爾巴尼亞、民主德國等都有趙樹理多種作品翻譯出版。

　　歐洲的瑞士、意大利、法國、挪威、亞洲的越南、泰國都等有一種或多種譯本。美國曾翻譯了〈套不住的手〉。

　　這些都說明，趙樹理在「十七年」當中，不但影響遍及中國，而且迅速走向世界。一九五九年十月二十六日《文藝報》報導，趙樹理的作品在丹麥、荷蘭、瑞典、挪威、巴基斯坦以及蘇聯、捷克、越南、保加利亞、匈牙利、朝鮮、民主德國、阿爾巴尼亞等國均有出版。該報同年十一月十日報導，趙樹理的作品在蘇聯被譯成十種文字，出版二十三次，共印一百〇七點一萬冊，僅次於魯迅。與此可見其影響之大。

　　其次，我們再來看他的作品被其他藝術形式改編的情況。從一九四三年到一九六三年二十年間，〈小二黑結婚〉先後被改編成襄垣秧歌，上黨梆子，上黨落子，沁源秧歌，鼓詞（二次），山東快書，彈詞（二次），快板，木刻連環畫，電影，連環畫（五次），歌劇（三次），話劇，評劇（二次），川劇，粵劇，眉戶戲，花鼓戲，豫劇，影詞等。其中中央戲劇學院由馬可作曲的歌劇〈小二黑結婚〉堪稱經典——可以說，〈小二黑結婚〉在當時已被所有的媒體所改編——這在新文學歷史上是獨一無二的。除了趙樹理，沒有任何一位作家能做到這一點。

　　〈李有才板話〉被改編為影詞，《李家莊的變遷》三次改編為連環畫；〈小經理〉改編為新書詞、連環畫；〈傳家寶〉被改編為連環畫、秧歌劇、鼓詞、豫劇等；〈登記〉被改編為連環畫（三次）、評劇（三次）、豫劇、粵劇、越劇、瀘劇（二次）、眉戶戲、評彈、歌劇等——這是繼〈小二黑結婚〉之後的又一次改編熱潮，前後長達十三年之久。

　　《三里灣》被改編為連環畫、話劇、電影（《花好月圓》）、評劇、花鼓戲、粵劇、連環畫（維吾爾文連環畫）──這可以看作是趙樹理作品改編的第三次高潮。

　　〈靈泉洞〉、〈套不住的手〉均被改編為連環畫⋯⋯

　　是否可以說，四〇年代來的作家，恐怕沒有任何一位可以像趙樹理這樣以全方位形式佔有時代、佔有文化市場，這不能不令我們今天的作家所汗顏。

　　這種「內外」共熱的情形，當然會影響到中國文藝界的高層。我們可以看到，這一時期從高層到基層，人們對趙樹理所表現出來的熱情是空前的──一九六〇年七月，第三次文代會召開，茅盾在代表作協所作的報告中專門談到趙樹理的創作：「趙樹理的個人風格早已為大家所熟知，如果把他的作品的片段混在別人作品之中，細心的讀者可以分辨出來。憑什麼去辨認呢？憑它的獨特的文學語言。獨特何在？在於明朗雋永而時有幽默感。把趙樹理作品風格看作只是幽默，未為確論。幽默只是形成趙樹理作品風趣的一種手法，而不是它的藝術構思的骨架。就它的整個風格說，應當認為明朗雋永是主導的。同樣的，如果把趙樹理作品的幽默因素僅僅歸之於散在篇中的解頤妙語，亦未為確論。趙樹理作品的幽默還在於概括人物的性格而給他一個形象鮮明的綽號」。[5]那麼，群眾的反映如何呢？試舉一例說明。一九六三年二月十一日《文藝報》第二期發表題為〈記一次「關於小說在農村」的調查〉的文章。文中有這樣的話：「趙樹理同志的具有深厚的現實生活基礎的小說，一直受到農村中廣泛的歡迎，他的較早的作品如〈李有才板話〉、〈小二黑結婚〉以及前幾年寫的《三里灣》，在農村中影響都很大，可以說歷久不衰，特別是像〈小二黑結婚〉曾經改編成戲曲演出，更是家喻戶曉。」「關於短篇小說⋯⋯如趙樹理

5　轉引自董大中：《趙樹理年譜》（太原市：北岳文藝出版社，1993年），頁535。

同志的〈登記〉〈「鍛煉鍛煉」〉都為不少社員所熟悉，不久前發表的〈互作鑒定〉在一部分青年社員中也獲得了好評。他們認為問題提得及時，有很大的現實意義，啟發人思考⋯⋯」再比如一九六三年三月二十五日《人民日報》用一個整版的篇幅，發表了葉遙、楊昌鳳等人撰寫的河南農村生活見聞——〈變化和要求〉。文中談到，趙樹理的《三里灣》和其他十多部小說，「是農村青年和基層幹部爭相傳閱的作品」。文章引述農民的話：「咋不再演演〈小二黑結婚〉呢，二諸葛這號人，俺鄉下還不少哩，該演演戲教育教育他們才好。」

　　我是這樣認為的，趙樹理在國內國外的走紅，他的創作被主流意識形態和最基本群眾雙重認可，這是一個時代審美趣味和審美面貌的基本判斷基礎。這種影響的泛化與深化，必然促動著整個社會和文化語境對趙樹理作品的認同共性的產生——這也是「山藥蛋派」其他作家的創作可以迅速走向全國、產生影響的重要原因。也許對於他們自己來說，向趙樹理學習並不是刻意為之，但當趙樹理創作的審美趣味成為時代審美趣味的主導類型時，這種學習便體現出對時代認同的心理動因。

　　我們不妨檢索一下其他作家在這一段時期內作品出版、流傳、反響的情況。

　　先說馬烽。他在一九四九年前共寫有一個長篇，六個短篇，數量很少，除了《呂梁英雄傳》之外，其他均無反響。從一九四九年八月開始，馬烽的創作驟然多起來，這一年他發表六個短篇，其中〈村仇〉在《人民文學》上發表，影響較大。一九五〇至一九五七年，他有十篇作品發表，其中〈結婚〉、〈飼養員趙大叔〉、〈韓梅梅〉反響較大。從一九五八年到一九六六年，馬烽共創作有十一部短篇、一部長篇傳記《劉胡蘭》、兩部電影劇本，其中反響較大的有一九五八年的《三年早知道》、《我的第一個上級》、影片《我們村裡的年輕人》等。「十七年」時期可以看作是馬烽文學創作的鼎盛時期，作品眾

多，個人風格也逐步形成，文學評論界也開始了對他創作歷程的全面研究。在「十七年」當中，他共有分別以《金寶娘》、《村仇》、《周支隊大鬧平川》、《結婚》、《三年早知道》、《我的第一個上級》、《太陽剛剛出山》等不同單篇名的九部不同版本的短篇集面世。其中一九五八年七月山西人民出版社的《三年早知道》（小說集），同年九月便在人民文學出版社再版，一九六○年上海文藝出版社出版；《太陽剛剛出山》一九六○年山西人民出版社初版，同年六月作家出版社、一九六一年十月上海文藝出版社、一九六一年外文出版社（英譯）等連續再版。一九八一年，馬烽的《我的第一個上級》（內有六篇小說作品），在日本翻譯出版。同時我們也看到，他的作品的改編率是很低的。

　　西戎──在一九四九年前創作小說短篇十部（篇），長篇一部，劇作一部，除與馬烽合作的《呂梁英雄傳》之外，有反響的是《喜事》。一九四九年後，他在「十七年」當中寫有小說十七篇，電影劇本、話劇各一部，產生廣泛影響的是一九五五發表的《宋老大進城》、電影《撲不滅的火焰》和一九六○年發表的《賴大嫂》，以後者為最（計有八篇評論文章）。出版的作品集有《豐收》（短篇集），一九五六年作家出版社初版；《終身大事》（短篇集），一九五九年山西人民出版社出版；《姑娘的秘密》，一九五九年人民文學出版社出版；《豐產記》，一九六三年作家出版社出版；翻譯與改編幾乎為零，但《賴大嫂》這部小說，為他贏得很大聲譽。

　　李束為──一九四九年以前，創作作品十一篇，〈紅契〉為代表作。一九四九年後創作十七篇小說、三部報告文學作品。以報告文學影響較大。《南柳春光》分別被《文學評論》、《文藝報》等刊物加以評論。作品集有《第一次接觸》，一九四八年十二月晉綏邊區出版社出版；《老長工》，一九五八年山西人民出版社出版。

　　孫謙──一九四九年以前共有七個短篇、七個電影劇本。劇本〈鬧對了〉產生反響；一九四九年後，主要從事電影文學劇本的寫

作，共有十三個電影文學劇本，小說十九篇。電影《葡萄熟了的時候》、《奇異的離婚故事》等反響較大。在「十七年」裡，人們主要是把他作為一個電影作者加以認可的。作品集有《傷疤的故事》，一九五九年山西人民出版社出版；《南山的燈》，一九六四年作家出版社出版；新時期，他與馬烽合作創作的電影作品《山花》、《淚痕》、《咱們的退伍兵》、《山村鑼鼓》、《黃土坡的婆娘們》等反響巨大。

胡正——一九四九年前有小說四部，散文、評論若干，屬於試筆階段。一九四九年後，創作有七部短篇、一部長篇（《汾水長流》）、散文、報告文學十餘篇。中篇小說〈七月古廟會〉曾引起反響，《汾水長流》作為長篇在當時引起很大轟動，一九六一年首刊《火花》。一九六二年一月，山西人民出版社出版單行本，一九六二年六月，作家出版社重版，次年改編為電影。從小說到電影的評介文章約有三十餘篇——這是繼趙樹理之後，「山藥蛋派」單篇作品反響最為強烈的一部。胡正的其他作品集有《摘南瓜》，一九五五年山西人民出版社出版。《兩個巧媳婦》，一九五七年山西人民出版社出版；《七月古廟會》，一九五八年山西人民出版社出版；《七月的彩虹》（散文報告文學集），一九六〇年山西人民出版社出版。

顯然，對他們「群性」認可的一個重要前提，就是社會的廣泛反響和專業領域的有意關注。以上所敘屬於第一個方面。第二個方面在一九五八年前後被表現出來。二十世紀五〇年代初期，對馬、西、李、孫、胡的評價還僅僅是個別的，引起全國普遍關注的是馬烽，其餘尚不大出名。一九五八年《文藝報》十二月號，特意推出《山西文藝特輯》——這是新中國文學界第一次把他們有意識地作為群體給予了特別的關注，這表明了一種意識和趨向，說明「山藥蛋派」已開始以某種特別的「風格」狀態引起普遍關注，開始以自己特有的方式參與到中國當代文學的格局建構與發展進程之中。《特輯》的「編者按」裡這樣講，人們普遍地將這一創作群體稱為「山西派」或「火花

派」，這種稱謂或從地域上著眼，或從刊物上著眼，都很簡單，帶有極大的隨意性，目的是為了引起人們的注意，使人們把他們作為群體來認識。這顯然是對私下或「圈子」稱呼的一種公開化。

　　「山藥蛋派」這一名稱起於何時？至今無法探討。根據這一流派者自述看，早在「山西派」、「火花派」等稱謂出現之前就有了。西戎曾說過，「山藥蛋派」這一稱謂只限於私下，含有明顯的貶義。一九六五年趙樹理調到山西不久，為《兩教師》劇本的創作在晉城南嶺村體驗生活時，他和同來的北京電影製片廠唐導演及寫作組成員在一起交談時也談到這個問題——據范恩志在〈趙樹理趣談語言文學家〉一文中說：「大家便一起坐在草地上閒談。有人稱讚呂叔湘，有人稱讚趙樹理。趙樹理風趣地說：『我怎能和呂叔湘這樣的大學者相提並論呢？』有人說：『北京大學中文系有一個專門研究你的小組。中國語言大師的名單上也有你的名字。』趙樹理謙虛地說：『我哪算語言大師？只是在鄉下和大人、小孩學了幾句口語，還沒學好，還能算大師？中師也不夠，小師還可以。』有人提出：『那你說中國的語言學家要數誰的語言好？』『我！』沒想到趙樹理這樣說，大家不約而同地笑了起來。他接著說：『你們不要笑，我說的有我的理兒。從唐代到現在，哪個作家用家鄉話寫詩、寫文章、寫小說、寫劇本？我還是頭一個。有人叫我「山藥蛋」，我很高興，只怕變了種成不了「真山藥」。反正我寫的書，有文化的、沒文化的人都能看懂、聽懂，你說不數我的好嗎？』」[6]——這是和上述西戎的說法相吻合的。「山藥蛋派」的稱謂在五〇年代就有，並含有貶義。對這一稱謂的正式確認，已經是二十世紀八〇年代的事情。

　　身處國統區的郭沫若、茅盾等人對趙樹理創作的肯定，不論出於什麼原因，但其中透出這樣的意味，即「山藥蛋審美」由此開始進入

6　轉引自董大中：《趙樹理年譜》（太原市：北岳文藝出版社，1993年），頁632。

五四以來的新文學體制之中，且已成為「正宗」的構成性因素了。

在「山藥蛋派」之於中國當代文學的日益強化的結構關係之中，其實也包含了這一流派從二十世紀四〇年代至八〇年代的「代際構成」面貌。一般認為，「山藥蛋派」是由「兩代」作家所構成：第一代為趙、馬、西、李、胡、孫等；第二代是指受他們直接影響、在一九四九年後的五、六〇年代開始走上文壇的作家們——包括韓文洲、李逸民、義夫、謝俊傑、焦祖堯等。我認為，這種「代際」描述因過於粗略而貽害甚多。首先提趙與馬、西、李、胡、孫並置一起，就忽視了趙樹理與他們之間的差異——而正是在這種差異之中，顯示了趙樹理的「一枝獨秀」與馬烽等人的「非主體」選擇的困境。其次，在新時期文學向「十七年」藝術格局回歸大潮中，「山藥蛋審美」不僅作為當時「適宜」的顯性目標，而同時在當時中國普遍的審美實踐中的確得到了實在的回應。甚至可以說，山西文學在新時期的復甦，從一開始就是在向「山藥蛋審美」的尋找與靠攏之中起步的。

我以為，對「山藥蛋派」的「代際構成」可以作如下畫分：

第一個層次是趙樹理，不論從解放區文學這一區域概念來講，還是就整個現代中國文學衝突式樣來講，還是著眼於藝術整體上的現代超越性來講，趙樹理都堪稱傑出。他的以「問題」作為審美的表層框架，展示的是中國農民文化與五四新文化在根據地這個特定時代區域中的困惑式衝突。他自己一直在「五四理性」與農民情感的兩難困境中掙扎著、痛苦著。趙樹理的卓絕，恰恰就是在這困惑與痛苦中孕育而成的。而西、李、馬、胡、孫卻沒有或很少有這樣的困惑與痛苦。

第二個層次是馬烽、西戎、李束為、胡正、孫謙等人。他們的作品僅僅是在形式上與趙樹理取得了對位式的相似性，並只是停滯在這個層次上，始終未能進入到農民文化的本體內部或農民的文化心態裡去。表面上看，他們的作品的衝突式樣與趙樹理相差不多，而實際的差別卻很大。趙樹理作品的衝突更多一層文化意味，而他們的創作的

韻味基本上盤桓於政治化的「意識形態」範疇。

　　第三次層次則是指一九四九年後五、六〇年代走上文壇的一批山西作家，包括晉東南地區的韓文洲、晉南的李逸民、文夫、謝俊傑，晉中的楊茂林、劉德懷，晉北的馬中駿等人。他們是完全模仿「山藥蛋派」前代作家而成長起來的一代。他們在流派構成上的貢獻集中表現在「農村題材」領域的描寫幅度的延展。隨著「文革」的來臨，他們的創作基本上趨近終點。

　　第四個層次，是指新時期伊始山西文壇一批早在「文革」前已嶄露頭角、但主要作品寫於二十世紀七〇年代末、八〇年代初的作家們。包括權文學、潘保安，甚至成一、張石山、韓石山、張平等作家的前期創作。第四代作家在八〇年代中期發生極大分化，有的已「金盆洗手」，有的則以新的面貌與「山藥蛋派」作了完全的告別。以這種分化為界，「山藥蛋派」走近了半個世紀以來的自我坎坷歷史的終點，成為二十世紀中國文學研究領域中的「史性」現象話題。

「山藥蛋派」的文化特徵

　　以往的文學史研究和文學研究，在對審美價值確定的最後結論裡，常常留下許多令人費解的困惑：當人們依照某種藝術原則對作品進行分析的時候，經常因審美價值的確立帶有某個時代的具體特性，而使其價值在時過境遷後無法擁有永恆。尤其是那些大家們，他們總是在藝術創造的始終企望作品永恆，但隨著審美活動的不斷深化，這一對永恆性的追求，日漸成為作家本人欲求不得的難題。巴爾扎克曾感慨地說過：文學是不挽留人的。中國現代文學大師茅盾也曾在晚年的回憶錄中談到，寫成的稿子，他從來不敢看第二遍。否則，就沒有勇氣再投寄報刊。當代著名作家蔣子龍在許多創作談話中，不止一次披露過他為能夠超越自己從而擁有永恆的痛苦心情。誠然，作家們的苛刻自責並不能完全說明他們創造的作品的價值。不過，問題還是存在的——審美的永恆性到底作何解說？永恆的審美魅力到底從何獲取？作者通過怎樣的努力才能最大限度地臻於不朽？讀者（尤其是專業研究者）又何以界定審美的不朽？

　　這就需要我們在審美實踐中找到一個相對恆定的價值範疇，找準一個能夠給審美賦予某種永恆性的價值常數。這個範疇和常數，既可以體現出歷史邏輯的、辯證的正反向過程，又可以避免對審美價值的確立因帶上某個時代的具體特徵而形成先天的局限。並且，在把審美置於這一範疇時，還能兼顧藝術的一些根本性命題，如藝術與生活的聯繫、藝術與政治的關係以及藝術自身的特性等等。我認為，這一範疇只能是大文化範疇，審美的價值常數應當趨向文化。即，只有當審

美價值在民族的文明發展史上產生功能，它才能夠永恆。

就目前看來，對審美進行自覺的文化研究不失為有效途徑，而這種研究剛剛開始。本文擬從這一視角，對「山藥蛋派」審美的文化特徵進行一點初步論述。

大家知道，人類本身在面對自然和社會時的政治的「經濟的、宗教的和藝術的態度，歸根到底是一種文化行為。促使某一行為產生、發展、完善及更迭的原因及其過程，也總是以某種具體的生活實態存在著的。因而，也可以說是一種文化過程。為了達到某種目的，人類本身不但必須在規律的約束下去認識真理，尋求自由，同時，對尋求過程中產生的人際矛盾，也不能不採用相應的辦法予以注意並加以適當解決。文化在這裡，由開始產生時的對自然的依賴性，進而就轉化為對社會的適應和改造，隨之延伸出人類自身的一系列的規範態度、價值觀念、行為方式、表達系統及其更為具體的道德、倫理等為群體共同享用、共同維護、共同承襲的生存式樣——即文化模式。研究這一模式中人的各種生活、生活中的習慣特徵等，就構成了民族文化或區域文化的特徵研究。

說到底，對文學的文化研究，是對審美世界裡人的心態研究，以及審美世界裡環境對這一心態形成的作用機制的研究，是心態與環境關係的結構類型研究。下面將著重從人的心態這方面談談。

對「山藥蛋派」審美世界的人物進行研究，首先要解決的關鍵問題是：如何把人物在特定時代氣氛下從由外部輸入而產生的對人生的「反應」行為，與他們在相對恆定的生存環境中所形成的不自覺的「本體」行為區別開來。「山藥蛋派」畢竟是現代社會劇烈運動中的產物。在現代社會的劇烈鬥爭中，時代政治對藝術提出的嚴峻要求——比如大大強化的「工具」性質，不能不對這一流派產生巨大影響。與此同時，從社會劇烈鬥爭中獲得了自己堅定理性和理想歸宿的審美創造主體，他們在對時代政治向藝術發出的嚴峻要求認同的基礎

上，也於審美創造過程之中，對人的上述兩種行為的藝術表現作出
「合目的性」的調整。從目前我們可以接觸的這一流派的大量審美材
料看，這一調整的傾向性是十分明顯的。即，審美表現重心並不是恆
性生存環境中的人「歷時性」行為，而是人在特定環境中與社會革命
相契合的「共時性」行為。比如「山藥蛋派」作品中小二黑與小芹在
時代催迫下對傳統婚姻觀念的褻瀆，三仙姑在時代壓力下對自我行為
的自覺否定，以及李有才的特殊的「革命」色彩等等。他們的行為與
環境產生的矛盾衝突，與時代政治和環境的衝突，在本質上是非常一
致的。離開了時代矛盾這一範疇，他們的存在並不能提供更多的東
西。也就是說，他們存在的文化意味並不濃烈。我們仔細看看趙樹理
作品中的「小字輩系列」──即男女青年形象系列，像小二黑、小
芹、小順、小保、鐵鎖、冷元等，這一類人物是趙樹理要著意刻畫的
一類人物。然而可惜的是，這些人物並不能給人以扎實豐厚感。究其
原因，歸根到底是其文化屬性問題。正如我在上面所提到的，這些人
物是在「鬥爭」中應運而生的，他們的活動及其心態與時代的劇烈運
動節奏是一致的，指向是統一的，態度和方式也完全相契。時代的衝
突就包括了他們與環境的衝突。以社會鬥爭為特徵的中國現代民族文
化的選擇與重構。在他們那裡起著一種永恆的理性牽導作用。他們的
心態將隨著社會運動的不斷深入而趨向成熟。他們並沒有經歷過兩種
文化衝突中艱難的自我蟬蛻。他們的行為是外力輸入之後的「反應行
為」。

　　而另一類人物就不是這樣。如「二諸葛系列」──二諸葛、老
秦、老宋、老驢、于天佑、楊大用、李積善等，「三仙姑系列」──
三仙姑、常有理、惹不起、能不夠、小腿疼、吃不飽等；「翻得高系
列」──陳小元、小昌、王永富、范登高、王聚海、林忠、王瑞、劉
建宏等。「二諸葛系列」類型人物，他們「對橫暴勢力逆來順受，沒
有改變現狀的要求，思想愚昧麻木，維護和恪守封建家長制，迷信觀

念嚴重，相信命由天定」，「三仙姑系列」中那些婦女，「他們不僅思想落後，而且性格中往往帶有某些畸形的變態的成分。如虐待丈夫，嫉妒兒女，有的還在男女作風上表現不很嚴肅。這些行為與爭取個性解放毫不相干。他們不是為爭取婦女在社會上和家庭中的合理地位而鬥爭，相反的，根本沒有想到婦女解放的問題」。[1]好吃懶做，從剝削自己的丈夫，到佔集體的便宜都幹得出來。不是為了真正的愛情而背叛封建禮教，僅僅只是為了滿足自己的慾望罷了。「翻得高系列」，這些人貧農出身，後在革命運動中當了幹部。掌握權力之後，便很快背叛了自己參加革命時的初衷——或在革命中多佔勝利果實，或利用職權謀一己的私利，還有的則蛻化變質。[2]這三個系列的人物，他們的審美魅力經久不衰，最根本的原因應當說是他們的文化屬性使然。對於社會革命來講，她們本身的存在——包括心態、行為、價值觀念都是「革命」的對象。這樣一來，他們與時代各自屬於兩種文化，他與時代構成了複雜的矛盾衝突關係。而這一矛盾的某種尖銳性，即非此即彼的意味，顯示了他們與時代豐富的文化較量意味。社會運動所昭示的歷史必然對他們提出的要求，只能是剔除舊存，向進步的文化完全皈依。然而，他們本身所早已定型的意識結構，卻無時無刻不在對時代逆行「同化」。選擇的文化性質，使這些人物具有了複雜、豐富的審美意蘊。

　　對於「山藥蛋派」的文化特徵研究來講，這三個系列的人物才富有價值。

　　我們不妨先看看這一類人物的固有心態與時代要求是如何對抗的——即發生在「本體」身上的文化對抗情境。

1　黃修己：《趙樹理研究》（太原市：山西人民出版社，1985年），頁95、頁97、頁63。
2　黃修己：《趙樹理研究》（太原市：山西人民出版社，1985年），頁95、頁97、頁63。

土地觀念

　　這是「山藥蛋派」在審美創造中所有主題的基礎。對於漢民族文明歷史來講,「土地觀念」是農民這一階層特有的,並且一直處在對其他一切觀念進行支配的地位,在某種程度上它構成了中國封建經濟及其生產關係、生產力的中心概念。民族經濟長期停滯不前、商品意識的極端淡漠,對一切社會變革的漠視和麻木,自我意識的完全喪失,個人理性的社會化統一色彩,甚至謹小慎微、膽小怕事、愚昧而頑固、泛神與天命觀念,都可以在這一觀念中找到源頭。這些,顯然與中國自五四以來的現代革命格格不入。「土地觀念」所賴以生存的土壤與封建正統文化──儒家文化(尤其是宋儒文化)在本質上有很多相同之處──比如一樣的「尊古」、「法古」,無條件地相信「通例」、「老例」(魯迅語),以泯滅個性為基礎的「溫柔敦厚」、妄自尊大的自我封閉,「唯上」、「唯聖」的專制理性等,又使得「土地觀念」得到歷代封建統治者的寬容和強化。在被專制理性滲透了的「土地觀念」薰陶下的農民,他們的愚昧、麻木、頑固,就成為一種「理性」的存在。這一切,對於以民主和科學為最後歸宿的現代革命或曰現代文化來講,無疑是巨大的障礙與惰力。對於這一存在的批判和改造,構成了中國現代革命中一個極其重要的任務。土地觀念中滲透的封建文化與現代文明的衝突,成為自近代以來文化選擇過程的基本衝突。我們不妨再以趙樹理作品為例,比如,〈劉二和與王繼聖〉中有這樣一個場面:土改後,成立了互助組,小胖他們和王繼聖是一個組。但王繼聖只出一個半人,卻要天天打頭場,其他人只能白幹。為此,小胖召集互助組開會,提出「不要他們」。但迎接小胖這一提議的是一個久久的沉默,除了二和,其餘的人各有各的想法:老劉覺得自己一輩子沒有得罪過人,如今老了更不該多事。再者咱二和還在人

家家住著,「吃人一碗,聽人使喚」。如今除不由人家使喚,又罵得人家那樣重,不向人家賠情已經是對不起了,哪裡能再說什麼?……他越想越覺得理短,實在不能贊成小胖的意見;……大和對小胖說的道理完全同意,知道自己跟繼聖家互助吃虧很大。可是真正開人家出組,他就又有些心軟了。他覺著,何必真正要給人家過不去呢?可是這話說出來怕小胖不贊成,因此沒有開口;鐵則主張「不關己事不開口」,魚則主張「多一事不如少一事」,因此都沒有開口。而當小胖氣憤地問大家:「你們為什麼不說話呀?」之後,五個人回答都一樣:「大家看吧。」一個「靜悄悄的場面」,一種毫無二致的「回答」,便把農民們基於土地觀念而特有的自私暴露無遺。

再如馬烽的小說〈金寶娘〉,貧農根元的妻子翠翠常常遭到東家少爺劉貴財的調戲。有一次貴財來了,翠翠便掃炕掃地,故意弄了一屋子灰塵。這時根元娘卻說:「人家少東家來了,不要那個樣子,咱得罪不起人家。」再有一次,貴財突然與翠翠拉拉扯扯,正好根元碰見,便把貴財揍了一頓,而他娘卻說:「攆跑就對了,不該打,咱租種人家的地,得罪下可吃不倒。」我們可以看到,為了一點「土地」,可以忍辱含垢。再如李束為的〈紅契〉,孫謙的〈村東十畝地〉等等作品,都或多或少、或強或弱地表現了土地觀念對農民性格的塑造及其這一性格與時代革命的衝突與矛盾。

有意思的是,土地觀念作為一種審美的文化特徵,不僅制約著「山藥蛋派」創作基本主題的形成,而且還影響到他們的審美世界的結構面貌。

我們舉孫謙〈村東十畝地〉和李束為〈紅契〉為例。

兩篇小說的開頭幾乎是完全相同的。〈村東十畝地〉開頭是這樣:「我們村裡有個地主,官名叫呂篤謙,綽號人稱『活財神』。此人生得慈眉善眼,一品富相,年紀約有五十開外。他留著兩撇天字胡,又黑又淨。走起路來慢條斯理,活像個活財神。」〈紅契〉開頭是這

樣：「曲營村有個地主，名叫胡丙仁。這人有一副笑臉，他去催租逼帳，總是先給你笑上一面，如不交租，馬上收地，眾人把他叫做陰人，外號叫他笑面虎。」

——這一開門見山的描寫，為整個作品定下了基調。

再看兩部作品的故事情節：〈村東十畝地〉：早年，活財神採用誣陷手段奪走了「我」村東十畝地。土改運動興起之後，活財神悄悄找來告訴「我」，情願把十畝地退回，並塞給「我」一張爛約。而「我」卻拿不定主意，決定到農會討論討論。結果發現這爛約上寫著「暫時退給楊孩小耕地」。最後在農會的幫助下，把「假約」換成了「老約」，徹底奪回了自己的土地。作品最後結尾這樣寫道：「同志，這就是翻身！〈紅契〉的情節與此大致不差：「笑面虎」在早年從佃戶苗海其手裡訛走了「十坰一塊的地」。減租運動起來之後，區幹部領導群眾減租減息。「該贖的也贖了，霸佔去的土地也歸了原主」。可是，有許多人不大敢接過新寫的租約。苗海其就是其中一個。過後不久，笑面虎便請苗在一起喝酒，要雇苗當長工，並要他把地一塊帶過來。在胡的哄嚇之下，苗海其竟主動地要送回紅契，還按原約補上了租子。

在這兩篇作品中，作家們以土地觀念為基礎而設置了作品的中心線索，賦予人物以特有的言談舉止和心態，以及人物在土地觀念束縛下曲折、複雜、艱難、痛苦的思想歷程。〈村東十畝地〉中「我」在活財神退地許諾之餘的下意識的驚喜、懷疑，〈紅契〉裡苗海其的軟弱、愚昧、糊塗，歸根結蒂，不外乎土地觀念對他們心態的無形制約。土地是他們的生命，失去土地，他們感到了痛苦，來自於土地的任何誘惑，包括欺騙，都能使他們產生激動。兩篇作品圍繞土地設置情節，組織矛盾，展開衝突，規定人物屬性——文化傾向性。土地的失去與擁有，就是兩篇作品的邏輯線索。在這些作品中，「土地問題」就不僅僅只是政治和時代的特有概念了，而是一種審美「概

念」，它既是審美主體創造性的誘發動因，也是審美創造過程的內在制約，還是審美接受的唯一有效途徑。也許，我們可以從「山藥蛋派」這些最初的作品中悟出發軔於四〇年代而興盛於六〇年代的「山藥蛋派」形成的潛在原因。他們在新時期的作品，如《山村鑼鼓》、《咱們的退伍兵》、《叔伯兄弟》等，依然可作如是觀。

宗法觀念

　　這可謂趙樹理及其「山藥蛋派」創作中一個比較明顯的外在文化特徵。說到底，宗法觀念和土地觀念是密切聯繫在一起的。如果說土地觀念是農民生長的基礎的話，那麼，宗法觀念則可謂是「山藥蛋派」筆下農民文化的邏輯構架。宗法觀念的核心是血緣聯繫及在此基礎上的倫理規範。這一點，在「山藥蛋派」筆下，則幾乎是統一地被集中在「家庭」這樣的框架中的。宗法觀念具體體現為家長制的家庭體制。有人曾經就這一點對趙樹理的創作分析說：「趙樹理作品中關於家庭生活的描寫，佔了重要的比重。……大多數作品是通過農村家庭生活的描寫來反映社會變動的。」「趙樹理小說讓我們看到了舊中國農民家庭基本的家長制統治。這種家長制是封建專制主義和等級制度在家庭中的反映。封建時代皇帝是最大的家長，家長則是每一家的皇帝。他是一個家庭的主宰，從家裡的大政方針，到兒女的前途、婚姻，全部包攬，甚至對兒女有生殺予奪大權。」[3]嚴酷的家長制及其宗法觀念，對於處在貧困線以下的農民來講，所滋生的只有「奴性意識」。這一「奴性意識」與當時的中國革命是根本不相容的。民主文化與這一奴性意識的衝突是「山藥蛋派」創作中比較常見的衝突式樣。如我們在前面已經提到的，〈劉二和與王繼聖〉中那一幕，〈村東

3　黃修己：《趙樹理研究》（太原市：山西人民出版社，1985年），頁95、頁97、頁63。

十畝地〉裡「我」在翻身之際的忐忑不安的心緒翻動,〈紅契〉裡苗海其甘願忍受地主的愚弄而繼續為奴,都是明證。宗法觀念在農村生活中和在農民文化中的泛化,與土地觀念一樣,造成了農民文化的極端封閉性。封閉性的一個鮮明的表現就是,農民總是善於或下意識地在一切選擇關頭回頭看,總是不由自主地去翻「老例」,以歷史的既定來看取自身選擇的價值,把自我意識完全交付給由古人或歷史所造成的通例中。一旦自身所面臨的選擇無法在歷史的存在中找到「淵源」,那麼,即使這一選擇在未來方向上具有如何偉大的前途,他們都可以最終棄之不顧,而恪守陳規。〈李有才板話〉中老秦可謂典型。老秦的行為與二諸葛的迷信行為,實質上是一致的──基於宗法觀念的無形威懾而對自我存在的有意泯滅。封閉性的環境,封閉性的文化,使中國農民在沒有任何橫向比較下所進行的選擇,(除了個別的社會強制之外)幾乎都是向傳統的無意識認同。基於生存慾望而產生的物質需求,被宗法觀念加以規範,向隅自守發展為極端自私和專制,自給自足發展為不思開拓和盲目排外,安貧樂道發展為麻木不仁和義利兩忘,內傾保身發展為膽小怕事和胸無大志,質樸謙卑發展為愚昧固執和奴性十足。基於「土地」的農民文化及其心態,在浸透著封建正統文化的宗法觀念的侵蝕之下,完全變形扭曲,在某種意義上,成為中國社會中常常被人忽視的「準封建性」文化形態。

　　文化的歷史形態,在某種意義上是一種心態積澱。心態的某種恆定性,就是人的某些行為的根本性解釋。在這一心態恆定性的制約下,一個民族或一個特定區域的人群,其行為、習慣、道德操守、生存式樣、人際關係等等,就具有了一定的超歷史性和超前性。在那些個人行為(哪怕就是個別的個人行為)與時代的裂隙之中,在個人恪守與歷史發展大趨勢的落差裡,我們可以梳理出民族文化發展演變的軌跡,指點出審美在其時代感下面所潛藏的「能量」──而這,正是我們從文化角度對審美進行剖析的真正範疇。在這裡,審美的文化研

究必將顯示其獨特的魅力。「山藥蛋派」創作的研究，也許可以從這裡起步，闢出一塊新的天地。

——本文原刊於《山西師大學報》1988年第4期

「山藥蛋派審美」的文學史意義

「山藥蛋審美」這一概念，是我們在對「山藥蛋派」審美特質進行抽繹之後的一種表述。它儘管被「山藥蛋派」作家和作品的整體存在所根植，但卻不僅僅囿限於「流派」的特定範疇之中。質言之，它勿寧就是「農村題材創作」或「鄉土文學」之於延安解放區（含其他解放區）的一種特殊表述。這是因為，作為流派，「山藥蛋派」是在中華人民共和國成立以後才被認定的。但從它被認定的那一天起，並不意味著它的審美使命的終結，而恰恰在其高潮中獲得了它自身大發展的嶄新起點。這一特點就制約著我們，不僅要從當代文學的構成中來看取它，更重要的是須到它生成過程的動態歷史中去搜求——很顯然，以趙樹理為旗手，以馬烽、西戎、胡正、孫謙、李束為等人為基礎的「山藥蛋派」，是一個從現代走向當代的跨代審美現象。又因為，當「山藥蛋審美」以成熟姿態辭別現代進入當代之後，時代的文化選擇為它的完型化提供了良機。可以說，它自身機制的完善過程就是中國當代文學審美格局成型的過程。縱覽中國當代審美歷程，「山藥蛋審美」的影響絕不像二十世紀二〇年代詩歌領域中的「新格律詩運動」、三〇年代散文領域中的「何其芳現象」之於主潮那樣的淡漠狀態，而是以弄潮兒的身份，始終領騷於船頭。這一流派之於中國當代文學全部歷史的價值定位作用，就清楚地說明從二十世紀四〇年代到六〇年代歷史構成運動的同一性。當我們把社會變革的代標觀念引入文學史之後，我們便會驚奇地發現，在近半個世紀政治對歷史、政治對文化的苛刻選擇中，只有「山藥蛋審美」以其不變的固有姿態，

坦然邁入當代，也只有「山藥蛋審美」成為聯結現代與當代兩個時空審美歷史的唯一中介。

　　這一情形將給我們許多饒有興趣的啟迪：在一九四九年前這一段以戰爭為主要手段的新民主主義的文化整合過程中，「山藥蛋審美」到底扮演了怎樣的角色？作為審美現象，它的特質都表現在哪些方面？「山藥蛋審美」同時被兩個時代所寵愛，這是否可以說明解放區與新中國的文化構成過程富有內在的統一性？同時，作為一個相當單純的審美現象，它是如何在文明與愚昧、傳統與西方、都市與鄉村、五四藝術理性與延安藝術理性、浪漫精神與務實精神等諸種交錯複雜的矛盾運動中保有自身發揚光大的？在當代，它以怎樣的審美魅力影響審美格局建構過程的呢？

　　誠然，解答這些問題是不容易的，但僅僅是現象流程的描述本身就很有意義。

一

　　當一種審美現象，尤其是產生在特殊境遇中的審美現象，在其後不斷變幻的未來歷史中一而再、再而三地圍繞價值進行釐定的時候，具有恆定性質的文化範疇被人想起，這便是自然而然的事情——「山藥蛋審美」的研究現在正處於這樣的臨界點上。如果把一九四三年趙樹理發表的〈小二黑結婚〉之後所引起的最初評價文章算作對這一審美現象研究的起點，那麼，到今天已有半個世紀了。整體看來，人們大約只是在下列兩個方面來闡述「山藥蛋審美」的功能新質和審美創新意義的。功能是靠對它參與時代政治指數的大小來加以確定，譬如文學史教本中對趙樹理的文學史貢獻有兩點是絕對首先肯定的——反映了解放區的新生活，塑造了翻身農民的形象。創新意義是以其作品實體向大眾普及的程度的高低來加以評判的。除此以外有關審美本體

範疇的觀照視角、敘述方式、語言功能等實質性存在，卻無法從量化角度被用來對創新意義加以說明。這種純粹依托外在參數而把握作品的闡釋方法，因其解釋範疇的無法超越，終導致作品價值探討的徘徊不前。多年來，人們只習慣於或善於尋找「山藥蛋審美」與時代政治的對應關係，而不善於把審美的價值界定置於文化歷史中來進行。這就使在以社會改變為質點的環境中生成的審美現象的內在蘊含，被人為地大大簡化了。而解放區尤其是延安解放區卻從它一建立的那一天起就構成了一個嶄新的文化實體。「山藥蛋審美」的時代受寵，則是這一文化整合過程中所誕生的「延安藝術理性」的實態表徵。以衝突式選擇為特徵的解放區文化整合歷程，集中體現在「山藥蛋審美」的生成過程之中。

「山藥蛋審美」所面臨的文化整合背景是一個多元情狀。從解放區文化存在的整體上看，大致可分為政治的文化觀念、知識分子文化觀念和農民文化觀念。這三種文化觀念各以其功利性、超前性和傳統性來表現其質點。政治的文化觀念是指中國共產黨核心領導層的文化觀念。他們更多地從著眼於社會政權變革和體制刷新角度來提出文化構想的。五四新文化運動對中國近代歷史所提出的啟蒙與救亡的兩大主題，在外敵入侵而導致的存亡危機不斷加深的情況下，兩大主題並重的情形不斷向「救亡」一側傾斜。救亡的現實迫切性在壓倒了一切的前提下成為國民精神的主導性指令。同時，救亡與啟蒙的目的的內在同一性，又決定了完成兩大主題的方式不再是五四時期的理論探討，而一變成為現實的切切實實的實踐。中國共產黨的核心領導層正是從這個角度理解並接受了五四新文化運動的精神財富，並致力於從中國國情的實際出發，把救亡作為自己戰鬥的旗幟。當他們沿著「救亡」這一軌道深化革命實踐的時候，文化建設便被自然收縮在社會變革、奪取政權的制度文化層面上。所以，政權意識、軍事鬥爭意識和階級意識的強化，也就成為自然而然的事情。打碎現存的國家機器，

更換制度——即推翻人剝削人、人壓迫人的制度，就成為中國共產黨核心領導層文化觀念的質點所在。與五四新文化運動的啟蒙先驅們有所不同，中國共產黨從一開始就把文化建設的重點定在民族內部環境的完全的改觀上。新文化運動中五花八門的理論爭辯，不僅使他們迅速得以成熟，而且為他們的提前超越提供了契機。他們從啟端就認識到「文化啟蒙」是革命、而「革命不是請客吃飯」。正因為如此，諸如以理性制約為基礎的盧梭的「民約論」，以居高臨下的憐憫為特徵的「人道主義」、烏托邦式的「日本新村」以及天才「摩羅」式救國道路等，很早就被務實的中國共產黨人擱置一旁。當許多五四先驅還在殫思竭慮把信息傳播作為文化啟蒙手段時，中國共產黨則漸漸已把「鬥爭」作為文化啟蒙的主導方式。五四以來文化上的中西優劣之爭，在他們這裡則表現為壓迫與被壓迫、剝削與被剝削的階級之爭。文化上的區域差別、精神差別，則表現為超越地域、超越時空的階級差別——即本質的制度差別。如果我們認真翻檢一下中國歷史的全部就能發現，中國共產黨人在一九四九年前的歷次文化論爭之中，都不曾有過純理論的聲音。顯然是，中西文化的優劣比較，說到底還是以精神文化為主的小文化範疇。而共產黨的領導層則一開始就自覺而不自覺地在物質與精神全部總和的「大文化」觀念裡來思考當時中國的現實。總而言之，中國共產黨從現代歷史的入口處接過了「救亡」的大旗，並同時把文化啟蒙思辨融入到現實救亡的實踐之中，以「鬥爭」的務實替換了「理論」的務虛。在精神與物質總和基礎上瞄準文化的制度層面，把中西文化優劣的特性比較，導入具有世界普遍性，以利益佔有為質點的階級差別分析之中。奪取政權成為文化建設的吸附中心，救亡與啟蒙的兩大主題，在文化的政治功利要求上合二為一。

　　同時我們還能看到，中國共產黨在沒有建立獨立區域（解放區）之前，我們還不曾了解他們對傳統文化與西方文化的明確態度，即他

們還沒有從往昔文化存在的整體上有深度地闡釋「打倒封建主義」的範疇與意義，馬克思主義的結論產生與西方近代文化之間的關係尚無暇顧及。五四提出的文化理論命題實際上已被他們漫化到具體的實踐過程裡了。

　　——這有意無意為擁有獨立區域後的文化建設留下了可以隨意斡旋的餘地。

　　解放區的建立與政權的區域性確立，這才標誌著中國共產黨文化建設的正式開始。文化的理論與實踐呈共生狀態，二者互動構成了解放區新型文化整合的動力與特點。以延安解放區最為典型。在這個區域裡，政治作用體現為主要作用。政治對文化的導引已不再是輿論的牽導而是耳提面命式的主動。政治意向體現為文化意向。獨立區域的特殊存在和民族面臨的抗日救亡現實，驅迫著一切包括文化在內必須對政治進行最大限度的認同。現實的功利取代了一切遙遠而虛泛的文化夢想。文化建設的附屬性就在這迫切的需求之中產生並定位。功利性——在現實的絕對需求中進而衍化為一種觀照視點、結構原則、價值標尺和目標模型。政治的文化觀念以極強的實踐性完成了它的誕生。以此為準則，包括文藝在內的文化整合，擁有了嶄新而開放範疇——不論傳統還是西方，一切有用的我們盡要拿來。文化的精英啟蒙讓位給大眾參與的理論實踐。民主體現在合理分享權益，科學體現為實事求是，自由體現為個人與集團的同一。時代政治的功利文化觀念，不僅制約著解放區文化重構的正反合過程，而且以一種監測姿態，牽導著個人文化行為的選擇與定位。

　　知識份子文化觀念的超前性特點，來自於中國歷史自近代以來所開啟的價值轉型的特殊性上。從洋務運動到五四運動，中國的文化改革經歷了器物——制度——觀念等三個階段。洋務運動的失敗與戊戌變法的流產，使當時繼續尋求濟國興邦之途的知識份子普遍認識到，一切改革的失敗原因均來自於根植在傳統文化的惰性觀念。國民精神

劣性在每一次社會變革努力中所表現出來的強大的韌性，順勢構成了五四前後知識份子進行文化啟蒙的現實觸媒。以價值觀念和倫理秩序為核心的國民生存方式，便成為現代知識份子對封建文化進行抨擊式批判的首要對象。從背景上看，這種小文化範疇的精神啟蒙，不僅與未來的救亡大目標相一致，而且成為徹底實現這一目標必不可少的基礎。一大批現代知識份子就是帶著對西方近代文化認同的心態來開始中西文化優劣比較的。他們不是從經濟的角度而是從進化的角度發現了中西文化優劣的實質——即現代與傳統的尖銳衝突，工業化與封建制不可調和的矛盾。往昔與今日階級壓迫的現實被他們在進化式比較中略去了。略去同一性的時空比較，便造就了現代知識份子文化觀念的超前性。當他們認為一切人文景觀都來自於文化制約時，對西方的認同也就成為必然。對封建性傳統文化的酷烈批判也同時成為他們的共同理性。在中西文化比較中，努力發現兩種文化的觀念差別、時空落差和價值悖性，以西方近代文化為基礎參照來確認國人精神上的頑症，警醒世人並開具藥方，並在批判與否定的過程中重構民族文化的現代體系，這便是現代知識份子甘願而共同肩負的使命。中國傳統文化中所培育的「務使風俗淳」式的士大夫憂患意識，由於現實危機的日益加深和西方文化的引入，一變而為對整個封建歷史存在進行極端否定與批判的現代憂患。民主、科學、自由，不僅是口號和旗幟，而且成為現代知識份子文化心態中的核心觀念。現代知識份子逐漸形成了以否定、批判為外在行為，以民主、科學、自由為價值目標，以憂患為基本情調的心態機制。為此，他們常常以「清道夫」自居，把批判的鋒芒指向一切既存。在面對中國現實時，懷有同樣憂患的中國現代政治先驅們與文化先驅們的差異也隨之產生。「掀掉這吃人的筵席」並不等同於鮮明的政權意識，口誅筆伐與軍事鬥爭畢竟不是同一回事。當政治先驅們在階級分析中確認農民為中國革命主力時，而文化先驅們則把農民作為封建文化的寄植體加以批判。政治先驅們以直

接的現實功利觀念來自覺地規範自我行為的同時，文化先驅們則把「立人」的新型標準限定在民主、自由與科學的範疇裡。民族精神不再是「留取丹心照汗青」的歷史人物的固有，忠君報國被無情地拋棄。政治家們早就看到了人道主義觀念的空泛性，而不像文化先驅們那樣把它自覺體現為一種人格。中西文化理論比較中政治家們的緘默、冷漠與文化先驅們的激動亢奮，是中國現代文化歷程中特別有趣的現象。以打碎傳統、選擇重構為理性支點的現代知識份子不自覺地把觀念改革的文化啟蒙置於涵納一切、包治百病、至高無上的位置。他們對達到目標前的一切歷史過程的所有缺陷都不能容忍。博大而持久的憂患感，使知識份子在面對現實時總保有一種洞悉人世的哲人風度——這一切，在社會劇烈變革的時候則顯得正氣凜然，引人仰視。他們這種只執著於理想而相對忽視具體變革歷程的文化戰鬥，到了獨立的、重建文化的解放區則立即呈現出陌生色彩。他們那以漠視歷史為起點的現代理性，那對現實和歷史持久懷疑並大膽否定的情感格調，那種把人類文明的最新成果作為民族文明再創的高境界追求，那種把平等的觀念漫化於生活的具體流程中來加以確認的頑韌與固執，那種善於挑剔，甚至吹毛求疵的浮躁以及善於把一切外在內化到自我感覺裡而後加以評判的感覺方式等等，這一切，便構成了知識份子文化觀念的整體。如果說在都市社區裡這一意識還具有普泛性特徵，那麼到了以工農為主體的解放區，它的特殊性便被凸現，成為解放區文化整合所面臨的一個重要文化背景。

　　農民的文化觀念，作為普泛的概念似乎比較容易理解。但置於解放區這個特定區域，也同樣有它的複雜性。按照文化生成的嚴格系統分析，中國農民在歷史上並沒有形成與地主階級或士大夫階層相對應的完整的文化形態。他們作為社會文化的實際游離者，永遠等待著被別的文化所塑造。他們對土地的理解——即重要的土地觀念，與地主階級的理解並無二致，他們的價值觀念和倫理情懷更多地來自於統治

階級的規範和士大夫階層的行為影響。一方面他們受著壓迫，另一方面卻在文化擁有上又不斷地向壓迫者靠攏。鄉俗民風作為農村文化的重要側面，在被大一統理性規範的同時，農民作為這一文化的主體所能滲透進去的只是一些原始初民的粗放與俠氣。所以，現代知識份子把農民作為封建文化的寄植體是有其深刻性的。但農耕文明悠長歷史中所孕育的農民那些崇祖、尚老、隨群、趨同、懼官、唯實、忍讓、卑己、恐變、偏安、自私、保守、貪小、淡大、敬鬼畏神等觀念，只有在主體是一個典型的農民時才可以看得完全而鮮明。農民精神內部的反抗因素，只有到了生命受到嚴重威脅的時刻才能表現出來。他們某些挺而走險的舉動，多半是私仇而致。作為文化實體，他們只有生存意識而沒有政治意識。對一切高談闊論他們都保持著可怕的默然。只有當他們看到自己的利益——以土地為最得以保持時，所有激情才可揮灑出來。延安解放區農民文化的保守性也正是這一歷史所賦予的。這決定了中國農民在得到實利之後的很長一段時間內都不可能把目光投向自我以外更廣闊的空間，趨同觀念可以使他們在一種外在力量的召喚下團結起來，同時，他們作為文化存在的游離性，也就使其具有了某種可塑性。「卑己」的心態被時代大大張揚的先鋒性質所代替，突然擁有的主人身份因悖於歷史常規而多少有些恐慌不安（比如他們希望發財而進入闊人行列、希望兒女的苦讀入仕來改換門庭）。當一個區域的農民成為人口主導時，他們那種不是文化的文化——歷史沿習下來的觀念、行為等卻能形成強大的準文化氛圍。這不但是一個巨大的存在，而且還是一個可怕的存在。我們對解放區農民文化觀念的認識就是從這一角度得來的。

　　上述這三種文化觀念，從解放區誕生的那一天起，就以既獨立、又混而未分的形式，成為文化整合的複雜背景。一切包括審美在內的文化選擇與重構都受到這一背景的強大制約。有趣的是，這三種文化都被置於戰爭環境之中，戰爭既是它們走到一起的肇因，又是重新塑

造它們的機會，同時也是新文化整合過程的有力槓桿。以現實功利為最高準則的戰爭文化生成環境，使得上述三種文化或多或少總要在過程中丟棄一些質素與色彩，在覓取最大共振面的同時，以罕見的寬容和自我犧牲，重新獲取活力，成就新的文化整合。

二

我們在上面所列的三種文化觀念，既是新型文化整合的背景，又是解放區審美創造的背景，而且從歷史的實際情形來看，審美創造從一開始就成為這一輝煌的文化整合歷史的開路先鋒與主力。對於建立了民主政權的解放區來說，人與人之間的同志式新型關係、朝氣蓬勃的精神狀態以及由新的約束而漸漸成型的道德關係和以工農為主體的龐大的低層次接受群眾，使得這一文化整合從其伊始就被規範了突破口，即必須推陳出新，從傳統中陶冶創造的新質。它的展開是從群眾娛樂活動和通俗文學兩個方面進行的。用革命的思想鼓舞群眾、教育群眾——時代政治對文化所提出的這一口號本身，既規範了內容，也限定了形式。「革命思想」是對文化內容的簡練概括，「教育群眾」則無形規範了傳播內容的形式——必須為廣大群眾熟悉且喜聞樂見的形式。五四新文化、新文藝發展成長的兩個向度——外來吸收與傳統創化，因此也只留下傳統創化一途。五四新文藝伊始就提出的文藝大眾化問題，在此便輕而易舉地獲得了解決的可能。但諸種複雜因素又決定著探索這種可能的步履是小心翼翼的。擔負著文化整合重任的知識份子分明感到：面對歷史，政治與審美卻有著截然不同的態度。當共產黨人始終不渝地把封建主義列為打倒對象的時候，就暗示出政治對歷史絕然的否定態度。這種態度與審美在傳播革命內容時對「舊形式」的依戀，形成了隱約可感的矛盾。這造成了文化創造與審美創造的共同尷尬。其實兩個領域的誤差是抽象的，而現世的功利需求才是

實在的。兩種對於歷史的態度一旦歸結到功利性上，一切也就迎刃而解。解放區時代對這一矛盾的巧妙調和，其意味令人深長思之——反歷史的態度被置於功利之外，對歷史的依戀卻因功利需要而變得合理。悖論解答的唯一範疇是功能。這就為「山藥蛋審美」在認同政治的前提下對傳統進行創化，提供了可以自由斡旋的餘地。當歷史被切割為「實體」與「形式」兩種狀態之後，歷史便在功利的酵化下獲得新生，某些歷史以合理的身份，坦然走進現實。

　　「山藥蛋審美」從解放區文化創造的起點上看，其實應該被視為是一種寬泛的概念。其最初的形式應當說是群眾娛樂形式的重新使用。比如鬧紅火、秧歌劇等。不過這些還不能算是審美。因為它還不曾進入到審美創造者藝術意識的視野之內，人們還未從研究的角度對這些存在進行分析。一句話，它還不曾以理性方式作用於主體繼而作用於審美實踐。人們只是看到了這些舊形式對時代政治需求的呼應。從某種意義上說，這只不過是鄉村審美在戰爭文化環境中的有限表現而已。只有到趙樹理及其同類作品大量出現並產生了前所未有的接受效應之後，「山藥蛋審美」才真正以藝術存在的方式進入人們的視野，繼而引起了人們的重視。也就從這個時刻開始，「山藥蛋審美」才以有價值的身份參與到新文化的建設之中。在延安以及其他解放區，歷史的一切都不能為這一新型的文化提供什麼可資借鑒的東西，而新文化的建設又面臨著許多難題，既要把時代政治的觀念變為知識者完全接受的理性，又要在大眾欣賞習慣與功利性結合的基礎上發揮知識者的聰明和才智，同時還要達到對大眾普遍水平和傳統的超越；既要在政治取向上接納五四理性，又要在鄉村情感中滲進現代意識。就文學而言，既要在某一點上達到對五四以來文學全部成果的超越，同時這一超越又不能以犧牲工農欣賞習慣為代價。政治的文化觀念的功利性，知識份子文化觀念的超越性和農民文化觀念的傳統性，要一併在新的機制裡留下自己富有活力的因素。這一切，都是肩負文化整

合重任的解放區審美必須正視、必須解答的問題。

那麼，「山藥蛋審美」是如何解決這一難題的呢？實際上，這一審美類型的生成過程就是上述這些問題的解決過程。

在解放區，以工農大眾為主體的社會構成，他們對歷史與現實的巨大貢獻，不僅使工農的革命先鋒性得到了時代實踐的認可，而且他們從真正意義上成為了生活的主人。因而他們成為藝術創造者關注的重心也是必然。描寫刻畫他們，反映他們的生活的全部，尤其是在歷史與現實的比較中生動地展示出他們精神裂變的曲折歷程，日益成為解放區文學的高境界追求。當都市知識者對農民的居高臨下的描寫遭到譏諷之後，在廣大藝術創造者還不能弄清「在提高指導下普及，在普及基礎上提高」的辨證關係的時候，尤其是當進入解放區的知識者在藝術實踐中感到自身意識擁有與所表現的對象之間的距離而陷入困惑的時候，身兼農民與知識者雙重身份的農村識字人，卻被誘發出前所未有的創作衝動。解放區內所出現的新問題，又時時撥弄著他們敏感的神經。以趙樹理為代表的一批人正是迎著時代的某種焦渴走上文壇的。他們那在毫無功利觀念下對以自由自在形式發展自身的民間藝術的感受與興趣，他們對農村人、事、情、景的稔熟，使他們一開始就毫不費力地佔有了藝術的表層真實。尤其像趙樹理那樣，當他把農村新人有意置於民主與封建的衝突範疇中加以精心描寫時，便在無形之中托出了解放區文化整合的示範典型：功利性因「問題」的切實與解答而得以最大限度的外化，民主與封建的衝突範疇本身就順接了五四以來現代知識份子的憂患意識，地道的鄉村風格又使作品在與工農情感類型全方位對應中獲得空前的轟動效應。

面對傳統，他們的姿態堪稱獨特。他們不是以一個現代藝術創造者的君臨姿態來對傳統加以有距離的審視，而是在對時代的政治理念進行了自覺認同之後，以自由的神態對自我那根植於鄉村文化情趣中的藝術意識進行剝離。在這一剝離過程中，他們不是只把民間文學形

式作為無生命的硬殼保留下來，而是把其中最富有創造活力的「智慧」變進新的「延安藝術理性」之中。在這方面，趙樹理就最為典型。他沒有過像李季寫作《王貴與李香香》那樣刻意搜求的過程，也不會像艾青那樣在運用舊形式時只會收獲「東施效顰」的悲哀。他對農村文化的通體透悟，使他的揚棄成為創造。「趙樹理最初的藝術趣味畢竟是在民間文學的氛圍中培植而成的。民間文學在其發展的過程中並不十分看重其功利性。它在自在狀態中把自己的價值寄植在娛樂的審美層次上，不僅形成了自由自在的發展過程，而且本身就是自由創造的結果。這顯然要求創造者必須以自由的心靈，並以智慧的自由組合而獲得。民間文學作為農民文化的一個顯性層面，其存在方式的自由性無疑成為農民文化中最為活潑、對人的精神最能產生影響的因素。民間文學的自由存在形式和自為發展的狀態以及由此對創造者提供的審美自由空間和對創造者自由意念的誘發，對於趙樹理來講太重要了。他正是在這一『自由』『自為』的審美氛圍中，在不知不覺中培植了自己的審美情趣並激起審美創造能力的。怡人性情的地方戲曲，游走四方的說書藝人，流行於田間炕頭的板書及出現在人們調侃之間的『順口溜』式的詩的創作，給予趙樹理的是一種極為自然的陶冶，是對他在趣味牽導下審美創造衝動的自然誘發。審美創造和接受的自由氛圍，創造者與接受者的非功利性的對應契合以及在此基礎上對每一個有志於審美的後來者自由的誘惑，形成了趙樹理既不同於五四『理性自由』又不同於延安時代『共性自由』的審美創造的自由意念。」「趙樹理的藝術趣味是在多重自由的民間文學土地上生長起來的，由於這種興趣的建立過程是一個純自然的過程，也就決定了他不僅接受了它的價值觀念和創造方式，而且接納了其自由意念並構成了趙樹理自己在審美創造中的藝術理性和智慧。他在生命的自然需求中對審美產生了興趣，又在興趣的自在發展中獲得了智慧，理性的基礎和歸宿都是生命的自由追求。這種審美心態在經過五四理性的淬火之

後，把鄉村審美的自由天性導向救亡的功利上面，價值歸宿指向『現代』啟蒙方面。」[1]

——這一方面說明，「山藥蛋審美」參與解放區文化整合過程是自由意志的創造，另一方面說明，這一創造的範疇和獲得廣泛認同的可能正是以三種文化觀念共性切面為基礎的。從上述情形看，不論是時代的寵愛，還是內在上對五四文學的超越，抑或是藝術價值的重構意義，都成為「山藥蛋審美」發展的必然結果。

三

上面，我們考察了「山藥蛋審美」之於延安解放區文化整合背景下出現的歷史必然性，以及這兩個獨立體共生共榮的內在機制。但產生機緣的依附性並不能說明價值歸屬的必然依附性。「山藥蛋審美」之所以能在解放區文化建設中起到先鋒和價值定位作用，是與其本身形成的特質分不開的。它並不像對秧歌劇的使用一樣，只是把「夫妻識字」或「兄妹開荒」的現代內容裝進舊有的形式，也不像街頭詩、詩傳單那樣，把形式降低到最原始的層次，它是創造主體藝術意識自覺之後能動創造的結果。他們在把「山藥蛋審美」作為創作方向之前，都經歷過相當艱難、漫長而又痛苦的選擇過程。這種選擇，既有認同，又有揚異，還有新的組合。選擇的範疇不是同質類化，而是異質鑒別。趙樹理、馬烽、西戎、孫謙、李束為、胡正等都是如此。相比之下，趙樹理的藝術選擇過程則更為複雜些。二〇年代他在長治師範讀書時，社會變革所產生的五四新文藝，不僅以其現代內容激動著他，同時也把他那處在自然狀態的藝術意識開始推向全面理性化軌

1　席揚：〈面對現代的審察——趙樹理創作的一個側視〉，《延安文藝研究》1991年第2期。

道。五四文學作品所包蘊的現代知識份子面對民族危亡的憂憤意識，文明與愚昧、民主理想與封建惰性的衝突中所呈現出來的巨大的悲劇感，以及先驅們在作品中所鮮明昭示的對自由的渴望與焦灼，都無形之中催迫著他從鄉村情感中走出，加入到現代知識者的行列中來。五四文學的理想以及托出這一理想的形式，一同喚醒了趙樹理年輕的靈魂。以此為開端，他由一個農村的老實後生漸變為環境、祖例的叛逆者，成為領騷時代的激進青年。這一階段，儘管趙樹理並未進行文學創作，但他那生成於民間藝術趣味之中的藝術感覺卻得到了被自我選擇的機會。發軔於外來思潮激勵的五四文學，為趙樹理對早已熟悉的民間文學的反思提供了一種異質參照，因而也使民間文學在強烈對比之中第一次在主體面前顯出了陌生。他對五四文學的醉心，一方面說明趙樹理的藝術感覺中已有了兩種不同的審美因素，另方面又說明自己藝術意識重心的轉移。三〇年代早期他被迫流浪太原，創作成了他唯一或主要的謀生手段——儘管如此，他並沒有去寫「地攤文學」以賺得豐厚的收入，而是以地道的歐化式現代語體表達著一位潦倒、貧困的熱血青年對世道人心的良知與思考。拳拳之心，感人至深；青少年時代對民間文學的情感稔熟和三〇年代歐化語體文的實踐，使進入解放區的趙樹理已成為一個相當成熟的藝術創造者了。解放區文化整合對他來講，選擇過程已不重要，而重要的是價值的確認。他在解放區實際工作中所遇到的形形色色的問題，在此已成為他對時代政治進行價值確認的可貴媒介。發現問題，思考問題，解決問題，並把自我的思考過程與企望用農民的口吻道出，這一切，在趙樹理那裡都做得自然、坦然、悠然。長期選擇的結果在此已顯出明顯的成果；五四文學賦予他藝術理性的現代色彩，使他得以從現實問題背後看到現代與傳統、民主與專制、科學與愚昧等大文化範疇的嚴重衝突，使自己作品的內在價值與五四以來的新文學形成同構；對民間文學和農民心態的分外熟悉，又使他能在語言敘述這一文本層次上達到對新文學所有成果

的超越。二者相和而產生的效應，奠定了時代與個人選擇的趨同性，最終使個人選擇成為時代選擇的標本。嚴格地講，趙樹理的藝術選擇及其實踐，是在充分自覺的藝術理性牽導下進行的。解放區文化整合背景的三種色彩，在他這裡得到了最完美的結合與調制。

馬烽、西戎、李束為、孫謙、胡正等人，他們差不多是同時到達延安的。在此之前，他們分別都是各個地區或部隊文藝活動的骨幹。由於年齡的關係，他們從事文藝的動機更多的來自於革命鬥爭的需要。民間文藝的耳濡目染，沉浸在他們心中的不過是「娛樂方式」而已。他們從說書人、傳統戲曲和流行於民間的通俗性古典小說中，得到的也只是編故事的能力而已。直到進入延安，他們還不曾對上述自己那些自在自為的藝術實踐活動進行過認真的思考與分析。誘導他們走上藝術之路的，不是別的，而是文藝之於革命鬥爭的必需性。這幾位都是很小就參加了實際的革命工作。鬥爭的環境成為他們人生展開的唯一環境。換句話說，（他們的理性生成是與對革命無保留的認同一道開始的。這就決定了他們偏嗜於從直接功利性上認識文藝作用的先天特點）藝術的意義，不是在於它的獨特性，不是在於它所有的而別的什麼無法替代的特質，而是在於藝術之於實際鬥爭的功用性。一句話，是因為藝術在革命那裡獲得意義他們才覺得這是有意義的。藝術在這時的他們的心中，毋寧說就是準革命的概念。對革命的認同包含了對藝術的認同，同時也代替了對藝術的個別的認識。其藝術的其他因素與特質一同被消融在「意義」和「功能」之中，可以說，他們這時對藝術的認識不但膚淺，而且欠缺，處於相當混濁的模糊狀態。

剛到延安，他們隨之進入魯迅藝術學院和部隊藝術學校學習——對於他們，這是一個嶄新而陌生的環境。儘管他們的藝術意識還不健全，但人類歷史上所有滲透著不同藝術觀念的成果卻不斷向他們灌輸著。由陌生、新奇到熟悉、愛好，這一群出生於農村的青年識字者，在藝術的精華世界裡開始了對藝術的理解，開始了自我審美意識的建

構過程。如果我們把這個開端與他們後來成為「山藥蛋審美」中堅作家的審美終點結合起來看，真是太有戲劇性了！「魯藝」「部藝」期間，外國文學名家和五四以來的名家成為他們認識藝術、感知審美的唯一對象。令人驚奇的是他們並不因為出生於農村而影響到對異質審美的接受。恰恰相反，面對這些異彩紛呈的世界，他們很快就進入到痴迷狀態，直到今天，他們說來依然稔熟得很！[2]這一階段，也是他們對審美特質真正認識的階段，如文學史觀念、技巧觀念、形式觀念、語言結構觀念等。儲存在他們情感記憶中的鄉村審美的一切，開始在系統藝術理性的構建過程中與世界文學及五四以來中國新文學進行著直觀的比較。這是一個重要的比較、選擇階段。但鬥爭的需要，使他們很快便投身到實際生活之中，帶著對「魯藝」環境的留戀踏上了鄉村的土地。鄉村審美的情緒記憶與「魯藝」環境中所孕育但還幼稚的現代審美意識，因為沒有機會充分融合而各自分割式地存在著。鬥爭的嚴酷和形勢的緊迫感進一步刺激了時代政治對藝術的直接功利要求，延安文藝整風以後新的藝術原則，很快成為廣大藝術工作者所認同的「延安藝術理性」，趙樹理作品的連續出現和轟動效應，與他們的鄉村審美情緒記憶達到了完全的契合。混沌狀態的審美感覺被提升出來在時代尚好中很快走向理性化。對革命的認同激情立即變為對「延安藝術理性」的認同激情，選擇的定位，使他們很快走上致力於「山藥蛋審美」創作的藝術道路。同時，真實地反映農村生活的藝術要求卻無形之中培育了他們對現實主義的執著——這既是他們能在一九四九年以後的五、六〇年代領騷文壇的歷史原因，又是他們遭人誤解的起因。儘管上述選擇過程的中斷影響了他們完型成熟，但外國文學、五四新文學和農村審美對他們的感情薰陶，為他們以後的選擇及重新對自我的審美意識作出價值定位，打下了堅實的基礎。

2　一九八七年筆者採訪西戎等作家時，他們不僅記得當時所學的外國文學中作家的名字，連作品內容也能複述。

　　其次，從他們的藝術成果和審美實踐過程看，他們那在不自覺狀態中對外來、傳統和時代政治三者藝術趣味的糅合、取捨卻帶有明顯的獨創性。在魯藝、部藝，他們接觸更多的是十九世紀西方現實主義作品。而他們在藝術實踐中卻有意無意捨棄了十九世紀批判現實主義作家對現存社會冷酷批判的鋒芒，把批判轉換成對以落後、保守為特徵的農民心態和行為的善意嘲諷與調侃。更為可貴的是他們從外國作家對現實批判的背後看到了對未來光明、公平、自由的焦灼追求，並在實踐中加以變形，形成「山藥蛋審美」所特有的浪漫韻致──〈小二黑結婚〉、〈李有才板話〉、《李家莊的變遷》、〈孟祥英翻身〉、〈邪不壓正〉、〈福貴〉、〈喜事〉（西戎）、〈村東十畝地〉（孫謙）、〈紅契〉（李束為）、〈金寶娘〉（馬烽）等作品，這些作品最後的光明結局，說明了這些作家那建立在對生活深刻理解基礎之上的浪漫韻致的歷史意義。儘管上述作品中人物的浪漫結局與時代有關，現實的確為人生出現這種光明結局提供了可能，但這作為藝術人物的歸宿，就不只具有與現實相呼應的價值，它托出了解放區文藝的一種審美風度！面對傳統，他們的瀟灑無與倫比。因為傳統對於他們並不是刻意搜求的東西，與他們並沒有距離。滲透著鄉村文化的民間審美對他們永遠有一種溫馨感。他們從中吸收到的是一份情趣、一種智慧和一往深情。對民間審美無序狀態的情感儲存，不但構成了他們實踐裡一份難得的滋補與涵養，而且也使他們藝術的選擇過程被永遠置於感性支配之下，最終葆有其鮮活的生命力。對農民口語的敘述化審美使用，既不是時代政治功利牽導下的機械動作，也不是采風式獵奇。語言與情感的完全對應，使他們的創作什麼時候都處在自然無飾的狀態之中。

　　再次，他們很早就無意識地為「山藥蛋審美」的價值昇華找到了恆久的文化範疇。通過人、事、情、景的描繪，展示農村文化氛圍和農民心態原在，使他們的作品在歌頌的背後又有某種冷峻。比如他們在作品中對土地觀念、宗法觀念等鄉村文化核心部分的生活展示就是

如此。「對於漢民族文明歷史來講，『土地觀念』是農民這一階層特有
的，並且一直處於對其他一切觀念進行支配的地位，在某種程度上它
構成了中國封建經濟及其生產關係、生產力的中心概念。民族經濟長
期停滯不前，商品意識的極端淡漠，對一切社會變革的漠視和麻木，
自我意識的完全喪失，個人理性的社會化統一色彩，甚至謹小慎微、
膽小怕事、愚昧而頑固、泛神與天命觀念，都可以在這一觀念中找到
源頭。」「『土地觀念』所賴以生存的土壤與封建正統文化──儒家文
化（尤其是宋儒文化）在本質上有很多相同之處──比如一樣的『尊
古』『法古』，無條件地相信『通例』、『老例』，以泯滅個性為基礎的
『溫柔敦厚』，妄自尊大的自我封閉，『唯上』、『唯聖』的專制理性
等，使得土地觀念得到歷代封建統治者的寬容和強化。在被專制理性
滲透了的『土地觀念』薰陶下的農民，他們的愚昧、麻木、頑固，就
成為一種理性的存在。這一切，對於以民主和科學為最後歸宿的現代
革命或曰現代文化來講，無疑是巨大的障礙與惰力。對於這一存在的
批判與改造，構成了中國現代革命一個極其重要的任務。土地觀念中
滲透的現代文化與固有文明的衝突，成為中國自近代以來文化選擇過
程的基本衝突。」[3]我們以趙樹理〈劉二和與王繼聖〉、馬烽〈金寶
娘〉、孫謙〈村東十畝地〉、李束為〈紅契〉為例，老劉、大和、二
和、鐵則、魚則等人在大是大非面前的「各懷鬼胎」（〈劉二和與王繼
聖〉），金寶娘為了土地的忍辱含垢，〈村東十畝地〉中「我」在地主
活財神退地許諾之餘的下意識驚喜、懷疑，〈紅契〉裡苗海其的軟
弱、愚昧、糊塗，歸根到底不外乎土地觀念對他們心態的無形制約。
失去土地，他們感到了痛苦，來自於土地的任何誘惑，包括欺騙，都
能使他們產生激動。在作品中，作家們以「土地觀念」為基礎而設置
了作品的中心線索，賦予人物以特有的言談舉止和心態，勾勒出人物

3　席揚：〈山藥蛋派文化特徵初論〉，《山西師大學報》1988年第4期。

在「土地觀念」束縛下曲折、複雜、艱難、痛苦的思想歷程。

如果說土地觀念是農民生存基礎的話，那麼宗法觀念則可謂是「山藥蛋審美」中農民文化的邏輯構架。宗法的觀念核心是血緣聯繫及在此基礎上的倫理規範。這一點，在他們這裡則幾乎被集中在「家庭」這一範疇裡。宗法觀念具體體現為家長制的家庭體制。嚴酷的家長制及其宗法觀念，對於處在貧困線以下的農民來講，所滋生的只有奴性意識。民主文化與這一奴性意識的衝突是他們創作中比較常見的衝突式樣。如我們在前面已經提到的〈村東十畝地〉裡「我」在「翻身」之際忐忑不安的心緒波動，〈紅契〉裡苗海其甘願忍受地主的愚弄而繼續為奴，都是明證。宗法觀念在農村生活中和農民文化中的泛化，與土地觀念一樣，造成了農民文化的極端封閉性。其鮮明的表現就是，農民總是善於或下意識地在一切選擇關頭回頭看，總是不由自主地翻老例，以歷史的既定來看取自身選擇的價值，把自我意識完全交付給由古人或歷史所造成的通例中。一旦他們自身的選擇無法在歷史存在中找到「淵源」，那麼，即使這一選擇在未來方向上具有如何偉大的前途，他們都可以最終棄之不顧，而恪守成規。封閉的環境和文化，使中國農民在沒有任何橫向比較下所進行的選擇（除了個別社會強制之外），幾乎都是向傳統的無意識認同。基於生存慾望而產生的物質需求，被宗法觀念加以規範，向隅自守發展為極端自私，自給自足發展為不思進取和盲目排外，安貧樂道發展為麻木不仁和義利兩忘，內傾保身發展為膽小怕事和胸無大志，質樸謙卑發展為愚昧固執和奴性十足。基於「土地」的農民文化及其心態，在浸透著封建正統文化的侵蝕之下，完全扭曲變型，在某種意義上成為中國社會中常常被人忽視的「準封建性」文化心態。[4]「山藥蛋審美」的冷峻，正是來自於對農民文化的這般深入。

4　席揚：〈山藥蛋派文化特徵初論〉，《山西師大學報》1988年第4期。

　　以上三點分析試圖說明，「山藥蛋審美」富有創造性的審美實踐，不僅為解放區的文化整合提供了範例，而且深化了藝術自身。能把各種不同的審美因素和要求，以獨特方式在文化三原色中完善地調製起來，這正顯示了「山藥蛋審美」的藝術風采。

四

　　「山藥蛋審美」是一種以鄉村審美為主格的現代審美形態。它的雅俗共賞的特點，決定了它和以普通大眾為基礎的新民主主義文化建設內在的一致性。它在面對時代政治的嚴格制約、各種審美因素的互相衝撞所表現出來的藝術彈性，很快就成為解放區具有效法價值的審美時尚。從這個時候起，「山藥蛋審美」的創作主體群，就由趙樹理、馬烽、西戎、孫謙、胡正等少數山西籍作家，一變而為解放區所有作家的參與。各種藝術意識和審美情趣開始從各個角度各個側面謹慎地滲出來，「山藥蛋審美」的機制彈性進一步增強，理論探討也由此興起，審美實踐的高峰形態旋即來臨——李季、阮章竟、張志民等對民間詩歌的刻意研究與創造，孫犁對小說情趣的進一步拓展，包括艾青、丁玲、周立波、何其芳等都市藝術家向民間審美的自覺傾斜，以及出現在康濯、邵子南、秦兆陽、孔厥、袁靜、肖也牧、陳肇、柳杞、俞林、王楠、丁克辛等人筆下的新的作品，標誌著以「山藥蛋審美」為實踐形態的延安藝術理性，不僅開始走向成熟，而且以眾望所歸的群體仰慕方式完成著它全方位的泛化——這一情形一直持續到一九四九年以後的六〇年代中期。「山藥蛋審美」不僅成為解放區審美的旗幟，而且以此為基點形成了「文革」以前中國當代文學的藝術格局。儘管在幾十年的實踐中，它的存在形態有很多變化，但流貫於這一時期的藝術理性本質和美學風神，卻不曾有過根本性的改變。

　　那麼，「山藥蛋審美」的藝術理性和美學精神到底是什麼呢？它

是如何影響中國文學的當代格局的？

　　首先是滿懷激情對現實的持久關注。從趙樹理開始，「問題」就始終是「山藥蛋審美」的一個重要意象。這種意象與我們通常的理解有很多不同。「問題」在作品中，與其他那些被藝術家當作意象的事物一樣，具有實在的客觀屬性。但它卻不是以靜止的狀態被人發現，意象的意義也不是靠創作主體主觀情感的特殊酵化而獲得，而是「問題」本身就含有歷史，就充滿著矛盾與衝突，其動態性不只體現在生成過程，而是體現在難以把握向度的未來發展之中。主體對「問題」的思考過程，就不得不置於一個相當宏大的背景之中。人與問題的糾纏過程，就是藝術展開的過程，也是作品以生活細節為基礎獲取文化超越意義的過程。「問題」聯著歷史、現在和未來。趙樹理從小二黑小芹的戀愛受阻問題中看到了民主與封建的衝突，而這一衝突的藝術展開，就切進了文明與愚昧衝突的文化範疇。〈李有才板話〉中，小字輩、老秦、陳小元、老楊等人物，每個人物都是一個問題，而每個問題的深入都有各自不同的意義。陳小元的變質預示了農民意識對新型政權的極大危害，老秦的保守與勢利，說明著傳統存在的巨大韌性，小字輩的焦灼，表達了新文化初建時期青春的憂患式活力。趙滿囤（〈三年早知道〉）、賴大嫂（〈賴大嫂〉）等人物的典型性，均來自於其承載「問題」的典型性。由「問題」來強化藝術感覺，捕捉創作靈感，醞釀結構秩序，被許多作家所使用。以反映現實的題材創作為最，《創業史》堪稱代表。

　　其次是以理解和激勵為基礎的情感態度。在「山藥蛋審美」的經典作家這裡，這種情感態度的確立不但很早而且很自然。他的作為「人」的主體的情感，一開始就和土地、鄉村緊緊相連。與農民、農村血緣般的親昵，使他們在面對這一對象時總有一種親切感。革命過程對農民、農村的絕對依賴以及農民對現代社會變革的巨大貢獻，時代政治對農民身上革命先鋒性的空前張揚，使他們的鄉村情感很快走

向價值化和理性化。他們對農民、農村的理解，滿含著寬容與善意，浸透著同情與體恤。當他們由「問題」切入而深加思考時，對象身上的落後性已不再有批判價值，而只能以善意的調侃對待之。時代的需求，對象在特定的環境中的特殊性和他們與對象之間的血親關係，自然托出了他們的「頌揚」為基調的審美態度。寫農民保守、自私、狹隘的惰性，總是跟著貧苦的生存背景。寫他們的心計、狡猾，總是以不傷大雅的「善」為歸宿點。因此我們便很少能在他們的作品中看到如葉紫〈星〉中所表現的那種劣性心態而帶來的驚心動魄的悲劇。衝突方式的平淡化，對峙狀態的生活世俗化，人物行為的喜劇化和形象性格轉化因素的政治化，就是上述情感滲進審美實踐過程後的必然結果。當代文學中朱老忠、梁三老漢、許茂等形象的複雜性，就是這種情感與對象本身的傳統根性相調和的既定產物。

再次是直面現實的浪漫姿態。作為現實主義風格的「山藥蛋審美」，其藝術品質的浪漫性不只是體現在人物的最後歸宿恰恰吻合於歷史發展的必然性，這僅僅是一個表面現象。過去任何時代的浪漫主義都是以對現實的否定為肇因或是走向過去、或是走向未來，帶來的人生美學境界的虛泛性。而他們卻樂觀地面對生活，在熱愛之中發現那些可以走向未來的新鮮因素。從某種意義說，它的實在情形與後來的革命浪漫主義理論相吻合。直面現實的一貫追求，規範著他們總是從生活的實際出發，善於從生存方式的些微變化中窺測生活主體的觀念變化，因而就可以避免對人生景觀展望的主觀虛妄性。其浪漫姿態又使創作主體的審美激情得以持久不衰，有利於把現象人生的種種衝突順勢導入民族文明的建構歷史過程從而獲得作品的博大與厚實。「山藥蛋派」作家那善於把過程的沉重消融在最後喜劇性結局的審美操作方式，那種善於以農民的善意幽默來緩衝生活悲劇力度的能力，那種精於在中間人物身上涵納時代變革效應的獨特視點，不僅是他們對新文學富有獨創性的貢獻，而且也使「山藥蛋審美」從時代需要的

四〇年代崛起之後，能以自己越來越健全的品質不斷佔有著時代。審美品質也隨著這些創造成果的不斷積累日趨擺脫依附而走向獨立。五〇年代末、六〇年代初一大批反映革命歷史題材的作品，從各個方面都能對上述這一特徵予以說明。因為這一特點已超出了「農村生活」這一題材的限制而化為一種藝術理性和美學精神，進入了美學的抽象理論領域，成為影響當代藝術創造的意識力量。

顯然，僅僅只從題材或體裁角度看取「山藥蛋審美」的意義，僅僅只從「山藥蛋審美」與毛澤東〈在延安文藝座談會上的講話〉的對應性上界定它的價值，就勢必抹殺它的獨立品格。任何對「山藥蛋審美」以依附性範疇進行的研究，都難以獲得有價值的深入。

綜上所述，面對戰爭的文化環境，以政治的文化觀念、知識份子文化觀念和農民文化觀念為三原色的文化整合，既是「山藥蛋審美」生成的背景，又是它在發展中能夠獲取獨立品格的價值起點。它對文化整合過程的全程參與，決定了它的價值歸宿應該是民族現代文化選擇與重構範疇而不是時代政治範疇。「山藥蛋審美」在外化過程中的功利效應，並不能說明它佔有歷史和時代的資格只來源於功利誘惑。它以富有彈性的藝術成果及其審美機制，使延安藝術理性得以迅速物態化、生動化、形象化和普泛化。從四〇年代到六〇年代的中國當代文學藝術格局中的「山藥蛋審美」氣象，正得之於廣大藝術創造者對「山藥蛋審美」生命活力的廣泛認同。

為此，我們有理由說，「山藥蛋審美」的研究，才剛剛開始。

——本文原刊於《延安文藝研究》1992年第2期，中國人民大學複印報刊資料《中國現代、當代文學研究》1992年第5期轉載

二十世紀「山藥蛋派」研究的幾個問題

　　跨越中國現當代兩個時空，並在中國當代文學進程中引發過廣泛且持久關注的「山藥蛋派」，的確是中國現當代文學史上小說創作領域中不可忽視的重要審美現象。從今天來看，它實際上經歷了從生成、發展、繁榮、衰落直至終結的全過程。作為歷史的「山藥蛋派」，已經獲得了進入「經典式」研究的可能。不論是從「史」的角度進行價值定位，還是在「領域範疇」進行現象描述，都為研究者的結論趨向「科學化」提供了良好的契機。審美現象的價值研究是件困難的事情。「山藥蛋派」風風雨雨半個世紀，人們對它的評價升降雜錯，正誤互見。作為從二十世紀四〇年代中期就被新民主主義意識形態尊奉為「審美主潮和趨向」的「山藥蛋審美」，無疑成了這一時期中國文藝格局中的關鍵性構成因素。很顯然，無論是從整體，還是局部，都是任何一位嚴肅的研究者所繞不過去的話題。對歷史的價值定位，總是從對歷史的客觀性清理中開始的。本文就試圖完成這個基礎性工作。

一

　　在各種研究文章中，把以趙樹理為首，以馬烽、西戎、李束為、孫謙、胡正為主將的創作，稱之為「山藥蛋派」，已是無爭的事實。

人們在使用它時，已是廣泛認同基礎上的無可懷疑的確認。無論是在研究趙樹理的文章中，還是在研究其他幾位作家的文章中，凡是從群體意識角度來論述「山藥蛋派」創作時，都有了以下的共識：首先都認為這一流派產生於五〇年代，並可以上溯到四〇年代中期，繁榮期五〇年代末到六〇年代初。其次認為這一流派的旗手是趙樹理，主將有馬烽、西戎、李束為、孫謙、胡正。再次認為，這一流派有其傳人，這主要是指在五〇年代走上文壇的山西鄉土作家群包括李逸民、楊茂林、韓文洲、謝俊傑、義夫等人，並且這一流派在新時期初期還有影響，如在韓石山、張石山等人的早期作品中可以看出。至於對這一流派的特色、風格的認識則有著更多的共性：清一色的農村題材，並且以山西鄉村生活為主；緊扣時代發展，在反映「新人」面貌的同時，擅長於「中間人物」的性格刻畫；追求通俗性，自覺以農民作為讀者對象，風格質樸，常帶「土」氣等等。這些都說明，這一創作群體，就群體成員之間的關係看，確有其鮮明的特性。正因為如此，人們在探討這一流派的生成過程中都普遍認識到，這一流派在形式上並沒有共同的宣言，在創作上也沒有共同遵循的綱領，更沒有所謂成立的時間，「派」性是在長期創作中逐漸形成的──「流派」意識並不是產生在創作主體那裡，而是接受者感受的結果。由這一特性，研究者又引申出這一流派的構成因素的許多結論。人們普遍認識到，這些作家的特殊的身份（農村識字人），他們對文學價值認識的特殊環境（戰爭環境），毛澤東〈講話〉精神對解放區藝術發展的定位和特殊時代裡人民大眾對文學特殊要求等，是這一流派形成的主導性因素。

　　以上情況說明，「山藥蛋派」的生命是寄植在上述這些普泛性的共識上面的，並成為現代、當代文學研究中的一個特有概念。

　　然而，對這一群體的「流派」命名，卻頗多曲折。甚至到今天，人們依然難以溯尋「山藥蛋派」這一命名的起始，幾乎所有的著述都語焉不詳。所以常常出現對這命名的「質疑」或試圖以別的稱謂來概

括的情形。[1]這一點也表現在以吸納研究成果見長的現代、當代文學教材中。唐弢主編的《中國現代文學史》（三卷本）在論述趙樹理創作的最後這樣提到一筆：「他的這種具有鮮明民族化群眾化的藝術風格，對於後來的小說創作發生了深遠的影響。在五〇年代形成了被人們親切地稱為『山西派』『火花派』『山藥蛋派』的藝術流派。」黃修己在一九七九年出版的《中國現代文學簡史》中，也在同樣的位置簡要地指出，「在解放區小說創作中，趙樹理的藝術風格影響最大。有一些作家讀了他的作品，受到感染、啟發，使自己風格向趙樹理靠攏。也有的並不熟悉趙樹理，但因共同的文藝觀而形成與趙樹理相近的風格。到了五〇年代，在山西作家群中形成了以趙樹理為代表的，俗稱『山藥蛋派』的小說藝術流派。」楊義的《中國現代小說史》並沒有採用這種說法。對趙樹理之於這一群體的影響他不曾提及。說到馬烽創作時不僅論述了解放前的創作，也還延伸到八〇年代。他說：「同是扎根山西，簡直可以說同是『山西派』新農民作家或『新鄉土作家』，漸趨成熟的馬烽卻開始尋找略異於趙樹理的藝術個性。」顯然，楊義是用「山西派」來稱謂這一創作群體的。這種情況在當代文學史教材中更加明顯，有的根本就不涉及。[2]我認為，這些至少說明對這一流派的認可存在分歧。原因也許是在五、六〇年代，對這一創作群體進行研究的人們還沒有具體的、自覺的「流派意識」或理論性「群體」辨析認識。這就無怪乎到了新時期的八〇年代，對「山藥蛋派」還是「介紹」、「且說」、「再說」、「再思考」、「也說」、「質疑」、「質疑的質疑」等等熱鬧的討論了。[3]

1　劉再復、樓肇明：〈論趙樹理創作流派的升沉〉，《新文學論叢》1979年第2期；戴光宗：〈山藥蛋派質疑〉，《山西文學》1982年第8期。

2　見吳宏聰等主編：《中國現代文學史》（武漢市：武漢大學出版社，1991年）。

3　這些文章包括：宋撰、化木〈介紹山藥蛋派〉（《語文教學通訊》1980年第2期）；李國濤〈且說山藥蛋派〉（《光明日報》1979年11月）；〈再說山藥蛋派〉（《山西文學》1982年第12期）；艾斐〈對〈山藥蛋派質疑〉的質疑〉（《山西文學》1982年第10

　　山西作家群小說創作的「山藥蛋派」命名及對這一命名的認可，顯然經歷了一個很長的不乏曲折的過程。對山西作家趙樹理、馬烽、西戎、李束為、孫謙、胡正等作為一個群體加以關注是從五〇年代開始的。《文藝報》在一九五八年底推出了《山西文藝特輯》，對這一群體的近作進行了評價。表面上看是對每個作家的單個評價，但「特輯」本身就表明了《文藝報》的一種意識，即從「群體」、「整體」上對他們進行分析，並試圖引導一種研究趨向。這個時期人們普遍地把它稱之為「山西派」或「火花派」。這兩種稱謂，前者是從地域上著眼的。後者是從他們的大部分作品所揭載的刊物著眼的。（「文革」以前，山西文聯的機關刊物為《火花》月刊）這種稱謂是一種極簡單的區別方式，似帶有很大的隨意性。提出這種稱謂，無疑是意在引起讀者和研究者的注意而已──猶如新時期的「晉軍」、「陝軍」、「湘軍」稱謂一樣。顯然，這是一種籠統的、即興式的、簡單的稱謂。

　　「山藥蛋派」這一提法始於何時，多年來人們似乎一直沒有興趣去溯尋。很多涉及這個流派的辭書也是語焉不詳。下面這樣的介紹很具有代表性：「山藥蛋派，是以我國山西地區作家為主體的一個鬆散的作家群體。一九四九年後，特別是五〇年代中期以後，以山西作家趙樹理為中心，逐步形成風格相近的創作流派，亦稱『山西派』、『火花派』。比較有影響的作家有馬烽、西戎、束為、孫謙、胡正等。他們的作品，有較濃厚的山西農村氣息，採用現實主義手法，熱情表現新生活、新人物，民族風格突出，語言通俗易懂，以故事敘述為主，結構層次分明，線索一般較單純，盡可能通過語言、行動刻畫人物性格，避免長篇心理描寫，努力運用富於表現力的地方口語等。這些風格的形成，使之自成一派，為我國當代文壇所注目。」[4]在一本專論

　　期）；錦園〈也說山藥蛋派與艾斐商榷〉（《文學報》1983年10月6日）；戴光宗〈關於山藥蛋派再思考〉（《寧波師專學報》1983年第3期）。

4　《文學知識大觀》（長春市：時代文藝出版社，1989年）。

流派的著作中，論者是這樣解釋的：「從四〇年代開始，在山西文壇上活躍著一群年齡、經歷、藝術教養、創作道路、作品題材內容和藝術風格大體相仿的作家，他們都是山西土生土長或長期在山西生活的作家，所以被稱為『山西派』，又因他們發表作品的主要陣地是山西文聯的機關刊物《火花》，還被稱之為『火花派』。這些作家的作品都帶有鮮明的地方色彩和濃郁的泥土氣息，也有人便以山西農村最常見的土特產『山藥蛋』（土豆）來為其命名。『山藥蛋』之名雖然不那麼全面，高雅，卻抓住了這一流派與眾不同的主要特點，生動、形象、通俗、幽默，便逐漸取代了其他兩個名稱而流傳下來。一九七九年，劉再復等人發表了〈論趙樹理創作流派的升沉〉，李國濤發表了〈且說山藥蛋派〉，引發一場全國範圍的，持續幾年的探討與爭論，出現了一批較有影響的研究成果。從此，山藥蛋派連同它的名稱，得到了文藝界以及廣大讀者的普遍認定。」[5]

　　從以上的徵引中我們看到，研究者分析了何以用「山藥蛋派」來對這一創作群體進行命名的原因所在。對這一問題的研究，比較有說服力的是朱曉進先生在其專著〈「山藥蛋派」與三晉文化〉中所表述的：

> 「山藥蛋派」起源於四〇年代中期。一九四二年以後，趙樹理首先發表了一批具有濃厚鄉土氣息和山西地方色彩的作品，當時同在山西的馬烽、西戎、胡正、孫謙、束為等在趙樹理影響下，也寫出了具有大致相同特色的作品。這批作家在建國初曾一度分散，但五〇年代中期又都不約而同地先後回到山西工作，並且不斷創作出有影響的作品，從而在五、六〇年代形成一個相當有影響的文學流派。將這個流派命名為「山藥蛋

5　《中國現代文學流派概觀》（成都市：成都出版社，1990年）。

派」，正是抓住了這個流派的地域色彩和鄉土氣息濃郁這一共同的特色。山西盛產山藥蛋，五〇年代末，《山西日報》曾登載文章宣傳山藥蛋的種植、特性以及它在山西人民生活中的地位和食用方法等等。幾乎是同時，《文藝報》在一九五八年第十一期推出了《山西文藝特輯》，將趙樹理、馬烽、西戎、胡正、孫謙、束為等作為一個群體作了總的評述介紹。也許是巧合，後來就有人將「山藥蛋」作了這一文學群體的名號。[6]

「山藥蛋派」這一名稱之所以很久未被大多數人所接受，關鍵是一開始提出這一命名的時期，是含有對這一群體作家的貶義的，即在起始它竟是一個貶稱。因此而帶來的是這一批作家對這一稱呼的「沉默」，又反過來使許多研究者不便於循其「命名」。[7]從各種資料分析來看，以「山藥蛋」為這個創作群體命名的始作俑者，顯然是覺得這一類創作「土里土氣，不登大雅之堂」，[8]含有明顯的戲謔意味。這表明了中國當代審美觀念上的嚴重對立性。其實，早在趙樹理創作之初（四〇年代初），對這類風格作品的褒貶爭論就產生了——一九四二年一月，一二九師政治部與太行區黨委召開太行文化人座談會，會上的爭論就「殊多分歧」，甚至於「會場空氣異常緊張」。幾經周折才得以發表出版的〈小二黑結婚〉，「受到太行區的廣大群眾的熱烈歡迎。僅在太行區就銷行達三、五萬冊」，「但當時在太行山區，仍然有些知識份子對〈小二黑結婚〉搖頭，冷嘲熱諷，認為那只不過是『低級的通俗故事』而已。甚至當時太行山區的一位知識份子出身的幹部，看過小說後也搖頭說：『這是海派！』」[9]由於上述歷史的糾葛，當代文

6　《「山藥蛋派」與三晉文化》（長沙市：湖南教育出版社，1995年）。

7　西戎：〈人民需要為人民的作家〉，《五老作家創作五十週年研討會紀念文集》。

8　西戎：〈人民需要為人民的作家〉，《五老作家創作五十週年研討會紀念文集》。

9　楊獻珍：〈從太行文化人座談會到趙樹理的〈小二黑結婚〉的出版〉，《新文學史料》

學中對這一命名是否確當曾有過長期的爭論。直到八〇年代初，這種
爭論還在繼續著──這成為「山藥蛋派」研究發展過程中一個十分有
趣的景觀。屬於這個流派的主將西戎曾說過：「六〇年代山西作家
群，形成了以趙樹理為代表的一個文學流派，名叫『山藥蛋派』。最
初是一種貶義，認為這一類作品土里土氣，不登大雅之堂。後來由於
這些作品在讀者中產生了影響，引起文學界的關注，有人著文評論這
個流派的價值特色，才有了褒揚的意思。」[10]一九七九年，李國濤在
〈且說「山藥蛋派」〉一文中分析道：「為什麼稱『山藥蛋派』？這裡
既含著山西在生產上和生活上的特點，又針對這批作家深深扎根於農
村生活，作品有濃厚的生活氣息和地方色彩這些特點而命名的。」[11]
一九八四年，高捷在《山藥蛋派作品選》〈序〉中也對這一命名進行
了認真的確認：「把山西作家群稱為『山藥蛋派』，不管出自愛昵的諧
謔或微含輕蔑的調侃都無關緊要，它的確較為確當、形象，風趣地概
括出這個流派的物色。」[12]

　　「山藥蛋派」的命名與「山西派」、「火花派」、「趙樹理創作流
派」等命名相比較，的確突出了它的特點──不是地域特點或刊物特
點的簡單畫分（前者如江西詩派、公安派、桐城派，後者如「七月詩
派」、「現代派」等）──鮮明的地方色彩和濃郁的鄉土氣息。「山藥
蛋派」的命名過程及其曲折的經歷，恐怕是現當代文學史上任何一個
流派都不曾具有的。這也許可以從一個側面說明，一方面這個創作群
體在二十世紀四〇至八〇年代文學歷史中具有的重要的歷史地位，成
為人們繞不開的話題；另一方面，這種命名的曲折過程也含納著豐富
的當代社會、政治、文化的風雲變幻和審美觀念上的深刻歧見。

　　1982年第3期。

10　西戎：〈人民需要為人民的作家〉，《五老作家創作五十週年研討會紀念文集》。

11　〈且說「山藥蛋派」〉，《光明日報》，1979年11月28日。

12　《山藥蛋派作品選》（北京市：人民文學出版社，1984年）。

　　「山藥蛋派」這一命名始於何時？要回答這個問題，需要從以下幾個方面加以考察。

　　一是取決於趙樹理、馬烽、西戎、李束為、孫謙、胡正等一批作家的創作以「群體」的勢頭與面貌出現在讀者面前。從創作歷史來看，他們都是在一九四二至一九四三年一年間開始創作並發表第一篇小說的（趙樹理是個例外）。客觀地說，全國解放以前，除趙樹理的創作和馬烽、西戎合著的《呂梁英雄傳》在讀者中產生了較大影響之外，其餘作家和作品都尚處在「一般」的狀態之中。趙樹理之外，馬、西、李、孫、胡等人除了滿腔的創作衝動之外，尚未具備自己的藝術意識和鮮明的審美創作追求。他們在創作上並未與趙樹理的創作一起在讀者心理上產生「呼應式」效應。「晉綏時期」的戰爭繁忙和時代特殊需求使他們只是忙於以文學的形式完成任務。一九四九年至一九五七年，他們又分別調到北京、成都、重慶等地，直至一九五七年夏，馬烽、西戎、李束為、胡正、孫謙才聚首太原，並開始以專業作家的身份從事創作。我以為，這一身份的變化，是他們的藝術意識走向自覺、獨立的開始，並且在創作中逐步確立了方向一致的審美追求。從一九五六年至一九五八年期間，馬烽發表了〈一篇特寫〉、〈四訪孫玉厚〉、〈撲不滅的火焰〉（與西戎合作）、〈三年早知道〉、〈老寡婦〉、〈停止辦公〉、〈我們村裡的年輕人〉、〈重要更正〉等；西戎創作了〈宋老大進城〉、〈一個年青人〉、〈蓋馬棚〉、〈行醫事件〉、〈姑娘的秘密〉、〈王仁厚和他的親家〉等；李束為創作的有〈過時的愛情〉、〈難忘的印象〉、〈好人田木瓜〉、〈老長工〉、〈唉，這伙年青人〉、〈崞縣新八景〉、〈臨時任務〉等；孫謙的作品有：〈奇異的離婚故事〉、〈未完的旅程〉、〈有這樣一個女人〉、〈爺爺、兒子、孫子〉、〈萬水千山〉、〈傷疤的故事〉、〈新麥〉、〈湛港盛世〉、〈半夜敲門〉、〈水庫之謎〉、〈臘月二十九〉、〈大門開了〉、〈一封感謝信〉、〈大紅旗與小黑旗的故事〉、〈春山春雨〉、〈一天一夜〉等；胡正的作品有：〈七月古廟

會〉、〈兩個巧媳婦〉、〈盲女喬玉梅〉、〈拉驢記〉等。

　　從以上羅列可以看出，他們的創作進入了自四〇年代以來的穩定的高產期，由個人特色構成的群體特色日趨鮮明，而這些又與趙樹理一九四九年以後由〈登記〉、《三里灣》、〈「鍛煉鍛煉」〉所引起的文壇衝擊波一起，以整齊、強大的創作陣容，顯示了其群體存在的狀態和勢頭。可以肯定地說，評論界以「群體」的眼光看待他們，是從這個時刻開始的。

　　二是取決於評論界和讀者對「創作群體」的認可。這一點鮮明地體現於《文藝報》一九五八年十一月《山西文藝特輯》。在這個特輯中，馬烽的名篇〈三年早知道〉、西戎的〈姑娘的秘密〉、李束為的〈老長工〉、孫謙的〈傷疤的故事〉和胡正的作品被集中地評價。雖然評論者對這些作品是分別加以評價的，並沒有把他們當作群體在評論中體現出來，但這種「特輯」的集中展示卻可以說明許多問題。它預示著評論界已經注意到這一創作群體，並有意倡導一種「群體研究」。

　　三是取決於作品風格的相似性——包括立意、題材、衝突方式、結構和審美情趣與語言操作等。從「特輯」所評價的幾篇作品看，〈三年早知道〉是馬烽一生的代表作之一，「趙滿屯」成了「中間人物」的代名詞。〈傷疤的故事〉中「我」大哥大嫂也屬於同樣的人物，作品表現出對農村變革及農民在變革中的精神震蕩的十分關注和深入探索的意向。「事件」構成情節重心，在情節的發展中塑造人物也是這些作品的基本方式。貼近生活，反映問題現實，故事的單線敘述和小說語言的山西鄉土色彩等，這些都不約而同地進入讀者的視野，形成由「相似性」聯結而成的「群體印象」。

　　太多的相似性，使人們自然而然地稱之為「山西派」。

　　何時有了「山藥蛋派」一說，我認為李國濤的論述是可信的。他認為：「過去，人們在口頭上曾把山西的這個流派稱為『山藥蛋

派』。」[13]我認為，正式把「山藥蛋派」從口頭上移入文章並以概念的形式提出來，正是李國濤先生。也許在此之前，「山藥蛋派」已在人們口頭上流傳了十多年。

文學研究界對「山藥蛋派」的形成期已有了共識：即認為五〇年代末到六〇年代初。這一時間確定的意義在於，不是說在五、六〇年代才有了「山藥蛋派」，而實際是指這一群作家在創作中的共性被理論界認可，以群體被關注——這與先前是大不一樣的。如此說來，那麼「山藥蛋派」的研究歷史是從何時開始的呢？要確定這個時間，需要考慮以下幾方面前提：

一是根據流派產生的初始時間來確定。流派的產生有一個過程。在這一過程中，流派的面貌是逐漸鮮明化、凸現化的，最後走向作家群同時以「流派」的方式被認識。但是，「過程」中的內容也應當被視為結果的基礎。因而，對結果產生的過程中的「基礎性」研究也應包括在流派研究的歷史內容之中。

二是注意「流派」的特點。「流派」不同於單個作家，它首先或者本質上是一個「群」的概念，是由若干單個作家所構成。每個作家和每部作品都構成了這一「流派」的必然性內容。一般地看，對「流派」這一現象的研究都可分為「流派前研究」——這種情形更多地表現為對單個作家、單個作品的研究；「流派後研究」——這顯然是指研究者從流派角度著眼群體的研究。當然，兩個階段也有交叉。這樣就應當肯定，對「流派」作家的單個研究也是它的重要內容。

三是研究意識的辨析。有過很多這樣的例子：流派研究中的「單個」研究與「群體」研究的差異是很大的。差異在於前者也許沒有流派意識，而後者「流派意識」體現在各個方面。其結果是前者可能帶來流派中某個單因素的深化認識，後者則是「流派」研究的整體性推

13　〈且說山藥蛋派〉，《光明日報》，1979年11月28日。

進。但我們說，文學的現象研究總是在微觀與宏觀的結合上獲得突破的。「流派史」的內容應當寬容地把一切相關內容包括進來。

　　根據以上的思考，我們可以把〈小二黑結婚〉發表以後引起的反響作為「山藥蛋派」研究歷史的起始。從四〇年代到今天，關於「山藥蛋派」的研究，可以分為前、中、後三個時期。一九四三年至一九五七年為前期；一九五八年至一九六六年為中期；新時期以來為後期。

　　為了研究的方便，我們論述的內容主要是馬烽、西戎、李束為、孫謙、胡正等作家的創作。對趙樹理，因為他可以是單獨列出的「大家」，其本身的研究成果已是蔚為大觀，我們在此只是著眼於他的「流派」位置，所以採用必要時提及的方式。

二

　　前期（1943-1957）。這一時期是「山藥蛋派」的萌芽草創時期，也是研究的起步階段。在這一階段裡，除了對趙樹理的創作進行了大規模的「方向性」研究之外，對其他作家的研究表現為以下一些特點：

　　第一，側重於對單個作品的評價。馬烽在這個時期裡共創作了二十四部小說作品（包括長篇小說《呂梁英雄傳》）。代表性作品和反響較大的作品，除了《呂梁英雄傳》以外，《村仇》、《一架彈花機》、《韓梅梅》、《四訪孫玉厚》等被評價得較多。《呂梁英雄傳》在這一時期前後共有九篇評論。其餘的都有評價，其中以對《韓梅梅》為最。西戎在這個時期，除《呂梁英雄傳》以外，包括劇作在內共十七部作品。其代表作品是《宋老大進城》、《喜事》等，前者連獲好評。李束為這一是期發表作品十七部。他的作品反響比較小，僅有寫於一九四六年的《老婆咀退租》獲評價。孫謙在這一時期共發表小說十一篇，秧歌劇、話劇和電影劇本十六部。代表作可推《傷疤的故事》（小說）和《萬水千山》（劇本）。從評介文章看，絕大部分集中在他

的電影作品中。胡正在這一時期的作品數量是較多的，但二十六篇作品中屬於小說的只有十篇。代表作是一九五五年發表的中篇〈雞鳴山〉和一九五六年底發表的〈七月古廟會〉，對他的評論文章也僅限於這兩部作品。

從以上情況來看，對作家的評論是以單篇作品來進行的，且大多是即興式的。從這些「評介式」研究中我們可以獲悉：一是這些作家的哪些作品獲得了反響；二是這些反響表現了時代的哪些趨向和時尚。以此可以了解到這一時期中國社會包括審美選擇在內的文化內容和構成式樣。

第二，這一時期對「山藥蛋派」作品在評論時所採用的方法都是社會歷史學的批評方法，主要是從內容與時代的契合程度上衡量作品的價值。從歷史上看，這一時期正是中國社會新舊交替的重要時刻，抗日戰爭、解放戰爭、減租減息、土地改革、抗美援朝、農業合作化等，這些歷史的大動蕩必然會表現在他們的作品之中，所以說，研究者從時代的角度來加以展開，也算是一種歷史的必然。這種評價的最高成果體現在周揚〈論趙樹理的創作〉中。周揚在這篇文章中對趙樹理創作特徵的闡述和結論，都可以移到對「山藥蛋派」整體創作的評價上。「山藥蛋派」作品在「精神」與「思想」上對農民主人公地位的確立，作品因素（包括人物敘述）的農民化，基於對農村現實切實體會的作品的樸實情調，對敘述語言進行農民口語化處理的卓越能力等，這些都可以視為對「山藥蛋派」藝術追求和成果魅力的準確概括。這是一種整體的存在，雖然還處在萌芽狀態。這一時期研究這一流派的重要文章可在研究趙樹理的文章中看出——如周揚〈論趙樹理的創作〉、郭沫若〈讀了《李家莊的變遷》〉等等。

第三，這一時期如果以流派角度看，有一篇文章特別值得重視，就是言午《《呂梁英雄傳》與〈小二黑結婚〉讀後感》。這篇文章雖然是從解放區文學創作的範疇來展開論述的，許多分析也缺乏有機性，

但這是第一篇把這一流派的兩個作家、作品合在一起加以分析的文章，表現出初步的「群體認識」的研究意向，值得重視。

中期（1958-1966）。這一時期是「山藥蛋派」發展的鼎盛時期，也是他們以富有鮮明特色的強大作品陣容征服讀者、震撼文壇、在文壇上獲取「群體優勢」（流派優勢）的時期。隨著創作豐收期的到來，他們的作品主要發現在質量的提高上，代表作大量湧現。其中很多構成了他們一生的代表作品。比如馬烽的《三年早知道》，電影《我們村裡的年輕人》、《我的第一個上級》、《太陽剛剛出山》等。西戎的《燈芯絨》、《賴大嫂》，李束為《好人田木瓜》、《于得水的飯碗》，孫謙《南山的燈》、《大寨英雄譜》，胡正《汾水長流》等。這些作品與趙樹理的《三里灣》、〈「鍛煉鍛煉」〉等作品一起，以其赫然的輝煌顯示著他們的強大存在，的確為當時的文壇帶來了不小的震撼。一時間，「山西派」、「火花派」等稱譽四起。正如一九四三年至一九四五年趙樹理發表〈小二黑結婚〉、〈李有才板話〉、《李家莊的變遷》等作品在整個解放區引起的震動並影響了當時的審美格局一樣，「山藥蛋派」馬烽、西戎、孫謙、李束為、胡正等人這個時期「集束式」作品與趙樹理新作一起，又一次強勁地影響了中國當代文學，尤其是五、六〇年代中國當代文學的格局（此點筆者將以另文評述，此處不再贅述）。

這一時期的「山藥蛋派」研究較之早期有了新的特點。

第一，掀起了以評論作品為主的研究熱潮。他們的幾乎每一篇作品的問世，都有以評論為表現形式的社會反響。馬烽的《三年早知道》、《我的第一個上級》、《太陽剛剛出山》、《我們村裡的年輕人》等都有三篇以上的評論文章。對西戎的《賴大嫂》，各種觀點的評價文章多達七、八篇。李束為的報告文學《南柳春光》、孫謙的《奇異的離婚故事》等作品，所獲得評價亦是很多。胡正的長篇《汾水長流》，從小說到電影，竟有十幾篇文章對之進行不同角度、不同側重點的藝術分析，真可謂是眾說紛紜、異彩競呈。這種現象在《文藝

報》一九五八年所編輯的《山西文藝特輯》的引導下，越來越具有一種「群體研究」的趨向。「派」的說法與概念——不論「山西派」、「火花派」，還是微含貶義的「山藥蛋派」，已開始流行開來。可以說，這些都是對「山藥蛋派」認可的開始，不過，同時也醞釀著分歧。

第二，「作家論」式的研究也成為常見現象。雖然早在四〇年代對趙樹理的評介中就已經有了這種形式，但在「山藥蛋派」的其他作家那裡，以「作家論」這種形式對流派中的某個作家進行深入研究的，最早始於一九五九年寧爽的文章〈讀馬烽短篇小說集〈三年早知道〉隨感〉，隨後有思恭的〈讀馬烽同志的短篇小說〉，〈春到人間花自開——馬烽同志的作品研究〉，朱經權〈談馬烽近兩年短篇小說的創作特色〉（《文學評論》1965年第3期），宋爽〈努力描繪社會主義的人物——試談馬烽同志十年來的短篇小說〉（《文學報》1960年第2期），俞元桂的〈談馬烽和李准短篇小說的風格〉（《文匯報》1962年2月25日），王若麟〈漫談馬烽短篇小說的結尾〉、〈從〈人性論〉到「寫真實」——評孫謙的三篇小說〉等等。這些文章都從整體的角度就作家同一類創作、某個時期的創作或是創作過程中的主要代表性作品進行了細緻的論述。採用「作家論」形式的研究者們試圖用這種比較「大」的方式，勾勒出作家創作的發展軌跡、審美傾向的面貌和變化、藝術上進步階段性和各自的獨特性。值得注意的是，雖然「作家論」這種形式更多地運用在趙樹理、馬烽身上，但透過這些可以看出。論述總是或多或少、有意無意地試圖通過「這一個」來說明整個「流派」，可以體味出研究者們那「單個研究」背後的「流派」背景和「群體統攬」的意識。這較之以前，是一個很明顯的進展。

第三，以趙樹理研究為代表，對「山藥蛋派」研究開始進入深入化、細緻化。開始關注風格、語言、人物、民族特色、地域風情、「問題小說」類型，甚至於「作品中的生活細節」等等。這些也可以說是「本體研究」。雖然大量的文章還習慣於「外部研究」，如與時

代、與農村、與政策的關係等等，但其中「本體研究」的開始，說明當代審美研究界早已開始在接納他們，並試圖給他們的創作以科學的價值定位。

這一時期值得注意的成果有：劉泮溪〈趙樹理的創作在文學史上的意義〉（《山東大學學報》1963年第1期）、馬良春〈試論趙樹理創作的民族風格〉（《火花》1963年第1期）、〈試論趙樹理的語言風格〉（《北京大學學報》1962年第1期）、徐琪〈民主革命時期趙樹理作品的藝術特色〉（《北京大學學報》1962年第1期）、高捷〈金剛石般的語言——趙樹理作品學習筆記〉（《火花》1963年第3期）、姚光義等〈趙樹理筆下的農民群像〉（《火花》1963年第9期）、蔣成〈組織故事的藝術〉（《火花》1964年第8期）、沈沂〈馬烽近作小說中兩個動人的人物——趙大叔和韓梅梅〉（《新民報晚刊》1954年7月12日）等等。

第四，這一時期，是共和國歷史在風風雨雨中曲折發展的一個時期，文藝界也同時進入各種政治鬥爭、文藝鬥爭、觀念論爭的「夾纏」之中。一九五七年「反右」以後，一九五八年「大躍進」、共產浮誇風、三年困難時期、一九五九年盧山會議、中蘇筆戰等等，這一切都以極其微妙的方式影響到文學。在「山藥蛋派」的研究中也明顯地感應著這種變化。隨著這一流派作品影響的日益擴大和強勁，一時間「山藥蛋派」的創作方向也成為文藝界爭論的焦點。一九六二年「大連會議」前後，圍繞所謂「中間人物」展開了討論。肯定與否定各呈其辭，「山藥蛋派」作品成了評論者的首選或必選的對象：〈〈賴大嫂〉的問題在哪裡？〉（園丁《山西日報》1964年11月13日），〈寫「中間人物的」一個標本——短篇小說〈賴大嫂〉的一個剖析〉（紫兮《文藝報》1964年11、12合刊），〈評論文章應當鼓吹什麼？——也評〈我讀〈賴大嫂〉〉和〈漫談〈賴大嫂〉〉〉（康濯《火花》12月號）等。除此之外，早在五〇年代中期就不斷遭受批評的孫謙的作品《夏天的故事》、《傷疤的故事》、《奇異的離婚故事》、《一天一夜》等等，

也在這裡重新被「提起」。在當時，這一流派的作家們也不時陷入迷惘（見馬烽、西戎所寫的〈危險的道路 —— 評孫謙小說的思想傾向〉）。誠然，這些觀念在今天早已蕩然無存了，不過，我們可以從反面看出「山藥蛋派」在當時的影響。

這一時期存在的最大問題是，研究界尚未從整體上對「山藥蛋派」進行鮮明地有開拓力度地考察。

第三個時期（新時期）。新時期以來，以趙樹理研究「撥亂反正」重新崛起為契機，「山藥蛋派」的研究進入了一個嶄新的時期，開始了對這一流派有意識的、整體的、獨立的、步步深入的研究。這一時期發表了許多有分量的文章。趙樹理被許多研究者當作這一流派的重要構成部分，在整體中予以觀照。其他作家也開始被不受干擾地、認真地研究。在新時期，對「山藥蛋派」的研究還出現了兩次高潮：一是一九八二年前後圍繞「山藥蛋派」的討論而展開；二是一九九二年以紀念五老作家（馬、西、李、孫、胡）創作五十週年為契機，集中探討了他們的創作價值和其在文學史上的地位。比之過去，具有了鮮明的「史」的意識和審美化認識的共性，「山藥蛋派」的審美價值認識開始實現。

這一時期的研究有幾下幾個特點值得注意：

第一，對「山藥蛋派」的再認識。這裡指的是研究界某些人對「山藥蛋派」是否存在而產生的懷疑，並由這一懷疑而引發的大規模討論。這種觀點主要集中在戴光宗和樓肇明等人的文章中。[14]樓文的主要觀點集中在：用「山藥蛋派」來命名一個流派，並非是一種「科學概括」，「往往可能淪為一種以偏概全的藝術手段」。他贊成使用「趙樹理創作流派」這一稱呼。其理由是：「這主要是因為傑出的革命作家趙樹理及其創作勞績，這個流派的誕生及其成長很可能不同於

---

14 劉再復、樓肇明：〈論趙樹理創作流派的升沉〉，《新文學論叢》1979年第2期；戴光宗：〈山藥蛋派質疑〉，《山西文學》1982年第8期。

我們今天看到的這個面貌。以趙樹理的藝術建樹為核心，該流派的其他作家以各自的藝術光彩猶如眾星拱月似的匯集成這個流派的光華；作為一個創作流派所必須具備的共同的創作方法，總的藝術傾向和藝術風格，造成了有特定血緣聯繫的龐大的形象體系，其間一定有一個網絡中心，有一個榜樣的開拓者，這是非老趙及其優秀作品莫屬的。」顯然，這只是不同意採用「山藥蛋派」這一命名，但對流派的存在還是承認的。戴文則否認這個流派的實際存在。該文認為這個流派缺乏共同的創作主張，在比如對待「問題小說」這一點上，趙樹理與其他作家歧異頗大，並且對待民間藝術傳統方面，他們與趙樹理在實踐上也殊多差別。戴文的發表，引起了對這個問題的討論，《山西文學》先後發表了李國濤等人的多篇文章，予以辯駁。這些文章大都根據戴文提出的幾點意見進一步引申，就一個文學創作流派所形成的條件、風格及特殊性進行了深入探討。這些文章的共識是：「山藥蛋派」不但存在，而且從四〇年代至目下一直在發展著，並且後繼有人。這場「正名」性質的討論，一方面折射出八〇年代初文學領域中的「反思」熱潮；另一方面，其結果是使「山藥蛋派」得到了確認，使其獲得了在新條件進一步深入研究的機會，並且在討論中也都涉及到這個流派的共同的理論擁有、相似的審美追求和藝術成果的價值形態的一致性。這無疑是前一時期研究的深入，體現了相當自覺的、鮮明的「群體認知」的研究新面貌。僅就這層意義上說，這場討論可算作是「山藥蛋派」研究的真正開始。

　　第二，滲透著普遍的、強烈的「史」的意識。相比於一九五八年以前的作品評介和「文革」前的現象描述，這一時期的研究文章大都進入了一種在歷史中尋找價值位置的狀態。這是一種非常可喜的現象。樓肇明、劉再復認為：「五四以來的新文學儘管出現了不少以農民為主體的作品，革命作家們非常重視大眾化討論，但由於種種社會原因和藝術形式的問題，新文學並沒有在描寫中國農民覺醒之後的鬥

爭上取得突破和成果，新文學和不識字的農民的結合仍然處於一種相當隔膜的狀態。正是趙樹理同志第一次在新文學的歷史上完成了這一長期以來沒有解決的課題。他不僅第一個成功地描寫了新民主主義的主力軍——農民的覺悟和鬥爭，塑造出眾多個性鮮明的農民群眾的新人形象，而且以中國農民群眾喜聞樂見的中國作風和中國氣魄寫他們的覺醒和鬥爭，從而使新文學完完全全地大踏步走進茅屋村舍，這是趙樹理及其創作流派在新民主主義革命時期的一個巨大的歷史貢獻。」[15]李國濤先生也從五四以後佔主流的革命現實主義發展的歷史角度論述道：趙樹理把魯迅開拓的文學傳統——「必須是『為人生』，而且要改良這個人生」的文學，「發展到『為農民寫作』這條道路上來」，這也正是「山藥蛋派」「引人注目」的共性的最為顯著的特色。[16]

　　一九九二年五月，中國作協和山西作協共同舉辦了「馬烽、西戎、束為、孫謙、胡正」五作家創作五十週年學術研討會。這次會議收到一大批論文，大大深化了新時期以來乃至半個世紀以來的「山藥蛋派」的研究，形成了高峰。「史」的研究就更為普遍了。「讀他們的作品，便可了解我國農村幾十年來風風雨雨的發展歷程，他們塑造的一系列有特色的農民形象，生動地體現了中國農民的真實面貌。」[17]葛洛強調：「如果把他們的作品當作一個整體來看，可以把這些作品看作描繪半個世紀我國農村歷史巨變的一幅壯麗的畫卷。」[18]焦祖堯評價說：「他們的創作歷程，是沿著〈講話〉所指引的方向，不斷深入生活、跟蹤時代步伐、譜寫歷史篇章的五十年，是在文學的通俗化、大眾化、民族化的藝術形式上不懈追求的五十年，是沿著文學為

---

15 劉再復、樓肇明：〈論趙樹理創作流派的升沉〉，《新文學論叢》1979年第2期。

16 李國濤：〈再說「山藥蛋派」〉，《山西文學》1982年第12期。

17 張維慶：〈在馬烽、西戎、束為、孫謙、胡正文學創作五十週年學術研討會上的講話〉，《五老作家創作五十週年研討會紀念文集》。

18 葛洛：〈做無愧偉大時代的人民作家〉，《五老作家創作五十週年研討會紀念文集》。

人民服務的道路執著進取的五十年」,「他們的年齡、出身、文化素養、社會經歷、藝術追求和創作道路都十分接近,而且在整個半個世紀中始終保持著思想、藝術基本傾向的一致性,形成了獨具特色的文學流派。這種現象,在中國文學史,乃至世界文學史上,都是十分罕見的」。[19]以上這些評價都是很恰切的。

　　第三,整體認識的深化。所謂整體認識,不僅指研究者有意識地把他們當作一個創作整體加以研究,而且指對馬烽、西戎、束為、孫謙、胡正等單個作家的「整體創作」研究也比以前有了發展。一是時代的變化為研究者提供了從容的研究餘地;二是這些作家大都在進入九○年代以後基本上停止了創作。九○年代以來山西文學陣容上的「晉軍」主力如李銳、成一等作家的創作,基本上與過去的「山藥蛋派」時代畫開了界限。這些原因都導致一個結果,即「山藥蛋派」已進入了歷史範疇──這為研究者對他們進行全面、客觀的研究提供了前所未有的便利。完整規範意義上的「作家論」開始大量出現。比如李國濤的〈馬烽論〉、林友光、屈毓秀的〈西戎論〉、李文儒的〈束為論〉、蘇春生的〈孫謙論〉、王君、楊品的〈胡正論〉等,此外加上眾多的「專論」文章,為確立「山藥蛋派」及單個作家的歷史地位和審美創造的獨特性,都進行了有益的探索。在這一時期的此類研究中,研究者不僅著眼於他們的共性,而且注意到了他們的差異,通過這些差異的研究,試圖描述出他們各自在發展壯大「山藥蛋派」方面所進行的獨特性創造──這是在過去的研究中所不曾有過的。如董大中的〈五作家創作論〉,陳樹義、李仁和的〈晉綏五作家綜論〉,傅書華的〈論「山藥蛋派」作家的典型成型方式〉,杜學文〈論馬烽等五作家小說創作的理想傾向〉,楊品〈鄉土作家的戀家情結〉等。

　　第四,這一時期「山藥蛋派」研究的一個新氣象就是研究格局開

---

19 焦祖堯:〈人民需要為人民的作家〉,《五老作家創作五十週年研討會紀念文集》。

始突破了「社會歷史學」批評一統天下的局面，出現了多角度、多觀點和批評方法的多樣化——這是新時期一九八五年以後文學審美觀念發生大規模變化之於「山藥蛋派」研究的影響。早在八○年代後期，黃修已在《趙樹理研究》這部著作中就率先使用多種新方法對趙樹理進行新的評價，這對「山藥蛋派」研究的新開拓無疑產生了積極影響。席揚在〈「山藥蛋派」創作文化特徵初論〉一文中，試圖在文化範疇中尋找現代中國文明構成歷史中「山藥蛋派」的獨特貢獻。特別值得提出的是朱曉進的專著《「山藥蛋派」與三晉文化》，這是中國第一部從地域文化與審美創作關係角度系統研究「山藥蛋派」的開拓性著作。作者以三晉文化的歷史梳理為經，以「山藥蛋派」創作為緯，詳盡分析了這二者之間的關係及前者對後者的風格形成的決定性影響，是「山藥蛋派」研究的重要創獲。[20]如果說朱曉進主要是想尋找「山藥蛋派」風格的形成過程中「三晉文化」的影響力，那麼，席揚的〈「山藥蛋派」創作文化特徵初論〉、〈「山藥蛋派」藝術選擇是非論〉、〈文化整合中的傳統創化——試論「山藥蛋審美」在解放區及當代文學史上的價值意義〉及有關趙樹理創作的多篇論文，[21]則力圖說明「山藥蛋派」創作對四○年代以來中國新型文化構成的獨特性貢獻。本文首次提出了「山藥蛋審美」這一概念。文章說：「面對戰爭的文化環境，以政治的文化觀念，知識份子文化觀念和農民文化觀念為三原色的文化整合，既是『山藥蛋審美』生成的背景，又是它在發展中能夠獲取獨立品格的價值起點。它對文化整合過程的全程參與，決定

---

20 本書一九九五年八月由湖南教育出版社出版。

21 席揚上述文章載《山西師大學報》1988年第3期，《延安文藝研究》1992年第2期；包括他的其他論文，〈農民文化的時代選擇——趙樹理創作價值新論〉，載《中國現代文學研究叢刊》1987年第2期；〈面對時代的審察——趙樹理創作的一個側視〉，載《延安文藝研究》1991年第2期；〈「山藥蛋派」藝術選擇是非論〉，載《上海文論》1989年第2期；〈漫長而艱難的抉擇與蟬蛻〉，載《黃河》1993年第4期；〈「文化」「文學」雙重意識的直面滲透〉，載《中國現代文學研究叢刊》1996年第3期等。

了它的價值歸宿應該是民族現代文化選擇與重構範疇，而不是時代的政治範疇，『山藥蛋審美』在外化過程中的功利效應，並不能說明它佔有歷史和時代的資格只來源於功利誘惑。它以富於彈性的藝術成果及其審美機制，使延安藝術理性得以迅速物態化、生動化、形象化和普泛化。從四〇年代到六〇年代的中國當代文學藝術格局中的『山藥蛋審美』氣象，正得之於廣大藝術創造者對『山藥蛋審美』生命活力的廣泛認同」。在討論這一流派的「藝術理性」和「美學精神」時，作者概括為三點：「首先是滿懷激情對現實的持久關注」。其次是「以理解和激勵為基礎的現實態度」；「再次是直面現實的浪漫姿態」。本文作者在論述到「山藥蛋派」對新文學的貢獻時說：「『山藥蛋派』作家那種善於把過程的沉重消融在最後喜劇性結局的審美操作方式，那種善於以農民的善意幽默來緩衝各悲劇力度的能力，那種精於在中間人物身上含納時代變革效應的獨特視角」等，這些都對當代文學產生了很大影響。楊矗以「接受美學」的角度評價了「山藥蛋派」的創作價值。[22] 李有亮雖然也是著眼於「山藥蛋派」與「地域文化」的關係，但側重於在二者關係得以聯結的「深層感情」層面上予以分析，值得注意。[23]

　　第五，除上述以外，本時期的一些文章還本著科學精神對「山藥蛋派」的「局限性」進行了探討。一些論者認為，「這個流派筆下的社會生活的圖畫雖然不失自成體系的完整的藝術世界，但仍不免顯得局促和不夠廣闊」。在創作方法上「恪守以人物行動刻畫人物心理和人物性格的辦法」。[24] 對「山藥蛋派」的「局限性」描述文章多集中在對趙樹理創作的評價中，最為典型的是鄭波光的〈接受美學與「趙樹

22 〈「山藥蛋派」：中國現當代文壇的實踐形態的接受美學〉，《山西文學》1992年第8期。

23 〈鄉土親情與智性審美〉，《五老作家創作五十週年研討會紀念文集》。

24 劉再復、樓肇明：〈論趙樹理創作流派的升沉〉，《新文學論叢》1979年第2期；戴光宗：〈山藥蛋派質疑〉，《山西文學》1982年第8期。

理方向」──趙樹理藝術遷就的悲劇〉。[25]其實，這些「反面」觀念也同樣起到了對「山藥蛋派」研究的推動作用。

最後要說的是，對「山藥蛋派」的研究，沒有只局限在趙樹理及「西、李、馬、胡、孫」身上，還涉及到了五〇年代走上文壇的「山藥蛋派」的第二代作家如李逸民、義夫、楊茂林、謝俊傑、馬駿、韓文洲等人。當然，這方面的研究還有待於開拓和深化。

歷史的回顧是為了今後的研究。經過半個多世界的歷程，「山藥蛋派」的研究已走過了它的初期，也將隨新世紀的來臨迎來新的氣象。筆者認為，今後的「山藥蛋派」研究可以在以下幾方面進一步深化和拓展：

首先是進一步強化整體意識，把第一代、第二代乃至第三代合起來加以整體觀照，在理順承續關係的基礎上，準確把握流派的全部複雜情況，加深對當代文學史的認識。

其次是「山藥蛋派」的美學思想和審美觀念的系統研究。這是半個世紀以來研究的弱項，大有可為。

再次就是「關係」研究。如「山藥蛋派」與時代政治、文藝思潮、民間文藝、傳統文化、五四文學傳統及同時代不同風格的其他文化載體關係研究。

末次是從新的角度對「山藥蛋派」進行整體研究，如敘事學、闡釋學、創作心理、文化詩學及結構主義諸方面的研究。對「群體」性的人物形象系列、主題模式、話語機制、藝術意識的深層構成等，亦有拓展的充分餘地。就研究的基礎性工作如資料的收集，整理等，也有待於進一步完善化、完備化。

　　──本文原刊於《人文雜誌》1999年第5期；中國人民大學複印報刊
　　　　　資料《中國現代、當代文學研究》2000年第3期轉載

---

25 《文學評論》1988年第6期。

文學思潮的「問題」與「意義」

　　當我們把「文學思潮」作為「問題」置於學理層面加以省察時，它的範疇指涉和存在樣態的複雜性是不容忽視的。長期以來，它始終被兩類基本的研究主體所關注——一類是文藝學學者，另一類為文學史家（包話文學現象的即時評論者）。誠然，這兩類學者在他們的研究實踐裡對「文學思潮」的關注，因為學科的某些穩定的規定性使得「文學思潮」作為問題的獨立性並不突出，甚至於常常被熔融於一些具體對象中而難以察覺，但它始終是「在場」的，而且又常常並不僅僅隸屬於某一具體問題或現象。它的「存在性」，與其說是「問題」範疇，不如看成「方法」領域更為合適。「文學思潮」作為一種指稱，與眾多的有關文藝的指稱概念一樣，其內核和邊界的清晰性幾乎是不存在的。任何指稱在不同的邏輯範疇和言說語境中，都可能或必然地使人對之產生不同的意會。這樣說，既是一種邏輯常識，又是我們研究「文學思潮」時經常遇到的情形。比如，我們單憑簡單的判斷就可以認同這樣一個結論：「文學思潮」在文藝學裡與在文學史中並不是同一回事。我以為這不是一個簡單的問題，而是個大問題。因為，「文學思潮」的「問題性」就隱藏在這一「簡單」之中。

問題一：「文學思潮」是「文藝學」的對象？還是「文學史」的現象？

　　「文藝學」和「文學史」兩個學科的明顯差異，應當說是眾多研

究者容易感知的。然而這種容易被感知的「差異」常識，在具體的研究實踐中運用時卻常常變得「陌生化」了。就以往大量的有關「文學思潮」的研究成果來看，它的「特性」與「文藝學」學科並無多大關係。「文藝學」在自己的學科體系裡，長期以來不僅漠視它，而且一直堅執地拒絕對「文學思潮」進行任何形式的深入闡釋。如比，據筆者粗淺的瀏覽與查閱，「文學思潮」作為概念及其解釋，基本上只是「辭海」或「文學詞典」一類工具書的職責，眾多或新或舊的「文學理論」教科書，都統一性地放棄對「文學思潮」實施概念界說和學理推導。[1]

這些無疑地表明，「文學思潮」應當屬於「文學史」學科。事實似乎「確乎」如此。僅就「文學思潮」的「概念界說」而言，這一「重任」大多被文學史家（更多的是從事中國現當代文學學科研究）所承當。自二十世紀七〇年代末至今，冠以「思潮」之名的「史論」和「現象論」的中國文學研究著作有數十部之巨。此類著述的大多數，一般會在「緒論」或「導言」部分對「文學思潮」的概念進行定義——不過，種種「定義」並不存在根本性的差異（可參閱本書第一章第一節和第二節）。同時我們也看到，實施「定義」的主體似乎並不借重於任何理論資源，毋寧說是憑著感覺——而這一感覺又是與其所要考察的對象及其對對象特性的「預設」緊密關聯著。文學史家所面對文學研究對象的實踐性特徵和現象性特徵，總使得其在對「文學

1　例如發行量很大的《文學理論教程》（童慶炳主編，高等教育出版社）和《當代四方文藝理論》（朱立元主編，華東師範大學出版社）兩套教材，均無關於「文學思潮」及其相關問題的討論。即使個別的此類著述涉及這一問題，也多是在對其他問題的歷史性考察中順便提及，因為無法進一步展開，反倒使「文學思潮」的理論性方面更加複雜，例如蘇聯學者波斯彼洛夫所著，王忠琪、徐京安、張秉真譯：《文學原理》（北京市：生活、讀書、新知三聯書店，1985年3月）。誠然，這裡要特別提請注意美國著名文藝學者韋勒克和沃倫。他們在名著《文學理論》中也未正面涉及「文學思潮」，也許他們認為這一「問題」的重大性和重要性，所以專門在《文學思潮和文學運動的概念》一書中進行了細緻論述。

思潮」概念進行定義時不能不頻頻回首於文學現象的「歷史樣態」，他在顧及「歷史邏輯」的同時就不能不淡化「學理邏輯」所帶來的制約與限定。這顯然是悖論！更重要的是，這一「悖論」在文學史家對「文學思潮」的粗淺的理論思考中被輕輕放過了。來自於「歷史邏輯」的「自圓其說」的「定義」，又以其「自圓其說」性能作用於對文學歷史和現象的具體論述，因為「定義」被質疑的可能性的缺位，必然導致文學思潮研究的「無當」與「泛化」。

　　其實，文藝學並非不屑於把「文學思潮」作為自己的研究對象，而是也同樣有著上述「悖論」所帶來的困惑。比如當我們預設「文學思潮」的研究重心應當是「觀念」的運動過程——這一命題顯然更多具有著「文藝學」學科屬性。其實，這樣的研究至今仍然是許多著述中有關文學思潮研究的常見形態。近年來，有許多文學史著作，有意把以往的「文學運動」或「文學過程」內容，更名為「文學思潮」。論述所囊括的具體內容多屬於「觀念」性的東西——著力關注的是「理論爭鳴」事件和理論性文獻，而具體的大量的文學創作，常常是理論或觀念演變梳理過程及其必然性、合理性的證明材料。其實，這裡面深藏著不少不可輕視的謬誤。文學史視野中的理論（觀念）文獻，一般並不包括同一時期那些與實際的文學創作無太大關聯的「純粹」的理論探索。與創作實踐有關的理論樣態，不僅僅以「批評」類型居多，而且任何理論只有轉化為批評才可能有效地進入文學史視野。在具有自恰性的理論看來，「批評」的展開，隨時都可能發生因對象（創作）的特定性而導致的「變形」、「誤讀」或「曲解」，這種情形自然無法滿足理論的期待，「文藝學」把「文學思潮」排除在外，亦屬當然。堅守理論自身的「自恰」，必然遮蔽大量的「批評」所隱含的某一理論（觀念）的運動信息。其結果是，「理論」與「批評」實際也就是「文藝學」與「文學史」，彼此成為「他者」。

　　由此看來，「文學思潮」應當是一種結合著「文藝學」和「文學

史」才能有效展開的研究。

問題二：「文學思潮」是宏觀的把握？還是微觀的透視？

就一般而言，「文藝學」和「文學史」本質上無疑是宏觀的。結合著兩者才能有效展開自身研究的「文學思潮」，應當說更傾向於宏觀。「文學思潮」研究的「宏觀性」，既受制於它的對象世界——文學的任何個別領域，如創作、批評、理論、傳播與接受等，都不足以承當文學思潮的對象性。文學思潮的對象是一個相對獨立時期的文學的整體存在，是歷史存在的全部。它所呈現的是「文學」的思潮，而不是被類型化、領域化或進行了條塊分割後的文學的各個側面。正是在這一點上它與文學史有著高度的相似性。「文學思潮」的「宏觀性」也來源於它的關照方式——這自然是與它的「整體性」範疇特性聯繫在一起的。對於不同的文學領域（創作、批評、接受），文學思潮在考察時是在對他們進行「現象化」處理的基礎上，捕捉大量現象背後的「傾向性」即「同一觀念」及其這一觀念的流程。「現象」的紛繁性與「觀念」的單一性的結構機制，正是文學思潮所要解決的問題。有學者明確指出：「文學思潮是時代文學思想中十分活躍因而引人注目的部分，集中代表著一個時代文學的某些突出方面。在文學的世紀發展中，思潮也許可算是個綱。將文學思潮真正研究清楚，會使文學史上許多問題迎刃而解。」[2]正是在這意義上，整體的「文學思潮」研究不僅可以彌補文學史研究的某些不足，而且同時能夠滿足人們對於文學史的深層期待。比如，當它有意從「觀念運動」角度來梳理文學歷史時，文學的「思想史」狀態就可能被更清晰地展示出來。也因此，文學的研究便會獲得走出文學的機遇，不僅能使特定時代文學的

2　嚴家炎：〈文學思潮研究的二三斷想〉，《河南大學學報》1992年5期。

思想及其演變成為這一時代思想的有效構成部分，而更為重要的是，文學與其他社會領域的複雜關係可能得以在特定「思想」的整合中顯現其獨有的文化意義。

誠然，「文學思潮」研究的「宏觀性」有著不同的甚至是多樣的具體呈現方式。《中國現代文學主潮》[3]《中國當代文學思潮史》[4]等著述只是一種常見的文學思潮書寫方式。而大量的卻如同《存在主義與中國現代文學》[5]《政治文化與中國二十世紀三〇年代文學》[6]等著述一樣，顯然屬於文學思潮「宏觀性」研究的別樣書寫。《存在主義與中國現代文學》並不是主要考察「存在主義」與「中國現代文學」之間的關係，其討論的重心實際坐實於作為一種觀念的「存在主義」是如何在中國現代的文學領域中播延與接受表達的。《政治文化與中國二十世紀三〇年代文學》顯然是把二十世紀三〇年代的「文學政治化」作為一種思潮，闡釋的充分性體現為對「政治文化」之於三〇年代文學樣態、文學政治化的審美體現等複雜性的揭示。這些著述的研究共性表現為，首先是對某一特定歷史時期某一「觀念」及其作用的認可。其二是在一個特定的時期內還原它的歷史流程——主要是某一觀念被審美化表達的式樣和「觀念」影響下的創作主體姿態、精神、寫作行為的種種變化。其三是文學的歷史在某一種「觀念」吸附中被加以重新組織，呈現出新的文學史的歷史敘述。我們知道，導致文學

3　許志英、鄒恬主編：《中國現代文學思潮》（上、下）（福州市：福建教育出版社，2001年4月）。

4　朱寨等主編：《中國當代文學思潮史》（北京市：人民文學出版社，1987年）。

5　解志熙：《存在主義與中國現代文學》（臺北市：燕智出版社，1990年10月）。

6　朱曉進：《政治文化與中國二十世紀三〇年代文學》（北京市：人民出版社，2006年11月）。類似的著述甚多，如，方維保：《紅色意義的生成——二十世紀中國左翼文學研究》（合肥市：安徽教育出版社，2004年12月）；陳順馨：《社會主義現實主義在中國的接收與轉化》（合肥市：安徽教育出版社，2000年10月）、陳改玲：《重建新文學史秩序》（北京市：人民文學出版社，2006年5月）、李怡：《現代性：批判的批判——中國現代文學研究的核心問題》（北京市：人民文學出版社，2006年4月）等等。

史敘述變化的可能性有兩個方面：一是「歷史觀」的變化，即「如何看待歷史」的觀念變化；二是對「決定歷史面貌」的不同「因素」及其作用的強化與凸顯。而「文學思潮」「宏觀性」研究中的文學史的別樣表達，應該是或者更接近於上述第二種情形。

　　「文學思潮」的「宏觀性」並不是一種限制，在文學研究的實際展開過程中，「文學思潮」的「宏觀」與「微觀」之間的關係狀態有其特殊性。無論如何，「文學思潮」不會也不可能拒絕和徹底排除「微觀」的介入，只不過它對於微觀的接納有著自己的方式而已。比如設定從「觀念運動」角度考察某一時期的文學，研究主體對「主流觀念」的體認和在「主流觀念」統轄下對文學史現象的取捨，相對於文學整體而言顯然是一種「微觀」——在這裡又進一步顯現了「文學思潮」研究和「文學史」研究的區別。「文學思潮」的「微觀性」也還大量體現在具體的分析中。比如對二十世紀三〇年代「革命文學思潮」的討論，不僅需要對「革命文學論爭」的「微觀事件」進行深入辨析，同時必須對「革命文學創作」和「準革命文學創作」實施細密的文本解讀。「思潮」的宏觀與「現象」的微觀就這樣被相當緊密地結合在一起。不過，這種「微觀」，畢竟是「宏觀」臨照下的對象，它也不可能走向那種為呈現歷史全貌而進行的現象還原式研究。

問題三：「文學思潮」研究是一種結構程式？還是一種方法？

　　這是以往「文學思潮」研究中從未引起注意的問題——而它卻是「文學思潮」範疇一個極重要的問題。說「文學思潮」是一種結構程式，意指作為「觀念史」研究，文學思潮不能不對文學歷史或當下文學發展過程中的「觀念」形態（抽象的思想形態）的各種直接間接的表徵予以分外關注。它的研究預設總是在觀念運動的空間裡確立自己

的視野。視野的特定性不僅規限了敘述方式，也同時給定了具體內容的取捨標準。同一現象，在文學史視野和其在文學思潮視野中的影響、功能、作用有著很多的不同。這顯然取決於「文學思潮」和「文學史」那些各自不同的具有恆定性的結構狀態。比如「五四文學」，不論是對其生發緣由的「外傾性」肯定，還是強調當時時代知識份子先鋒群體的自覺性，都是以五四時期文學發展的整體性作為考察對象的，即文學史價值結論的最終確立來源於歷史屬性。文學史表述中過分的對歷史的觀念化處理，必然會降低它的信度，因為，文學史畢竟屬於「歷史學科」。而作為「思想史」屬性的「文學思潮」研究，「信」與「非信」的差異並不是要害。它首要的是要求研究主體必須確認各種觀念共生夾纏中的主導觀念，即呈現為文學整體性「思潮」（而絕不是文學的某一領域的主導觀念）。然而，我們所看到的不少有關「五四文學思潮」著述卻有著不少的差異。那麼這種差異是怎樣形成的？問題的複雜性就在這裡。「文學思潮」對於特定歷史時期文學狀態的觀照是側重於「思想史」方面的。比如從社會文化走向與文學發展的關係角度看，「五四文學」整體性地凸現著「啟蒙」性——啟蒙，既表現為統一性的文學功能，又表現為創作主體的文化姿態，還大量滲透於文學的諸多形式方面。為此，以「啟蒙主義」來命名五四文學思潮，應當說是恰當的；如果我們關注到五四文學基本觀念等本體方面對西方近代以來進步思想的廣泛吸納，並且在對中國傳統的批判中所建構起來的「元話語」狀態，我們把「五四文學思潮」稱之為「現代性（西方化）思潮」也未必不可。當有人用「現實主義」「浪漫主義」等創作觀念來定位五四文學思潮的屬性時，自然也有它合理性的一面。這裡依然有一個值得注意的問題：我們所說的文學思潮的「觀念」與「思想」，其實不能僅僅理解為「有關文學」的思想，而是「如何看待文學」的思想，即有關文學與社會關係的價值觀念。這決定了文學的整體性變遷。說白了，「文學思潮」對於文學歷

史進行的「思想敘述」，不是還原，而是闡釋，它可以為文學的價值更新提供多種的可能性。

這無疑就探進到「文學思潮」作為「方法論」的層面。

作為「方法」的「文學思潮」研究，應當是指它的觀察問題的獨特視角和作為一種視野的基本原則及其策略選擇。它主要關注的問題有：語境研究，語境與修辭的關係研究，作家獨創性的問題和審美風格變遷研究。

當我們通過深入了解感覺到某一歷史時期確有一種整體性的「文學思潮」的時候，它便成為我們重新進入此一階段文學的一種新的視野。原來林林總總似乎沒有頭緒、彼此夾纏的現象，被發現其實是由某種很強大的具有結構性的「框架」所整合，自有其「有機性」和存在秩序。我們進而還能夠發現，作為構成整體的因素的任何「單體」（包括人和事件等），在這一「框架」裡並沒有足以和整體相抗衡的「主體性」，「思潮」必然對它發生影響——不論是正面的認同或是反向的調整。比如就一個作家的歷史前後看，任何人都是會有變化的。這種變化如封閉起來看，我們的體認更多地會傾向於對作家個人創新能力方面的肯定。然而，如果將其置於「思潮」視野，我們發現這些變化其實正是個人在「思潮」的整合過程中審美修辭的調整。風格變遷的主因原來在這裡。再比如文學史的寫作——在我看來，就「中國現當代文學史」的編纂而言，從大的方法論角度說不過兩種形態：一是「純審美」的文學史；一是「思潮」的文學史。「純審美」的文學史關注的是每個時代的「審美進步」，並以這一進步作為對作家作品進行選擇的基本標準。「思潮」的文學史，更多關心的是「有影響」的文學因素。有些作家或作品，就審美進步性看其實是沒有資格進入文學史的，但是因為它體現了一種不能淡化或漠視的大的傾向性。所以在「思潮」的文學史中卻是重要的存在。實際的例子是很多的——「文革文學」在許多文學史中之所以被忽略，就是因為在有些研究者

看來它不但不具備與「十七年文學」相比較的「審美進步性」，簡直就是「審美的倒退」。然而在「思潮」的文學史裡比如洪子誠先生的《中國當代文學史》裡，它卻是需要認真分析的對象。二十世紀文學史上屬於這樣的現象或作家作品為數不少──比如像胡適與《嘗試集》、「革命加戀愛」創作、「紅色鼓動詩」、三〇年代的通俗文學、解放區的「秧歌劇」、「十七年」的「工農兵」文學、「歌頌類」創作、小劇本創作、「文革」時期的「革命樣板戲」、激進的「文藝評論」、八〇年代的《傷痕》、《班主任》、《將軍詩》、大量的各種各樣的論爭等等。被「純審美」文學史認為沒是意義的可以忽略不計的大量的文學現象，在「思潮」視野裡卻可以贏取價值，有些甚至是很重要的價值，這無疑是一種具有獨特性的「敘述」才能達到的效果。顯然，與作為一種「狀態」的「文學思潮」相比，這種具有「方法論」意義的「文學思潮」的意義，更值得我們把握與研究。

文學思潮的「概念歷史」與「命名思維」

　　有關「文學思潮」的概念界說，至今仍處於人言言殊的尷尬境地，由此所引起的文學思潮研究的「泛化」弊病長期以來難以根除。總體看來，迄今為止有關文學思潮的概念界說大致可以歸納為「創作本位論」、「多元存在論」和「抽象外在論」三種。三類概念界說在範疇和邏輯架構上的不同，其實質是與研究主體「認知」模式的差異密切相關。深入分析它們之間的「差異」根源以及由此帶來的「定義」歧異問題，是扭轉文學思潮研究「泛化」局面的重要途徑。

　　「文學思潮」作為一種「問題類型」和對有關文學的各類現象──包括「史性」現象、現狀的現象等方面進行研究的「思維方式」，早在五四前後的中國文學研究過程中已得到運用，這當然是與「破舊立新」的時代轉折所需要的宏大思維格局取向存在著密切關係。不過，作為普遍使用的學術觀察方式，嚴格來講，在中國是從二十世紀八〇年代才開始大規模流行。粗覽二十世紀八〇年代以來「文學思潮」研究的各類情形，我們能夠清晰地看到，從二十世紀八〇年代初至九〇年代末，大量冠以「文學思潮」名義的研究著述，其絕大多數屬於隨意性很強的「文學現象類型」或「創作風尚類型」的一般性概括。此類成果不但難以成為這一階段文學研究整體繁榮的標識性存在，反倒直接呈現了文學思潮研究被大大「泛化」的嚴重後果。「文學思潮」作為一種「問題類型」和它作為一種具有鮮明獨特性的

「文學研究敘述方式」，一直未能得到應有的重視。九〇年代中期以來情況有了明顯的好轉——不過，由於有關「文學思潮」的一些基本問題大多仍處於曖昧不明狀態，比如文學思潮的「概念」問題、文學思潮的「學科性」問題等等。因此，「文學思潮」常識範疇、指稱界定、知識譜系及其思潮現象的歷史、現狀的模糊無狀性，直接影響了整體性「文學思潮」研究的深入發展。展開對文學思潮一些基本問題的深入的、追問式的研究，現在看來是非常必要的。

在我看來，「文學思潮」的研究，應當首先使其建立在「文學思潮」的「學科性」逐步被單列的基礎之上——即嘗試建構「思潮學」以及所隸屬的「文學思潮學」。就中國目前的學科分類來看，與世界各國尤其是人文科學比較發達的國家相比，其情形大致一致。從時間上看，中國有計畫的實施「學科分類與研究」並且有意地加以細化，也還是二十世紀八、九〇年代的事情（其與改革開放的時間表基本吻合）。就「哲學社會科學」類而言，大約有包括馬列社科、哲學、歷史、經濟理論、政治學、中國文學、教育等二十六個一級學科。由此我們看到，這些學科的確立或被作為「知識類型」，是以人類社會不同的「生活領域」、「精神領域」或「機能特性」等各自不同性作為前提或基礎的。實際上，「生活」或其「衍生因素」的「獨特性」，既是「領域」的世界，又是「問題」的王國。描述「領域」世界的面貌和解答層出不窮的「問題」，就需要不同的「領域知識」。很顯然，「領域問題」與「領域知識」是構成學科得以確立自身的兩個重要方面。「領域」與「問題」的不斷擴大與增加，所產生的重要結果就是不斷催動和加快著「知識衍生」的速度——新「領域」和新「學科」就會不斷增加。這可以認作是「知識」的生命增值或「知識」的領域擴張。

以上的簡單討論，有助於我們對「文學思潮」獨立「學科性」的思考與認識。從「中國文學」這一「一級學科」及其所畫分的幾個「二級學科」來看，「文學思潮」很難說它當屬於哪一個「二級學

科」。縱觀新時期以來有關「文學思潮」的大量研究成果，我們能夠發現已經出現了一些（但是不多）純粹以「理論」方式對文學思潮進行研究的著述——這與過去只是描述「思潮狀態」的研究有了很大的不同。人們已越來越注意到了「文學思潮」的「理論意義」，「文學思潮」的「理論」開發的可能性，也呈現了新時期以來中國學術界「文學思潮」研究的展開與深入的軌跡。就「文學思潮」作為理論命題的研究而言，研究界基本上已經認同這樣一些看法：即「文學思潮」的「存在方式」（在有的學者那裡表述為「形態」、「呈現方式」等），既有「理論」的形式，也有「運動」的、「批評」的、「創作」的、「接受」的等形式。如何看待「文學思潮」的「理論」的「存在形式」，在過去，一般地只是把它理解為文學思潮以「理論」的方式表達或呈現自身，是指某種文學思潮被「理論化」的狀態。這顯然只是表面的、粗略的體認。我們認為，所謂的「文學思潮」的「理論化」，是把「文學思潮」作為抽象的具有學理性的理論命題——它有著關於自身的許多問題和需要對它們進行邏輯性說明的特定視閾及其特定方式。比如關於「文學思潮」的概念、文學思潮的立足範疇和特徵性、文學思潮研究之於實踐狀態時所要遵循的觀察方法、有關文學思潮類型認證的基本標準以及對「文學思潮」具體構成因素實施剔抉與分析的前提等等。一如我們運用「文學理論」學科知識來分析具體的文學行為一樣，即使像大多數人那樣在過去只是把「文學思潮」當作對「現象」實施「命名」的方式，也總會遇到諸如「什麼是文學思潮」等大量相關性的「概念」問題——而這些，需要憑藉對「文學思潮」進行學理式的抽象研究方能解決。

一

　　文學思潮的「概念」問題，亦不外乎「內涵」與「外延」兩部

分。其「內涵」的確立，須對其所具有的「特性」與基本的「構成因素」的屬性進行分析；「外延」的畫定，則主要是須釐清它與那些容易與自身發生「邊界性」、「構成性」等矛盾夾纏的相似性「家族」的分界線，比如像文學思潮與「文學流派」、「文學思想」、「審美精神」、「創作方法」、「文學風格」甚至「文學史描述」等。

對於「文學思潮」的「概念」，如果只是進行一般性的思考，似乎得出結論是比較容易的。但要進行深入、明晰、細緻化的分析並得出結論，應當說是一件相當困難的事情。這不僅是因為文學思潮的存在方式是多種多樣的，而且從某種意義上說，其研究主體如若沒有對文學相關範疇其他方面的充分研究，是無法捕捉到它的，更遑論界畫與研究？這裡就有一個很重要的問題，即「文學思潮」是否可能單獨存在？它與其它具有相似性的「範疇」或「類型」之間有著多大「寄生性」？我以為，多年來研究界對於「文學思潮」的「概念」所共同感覺到的「模糊性」或「不定性」，也許正來源於此。

我們不妨先來分析一番中外學者有關「文學思潮」概念的論述，重點是分析他們是如何認定「文學思潮」的，其中呈現了怎樣的「知識結構」、「世界觀取向」以及「對藝術本質的基本認識」。

蘇聯文藝理論家波斯彼洛夫在其一九七八年出版的《文學原理》一書中的第二部第七編第二節，專門論述了「文學思潮」問題。「文學思潮是在某一個國家和時代的作家集團在某種創作綱領的基礎上聯合起來，並以它的原則為創作自己的作品的指導方針時產生的。這促進了創作的巨大組織性和他們作品的完整性。但是，並不是某一作家團體所宣布的綱領原則決定了他們創作的特點，正相反，是創作的藝術和思想的共性把作家聯合在一起，並促使他們意識到和宣告了相應的綱領原則。」[1]對這一概念表述，結合他在書中的其他相關論述，

1　王春元、錢中文主編，王忠琪、徐京安、張秉真譯：《現代外國文藝理論譯叢，文學理論》（北京市：三聯書店，1985年8月）。

我們可以這樣加以分析：波斯彼洛夫沒有從正面來界定「文學思潮」的概念，而是從「發生學」層面上指出了「文學思潮」的特性。首先，「文學思潮」是具有民族性和時代性的。其次，「文學思潮」是作家們在「創作綱領」引領下聯合起來並在每個個體實踐中作為指導方針時的狀態下顯現出來。再次，作為體現「文學思潮」的「綱領原則」不是預置，而是以「藝術和思想」的「共性」為基礎產生的。末次，「創作的巨大組織性」和「作品的完整性」是作為「文學思潮」得以體現的最高形式。簡而言之，波斯彼洛夫認為，「文學思潮」的「特性」有以下幾個方面：一、群體性。二、意識共同性。三、對創作的依附性。他認為，「文學思潮」是「共性」的存在狀態，而且，作家及其創作的「共性」是先於「思潮」而發生，並成為「文學思潮」產生的基礎，或曰二者就是「同體」。顯然，他把「作家及其創作」有意識地作為「文學思潮」呈現自身的首要範疇，也就是說，「文學思潮」的主要存在方式是「創作形態」。他同時指出，「文學思潮」與「創作思潮」的互動，是以作家對「共同創作綱領」的「高度自覺性」，即「高度認同」為前提的──這種「思潮」概念，我們把它稱之為「創作本位論」。

這種「創作本位論」的思維，亦在許多學者關於「文學思潮」的定義描述中表現著──比如中國有研究者對「文學思潮」是這樣下定義的：「文學思潮是這樣一種現象：在歷史發展的某一個特定時期，由於時代生活的推動、社會思潮的影響、哲學思想的滲透，一些世界觀、藝術情趣先進的文學藝術家，在共同或先進的文藝思想的指導下，以共同或先進的題材、表現手法創作了一大批藝術風格接近的文藝作品，這些作品不僅具有鮮明的時代和個人特色，而且在社會上產生廣泛影響，形成了某種思想傾向和潮流（有的是運動），於是，我

們便稱它為文學思潮。」[2]

　　與波氏相比，這種概念界定不過是更加空泛的強調了「文學思潮」發生的外部語境因素（即所謂「特定」），同時還顧及到「創作」的影響及其影響下的群體狀態。

　　與這種「定義」方式相同的還有：「文藝家（個體或群體）從某種觀點（哲學的、美學的、社會學的、心理學的、語言學的、政治學的等）出發，對文學的本質、功能和價值等根本問題做出回答，並形成一種理論體系或審美原則，在一定時期產生較廣泛影響，同時體現在他本人或其他一些作家的創作中。這些創作在題材、思想傾向、創作方法和藝術風格各方面都有很大的一致性，在一定時期產生較廣泛的影響，這就形成為一種文學思潮。」[3]上引這些「概念」的理解與波氏的不同在於：波氏強調「創作綱領」來源於作家在創作中已呈現的「共性」，對「共性」的體認是後來發生的。而上引的文學思潮概念界定無疑是承認「理論先在性」的，它認為，「創作」的「共同性」──「題材、思想傾向性、創作方法、藝術風格」等等，都來源於主體對「根本問題作出回答」之後而形成的「理論體系和審美原則」。對這種觀點我們難以苟同。從歷史上看，很多作家的「理論興趣」或「理論自覺性」都是很遲才有──即使是這種「有」也多是一種「感性的存在」，屬於「亞理論形態」。故此，這種「定義」可疑之處甚多。從上引概念中我們還看到，它對於「文學思潮」的「概念」進行「定義」的思維邏輯是基於以下幾個方面：一「共同性的理論體系和審美原則」是基於創作主體特定的「世界觀」而發生並形成，這就不免犯了過去被否定的「世界觀等於創作方法」的錯誤。其二，作家的理論自覺一般來講是次於創作而發生的，而此種界定對峙進行的

2　陳劍暉：〈文藝思潮：關於概念和範疇的界說──新時期文藝思潮漫論之一〉，《批評家》（山西）1986年第1期。

3　邵伯周：《中國現代文學思潮研究》（上海市：學林出版社，1993年）。

順序「顛倒」，其歷史依據與實踐依據顯然並不充足，或者說，這會形成對作家的苛求。尤其當文學實踐中個體被置於「思潮」的動態環境時，情形更為複雜。

相對於「創作本位論」，另一類對「文學思潮」概念描述的方式，我稱之為「存在多元論」。有學者這樣論述：「文學思潮是在特定歷史時期，文藝理論家或作家們於相同或相近的世界觀、人生觀、價值觀、美學觀指導下所形成的文學潮流。它灌注並體現於文學運動形態、文學理論形態和文學創作形態。」[4]在這裡我們看到，對「文學思潮」的「發生」認識，與上述諸多觀點是一致的，但對其存在方式及「形態呈現」的描述則大為不同。文章認為，「創作」只是文學思潮「發生」的「誘因」之一，並明確指出了「思潮存在」除我們通常意識到的「創作形態」之外，還有與之平行的「理論形態」和「運動形態」。這顯然超越了「創作本位論」，從「歷史」的和「邏輯」的兩個方面看，都更具說明力。還有的學者是從「文學思潮的系統構成」方面來加以描述的。認為「文學思潮系統構成的範圍廣及文學活動的整體。可以說，文學思潮是在文學理論、文學創作和文學接受等領域中構成的共同觀念系統。」「作為觀念系統的文學思潮，從其要素形態來說，是由理論形態思想要素和非理論形態思想要素構成的。」「從構成要素的性質來看，文學思潮則是美學觀念要素和歷史觀念要素辯證統一的整體融合。」[5]這裡明確告訴我們，「文學思潮」的呈現方式是多維的——包括理論的、運動的、創作的、批評的和接受的等等。我們暫不對這一論述進行質疑，它至少給我們認識文學思潮提供了更大的空間可能性，有助於我們對「文學思潮」的特性進行分析、體認與把握。從以上所引看，他們顯然側重於從文學整體系統各因素

4　朱德發：〈中國百年文學思潮研究的返觀與拓展〉，《煙臺大學學報》1999年第1期。

5　盧鐵澎：〈文學思潮的系統構成〉，《人文雜誌》1999年第3期。

方面即「文學思潮」的存在方式的「多元性」方面來界定文學思潮的
概念屬性。「外延」被大大拓展了，隨之而來的是其「內涵」分量的
加大。在他們看來，「文學思潮」的「多元」呈現，說明「文學思
潮」作為「可抽象物」，應居於文學運動或理論批評之上。雖然，「文
學思潮」不能等同於被呈現的「載體」，但無疑它們之間卻有著根本
性的聯繫。這顯然是一種「文學史」式的觀照方式。

　　第三種，可名之為「抽象外在論」。其相關論述者沒有從具體文
學現象與思潮的可見性聯繫角度理解文學思潮的「概念性」，而是立
足於文學思潮的「存在屬性」，注重於「思潮」的生命自足性和生命
過程的完整性分析。他們顯然是更多地從「文學思潮」進入「完型」
後的狀態入手的，並且充分注意到了「文學思潮」並不依賴於個體或
獨立現象而是自身已擁有著自足性和「超然性」。韋勒克談到，文學
思潮可理解為「一種『包含某種規則的觀念』，一套規範、程式和價
值體系，和它之前之後的規範、程式和價值體系相比，有自己形成、
發展和消亡的過程。」[6]日本學者竹內敏雄對文學思潮下定義的方式
與韋勒克是相近的，他把文學思潮定義為「語言藝術的文藝領域的精
神潮流。」並指出，這種「精神潮流」「既不是主觀的集合，也不存
在於意識主體的總和之中，」而是一種「超個人的」精神存在形式，
即客觀的精神。[7]我們看到，雖然竹內敏雄亦是集中於「創作領域」
來展開他的論述，但卻沒有特意強調創作之於思潮的淵源性，而是把
「思潮」「外在化」，進而處理為觀察具體文學現象（創作）的一種方
法或視角。把文學思潮作為人類的「精神存在形式」，已暗示出文學
思潮具有載體性和呈現功能。相對於精神的先在性而言，文學思潮的
存在形式是「形式化」的。從竹內的論述中我們還感覺到，雖然文學

6　《文學思潮和文學運動的概念》（北京市：社會科學文獻出版社，1989年）。
7　轉引自陸貴山主編：《中國當代文藝思潮》（北京市：中國人民文學出版社，2002年
　　6月）。

思潮可以在諸如「創作形態」、「批評形態」等因素中被呈現，但彼此卻沒有「共生性」，只是一種「伴生物」。顯然，在竹內的理論邏輯視野裡，文學思潮的屬性是可以超然於任何具體現象之外或之上的——無疑，這是一種頗具啟發性地分析。

像韋勒克這樣，以強調「規範、程式和價值體系」的縱向比較和過程完整性兩方面來確認文學思潮「特性」的方法，的確為我們提供了一種別樣的思路，或者說為我們提供了另外一種對文學思潮實施「理論化」「抽象化」的思考路徑。但我們同時必須注意到，以「過程完整性」來確立「特性」，應當說其依據有其脆弱性。因為，這還只是僅僅看到了文學思潮作為「現象性存在」的表層面目。至於「規範、程式和價值體系」，我們必然要質疑它的來路——這是「文學思潮」「完型」後的理論自覺？還是在「文學思潮」過程中就可以被充分呈現？我們認為，這種認識方式，對歷史形態的思潮研究是可行的，但用之於批評——對正在「萌生」的思潮實施分析，則很難操作。

中國的文學思潮研究者，在認同此說的基礎上，提出了「文學思潮是特定歷史時期文學活動系統中受某種文學規範體系支配的作家的思想趨向。」[8]在這裡，文學思潮的概念定義涉及到了語境（特定歷史時期）、範疇（文學活動大系統）、主體（受本規範體系支配的作家）等三個方面。值得注意的是，論者認為，文學思潮的呈現主要體現為「作家的群體思想取向」。這顯然強調了「思潮」的觀念屬性，因此依然有著「創作本位論」的痕跡——只不過對作家進行了限定。定義的過於明確，造成了文學思潮存在形態的多元性被大大減縮，作家成了唯一。

由此看來，對「文學思潮」進行「概念式」的定義，是一件頗為困難的事情。

8　轉引自陸貴山主編：〈導論〉，《中國當代文藝思潮》（北京市：中國人民文學出版社，2002年6月）。

會躬身自問：世界萬物及人類複雜的精神現象歷史，是否有些存在是不可以「定義」的？是否意味著即使「定義」也可能只能採用一種特殊方式——比如從「是什麼」變為「不是什麼」，或者「什麼是」變為「什麼不是」等。

至少在目前，對「文學思潮」進行定義，是極其困難的。

假如我們把「文學思潮」作為一種「狀態」來研究，即關注這一對象的「狀態性」，也許是幫助人們接近思潮的有效方式。

我認為，作為一種「復合」的狀態，「文學思潮」呈現著這樣一些不可忽視的側面：

一是「思想的狀態」，文學思潮的確以它的特殊形態和方式含納著世界觀、價值觀以及社會性存在的理性成分。應當說，文學思潮的「思想」，並不只是與審美相關，它可能被抽象為哲學意念或俗化為生活式樣被接受傳播——文學的力量恰在於茲。

二是「運動的狀態」，這是就文學思潮的發生而言。它總有一個萌發、生成、泛化、興盛到消歇的過程。「時間性」關節點的狀態與「空間性」因素作用於過程的時機、力度及介入方式等，都與「文學思潮」的生成、變異大有關係。

三是「物化的狀態」——這是指任何文學思潮必然作用於人生、生活、審美或其他精神領域。功能構成及其展示與文學思潮自身的物化形式、物化途徑等方面聯繫密切。

四「可接受狀態」。無論何種「思想」，只有在被廣泛接受或影響中才可能成為「潮流」，即它的社會性、群體性、公共性等方面。

具體而言，我們可以進行這樣一些有意思的思考。比如，它（文學思潮）首先應當是一個「群」的存在，包括有相同的、不同的等大量、豐富具體的現象。比如就它的存在範疇說，以文學為例，理應包括創作層面、批評與理論層面、讀者及社會反響層面，並在一定時期內表現為「主導性」或「權力」的狀態。再比如，它的存在或其「現

對「作品」與「世情」關係（主要是因果關係）的考察，「人」——主體的重要性被凸現。這顯然是典型的「反映論」。依據這樣的「文學思潮」概念闡釋所呈現的認識方式，去進行具體的文學思潮狀態描述時，就必然產生這樣的結果：「文學思潮」與社會思潮的感應程度，無疑是分析的重點，也是「文學思潮」生成、消亡過程研究的邏輯歸宿。具體描述中對「創作」的分析，也只能是感應方式的產物。假如我們還承認文學思潮的存在形態尚有理論的、批評的、運動的、接受的等等不同方面，那麼，在上述這樣的認知體系中，「文學思潮」存在形態的差異性因素，就不得不居於僅僅對作品進行說明的邊緣位置，思潮的系統考察也就成了空話。其結果必然導致這樣的結果：當我們一旦進入對文學思潮進行具體的實踐性問題加以研究時，勢必出現以「創作思潮」代替「文學思潮」的現象。

「存在多元論」對文學思潮「概念」的闡釋能夠給予我們的啟發是，首先它從一開始就注意到了「文學思潮」的「文學性」。因此，它把視野擴大到文學的整個系統，包括理論、創作、運動、批評、接受乃至文學研究等等各個層面。其次，已暗示出「文學思潮」是具有「史性」特徵的，即那些構成文學歷史的各個「現象」都具有呈現「思潮」的功能。其三，各個文學現象在思潮看來，不僅具有「共性」，而且應當是可以被抽繹出來用以形成文學思潮的形而上狀態——然而問題也就可能出現在這裡，其「共性」依然是建立在主體具有「相同人生觀、世界觀、價值觀、美學觀」的基礎之上的。「特定時期」的外在，依然被描述成大於主體的強勢存在。「群體認同」的效應，已由前述的「創作」，擴延至理論、批評、接受、運動等各個方面。表面上看，「存在多元論」更多地體現了「系統論」的認知方式，但位於系統中心的依然是「作家」，其「中介」「鏡像」作用並沒有改變，只是「光線」借「鏡面」被反射到不同角落而已，「機械反映論」的幽靈依然隱含其中。強調人對社會的依附性，這是歷史唯

物主義的方法。不論認識社會的產物，還是認識文化符號，同樣都在強調人的被動性和客觀性。無論怎樣，這樣的意義結構是無法在邏輯過程中置放人的主體性的。主體性的「我性」與「他性」分別對應著「個體」與「群體」。「個體」與「群體」如何在「文學思潮」中定位自己，這顯然是一個需要認真探討的複雜問題。有人做過這樣的辨析：「文學思潮的群體性有賴於個體性而存在，而且就文學活動來說，個體創造性是非常重要的。」「個體與群體本來就是互相關聯、內在統一的。個體意識並不是純粹意義上的個體意識，無論從縱向還是橫向而言，它都是群體性（社會性）很強的意識。在文學思潮中，個體更主動更自覺的融合到群體中去，而群體性本身，就是個體性的融合與上升。文學思潮的組織內驅力與某種文學規範體系，它對個體有強大吸引力與支配力，當然對個體又有必要的框範。然而，不同的文學思潮，由於生成它的時代、歷史條件和主體狀況的不同，其規範體系結構殊異。有的對個體創造性束縛較大，有的則較小。」[9]顯然，這些理論性的分析，對我們是有所啟迪的。不過，就文學思潮範疇而言，「個體」與「群體」關係的複雜性，不但是我們必須解決的問題，也是一個相當棘手的難題。我們所擔心的是，不加批判地在「反映論」中來建構理論邏輯，其思潮的主體性可能會被懸置。

「創作本位論」與「存在多元論」，二者在認知方式上，顯然有著種種基本一致的地方，它們之間的差異性也許僅僅只是體現在其平面性範疇的不同──從「創作」一點到文學活動系統的各方面。

「抽象外在論」的思維方式，應當說它明顯注意到了「文學思潮」作為抽象物的存在可能性。持此論者有意淡化有關文學思潮的「生成」方式及其過程的分析，因而也就拓開了對文學與外部關係實施「普遍」式分析的空間。「文學思潮」作為「抽象」和「具體」兩

9　盧鐵澎：〈文學思潮特性論〉，《首都師大學報》1999年第5期。

種存在方式，哪一種更合適是這一分析過程所要思考的重點。我們知道，「文學思潮」存在的客觀性，是所有文學思潮研究者都認可的一個基本前提。但作為理論命題的「概念」闡釋，卻有著不同的路徑。實際上，上列兩種所要解答的，有意繞開了「文學思潮是什麼」，而全力回答的則是「怎樣才會有文學思潮」的問題。「抽象外在論」所討論的重心是，已經存在的文學思潮的「歷史化」的樣態、以及它的功能和功能作用方式。說文學思潮「是『飽含某種規則的觀念』」，即「整體的觀念體系」中所包含著的「文學規範系統」。這個「文學規範系統」表現為「文學的規範、標準和慣例的體系」，即「一套規範、程式和價值體系」等等，不僅把文學思潮抽象化了，而且也使文學思潮同時被賦予超越「形象存在」的理念性質和普遍結構性質。在這樣的意義結構裡，對文學思潮生成變化起作用顯然是「規範」，作用方式則是藉助於「程式」「價值體系」「標準和慣例」的約束、示範。以「觀念性」為文學思潮定性，便給予了文學思潮以「現象學」本質。細查韋勒克的論述與分析，他並沒有否認文學思潮「具體」的生存樣態，但他強調文學思潮最終應是「觀念性」的。

這與前兩種「反映論」認知景觀是大不一樣的。所謂「外在」，不僅指涉了這種解釋的形而上性，也同時明確標示出文學思潮理論自足化之後所作用的區位。其影響下的文學活動逃不出這種轄制。

正像許多學科的實際情形一樣，學科「概念」的定義及其定義方式都是一個客觀存在的事實。但也必須認識到，任何學科的「概念」定義的價值，都有其不可克服的局限性。這種局限性不僅僅是指「概念」本身在不斷前探的學科發展過程中將必然出現的不適應性，而且更多地遭遇到「概念」定義價值在學科發展不斷延伸的歷史長河中可能愈來愈趨向弱化的情形。如此看來，「概念」定義本身並不十分重要，重要的是它背後所依托的語境因素和知識結構。我們把「文學思潮」的「概念」定義有意區分為「創作本位論」、「存在多元論」和

「抽象外在論」等三種，不是從概念定義本身的結論差異著眼，而是側重於其定義方式——即概念得以確立的知識基礎和邏輯結構。從另一方面說，文學思潮「概念」及其定義方式的多種多樣，也是這一學科富有活力或者說問題複雜性的表徵。什麼叫「文學思潮」？其實並不需要精確回答。我們應當熟悉的是，文學思潮的存在狀態究竟是怎樣的以及它在怎樣的條件下成為可能。至少通過以上的分析初步地解決這樣一些問題：一是文學思潮與創作關係密切但並不僅僅只是靠創作體現；二是文學思潮不論是「歷史」的或是「現實」的，「現象」的狀態是其常態；文學思潮由於受文學學科大系統已有層面畫分的制約與影響，它的具體的研究對象是紛繁多樣的，比如「創作思潮」、「批評思潮」、「文學接受思潮」等等。僅「創作思潮」就可以由不同的文類而形成不同的研究對象。以上有關文學思潮「概念」和其定義方式的差異性梳理，有助於我們在文學思潮的實際研究中確認和界畫具體對象的範疇與適用方法。

文學思潮的「對象性」與「方法性」

一

　　當我們把「文學思潮」作為「理論的對象」和具有自身「方法論」特徵的問題類型時，首先遭遇到的問題是：什麼叫「思潮」或「文學思潮」？

　　從文學思潮研究的歷史和現狀來看，這個問題與「美到底是什麼」、「文學到底是什麼」或者「人到底是什麼」等一樣，是難以真正索解的。當維特根斯坦把「美」和「美的」有意加以區分時，不僅僅只是強調了「語言」對「對象」的塑型作用，而且突出了思維方式的轉換對研究所帶來的非同尋常的意義。對於「思潮」或「文學思潮」而言，我們更應當關注的不是「概念」本身，而是人們對「思潮」或「文學思潮」的概念在進行界定時可能使用的思想方式、體察角度──而這些，若從根本上說顯然屬於思維類型方面的問題。由「概念」而進入「思維」，研究者要解決的關鍵問題範疇已經發生了重大變化：說明「是」什麼與回答為什麼「是什麼」，兩者對於「語境」作用的強調大為不同。其實，作為理論的文學思潮要解決的重大問題是自身的合理性問題，並在此基礎上解析眾多概念定義的「合理性」和「不合理性」──任何概念的定義，應當說都含有這兩種因素。

　　比如有人這樣解釋著：「思潮」是一個源自日語的外來詞。而日語的「思潮」則是英語「The trend of thought」或「ideological trend」的意譯。英語中「trend of thought」或「ideological trend」說的是

「思想、觀點的轉變、變化、更改。」思潮之「潮」本來是一個形象的比喻。認為接二連三的思想活動更接近於「思潮」本身所強調的思想、觀點的動態變化的特質。總之，「思潮」之「思」，是精神性的東西，「潮」這一知覺意象所暗含的內涵是指「思」在較大範疇內的動態性和現象性的特徵。論者據此認為可以這樣界定文學思潮的本質：「文學思潮是特定歷史時期文學活動系統中受某種文學規範體系所支配的現象的整體性的思想趨向。」[1]

這種概念的界定，雖然是想通過字面定義的溯源從而定位「思潮」的對象本質，但這種「前敘述」卻與後來的定義本身並無本質性的聯繫──即所強調的「某種文學規範體系」「群體性的思想趨向」並無太大的關係。在這裡，它特別注意到「群體性」這一特徵，也強調了造成「群體性」的制約因素──「某種文學規範體系」的先在與預置。仔細考察論者具體論述我們體會到，作者試圖通過對「文學規範體系」制約作用的強調，意在突破「文學思潮」的「外來論」或「感應論」的觀點，有意要強化文學思潮的「文學性」。這裡面所滲透的思維方式顯然在很大程度上屬於「文學本體論」的範疇，即認為文學是自足的，並且可以自足。文學思潮的生成、發展的淵源來自於內部和自身，即使是外部的「侵入」也會被「同化」而成為文學屬性的存在。

另一種觀點則這樣認為──文學思潮是這樣一種現象，在歷史發展的某一特定時期，由於時代生活的推動，社會思潮的影響，哲學思想的滲透，一些世界觀、藝術情趣相近的文學藝術家，在共同的相近的文藝思想的指導下，以共同的或相近的題材、表現手法，創作出一大批藝術風格相近的文藝作品。這些作品不僅具有鮮明的時代和個人

---

[1] 陸貴行主編：《中國當代文學思潮》（北京市：中國人民文學出版社，2002年6月），頁14-20。

特色，而且在社會上產生廣泛影響，形成了某種思想傾向和潮流（有時是運動），於是我們便稱它為「文藝思潮」。[2]

　　這是一種相對「板滯」的概念界說，其中所呈現出來的思維狀態及其邏輯推理程式是這樣的：首先他強調了「社會性」外在因素的先決作用。其次，正是這一先決作用才可能導致「群體性」的出現，即在「世界觀」、「藝術情趣」、「文藝思想」甚至「題材」、「表現手法」、「藝術風格」等「共性」的基礎上所產生的共同的「思想傾向」。「外在」是文學活動主體「共同性」被整合的前提，並且也提供了可能性。「文藝作品」則是「文學思潮」的重要載體或體現者。它的不足與偏頗是明顯的，概而言之就是「創作本位論」、「外在發生論」和「趣味趨同論」的雜糅。

　　第三種解釋與上述有很大的相似性。「文學思潮是在特定歷史時期，文學理論家或作家們於相同或相近的世界觀、人生觀、價值觀、美學觀指導下所形成的文學潮流。」「它灌注並體現於文學運動形態、文學理論形態和文學創作形態。」[3]這裡依然強調「相同主體」的前提性，尤其突出了文學活動主體的「非文學」因素──即世界觀、人生觀、價值觀的作用，我們可以把它稱之為「相同主體決定論」。值得注意的是，雖然它並不凸現「作品本體性」，並關注到了「文學潮流」的多向維度──文學運動、文學理論、文學創作等。但卻也可能導致這樣的誤解：「文學潮流」是不必與「文學運動」「文學理論」，「文學創作」自身的「領域潮流」加以區別的。（其實，這些「區別」不僅存在，而且有意對這些「區別」加以區別，亦是文學思潮研究的重要方面）從文學與外在應感思維出發，強調文學思潮生成的外在制約並以「作品」載體作為主體對象的思潮觀，在中國過去相

2　陳劍暉：〈文藝思潮：關於概念和範疇的界說──新時期文藝思潮綜論之一〉，《批評家》1986年6期。

3　朱德發：〈中國百年文學思潮研究的反觀與拓展〉，《煙臺大學學報》1999年1期。

當長一段時間內已是一種普遍的意識。例如在《中國現代文學思潮研究》一書中，作者對「文學思潮」的定義亦是從這一方式切入的：

「文藝家（個體或群體）從某種觀點（哲學的、美學的、社會學的、心理學的、語言學的、政治學的等等）出發，對文學的本質、功能和價值等根本問題作出回答，並形成一種理論體系和審美原則，在一定時期產生較廣泛影響。同時體現在他本人或其他一些作家的創作中。這些創作在題材、思想傾向、創作方法和藝術風格等各方面都有很大的一致性，在一定時期產生較廣泛的影響，這就形成為一種文學思潮。」[4]

從這一「定義」裡我們注意到，它認為文學緣於文藝家的理性的高度自覺（包括社會理性和藝術理性），文藝家的創作不僅以此為動力，而且還是他們的價值歸宿（所謂「做出回答」）。「做出回答」的最高境界是「形成一種理論體系和審美原則」，同時又須作用於廣泛性的群體。二是無形凸現了「理論和原則的先置性與原則性。」三，依然是「創作本位式」的「主體決定論」，明顯地忽視了文學思潮所具有的「客觀性」、超越性等特點。

蘇聯著名的文藝學家波斯彼洛夫，對此是這樣下判斷的：「文學思潮是在某一個國家和時代的作家集團在某種創作綱領的基礎上聯合起來，並以它的原則為創作自己作品的指導方針時產生的，這促進了創作的巨大組織性和他們作品的完善性。……是創作的藝術和思想的共性把作家聯合在一起，並促使他們意識到和宣告了相應的綱領原則。」[5]波氏討論「文學思潮」的發生，強調了「創作綱領」和作家集團的「聯合」，認為只有「聯合」並以此為「創作方針」時，文學思潮才得以產生。其次從「功能」上認為文學思潮肯定會也必須使創作具有「巨大組織性」和「完善」作品的作用。

4　邵伯周：《中國現代文學思潮研究》（上海市：學林出版社，1993年3月）。
5　《文學原理》（北京市：生活、讀書、新知三聯書店，1985年）。

　　錢中文在〈隨目迷五色的文藝思潮潛入當下歷史〉一文中也談到這一概念：「所謂文藝思潮，指的是一種具有新的特徵的文學創作原則、範式、方法、價值類型所組成的一時流行的文學創作傾向、文學理論批評思想。在二十世紀年代之前，我國流行的主要是現實主義文學思潮，並且在五○至七○年代的三十年間，在政教論文化思想的統制下，走向了極端。」對於文學思潮的研究，他指出：「文學思潮的研究有時也會產生一些問題。文學思潮有時不一定表現一個時代的文學、理論的全貌和本質性的東西，其中常有泡沫性的東西存在。由於有的思潮常常是一種流行的、時尚的報刊傳媒的喧嘩，在表現自身價值或是出現泡沫現象的同時，它們往往掩蓋了創作、理論上那種不事聲張的卻是有價值的東西的存在。」[6]錢中文的這一定義及其相關論述，自然從根本上說亦是基於對「創作」在文學思潮構成上的「本位性」體認，似乎更強調「文學」自身。但同樣有著可能把「文學思潮」進行「依附化」處理的危險，無形之中淡化了它的獨立性。

二

　　以上的定義羅列，使我們看到了對文學思潮「定義」問題進行思考的一些「共性」：比如都有意無意地彰顯了「創作本位」意識（如此人們必會質疑：文學思潮與創作思潮有無區別？），也相當一致地認為文學活動主體的多方面「共同性」才是思潮性得以形成的必要條件（因此，「流派」與「思潮」是否就可以相互替代了？），同時，強調了社會存在之於文學的「語境」作用（難道外在於文學的「社會存在」是文學思潮生命存在的唯一合法性理由？）等等。

　　我們所質疑的並非是已有的研究成果，而是我們自己。我們不禁

6　《中華讀書報》，2003年11月5日，第15版。

會躬身自問：世界萬物及人類複雜的精神現象歷史，是否有些存在是不可以「定義」的？是否意味著即使「定義」也可能只能採用一種特殊方式——比如從「是什麼」變為「不是什麼」，或者「什麼是」變為「什麼不是」等。

　　至少在目前，對「文學思潮」進行定義，是極其困難的。

　　假如我們把「文學思潮」作為一種「狀態」來研究，即關注這一對象的「狀態性」，也許是幫助人們接近思潮的有效方式。

　　我認為，作為一種「復合」的狀態，「文學思潮」呈現著這樣一些不可忽視的側面：

　　一　是「思想的狀態」，文學思潮的確以它的特殊形態和方式含納著世界觀、價值觀以及社會性存在的理性成分。應當說，文學思潮的「思想」，並不只是與審美相關，它可能被抽象為哲學意念或俗化為生活式樣被接受傳播——文學的力量恰在於茲。

　　二　是「運動的狀態」，這是就文學思潮的發生而言。它總有一個萌發、生成、泛化、興盛到消歇的過程。「時間性」關節點的狀態與「空間性」因素作用於過程的時機、力度及介入方式等，都與「文學思潮」的生成、變異大有關係。

　　三　是「物化的狀態」——這是指任何文學思潮必然作用於人生、生活、審美或其他精神領域。功能構成及其展示與文學思潮自身的物化形式、物化途徑等方面聯繫密切。

　　四　「可接受狀態」。無論何種「思想」，只有在被廣泛接受或影響中才可能成為「潮流」，即它的社會性、群體性、公共性等方面。

　　具體而言，我們可以進行這樣一些有意思的思考。比如，它（文學思潮）首先應當是一個「群」的存在，包括有相同的、不同的等大量、豐富具體的現象。比如就它的存在範疇說，以文學為例，理應包括創作層面、批評與理論層面、讀者及社會反響層面，並在一定時期內表現為「主導性」或「權力」的狀態。再比如，它的存在或其「現

象性」，可以被抽象出豐富的觀念性的東西——而這觀念又不是僅僅附著於具體文學活動式樣的一般性方面，而是具有「新意味」的審美觀念（含蘊著已被審美化的哲學、心理學、政治學等質素），並一定和時代社會文化的存在，或其觀念性呈現著呼應性。還可以推知，它應當體現為一個完整的過程，體現為一種「歷史」的敘事狀態。從其影響方面說，它除了其「共時性」影響之外，還有著對歷史的建構作用，或者說它應當是所有不存偏見的「歷史敘述」中不可忽視的因素，等等。

在文學思潮研究中，對於「文學思潮到底是如何形成的」這一問題，屬於「前提性」思考範疇。雖然當我們在進入具體的思潮歷史梳理或具體思潮狀態描述時一定會涉及到這個問題，但它卻不僅僅只是一個「實踐性」的問題。也就是說，這個問題不只是在進入「思潮」敘述時才會出現，而是以一種「框架意識」必須為思潮研究主體所具備。比如我們必須考慮：無論怎樣的文學思潮，作為一個完整的結構體，它到底可能是由哪些方面因素所構成？這必然涉及到文學思潮發生、流變、興盛、消歇等階段性呈現的因素範疇。通過以往大量的有關文學思潮研究成果分析我們知道，研究主體在介入思潮研究之前至少已對形成文學思潮結構的因素範疇有了比較明晰的認識，並且以此為依托，對文學思潮的紛繁材料進行梳理、分析和選擇取捨。

就一般情形而言，文學思潮的結構性因素應包含以下幾個方面：

一是整個時代的哲學——文化背景因素，主要是世界觀、人生觀和價值觀等幾個方面。「哲學－文化背景」也是「語境性」因素，它從根本上決定著一個時代的文學的想像方式和想像呈現（語言）的可能性，決定著言說空間和言說方式以及言說合理性與合法性等等。

二是民族在特定時代裡所面臨的與大多數人生存相關的特殊現實及其由這一現實所誘發的群體性的人生功利性趨向因素——這主要是指民族人生的時代困境及其為生存、為發展而產生的利益追求等。

　　三是某種文學思潮所產生的歷史時段內對審美歷史的態度、闡釋方式和其對它的接受偏好與程度。與此相呼應的還有異質審美因素的影響，並且還需考察這種影響如何發生、通過什麼方式展開以及主要滲透於哪些方面等等。

　　四是文學內部那些具有「發展」潛力的因素的影響，比如批評價值的統攝狀態（含批評家和作家）、「範式」形成及其效應、某類文學產生的強大社會影響而形成的創作效仿、作家尤其權威作家的「亞理論」（創作談之類）所產生的引導作用等。

　　五是讀者世界（包括文化市場、精神市場）對審美的反饋等。

　　以上五個方面的因素，既是思潮研究中必須解決的問題，也是超越於具體思潮而可以獨立進行開掘的「理論命題」。甚至我們可以這樣下結論：任何關於具體文學思潮的狀態描述和文學思潮史的研究，都不能不是對上述因素及其相互關係的分析。

　　就文學研究而言，如從較大範疇來看，不外乎作品研究、作家研究、現象研究和史的研究——這些研究亦可分為理論的或非理論的等等。不過需要指出的是這種分門別類並不是必須或具有天然的合法性，而更像是一種權宜，為著一種方便。不是終極目的，而是為了綜合。綜合的功能是指向那種以顯示某類學科有機性或無機性、獨特性或平庸性等判別目的，指向學科是否起著對文化進程的推動或思潮可能性的價值釐定。相比於文學思潮研究，以上所列的有關文學作品、作家和文學現象的研究，都可以視為「個別」的研究。我認為，文學思潮的研究是指向一種思想、觀念形態的形成、傳播、運動及作用方式與範疇以及接受影響等方面。不過，這裡需要特別指出的是，所謂的「思想」「觀念形態」應當是指某一時代各種思想、觀念形態存在的文學化行為和狀態，而非是別的什麼。從這個意義上說，文學思潮研究是一種「另類」的文學史研究，強調的文學範疇的全景性和對所有因素的整合研究——只不過比通常所理解的文學史多了一重「思

潮」視角限制。我們是否可以這樣認為，正是這一「思潮視角」限制才成就了文學思潮研究的獨特性？

　　只要我們簡單地比較一下「文學史」和「文學思潮史」就可分辨出，思潮史研究顯然屬於「亞類型」，即它與文學史之間存在一種「種」、「屬」關係。文學史不僅關注思潮，它同樣關注所有現象，尤其是作家作品。它的「歷史屬性」制約著文學史研究的目的只能是清晰地完整地指示文學在歷史上都發生了些什麼以及這些「事實」的價值。也可以說，它的本體性是體現在作家作品與外部各方面因素互動關係的考察上面。因而它對研究方法的要求也同時呈現出「綜合性」的特點。比如，既要求對文本進行細密解讀（這須有形式主義的眼光），又要考察文學與外部世界的關係（這裡最有用的是社會——歷史學批評或文化批評）。同時還要求嚴格選擇——版本流變考證、作者生平梳理、作品生成過程勘查等等（這裡又有著「樸學」的影子）。從總體上看，文學史要求根據不同對象尋找適合於對象的方法從而有效地揭示文學世界的真實圖景。而思潮或思潮史，則要側重於思想或理論形態的存在，或側重於對作品進行「理論」式地整形與開發，所以作家作品是否具有「思潮」範疇之中的「思想性」是其被選擇的基本標準。因而，思潮或思潮史的研究，不可能也沒有必要涉及所有在歷史上存在過的作家作品。從這個意義上說，它更接近於「思想史」研究。它對於創作文本的分析，立足於該文本是否最為典型地折射了或融合了某種思潮，即重點分析創作文本是在多大程度上可以滿足對思潮闡釋的需要。從「思想史」角度看，它甚至可以有理由忽視作家、批評家的生平，對其創作的整體性也無須作細緻地論述。這也反襯出另一向度的重要性，即對審美的文化語境考察的重要性。因為只有對這些因素深入的考察，才能既解決某一種思潮生成、發展、消歇的原因揭示，又可以從中了解把握到不同思潮之間相互影響、嬗變替代的本真面目。從一定意義上說，思潮一旦出現，便是一種獨立

於任何個體的存在物。在這一情形下，任何個人行為（尤其是文學行為）相對於思潮而言，也許只能屬於一種應激反應。

就文學思潮的研究內容說，在感性層面上看似乎是很多的——比如「思潮觀念論」、「思潮構成論」、「思潮功能與影響」、「思潮關係論」、「思潮價值論」、「思潮過程論」、「思潮研究方法論」以及「思潮史」等。不過，一般而言，可分為「思潮理論」和「思潮具體形態研究」兩大類。這裡先不說「思潮的理論研究」，僅就「思潮的具體形態研究」作一點初步的探討。

（一）關於思潮的淵源研究。這主要是從發生學角度探討某種文學思潮從何而來，重點是尋找某種文學思潮得以生成的「觀念性」資源。顯而易見，這種研究只能針對已經凝定的思潮，因而它是「歷史」的。因此，我們的研究也就被規束為一種回溯——從結果到原因的回溯。這種「果——因」式探討，既要涉及「思潮發生」時的「過去」的東西，即「歷時性內容」，也包括「思潮發生」時的「當下」的存在，即「共時性」的東西。這種淵源探討，從研究主體的思維秩序上看，應當是先從思潮完成態切入，然後進入對其「觀念性」資源的找尋，重要的是對思潮構成因素的剔析。

（二）關於思潮的狀態研究。在我看來，這是思潮研究中最常見的類型，它要解決的問題是「思潮」在人們已經普遍感知時是個什麼樣子。狀態研究所涉及的內容屬性也應當說是「歷史性」的，因而它可以進行「靜態的」「封閉式」的研究。瞄準「觀念」的存在形態，解決如下一些問題：具有思潮可能性的各因素在什麼位置？其結構性如何？也可以從創作、理論、批評、接受等不同層面加以觀照；還可以從「次序」「架構」意義上的中心／邊緣、核心／外圍、先／後、主體性／依附性等方面切入。我們的任務是「把思潮描述成思潮」，重點要回答：什麼是決定思潮得以成立的條件和前提、「命名」的適用性以及其他問題。

　　在思潮的「狀態研究」中究竟哪些因素應當作為思潮研究的重點對象呢？這亦是一個相當重要的問題。或者說在確認了哪些因素可以進入研究後它們在我們的敘述中有沒有一個先後順序呢？我以為，從以下順序進入對思潮的研究不失為一種頗為不可行的方式——即「事件」、「現象」、「觀念」、「思潮」。

　　先看「事件」——「文學思潮」的「事件」是指與思潮相關或與某一時段文學發展相聯繫的具有獨立性且影響較大的事件，它是非常具體的存在。包括作家事件、作品事件、批評事件、論爭事件等等。對這些「事件」的關注在研究者這裡則首先要確立「事件」之於「思潮」的功能指涉。這無形中也就形成了對思潮敘述中的「事件」的限制，即並不是所有事件都是思潮的關注對象。選擇的標準與過程，應當在思潮已有狀態的範疇中加以選擇，以事件之於思潮的功能指涉為標準。

　　「現象」——「現象」相比於「事件」，「現象」應當是一個「複數狀態」，即多個事件的「共同性」才可構成「現象」。「現象」與「觀念」是近鄰，從某種意義上說，「現象」就是某種「觀念形態」呈現為表象的不同形式。「事件」與「現象」在之於人們的關注時境況是不同的。「事件」的意味是「單個性的」，而「現象」的意味不僅表現為整合性——複數，而且更接近於觀念的狀態，宜於從理論層理上對之進行探討與思考。

　　「觀念」——我以為，這應當是「現象」分析的結果呈現。「觀念」的集合、整合，在具有了範疇性之後，就是「思想」。而「思想」的生成，可以說就標誌著「思潮」的來臨。

　　「思潮」——「思潮」的研究之於上述「事件」、「現象」、「觀念」而言，顯然要關注的是「思想」的領域效應和擴張效應，顯著的思想效應呈現就是思潮。因為具有了顯著效應的思想，本身就是群體範疇。因而它在此時就可能進入某種「統一性」狀態，或者「權力」

支配狀態。也許可以這樣定義，思潮即是某種「思想」在擁戴中自然形成的權力與支配狀態，也可以表述為「思想的權力及其轉換」狀態。

（三）文學思潮的類型研究。其實，「狀態」研究必然涉及「類型」的東西。就「類型」本身的內容來說，我以為它應當包括以下幾個問題：一、是思潮的命名。包括「命名」的原因和條件，這一思考所要解答的是「名」與「實」的問題。「命名」得以成立的條件，即「命名」的合法性是關鍵所在。「命名」過程是個理性的過程，主體對從「命名」對象的感性活動亦與之相伴始終。我們常常看到這樣的情形：雖然研究主體所面對的對象是同一的，但因為主體對對象進行抽象時所依托的現象範疇有差異，所以，「命名」的結果常常是大不一樣的。比如審美範疇或文化範疇或社會範疇等等。二、是「命名」完成之後，研究主體所要切入的層次，應當是「思潮」之於「命名」相對應的結構狀態──層差、主次、作用機制等。「命名」一旦確立，那麼對對象選擇的標準、原則、目的與闡釋的方式也就同時誕生並完成。我們還可以意識到，「命名」的誕生，即意味著一種理論視野、觀念範疇和對對象進行敘述的「權力」的誕生，思潮作為被闡釋對象的可能性也就同時被限定了。

（四）文學思潮的影響研究。文學思潮的影響應當是指其在文學歷史發展過程中的「功能性」而言的。在這一研究中，我以為有幾個問題是必然會出現的：一、是影響研究必然面對的是思潮的「複數狀態」，類比、對比、比照等是常用方法，也是必須的方法。二、影響研究也是「歷史性」研究，即我們必須把其置於歷史進程中看取其功能或價值以及其他方面。三、是影響的過程性描述或效果性描述等。

從以上我們對有關「文學思潮」研究諸方面分析來看，關於文學思潮的定義可以做這樣一些條件性或屬性上的界定：首先它是「群」的存在，包容著相同的、不同的等大量豐富、具體的現象。其次就它的存在範疇而言，文學思潮應當包括創作、批評、理論和讀者、社會

反響等，並在一定時期內表現為「主導性」或「權力」狀態。再次，文學思潮的存在或現象性，可以被抽象出豐富的觀念性的東西。這些觀念不僅隱身於文學形式的一般性層次，而且是具有「新意味」的審美觀念，哲學觀念，並一定和時代文化存在、生活表現和觀念價值等緊密關聯著，兩者之間具有鮮明的呼應性。四方面看，文學思潮應當體現為一個完整的過程，具有生成、泛化、權力化、式微等因素，體現為一種「歷史」的敘事狀態。第五，它的影響功能除了「共時性」之外，還有對審美歷史的建構作用，即它應當是所有不存偏見的「歷史敘述」中不可忽視的因素。

以上這些界定，或者說文學思潮的屬性描述，都直接或間接地影響到思潮的構成機制問題——文學思潮從發生學角度講，一定是一個由個體萌芽到群體壯大的過程。研究者的難題是：誰或何物促使了一種「思想」的轉化並擴張、膨漲起來而成為「思潮」？我以為，這裡面有一個「觀念」轉換、話語轉移、思想增殖以及個人性向公共性過度的中介或機制問題。這可能與民族在某一歷史時刻的生存、精神焦慮有關，即某種思潮可能是與某種社會的文化功利性需求相迎合而產生的。

思想轉移到一定程度就會出現「時尚」性，在接受者一方則表現為越來越強烈的盲目性。此時，可能呈現「思潮」生成的非理性狀態。所謂的價值轉移，用修辭學理論解釋，即「修辭幻象」產生並被廣泛認同。

思潮的產生免不了還會有其他因素的介入。比如居於主觀的權力化的意識形態、媒體的有意干預和炒作或商業行為等，這必然會使原來處於「自在」狀態的思潮，進入被某種「目的」或「力量」越來越強烈的控制狀態。被「運作」的思潮，其操縱者是理性的、目的化的，而被操縱者則如本雅明在批判文化工業時所指出的那樣，所有的主體都被複製，因而主體性消亡了。

　　「思潮」進入公共領域，成為新的意識形態，在公共主體中形成「思想權力」或「意識理性霸權」。一旦思潮的專制特性萌芽，那麼，另一種顛覆性思想也就開始了它的生命旅行。因而，從某種意義上說，並不是所有思潮都是「理性」的。

文學思潮的多樣形態

　　對一個相對長時段的文學在創作或其他方面帶有群性、普遍性、共性的「傾向」、「特徵」、「狀態」、「現象」等等，人們常常習慣於把它們都指認為「文學思潮」的具體表現。然而，「狀態」、「現象」、「風格」和「時期」等，在具體表徵「文學思潮」時大不一樣的。「風格學」意義上的文學思潮研究，除了把「風格」作為「傾向性」或「現象化」方式之外，常常還藉助於對參與風格指認的「語境」因素的有意放大，並由此「以點帶面」，藉「點」說「面」。其價值體現為對「面」的剔析的深度──觀念的、理論的等等。「文學思潮」作為「文學史」的一種敘述方式，作為「文學史」歷史階段畫分的基礎或標示，則更多地需要探討文學歷史發展過程中的異動性。「文學思潮」的「時期」狀態，比之於「文學思潮」的現象狀態、風格狀態等，無疑更具有整體性或「總體性」。在把「思潮」作為「時期」的運用上，除了「回顧式」之外，還有一種「前瞻性」──它藉對當前現象的「有傾向」的組合與敘述，在為某種「思潮」搭建平臺前提下，有意把某種帶有「利益化」或「利害關係」的理念進行「歷史歸趨」的必然化處理，從而使「思潮」先於實踐而形成具有鮮明理念核心的「思潮」模式，並以此來指導、評判、規範未來的文藝實踐。

　　在探尋「文學思潮」或關於「文學的思潮研究」之中，人們是不大注意諸如「文學思潮到底意味著什麼」等這樣一些問題的。其實，當人們把某一時段、某種文學、某種文類的創作狀態或者把某種現象、風格群乃至一個完整時期的文學發展情態等命名為思潮或以思潮

方式加以研究時，它便潛含著這樣一些問題：比如你是在什麼方式下把什麼視為「思潮」的？如果以「思潮」待之，它們的合理性有多少？其合法性的條件是什麼且有沒有得到完全地滿足？它是一種「情態」（包括狀態，現象，風格）的敘述呢？還是具有「斷代」意味的「史性」把握（比如作為「時期」）？

其實，我們如果只是把文學存在作為一種靜態的表象分析，那麼「思潮」可能意味著只是一個有關「樣態」、「式樣」或類似於「色調」、「態勢」一類概念的所指；但如果我們從表象出發，從具象深入到更深層次，我們就可能窺破表象背後的機制、機制形成的觀念以及觀念系統的核心理念，即思想性成分。那麼，這種「立體化」的以「表象、機制與觀念」三者有機結合的情態，便是「思想史」了。以「思潮」概之，不僅標示著文學在「一個時期」的「思想邊界」，而且它更接近於「文學思想史」的運動狀態。這樣，「思潮」研究實際就是藉助於表象、機制而進行的「觀念運動史」的研究。

在這裡，我們要做的工作是，上述問題是否存在？和如何解決這些問題。回顧有關文學的具體批評實踐，我們必須承認這些問題是普遍存在的。

一

在文學研究和批評實踐中，把「思潮」作「狀態化」或「現象化」處理的研究實例是很多的，甚至成為「文學思潮」理論自覺之前的常見現象。[1]在這些文獻中，雖然也關注到了「思想史」或「文學

1　二十世紀九〇年代中期以前，中國文學研究界有意把「文學思潮」作為理論命題加以研究的論著是很少的，只有寥寥數篇而已。包括陳劍輝：〈文藝思潮：關於概念和範疇的界說〉，《批評家》1986年第1期；周曉風：〈論文學思潮的創作方法特徵〉，《重慶師院學報》1992年第4期等。其餘的多只是在對某一階段「文學思潮」

審美觀念史」側面的內容，但大多還只是把關注目光與分析重心置於「表象」之身，有關「現象性」背後的深層思想機制和觀念系統地分析與討論，幾乎沒有展開。我們可以把這種研究稱之為「文學思潮」的「狀態與現象」方式。例如，署名志希、發表於《新潮》第一卷第一期題為〈今日中國之小說界〉一文，對中國近代小說發展進行了一番「現象式」地掃描。

「中國近年來小說界，似乎異常發達。報紙上的廣告，牆壁上的招貼，無處不是新出小說的名稱。我以為現在社會上作小說的如此之多，看小說的如此之盛，那一定有很多好小說出現了。哪知道我留心許久，真是失望得很呢！現在我以分析的法子，把現在中國新出的小說分作三派，待我說來。」「第一派是罪惡最深的黑幕派。這一種風氣，在前清末已經有一點萌蘗。待民國四年《上海時事新報》徵求『中國黑幕』之後，此風得以大開。現在變本加厲，幾乎彌漫全國小說界的統治區域了。……諸位一看報紙就知道新出的《中國黑幕大觀》、《上海黑幕》、《中國婦女孽鏡臺》等不下百數十種。《官場顯形記》、《留東外史》也是這一類的。裡面所載的，都是『某之風流案』，『某小姐某姨太之秘密史』、『某女拆白黨之艷史』、『某處之私娼』、『某處盜案之巧』等等不勝枚舉。」「第二類的小說就是濫調四六派。這一派的人只會套來套去，做幾句濫調的四六，香艷的詩詞。他們的祖傳秘本，只有《燕山外史》、《疑雨集》等兩三本書。論起他們的辭藻來，不過把幾十條舊而又舊的典故，顛上倒下。一篇之中『翩若驚鴻、宛若游龍』『芙蓉其面，楊柳其眉』的句子，不知重覆到多少次。我們真替他們慚愧死了。論起他們的結構來也是千篇一律的，大約開首總是某生如何漂亮，遇著某女子也如何漂亮。一見之後，遂戀戀不捨，暗訂婚約。愛力最高的時候，忽然兩個又分開了。

現象展開研究之前，稍稍對概念進行一些粗淺的界定，如邵伯周主編《中國現代文學思潮研究》、周曉風《新時期文學思潮》等。

若是作者要做艷情小說呢，就把他們勉強湊合攏來。若是作者要作哀情小說呢？就把他們永久分開。一個死在一處地方中間夾幾句香艷詩，幾封言情信，就自命為風流才子。……諸位一看徐枕亞的《玉梨魂》、《余之妻》，李定夷的《美人福》《定類》五種便知道了。」「第三派的小說，比之上兩種好一點的，就是筆記派。這派的源流很古，但是到清初而大盛，近幾年此風仍是不息。這派的祖傳是《聊齋志異》、《閱微草堂筆記》《池北偶談》等書。近來這派小說的內容大約可以分為四支。一支是言情的。他這種言情的方法，與我方才說的徐枕亞，李定夷一班人差不多。不過一個扯得太長，一個縮得短罷了。這種印版似的調子，對於人生有何關係呢？一支是神怪的，這支之中還可分為兩小支。一小支是求仙式……另一支是狐鬼式……一支是技擊的……最後一支是軼事的，現在最為流行。市上的《袁世凱軼事》，《黎黃陂軼事》、《左宗棠軼事》等，指不勝屈。這支也無甚害處，或者還可以灌輸人民一點『掌故知識』。但是做的人，大半都無學問，而且迷信『人治』，附會大多與法制的精神，在無形之中頗有一點妨害……總之此派的小說，第一大毛病是無思想。」[2]

　　以上引文中，作者對近代小說創作所做的「派」的畫分，就是小說創作中的三種現象或三種狀態，帶有明顯地「創作思潮」思路。雖未對創作背後的理念作進一步挖掘，但藉對各「派」小說特徵的描述，也已顯示出觀念的某些方面。作者隨後以不少篇幅闡明了創作家（主要指小說家）所必須遵循幾大原則：首先是「不要以『聞之者足戒』的藉口，把人類的罪惡，寫得淋漓盡致。」「過多的刺激，是沒有用的。而且所生的後果，只有壞，沒有好。」要「把讀者引上善路去。」──這裡涉及到「藝術真實與生活真實及生活事實」之間的關係，強調了作者對生活的選擇。其次，「所做的小說，不可過於荒誕

2　〈文學論爭集〉，收入《中國新文學大系》（影印本）（上海市：良友圖書出版公司，1935年10月）頁349-353。

無稽，一片胡思亂想，既不近情，又不合理。」「小說的第一個責
任，就是要改良社會，而且要寫出『人類的天性』來。」應推崇「寫
真主義」和「自然主義」，用今天的話說，就是要真實得反映生活，
與生活溝通。其三，小說「要改良社會」，「必須先研究社會學，再研
究心理學，」「以八面向心的眼光，觀察各種境遇」，方才能進入寫
作。這裡突出了對生活介入的科學態度。最後作者強調要向「西洋」
學習，在借鑒中提高自己。

　　所謂「原則」，在這裡不但借對小說「派」的批評得以感性表
達，也以觀念方式予以重覆，後者是為前者服務的。

　　「傾向性」的研究，亦是「文學思潮」「現象化」的一種。指出
一種帶有「普遍性」的問題或狀態加以分析，作出取捨的判斷。這在
本質上暗寓著從「思想」角度梳理的意味。當然，有的研究者對於
「傾向性」概括，可能更接近於有關「風格」的言說——這是我們需
要加以注意的。

　　「現在的創作家，人生觀在水平線以上的，撰著的作品可以說有
一個一致的普遍的傾向，就是對於黑暗勢力的反抗，最多見是寫出家
庭的慘狀，社會的悲劇和兵亂的災難，而表示反抗的意思。這確是現
時非常急需和重要的，創作家將這副重擔挑上自己的肩，至少是將來
的樂觀的一絲萌芽，但是有些情形覺得不很饜足我的期望。」「有很
多作品，所描寫的誠屬一種黑暗的情形，但是（一）採取的材料非常
隨便，沒有抉擇取捨的意思存乎其間；（二）或者專描寫事情的外
相，而不能表現出內在的真際；（三）或者意思雖能表達，而質和形
卻是非常單調。凡屬這種情形的，就要減損作品自身的深切動人的效
力。」[3]作者在此所批評的這種「普遍的傾向」，實際就是「理念化創
作」或「思想大於形象」的情形。這裡我們可以看到在五四文學時期

3　葉聖陶：〈創作的要素〉，《小說月報》12卷7號（1921年7月）。

創作界普遍傾心於「啟蒙主義」的審美觀念，透示出特定時代文學（小說）被普遍「工具化」的態勢，映射出當時審美觀念的主流情態。雖以「小說」啟言，其「問題性」卻對所有五四各文類創作都是適用的。所以，我們說，這種對普遍性現象（傾向、「派」、特點）的研究，本質上指向「文學思潮」——只不過把「創作思潮」作為「中介」罷了。

文學研究和批評實踐中我們看到大量類似的事實：許許多多把「狀態」加以「現象化」的研究，無疑是相當常見的有關思潮研究的思路，並且尤以文類性「狀態」分析為多。以上所引之例，顯然屬於此類。不過，有兩種情形需要加以區分：一是對「現象」進行「橫」的研究，研究者在指出某種「現象」在同一平面（時空）的存在的狀態時可能涉及不同文類。我以為這更接近於「狀態」型的「文學思潮」研究；另一種則表現為，不僅展示「現象」，還對「現象」作深度開掘，涉及到原因和走向層面，甚至關涉到文學以外的因素分析——區別於「思潮的源源研究」——只就「現象」即時印象加以闡釋。這種研究過程便內在地隱含著某「現象」由「晦」至「顯」的大致過程。我以為，把之歸類為「現象式」的文學思潮研究更合適些。前一種情形常常表現為從某部作品或某個作家的創作出發，「宕開一筆」，點出眾多由此而聚起的「類型」，並且予以「有意味」的比較——這可視為一種有趣的異例。比如胡適一九二二年〈《蕙的風》序〉即是如此。「靜之的詩，也有一些是我不愛讀的，但這本集子裡確然有很多好詩。我很盼望國內讀詩的人不要讓腦中的成見埋沒了這本小冊子。成見是人人都不能免的，也許有人覺得靜之的情詩有不道德的嫌疑，也許有人覺得一個青年人不應該做這種呻吟婉轉的情詩，也許有人嫌他的哀詩太繁了，也許有人嫌他的小詩太短了，也許有人不承認這些詩是詩。但是，我們應該承認我們的成見是最容易錯誤的。……況且我們受舊詩詞影響深一點的人，帶上舊眼鏡來看新詩，

更容易陷入成見的錯誤。我自己常常承認是一個纏過腳的婦人，雖然努力放腳，恐怕終究不能恢復那『天足』的原形了……四五年前，我們初作新詩的時候，我們對社會只要求一個自由嘗試的權力。現在這些少年的詩人對社會的要求也只是一個自由嘗試的權力。為社會的多方面的發達起見，我們對於一切文學的嘗試者，美術的嘗試者，生活的嘗試者，都應當承認他們的嘗試的自由。」[4]作者有意離開詩而談「自由」，這也許正是胡適對文學現代化基本前提的一種理解。文中在「我」與「靜之」兩代詩人之間所做的不經意的對比，確也托出了五四時期新文學發展的某種必然的「潮流」狀態——胡是從新詩創作所展開的指向新文學整體的「思潮性」的思考，還是可以摸得著的。

　　朱自清在〈愛國詩〉一文中，就詩中的「愛國主義情態」進行了分析，而切入點則是郭沫若與聞一多的比較。「辛亥革命傳播了近代的國家意念，五四運動加強了這意念。可是我們跑得太快了，超越了國家，跨上了世界主義的路。這是發現個人、發現自我的時代。自我力求擴大，一面向著大自然，一面向著全人類，國家是太狹隘了，對於一個是他自己的人。於是乎新詩訴諸人道主義、訴諸泛神論、訴諸愛與死、訴諸頹廢和敏銳的感受——只除了國家。……但是也有例外，如康白情先生〈別少年中國〉，郭沫若先生〈爐中煤——眷戀祖國的情緒〉等詩便是的。我願意特別舉出聞一多先生。抗戰以前，他差不多是唯一有意大聲歌詠愛國的詩人。他歌詠愛國的詩有十首左右。且先看他的〈一個觀念〉（略）這裡國家的觀念或意念是近代的，他愛的是一個理想的完整的中國，也是一個理想的完美的中國。」[5]這些論述與他對抗戰後「愛國詩」主潮的分析一起，實際展示了詩的「愛國主義」觀念變化及其內涵系統。「聞一多」「愛國詩」都是作為「現象化」的存在而被論及。作者從「古」至「今」的梳

4　《胡適散文選集》（天津市：百花文藝出版社，1990年6月）。

5　《新詩雜談》（北京市：三聯書店，1984年10月）。

理，內在地呈現了「愛國」思潮的歷史變遷——屬於大題小作」。

　　一個時期「文類」狀態的變化，研究者對其實施「現象化」方式的處理，這樣做亦是切近於「文學思潮」研究格局的。郁達夫在《中國新文學大系》〈散文集〉〈導言〉裡正是這樣做的。「現代的散文之最大特徵，是每一個作家的每一篇散文所表現的個性，比從前的任何散文都來得強。……但現代的散文，卻更是帶有自敘傳色彩了，我們只消把現代作家的散文集一翻，則這個作家的世系、性格、嗜好、思想、信仰以及生活習慣等等，無不活潑潑地顯現在我們的面前。」「現代散文的第二個特徵，是人性、社會性與大自然的調和。從前的散文，寫自然就寫自然，寫個人便專寫個人……散文是很少人性及社會性與自然性融合在一處的，最多也不過加上一句痛哭流涕長太息，以示作者的感情而已。現代散文就大不同了，作者處處不忘自我，也處處不忘自然與社會。就是最純粹的詩人的抒情散文裡，寫到了風花雪月，也總要點出人與人的關係，或人與社會的關係來，以抒懷抱，一粒沙裡見世界，半瓣花上說人情，就是現代的散文的特徵之一。從哲理的說來，這原是智與情的合致，但時代的潮流與社會的影響，卻是使現代散文不得不趨向到此的兩重客觀的條件。這一種傾向，尤其是在五卅事件之後的中國散文上，表現得最為顯著。」「最後要說到近年來才濃厚起來的那種散文上的幽默味了，這顯然也是現代散文的特徵之一，而且又是極重要的一點。」[6]郁達夫所概括的「四個特徵」顯然是從對新文學散文發展史的整體觀照中來的。因此，這種對文類歷史特徵流變的考察，應當說是一種規範的「散文創作思潮」的研究，對「特徵」的平面闡釋與淵源覓取，二者的結合顯示了散文「思潮性」變化和觀念之果。

6　〈導言〉，〈散文二集〉，收入《新文學大系》（上海市：良友圖書出版公司，1935年10月）。

　　從以上幾個援例我們可以看到，「文學思潮」的「現象式」或「狀態式」研究，都是以特定的時段或一個相對長時期裡文學在創作或其他方面群性、普遍性、共性的「傾向」，「特徵」，「狀態」、「現象」作為具體對象。它雖然在敘述或具體論述時所涉及的對象，只是一部作品、一個作家或一個具體的表象，但它的「深度表達」並不僅限於此，勿寧說從一開始就已經做了超越的準備。這裡體現了「所指」與「能指」的高度潛合。而重要的是，這些正是「文學思潮史」不可忽視的重要對象。

二

　　對「文學思潮」進行研究時所採用的從「風格」切入的方式，有其操作上的具體複雜性。一則因為無論有關怎樣的對對象的風格認定，人們總會不自覺把自己「囚」於文本之身，對敘述、文調、言說方式等因素的分析，無疑是前提或重點。研究者一般只有在探尋風格來源時才會顧及所有非文本因素。二是一旦風格認定完成，也同時暗示出風格所依托的理念系統，導致把現成的理論套在對象頭上。故而，這種「風格」認定並不是在思潮語境中完成的，而是從風格推導思潮，很容易偏離我們所說的在風格與思潮的對應中加以整體探掘的路子。再則，風格確與具體的文學話語主體相關。所以，風格形成的「內在性」與思潮現顯的外在性之關，關係是複雜的。但我們所要重點指出的是，「文學思潮」有時會以「風格」形態顯現，或「風格」概念有時會是文學思潮的概念。尤為值得注意的是，風格的文學思潮屬性，與它被作為「現象」或「狀態」加以對待大有關係。沃爾夫岡・凱塞爾對「在藝術科學影響下的風格研究」作過一番別致的論述。他認為風格「它永遠是內在的東西，統一的內在的東西，它在統一的形式特徵之中表現自己。」「作為自我表現的內在的東西，作為

『基礎』，作為風格負荷著時代精神的觀念可能進一步獲得它的應用。」他特別強調「風格概念中所包含的統一性的概念」。他舉例說：「哥特式的、巴羅克式的，這些名詞首先的意義相等於沒有形成的、野蠻的，只有在我們認清這種形式特徵的統一性並肯定這種表現傾向時，它們才成為風格的概念。」所謂「統一性」，作者認為應當是隱含對「情況標誌」、「態度」的整合。「情況標誌」是指人們把判斷的目光「針對作者或他的世代，或者一個年齡階段，或者一個時代等。」「它把風格的標誌作為某種根本上分開的、獨立職務的情況標誌。它必須經常把一個作品中發現的東西同其他的東西放在一個階段上面，不管這個東西是這個作家、這個世代、這個年齡階段，這個時代等等的作品。」而「態度的概念是指在內容方面在最廣泛意義下心理上的見解，從這種見解表現的語言；態度的概念是指在形式方面這種見解的統一性……是指包含在見解中的『人工性』」。他的基本結論是，「因此我們可以概括地說，風格從外面看來是形態的統一性和個性，從內部看來是認識的統一性和個性，那就是一個特定的態度。」[7]

在這裡，凱塞爾所謂的「認識的統一性」和「特定的態度」，正是我們要尋找的「風格」作為「文學思潮」概念的一個有力的表述。即是某種「規範觀念系統」先置性對文學活動的制約。我們說，「單獨的」風格指認，如果僅僅指向具體作品或作家分析，也許只要涉及「形態的統一性和個性」就可以了，但「思潮」語境下的「風格」研究，應該要涉及「認識的統一性和個性」，並探析二者在「語言」中是如何被整合在一起的。

吳宓一九二二年發表〈論寫實小說之流弊〉一文，有意把具有「寫實」風格的寫作泛濫作為一種傾向加以抨擊。「吾國今日所最盛行者，寫實小說也。細分之可得三派：（一）則翻譯俄國之短篇小

7　《語言的藝術作品》（上海市：譯文出版社，1984年7月），頁364-382。

說，專寫勞工貧民之苦況。愁慘黑暗，抑鬱激憤，若將推翻社會中一切制度為快者。（二）則如上海風行之各種黑幕大觀及《廣陵潮》、《留東外史》之類，描寫吾國社會人生，窮形盡相，繪影傳聲，刻薄尖毒，嚴酷冷峭。讀之但覺一片魍魎鬼蜮世界，機械變詐，虛偽油滑，無一好人，無一善行。吾惟將逃世，或死耳。（三）則為少年人最愛讀之各種小雜誌，如《禮拜六》、《快活》、《星期》、《半月》、《紫羅蘭》、《紅》雜誌之類，惟敘男女戀愛之事。然所寫皆淫蕩猥褻之意，游冶歡宴之樂，飲食征逐之豪，裝飾衣裳之美。可謂之好色而無情，縱慾而忘德。」「凡此皆吾國今日之寫實小說也。」「寫實小說之劣下者，其弊在於刻畫過度，描摹失真，誨淫失德、戕性墮志。」文中把近代「政治小說」「黑暗小說」和「鴛蝴派」小說皆稱之為「寫實小說」，就是一種從「風格」切入的「思潮」研究。[8]再如〈談偵探小說〉一文。文章圍繞「偵探小說」的價值展開，對其作為一種「完全合乎於文學條件」的、並且具有自身「風格」的小說的價值不被認可的原因作了探討，批評「這班新文學家意氣用事，故意另眼相看」。「譬如他們看慣了偏重於情感或專寫肉感的小說，偶然翻開了偵探小說吧，所感受的印象卻是另一種風味，和他平日所感受的截然不同。」[9]文章的意旨並不僅僅停留於只對「偵探小說」作孤立的、自足的評述，而是置於新文學已大獲全勝的語境裡，藉「偵探小說」的「冷」遭遇，對新文學群體一味從現世功利出發，對一切非「為人生藝術」的創作槪取不屑的審美風潮提出了質疑，從中我們可以看到「新文學」發展過程中「矯枉過正」的一面。

　　「風格學」意義上的文學思潮研究，除了把「風格」作為「傾向

8　《中華新報》（北京）1922年10月22日，見《二十世紀中國小說理論資料》（1917-1927）（北京市：北京大學出版社，1997年12月），第2卷。

9　《紅玫瑰》5卷11、12期（1929年5月11日、21日）。轉引自《二十世紀中國小說理論資料》，第3卷。

性」或「現象化」方式之外，常常還藉助於對參與風格指認的「語境」因素的有意放大，並由此「以點帶面」，借「點」說「面」。所以，這類研究其價值體現為對「面」的剖析的深度——觀念的、理論的等等。

類似的有《普羅列塔利亞小說論》、《大眾小說論》、《現代的小說》、《現代小說》、《彈詞小說論》、《通俗小說和民話》、《身邊小說》、《關於新心理寫實小說》、《滑稽小說》等。[10]諸如「傷痕小說」、「反思文學」、「改革文學」、「尋根文學」、「朦朧詩」、「女性寫作」、「文化散文」、「小女人散文」等，所涉及的內容多少都有著風格學意義上的文學思潮性質。上述所列類型，既可以視為創作思潮，也可以視為風格的界畫。當不論「共時性」的狀態描述、還是「歷時性」的現象生成研究都具有指向思潮的暗示或傾向時，它就是思潮研究的具體存在。

三

把「文學思潮」作為「時期」概念，是我們所熟悉的。如比「古典主義」、「浪漫主義」、「現實主義」、「現代主義」、「後現代主義」等等。這是就大的方面而言，或者說上述這些「主義」性思潮概念只不過僅僅適合了西方文學發展的大致情形而已，是某個歷史時期西方文學中某種普遍性精神總和的表現，它所包含的內容實際是極其廣泛的。

但就二十世紀中國文學發展歷史來看，所謂「時期」的「思潮」狀態則要複雜得多。以新文學第一個十年為例，很難說是現實主義或者什麼別的主義統攝了這一時期。在「十七年文學」中，我們也試著以「社會主義現實主義」文學思潮來概括它——但，由於文藝政策的

---

10 以上均見《二十世紀中國小說理論資料》，第3卷。

制約和各種外在因素的多重變化,「社會主義現實主義」不僅在核心理念上多有增刪和變化,其表現形態亦是各式各樣,並未以一個「規範的方式」發展到底。如從細部分析,向「十七年」這一時期文學思潮的形態又是可以畫為多個時段的。「文學思潮」作為「文學史」的一種敘述方式,作為「文學史」歷史階段畫分的基礎或標示,則更多地體現在那些具有歷史跨度、並從根本上對文學歷史發展過程中的異動性加以研究的成果之中。它自然地包括文類史、作品史、作家史和運動史等方面。「文學史」狀態,比之於「文學思潮」的現象狀態、風格狀態等,它無疑更具有整體性或「總體性」。這一「總體觀」顯然是建立在對於相對長的歷史時段內作品風尚、作家傾向和理論追鶩的普遍性的抽象基礎之上,是基於對它的理念核心——主題模式,關係模式,思想模式和審美形式模式的高度提煉、概括而成。值得注意的是,這種概括往往與「文學思潮」發生緊密聯繫,其「話語」的思潮性質是相當明顯的。

　　茅盾在〈八年來文藝工作的成果及傾向〉一文是這樣論述抗戰時期文藝傾向性的:「八年的抗戰是為了什麼呢?我以為可用兩句話來說明:對外掙脫一切帝國主義——特別是日本帝國主義加於我民族之政治的經濟的軍事的侵略,對內解除封建勢力與買辦階級對我人民的壓迫而爭取民主政治。既然抗戰的大目標是這兩項,那麼,服務於抗戰的過去八年的文藝活動自然也應當以這兩大目標作為努力的方針。事實上我們也是這樣做了。現在抗戰雖已結束,而這兩大目標尚未完全達到。那麼今後我們的文藝活動當然要以這兩大目標繼續作為總的方針了。」[11]文章的內容重心是抗戰時期文藝的主題和語境,實際從文章的整體看,茅盾更多的是從抗戰文藝的「階級意味」淺薄來檢討的,暗示了在多種因素干預下「抗戰文藝」的「右傾」傾向。

11　《文聯》1卷1期(1946年1月5日)。

　　再來看〈春節宣傳著文藝的新方向〉一文。這是一九四三年四月二十五日《解放日報》的一篇社論。

　　「去年五月黨中央召集了文藝座談會之後，文藝界開始向著新的方向轉變，毛澤東同志的結論，為這運動提示了明確的方向。七個月來，經過了一些反省、討論和實踐嘗試的過程，文藝界在思想和行動上的步調漸漸歸於一致。許多脫離實踐，脫離群眾的小資產階級自由主義的傾向逐漸受到清算，而毛澤東同志所指出的為工農大眾服務的方向，成為眾所歸趨的道路……證明我們的文藝界已經獲得了第一步的成功。在文學、音樂、美術、戲劇、舞蹈等各部門，都以新的面目，鼓舞了群體的鬥爭熱情，收到了很大的教育的效果。單就延安來說，『魯藝』，『西化文工團』，『青年劇社』以及各學校的秧歌舞及街頭歌舞短劇，古元的木刻和許多美術工作者的街頭畫，孔厥的小說《一個女人翻身的故事》、艾青的《吳滿有》都是特別值得提出的一些收獲。延安之外，如晉西北的『戰鬥劇社』和警備區的『群眾劇社』的許多新的活動，也有很多成績。」社論對「春節文藝活動前後所表現出來的新方向」的特點總結為三：「第一是文藝與政治的密切結合」──表現為「我們的文藝工作者開始拋棄了那些小資產階級藝術趣味，努力使自己的工作中表現出革命的戰鬥的內容，把抗戰、生產、教育的問題作為創作的主題了。」「其次是文藝工作者的面向群眾。」──表現為「文藝工作開始從知識份子的小圈子走向工農群眾，街頭上和群眾中的文藝活動成為這時期的重要的工作方式，在內容上力求反映群眾的生活和要求，而在形式上力求能為群眾所接受。許多文藝工作者開始下鄉參加工作，訪問和開會歡迎勞動英雄。文藝工作者已經在實際行動上開始表現他們的群眾觀點，他們認識到文藝工作的正確道路是要為群眾服務並向群眾學習。」「再次，文藝的普及和提高的問題，在春節前後的創作表現裡，也看出了解決的方向。」「就提高方面論，春節文藝活動在藝術上獲得了許多可以滿意

的成績，產生了許多新鮮活潑、有生命力、有感召力的作品，不但不是什麼關門提高的結果，而且正是開始與群眾結合的結果。」「春節的文藝活動證明，離開了群眾生活的內容與形式，任何高級藝術品的產生都是不可能的，套用非群眾的舊時代的與外國的內容與形式，嵌入群眾的口號，現代的人物與中國的姓名，不但在群眾中要失敗，在藝術上也是失敗的、惡俗的、低級的。春節的文藝活動又證明，適當地採取群眾的藝術習慣，並不會因此降低了藝術品的身份，相反的，真正偉大的作家，一樣可以從秧歌劇產生偉大的作品（古希臘的『擬曲』和『牧歌』，就是一個最相近的榜樣）。……在這個方向的誘導下，我們不但看到了『在提高指導下的普及』的可能前途，也開始看到了群眾自己中間的實際嘗試。」

　　在這裡，「社論」有意把「春節前後的文藝活動」作為值得肯定、倡揚的「傾向性」「思潮」加以對待。對這一「傾向」的每一個肯定的立論前提，都有著對「過去」存在的否定作為支持。如上述第一個特點就是建立在對過去文藝脫離政治傾向的嚴肅批判上面：「但由於文藝工作者中很多是小資產階級知識份子出身，他們的自由主義思想，他們對於外國的和舊時代的文藝作品的偏愛，他們的強調文藝特殊性的成見，他們的片面地提高技術的錯誤主張」，使得許多文藝工作者「發生了脫離實際政治鬥爭的傾向。」致使「很多的文藝作品是用來表現小資產階級個人主義的思想和情調。」「對於政治的這種麻木態度甚至為托派王實味以及其他反共特務份子所利用，使他們能夠戴著文藝工作者的假面具在我們中間散布危害革命的思想毒素。」自覺地運用這種對立思維方式的目的，其實很簡單就是判別「思潮」異動從而確立「時期」。「思潮」與「時期」在這種對立敘述中，不但呈現為統一，並且也使理念在史性範疇內實現了「斷裂」。這樣的表述，在延安時期、「十七年」、「文革時期」都大量存在──甚至成了對文學進行史性敘述的一種慣常方式。如〈抗戰以來中華民族的新文

化運動與今後任務〉（汪甫）、〈論新文化運動中的兩條路線〉（楊松）、〈十年來新文化運動之檢討〉（李初黎）、〈從民族解放運動中來看新文學的發展〉（茅盾）等等。[12]

　　二十世紀中國文學歷史上的「思潮」研究，在把「思潮」作為「時期」的運用上，除了上述「回顧式」之外，還有一種「前瞻性」——它藉對當前現象的「有傾向」的組合與敘述，在為某種「思潮」搭建平臺前提下，有意把某種帶有「利益化」或「利害關係」的理念進行「歷史歸趨」的必然化處理，從而使「思潮」先於實踐而形成具有鮮明理念核心的「思潮」模式，並以此來指導、評判、規範未來的文藝實踐。如〈關於人民文藝的幾個問題〉、〈新形勢下文藝運動上的幾個問題〉等，可作如是觀。〈新形勢下文藝運動的幾個問題〉一文，鮮明直觀地提出了一九四九年後文藝發展的方向及其模式構想。文章首先對這一模式構想提出的合法性與必要性進行了論證。「這是舊中國的結束和新中國的誕生底一個歷史大轉變時期。」「由於政治、經濟局勢的改觀，由於文藝對象的改變與擴大，由於一切束縛限制的消滅，由於廣大人民群眾對文藝迫切的要求，新文藝運動的具體任務是大大增加了，工作的範圍是大大的擴展了，文藝統一戰線是更加擴大了，文藝和政治經濟的配合關係更加密切了，文藝工作的方式是要求有所改變了，創作的方向是要求更明確和一致了，思想上的領導是要求更加強了。」如此，就有了一個「文藝工作將怎樣來把握這些問題和實踐這些新的任務」的時代命題。為進一步確立這一時代命題，文章先從以下幾個方面提出了要求：一、「一切為了人民的利益——應是我們一個共同的基本信念。」確立這一信念的前提是從「解決千千萬萬人的精神飢渴與實際工作上的需要」出發，而絕不是

12　以上文章均見《延安文藝叢書·文藝理論卷》（長沙市：湖南人民出版社，1985年8月），第1卷。

為了「滿足於我們知識份子自己的精神解放」，是要「解決創作上一個基本問題——即是個人與群眾的關係問題。」而且是，「在新形勢下，要做到文藝與人民相結合，作為與群眾的關係，仍然是一個首先要解決的問題。」其次，「確立文藝為人民大眾服務的基本方向」，「這是『怎樣寫』的根本問題」，同時必須解決「寫什麼」的問題——「即是創作的主題方向問題。」「在今天，表現新中國的光明面，表現勞動大眾的積極性和優美品質，這些主題便必然是要提高到更重要的地位了。」塑造「人民英雄」形象，不但是「現實所要求的」，而且也是「明天社會主義」的「可能發展」。「今後要作的主題方向，必然是和政治經濟的鬥爭與建設，更有機更緊密地配合。」「政治或經濟建設的某一號召下，文藝家就應該去奔赴這號召而寫出作品來。」「例如在華東，有一時候以土改為主，要求作家產生大量描寫土改的作品；有一時候又以支援前線為主，又要求產生大量描寫支前的作品，有一時候又以生產為主，要求產生大量描寫生產的作品。」這就必然帶來作品「時間性」與「永久性」的矛盾，必然要在「宣傳的手段」與「藝術的創造」之間，「政治的婢僕」與「獨立尊嚴性」之間作出明確的選擇。即使「就算是『宣傳的手段』有什麼不好呢？就算作『政治的婢僕』，只要是人民的政治，又有什麼不好呢？」對於文藝，我們不要忘記「它是整個革命的一個環節，它的運動必須從屬於整個政治的運動」。其三，「文藝運動的組織形式」，「是一個重要的實際問題。」要迅速建立「工農群眾的文藝組織」，城市要成立「工人文藝團體」，「在農村中間，……凡是愛好文學藝術的工人農民都可以參加……」「這些組織的領導者應該以工農幹部為主，而不應由作家或知識份子去越俎代庖。」至於「作家自己的組織」，「它是在新民主主義政治領導下的文藝界統一戰線的組織」，「成為文藝運動與文藝思想裡一個研究和領導的有力的組織」，它的任務主要是「領導文藝思想」，「負責幫助工農文藝運動」，「培養大批文藝幹

部」，而絕不能是「聯誼」性質的「自由主義者的組合」的「筆會」。今後的「文藝運動的表現，固然主要在於作品，但是這是一個廣泛群眾性的文藝運動，而且是前所未有的廣泛群眾性運動，所以對於它的組織意義底重視，乃是十分必要的事情。」[13]

顯然，「人民」和「政治」兩個概念，取得了在新形勢下可以互換表述的合法性，進一步強調了文藝從屬於政治、強調文藝的組織化。延安時期的「革命現實主義」，經過一系列的內涵擴展和替換，已經化成了「政治現實主義」——而這正是這一「模式構型」的理念核心。從這裡我們可以看出，作為「時期」的「文學思潮」，不只是可以生成於對歷史既成存在的重新敘述裡，還可以以「模式構型」預置於其後文藝發展過程之前。這一情形也證明，那種認為「文藝思潮」是客觀的或自在形態的結論，顯然應受到質疑。「文藝思潮」在特定時期是完全可以被人為地製造出來——這是我們過去在思潮研究中未能深入的薄弱地方。

---

13 原載一九四九年三月《大眾文藝叢刊》第二輯《論電影》，轉引自《文學運動資料選》(上海市：上海教育出版社，1979年12月)，第5冊，頁334-346。

文學思潮的「特性」之一

　　文學思潮的「特性」，即是指只有在「文學思潮」狀態下才能得以充分顯現的東西。只有當各種因素的「共同傾向性」呈現出容易被人們感知的「群體」樣態時，「思潮」的生命過程才算開始。「共同傾向性」，既表現為「共時性」的各個完整系統之中的各環節或部分，又呈示在「歷時性」衍化而成「家族相似」式的縱向現象異變中。「文學思潮」的「群體性」，既可以是某一特定時期以平行方式排列的集束「現象」，也可以是一種現象以跨時空（指不同文化時段）排列呈現為縱向性的「現象」群體。文學思潮的「擴張性」特點，意味著它總體上不是內斂，而是外擴並具有強大的輻射性。由「點」到「面」的變化過程亦就是由單個的「思」之於群體「潮」的生成過程。「點」的重要性在於，它可能最先呈現了某種趨向，潛含了外擴的潛能及被多角度接受的可能性。它首先體現為對存有「小異」的「同質」因素的「吸附」，其次表現為對在對抗中日益弱化的因素的「招降」或「改編」，同時也相應產生對「傳統」因素的「改造」。「整合性」是文學思潮「擴張性」特徵的重要內涵，也是「擴張性」功能外化的主要策略。「整合」中的「呼應性」和「矛盾性」（對抗性），可謂文學思潮擴展歷程中最有活力的兩個因素。

一

　　對於像「文學思潮」這樣一個具在泛對象性「概念」的內涵

「和」「外延」進行指認，離不開對其進行「特性」分析。作為理論性命題的「文學思潮」研究，無疑，我們應當從概念的「特性」分析入手。然而從實踐意義上看，「文學思潮」「特性」研究或分析的重要性，我以為比弄清「文學思潮」的「概念」本身更重要。這不僅是說其「概念」的界定與闡釋一定得有「特性」研究作基礎，更為緊要的是作為「混沌狀」的「文學思潮」，在我們對它進行把握時應充分注意到這一「混沌性」，須在「混沌性」裡鉤稽出若干具有恆定性的「特性」，並以此作為我們對「文學思潮」進行感知、觀察、分析、研究的基礎。其重要性是不言而喻的──然而這方面研究卻遠遠不夠。

我們知道，從中國二十世紀文學的「思潮」研究歷史來看，絕大多數著述屬於具體的文學思潮狀態的描述之作──間或有文章涉及文學思潮的理論性方面，也多是淺嘗輒止，未予詳論。「文學思潮」的「特性」研究屬於把「文學思潮」從眾多具體中抽象出來的純理論命題，其整體性的「特性」分析，應當有意與那些具體的文學思潮狀態的個體性「特性」研究類型加以區別。長時期以來所形成的研究者對「文學思潮」的「特性」進行理論性分析的藐視狀況，其主要的原因是，在一般研究者看來，文學思潮的特性是可以被自然感知的，或者是可以在對具體的文學思潮的分析中自然顯現出來。一方面，人們認為只要某一時段的文學出現明顯的「共性」就可以以「思潮」命名，另一方面，「思潮」描述也日趨「宏觀化」，並不斷走向「泛化」。[1]在這樣的論述邏輯和思考方式裡，文學的「共性」相似於「思潮性」，繼而與「思潮」畫上等號。於是，各種各樣、繁然雜陳的思潮研究，其本身的理論嚴肅性被日益弱化，表面繁榮的背後卻加深著「思潮研究」學理資源的困境與危機。這對「思潮」研究的危害是極大的。「文學思潮」在「分類」上的名目繁多，就是明證。

1　可參見盧鐵澎：〈「泛思潮化」現象探源〉，《文藝評論》2001年第3期。

　　九〇年代中期以來，隨著對文學進行「思潮」式研究高潮的興起與發展，「文學思潮」諸問題的理論性受到關注。有少數學者在這方面已經進行了較深入的研究與探索。比如：「文學思潮的基本特性可以歸納為群體性、動態性、複雜性和歷史性等四個主要方面。它們之間或交叉，或重合，互相關聯，互為因果，多向互動，有不可割裂的整體聯繫。」其「群體性」中包含了與「個體性」的互動或相融的關係。認為「文學思潮的動態性」，不僅指「作為群體意識、群體精神結構的文學思潮」「是流動的」，「而且是規模更大、變化更複雜的流動。」對「複雜性」這一「特性」的分析，作者從「文學思潮」內部存在的共時性「矛盾化」、歷時性的「繼承性」及影響性所導致的面目「模糊性」等三方面入手進行了分析。對於「歷時性」，則以「時代性」、「民族性」、「階級性」等三因素著眼，對其內涵進行具體化闡述。[2] 無疑，在「泛思潮化」背景中，這種深微的分析蘊含著重要的啟迪意味。從作者的相關論述來看，他所說的「群體性」，顯然是著眼於「文學思潮」的生存方式而言；「動態性」則側重於涵括「文學思潮」的生命狀態；對「複雜性」的特性指認，無疑是傾向於從「構成論」上立論，而「歷時性」則又是注目於「文學思潮」與外部的關係。這些論述在提示我們，對「文學思潮」的「特性」體認，應在多項範疇和多種視野中完成。但我們也隱約感到，這裡所論述的「文學思潮」生成狀態和呈現狀態，其可疑之處是作者並未指出並論證哪一種「特性」是最重要的？其「主體性結構因素」又是什麼？

　　這裡將涉及「文學思潮」研究中的思維秩序和先後關係的定位與處理問題。

　　上述論者對於「文學思潮」「特性」的類型歸納，應當說已經包含了人們所能夠意識到的有關文學思潮「特性」的多數方面——這恐

2　主要是想就「文學思潮」在生成過程中的主體能動性進行闡釋。

怕也是很多研究者雖不涉足「思潮理論領域」，但卻敢於染指「思潮」研究的重要原因。「特性」研究與認證的最大分歧，在於如何理解與解釋。其重點是文學思潮特徵的結構狀態。一般而言，確認文學思潮特徵的前提是能夠始終凸現它的「文學性」。有人這樣指出：「『文學思潮』明確是一個比喻性概念，它以可見的生動的『潮』的稱謂來類比一種文學現象。」並且進一步解釋道，「『思潮』之『思』，是精神性的東西；『潮』這一視覺意象所暗含的內涵是指『思』在較大範圍內的動態性和形象性特徵。」[3]當然，這種解釋並未包含「文學性」前提，其「思」與「潮」也不會必然地指向「文學性」。問題在於，「文學性」之於「文學思潮」而言，並不是一個有意義的話題。關注「文學思潮」的「文學性」，這早已寓含在我們所有對「文學思潮」研究的先置前提之中了。問題的關鍵之處在於，當「文學思潮」構成我們研究文學的「語境」時，再解釋的是它的「文學性」被呈現或存在方式等方面的「特性」。它應當作為我們分析「文學思潮」特性的規約與向標。在文學發展的歷史過程中，具有「文學性」屬性的現象很多，大到文學史敘述、運動、理論、創作、批評、接受，小到情節、細節、對話等，它們表示「文學性」的方式（或狀態）是大不一樣的。這說明，對「文學思潮」特性——即對「文學思潮」「文學性」不同的顯示方式的探察，是定位「文學思潮」特性研究的基本出發點。

我以為，對「文學思潮」的特性研究，應在範疇與屬性上有所限定，即它不應是無限的。文學思潮的「特性」，即是指只有文學思潮本身才有的、或指那些只有在「文學思潮」狀態下才能得以充分顯現的東西。為此，我把文學思潮的「特性」規整為以下幾種：一、群體性（或連鎖效應性、眾生化）；二、擴張性（整合性、多向性、呼應

3　陸貴山主編：《中國當代文藝思潮》（北京市：中國人民文學出版社，2002年6月）。

性或外衍性等）；三、互動性（雙向性）；四、現象性（具體性、可感
性等）；五、系統性（遞進性、波及性、連動性等）；六、集權性；
七、多維性（多義性、多元性等）。本文將重點論述文學思潮的「群
體性」與「擴張性」兩個方面。

二

　　「群體性」應當是指狀態或「現象」是以多個、集束的樣態而存
在。對「群體性」的理解至少包含這幾個側面：Ａ，組成「群體」的
各個要素之間具有共同性，為人們把之認可為「群體」確立前提。
Ｂ，各因素的「共性」，是從某個特定的角度或範疇考察的結果。
Ｃ，各因素在「群體性」視野中它們之間的關係是平行的。Ｄ，各現
象被「群體性」組織之後，並不影響它們各自獨立的屬性。Ｅ，「群
體性」應當視為描述的結果，而並非是事物本來的樣子。（這是充分
注意到主體性作用）。我們認為，「文學思潮」的「群體性」，是一種
容易被感知的狀態——無論從構成「文學思潮」的大範疇如運動、創
作、理論、批評、接受、研究，還是從一個範疇的具體細化分析——
如「創作思潮」中的主體、作品、形式、效應等方面，亦是如此。每
一個被有意凸現與封閉的「個體」，都難以被認定為思潮。「思潮」構
成的「複雜」性，為它的本質屬性所決定。只有當各種因素在共時性
或歷時性裡形成易被人們感知的「群體」樣態時，「思潮」的生命過
程才算開始。「共同傾向性」（有很多時候，我們在一開始是無法對這
種「共同傾向性」進行有說服力的理論概括或邏輯定位的）既表現為
「共時性」的各個完整系統之中的各環節或部分，又表現為「歷時
性」衍化而成的「家族相似」式（維特根斯坦語）的縱向現象異變
中。所以，「文學思潮」的「群體性」，既可以是某一特定時期以平行
方式排列的集束「現象」（亦可稱為「共時思潮」或「空間思潮」，如

「五四啟蒙主義」、「左翼文學思潮」、「尋根文學思潮」等），也可以是一種現象以時間的跨時空（指不同文化時段）排列呈現為縱向性的「現象」群體（此種狀態也可稱為「歷時性思潮」或「時間性思潮」，如「通俗文學思潮」、「中國現代文學的現代主義思潮」，「現實主義思潮」等）。當然，也有很多思潮的「時間性」、「空間性」是可以疊合或有著雙重性——其實這個問題很重要——使我們可以清楚地知道眾多具體思潮描述之間的又一種差異。

這種「時間」、「空間」的區別提示我們的重要一點是，「文學思潮」是研究者從特定角度出發對一些對象感知的結果，總與「現象」的原在狀態有差距——正因為此，「文學思潮」的描述樣態才會如此之多——多到令人感到混亂。如果這個結論能得到充分論證，那麼試圖尋找「文學思潮」變化規律或從尋找規律出發而去研究文學思潮的做法，怕是一種聖化自我的幻象。「文學思潮」研究的功能或目的，不應定位於此。例如有人這樣認為，「作為一種科學研究，現代文學思潮研究也毫無例外地應該將探尋思潮發展運動的規律當作自己重要目標。」[4]「文學思潮就是體現在文學活動中的具有一定範疇的廣泛性和群體性的整體觀念系統。群體性的形成由文學規範體系所支配，而文學規範體系則是一定階層、階級或集團在特定歷史條件下所形成的群體意識的美學昇華……所以，文學思潮的群體性不僅是文學活動主體觀念的共同性、社會性，在更深層面上，還是文學思潮主體所在時代和階級、階層或集團意識的共同性、社會性。」[5]

認定並試圖勾勒「文學思潮」中那「整體觀念系統」，或「思潮」「共同性」「社會性」在「特定條件下」的生成狀態，這無疑是想找到其中的規律。我以為這是值得懷疑的——則因為，不僅「規律」是人為的產物，即使是「整體觀念系統」本身也是描述的結果。「規

4　胡有清：〈中國現代文學思潮研究十五年〉，《社會科學戰線》1996年第3期。

5　主要是想就「文學思潮」在生成過程中的主體能動性進行闡釋。

律」並不重要，而重要的是我們為什麼、有怎樣的理由把它認定為規律。也許，把「文學思潮」研究功能定位於可能為我們審視文學提供一種思維路向更合適些。

　　「文學思潮」被感知的方式，如上所述，既可以是不同時間平面平行排列現象的空間方式，以可以使不同時間平面上具有「家族相似」特徵現象的時間方式。就「用一時間平面」而言，「文學思潮」又具有多種附著物——運動、創作、理論、批評、接受等，這就構成了文學思潮在同質系統中的多種呈現方式。這些文學現象或形態並不直接呈現「思潮」，有待於我們對之進行抽繹——即對眾多對象進行「文學思潮」的「形式化」。在「文學思潮」視野中，「群體性」的個體，不能表面地認定為「人」的「個體」，正像我們不能把「群體性」分解為無數個「人」和「個體」的集合體一樣，它應當這樣被區分：作為構成「群體性」的「個體」因素，一是指具有獨立主體性的「人」，如某個作家、批評家等，二是指「文學思潮」承載物的「個體」如運動、創作、理論、批評等。只有這兩方面的「個體」的融合，才能真正完成「文學思潮」「群體性」的建構。

　　以上可以看成是「文學思潮」、「群體性」特性「形式化」的標誌。當然，「現象」「思潮化」的形式感，應當是建立在對「群體性」現象的內在性和共同性思想傾向性的感知基礎之上的（這種分析還有待深入分析，「形式」與「內涵」的感知何者在先？），也可以視為可能會同時發生。相比於「現象」可感性，「內涵」的感知則需要依托對比選擇的抽繹思維。這是因為，正像隨便排列現象或不是有意從「思潮」角度對眾多現象「共性化」處理就無法感知「現象」的「思潮狀態」一樣，「內涵」更是潛隱在各種「個體」所特有的常態因素之中，如創作的「敘事狀」、理論的邏輯形式、批評的聚焦化等。它需要被破譯的，不僅有各種「個體」隱含「思想」的方式，還有被不同方式呈現的「思想的共同性」及其發展脈向。我以為，只有當這種

「形式」與「內蘊」共同走入感知者視野並呈現出「共同性」時，其完整的「思潮」才可能出現。總而言之，「文學思潮」「群體性」是主體在「空間」或「時間」方面同時對集束現象的「形式」「內涵」一併鮮明感知的結果。

　　「群體性」中各個「個體」之間的關係，雖然表面上已進入已然的集束狀態，但它並不說明各現象獨自的本質自然具有整合為「思潮」的傾向性。應當區分「現象」獨立狀態與在被「思潮」整合後的不同屬性。我們所說的「群體性」，只是指眾多「現象」只有在「思潮」形式中才具有「同質」關係。為此，我們不能同意以下這種說法：「群體性是指某一特性在一定範疇內為多個個體所共有。文學思潮的群體性一般被理解為一群（不是一個或多個）作家在某一文學主張，文學思想指導下進行創作，寫出了一大批在思想、藝術上具有共同特徵的作品，產生了較大的社會影響。」[6]

　　我們作這樣的分析無非是想強調幾點：一，「文學思潮」的研究要具有「方法論」意義；二，「現象」是可以被置於不同思維視野中加以體認與闡釋的。三，任何具體的「文學思潮」描述的真實性與價值性，都是有限與相對的──這也可以作為「思潮研究」多元化的一個依據。

　　研究「文學思潮」的「群體性」，還應注意其「效應連鎖性」在「現象」呈現為「群體性」時的作用，雖然我們在上面已經論述過，在「空間」型思潮形態裡，每個構成「思潮」的現象可以在同一平面平行共置，但是否其中的每個「現象因素」的構成作用都相等，或有無「原生」與「衍生」之分（僅指作用鏈意義上）等等，都是值得深入研究的相關問題──從「連鎖效應性」來分析思潮「群體性」就是這個意思。這來自於具體文學思潮給我們的啟發。比如「革命文學思

6　主要是想就「文學思潮」在生成過程中的主體能動性進行闡釋。

潮」「尋根文學思潮」與「新寫實思潮」「先鋒文學思潮」之間就不同。前者首先表現為「理論形態」、繼之有了「運動」（左聯），「創作」，隨後的「批評」、「讀者接受」等依序而至。後者則是「創作」在先，「批評」在後，「接受」的反響導致其「泛化」——即從個人創作行為走向市場操縱。這兩種情形的「因素」排列順序都是不可顛倒或隨意排列的，因為它將牽扯到對「思潮」生成方式與運動方式的準確描繪。從那些已具有完型形態的思潮整體來看，似乎各個「現象」因素可以不分彼此同呈「共性」並「共享共性」，但若從生成發展看，「原生」與「衍生」則須區分清楚。「群體性」的形成應當有這樣一個過程——也是「思潮」被托舉的過程：由潛隱——顯豁、由邊緣——中心，由微細——壯大、甚至興——盛——衰的過程。文學思潮過程的多樣性，可能與各個「個體」的先後次序不同有關。顯然，「理論」先導的「思潮」與「創作」先導思潮，至少在之於「接愛」（非專業）或「接受」介入「思潮」生成的急緩、強弱等程度上是大異的，後者更容易以作品的特殊性為內驅而迅速波漾開去，「思潮」的興盛之勢會更快，更猛，也更直觀些。為此，「群體性」就不能被僅僅理解為一個靜態的情勢，而是有著因「個體」不同排列產生不同作用形成的「興」、「發」相繼的動態性。上述所引學者的「有交叉」、「互相關聯、多向互動」等，在這樣的理解中才具有內在性，而不是僅僅只滿足於理論論證的邏輯需要。

三

　　相對於把「群體性」作為「文學思潮」存在方式而言，「擴張性」[7]這一「特性」則是側重於對文學思潮在生成發展過程中的「主

7　「擴張性」這一概念，其實也包含著諸如整合性、外衍性、運動性、多向性、呼應性等方面，盧鐵澎：〈文學思潮特性論〉。

動性」進行分析。這一稱謂與有的學者提出的「動態性」相類——但不同性更多。以「動態性」來涵蓋文學思潮的不斷變化性，只是從最抽象的層面來論證問題，而忽略了「動態」的特徵。「個體意識的活動如『河』如『流』，變化不居。作為群體意識，群體精神結構的文學思潮同樣也是流動的，而且是規模更大，變化更複雜的流動。文學思潮是個具有歷史規定性的群體文學意識的活動過程，它同所有思潮（政治的、哲學的、宗教的……）一樣，都是一個具有發生、發展和衰落等不同流變階段的過程。每一個文學思潮都處在不斷的變革之中，不同的思潮此起彼伏、不斷更替。有時以某一思潮佔居主流、獨領風騷，有時是數潮競勝，爭為霸主。有的思潮起落短暫，有的思潮延綿漫長。」[8]「各種思潮之間互相促進、流傳和發展，或者互相對立、矛盾和鬥爭，構成了思潮運動和文學發展的生動流程。」[9]除了以抽象性說明「思潮」流動之外，證據之二來看此類比之中的參照，即「哲學的、文化的、政治的等的」「思潮」的「共性」，認為「文學思潮」亦有這一「共性」。理由之三是對「思潮」間相互影響的援例，認為不僅一種「思潮」具有「歷時性」的線性變化，還有著被「共時性」同類因素相激蕩而產生的變化。

　　如果只是從「世界上的任何事物都是變化的、都處在變化之中」這一哲學前提出發，那麼「文學思潮」的「動態性」特徵就沒有必要單獨列出。故而，對「動態性」說明的第一種理由失之空泛。其二，以「哲學的、政治的、文化的」的「思潮」變化來佐證「文學思潮」的變化必然性，也有可疑之處。且不說這一前提缺乏論證，但就「思潮變化」而言，更重要的是「怎樣變化」而不是「都會變化」的問題。其三，把「文學思潮」之間相互影響作為「思潮變化」的一個因

8　盧鐵澎：〈文學思潮特性論〉，《首都師範大學學報》1999年第5期。

9　胡有清：〈中國現代文學思潮研究十五年〉，《社會科學戰線》1996年第3期。

素來分析，其著力點亦應是「影響方式」或「作用特殊性」的研究──這些，顯然是無法以「普遍性」研究代替的，往往是「問題的特殊性」決定著研究價值。

我們選擇「文學思潮」的生成、發展為切入點分析它的「動態性」，是因為只有在這樣的範疇當中這一特性才呈現得充分、典型、飽滿。為此，我們應警惕從某種先置觀念出發時文學思潮動態性進行「靜態式」的「邏各斯主義」式的「動態」描述，即不是把它的「動態性」看成是只在學理上得以完成的，而是把文學思潮自身就視為一個完整生命的過程，有它的生成、興發、盛勢與消歇的過程。在此基礎上我們要側重研究的是文學思潮「動態」的特徵，即如何動，何以如此「動」的問題。所以，「向度」，「結構方式」、「協調機制」等是一些重要的方面。也許正因為如此，我們更願意把文學思潮的「動態化」以「擴張性」來代替，這一命名含有「動態性」的特點。

文學思潮的「擴張性」特點，意味著它總體上不是內斂，而是外擴或外衍或者說具有強大的輻射性。由「點」到「面」的變化過程亦就是由單個的「思」之於群體「潮」的生成過程。「點」的重要性在於，它可能最先呈現了某種趨向，潛含了外擴的功能及被多角度接受的可能性。「點」的凸現，從思潮生成性來看，並不是自為的，而是被廣泛性識別認可後的狀態。它起著一種引領、吸附、聚集的作用。因為只有在吸附、引領、聚集的過程中，「點」的「思想」的價值才會在與過去、與當下流行觀念的鮮明地比較中顯示出差異性，才會凸現並走向理性化與範式化。「點」的「效應性」的產生，為「思」之「潮」的發生創造一種必然。

我們強調「點」「面」關係和「點」的重要作用，不僅因為「思潮」的生發有一個由弱至強、由隱至顯，由小至大，由興至盛的過程本質性，而且還要有意區別「思潮」之初的個體化作用，強調「先鋒思想」的作用。個體性變為群體性的關鍵在於，不但越來越多的個體

接受了一種新思想的「價值」，並且重要的是迅速接受了「價值」判斷方式和對事物的認識方式——當然這種「認識方式」的「共性」化，也許更多的來自於「語境」的制約。強調這一點，是基於對梁啟超等人說法的懷疑。他在《論清學史二種》（上海市：復旦大學出版社，1985年）中說：思潮的形成，是因為人們在「某一時期之中」，因環境之變遷，心理之感召，不期思想趨於一個方向，於是相與呼應洶湧如潮然」。顯然，梁啟超把外部存在視作思潮生成的主要因素，不僅如此，還有意無意地把「思潮生成」「神秘化」了。我以為這是因為他未能深入地考察個體與群體的關係或「點」「面」關係而導致的。

　　其實，由「點」到「面」的「擴張性」，因作用方式不同帶有某種可分析的難度，即複雜性。如丹麥批評家勃蘭克斯在論述十九世紀德國浪漫主義文學流派形成過程時，也如同梁啟超一樣以相當感性的文學性話語描述了這種「神秘性」，但在對「具有一種神秘的魔力的」「浪漫主義流派或思潮」的形成過程進行具體解釋時，依然注意到了「點」之於「面」的「引領、吸附」作用。他說：「某一位傑出的人物，經過長期無意識的和半意識的鬥爭後，終於具備充分的意識，從各種偏見中掙脫出來，並在視覺上達到晶瑩清澈的境地。然後，一切就緒，天才的閃電照亮了他看到的一切。這樣一個人表達了以前從未以同樣方式思考過或者表達過的某些思想——雨果在二十來頁的散文序言〈克倫威爾序言〉中就表達了這些思想。這些思想或許只有一半是真實的。或許是模糊不清的，然而它們卻具有這個顯著的特點：儘管或多或少不那麼明確，它們卻冒犯了一切傳統的偏見，並在最薄弱的環節上挫傷了當代的虛榮，同時它們就像一聲召喚，就像一個我們大膽放肆的口號在青年一代人的耳邊回響。」「最先一個人，接著是另一個人，然後是第三個人，各自帶著他自己的觀點，各自帶著他的反抗精神、他的抱負、他的需要、他的希望、他的決心，走向這個新傾向的代言人。他們向他表示，他所傾吐的語言已經體現在他們身上

了。有些人和他直接交往，有些人則以他的精神和他的名義互相交往，前不久還是彼此互不相識的人們（正如他們現在所以不為一般群眾所知一樣），各自在離群索居中一直在精神上沮喪頹廢的人們，現在聚合在一起了……」[10]這樣激情滿懷的論述，也表現在他對英國自然派的論證之中。並以小說的手法，具體剖析了「自然主義思潮」的「開篇」人物華茲華斯與柯勒律治上如何與「歐洲各國的十八世紀的精神」實施「決裂」的，勃蘭克斯認為，也正是因為他們，才使「大自然」作為審美口號與旗幟，「在十九世紀初期像巨大的波濤似的席捲了歐洲。」[11]，二十世紀中國文學史上的一些思潮的「生發」情形也明顯體現出這一點——如「革命文學思潮」、「工農兵文學思潮」、八○年代的「社會批判文學」「人道主義文學」等「現象」帶起的「思潮生成」皆具有上述特徵。

　　「向度」的由內到外，在呈現為「外向性」同時，就其生成線索與狀態呈現而言，更應是「單向性」的（某些局部的「多向性」是存在的，但不足以構成對「向度」朝向的改變能力）。文學思潮的表呈形態，簡單歸類也有理論的、運動的、創作的，批評的或接受的多種，再結合具體文學思潮，呈現形態也許更多。這裡提到文學思潮「形態」，不是要辨析有多少思潮呈現方式，而是要提示，在外向性、單向性的思潮生成中，任何一種「形態」都可能作為「點」的形式出現。一般我們習慣於從創作著眼或以創作為「點」或「眼」來梳理、規整文學思潮，這反映了人們對文學系統整體認識的傳統狀況。那種緊盯著創作、或把創作看作是文學思潮的唯一「原生素」的認識，導致的結果必然對理論、批評、接受等因素作用的「附屬性」或

10　《十九世紀文學主流》（北京市：人民文學出版社，1982年2月），第3分冊，「法國浪漫派」，頁13-14。

11　《十九世紀文學主流》（北京市：人民文學出版社，1982年2月），第4分冊，「英國自然主義」，頁39-41。

「衍生物」的價值結論。誠然，理論上我們是不好先驗地確立「誰」為永恆的「點」——也不可能。「點」的確立，是一個必須經由對具體文學思潮的分析過程才可完成，也就是說，每一種文學思潮的「點」「面」構成因素排列，肯定都不一樣。看來，這個在理論層面意識到的問題，需要或必須到「思潮」具體分析實踐中加以解決。

文學思潮由「點」到「面」的「外擴」「衍延」，實際情形中，並不是意識到擁有權利之後一味地「進攻」或曰「攻城掠地」。除了外部早已存在的對抗性因素之外，文學思潮在生成過程中的「霸權」狀態也只是暫時的。它首先體現為對存有「小異」的「同質」因素的「吸附」，其次表現為對在對抗中日益弱化的因素的「招降」或「改編」，同時也相應產生對「傳統」因素的「改造」——我們把這種「吸附」、「改編」、「改造」，稱之為「整合性」，這也是文學思潮「擴張性」特徵的一個重要內涵，也可看作是「擴張性」功能外化的主要策略。「整合」中的「呼應性」和「矛盾性」（對抗性），可謂文學思潮擴展歷程中最有活力的兩個因素。文學思潮的「擴張性」特點，意味它總體上不是內斂，而是外擴或外衍或者說具有強大的輻射性。由「點」到「面」的變化過程亦就是由單個的「思」之於群體「潮」的生成過程。「點」的重要性在於，它可能最先呈現了某種趨向，潛含了外擴的功能及被多角度接受的可能性。「呼應性」是指在「點」的「引領」下同質性因素的紛紛歸順，並以同質力量對思潮起著強健作用。「矛盾性」，則以「鬥爭性」或「對抗性」標示著「新」「舊」之差異，亦從反面被確認，也起著迫使正在興發的文學思潮自我調適的作用。

人們容易擔憂，文學思潮在「擴張」中是否會日漸趨向「模糊」，（有人曾把「模糊性」以「複雜性」一個因素作為思潮的一個特性），其實「整合性」在此起著關鍵性作用。文學思潮在生成過程中，「點」的「思想」的非傳統性、新異性是被關注的焦點。對同質

因素的「吸附」「聚合」，無疑在獲得從正面證明自己的同時，也使「新異」思想的「價值屬性」被凸現、被「共性化」，導致「面」的形成，即「潮」的出現。在與「異質」因素的「矛盾」「對抗」情勢裡，原已存在並形成傳統的「異質」因素，會因「老化」而日益減弱自身在對抗中的力度。「弱化」過程反倒成了「新異」思想得以生長的空間。對這樣的因素實施「整合」，要麼「改造」，以形成自身新因素；要麼排斥，達到「中心」與「邊緣」的換位。因而，無論「呼應」（順位）還是「矛盾」（反應），最後的作用點都將集中在對「新異」思想「價值屬性」的確立方面。這是一個很有意思的問題。如果「對抗性」長期存在並有激化的可能性，「文學思潮」就會以「運動」的激進形態呈現。

這裡可以「革命文學思潮」來具體說明。三〇年代的「革命文學思潮」，以「理論倡導」為點，其「擴張性」首先體現為對「五四」的態度。「吸附」「創造社」及其資源，對魯迅、茅盾、葉聖陶、郁達夫、冰心等給與大規模批判（改造的前提），有意挑起論爭。「論爭」的大規模展開，展示了兩種不同思想之間的「矛盾性」「對抗性」。在趨「新」捨「舊」的時代語境作用下，「革命文學」成為「新理念」並大大擴散，在與時代政治相呼應的激蕩裡，以「左聯」成立為標誌，完成了其「價值屬性」的「共性化」。

這裡想提到所謂「多向性」的問題。我認為，在文學思潮「擴張性」特性裡已含有的「多向性」，僅是指「點」的外化可以同時在不同形態中表現，如以「創作」為點，向理論、批評、研究、接受等方面「延展」，這種情形，與「點」的個體的「單向性」狀態是不同的。無論何種形態，「點」的作用都表現為由「點」出發，而不是由外在出發。

文學思潮的「特性」之二

　　「互動性」、「系統性」亦是文學思潮的重要特性。「文學思潮」的「互動性」，即是指組成文學思潮的現象群在走向思潮整體的過程中被「整合」的狀態。可分為「時間性互動」與「空間性互動」。文學思潮是寄寓於多個現象之中的，離開了具體的寄寓現象，我們無法找到文學思潮，更無法感知，文學思潮的本質是「現象」的。文學思潮的「系統性」存在著不同「樣態」，即以不同組合方式形成的系統性。文學思潮可以在創作、理論、批評與接受等方面形成一個個系統，同時，創作、理論、批評與接受又可以被整合成一個系統來呈現「文學思潮」。文學思潮系統性的本質，體現為各因素的「整合過程」。

一

　　把「互動性」作為「文學思潮」的重要特性，是基於我們長期以來對大量具體的文學思潮現象的具體感知。「文學思潮」在走向「整體」的過程中被逐步「整合」的狀態，顯然是「互動性」結構而成的。誠然，我們這裡所說的「互動」僅僅是就「文學思潮」與社會生活各方面及「具體文學現象」之間的關係而言，是想通過這一特性的邏輯分析與具體考察，揭示「文學思潮」作為獨立生命體的漸性生成歷史。以往人們對文學思潮所概括的「複雜性」的認識──包括它的「繼承性」「模糊性」的提法，也都含有可對「互動性」這一特徵進行說明的意味。對文學思潮與社會生活各方面（如政治的，經濟的，

世俗的）等方面在互動認識，並不是建立在簡單的、機械的「反映論」基礎上的——我們所要反對的正是這種視文學為從屬的觀點。但是，無論如何，文學與社會人生有著割不斷的關聯——無論這種關聯是以什麼方式存在：比如，呼應的，對立的，超越的或否定批判的等等。文學思潮與外在的「互動性」，既有單向式，亦有雙向式。單向式既指文學思潮為影響主體、其它作為影響接受者的狀態，亦指「外在」為主體、文學思潮作為施受對象的現象。當然，這種畫分主要針對文學思潮「互動性」特性的主要方面而言，實際上，並不存在完全純粹意義上的「單向影響」。比如「五四」時期的啟蒙主義文學思潮，雖然也有著半個多世紀的文化更新歷史作為基礎，但就這一時段的歷史整體來看，「文學式啟蒙」對社會外在的影響應當是強勢的。故而，「文學」的作用被這一時期看作既是文化啟蒙運動的先鋒，又為五四啟蒙的政治運動創造了輿論環境，提供了人才基礎。「文學的啟蒙」成為五四文化啟蒙運動最耀眼的標誌。從思潮的互動和影響的角度分析，顯然不能只是認為五四文學運動是五四文化運動的一部分，而應充分注意到「文學的啟蒙」在五四文化啟蒙運動整體中的凝聚與輻射作用。再如，二十世紀二〇年代末、三〇年代初的「革命文學思潮」亦是如此。「革命文學思潮」生發於上海，它的整個發展過程並未離開這個特定的區域。就上海區域在十九世紀二〇、三〇年代的情形來看，其社會外在的「革命」氣息並不十分「純粹」與「濃烈」。「革命文學」倡導者們的創新勇氣，一半來自於蘇聯與日本，一半則來自於剛剛失敗的「大革命運動」。當時社會情形在一般文學史中就有大致相同的描述：「這一時期的政治形勢是，在國內，蔣介石於一九二七年叛變革命後，建立了國民黨政權，實行法西斯統治，在軍事上和文化上進行反革命『圍剿』；在國際上，由資本主義的經濟危機，各帝國主義國家加緊了對中國的侵略，日本帝國主義更妄圖變中國為它的殖民地。這是一個階級矛盾和民族矛盾十分尖銳複雜的時

期。反『圍剿』，反侵略是這一時期中國人民迫切的政治任務，也是
這一時期文學運動和文學創作面臨的一個重要課題。」[1] 這種情勢
下，「革命文學」是不可能直接從平行的當下生活中獲取思潮資源
的。有研究者分析到：「二〇年代末，資本主義世界爆發了本世紀最
嚴重的經濟危機，由此產生的殃及億萬無產階級和勞動人民的災難性
效應，在廣大正直的知識份子良心上便有了強烈的震動，加之蘇聯新
經濟政策的成功逐漸顯示了社會主義陣營的優勢，以及共產國際的活
動所產生的影響，全世界範圍內便出現了文壇左傾勢頭，不僅蘇聯、
日本的無產階級文學運動勢屬銳不可擋，法國、英國的左翼文學運動
也頗有聲色，『紅色的三〇年代』給『方向轉換』後的中國文壇帶來
了十分相宜的世界文學氣候。」尤其是俄國革命文學運動及其觀念對
處在彷徨中的新文學產生了巨大的吸引力。「俄國布爾什維克的赤色
革命在政治上，經濟上，社會上產生極大的變動，掀天動地，使全世
界的思想都受它的影響。大家要追溯它的原因，考察它的文化，所以
不知不覺全世界的視線都集中於俄國，都集中於俄國的文學。而在中
國這樣黑暗悲慘的社會裡，人都想從生活的現狀裡開闢一條新道路，
聽著俄國舊社會崩裂的聲浪，真是空谷足音，不由得不動心。因此大
家都來討論研究俄國。於是俄國文學就成了中國文學家的目標。」[2]
也許正因為如此，作為中共派往蘇聯留學的第一批留學生之一的蔣光
慈的「革命文學理論」倡導，一開始就具有了號召力和權威性，加之
創造社留日歸國的青年學生李初梨、彭康、馮乃超等人的加盟，中國
的「革命文學思潮」，便徑直以蘇聯「托普」和日本「納普」[3] 理論為
基礎一下子發展了起來。

1　郭志剛、孫中田主編：《中國現代文學史》（上）（北京市：高等教育出版社，1993年5
　　月）。
2　《瞿秋白文集》（北京市：人民文學出版社，1954年），卷3，頁54。
3　「納普」是世界語nippne（全體無產者藝術聯盟）字母的意譯。

　　不難看出,「革命文學思潮」在理論和創作上的自足性,與當時社會外在並沒有太多的直接關聯,它後來以創作形態對當時「階級化」中國現實的介入,既是主動的,又引導了當時時代的精神取向(這在知識者或都市知識青年群體中體現得更為明顯),「捲起了一股我國文學史上罕見的政治與文學相激蕩的旋風。」[4]他們把文學定位於這裡:「無產階級文學是:為完成主體階級的歷史的使命,不是以觀照的──表現的態度,而以無產階級的階級意識產生出來的一種鬥爭的文學。」[5]這些足以引起國民黨政權及其文人的極大恐慌,稱之為「共產黨的文藝暴動」,要求「組織一個大規模的中國國民黨文藝戰爭團」與之對抗。[6]從作品來看,「這群作家中的不少人,是初從階級戰爭的火線退下來的,他們對中國社會的總體體驗是:階級鬥爭你死我活。為了渲泄胸中積憤,為了履行文學是宣傳的使命,他們的作品多寫階級鬥爭異常尖銳化的題材,多寫農民的苦難、罷工暴動以及在白色恐怖中革命者的艱苦和危難。」[7]如華漢的〈暗夜〉、洪靈菲的〈大海〉、蔣光赤的〈咆哮了的土地〉以及戴平萬的短篇等。無論理論,還是創作,「革命文學思潮」都以使文學能在實際鬥爭中產生作用為最終指歸。在這裡我們看到,社會外在與文學的「互動」形成了歷史的「社會」與現實的「文學」之間的「錯位」互動關係。不過,社會外在之於文學思潮的強勢狀態是容易看出的,文學對外在鮮明的「呼應性」呈現了「文學思潮」生命形成的一種典型形態。反之,社會外在單向性作用於文學思潮的情形也是有的,如新時期的所謂「文革後文學階段」等。

4　楊義:《中國現代小說史》(北京市:人民文學出版社,1993年),中卷,頁44。

5　〈怎樣地建設革命文學〉,《文學運動史料選》(三)(上海市:上海教育出版社,1979年11月)。

6　寧平:〈國民黨不應有文藝政策嗎?〉,《革命文學》(週刊)1928年第16期;鳴秋:〈最近共產黨的文藝暴動計畫〉,《再造》(旬刊)1928年第18期。

7　楊義:《中國現代小說史》(北京市:人民文學出版社,1993年),中卷,頁50。

從歷史、時代、未來與文學思潮的關係來看,「互動性」則呈現為「時間的互動」與「空間的互動」兩種方式。「時間性互動」,主要體現為文學思潮之於「歷史」「未來」的承續性與開啟性。承續性,更多地表呈為「同質」的認尋與匯同,是有意把「歷史既存」作為資源加以利用。「開啟性」,則表現為「同構式」的衍生或變異——相同「基因」作用下的順向延展和歷年範疇的擴大。「空間性互動」則指以共時平行狀態發生關聯的思潮間的互動方式。在文學史上常出現這樣的情形:幾種思潮共存於一時,共同構成了某一時期的文學系統因素或版圖。如中國二十世紀三〇年代文壇即是如此,五四文壇亦是如此。雖然各思潮在話語權力佔有上配額並不相等,但各自擁有發展的空間,卻處於各自可以自立、邊界清晰的鼎立狀態。這種互動情勢,或是「大同小異」的依附,或是大異小同的矛盾,彼此互為參照,互侵與互補同時展開。彼此以矛盾的方式確立的對象化方式,使文學思潮的豐富性擁有了可能。彼此作用的強勢與弱勢的不斷切換,亦是文學整體生命力強健的一個側示。

就文學內部各因素關係而言,文學各因素之間的「互動性」似乎是一個可以按常理推想出結論的一般問題,其實並不是這樣。文學思潮的「互動」至少可以在三種維度內被深入展開:第一,當然是文學與文學之外因素的互動。以往人們習慣於按照文學作為社會反映的觀點,認為文學思潮當然也是社會思潮的一種反映。在這樣的定位裡,文學不僅是承載物、影響接受者,社會思潮還是文學思潮產生的直接原因或主體構成因素。由此而確定的文學思潮研究路徑就是區別社會思潮與文學思潮的基礎上找出它們之間的共性,進而具體描述文學思潮反映了什麼或哪些社會思潮,或反映方式是什麼等。現在看來,這樣認識文學思潮與社會外在關係的危害,不僅表現為對「文學思潮」獨立性的蔑視與取消,也表現為對文學感應社會的方式獨立性的漠視,無形之中弱化了對「思潮」的「文學性」問題應有的關注力度。

有學者已注意到這個問題。認為「文學思潮」與其他思潮相比,「最重要的區別在於,它是『文學』的思潮,『文學性』正是文學思潮的特殊性,並靠這一特殊性而顯示其相對獨立性。」他還進一步說明,以往「文學思潮不是被理解為文學的思潮,而是被誤解為文學中反映的思潮。」[8]不過,這裡需要的辨析的是,「思潮」是被呈現的,但文學中呈現的思潮有兩個關鍵點:一是以文學形態呈現,二是呈現物的屬性為文學。其實在這樣的前提下,「文學的思潮」和「文學中反映的思潮」並無根本性對立。所要注意的是,即使是受到外在刺激而產生的「文學思潮」,即使這種文學思潮與其他思潮有相同之處,然而,「區別」的重要性在於「呈現方式」,而不是呈現了什麼。也正是在這裡,有些意欲辨識的學者就陷入自我矛盾性:文學思潮的核心在他們看來是「思想」或「文學思想」,但任何思想都是以抽象的理念存在為基本屬性,比如「人道主義」,哲學的呈現與文學的呈現,其理念的存在即抽象的方式是共同的,表述的方式也是共同的。那麼,「思想」的文學性與「思想」的「哲學性」或「神學性」等就不存在本質的差異、區別。我認為,是呈現方式,也僅僅只是呈現方式決定了我們接近那些「共同理念」的方式——形象的、理論邏輯的或神學等等。所以,「文學思潮」的獨特性如從它的存在形態而言,是它的「文學性」,即呈現方式的「文學性」而非「思想」的文學性——這是一個重要的區分。「文學思想」和「思想」的文學性,顯然是有差異的。「文學思想」所強調的是思想的適用對象即「文學」,「思想」的文學性,強調的則是對象呈現的方式。如果只強調「文學性思想」,就可能會導致「文學思潮」研究偏重於「理論形態」的毛病——試想,我們過去思潮研究的許多著述之所以都看重「運動」、「理論」方面,恐怕與這種把「文學思潮」認定為「文學性思想」、

8　盧鐵澎:〈文學思潮正名〉,人大報刊複印資料《文藝理論》2001年第10期。

「群體傾向」的「思潮觀」不無關係。

　　所以「文學思潮」所含納的「思想」，既包括有關「文學」的思想，也包括一種共同的「思想」被呈現的不同方式——文本內部結構方式的獨特性。

　　相比於文學與社會外在之間的「互動」，第二個層面的「互動」，即是指「文學思潮」內部各因素和獨立的各個「思潮」之間的一種關係方式。文學思潮的具體構成是眾多共性的「現象」——這些「現象」有理論的，批評的，創作的，接受的等等，它們之間必須有一個不斷向心的運動才可能走向「思潮」。「共性」既是思潮判斷的前提，又是向心運動的作用結果。文學思潮作為抽象的判斷認知，是建立在對具體的現象共性分析基礎之上的。而要考察文學思潮的生成過程及其發展態勢，就必然得對具體構成因素之間的互動性進行考察，比如構成思潮各因素之間的比例、排列順序及其變化等。在文學發展的實際狀態中，有的思潮是創作明顯居於核心，有的則表現為創作與理論在整體內部的結構功能上，存在明顯的衍生狀況等。至於各獨立的文學思潮之間的互動，不外乎「同質」聚附和「異質」鬥爭兩種方式。

二

　　把「現象性」作為文學思潮的特性之一，是從文學思潮被感知的對象屬性考慮的。我們多次強調，文學思潮作為「現象」的屬性，不可能像其它類型現象那樣既可以是宏觀的，又可以是微觀的。文學思潮被感知的角色只能是宏觀的，它不可能通過任何一種微觀具體的存在物來呈現全部。猶如我們常說的「味道」——「鹹」一樣——我們可以說「鹽」是鹹的，但不能說「鹽就是鹹」。這也正像維特根斯坦在質疑古典哲學那樣，「事物是美的」和「事物是美」完全是兩個概念。「美的」是一種價值判斷，「美」則是物性指認——意在說明兩者

的相同。我們可以說某種文學思潮存在於某種創作、理論或其它形態
的現象之中，但不能說某創作、理論或某現象就是某思潮。文學思潮
是寄寓於多個現象之中的，文學思潮的「思想性」屬於由於與寄寓對
象思想屬性的一致性，方才獲得寓寄的可能性。離開了具體的寄寓現
象，我們無法找到文學思潮，更無法感知。

　　對於文學思潮「現象性」特性的理解，可從以下幾方面入手：

　　（一）文學思潮抽象性與具體性的關係。文學思潮的生成的完型
態，是我們對眾多現象總體綜合感知的主觀結果，即它的抽象性。不
過，這一抽象性卻難以被指認為某個具有思潮「本體性」的具體存在
所呈現，也就是說，具體的「現象」一旦被植入「文學思潮範疇」
（現象群）加以理念化之後，其範疇之中的任何一個個體的現象都不
足以成為這一理念載體。抽象性與具體性無從對應，無法互為「實
指」即是所謂的「所指」確定。它們之間的「互文性」，只可被理解
為單向，即「具體」或「抽象」而言。就文學思潮研究的整體性說，
它只能在一個感知的先驗認知引導下對眾多現象進行「思潮式」闡釋
與融合，此時的具體現象，既能被認作為文學思潮寄寓的客體對象，
又是文學思潮整體顯現的組成因素，現象被思潮化了。在這一過程
中，現象作為原本獨立的客體屬性就必然有所改變，遮蔽與凸現也是
必然的，這也許可以看成是思潮的組織化過程。在思潮的視野中，現
象就變為「思潮的現象」──這一點我認為相當重要。文學思潮的研
究，既是一種以自己的「規範」「體例」對相關現象（這裡的相關，
有的表現為「共時性」，有的表現為「同質性」）的新的闡釋，又是自
我意圖的構成方式與過程。其實，「闡釋」的努力，是在向著兩個方
位同時趨進──文學思潮抽象性的完成與具體性的定位。這一點我們
可以在那些對同一時段卻命名不同的思潮研究分歧中得以確證。文學
思潮「命名」的先驗性總是與研究主體所面對的特定而具體的存在相
聯繫，「先驗」規範又必須將在完成自我邏輯構架中對原感知對象再

感知。被「思潮」「重新」闡釋的對象屬性，會在「新結構」中發生變化。如「革命文學論爭」，文學史的任務是還原它的本真狀態，繼而確立它的意義。如若將它置於「革命文學思潮」視野，「還原」便可忽略，但它之於「思潮」的結構功能被凸現與放大。當然了，如果我們把它再置於二十世紀以來中國文學意識形態「左傾化思潮」中來予以細究，無疑「革命文學論爭」的政治屬性和思維方式，就會成為闡發的重點。再如「民族主義文藝運動」這一現象，在「革命文學思潮」中，它是對立的參照；而放在三〇年代「現代性」思潮視野中，它便可能被作為「殖民理論」分析的對象。中國現代文學研究史當中的許多事例，如對「戰國策派」、「學衡派」、「鴛蝴派」的一系列「重評」裡，就含納著不同思潮規範與視野的差異。我認為，結論的差異並不是與上述這些現象日趨走向歷史的「原在」或「真相」的恢復有著直接關係，而更多地是「視野」轉換的結果——「文學思潮」作為一種文學史的敘述方式，在這種「差異」的形成過程裡，發揮了特殊的「修辭」作用。

（二）文學思潮的「現象」特性，還須強調「現象」分析在思潮研究中的重要作用。文學思潮的研究屬性，說到底並不是理論屬性，而是它的具體屬性——現象屬性。它既需要建立在現象基礎上，也同時規定了文學思潮研究的現象角度。一般而言，首先要確定的是思潮隸屬的「現象群」的邊界，其次要弄清楚在構成思潮過程中各現象的排列次序，再次是對現象個體之於思潮整體的功能與作用方式的分析，末次是要把握「現象」的變化之於「思潮」意義的影響等，從而完成思潮建構。

強調「文學思潮」的「現象特性」，是想有意抑制過去研究中過分看重文學思潮理論性的慣性，從而全面地有效地捕捉現象，尤其是以審美形式存在的現象。當然，這不是「現象學」的分析，「現象」本質化，得依托思潮的整體觀照而完成。現象間的互動，既是複雜

的，又是有趣的，思潮的生命感應當是寄寓在現象之身的。

三

　　文學思潮的「系統性」特性。首先我們可以認定，文學思潮的「系統性」存在著不同的「樣態」，即以不同組合方式形成的系統性。從文學的不同領域看，文學思潮可以在創作、理論、批評與接受等方面形成一個個系統，同時，創作、理論、批評與接受又可以被整合成一個系統來呈現「文學思潮」——至於這個系統中個別「因素」孰先孰後、如何排列著是另外一個問題。若從發生學角度切入，文學思潮自然有生發、興盛、弱滅的過程，這個過程是具有系統性的。當然，如果把「文學思潮」作為一個大系統中的個別「因素」獨立出來，那麼「這一個」與其它存在的關係，恐怕也可以被看成是一個系統。討論「文學思潮」的「系統性」特性，是從「文學思潮」的「功能性」一點出發的，即想從最一般又是抽象的意義上釐清文學思潮的功能方式和功能作用範疇。我們還要強調：「文學思潮」本身是個抽象存在，它寄寓於一定的具體文學形態和文學現象之身，它的功能方式與具體形態的「文學」現象性質將是存在差異的——也許這種差異在具體分析中相當明顯。我們不妨先分析一下具體形態的「文學」其功能實現的方式。比如創作，它的功能作用範疇首先是讀者，其次才是理論。它的功能方式是吸引人閱讀而被其感染進而予以接受——包括各種層面或因素的接受。只有當這種接受形成浩大之勢，其理論潛能才能被發現，繼而展現其理論功能。

　　與之相比，理論形態的「文學」似乎就不一樣。理論存在的前提是其自身邏輯的自足，它通過這種自身呈現自足「邏輯」性，來征服個體。其功能作用範疇雖然也是閱讀者，但確實並不自然包括以欣賞和消遣來靠近文學的那些讀者，而是專業閱讀者——作家、批評家和

研究家。這種主體的限定，實際也就限定了理論形態「現象」的功能實現方式——即「邏輯方式」有限性和對象的特定性。如果說創作的目的在於閱讀者對它的接受（包括倫理性、政治性或其它種種方面的內容），那麼，讀者閱讀完畢就可以作為一個完整的段落——作品是否能進入文學史評價範疇或如何評價等等一類的問題，讀者是可以不關心的。而理論的價值實現，不但有更高期待，還有更複雜的過程。理論之於專業人士閱讀之後並未結束自己的旅行，實質上這種閱讀只是中介性行為，專業閱讀者的接受是為了更好地引導普通閱讀和對文學創作及研究進行新的觀照。只有作用到這些因素，理論才算相對完成了自身的價值實現過程。

由此看，文學思潮的功能範疇顯然難以定於某一區位，必將是文學領域的各個方面（至少比任何因素都具有這種可能性）。當一種「新質」萌生旋即被廣泛感知、效仿，思潮就產生了。這時的思潮已不再是「邊緣性」存在，而是以「潮」的方式進入中心，這就勢必形成一種「權力狀態」——我以為，文學思潮的功能方式恰恰是以這種「權力方式」推進的。考察歷史上已存在過的多種多樣的文學思潮，我們可以這樣判斷：文學思潮的「權力狀態」總是首先呈現在某一領域——如「革命文學思潮」的理論領域——批評領域——創作領域等；「傷痕文學思潮」則是以創作——批評這樣展延自身的。某一領域的「權力」的擴張，延及其他領域，當文學思潮以無所不在的方式呈現自身的，「霸權」即全面的「權力」形態就出現了。我們是否可以這樣認為，文學思潮的功能就是這樣以「權力」的方式，由單一領域擴及其它多個領域，權力所及之處就是思潮的功能範疇。

文學思潮的「系統性」特性於此可得到說明。不但系統化是由「權力」建構的，而且「權力」的生成亦成為文學思潮系統性完型呈現的重要標誌。「權力」的擴張，導致文學思潮在功能實現過程中的遞進性、波及性、連動性等特徵，即文學思潮「系統化」功能。「功

能」的「系統化」，我們既可以把它看成是文學思潮價值外化的結果，也可以看成是文學思潮功能的結構方式。離開「系統性」，也許我們根本無法描述文學思潮的價值實現過程。

文學思潮的功能與影響

　　文學思潮的功能與影響，既是理論形態，也是實踐形態。文學思潮的功能與影響研究，其本質上是關於作為「思潮」的文學之於文學整體歷史狀態的關係問題。文學思潮的功能與影響，根本性地體現在它在文學活動中的作用能量與向度、作用方式與作用結果等等因素裡面。在過去人們有關「文學思潮」意義、內涵、屬性及其他諸因素關係的探討與爭議中，就已經孕含了不少涉及「文學思潮的功能與影響」這一命題的初步認識——這些認識可以概括為「外在論」與「內發論」兩個基本類型。文學思潮的功能與影響具體地表現在它對於整體文學活動的組織功能、完善功能、調適功能等三個方面。

　　應當說，確認文學思潮的功能與影響，總是與我們對文學思潮的特性認識密切聯繫在一起的，亦同時與我們在梳理具體的文學思潮過程中對各個歷史語境下不同文學思潮的生成過程、發展脈絡、消長情勢的具體分析密切相關。因為，文學思潮不僅是一個理論命題，更是一個實踐命題，它的理論品格與歷史品格互為依托，缺一不可。在純粹的理論層面上，文學思潮表現為具有對具體歷史情景的超越性邏輯狀態，即我們可以通過對各個具體的文學思潮的相似性比較以及對其普遍性因素的提煉，抽象出某一種文學思潮的一般性的理論存在狀態。比如，我們認為文學思潮生成於某一時段文學活動的系統當中，它最終將在創作、接受、批評、理論及研究等文學領域的各主要方面體現出來。更為重要的是，這種「思潮性」體現並不是零散的，而是在與前後比較所形成的異動中逐漸形成一套屬於自身並廣泛作用於文

學活動主體的規則、方式或理念等等。這些「規範、標準和慣例的體系」，或者說「一套規範、程式和價值體系」，[1]不僅為具體的文學創作實踐所表呈，同時在具有先驗性質的概念體系和邏輯範疇裡被界說。這就說明，文學思潮的功能與影響，既是理論形態，也是實踐形態。如果我們從世界文學發展歷史中已有的文學思潮來看，文學思潮的功能與影響卻是呈現為一個系統的，整體的，動態的且複雜的過程狀態。

　　一如任何事物一樣，文學思潮的功能與影響，根本性地體現在它在文學活動中的作用能量與向度、作用方式與作用結果等等因素裡面。在以往，人們似乎並未對「文學思潮的功能與影響」進行過單獨地研究與闡釋，對其功能與影響的認識，更多地被含納在對某一具體文學思潮生成、變化過程的梳理之中，或者被另一種情形——以描述文學思潮對某一時段文學風貌變化的推動作用或描述作家風格變化原因等等這樣一些語境所隱含。這種種情形，一方面說明要弄清楚文學思潮的功能與影響，離不開對其歷史生命過程的把握，同時也告示我們，文學思潮的功能與影響，也總是與文學思潮的具體審美活動緊緊相關，另一方面也透顯出，文學思潮的功能與影響亦有著其自身被充分抽象的理論邏輯空間——一如文學史的表達一樣，文學思潮的功能與影響研究，絕不能僅僅滿足於對歷史性文學事件的排列。無論是「揭示規律」，還是要「去蔽顯真」，都必然要表現出鮮明的哲學意義的價值判斷。文學思潮的功能與影響研究，簡而言之，就是關於作為「思潮」的文學之於文學整體歷史狀態的關係問題。也就是說，「文學思潮」之於「文學」，究竟意味著什麼？

1　韋勒克‧沃倫：《文學理論》（北京市：三聯書店，1984年），頁30；韋勒克：《文學思潮和文學運動的概念》（北京市：中國社會科學出版社，1989年），頁254。

一

　　其實，在過去人們有關「文學思潮」意義、內涵、屬性及其他諸因素關係的探討與爭議中，就已經孕含了不少涉及「文學思潮的功能與影響」這一命題的初步認識。筆者認為，截止目前，研究界對於「文學思潮」的概念屬性的認識呈現為兩種基本的思維路徑：第一種是通過對已往大量文學思潮狀態的考察，試圖從理論角度揭示其具有普遍的因素，把「文學思潮」以「觀念提留」的方式從「歷史事件」中加以晶化，隨之進一步提升到抽象層面從而使之以具有無限超越性的「觀念形態」面對文學歷史──我稱之為「外在論」。顯然我們看到，在研究者從大量與文學思潮有關的多變複雜現象中抽繹出某些「概念」後，這些「概念」及其所依托的體系就只能是在「發生學」層面上被歸屬於文學的活動歷史。它們與文學整體的關係，由於充分強化了自身的獨立性從而使「文學思潮」與「文學的歷史整體」之間改變為平等的關係。此時，「文學思潮」之於「文學活動歷史」，就呈現出鮮明的主體性意味──即「兩個主體」的並置狀態。

　　這方面，蘇聯波斯彼洛夫關於「文學思潮」的研究具有代表性。他認為，「文學思潮是在某一個國家和時代的作家集團在某種創作綱領的基礎上聯合起來，並以它的原則為創作自己作品的指導方針時產生的。這促進了創作的巨大組織性和他們作品的完整性。但是，並不是某一作家團體所宣布的綱領原則決定了他們的創作特點，正相反，是創作的藝術和思想的共性把作家聯合在一起，並促使他們意識到並宣告了相應的綱領原則。」為了解釋上述那些先置的「綱領」「原則」是如何產生的，波斯彼洛夫援引另一位研究者的話說：「社會生活狀況創造出某些可能為許多作家所共有的世界觀特點，它們成為這些作家藝術作品內容的獨特性的根源。作家所表現出巨大的創作自覺

性，建立起相應的理論綱領來組織他們的創作，他們就是某一思潮的作家。」[2]為了進一步說明，波氏申明他堅決反對「文學思潮的創作綱領僅僅包括『文學手法和藝術技巧』的理論」，強調「創作內容方面的一些原則通常在其中佔首要地位。」他的觀點很明白，「創作綱領」或「原則」，在文學思潮的生成，發展過程中發揮著主導性作用。它「先置」於作家的合法性或邏輯性。因為「社會生活狀況」「創造」了某些「具體認識世界」的「世界觀特點」——這顯然來源於他對唯物主義哲學觀——物質決定意識、社會決定個人觀念的完全認同。我們在此並不想質疑波斯彼洛夫所謂「先置觀念」的合理性。我們感興趣的是他對「文學思潮」「外在性」因素的強調與闡釋，因為這裡含蘊著研究者對「文學思潮功能與影響」的深刻認識。作者在細緻考察「法國古典主義思潮」時，從「發生學」或「生成論」方面相當深入地涉及到了「法國古典主義思潮」的功能特性與影響方式。他指出，導致「法國古典主義文學思潮」出現的原因，首先是「社會生活狀況」醞釀著改變——表現為「貴族專制政體民族進步的理想」成為社會的共識。這一點不僅得到了「有公職的貴族知識份子階層」的響應，也得到了「工商業資產階級」的擁護，並很快統一在黎世留紅衣主教所倡議的「專制政體的利益與『社會福利』應該是並行不悖」觀念上面。在波氏看來，這成為古典主義思潮出現的「世界觀」基礎。其次，正是這樣的世界觀基礎，使得不同政治背景和觀念體系的作家在「唯理性世界觀」下面聯合了起來。「頌歌詩人」馬萊伯、「諷刺詩人」布瓦洛、「教誨性」的標準的「悲劇」作者高乃依、拉辛等，「他們被思想和藝術的共性維繫在一起」，形成了「佔統治地位」的「流派」。再次，當這一「流派」在當時遭遇到「古典主義思潮」語境時，他們的「共性」不僅表現為「主要從羅馬和古希臘的過

2　波斯彼洛夫：《文學原理》（北京市：三聯書店，1985年），頁193。

去歷史中為自己的悲劇尋找題材」，而且把「理智的英勇的統治者」與「在位的惡人和沽名釣譽者」設置為衝突的對立面，試圖通過「公民道德衝突的發展與解決」以及「滔滔不絕的說教和勸善」等，以達到對他們所謂「唯理性理想」肯定與頌揚。顯然，這成了他們文學表現的「內核」。正是這一流派作家，由於自己思想的唯理性素質，不同程度地熱衷於為自己的創作尋找一定的規則，並逐步形成了明確的成文綱領──「文明的和合乎道德的特性」，成了「古典主義思潮」的詩學核心。對「理性」的崇拜、對「秩序」的厚愛以及對「英雄」（統治者）的無限想像等，逐步生成為這一思潮的「綱領」或「原則」。也許，這正是波氏所強調的「創作內容」方面「原則」的重要性的體現。

「社會生活狀況」的變化形成新的世界觀，這種新的世界觀使得本來具有「藝術和思想的共性」被凸現化，並且以「巨大的創作自覺性」，「建立起相應的理論綱領來組織他們的創作」，「並促使他們意識到和宣告了相應的綱領原則。」正是這已經產生的並且內涵明確的「創作綱領」，才使得不同的作家或流派聯合起來──而這，也正是思潮的作用。誠然，他們「有綱領」的自覺創作，也進一步使古典主義思潮「完型化」了。

顯然，「外在論」所關注的重心是具有相對藝術和思想共性的作家對「社會生活狀況」異動裡所產生的「具體感受的世界觀特性」的發現、接納或認同。認同的方式當然是文學性的。在這裡，「外在論」者無疑是把「社會生活狀況」裡所生發而成的「具體認識的世界觀特性」，作為文學思潮核心理念得以確立的首要前提，並以唯物史觀的思維方式確立了它的天然合法性。因而，不是文學的變化引起了文學自身的異動，而是這種異動成為感應社會時代的產物。隨之而來的一系列有關審美的原則、規範、慣例以及特殊的趣味等等，都亦在這樣的價值觀，世界觀的確立、固化過程中形成相應的機制與標誌。

二

　　相對於「外在論」，另一種則可以謂之「內發論」。它顯然捨棄了把任何存在「先置化」的可能性，而是始終注目於文學對自身的生成方式及完成過程的「自縛」性質。美國學者韋勒克‧沃倫的觀點可作為代表。韋勒克為著確切定義「文學思潮」，有意從文學史角度加以論證。他不同意一貫把「文學思潮」作為「類型」概念加以使用的方法。當他有意地把「文學思潮」作為「時段」或「時期」命名時，強調的重心是「文學思潮」之於文學史整體面貌的構成作用和文學史時期差異的機質性能。他認為，文學的「一個時期是一個由文學的規範、標準和慣例的體系所支配的時間的橫斷面。」[3]為此，他試探性把文學思潮看成是一個具有內在制衡性的「文學規範系統」。他指出，文學思潮無疑是一個「觀念性存在」，但這一「觀念」「包含某種規則」，指涉著「整體的觀念體系」。如果著眼於文學觀念的複雜流變、更迭，那麼，文學史就是文學思潮史——即觀念異動和替代的過程。[4]

　　在韋勒克的闡釋裡我們得到的啟示是，文學思潮作為文學史研究的一個重要視角的別緻性在於，它的範疇和對象不僅和文學史相同，重要的是它能夠做到以「文學觀念」的嬗變為主線完成對文學活動歷史的動態建構。同時，「文學時段」的分割與界標設置，無疑也應當以「文學觀念」的異動和變化作為依據——這顯然大大提升了「文學思潮」的內涵和研究的層次。在這樣的「文學思潮」研究實踐中，「思潮」除了擔負對一個時期文學存在標誌的定位與描述之外，還有義務

3　《文學理論》（北京市：三聯書店，1984年），頁306。

4　韋勒克：《文學思潮和文學運動的概念》（北京市：中國社會科學出版社，1989年），頁254。

梳理文學活動歷史過程的鮮活生命性，它的整體生命形態的生成、衍化以及在歷史、現實等各種因素參與中的複雜的應對機制等等。

「內發論」形成的視野與波斯彼洛夫等人的觀點顯然是大不同的。由於注重文學自身，所以類似把創作方法等同於文學思潮的觀點，或者把文學思潮置於「風格」範疇的觀點，在這裡都顯示出了學理依據的可疑性和價值判斷的偏頗性。[5]

「內發論」的「內視性」，顯然是強調文學自身因素──這成為它的第一個特點。既然排除了凌駕於「文學」之上或外附於文學之外的「先置物」，那麼凸見「文學自身」之於「文學思潮」的關係就成為「文學思潮」生成的首要因素。看來，「內發論」者在把「文學思潮」作為「時期」「創作方法」「創作風格」等觀念的體現方式時，一方面推重「生成性」，另一方面又相當強調文學思潮與相關現象之間的「互動性」，即「文學規範系統」是以動態生成的過程方式作用於文學活動主體的。在過程中「認同」是一個重要特點。誠然，就文學思潮生成性而言，其「普遍性」狀態──「思潮」標誌的生成，仰賴於眾多或者說是越來越多的文學活動主體的認同式介入與參與建構。由此看來，「內發論」視野中的文學思潮的功能與影響，必得藉助於文學活動中的理論倡導或作品示範開路架橋。內在觀念的異動被其他文學活動主體意識到了之後又以感染浸淫方式蔓延開去，最終以某些有別於前後時段的文學活動「新的規範、標準、慣例」出現，鏈接成「價值體系」而趨進完型化的文學思潮。需要注意的是，「外在論」範疇的「互動」，是在「認同」先置的「具體認識的世界觀特性」後才開始，而在「內發論」這裡，異動不但發揮著文學思潮的啟動作用，而且伴隨始終。

5　其相關觀點可參見以下論文：周曉風：〈論文學思潮的創作方法特徵〉，《重慶師範學院學報》1992年第4期；盧鐵澎：〈文學思潮與創作方法〉，《中國人民大學學報》2000年第2期；王又評：〈文學思潮史：對象與方法〉，《新東方》2002年第4期等。

　　在「外在論」強調某種先置觀念必然要發揮對「具有藝術和思想共性的作家」進行組織的作用不同,「內發論」則有意把文學活動過程裡所形成的「慣例」、「標準」、「程式」引入其功能結構與影響方式之中——這是相當獨特的。「慣例」,並不是有意創造的,它更多地是在無意識認同前提下大致模仿的結果,因而「慣例」更多地是以實踐性或形成的狀態表呈出來,其所含納的「觀念」,也須仰賴這種「實踐性」或「形成狀態」被承載。為此,「慣例」與「原則」區別,前者是藉以示範並通過自覺認同得以傳播,後者則帶有強制性,「認同」裡蘊藏著「原則」的權力對文學活動個體的無言恫嚇或利益誘逼成分。「標準」是「慣例」的觀念化層次,它可以脫離實踐性或具體形式、具體過程而存在。對「標準」的認同,意味著對「慣例」內在觀念——價值與象徵意義的認同。這必將影響並繼而改變文學活動主體的世界觀和價值觀。「程式」應當說是某種「形式」純熟化的標誌,是「標準」的絕對化。「程式」本身所隱含的不可逾越性質,是基於程式對彰顯某種價值文化意義的惟一性而言的。所以我們看到,「感染」與「強制」、形式與觀念、實踐與理性等統一為「內在觀」範疇中文學思潮功能的複雜狀態。在這樣情勢下的文學思潮,其功能對於文學活動、文學活動主體及其文學活動各個特殊領域的作用而言,便只能是旨在促使彼此的相互完善。在文學思潮作用發揮的過程中,主客體呈現為並置關係,觀念與實踐緊密結合在一起,文學思潮與文學史在這樣的功能結構與想像範疇中,也便具有了同樣的品格。

三

　　對於文學活動中眾多現象而言,我們願意把「文學思潮」視為具有某種「本體性」意味的存在。在假設性的「宏觀」(文學思潮)與「微觀」(文學活動個體)關係中,它的功能可以更為具體地表述為

以下三個方面：

（一）組織功能

　　文學思潮的群體性、普遍性和總體性等方面的特徵，已為古往今來的文學歷史所證明。這顯然只是一種結果的描述。問題的關鍵是，「群體性」、「普遍性」和「總體性」等究竟是如何產生的？對這一問題的認識目前尚不深入。有人認為，文學思潮是個「系統構成」，「文學思潮系統構成的範圍廣及文學活動的整體。可以說，文學思潮是在文學理論、文學批評、文學創作和文學接受等領域中構成的共同觀念系統。」「作為觀念系統的文學思潮，從其要素形態來說，是由理論要素和非理論形態思想要素構成的。」「從構成要素的性質來看，文學思潮則是美學觀念要素和歷史觀念要素辨證統一的整體融合。」[6]這雖然只是從「文學思潮」作為理論命題的內部形態構成進行的分析，但確也能給我們一些啟示。「群體性」，不只是表現為文學思潮的存在形態的靜止狀態或歷史面目裡，也是文學思潮的一種主要過程形態。應當說，無論結果還是過程，其中都滲透著作用於文學思潮結構與肌理的「組織性」——被「組織性」。當然，需要我們注意的是，這一「組織性」的運作是複雜的。其中的兩種方式可視為主導方式：一是作品的示範效應。當一部作品或幾部作品以某種「新穎性」引起廣泛關注時，它的審美影響力不是普通讀者的閱讀熱情或發行指教，而是對同類（其他創作主體）的震撼。作為作家對同類的閱讀永遠是理性的——這裡面滲透著無時無刻不在的比照、反觀與對細節性因素的高度關注。尤其是當某一類創作被「命名」後，人們對它的認識就隨之趨向概念化——即藉對「命名」的認同，並一股腦同時接納「命名」對象、特徵、思維方式及其它所能被人意識到的觀念等全部內

6　盧鐵澎：〈文學思潮的系統構成〉，《人文雜誌》1999年3期。

容。欣賞的接受必然是模仿的前奏——這裡的模仿並非機械的照搬，它更多地是指激情共鳴心態下的自然遇合。舉一個創作思潮為例。「傷痕文學」的創作始於劉心武的〈班主任〉，這是一九七七年底的作品，為它及其後繼同類作品如〈傷痕〉、〈公開的情書〉、〈抱玉岩〉、〈神聖使命〉等大批作品進行「傷痕文學」命名的時間，卻已到了一九七八年的時期。所謂「傷痕文學」中共有的歷史視角、人性化的政治衝突式樣、啟蒙意識牽導下的價值取向等等，便很快為文壇所接納。在眾多的後繼作品身上我們發現，一種新的敘述歷史的方式和觀念成為了普遍性的東西，它既打開了人們的歷史記憶之門，又為歷史的現實化找到了當時人們認為是最好的路徑。「思潮」就這樣產生了。這種狀態——被波斯彼洛夫稱之為「聯合起來」的方式——的確起到了強化「創作的巨大組織性和他們作品的完整性」的巨大作用。所謂「聯合起來」的基礎——「創作的藝術和思想的共性」，其實在實踐中只不過僅僅是很多作家找到一種共同的處理「歷史記憶」的方式而已。

其二是觀念的號召。這是與上述「作品示範」所不同的另一種「組織性」呈示方式。二十世紀九〇年代後期中國文壇的「後現代思潮」可作如是觀。眾所周知，八、九〇年代的轉換，是以某種激烈、極端方式頓然完成的。知識份子情懷與文化的尷尬，一方面表現為啟蒙激情在現實面前的無聊與無力，另一方面表現為啟蒙激情展開方式所遭遇到的悲劇性的語境——文學功能與價值在社會文化總體構成中淡化與輕化。知識份子需要重新認識文學，需要為文學在形式獨立之外尋找更切實的生長空間。改變文學無力的現狀，其中一個重要的思考就是要重新尋找與確立文學能夠繼續張揚文學的知識者品格和強化介入現實的可能性。正是在這裡，文學找到了自己新時代的身份——不是在與意識形態「求不同」前提下的頌揚與抨擊，而是解構或從本質上揭露意識形態虛偽性，以便形成一種新的文學的批判力量。「反

崇高」、「反價值」、「反總體性」等新意識的大量出現，便以迥異於往昔啟蒙時代的觀念形態及其衝擊力引來人們關注的目光。文學面對現實的姿態不再是主人，而是旁觀者——這是文學在新的文化語境裡所贏得的一個相當寶貴的「自由」身份。我們看到，在九〇年代以來的一個時期裡，文學與體制的衝突非但沒有緩和，而是充滿了更內在的緊張。「非意識形態化」時代語境的形成，文學成了一個真正有自己品格和無奈的領域。

（二）完善功能

　　所謂的「完善」，包含兩個層次意思。一是指處於創作茫然期的文學活動主體，有可能從文學思潮中找到某種理念或信念，從而促使自我創作進入一個高峰期，並在此過程中形成自己的風格或文學史價值。比如二十世紀三〇年代「革命文學思潮」中蔣光慈、丁玲等人的情形。延安時期「政治——鄉村化文學思潮」之於趙樹理的創作等等。二是針對某一個歷史時期的總體審美風格而言。一種新的文學思想在迅速衍播過程中形成的思潮，總會以某種邊界越來越清晰、主導理念日趨明朗、風格或格調愈來愈富有共性化等格局狀態形成新的規約。一方面，文學以「思潮」方式實現與舊有歷史的告別，另一方面又以新的價值狀態進入新一輪的競爭狀態。

　　對於每一個文學活動主體而言，實際都存在一個創作安全感的問題。創新的過程和結果都需要一個價值平衡，而文學思潮能夠為完成這種平衡提供可能和操作平臺。在二十世紀九〇年代所呈現的女性寫作的集團景觀，我以為正是「女性主義思潮」迅速「文學領域化」的一個鮮明而直接的結果。偏離了八〇年代文學集體性啟蒙指向的女性寫作使我們看到，當他們一方面以「小女人」（其實就是本質的女人）而不是「男人扮演者」的姿態面對文壇時，她們那些有意關注個人瑣事、細微情感、內在感受及其對倫理性題材和家庭問題的執著思

考，只有在九〇年代日益強大的「非意識形態化」語境中才會進入人
們的視野，凸現其價值性，獲得合法性與安全感。九〇年代裡，兩代
女性作家──「陳染們」與「衛慧們」，她們之間的關係，我以為恰
恰構成了女性寫作的「徹底化」（也可以說是某種完善）的過程。當
「陳染們」有意在自己創作中剝離啟蒙性或意識形態屬性的開始，就
已經隱伏著女性寫作可能完全走向生物性自我的趨向與空間。女作家
寫作的修辭策略，從進入「內心」再到藉助於「身體」，文化吶喊中
不斷滲入的來自生命內在的尖叫，使得九〇年代女性寫作的圖譜越來
越清晰。思潮化是女作家寫作集團化的前提。因此，九〇年代文學格
局發生了極大的變化。「女性寫作」被作為男性寫作一同化時代結束
的值得驕傲的鮮明標誌。女性寫作在思潮化推動下擁有了自己的文學
時代。

　　這還是就外在而言。作為文學活動主體的女性，在「思潮化」語
境中從一開始就自覺認同了「性別」身份，這是一種價值認同──她
們為自己所有才能找到了價值獨特性的理由。也許正是從這時開始，
她們學會了以「異類」眼光看待男性寫作及其民族的「男性化」歷
史。創造現在意味著對歷史記憶的重組。男性寫作及其歷史，已不再
是模仿的對象、創造的參數、超越的標杆，而是需要加以嘲弄與唾棄
的對象。女性寫作意識的普遍生成，才真正意味著文學可能因性別存
在擁有不同價值。「性別」的凸現、證實了文學多元性的天然屬性。

（三）調適功能

　　我認為，文學思潮的調適功能主要體現在它對於文學活動中所有
緊張關係的介入方式和作用方面。我們知道，文學活動過程中的衝突
與鬥爭是複雜、微妙且長時間存在的。衝突主要表現為觀念的差異。
從文學歷史來看，文學活動的緊張關係可以分為常態型和非常態型。
常態型衝突是指文學活動中各主體（包括個體主體與群體主體在內）

之間因差異而產生的緊張——這種緊張，只要不發展到人事、意氣方面，並非是不可並存的，甚至還應當是文學活動中可能永遠存在的情形。非常態型是指產生於特定歷史時期，在多種外部因素介入下而產生的衝突。比如五四時期的「新舊文學」之爭，三〇年代「革命文學」與其他派別的「鬥爭」等。應當說，非常態型衝突不是文學恆有的東西——它更多來自於外部各利益集團在權力爭奪方面的延伸。與常態型衝突比較，非常態型衝突可以視為非觀念性的權力的、利害的衝突。在這一衝突中，實際上限制了非同類文學活動的生存空間——即過去所說的你死我活。不是有關「是非」的，或者並非僅僅指向「風格」、「格調」、「手法」、「題材」等「形式」方面的一切，而是必然會探伸到非文學的種種「利害」範疇。

從現代藝術產生所擁有的空間分析，表面上看，現代藝術的產生及其價值化過程充滿了鬥爭——現代藝術之父塞尚就聲稱，應把自然理解成簡單的形狀，用這些形狀創造出繪畫的結構。自此之後，繪畫便脫離了「模仿」與「再現」而成一種有意而為的構造——其構造元素來自於從自然借來的簡化形式——而不再是對自然的忠實複寫。[7] 文學領域亦是一樣。所謂現實主義「再現」功能被有意淡化，「表現」性被分外凸現正是如此。過去認為服務於「內容」的各種形式要素漸漸地以各種方式突入中心，成了主體。文學活動的智慧主要表現為對如何表現世界方式的探求。藝術的先鋒性強調不是取消藝術，而是想以另一種方式——它本身獨有因子的放大來突出藝術。

藝術的「現代性」進程中與傳統的鬥爭是相當尖銳的，不過並非你死我活，說到底還只是對藝術本質認識的不同，無論它涉及到什麼。文學思潮是最有能力把個別的、先鋒性的、前衛的個體觀念變為一種流行的「時尚性」狀態。這是一種「整合」，這一「整合」滲透

7　參見凌繼堯：《藝術社會學描述》（上海市：上海人民出版社，1987年11月）。

著文學思潮對處在緊張關係之中各元的調適作用。

顯然的，文學思潮的調適不是無原則地抹平各主體之間的差異，而是在建構自身過程中以對世界新的理解從觀念上征服各方。所以說，它的調適前提是處在緊張關係中的各方對新觀念的不同程度的接受為前提的。我們常常看到，即使是那些對藝術新質抱有敵視態度的主體，也會在文學思潮作用下不自覺地在藝術方面來加以接受。比如二十世紀八、九〇年代「新寫實」創作中的「客觀主義精神」，我們在許多堅持為意識形態服務的作家作品看到了他們對這種精神的認同和別緻的消化狀態。像〈最高利益〉、〈大雪無痕〉、〈省委書記〉、〈國家訴訟〉等作品，當主體不得不把作品中的主人公的「英雄氣」置於大量凡俗的場景中艱難生成時，過去的「典型化」理念是明顯被放棄了。

除了以上三點之外，文學思潮的功能還可以從「文學——文化」這一範疇中加以體認。應當說，文學思潮其功能作用的範疇起著對文學思潮價值的定位作用，也可以說，文學思潮功能的作用範疇就是文學思潮價值的誕生之所。有人這樣認為，文學思潮功能可以分為——「一是在文學活動系統內的文學功能，二是在文化系統內的文學功能。」[8]在第一層的文學活動系統中，「文學思潮在觀念層面上對參予文學活動的個體產生溝通、組織、同化或激化的作用，並促進群體性文學實踐的形成、擴大與流變。」另一部分功能則突進到第二範疇，即文化系統範疇，滲透參與其在文化系統範疇內的價值建構。因為文學思潮具有「作為一定文化思潮的『自我意識』和『鏡子』，揭示了其所屬文化的特質並籍此促進其不斷完善」的文化功能，所以，文學思潮的價值外衍，並非只是文學性的，而更多地屬於「非文學性」的文化方式。

8　盧鐵澎：〈文學思潮功能論〉，《人大報刊複印資料》2002年第2期。

　　文學思潮的功能與影響研究，是必須結合它的具體承載物和承載方式而進行。抽象地研究文學功能只能滿足有限的邏輯性。說到底，文學思潮功能闡釋是一個實踐性課題，離開諸如創作、批評、接受、文學與事件等實體是無法進行的。就像我們無法談論抽象的「文學史價值」、「文學運動價值」一樣，文學思潮的功能的本質屬性永遠指向運動狀態。

「文學思潮」與「創作思潮」

　　以「文學思潮」為主體來看取它與「創作思潮」之間的關係，筆者認為所產生的「問題」可以分為兩個方面：第一方面屬於「隸屬關係」的問題，第二個方面，可概括為「現象」的結構功能與結構形態方面的問題。「文學思潮」與「創作思潮」的差異，具體表現在範疇、屬性、體認方式等方面。「文學思潮」與「創作風格」之間的差異，只有在把創作思潮加以「類型化」之後，並藉助於「現象」中介才可以辨析清楚。

　　在文藝學的理論體系裡，作為概念的「文學思潮」、「創作思潮」和「創作風格」等等的內涵是比較容易弄清楚的。但在「文學思潮」的視野中，它們之間的關係卻常常呈現為複雜的、模糊的、曖昧不明狀態，甚至在有關文學實踐的實際研究過程中多被進行著可以自由相互置換的使用與闡釋的境地。此種情形已經成為文學研究界的一大頑疾。這不僅僅是多年來「文學思潮」研究平庸化、「感覺化」的重要原因。也導致包括上述三者在內的大量文學「常識」基本意義的離散與歧義化。為此，在確立「文學思潮」理論屬性和關係範疇的前提下，深入辨析「文學思潮」與「創作思潮」、「創作風格」等相互之間的複雜關係，就顯得迫切而重要。

　　以上三個概念各自所包含的內容，無疑都涉及到文學的重要方面。僅就其各自所具有的內涵和範疇而言，亦都包容著各自不同的、相當重要且龐大的文學現象。因為在文學的實際存在狀態裡，作為建構它們各自世界的具體「現象」難免交叉與重疊。故而，上述三者實

踐形態的「差異複雜性」就成為一個必須解答、但又很難真正做到完滿解答的難題。尤為值得我們注意的是，這四者之間實際存在著的「互文性」的夾纏關係，將同時給我們提出一系列有關理論的和文學實踐的「有意義」的問題。

以「文學思潮」為主體來看取它與「創作思潮」、「創作風格」等「概念」的關係，筆者認為所產生的「問題」可以分為兩個方面：

第一方面屬於「隸屬關係」的問題，即二者之間的「種」「屬」性質。「文學思潮」與「創作思潮」之間的關係狀態即屬於此類。這一問題，應當說只產生於我們沒有了解廓清二者的特性與存在方式之前。嚴格地說，在理論層面上這一問題是不成問題的。「文學思潮」和「創作思潮」關係的「問題性」，表現為人們在對文學思潮研究的具體實踐中，常常有意無意地把「創作思潮」作為「文學思潮」加以體認，進而把二者等同起來。其研究過程的「現象性」、「具體性」與理論歸納的「抽象性」、「普遍性」之間的內在錯位被輕易的抹平，導致對象範疇邊界的模糊。比如大量出現在各類研究著述和文學史著述之中的「尋根文學思潮」、「傷痕文學思潮」、「反思文學思潮」、「改革文學思潮」等等。有意思的是，這種「混同」現象多出現在二十世紀八〇年代，亦是值得研究的問題——至少反映了文學理論與批評界面對二十世紀八九〇年代面對文學前所未有之變局，所產生的描述尷尬和理論困窘。第二個方面，我們把它概括為「現象」的結構功能與結構形態方面的問題。具體地講，就是文學的具體「現象」在「文學思潮」、「創作思潮」、「創作風格」等範疇所固有的理論邏輯與結構形態裡被「功能化」的角色差異性和存在樣態的差異性。比如，要對「文學思潮」與「創作風格」之間的關係進行有效地辨析，就必須把文學的相關「現象」作為它們共同的「中介物」。

一

　　我們先來討論第一方面的問題，即「隸屬關係」問題。

　　「文學思潮」與「創作思潮」之間廣義的「複雜差異性」至少可以在以下幾個方面看出：

　　範疇差異。在對「文學思潮」的「對象」與「方法」的研究討論中，我們已初步涉及到這個問題。我們的基本認識是，「文學思潮」表現領域並不僅僅局限於創作領域──哪怕是創作在思潮整體構成中的作用處於第一要素位置亦是如此。「文學思潮」在其生成或運動過程中，必然是一定要在文學的所有領域有所展開，才能認定作為「文學思潮」的存在方式。既然是「文學性」思潮，這不僅指有關文學的各個主要方面都要受到「某種共同性」「思想」的影響，而且這種影響一定會表現出來，並且催生具有「新質」的表現形式和理論走向。若從一般情形看，文學思潮除了關注容易帶動文學發生變化的創作與批評（指「跟蹤式批評」）之外，也不能忽視那些可能大量的攀援於主導現象之身而「衍生」或「變生」的「現象」。還應包括「理論」和「接受」領域的變化。我們且不說一種「文學思潮」構成次序如何（即是先理論、還是先創作等），但，文學的變化最終是應以「思想形式」予以凝結，或者說最終應在理論上形成新的格局──這種新格局，其中必然滲透著世界觀、價值觀的變化，透示出觀察與把握世界方式的變化，甚至對對象進入方式的變化等等。這些無疑都是文學史描述的重點。這裡需要提及的是，所謂文學思潮的「思想形式」或「理論凝定」，並不是僅僅指一種文學思潮的理論狀態。如果只是單單把文學思潮的理論表現認定為「思想形式」，就容易把思潮產生過程中某一主體的創作主張及其相應的理論表達看作是其最後的「思想形式」。如此，「尋根文學」的始作俑者是以理論言說為目的，但這說

明不了「尋根文學創作思潮」之於二十世紀八〇年代整體文學思潮的
意義。我認為，只有當「尋根文學現象」進入理論視野，並在相關範
疇（整體的文學領域）或時代文化語境中的理論層面被關注並給予充
分地「討論」之後，方才能顯示其「思想性」和「形式感」。因為只
有進入這樣的狀態，在此影響下的原有的理論模式才可能發生變化。
這種「現象」的「理論運動」，不僅改變著理論的結構，更為重要的
是將影響到理論判斷標準等目標朝向的改變。「尋根文學思潮」，當其
被植入二十世紀八〇年代以來的「現代化」範疇加以分析時，它給理
論提出的問題是：不是當時的中國該不該「現代化」的問題、或如何
學習西方實現現代化的問題，而是對民族現代化的精神淵源提出質
疑，並鮮明地矗起了現代性中的民族之魂。這樣一來，它就在認識論
上突破了「一元論」──即「現代性」等於「西方化」的局限；在價
值論上突破了「進化論」的框框──並不是「愈新」就「愈好」。從
而在其現代化的未來指向上，提供了多元的非線性進化的價值認知方
式。也只有到了這個時候，文學思潮才得以具有了「思想形式」，「尋
根文學」才可能被整合到「文學思潮」當中──即構成「新時期現代
化文學思潮」的一個層面。

　　與此相比較，「創作思潮」的範疇早已被限定。「創作思潮」應當
是指起源、運作並被呈現在「創作領域」中的一種「思想」活動。它
最重要的特點是，由一批在審美上具有共性的作品來支撐，人們通過
作品閱讀能較輕易地感知這種「共性」，並回頭成為人們指認類型的
標識。批評（專業讀者）以積極的姿態參予了這一「共性」的體認，
並且必然溢出純粹的被動式接受（指一般閱讀者）範疇，以上述的
「共性」影響作家，形成更大的創作「同類性」。顯然，「同類性」狀
態，形成了「思潮形式」──而且也僅僅是創作的「思潮形式」。在
它沒有進入純粹的理論世界之前，我們不應當把它視為整體的「文學
思潮」。從以往的「文學思潮」和「創作思潮」的研究來看，歧異是

比較多的。比如有人把「創作思潮」的研究稱之為所謂「文學類型學」研究，類型學的研究是以某種標準和特徵體系對文學加以分類而進行的研究。它在對對象的關照過程中，對處於「同一類型」中的多個個體之間，被賦予一定的關係或「同一性」，從而使散狀的存在變為整體性存在。所以「類型學」的本質是一種「普遍性」的、「整體的」或便於「抽象」的研究，目的是找出個別之間的「共性」（即普遍性）。就文學而言，類型的畫分有多種多樣。有以題材作畫分的，如「革命歷史敘事」、「農村敘事」，「軍事文學」、「留學生文學」，「反腐倡廉創作」或「改革小說」等；有以主題畫分的——如「革命加戀愛」小說、「社會剖析派創作」、「諷刺與暴露」創作、「啟蒙主義文學創作」或「問題小說」等等。還在從功能、地域、體裁種類甚至人物類型等方面加以「類型化」畫分的。在這裡我們發現，「流派」和「區域」的概念，就是一種相當普遍的「類型學」的研究。有研究者這樣概括說：「文學類型學或藝術類型學研究的對象主要是文學作品，即文學（藝術）作品的體裁、種類、作品所表現出來的典型人物（意境）、作品所體現出來的藝術風格，由於某種現實的需要，還可以擴大到作品反映的社會歷史內涵，思想傾向等等。在研究作品的同時順帶涉及到作家（藝術家）。其研究領域局限於創作，所以不妨稱之為創作類型學。」[1]不過，這裡需要指出的是，所謂「局限」是指研究者是緊緊圍繞創作來看取所有的現象的——理論、批評、接受等等。同時，「創作研究」不能不涉及作家，而且也是必須的，並不能「順帶涉及」。只不過「創作類型學」的「作家研究」有著對作家處理的「類型現象性」，並不能像「作家論」那樣，論述的「自足性」是可以自由框定。在這樣的前提下，關於「創作思潮」的屬性就可以這樣表述：「創作思潮」可以看作是「創作類型學」的研究，而「文學思

1　盧鐵澎：〈文學思潮分類的原則〉，《中國人民大學學報》2000年5期。

潮」則無疑更應當接近於「思想類型學」的研究。「思潮」的存在方式遍及「文學」的整個世界，所以「思想類型學」的研究，其側重點是「文學」中的有關文學的思想和「文學」的「思想」的表達形式。

二

　　從屬性上看。由於上述二者的範疇和對象的差異，決定了它們各自不同的屬性。文學思潮的研究，以包括所有現象的方式顯示其「史性」狀態，即它屬於一種特殊的「文學史」研究。「在文學的實際發展中，思潮也許可算是個綱。將文學思潮真正研究清楚，會使文學史上很多問題迎刃而解。」「文學思潮這個綱並不容易把握，它隱蔽在許多文學現象的背後，滲透到許多方面。」[2]筆者堅持認為，文學思潮研究的重點和難點是分析文學思潮的運動過程，即一種文學性的思想是如何從萌芽、興發到式微的，當然也包括「思想」產生的語境的特殊性、傳播程序與過程、流變的狀態及最後凝定的「思想形式」等。所以從這個意義上說，在「思想」這一對象屬性的凝聚點之外，其它存在在它看來都是「現象性」的，它對現象的取捨標準與分寸也同時被規定，即「現象」是否具有「思想價值」或「思想表達」的形式價值。在這樣的定位中，我們看到過去有兩種情形是存有偏頗的：一是因為注重「文學思潮」的「思想」性，所以只對理論或具有理論意義的批評論述發生興趣，而忽略了其他具有「思想性」的現象，比如創作或「亞理論」[3]一類的東西。其二，也許是為了糾偏，有論者則在大大強化創作「現象」的同時，又有有意地淡化理論的存在。[4]

2　嚴家炎：〈文學思潮研究的二三感想〉，《五四的誤談——嚴家炎學術隨筆自選集》（福州市：福建教育出版社，2000年4月），頁215-216。

3　「亞理論」在這裡是指作家的「創作談」一類的言說。

4　參見許志英主編：《中國現代文學主潮》（福州市：海峽文藝出版社，2001年）。在

我認為，偏頗並不在於著眼於「創作」，而是對創作的研究必然受制於這一「類型」研究歷史規範的影響，必然導致從文學思潮角度的整合性的缺失。文學思潮視野中的「創作」亦是「現象」，對「現象」的認定，既要看到「現象」在思潮趨勢中的「思想」性，又要注意某種「現象」中的「思想」在整體文學思潮中處在怎樣的位置。說白了，就是確定「現象」之於「思潮」運動的意義。

同時，我們還看到，文學思潮與現象之間的層次關係與結構關係，並非是一個平面的點的集合，而是垂直的或包容的。對於文學思潮來說，現象處在下屬的「等級」位置上，在「現象」進入文學思潮的整合過程中，它的一些屬性方面就要被改變——或是取捨式的改變，或是意義上的置換。文學思潮作為已具有「思想」核心的結構體，與現象本身的存在結構之間，總在不斷尋找彼此之間的適應性。我們知道，任何一種文學現象都是先有其「領域」性質以及由此帶來的結構形式。比如「文類」的區別——有的現象屬詩歌領域，有的屬於小說或散文，戲劇、運動、批評等領域，文類的歷史規範必然制約著「現象」存在方式獨特性的生成與變異。例如「朦朧詩」現象，在對其如何被整合進文學思潮的選擇上，它的「領域」性及存在方式必然限定著我們的思考。首先是詩的「領域性」，它的意義不能不在中國當代詩歌發展前後的歷史語境中被看取。「朦朧詩」與文學內外關係是通過「詩」的閱讀形式展開並完成。「朦朧詩」的「文學思想」的表達方式既與歷史形成了比照，又在共時性上與其他文學現象如「傷痕」文學、「反思」文學等拉開距離。它的「文學思想」是與其自身的「表達形式」密切聯繫在一起的。所謂的「朦朧」，既是說詩的「內容指向」不明，也指「表達」的隱晦。「朦朧詩」之於閱讀者

我看來，吃住顯然屬於創作研究或創作類型學的研究。對各個文學時期所作的畫分，是以「主題」為中心的。

的「朦朧」感覺，顯然與中國的詩的形式歷史所形成的閱讀習慣、尤其是「十七年」詩歌形式所形成的閱讀期待大有關係。所以說，「朦朧詩」現象的全部意義在之於文學思潮時，既是歷史的問題，也是「現實」的問題——實際上體現了中國文學在八〇年代大規模輸入西方理論語境中的斷裂效應。這是我們從文學思潮角度對「朦朧詩」進行意義選擇和結構改造的前提。從「文學思想」屬性和「文學思想」表達方式兩方面看，它只能歸於「新時期現代化文學思潮」，而不能歸於「人道主義」文學思潮或其他。

文學思潮與「現象」需要一個相當謹慎的整合過程，而創作思潮「單一性」或「單純性」是明顯的。其「單一性」或「單純性」不僅指創作思潮所面對的對象的「同一性」——比如「創作」邊界性、文類的限制以及其他方面的「同一性」等等，還指其所寓含的「文學思想」的「表達方式」具有很大的趨同性。且不說「形象性」的表層特點，就文類而言，同樣的「文學思想」在呈現效果上的差異，總是與「文類」的先在規定性連在一起。在一般的創作思潮研究中，首先是對創作思潮的狀態進行描述，其次是對思潮的邊界實施畫定（如包括那些作家，涉及哪些作品等），再次就是對作品群體的分析，並從一般審美要素的幾個重要方面加以概括，當然，內容也將涉及到「創作談」、批評的初始資料等。我們要分析的重點是，創作思潮所研究的「現象」究竟有哪些特性？「創作思潮」視野中的「現象」性如何。

相比於「文學思潮」所涵蓋的廣闊性，「創作思潮」內容具有鮮明的「領域性」。因為任何創作思潮的萌動，必然首先以特定文類而體現，而這很可能就是創作思潮研究的重心。創作的影響，無論橫向還是縱向，都可能首先在同一文類中展開，只有少數創作思潮在其萌動初期可能越出「領域性」限制影響到其他文類。問題的重要性還在於，就「創作」而言，「創作思潮」這一概念本身總是指向具體的文類，或只有在特定文類之中才能說明它的「修辭性」。比如「五四」

時期的「為人生而藝術」創作思潮，就很難與「問題小說」分開來。我們看到的文學史著述在涉及這一「創作思潮」時大致是一樣的。作為「文學研究會」這一群體主要理論旗幟，其實並不是在所有「全員」創作中都得到體現（且不說程度的差異），而往往只是在小說，或者準確說是在「問題小說」身上被集中表達——冰心、廬隱、王統照、葉聖陶、許地山等不過幾個作家而已。如就上述作家作進一步分析，其各個作家「為人生」所側重的方式（提出「問題」的方式）也是差異明顯。冰心的小說多涉及純粹的社會層面，如男女平等、父子代溝等；廬隱則是內傾的，女性世界的隱秘痛苦雖然暗示出社會根源，但畢竟是以「自我哀憐」的方式表達的，批判性是弱性化的；葉聖陶的「問題」，不但與筆下人物的「職業性」有關，還更多指向作品主人公精神複雜性方面，其實這離直接「為人生」已是遠了些；至於許地山、王統照為了「開藥方」對社會苦痛的揭示，亦不免「小家子氣」。因為這些差異背後總有著大於「差異性」的「共同性」或「趨同性」，所以，「創作思潮」範疇中的個體差異性在具體研究中是可以忽略的（但在流派或群體研究中卻不能這樣做）。

　　由此我們就可以推出這樣的認識結論：「創作思潮」與「文學思潮」，一樣有其「視野」的規定性，這一規定性使兩者的研究在對對象的體認上一樣要進行選擇和結構重組。只不過，創作思潮的邊界與內容被「創作」和「文類」雙重性制約，它一樣地要抽象出創作群體現象中的「共性」「普遍性」，一樣地要進行取捨、再造。「文學思想」作為「創作思潮」的一般抽象物表面上看是被置於創作思潮研究之前的，但在實際研究過程中，某種被研究主體已認定的「文學思想」觀念早已居於「大膽設想」的方位，其過程充滿了對「文學思想」進行充分論證的慾望與思辯邏輯。這也就是說，「創作思潮」研究也是一種概括，只不過主體有意把視野設定在一定幅度之內罷了。

　　因為「創作思潮」沒有像「文學思潮」那樣在整合中時常會遭遇

到「文類」之間的「衝突」，所以，「創作」的「文類」同一性又為它最大限度地收納一切現象提供了方便。其實，這裡也涉及到「創作類型學」問題。在「創作思潮」研究實踐中我們常常看到，在對「創作思潮」確認和命名方面，「類型」的提煉是很重要的。我們需要注意的是，「創作思潮」的「類型」歸納與一般性「創作類型」研究還是有區別的。後者可以更多地從創作的原在狀態進行靈活的類型命名——或主題，或人物，或風格等。以「十七年」的「戰爭小說」為例，過去稱之為「革命歷史題材創作」，強調的是「題材」意義；九〇年代更替為「革命歷史敘事」，無疑則是想凸現它們在意識形態制約下對歷史的「敘述」與「修辭」，更強調「主體」的能動性和「歷史」的主觀性。相比之下，「革命歷史題材」的命名是把「歷史」看成是不可改變的「真實性」的存在，創作主體的任務是「復現」，這就無形遮蔽了居於權力地位的意識形態基於自身的利益利害考慮而通過「敘述」對歷史構造的實際參與，從而把「主觀歷史」當成「歷史真相」。但「創作思潮」研究，既要關注上述方面，更重要的是發掘出其體現的「文學思想」及其修辭策略。所以，在「創作思潮」看來，內容的同一性並不重要，重要的是不同內容的同一性結構——表達方式的同一性。因為，這種結構統一性實際上是被同一的文學思想所支配——正是這樣，任何「題材」的差異，都不構成對「文學思想」的權威的抵捂。因而，在這樣的意義上把此類創作命名為「革命現實主義創作思潮」是合適的——它與「社會主義現實主義」文學思潮的整體性有很多相似性。

三

　　體認上的差異。我們在實際研究中看到，經常出現把「創作思潮」等同於「文學思潮」的情況。那麼造成這種「混同」的原因到底

是什麼呢？是否就大量存在著可以「混同」的理由？或者說，對於某些「文學思潮」和「創作思潮」而言，這樣的「混同」是應當的或並不存在可能被質疑的「問題」？這的確是一個值得認真分析並加以解答的重要問題——近年來，這一問題已經引起了學術界的普遍性關注。有學者在區分「文學思潮」與「創作思潮」的差異時是根據這樣的前提：「我們主張文學思潮涉及的不只是創作活動，還表現於理論，批評，鑒賞（接受）的活動過程，並制約與支配這些方面的實踐活動。也就是說，一個特定的文學思潮作為觀念系統，它存在於整個群體性文學活動各領域。」「文學思潮在文學實踐領域中，不能等同於實踐行為和行為結果（作品），它仍是支配創作行為、鑒賞作為的文學觀念。而且，作為群體性精神結構的文學思潮必須與創作結果即作品，以及固定於作品中的『被客觀化的文學觀念相區別』」「文學思潮不能等同於創作潮流或僅是創作領域的文學思潮，特定的文學思潮在理論（文學理論，文學批評）與實踐（文學創作、文學鑒賞）兩個領域中構成系統，兩個領域的文學思潮既有統一的一面，又有相異的一面。」[5]上述前提的理論邏輯無疑具有鮮明的自足性與辯證性，但這樣的論證並不能解答人們為什麼常常在無意識層面上對二者的「混同」問題。我以為，這恐怕與「文學思潮」和「創作思潮」在辯析識別方面的「難易」程度有關。文學思潮的辯論識別是難度很大的——這裡的難度不僅僅是指人們是這樣或那樣稱謂它，也不表現在「命名」方面是否可以取得共識，而在於對它的過程的體認方面和邊界時限的確認方面。常常有這樣的情形：某種「文學思潮」確乎被一部分人所認知，經過他們的初步描述與命名，也亦獲得了相當廣泛的認可。但，一俟進入精確的「理論闡釋」或對其過程需要「充分歷史化」的描述時，視界便模糊了。對其「理論質點」的認知和對其「過

5　盧鐵澎：〈文學思潮的系統構成〉，《人文雜誌》1999年。

程」的闡述，在研究實踐中就表明為要麼是就一個文類而言，要麼是從一個現象展開，結果是個別性的「文類」和「現象」倒成了「文學思潮」的「微縮」存在。比如我們談到「傷痕文學」時（這種稱謂無疑是思潮性的），總會不由自主想起「傷痕文學」所含納的那些被「命名者」初始所認可的作品——〈班主任〉、〈傷痕〉、〈神聖的使命〉、〈大牆下的紅玉蘭〉、〈在小河的那一邊〉、〈楓〉等等，論述過程中的重心也始終難以越出「小說」這個文類的邊界——這是大可分析的問題：假若一種思潮命名或以一種命名暗示出某種整體性的「思潮」指向，那麼按照嚴格的「文學思潮」構成定義，它所指涉的範疇應當是超文類的。但實際情況恰恰不是這樣。其實，「傷痕文學」等諸如此類的命名，從這一命名所依附的對象的存在範疇來看並不屬於「文學思潮」性質的命名，而是「創作思潮」或「小說創作思潮」的命名——因為它無法在小說以外的領域如散文、詩歌、戲劇理論、批評等領域，可以找到像小說文類那樣直接、大量的同類性。我們這樣的分析實際上觸及到了過去相當長一段時間內「文學思潮」研究的「短處」。概而言之，就是把「創作思潮」或更小的「文類創作思潮」等同於整體性的「文學思潮」。要解決這個問題，就必須對有關「文學思潮」的理論命題進行深入的研究。

從文學思潮本質屬性上看，確定「文學思潮」的基礎至少要包括創作與理論兩大方面，無疑需要廣泛涉及創作，理論，批評，接受、研究等文學的主要領域。只有當某種「文學思想」在這些領域得以全方位展開並有效回應時，「文學思潮」才是具象的，實在的，才有了對象與邊界，才可能被確認。反過來說，「文學思潮」是以「文學領域」的主要因素作為現象來呈示自己的。它在沒有找到具體的並同時又必須是多個不同屬性（文類差異）的「承載物」之前，「文學思潮」只能是抽象的概念。至此，我們可以這樣認為，「文學思潮」的整體性存在屬性，決定著它首先是作為「概念」形式而被現象化的，

但「文學思潮」研究又絕不能只僅僅滿足於或止步於對這種「存在形式」的體認，它應當以「現象還原」方式使自己具體化。構成「文學思潮」具體性的「現象」，受文學思潮整體性制約而必然是群體性的。我們既可以通過對文學思潮作為「概念」的抽象存在形式還原「文學思潮」的「現象性」，也可以藉「現象」的被抽象後的「同一性」來體認「文學思潮」。顯然，這是一種相當複雜的個體與整體的關係狀態。我們可以說某種「創作思潮」具有「文學思潮」意味，但卻不能把它反向地闡釋為文學思潮具有「創作思潮」的特性。

　　這就有必要從「類型學」的角度對創作思潮進行較細緻的辨析。我們認為，「創作思潮」可分為這樣幾類：首先是一般性的「創作思潮」。這是指一種「創作風格」在不同文類的創作實踐中表現著，如「寫實風格」，它在二十世紀八〇年代後期，先被感知到的文類是小說（即所謂「新寫實創作」），但它同時代有先有後地也表現在「後朦朧詩」、「新寫實戲劇」及影視製作的各類創作中。這裡要說明的是，「創作風格」即是指只有在創作才可以看出、或者只有創作才是分析的對象。「創作風格」常常被認為是一種「風格」，即作品藝術的趨同性——這需要嚴格區別與謹慎對待。「風格」，應是風格未確定之前的模糊存在或「鏡像」式的存在，具有普遍性、變化性、飄移性、未定性等。也許說它是一種由作品群體形成的「氛圍」更合適些。總之，其間「文學思想」是未明的，隱晦的。其次是文類「創作思潮」。即指某一文類的很多作家不約而同地呈現出某種「風氣」——這與流派不同。作家之間並沒有彼此的呼應與承諾，只是以無意識的卻具有共性的創作呈現為某種「同一性」的客觀的狀態。這種創作思潮存在的前提是：一是有文類的嚴格限定；二是共時存在特徵。我們可以把那種超越了「文類邊界」的創作風格泛化稱之為一般性創作思潮，但需要注意的是，每一個個別的「文類」「創作」，並不都具有「文類的創作思潮」性質。

　　對「創作思潮」進行這樣的畫分，我認為對我們理解「文學思潮」與「創作思潮」的關係是有意義的。事實上「文類創作思潮」、「超文類的一般性創作思潮」和「文學思潮」之間，可以看作是一個有梯度性、等級性的思潮存在狀態，由小到大的排列，還呈現出「大」對「小」生成依附性。——當然，這並不是說「文學思潮」只是由「創作思潮」所構成。而是說在辨析識別與「現象還原」上，「小」的辨識將構成對「大」的確認的基礎；而「大」則是判斷「小」的其創作是否具有「思潮」的價值趨向與範疇。若從「文學思潮」與「創作思潮」的理論關係看，能夠成為「潮流」的「思想」，不會僅僅局限在一個「文類」身上，不然會以波及方式影響到文學的其它領域。如果不是這樣，那麼若要直接從創作思潮來確認「文學思潮」，將是不可靠的。可以說，「創作思潮」可以看作是「文學思潮」的表象，但前提是「創作」的「文學思想性」已得到傳播，並可以在其他領域或審美流向上找到它的痕跡。

文學思潮與創作方法

　　「文學思潮」與「創作方法」，表面看它們之間的差異性是容易辨識的，然而在文學的研究實踐和文學研究主體的具體文本中，卻常常處於「誤置」狀態。所以對它們各自不同的屬性進行認真的辨析，是相當重要的。在屬性上，文學思潮具有「史學」性質，而創作方法無疑更側重於「理論」範疇。前者可歸入「藝術史學」，後者則屬於「藝術哲學」。就思潮而言，無論狀態描述，還是「思潮史」的梳理，主體之於對象的關係始終是一種「歷史關係」。對「創作方法」的辯析，是文學研究中對流派、作家、作品進行研究的常規手段。文學思潮是在「文學活動」的「歷史性」和「心理性」的交叉地帶扎下自己生命根鬚的。「文學活動」的「歷史性」（即語境）從根本上制約著社會審美心理趨進、變化的可能性空間，「文學活動」的「心理性」在見證社會歷史的同時，也以自己的方式給了永恆的記錄。創作方法的觀念與規則，只有在我們面對具體的藝術成果時才會鮮明化。創作方法歸根到底只是有關作品結構與風格狀態區分時的存在。創作方法觀念的體系性，即生成、變化、更迭等，依托自身就可以完全被說明。社會活動的變化並不是可以直接越過主體而在創作方法上表現出來。文學思潮的群體性質，使其在生成、傳播過程中始終保持著對參予藝術活動個體的強大規範力量。創作方法對於文學活動主體的影響作用，無法以先置或普通覆蓋的方式完成。

　　文學思潮與創作方法之間的關係，長期以來一直是一個重要的、但亦是糾纏不清的問題。在過去的研究中，雖然人們始終看到了二者

之間的不同，但在實際研究過程中卻是更多地以它們的相同作為出發點。過分強調它們之間的隸屬關係，必然會自覺而不自覺地遮蔽二者之間的質的差異性。我們想首先提出一些問題，並以這些問題為中心展開討論。

　　一、文學思潮與創作方法是否可以看做是「表達」關係？二、文學思潮與創作方法，它們之間的互文性是否可以看做是「戰略」與「策略」的關係？三、文學思潮作為「思想話語」是排斥修辭的，而「創作方法」從某種意義上說，是否就是修辭的產物？四、文學思潮似乎與具體的生活內容（題材）關係不大，它勿寧說就是「生活」的審美組織法，因而「文學思潮」並不講風格。而創作方法則對「生活具體性」（題材）是有選擇的——因為方法的不同，決定著對具體生活組織的不同，「組織方式」即是風格。風格並不是個人的東西，說到底是一種觀念制約下對生活書寫的不同，那麼，個人言說通過「話語程序」，怎樣呈現給我們一個世界圖景？思潮決定著話語，而主體對某種創作方法的選擇是否潛含著個人言說的最大可能性？

一

　　在以往的研究中，文學思潮與創作方法的關係表呈為以下幾種狀況：

　　類型狀態。對文學思潮，尤其是對「文學思潮史」的研究，必然涉及到對各種各樣文學思潮性質的認定，關乎到對文學思潮的價值判定。所謂的「性質」，一般理解為某事物所固有的本質屬性——這一概念解釋對一般性的非社會性的事物認定是恰切的。但對於複雜的社會現象和審美創造物而言，其性質的認定往往是人言言殊、各有所據。就「文學思潮」而言，參與對其「性質」認定的因素不但是多種多樣的，而且各因素之間的關係常常是複雜而微妙。比如，「文學思

潮」的產生（包括語境、主體趨同性等因素）、「文學思潮」的發展（包括傳播方式、途徑、被接受的對象群體、接受過程中的變異等）、「文學思潮」的作用領域（包括文體呈現的先後順序、作用發生的不同方式──理論引導或作品示範的作用的弱化和修正等）。這些因素不僅參與到「文學思潮」的構成及其過程裡，也滲浸在「文學思潮」屬性呈現方式之中。我們是否可以這樣說，凡是在生成過程、發展歷程和作用範疇等關節點上所涉及到的因素及其關係，都應當是對「文學思潮」性質認定的必要參數。所以說，對「文學思潮」性質的認定，並不簡單。

　　從過去大量有關「文學思潮」理論和狀態的研究文獻看，對「文學思潮性質」的分析呈示為大致兩類思維趨向：其一是強調它的「文學性」，即認定它的性質屬於美學，須要用美學的方法和言說方式對其進行闡釋。其二是凸現它的「社會學」性質。認為「文學思潮」總是一定的歷史階段裡社會思潮的審美折射。比如在對五四時期、抗戰時期、「文革時期」、二十世紀八〇年代等歷史階段文學思潮的梳理分析中，大致傾向於這一思路。強調文學思潮的「社會學」性質，在眾多研究者那裡並沒有簡單地把文學思潮作為生活事件加以處理，而是有意無意地強調它的審美性。只不過是，「社會學」的文學思潮研究，先在地取得了文學思潮自我生發的可能性，把文學思潮中體現出來的觀念性存在，包括創作方法、題材選擇、價值判斷、人物精神傾向性等，都不由自主地看成是「社會學」（社會思潮）制約下的選擇──此時，即使「文學思潮」借用了某種現成的創作方法來「命名」──比如「現實主義文學思潮」等，也更多關注的是「現實主義」在指涉創作主體與客體的關係方面，而不是「現實主義」的審美特性。把一種文學思潮命名為「現實主義」，「浪漫主義」或「現代主義」，研究者所思考辨析的重心並不是審美的內在差異性，而是依據某些現成的話語邏輯對之進行了「類型學」意義上的改寫。不同「主

義」之於「文學思潮」的「命名」，對接受者所提示的更多的是主體與現實的關係方式。

　　審美關係。文學思潮的視域涵蓋了整個文學命名及其過程。文學活動中既有審美活動，也有非審美——正如一個作家，其創作生涯中並非時時刻刻都在寫作，也不是作家生活中的全部都可以看作是寫作的準備和結果。文學思潮不僅描述狀態，同時必須分析狀態的生成與變化。在涉及文學思潮生成史話題中，和這是思潮與思潮得以生成的條件，無疑是思潮研究的重點，在這裡，顯然關於文學思潮生成與變異「條件」的分析顯得尤為重要。而「條件」的分析，將大量涉及到「非審美活動」因素。我多次強調，文學思潮史研究的重點是某種文學思想規模化的傳播過程。這決定了文學思潮的研究本質上屬於「觀念」的研究，「思潮史」，就是文學觀念動能的流布歷史。這裡所說的「觀念」，應當是指審美性觀念——包括審美價值觀、審美態度與情感、審美方式審美心理與機制、審美氛圍等。為此，就又決定了文學思潮的研究最終是一種審美研究。文學思潮在面對審美成果（作品與理論）時的開放姿態，並不含有研究過程放逐文學的可能，它依然要充分關注主體與客體的審美關係。所以，當「文學思潮」在一些研究者那裡必須藉用已有的創作方法概念來「命名」自身時，比如「現實主義文學思潮」等，這種「命名」方式，既是文學與外部關係的定位，也是對「文學思潮」內部機制所包含的主導性審美關係認定。不過應當注意的是，「文學思潮」的「現實主義」和創作方法的「現實主義」，並不等值，也不等義，甚至永恆地存有差異。在這樣的範疇裡，文學思潮可以表述為：就是研究一種觀照世界的審美方式是如何成為群體性共識、或成為創作主體的一種植入式「經驗」的。

　　包含關係。有很多研究者認為二者是相同的，並且具有天然地相同性。「文學思潮的概念，根據高爾基的意見，主要是指影響一定時

代的創作方法，創作原則。」[1]「文學思潮之所以常常與創作方法共名，是因為文學思潮必須依賴於創作方法而存在。把創作方法視為文學思潮的主要特徵，決定著文學思潮質的規定性。缺少創作方法這個特徵，就不是真正的文學思潮。」[2]說「包含」，其實在一些堅持以創作方法來概括文學思潮的研究者那裡就是等同——這顯然值得分析。無論如何，「文學思潮」與「創作方法」都不可能是像「同義詞」那樣的存在。就一般思維程序而言，文學思潮與創作方法的關係邏輯是這樣被建立起來的——文學思潮所要研究的重點是某一歷史時期起主導作用的文學觀念。而就創作說，文學觀念在作品中的呈現及其呈現方式，總是與創作主體一定的審美觀念的實施方式即創作方法有關。創作方法成為主體與作品之間的中介。不同作家所創作的作品的相似性，根本上體現為對生活處理方式的相似，而這又可以歸結為是創作方法的相似。相似性的觀念藉大量作品而呈現，文學思潮因此與創作方法存在著密切的關係。顯然，「包含觀」所依托的「相似性」，同時在對「相似性」產生的條件與可能及其原因的追索過程中，無形強化了「創作方法」這一因素作用的唯一性。但它卻有意無意地忽視了這樣幾個重要側面：一，文學思潮與創作方法的性質差異；二、文學思潮與創作方法的範疇差異；三、文學思潮與創作方法的作用差異；四、文學思潮與創作方法的生成變化式樣的差異等等。

　　與過去研究不同，二十世紀八〇年代以來，有研究者對上述判斷提出質疑，認為文學思潮與創作方法之間，其聯繫性小於他們之間的差異性，強調文學思潮與創作方法二者之間的獨立特性。「文學思潮作為觀念系統是一個群體性精神結構，它貫穿於整個文學活動各個領域。創作思潮是文學思潮整體中的部分，而創作方法則是創作思潮中

1　吳奔星：〈關於識別文學流派的幾個關係問題〉，《中國現代文學思潮流派討論集》（北京市：人民文學出版社，1984年）。

2　周曉風：〈論文學思潮的創作方法特徵〉，《重慶師範學院學報》1992年第4期。

這個部分的部分。就理論性質而言，文學思潮概念主要是文學史範疇，創作方法則屬於美學範疇。在外延上，文學思潮可以包含創作方法，創作方法既可以隸屬於文學思潮，又可以獨立於文學思潮之外而存在。」[3]顯然，這是從「隸屬」關係方面重新辯識二者關係的。作者試圖在對「文學思潮與創作方法的比較」中，通過「差異」和「相互依賴性」來說明這一點。「具體地說，文學思潮對創作方法的依賴性表現在兩方面。一、創作方法是文學思潮區別於社會思潮的特殊性——文學性之所在，同時又是社會思潮、文學思想轉換為審美形態的文學思潮的『中介』，沒有特定創作方法的形成，就不算是文學思潮。創作方法是文學思潮的超越性之所在，即文學思潮的產生、演變、更迭、遞移，其內在根源主要是創作方法的變遷。」[4]針對這種觀點，反駁者批評道：「特殊方法的形成確實有賴於文學思潮，但創作方法和一般方法的產生存在就不一定依賴於文學思潮。創作方法標誌著文學思潮的特殊性，這一點只能在創作思潮層面上說才是正確的。如果在包括創作，理論，批評，鑒賞的文學活動系統整體層面上說，文學思潮的特殊性——它與社會思潮相區別的（文學性）就只能從觀念本質上去界定，其獨特之處應是文學思潮掌握世界方式的不同。從根本上說，文學思潮整體相對於社會思潮的特殊性決定於文學掌握世界的方式的原則。至於文學思潮的遞變，從邏輯順序上看，應是在特定社會歷史條件制約下，首先是文學觀念發生變化，才引起創作方法和創作面貌的變遷。」[5]總之，作者認為，創作方法的改變有賴於文學觀念的異動。而文學觀念恰恰是文學思潮整體構成的核心部分。

其實，僅僅從「文學思潮」與「創作方法」二者之間的隸屬關係

3　盧鐵澎：〈文學思潮與創作方法〉，《中國人民大學學報》2000年第2期。

4　周曉風：〈論文學思潮的創作方法特徵〉，《重慶師範學院學報》1992年第4期。

5　盧鐵澎：〈文學思潮與創作方法〉，《中國人民大學學報》2000年第2期。

入手，恐難解答它們關係的真正結構狀態。事物之間的聯繫，哪怕是
相當緊密的聯繫，也不是認定兩者相同的決定性前提或充要條件。我
認為，一般而言，「文學思潮」與「創作方法」之所以在過去被視為
彼此可以置換的關係，一方面來源於自高爾基開始二者界限的模糊認
識，另一方面則關乎到對二者「命名」方式的混淆。當文學思潮研究
者在隨意中借用諸如「現實主義」、「浪漫主義」、「現代主義」等指稱
某一種創作狀態的名稱來「命名」文學思潮的時候，就造成了二者之
間的等同關係和以「借代」為呈現方式的關係稱謂。

二

　　我們需要從性質、範疇、作用及生成變化式樣等方面，對二者加
以認真的剝離。
　　首先，從二者的屬性上看，文學思潮更多具有「史學」性質，而
創作方法無疑更具有「理論」性質。前者可歸入「藝術史學」，後者
則屬於「藝術哲學」。「在文學的實際發展中，思潮也許可算是個綱。
將文學思潮真正研究清楚，會使文學史很多問題迎刃而解。」[6]無論
是思潮狀態的描述，還是「思潮史」的梳理，主體之於對象的關係始
終是一種「歷史關係」，也決定著主體之於對象時的態度只能是歷史
的態度。文學思潮研究的內容基本上有兩個方面：一是「思潮」呈現
的狀態或者思潮存在的真實狀態；二是文學思潮生成、變化、消頹、
兼併的動態過程及其有機性。對「文學思潮」真實存在狀態的描述，
自然要求主體必須潛入歷史深處，探察思潮原來的、沒有被遮蔽的本
真狀態，準確釐定思潮的內容存在與形式存在及其特徵，這無疑是一
個「歷史還原」的過程。這一過程的展開和結論的浮出，並不仰仗理

6　嚴家炎：〈文學思潮研究二三感想〉，《五四的誤讀——嚴家炎學術隨筆自選集》（福
　　州市：福建教育出版社，2000年6月）。

論推導，而是緊緊依賴於對原始材料全面深入的擁有與把握。要真正完成對文學思潮存在狀態的描述，只有「存在的結果圖像」是不行的，一般都要涉及一種文學思潮的生成語境與機緣、生成過程及其相關因素的整合、變化的根據與條件及其思潮由盛而衰的過程性和原因等等。這顯然是一種歷史的梳理，只能運用歷史學方法才能完成。對於思潮史來說，某一大時段的各個文學思潮的各自生成、相互關係及其嬗遞變化，是其闡釋的重點。價值判斷的重心是對歷史的充分尊重。

　　「創作方法」這一「命題」的展開，應當說自始至終都具有鮮明的「理論性質」。一般理解中的「創作方法」是指藝術創作的「原則和方法」。創作方法與世界觀、哲學觀、文學觀、審美原則、藝術原則、藝術手法又有著緊密的聯繫。從這樣的層面上看，創作方法本身就構成了一個旁涉廣泛的理論命題。為了更細緻具體地理解創作方法，人們大致認同這樣的結論：創作方法包含著三個方面：基本藝術觀、具體藝術觀和特徵性藝術手法。基本藝術觀是指諸如文藝和現實的關係、藝術對人和世界的認識與把握等屬於藝術本質論方面的觀點。具體藝術觀是指在基本藝術觀基礎上形成的藝術創作的主張。特徵性藝術手法是與具體藝術觀適應的、對創作方法形成具有舉足輕重的決定性作用的某些藝術手法。[7]其實，創作方法的上述三重內涵是有著不同的存在形式的。基本藝術觀和具體藝術觀都表現為創作主體的哲學態度和對世界的基本價值判斷。一般而言，我們只能通過藝術家的創作及其理論言說對其進行歸類與把握，它屬於創作主體精神的一部分。而特徵性藝術方法則是讀者可以從作者文本中直接感知的。但要由特徵性藝術方法推知具體藝術方法和基本藝術方法，則並不是直線的，比如象徵，象徵主義有，現代主義有，現實主義文本也大量存在，主要是看某一種特徵性藝術方法在文本結構中起什麼作用，它

7　鄒平：〈現實主義精神和多樣的創作方法〉，《文學評論》1982年第5期。

對我們的價值判斷發生了什麼影響。因而，我們不同意基本藝術觀與特徵性藝術手法之間一定對應的觀點。特徵性藝術手法是可以「中立」的，它本身並不體現價值判斷。而基本藝術觀是與主體對人或世界的認識方式及其傳統密切聯繫在一起的。基本藝術觀的核心是創作主體對世界進行的價值判斷。對「創作方法」的辨析，是文學研究中對流派、作家，作品進行研究的常規手段。從本質屬性上看，創作方法離開作品文本是無法確定的。確定一個流派、作家或一部作品的創作方法屬性，目的是為了對他們創造的審美圖式進行有效地把握，從而確認創作的審美價值的特性和其對文學史的貢獻。因而，創作方法本身的研究並沒有太大的意義，其意義在於為我們認定創作價值提供一種基本規範。

其次，二者範疇屬性上的差異。當我們從「思潮」方位對文學或審美活動實施闡釋時，文學或審美無法以自身的「自足性」說明「思潮」。不僅「思潮」生成的淵源性難以在文學領域準確定位，而且其觀念傳播過程中的「潮流」狀態也是有多種多樣文學活動以外的因素共同參與而完成的。在此，我們不能因為要強調或凸現「文學思潮」的「文學性」而有意淡漠「文學思潮是一定階段社會思潮反映」的觀點。文學以具體形式展開自身——不僅指依據一定文體規則完成自身，還有其被接受的過程。文學在接受過程中得以形成「思潮」，主要是「觀念」的被認可，這一「認可」，既可以是發生在「文學領域」（指創作，理論與批評），也可能首先在接受中激起反響並回饋到「文學領域」，形成內外互動狀態。比如有人在分析西歐浪漫主義文學思潮興起過程與原由時這樣說道：「我們在夏多布里昂作品中見到的新的文學思潮，是新的社會方式和情緒的產物。它在二〇年代泛化出自己的美學學說和獨特的文學理論。任何一種文學法典的興起都必然有類似的過程。先是社會上出現排斥舊觀點的新的思想和觀念，然後這些共同的概念，這種新的具體認識的世界觀成為詩的內容；最後

在詩的作品的基礎上建立起文學手法和藝術技巧的理論，直到出現其他社會結構形式之前，作家們都遵循它。」[8]波斯彼洛夫在贊同沙霍夫觀點的基礎上進一步概括指出：「社會生活狀況創造出某些可能為許多作家所共有的具體認識的世界觀特點，它們成為這些作家藝術家作品內容的獨特性的根源。作家們表現出巨大的創作自覺性，建立起相應的理論綱領來組織他們的創作，他們就是某一個思潮的作家。」[9]他有意把繼「古典主義」之後的文學階段「命名」為「感傷主義和浪漫主義的文學思潮」階段。認為「這些思潮在十八世紀後中期和十九世紀前三分之一世紀的歐洲先進國家文學中出現，乃是英國和法國社會生活中深刻而急劇的轉折的結果。」「在英國，工農業革命醞釀了一段時間。後來終於發生，它消滅了下層勞動人民宗法制生活的殘餘。把他們變成被壓迫的無產階級，導致蘇格蘭部族的解體和蘇格蘭的被奴役。在法國，革命地消滅一切舊的封建專制制度的任務，經過思想上的準備，終於實現了。後來發生了新的資產階級法制的軍事擴張和封建政權的暫時復辟。所有這一切都要求社會做出巨大的努力和犧牲，並且使社會陷入精神上的緊張。思想上極大不滿和進行緊張的思想探索，並在文學中反映出來。」作家們「把自己的創作建立在原則性的，兩個世界的題材對比的基礎上，即把他們所否定的整個貴族資產階級世界，與某種具有高尚思想和道德價值的另一世界作對比。」[10]並斷定，無論法國、英國和德國，浪漫主義「基本上分為兩個流派，其中一個是比較活躍的，在民族的以往的歷史中尋找自己的理想，另一個瞻望未來。」

　　再比如對二十世紀中國文學發展的思潮性言說中，「後現代主

8　沙霍夫：《十九世紀前半期文學運動論文集》轉引自波斯彼洛夫：《文學原理》（北京市：三聯書店，1985年8月）。

9　〔蘇聯〕波斯彼洛夫：《文學原理》（北京市：三聯書店，1985年8月）。

10　〔蘇聯〕波斯彼洛夫：《文學原理》（北京市：三聯書店，1985年8月）。

義」是一個核心概念。「後現代主義」在這一歷史時段的中國文學中所表現出來的「思潮性」特徵，雖然更多地集中在文學活動當中（尤以批評為主），但如果我們要尋找它是如何走入二十世紀九〇年代中國文化異動的結構之中時，就必然涉及到整個社會變革的新的複雜性和深刻性。一方面是「在一個各種價值觀念迅速更迭的轉型期社會裡，急於牟取批評的權力，建立先鋒批評的先鋒地位，以及與世界學術思潮對話、接軌的慾望，使一部分批評家對後現代主義產生了本能的認同。」另一方面，經濟文化主導下的消費文化的急劇增生也確實孕育了中國的「後現代主義」文化因素。文化專制破除之後的多元情狀，已越來越清晰地呈現出「後現代主義」的中國社會現實圖譜。「從文化背景上看，消解主流意識形態和權力話語，是一部分知識份子在告別政治陰影過程中的自覺的文化立場。而在經歷了本土從傳統的農業形態向現代工商業形態轉變所引發的巨大的文化震蕩之後，一部分人文知識份子放棄了激進的批判策略而採取一種文化的保守立場，試圖在與大眾文化的合流中，悄無聲息地瓦解主流意識形態和權力話語。」[11]雖然讀者認為九〇年代文學領域中的「後現代主義」「在中國既不是文化傳統自然變異的結果，也不是中國這一特定社會、歷史文本的催孕，而是在一個充滿異質文化並置的全球化語境中對『他者』話語的一次『借挪式』的操作」，或者說僅僅是「文化策略」指導的「話語修辭」，但是，批評家借用「後現代主義」來言說中國當下的文學現實，從一開始就獲得了廣泛理解。其中所生成的中國式的「後現代主義」的觀念，迅速在傳播中與生活構成了「互文」關係。於此，知識份子獲得了進入當下、介入現實的新的條件與可能。「後現代主義」畢竟是與高度成熟的工業經濟聯繫在一起，中國經濟現實

---

11 陸貴山主編：《中國當代文藝思潮》（北京市：中國人民大學出版社，2002年6月），頁350。

當中區域差異和財富挪用的巨大差異，為人們理解接納「後現代主義」觀念形成了認知前提——這是勿庸置疑的。

在文學社會學視域中，文學活動與社會活動的聯繫是廣泛、複雜而深入的。在這裡，「對特定歷史條件下的藝術與特定的審美態度、審美感受和審美理想等因素的關係」的研究，顯然是必要的。我們只有弄清某一時代的藝術之所以美的道理，徹底搞清楚「那個顯示於心靈中的幻想的實在即審美對象的種種特徵」，我們就會看到，「藝術品作為審美對象，既是一定時代的產物，又是當時最具有審美能力的人們的主觀心理結構的對應品。因此，只有對於作為審美對象的藝術品的研究，才是物態化了的一定時代的心靈結構的研究。」[12]藝術社會學的規範性表現為，在研究某種藝術品，某種藝術潮流，趣味和觀念在何種社會條件下出現、流行和衰落時，應當與具體的「審美體驗」聯繫起來，重建彼時的審美原則，從而有效把握「藝術」（包括文學）種種思潮的發展變化歷史。這恰恰說明了「文學思潮」在範疇上的獨特性。確切地說，文學思潮是在「文學活動」的「歷史性」和「心理性」的交叉地帶扎下自己生命根鬚的。「文學活動」的「歷史性」（即語境）從根本上制約著社會審美心理趨進、變化的可能性空間，「文學活動」的「心理性」在見證社會歷史的同時，也以自己的方式給予了永恆的記錄。應當說，文學思潮正是這一互動的結果。有研究者指出：「文學思潮是某個歷史階段社會思潮的組成部分和特殊形態。文學思潮不僅是諸多社會思潮中的一種，而且是社會思潮的『反映』與『表現』。就是說，文學思潮不單是關於文學自身的，同時它也總是社會的觀念體系、思想原則的產物，它總是『反映』或表達著某個社會集團的精神衝突。文學思潮這種一般性質要求我們在研究它時必須將它同某個時期的社會思潮緊密地聯繫起來考察，也就是

---

12 滕守堯：《藝術社會學描述》（上海市：上海人民出版社，1987年11月），頁31。

把種種社會思潮和觀念體系當作理解文學思潮的社會——歷史——文化的語境。」[13]我們強調關注文學思潮的「社會性」（歷史性），並不排斥文學思潮的文學性。文學性不但是「文學思潮」研究中其理論視野中的必有之物，而且文學思潮的存在狀態及其流變的梳理，只能是以基本的文學現象作言說的基礎。這一點，決定了文學思潮研究過程中其「文學性」的天然擁有。我們要注意的是，社會活動是如何改變了人們的審美心理，審美心理又是以怎樣的形式與結構形成了與社會活動中文化主導觀念的呼應，並進而泛化為一種新的藝術把握世界的基本原則的。所以從以上的分析看，關注「文學活動」與「社會活動」的互動，是「文學思潮」研究範疇的基本疆界。

創作方法的觀念與規則，只有在我們面對具體的藝術成果時才會鮮明化。創作方法歸根到底只是有關作品結構與風格狀態區分時的存在。雖然我們也可以在「藝術社會學」視野中，對它進行一些有限地描述——比如一種創作方法何以在此時流行，或者創作方法的觀念體系建構的社會影響等等，但創作方法觀念的體系性，即生成、變化、更迭等，依托自身就可以完全被說明。社會活動的變化並不是可以直接越過主體而在創作方法上表現出來。只有主體的世界觀、哲學觀在社會活動影響下發生變化後，創作方法的選擇之於主體才是可能的。我們可以進一步分析，對於文學活動主體而言，無論他是從理論方面還是創作方面獲得某一種創作方法，但他都有一個「自我化」過程。特定的創作方法在其種種「敞開」和「限制」之中，畢竟含納著有關如何介入生活、解釋生活及其修辭策略、目的等方面的不變的「內核」，我們稱這一「內核」為對世界的「期待」。對世界的期待的不同，決定著文學活動主體與生活的關係，決定他的選擇與價值判斷。「期待」裡完成著世界觀、哲學觀、價值觀的全新定位，也同時完成

---

13 王又平：〈文學思潮史：對象與方法〉，《新東方》（海口）2002年第4期。

著文學活動主體對創作方法的整體——基本藝術觀、具體藝術觀及特徵性藝術手法的選擇與取捨。在這裡我們看到，文學活動主體之於創作方法之間關係。不僅是一個相互體認的過程，而且主體與創作方法之間是前者主動後者被動的狀態，即創作方法並沒有能力選擇主體。從根本上講，文學活動主體對某種創作方法的青睞（指其迅速在其創作的作品反映出來），應當說是主體已經改變了的對世界的期待，找到了此時此刻他認為最好的表達方式，一種新審美方式和審美心理也隨之完成。這樣一來，也許我們就容易對很多作家在其創作中把多種創作方法雜糅在一起的現象進行解釋了。以魯迅為例，當他「聽將令」，以精英知識份子的「啟蒙姿態」確定了自己對世界的期待時，他的創作的現實主義風貌無疑是鮮明的。但是當他在社會活動中改變了（即使是部分改變）自己的期待後，「浪漫主義」「象徵主義」等新的創作方法因素就滲入了他的創作之中。在他不斷變化的「精神建構」過程中，創作方法的選擇只能是世界觀變化前提下的無意認同。甚至可以說，當他把某種創作方法納入自己視野時，不僅強化了其中某些與自我想像相似的觀念，也同時賦予一種創作方法「內核」某些新質。對魯迅而言，創作方法的變幻選擇，始終服務於他對於世界不同的期待。正是這種富有活力的期待，改變著創作方法的某些成規。正是在這一使某種創作方法重獲生活的過程裡，主體的選擇過程便實際地參與了時代文藝思潮的構成。

作用方式。文學思潮的群體性質，使其在生成、傳播過程中始終保持著對參與藝術活動個體的強大規範力量。在文學史上的很多時段裡，當一種已有充分創作、批評作為後援的文學觀念以潮流形成覆蓋文壇時，個人對於觀念的選擇經常是被動而為的——也就是說並非主體的自願選擇，尤其是當這一觀念的擁有與否將直接影響到文學活動主體的自我價值實現時，情形就更加明顯。其實，文學思潮在文學活動中的擴張勢能，既有著文學活動主體自覺認同產生的時尚效應，

但更多地是思潮以觀念的異樣性吸引、收納著被其感染的朝拜者。因之，它的作用不僅像波斯彼洛夫所說的那樣，「促進了創作的巨大組織性和他們作品的完整性」，而且「是創作的藝術和思想的共性把作家聯合在一起，並促使他們意識到和宣告了相應的綱領原則。」波斯彼洛夫指出的這種情勢，我認為就是「互動」，「組織性」、「完整性」及「藝術和思想的共性」被意識到等等，可以看作是外在於文學活動主體的文學思潮對作家和作品的一種「整編」方式——他們在「思潮」語境中被整合成一種新的存在。所以，這也就決定了「文學思潮」對文學活動主體的作用方式是藉「語境化」因素而展開的，即文學思潮的廣泛覆蓋決定了已有文學資源（包括技巧等）的再生可能和創造性空間。簡言之，它為文學活動主體的思維設置了所有合法性前提。也正是在這樣的情勢與狀態裡，文學思潮顯示了它無所不在、無所不能的存在特性與作用形式。「因為文學思潮是在文學活動的整體系統中展開的，完整的文學思潮不僅涉及創作，也涉及理論，批評和鑑賞（接受）等活動。」[14]有人在具體理解韋勒克關於「文學思潮」意義闡釋時，也涉及到這一問題。他們認為，韋勒克是以「文學規範系統」來定義「文學思潮」概念內涵的，而所謂的「文學規範系統」用韋氏的話說就是「文學的規範，標準和慣例的體系，」即「一套規範，程式和價值體系」。這一體系，「不僅文學本質，功能等方面提供基本觀點，還有題材，主題，文體，人物類型，技巧，手法和審美趣味等方面的一套程式，所有的原則，都體現其價值規範。」[15]當然我們在此需要特別指出，所謂的「文學規範系統」只是結果的描述，在這一「規範系統」生成過程中它是以人言言殊的不定型狀態被各個文

---

14 陸貴山主編：《中國當代文藝思潮》（北京市：中國人民大學出版社，2002年6月），頁350。

15 陸貴山主編：《中國當代文藝思潮》（北京市：中國人民大學出版社，2002年6月），頁350。

學活動主體所意識到的——這種殊異性並不影響認同者對其精神內核和價值觀的同一感受。當人們從王朔筆下的「痞子」身上看到「頑」成為生命展開的唯一方式時，其作品所孕含的蔑視崇高的消解性價值觀也就附著在形象身上被輕而易舉地接受了下來。

　　創作方法對於文學活動主體的影響作用，無法以先置或普通覆蓋的方式完成。就基本藝術觀的成熟程度而言，文學發展迄今也不過只有幾種而已——現實主義，浪漫主義，象徵主義，現代主義而已。這幾類創作方法的具體藝術觀已有了很多重疊之處。至於具體的特徵性藝術手法其實已化為人類文學寫作行為的公共財富了——比如象徵、白描、誇張、暗示、變形等等，我們是不難在上述幾種文學類型的典範創作中找到它們具體的不同作用與身影的。我認為，手法的「能指」是被價值觀或文學活動主體對世界的期待形成的「所指」框架所左右，否則「能指」就會空洞化，就可能不再是審美的創造手法，而成為學生練習寫作的一種作業。如果說，當我們把一種創作方法視為一個自足的、邊界明確的「文學規範系統」時，那麼，它必然地將以先在狀態對所有後來者施加影響；而假設我們只是從「具體藝術觀」或「特徵性藝術手法」方面看，那它對文學活動主體的影響就難以直接化，反倒成了文學活動主體選擇的對象——認同或拒絕，全盤吸納式改寫整合。誤解常常產生在這裡——當有人把文學思潮與創作方法二者視為「一體兩面」存在時，實際上有意無意已把「創作方法」「原則化」了。即認為它已是包含了「基本藝術觀」、「具體藝術觀」和「特徵性藝術手法」的完全存在。這在理論的邏輯上顯然是不嚴密的。就目前被原則化的「創作方法」類型而言，他們之間的最大差異表現為「對世界期待的不同」和「價值觀」的殊異。「現實主義」和「現代主義」都同樣認為藝術與現實的關係是密切的，藝術與現實的對象化過程體現為前者對後者的干預——揭露、駁斥、批評等等。「後現代主義」則表示了「認同」，認為藝術並無能力真正介入現

實，其局限性表現為這種介入必須藉助於社會遊戲規則——比如市場化、商品化等。以「交換原則」為核心的意識形態在影響文學功能的同時，也耗盡了文學的激情動力與價值衝動。看來，若把有史以來的基本藝術觀念概括為「拒絕」和「認同」兩大類，應當是無大錯的。如此一來，單以某一類創作中出現了價值判斷的異動（這一「異動」並未提供新的人對世界的認知方式），就把它作為文學思潮或者以具體手法來認定它的思潮屬性，恐怕是相當危險的。可以這樣斷言，真正的具有「文學規範系統」的「創作方法」，是不會因題材、人物類型或審美趣味變化而改變自身。人們常常所謂的「思潮」，只不過是文學「歷史過程」中文學活動主體對生活的組合方式發生了變化而已。這種現象，既不能認定為「文學思潮」，也不能認為就是新的「創作方法」。簡而論之，作為「原則性」的「創作方法」是很難被創造的，而「文學思潮」就只能是審美地處理世界的一種方式及其價值觀念得到普遍性認可，並在一定時段的文學活動中成為主導的文學活動狀態。

文學思潮與文學流派

　　「文學思潮」和「文學流派」的「同一」與「差異」，均表現在二者之間的「時間關係」與「空間關係」兩方面。文學思潮與文學流派的「時間關係」應當理解為：風格的群體性呈現流派的存在，而群體性風格的思想傾向則表現為思潮或在思潮影響下的結果。從整體上看，文學思潮在發生學層面上是先於文學流派的，而文學流派又以「風格群體」的生成歷史再現了一種文學思潮發生的全部過程。文學思潮在其生成過程裡，其作為承載或表徵社會精神文化具體走向的一個因素，它總是或多或少與生發之時的時代的政治、經濟及人們日常生活方式的變化存在著聯繫。文學流派的生發及其「特異性」是與各主體之間「學養相同」、對「區域文化」的認同和「個性同一性」等因素關聯在一起。

　　「思潮與流派」——這一提法本身就隱含著「思潮與流派」之間多種可能性的「共生」關係，同時也說明在人們的一般性印象中，兩者之間的「共性」是大於其「差異性」的。如果我們只是從「文學思潮」與「文學流派」一般性的表面關係看來，似乎確是如此——比如「思潮」與「流派」都具有「群體性」、「互動性」及「系統性」等方面的特徵。他們之間種種極為鮮明的「同一」性特徵，不僅為人們在實際研究過程中對二者進行自由置換提供了依據，而且形成了長期以來從「思潮」提出「流派」、或以「流派」來體認「思潮」的思維慣性。比如以下這樣的分析：在中國文學發展過程中，從大的方面概括，有三種文學思潮影響著文學創作。其一是現實主義，其二是浪漫

主義，其三是現代主義。在這三種思潮影響下，現代文學史存在著相應的三大文學流派，即「現實主義文學流派」、「浪漫主義文學流派」和「現代主義文學流派」。[1]這顯然是說，「文學思潮」不僅大於「文學流派」，並且是先於「文學流派」而存在的。同時我們從其對「思潮」與「流派」的「同一」命名方式裡也感受到，二者之間無疑是可以相互置換的。再如中國現代文學史上一些已得到大家公認的從思潮角度命名的「文學流派」，如小說領域的「問題小說派」、「普羅小說派」、「社會剖析派」，詩歌領域中的「人生寫實派」、「浪漫自我表現派」、「象徵派」、「現代派」、「大眾詩派」，戲劇創作方面的「新浪漫派」、「社會寫實派」等等。[2]以上這些對於流派的命名，大多是從「思潮」角度著眼的，昭示著文學創作在內容上的思潮歸依，對其身份確認的重要影響。

這種種情形表明，以往人們在面對「思潮」與「流派」時，更容易傾向於二者「共性」的體認，似乎他們之間的「差異」性是微不足道或可以忽略不計的。這無疑是一種相當片面的認識。我們有必要對文學思潮與文學流派之間的「差異性」進行深入的研究與辨析。

一

對這一問題的討論，可以圍繞以下幾個方面進行：

（一）文學思潮與文學流派的「時間」關係。如果當我們在研究「流派」時發現它實際是以某種內在的「共性思想」連結在一起的時候，我們就必須注意「文學思潮」與「文學流派」兩者相互之間在發生學層面上的「影響」性問題——在國外一些學者看來，他們認為

1　馬良春：《中國現代文學思潮流派漫談》。

2　《中國現代文學流派概觀》（成都市：成都出版社，1990年2月）。

「流派」是先於「思潮」而存在的。「在古典主義以前的各流派文學中，如果還沒有已明確形成的思潮的話，那麼各種不同流派始終是存在的。」他舉例說，在希臘文學發展的古典時期，就存在各種流派──比如「有反對貴族統治的思想傾向」的「戲劇流派」，還有「抒情詩派」等。論者還把羅馬文學的兩種文學──「具有某種官方性質」的「長詩體裁」和那些具有「自發的人文主義的熱望」的詩作，都稱為流派。除此之外，還有所謂「盲從權威」的文學流派和與之相對立的「世俗文學流派」（《羅蘭之歌》等，還有以薄伽丘《十日談》為代表的「對現實的生活慾望和對當時社會各階層人們的個人命運有強烈興趣」的流派、「騎士諷刺詩」派，甚至認為法國十六世紀作家拉伯雷（主要以《巨人傳》為代表）一人就構成了一個流派。[3]自然他的根據是這些流派都產生在古典主義文學思潮出現之前的「人文主義統治階段」，是在沒有任何思潮引領下產生的。在這裡，我們可以分析出兩種內涵：一是明確說明「流派」可以先於思潮而產生；二是「流派」也可以獨立於「思潮」而存在，它並不是時時都要受著思潮影響與制約。

我以為，論者更多是從「創作形態」來體認文學流派的，或多或少的淡化了「文學流派」賴以立足、發展的「思想及其存在狀態」。

但在一般性的有關「文學流派」的定義描述中卻常常出現相反的內容：「流派是指一定的歷史時期中，文學見解相近、創作傾向和藝術風格相似的作家自覺或不自覺的結合。」[4]「一般說，文學流派往往產生於思想比較活躍的時期，作家的創作個性得到較充分的發揮，一些思想傾向、藝術傾向相同的作家形成不同文學流派，以具有相同或相似特色的作品以及共同的文學主張、文學見解，展開流派之間的

3　〔蘇聯〕波斯彼洛夫著，王忠琪、徐京安、張秉真譯：《文學原理》（北京市：三聯書店，1985年8月）。

4　《中國現代文學流派概觀》（成都市：成都出版社，1990年2月）。

相互討論，相互競賽，相互促進。」[5]我們看到，在這些「定義」邏輯前提中，作家的「群體性」的「共同性」是研究者釐定「流派」時所格外強調的「身份性」因素。同時，在闡釋「共同性」之於「流派」生存的決定性意義時，更多關注的是構成「流派」的各個體之間在「見解」、「思想傾向」、「藝術傾向」等方面的一致性。顯然，這暗示著文學流派生存的基礎是「思想」的同一性。

當我們無論從任何一種角度切入「流派」研究時，都不能不探究這些以個體方式存在的「同一性」「思想」與「傾向」的「來源」問題。在以往種種有關「文學流派」的「理論」研究中人們也注意到了這個問題：「當一個流派比較突出的反映了某一時代的社會思潮和審美理想，並在表現方法上有所創新時，它就可能成為該時期佔統治地位的流派。對各種藝術種類都產生重大影響，或者說，它可以囊括各門藝術。這樣的流派往往被概括為某種主義，例如西方十七世紀以來的古典主義、浪漫主義、現實主義、自然主義等等。」[6]這裡，表面上看似乎更強調「主義」（思想）之於「流派」生存的基礎性或先在性，但無形又凸現了它（流派）對於「外在思潮」的反映。在論者的語序裡我們看到，似乎流派先於個體的「同一性」是來自於對「外在」的（非審美領域）「思潮」感應或應和，而後以「文學形式」消化並再現這思潮，最終呈現為「文學的社會思潮狀態」。這樣的結論，顯然源自「文學」與「社會」之間反映性的認識論。既要概括社會視野中的「文學思潮」的「非自足性」，不得不正視「在同一文藝思潮影響下，又有各種文藝傾向和流派」的實際狀態，這使得「思潮」與「流派」的「時間」關係顯得複雜化起來。

其實，這裡涉及到「文學思潮」與「文學流派」各自不同的生成過程和構成因素的差異性問題。有人曾經強調過「文學思潮」的「文

5　《辭海》（上海市：上海辭書出版社，1981年），〈文學分冊〉。

6　王朝聞：《美學概論》（上海市：上海文藝出版社，1987年）。

學性」問題。[7]我想在這裡強調的是，當我們一旦孤立地強調「文學思潮」的「文學性」而不是把它牢牢置於文學語境中加以「強調」時，就可能出現「思潮」生成原因的模糊化。因為，文學無論「再現」或「表現」，都和文學與外在的關聯方式有關——即「和聲式」的關係。我們必須追問：主體是否可能獨立於生活之外——當他的生命需求（包括物質和精神的）難以離開生活時，實際也就暗示著任何形式的思潮存在都不可能是憑空產生的。無論是學理層面還是生活層面，文學思潮的產生都與一定時代的總的文化形勢脫不開關係。過分強調「思潮」的文學性質，誠然一方面可以從獨立性方面凸現文學思潮的自足性，但另一方面也必然導致文學思潮研究的封閉化，以至於搞不清它到底是從何而來的。

　　如果說，「文學思潮」的發生必須到社會思潮發展總體中加以參考的話，那麼文學流派的產生與社會的直接關係就顯得淡然多了。從過去人們對文學流派的理論研究以及對它的「同一性」的強調看，「文學思潮」都是它必不可少的背景或參考——要麼是它反映了某種思潮，要麼是在某種思潮影響下產生。自從有了「文學思潮」視角的文學史研究（包括文學流派研究在內）之後，對流派的價值、意義的生成與分析，大多都會最終歸結到「思潮」上來——因為，無論創作、批評、理論或其它當代的文學活動，它的審美貢獻最後總要被提升或概括為一種思想的貢獻，即「文學思想史」的意義。從這個意義上來說，文學思潮與文學流派的「時間關係」應當理解為：風格的群體性呈現流派的存在，而群體性風格的思想傾向則表現為思潮或在思潮影響下產生。文學思潮的「文學性」，被「風格群體」所主導表徵並泛化，「觀念」以「理論」和「創作」兩種形態存在。整體上，文學思潮在發生學意義上是先於文學流派，而文學流派又以「風格群

7　陸貴山主編：《中國當代文藝思潮》（北京市：中國人民大學出版社，2002年）。

體」的生成過程再現了一種文學思潮發生的全部過程，也可以說是具體地、形象地又是實踐性地呈示了文學思潮的構成過程，並以「自我理解」印證著它。

（二）文學思潮與文學流派的「空間」關係。這裡將要涉及彼此之間的區位性、隸屬性等方面。有論者說到：「從另一個角度來看，風格顯現也就是藝術流派（即我們前在彼瓦著作中看到的分析情形——引者注）。一般說來，藝術流派是由一批風格相近的藝術家所形成的，他們或者由於其思想感情、創作主張（雖然也要體現於創作實踐）上的共同點，或者由於其品質上的接近，或者由於取材範圍的一致，或者由於表現方法、藝術技巧方面的類似，而與另一批風格相近的藝術家相區別。一個藝術流派可以包括從事不同藝術種類和體裁的藝術創作的藝術家，也可以只是一個藝術種類或一種體裁內部的某些藝術家。它可以只存在於一個時代，活躍於一個時期，也可以有相當長遠的繼承性和連續性。」[8]我是贊成這裡的一些基本定義的。因為這樣的定義含納並兼顧了思潮與流派各自不同的特性。如果我們在以下一些共同性範疇當中來對二者加以對照，也許有助於我們對「文學思潮」與「文學流派」之間「空間」關係的理解。比如「社會文化思想範疇」。在關於「文學思潮」與「文學流派」的時間關係敘述中我們已涉及到，「文學思潮」之於「社會文化思潮」的關係，既表現為「整體」與「部分」、「點」與「面」、「個體」與「一統」等結構方面的樣態，又表現為後者對前者的施——受、影響——反應、「共性理念」——「個性形式」等功能方面的式樣。我們不僅在梳理文學思潮的發生方面需要「社會文化思潮」的幫助，既使在論證「文學思潮」的「合法性」方面也離不開它。這樣的推論說明，「文學思潮」與「社會文化思潮」的關係可以是直接的。而「文學流派」與「社會

8　王朝聞：《美學概論》（北京市：人民出版社，1981年）。

文學思潮」的關係就呈現為另外的異樣性特點。文學流派的自足性顯然要大於文學思潮的自足性——這是因為，這種「自主性」是由特定的形式方面的先在限定而形成的。文學流派的特性離不開創作範疇，在流派這裡，「創作」是整合因創作而衍生的同類性批評、理論的原體，具有本體性。一般而言，沒有創作便沒有流派——但，一個流派的「批評」與「理論」的多寡，對於流派的存在卻沒有本質的影響。就文學流派的「創作性」這一本體與「社會文化思潮」關係而言，顯然既不是直接的，並且也不能是直接的（直接勢必導致圖解，其形式的功能則會趨近於零）。從事創作的個體成為「社會文化思潮」與「作品」之間「中介物」，創作主體對「社會文化思潮」的個性化回應，必然帶來「客觀性」社會存在的「主觀性」——無論理解還是呈現都是一樣的。個體的精神複雜性及其被制約的情感態度、人生觀、價值觀等等，都會增加「創作文本」在回應「社會文化思潮」時的別緻性、複雜性。看來，二者之間的非直接「回應」關係必會導致「文學」的越來越多、越來越強的「自足性」。甚至也有這樣的情形：「社會文化思潮」從反向上成為流派的啟迪。例如在以「革命」為主流話語思潮的「三〇年代」和「文革」時期，那些「邊緣性」流派的產生——「新月派」、「論語派」、「京派」、「海派」、「地下創作」、「知青詩歌」等，都是在有意無意地與「主流」對抗中發展過來的。這種「對抗」便成為某個文學流派自覺對自我邊界進行把握的共同意識或主要手段。再比如「接受範疇」。「文學思潮」的接受是無法以其自身完成的。「文學思潮」的存在本質應該是觀念性的——這種「觀念性」只可能被極有限的一部分人以「原形態」接受：批評、研究者或處在困境中的作家等。普通讀者對「觀念」是不感興趣的。所以，「文學思潮」的接受之於普通讀者，就必須藉助於文學的其他「其觀念」形式，即具體的文學體裁及其敘述修辭。即便如此，普通讀者對文學思潮的感知也是極其有限的，他所感知的只是具有某種「文學思

潮」觀念或在某種「文學思潮」觀念性影響下的具體創作，並且是到此為止，並不深邃。這無疑說明，文學思潮自身在面對普通接受時幾乎是無所作為的，必須藉助於創作。不過，「流派」的創作之於接受，實際上也不是以「流派群體性」引起注意，而是以鮮明的風格引起關注。創作的「流派性」同樣極有可能被普通讀者所忽略。這裡我們看到，「流派」是「風格」觀念化的產物。當我們從「觀念性」這一角度看取「文學思潮」與「文學流派」二者接受狀態時就會發現，它們的功能幾乎是可以忽略不計的——好在，流派是以風格而不是必須以提升到觀念性才能得以存在。

這就帶來了複雜性，「接受範疇」與「理論範疇」之於二者的關係難以同一，便增加了我們認識二者之間空間關係的難度。

不過應當明確的是，在「空間」關係上文學思潮可以大於「文學流派」，亦可以等於，但絕不會小於文學流派。倘若對「文學思潮」與「文學流派」進行梯度分析，結論應當是，最終以「觀念形態」確立自身的「文學思潮」，應當屬於最高一級形態。而「文學流派」則屬於次一等級狀態，即後者隸屬於前者，前者包容後者。即如有論者所說的「綱」。「在文學的實際發展中，思潮也許可算是個綱，將文學思潮真正研究清楚，會使文學史上很多問題迎刃而解。理論、評論文章中體現的文學思潮，是直接的，容易見到的，也是比較表面的。大量的文學思潮，都生動而豐富的體現在文學創作、文學流派以及文學論爭等文學現象之中。」[9]

這種「梯度」表達，在波斯彼洛夫的研究中也體現著。他在分析英國和德國十八世紀「浪漫主義思潮」時，就認為它們一樣地為「兩個文學」流派所支持與表徵。他認為同樣是「浪漫主義思潮」代表的「耶拿派」，是「在民族的以往的歷史中尋找自己的理想」，即我們通

9　嚴家炎：〈文學思潮的二三感想〉，《河南大學學報》1992年第5期。

常所說的「消極浪漫主義」；另一流派「海德堡派」，則是「瞻望未來」的，如格林兄弟等。[10]在我看來，波氏的「流派」畫分是介乎於「大」「小」之間的。在過去的研究中我們發現，「流派」概念的「大」「小」不一是長期以來存在的偏頗。若以「創作方法」為畫分原則，「流派」的概念就趨向大，若以風格、創作傾向或題材相互性、學養同一性，或心態趨同性等方面畫分，則必然趨向於小。這涉及「流派」命名——即「文學命名」研究的諸多問題。[11]比如關於二十世紀中國文學流派的研究與畫分，有以「區域」命名的——「京派」、「海派」、「東北作家群」、「湖畔詩派」等，有的則以作品的「題材」內容屬性命名——「鄉土小說派」、「社會剖析派」、「政治抒情派」、「戰地報告派」等；還有以「刊物」命名的——「新月派」、「現代派」、「七月派」、「語絲派」、「論語派」、「魯迅風派」等；以創作「風格」命名的也不在少數——「鴛鴦蝴蝶派」、「山藥蛋派」、「荷花澱派」、「民歌詩派」、「大眾詩派」（亦稱「中國詩歌會」詩派）、「社會寫實派」、「新浪漫派」、「浪漫感傷派」、「幽默諷刺派」、「象徵派」、「新歌劇派」、「新感覺心理分析派」等；也有從「主題」命名的——「問題小說派」。其他如「小詩派」等則無疑更側重於「形式」的外在特徵，還有無以名之的命名——「九葉詩派」等，所以說，人們對於「流派」的認識與對思潮的認識有著相當多的相似性，即對於「文學思潮」和「文學流派」來講，「命名」的歧異與多樣便暗示著它們被接受的多種可能性。在上述眾多「流派」當中，能夠讓我們明顯意識到某種思潮狀態的，顯然是不多的。作為具有強大覆蓋

---

10 波斯彼洛夫著，王忠琪、徐京安、張秉真譯：《文學原理》（北京市：三聯書店，1981年）。

11 有關「文學命名」問題的研究，可參閱筆者下列論文：〈文學思維活動的修辭化探尋：文學命名初論〉，《山西大學學報》2002年第1期；〈遭遇「命名」——關於「文學命名」問題的初步思考〉，《淮北煤師院學報》2002年第3期；〈「文學命名」論——文學批評行為的「史性」修辭〉，《淮陰師範學院學報》2002年第5期。

能力的「文學思潮」，它的內在精神指向無形會在接受過程中對主體
產生各種各樣的啟迪，尤其是在有關文學的「內容」與「形式」等方
面透示出對某類「內容」與「形式」的格外青睞。這些必然為「流
派」的產生、壯大提供了種種的便利。同樣地，在這樣情勢下產生的
流派，對「文學思潮」的回應力度也無疑會更大些。具體的文學行為
對於文學思潮的種種不同方式的回應，便是一種「文學思潮」流播過
程中會有多種流派產生的重要原因。若從「思潮」角度看取以上的眾
多的流派，應當說只可能剔析出幾種思潮來，那一種思潮下存在有多
個流派，並被不同的「風格」取向與「意識功能」取向的流派所呈
現。重要的是，「思潮」的呈現亦可以在歷時性的流派中得以實現。

　　這就證明，「文學思潮」與「文學流派」的「空間」關係，既有
「共時性」的平面性整體與個體的區位樣態，又可以呈現為「歷時
性」的各主體間相呼應的「家族相似」的代際性。

二

　　為了進一步辨析「文學思潮」與「文學流派」之間的關係狀態，
我們還應當對文學思潮與文學流派各自的生成方式與功能作用予以
比較。

　　文學思潮的生成有無規律，這個問題若從理論上分析似乎應當是
可以說清楚的，但如果涉及到每一個具體的文學思潮，便會因各個文
學思潮彼此之間的差異性，從而導致其「規律性」呈現為某種相當模
糊的狀態。從文學思潮的生成方式看，大致可分為以下一些類型：有
的是以理論性批評為先導，繼而影響到創作領域和接受領域，形成理
論──創作──接受這樣的秩序與過程，如二十世紀三〇年代的「革
命文學思潮」、一九四二年之後延安文壇的「政治──鄉村化文學思
潮」、二十世紀八〇年代的「尋根文學思潮」等；有的則是以創作為

主體，然後再輻射到理論批評領域和接受領域。在這種以「創作」為主體的文學思潮構成裡，理論不是像前一種情形那樣是以先置性存在於創作之前，並從一開始就擔負著對創作及其它形態的引導、規範作用，而是表現為對「創作」過程及其成果的「理念」總結。比如「新寫實文學思潮」、「先鋒文學思潮」、五四時期的現實主義文學思潮、三〇年代的自由主義文學思潮和現代主義文學思潮等等。這樣的文學思潮呈現為創作——接受——理論的引進路線或建構秩序。在這樣的文學思潮的誕生過程中，「創作」的主體性不僅表現得十分鮮明，而且創作的存在狀況還決定著思潮的存在方式與面貌。換句話說，離開了創作，其它如理論、接受等「衍生物」的主體性則無所附麗。

當然，還有一種類型是由接受——創作——理論這一路徑生成的。比如二十世紀中國大陸九〇年代的「非意識形態化文學思潮」即是如此。九〇年代文學的一系列變化，根本上取決於大眾趣味對文學過程與環節的影響。他們閱讀什麼、怎麼閱讀、意欲從文學中獲取哪些東西等等，都不是像以前政治社會時代那樣可以視而不見，或不屑拒絕，因為「大眾」已不願充當被啟蒙的對象，文學價值的體現與讀者的自由選擇密切相關。讀者與文學的關係，也已從政治社會的「有義務閱讀」轉變為「自主性的興趣閱讀」，這一轉變，又是通過讀者閱讀和文學價值的同步「貨幣化」而完成的。有關「貨幣」對現代社會的全方位改造，德國哲學家齊奧爾格、西美爾（Georgsimmel）有過精彩的論述。他的驚人判斷是：「金錢成了現代社會的語法形式。」他說：「貨幣通過其廣泛的影響，通過把萬事萬物化為一種相同的價值標準，它拉平了無數的上下變動，取消了遠近親疏」。[12]「相對於事務的廣泛的多樣性，貨幣上升到了一種抽象的高度，它成為一個中心，那些最為對立者、最為相異者和最為疏遠者都在貨幣這裡找

---

12 〔德〕C. 西美爾：《貨幣哲學》（北京市：華夏出版社，2002年），頁404。

到了它們的公約數，因此，貨幣事實上提供了一種凌駕於特殊性高高在上的地位，以及對其無所不能的信心。」[13]讀者和文學在「金錢」這一「公約數」裡共同意識到了「文學」的「新」價值，它既限制了作者，又解放了讀者，文學的生產被悄悄地挪進另一套規則加以運行。若從傳播層面上看，沒有大眾的參與，就很難說明文學的價值。

　　自然了，文學思潮生成過程中的特例也有不少，如理論、創作齊頭並進的狀態，再如接受創作共生情形，也還有在文學運動的這種顯在形式帶動下，各因素混雜纏繞、作用難分軒輊的狀態等等，不過，這只是說明文學思潮在生成方式上的多樣性、複雜性罷了。

　　根據文學思潮存在形態的廣延性特點，對文學思潮生成方式我們可以進行更多一些抽象的分析——即在與文學流派的比照中體認其生成的共性特徵。我們認為，無論是理論——創作——接受程式，還是創作——理論——接受或創作——接受——理論模式，無論是接受——創作——理論的生成過程，還是其他如各種「共生」狀態的建構方式等，作為文學思潮是如何發生或最先以何種形態出現等等問題都並不重要，而重要的是，任何一種生成方式及其終極存在的狀態，都涉及到文學的所有基本領域——理論、批評、創作、接受、研究等等方面。這應作為文學思潮在生成方式上的一個顯著特點，這一特點決定著文學思潮的功能、作用等。不論單項領域的「思潮」特性是多麼鮮明、強烈，如果沒有輻射到其它相關領域，那麼這一思潮的「文學性」是殘缺的，就不可能被納入文學史構成因素的視野之中——其實這種情況也只能是一種理論假設。實際上，任何「思潮」的過程性都充滿了力度不一的輻射性與外擴性——所不同的只是，各種思潮在輻射中面對同一對象所顯示的力度不同罷了。這樣一來，文學思潮的功能作用方式的特性就顯示了出來，即文學思潮不可能也不會只把自

---

13 〔德〕C・西美爾：《貨幣哲學》（北京市：華夏出版社，2002年），頁166。

我功能拘囿於任何單一方面，它的影響方式也絕不是單一的或在當時具有主導性意義的因素等等──如創作等等，而是集創作、理論、批評為一體，最終以理論的方式為自我奠基，形成覆蓋性的強勢話語和對審美價值判斷的權力。

與文學思潮生成方式複雜性相比較，文學流派生成方式的特異性無疑是更鮮明的。一個顯然的事實是，文學思潮在其生成過程裡，其作為承載或表徵社會精神文化具體走向的一個因素，它總是或多或少與生發之時的時代的政治、經濟及人們日常生活方式的變化存在著聯繫。這便為我們尋找文學思潮生成原因提供了更多的可能性，同時也成為我們使之明確化的一個重要的前提性基礎。具體來講，即是指文學思潮複雜性中的「隨機性」不但有跡可尋，而且「他律性」亦是顯而易見的。在這樣的視野裡研究文學流派，它的「特異性」與「隨機性」的聯繫或關係，應該是我們分析的重點。

在決定文學流派生成方式或生成過程的諸多因素外，有一些則是在文學思潮中找不到的。這些為「文學流派」所獨有的因素，既是「文學流派」形成特性的構成因子，又是把「文學流派」與「文學思潮」加以區分的重要標記。我們知道，就文學流派而言，「派」的特性可能來自於以下諸多方面：一是學養基礎。這是指流派成員在知識譜系方面的共同性。這一共同性關聯著師承關係、對審美的基本理解包括藝術定義、功能、觀念體系、形式意識及美學信仰等諸多環節。一個文學流派關注某種題材或側重於某種文類形式、對審美對象的處理方式或慣性、形式與內容的組合方式、所要表達的審美理想及暗寓在具體文本中的文化功能指向性等，都並非完全自我化的選擇，必受制於已先置的某種「理念」──這正是學養共同性所涵育的結果。因此才有了「文學流派」作為「群」的外在的同一性。遠的如明代「公安派」、「竟陵派」、「江西詩派」，近的如「現代評論派」、「人生派」、「創造社派」、「論語派」、「九葉詩派」、「山藥蛋派」等。在具體的文

學思潮研究中我們常遇到「流派」內部各個體之間和相近的「流派」之間在「理念」上的有意呼應與「認同」的情形，但在具體的流派細緻研究過程裡，這一情形就會顯得更個性化或複雜化。文學流派的標示更多仰賴於創作，而創作的影響須藉助於「感知方式」這一中介，「情感」的類化才有可能接受通過形象文本所形成的影響勢能。同流派成員之間在創作上的相似性，並非是彼此刻意模仿的結果，以我看更多體現為彼此之間在文化情感與態度上的遇合──精神上無須藉助言說的意會、一種水到渠成、渾然不覺的通融。這裡面，起著內在性作用的顯然只能是學養基礎與精神共性。二是區域的認同。文學史上有許多流派的形成及其維繫其持續發展的力量，是來自於對同屬區域的先在認同。顯然，流派視野中的區域不是純粹地理學的概念，也並非人文地理學體系所能詮釋的，而是文化學意義上的概念。對於那些以區域昭示特色的文學流派而言，創作個體之間對區域的認同，既含有同一性的認同結果（對區域文化價值的判斷），也寓示著區域文化中精神未來指向性的首肯，還包括對區域文化歷史狀態和現實境遇的共同的認識。在此，他們實際上已自覺承擔了對區域文化及其精神在認同中予以弘揚、在捍衛中予以提升、藉審美予以傳播的功能角色。各區域文化的存在特性有一點是相同的，即它們都是以某種具有歷史超越性的「鄉俗社風」形式固化自我──這就是為什麼我們常常看到「區域性」文學流派總是不厭其煩地呈現鄉俗的原因所在。算得上真正能以區域文化標示自身的新文學流派怕只有「山藥蛋派」了，它與「三晉文化」的密切關係，已得到了研究者的有力闡釋。[14] 三是主體間「個性」的同一性。自然，以相同「個性」基礎生成的文學流派，這在具體的「文學流派」研究成果中還不是很多。不過，僅就二十世紀中國文學史上的諸多流派來看，我們已注意到，某些文學派流成員

---

14 參見朱曉進：《「三晉文化」與「山藥蛋派」》（合肥市：安徽教育出版社，1998年）。

間的個性確實有著某種程度的統一性，比如「京派」。大體說來，他們的個性中都有著自覺遠離喧囂，在沉湎往昔中保持靈魂的純潔及以心為文，文心互證的個性特點。我們這樣說，自然是指某個流派成員間可能會有的比別的流派更多的個性同一性，而不是無視他們作為生活個體所呈現的必然差異性。「個性同一性」是具有認同效應的，這種「效應」則會更多地體現在創作中——以諸如彼此默默的守望、相互間無形的支持、並不訴諸於文字的寬容的信任等等方式體現著。這些，顯然是在文學思潮生成過程中所看不到的。

　　也許正因為上述種種「特異性」，才使得文學流派的影響、傳播方式與文學思潮區別開來，也制約著它不可能像文學思潮那樣具有廣延性或必然以文學基本因素的全部呈現為歸結，它的影響是有限的。不過，與文學思潮相比，如果說文學思潮的影響更多表現為「共時性」，那麼文學流派其影響的超越性更值得關注，即它常常產生「隔代」作用。

文學思潮與文學運動

　　「文學思潮」和「文學運動」，應當說是兩個非常近似的概念。不過，「近似」總是與「差異」相對而言的，從某種意義上說，有關「近似」的「差異」性研究，或「差異」的「近似」性研究，則顯得更為重要——「文學思潮」和「文學運動」正是需要進行這樣研究的對象。但長期以來，不僅是人們直至目前尚未對其進行過認真深入的理論性的思考，而且還因為研究者常常在使用時的混用，以至於造成了文學思潮和文學運動這兩個概念可以相互替代的一般印象。其實，問題的複雜性遠不只如此——因為，「文學思潮」和「文學運動」的對象實體的實踐屬性，並有兩者在實踐過程中於現象範疇的諸多交叉性和重疊性，所以，又使得這樣的情形似乎在實踐中擁有著很多在操作層面上的合理性。比如當某種文學思潮居於「主潮」或處在一個時期審美理念、風尚的「主導」位置時，它必然會以「運動」的方式作為自身外擴播衍的主要形式。顯然當我們遭逢此情此景而把文學思潮和文學運動看成是一回事，就未必不是不可以的——換句話說，在面對某一時期佔主導地位的審美狀態時，無論是出於「命名」的需要，還是為了確定對象的特徵和研究方式，而把某個特定對象稱之為「文學思潮」或「文學運動」，應當說都是可行的。這樣的例子可以舉出很多。從二十世紀中國文學發展歷史看，像「啟蒙主義」、「革命文學」、「社會主義現實主義」、「激進主義」（文革中）或八〇年代的「人道主義」等，均可作如是觀。

　　不過問題的另一面是，我們在文學史或思潮史研究實踐過程中也

常常遭遇到很多與上述狀況相反的存在。比如我們熟悉的二十世紀三〇年代的「自由主義」、「現代主義」，或者是「存在主義」、「唯美主義」、「現實主義」、「浪漫主義」等等，這些確實在二十世紀中國文學歷史上存在過的「思潮」性狀態或「思潮」現象，卻很難說它們有過「運動」形態。

這些不容漠視的差異足以說明：其一，在文學歷史的實際發展和生成過程中，「文學思潮」與「文學運動」既有相同性，又有不同性。它們之間有時可以構成「互文」關係，有時卻難以以對方作為表述的替代物。其二，「文學思潮」與「文學運動」的同異，既表現在範疇、過程、呈現形式和目的、趨向、功能、影響等方面，也滲透在對象性、對象化方式、選擇過程和研究方式與方法上等方面。也許，正是這些相互夾纏的種種因素，決定並制約著對「文學思潮」與「文學運動」差異性進行闡釋的複雜性和有效性。

一

對於「文學思潮」和「文學運動」的關係研究。我們擬從兩個主要方面展示：

一是它們之間的相同性。討論的重點是兩者相同性是在怎樣的條件下構成的，這不僅需要大量文學事實來證明，同時要求我們從理論上對二者的相同性進行說明。

二是不同性。這將涉及對「文學思潮」和「文學運動」二者不同特性、不同生成和發展過程以及不同的功能、影響等方面的研究。我們除了要說明什麼情形下二者可能的必然的不同外，還應當著重分析二者的實際存在狀態與理論描述的差異，即還原「思潮」與「運動」。

對事物相似性進行辨析，一般所比較的是兩個或多個存在著大量

相似性的事物。就可見性事物而言，一般是指事物之間在質地、特性、結構、對生存環境的需求、在怎樣條件下的相同變化以及功能、作用等方面所存在著的多方面的相似性。這些相似性，既在表象上容易被人認同，又可以輕易地誘導人們從事物的基本性質、基本價值方面做出較為一致的判斷。只有在這種情形下我們才可以說兩種或多個事物是相同的，如籃球和足球那樣。即使是像籃球與足球這兩種事物，也不能隨便說此就是彼、彼就是此，我們只能說它們在製作工藝、質地、用途、功能等方面有極大的相似性而已——也只有在體育運動方面認定它們的相似性。而像「文學思潮」、「文學運動」這樣的不可見事物，因對其難以進行直觀性（物性）比較，所以它們之間的相似性的體認，就可能帶有更多主觀的東西，並且與研究者此時此刻所面對的整體狀況密切相關——因而我們說，這種比較，也只是相對而言。把「文學思潮」與「文學運動」二者予以比較，若著眼於它們之間的「相同性」，首先要顧及到它們作為研究對象的特性。「文學思潮」和「文學運動」就其特性基本方面來看，首先有著與「歷史」的緊密相連性，即它們作為對象的歷史屬性。雖然今天我們已有多種理由可以把「文學思潮」和「文學運動」作為重要而充分的理論命題加以研究，但我們對二者特性的一般抽象是無法離開具體的「思潮現象」和「運動現象」的，是無法在「思潮」和「運動」未進入完整階段而對之進行理論闡釋。也就是說，對「文學思潮」、「文學運動」的理論觀照，必須有一個明確的歷史態度，必須把它們作為「歷史過程」現象加以處理。這樣一來，它們之間的比較也只能是一種「歷史的比較」，理論昇華也只能是在還原歷史真實的基礎上完成。它不可能也不能在「純思辯」的框架內建構自足的理論體系。「文學思潮」與「文學運動」基本屬性的第二個方面是它們的「實踐品格」。這是與上述它們所共有的「歷史品格」方面相聯繫的。如果說上述「歷史」屬性是對「文學思潮」「文學運動」所進行的「時空」定位，而

「實踐品格」則要表述的是它們的生命形態。我們知道，任何一種文學思潮或文學運動在萌生初發時，我們只能把它們作為一般性的現象來認識，這種「一般性的現象」是否會發展成為「思潮」或「運動」，需要有「過程」、「作用」和「價值」及呈現方式等方面因素的支撐，而這些只有在「文學思潮」或「文學運動」的全部實踐過程中才可以確認。從更細部考察，我們不難發現，「文學思潮」與「文學運動」並不存在屬於自己的表現形式──它們必得附著於文學體制、政策、作家與批評家的活動、作品、理論等具體的文學存在形式。而這些形式之於「文學思潮」「文學運動」之間的關係，只能是一種實踐的關係──前者個個以「具象」支撐後者，而後者則以「抽象」的普遍性提升前者。可以說，文學活動的全部實踐支撐著「文學思潮」與「文學運動」，沒有具體的文學活動或者離開對具體文學活動的觀察與分析，文學思潮和文學運動是不可言說的。

我們擬從範疇，構成和功能等三方面來分析比較它們的相同性。

所謂從範疇著眼，是指「文學思潮」與「文學運動」的內容方面。既包括它們賴以生成的現象世界，也包括支撐它們的形式載體。關於這一點，前人在「文學思潮」和「文學運動」的概念表述中就已充分意識到了。「文學思潮」的概念界定儘管五花八門，但對什麼是「文學思潮」的理論表述、認識還是基本一致的。一般人認為，所謂文學思潮，是指特定歷史時期在文學領域內所形成的具有主導性、普遍性、群體性的精神潮流。它涵蓋了創作、批評、接受，理論等文學活動的各個方面。它以具體的文學方式呈現自身，它又以一種普遍性引領各個個體。[1]對於「文學運動」，人們在對其進行概念表述上的並不多，而專門就「文學運動」這一名詞進行解釋的探討更是鮮見。[2]

1　陸貴山主編：〈導論〉，《中國當代文藝思潮》（北京市：中國人民大學出版社，2002年6月）。

2　「文學運動」與「文學思潮」一樣，從詞性來看都是複合名詞。後面是對前面作為

我們可以給「文學運動」這樣下定義：所謂「文學運動」，是指在某一歷史時期內所發生旨在自覺改變文學現狀的較大規模的歷史事件。群體性、組織性、目的性和超越性應當是它的基本特性方面，並且，「文學運動」涉及文學活動的所有領域。在現有的各種各類的文學史著作中，我們看到從這一定義出發的對「文學事件」的大量「命名」：比如中國古代的「唐宋古文運動」、「明代文學復古運動」、「近代改良主義文學運動」，現當代的「新文學運動」、「白話文運動」、「左翼文藝運動」、「朗誦詩運動」、「延安文藝整風運動」，「新民歌運動」等。國外的如「文藝復興運動」，「日本無產階級文學運動」等。

　　值得我們關注的是，在上述「文學運動」之中總有某種作為理念旗幟的「思潮」與之結伴而行。它們或直接以某種簡潔明瞭的口號相號召，或者有意識在群體創作中貫徹、滲透某種思想。其「運動」的動機不僅自覺，而且明確指向對已有理念格局或狀態的決然反叛。「運動」主體總是以覺察到舊的存在的陳腐性、不合理性為前提的。作為「合法」與「真理」的化身，這一身份使得「運動」主體總是以對歷史與現實的叛逆與超越、對未來理想的堅執與痴迷，不斷充實著自我的激情與力量。從歷史上看，「文學運動」每每總是以對現實狀況某些改變而宣告結束。

　　文學歷史範疇，是我們剖析「文學思潮」與「文學運動」二者相同之處的基本範疇。從以往對文學歷史的研究實踐看，「文學思潮」與「文學運動」都是文學史必然涉獵的重要內容——甚至在某些特殊時期，當文學運動或文學思潮狀態成為主要景觀時，文學史的描述結

本體狀態的一種說明。「運動」一詞，最初緣於「哲學」，指物質存在的方式。在哲學看來，運動是物質存在的恆定方式。無論是空間位移，還是時間引起的差異，都是在運動的涵義之內。我認為，在我們把「運動」引入到對「社會」某種現象進行描述時，應當有兩層含義：一是指變化。二是指變化的過程——並且是集中性、較大規模地、有意識有目的實施某種為了變化的行為。

果必然受到影響。比如在關於二十世紀三〇年代文學的評價、對四〇年代的解放區文學和國統區文學，五、六〇年代的「十七年文學」的研究等都程度不同地體現了這一點。任何試圖迴避或跨越的做法，都會帶來對文學史「可信度」的傷害（比如二十世紀八〇年代對「左翼文學」歷史價值的「重新評價」，最終又導致了人們在二十世紀末對於「左翼文學」的「糾偏」）。

　　「文學思潮」和「文學運動」就其本體內容而言，所包括的範圍大多是重疊的。首先是在「文學思潮」和「文學運動」發生影響的歷史時空裡，它們影響的範圍應當是在不斷地發生著變化。也許「思潮」或「運動」是從某一點、某一領域開始，但在它施及影響的全部過程中必然會逐步波及到相鄰單元，以較大範圍內和較長時間的群體性、普遍性、擴張性等特點昭示自己。其次，文學史視域中的「文學思潮」和「文學運動」，作為對象性的存在，一般都是作為完整的、具有時段意義的「歷史形象」被對待的。這樣一來，二者的時空邊界，就應當被看作是文學史的「時期」概念或者是作為負載文學史變化的標誌。對「文學思潮」和「文學運動」的源起、生成、發展、消殞的歷史進程考察，不僅關乎到對事件真相的認識，而且主要將涉及到對一個時期文學面貌何以如此的「合理性」的探尋。由此看來，不僅「文學思潮」與「文學運動」所指涉的大量現象是同體的，同時，「文學思潮」和「文學運動」對現象整合的方式也極具相似性，有時還常常表現為「連體性」——比如「唐宋古文運動」與「明代復古運動」中的「復古主義思潮」，「近代改良主義文學運動」、「五四新文學運動」、「白話文運動」中的「啟蒙主義思潮」，「左翼文藝運動」、「文藝大眾化運動」中的「革命思潮」，四〇年代「解放區文學運動」、「新民歌運動」中的「社會主義現實主義思潮」、四〇年代「國統區民主文學運動」中「民主思潮」等。從這些「文學思潮」與「文學運動」的大量重疊裡我們不難看出它們的共同性。其次是「文學思潮」

和「文學運動」構成的相同性。「文學思潮」與「文學運動」的相同性或相似性雖然在很多方面被表現著，然而就它們各自歷史形態考察，其「相同」或「相似」的方面並不集中在本質方面，而更多地呈現為存在形式和表現形態——而這一點正是我們辨析它們之間「差異性」的入口處。「文學思潮」是以「思想史」的方式走向最終的沉澱，而「文學運動」則更多的是以審美個體與群體的結構形態進入文學史的。在文學史的敘述裡，顯然它們是以不同的身份、功能與美學本質進入文學史的。

大致看來，「文學思潮」與「文學運動」的相同性主要體現為以下幾個方面：

（一）範疇的廣延性。從大量的文學思潮史和文學運動史的研究實踐看來，它們各自所涉及的內容應當被看作是一個歷史時期文學活動的全部而不是局部或個體，二者都無法只在某一個文學的局部領域完整地呈現自己。常常有這樣的情形：「文學思潮」或「文學運動」一開始只是在個別門類以局部的面目展開，但作為完整形態的「思潮」和「運動」——也就是說，當它們被從「史性」角度認定為「文學思潮」與「文學運動」時，它們的身影就已經覆蓋了全部領域。這樣的情形是由「文學思潮」和「文學運動」自身特性所決定的。比如對二十世紀二〇年代末至三〇年代初的「左翼文藝運動」，若從「文藝運動」視閾進行「歷史敘述」，必然包括這樣一些內容——「無產階級文學」的倡導和論爭——魯迅轉變為偉大的共產主義者——「幻滅小說」和「憤激小說」——中國左翼作家聯盟的成立——粉碎反革命的「文化圍剿」——批判「新月派」和「自由人」、「第三種人」——瞿秋白等對文藝理論建設的貢獻——文藝大眾化討論——蘇區文藝運動——文藝界抗日救亡運動和兩個口號的論爭等等[3]。很顯

3　黃修己：《中國現代文學簡史》（北京市：中國青年出版社，1984年6月）。

然，「左翼文藝運動」裡，既包括了理論的建樹與推進（包括論爭），也包括了佔主流地位的創作以及運動對作家選擇的影響（如魯迅在三〇年代創作和人生的變化等），以及此時文藝格局及其總體創作風尚等。在王哲甫所著《中國新文學運動史》中，作者從「運動史」角度作了這樣的概括：「從一九二八年起至一九三七年止，可稱為上海的狂飆時期。就書局的增加、出版的繁盛，為前所未有」[4]著者不僅詳盡地記錄了此間文學領域裡所發生的重大事件，還把出版、印刷等因素也囊括進來。比之黃著，範圍就更為廣闊了。我們從大量的文學史著作對「文學運動」的敘述中看到，重大事件是「文學運動史」的重心，文學事件對文學的整體影響是文學運動史進行價值研究的基本方面。其實，在「文學思潮」的研究中這些內容也同樣被收羅進來了——所不同的是，「文學思潮」更加看重「運動」背後的「思想」性質和觀念演變的走向。比如在《中國現代文學主潮》一書中，作者在論及二十世紀三〇年代的「文學思潮」時就以「文學與革命」加以統攝：「二〇年代中期，隨著個性解放主題的逐漸淡化，自我表現向客觀再現的不斷橫移，文學題材領域由個人情感天地進入更為廣闊的社會生活空間，中國現代文學主流出現了歷史性的變革。革命文學經由最初的萌芽醞釀，到一九二八年的自覺的理論倡導和創作實踐，再到一九三〇年『左聯』的成立，已構成聲勢浩大的左翼文學思潮與運動。從一九二八年到一九三七年的十年裡，左翼作家以其自覺服務於階級解放與民族獨立的文學活動，以及充滿強烈政治參與意識的文學創作，在同其他文學流派和作家群體的創作一起，寫下了中國文學現代化進程的新篇章。」[5]雖然，此著的作者更注重於「創作思潮」，試圖「從六十年間的大量文學創作現象入手進行綜合梳理，主要就題材

4　《中國新文學運動史》（北京市：傑成印書局，1933年9月）。

5　許志英、鄒恬主編：《中國現代文學主潮》（福州市：福建教育出版社，2001年4月）。

與主題的流變探討文學與社會文化、政治潮流、人文環境、文學承續
聯繫等方面」切入並總結出規律，但也充分注意到了此時期「文學與
革命」關係格局對文學全局的影響，因此分別對「革命文學論爭」、
「左翼文學方向的確立及其鬥爭」、「左翼文學的歷史承續及其局限」
等方面進行了類似「思想史」和「思維模式變遷」向度的論述，與以
創作思潮為主體的內容一起，顯示了「文藝思潮」在這一時期的流變
狀態。

　　上述援例就已經含有了比較。我們看到，不論「文學運動」還是
「文學思潮」，其視野都是「文學史」式的，對影響文學全局的重大
事件及其影響的研究，在它們這裡在著極大的相似性。

　　（二）群體性、普遍性的相似性。「一種特定的文學思潮作為觀
念系統，貫穿於整個群體性文學活動的各個領域。」[6]「文學思潮」
的「群體性」和「普遍性」可以從以下幾個方面來理解：Ａ，群體
性、普遍性首先是指文學思潮必然在創作、理論與批評、接受與研究
中共同得到反映。Ｂ，作為一種觀念，並不是只為少數個別作家或流
派所接受呈現，而是以多數的接受並自覺在創作實踐中加以體現。
Ｃ，則表現為對某一文學思潮核心觀念的集體認同與傳播慾望。特別
要強調的是，對某種文學核心理念的「認同」與「傳播」，都是主體
在自願狀態下進行的。「文學運動」的群體性和普遍性，除了其「組
織化」特徵之外，仍然以「觀念」張揚為其目標歸宿。「運動」的初
始總要提出鮮明主張或以核心理念作為旗號。運動倡導者總要反覆闡
釋強調某一理念的合理性以及以此取代舊理念的歷史必然性。顯然
是，只有當其「理念合理性」與取代行為的「歷史必然性」被廣泛接
受，「運動」狀態才算真正誕生，並真正開始屬於自身的歷史進程。

6　陸貴山主編：〈導論〉，《中國當代文藝思潮》（北京市：中國人民大學出版社，2002
　　年6月）。

在世界文學和中國文學的歷史上，我們常常看到，「文學運動」總是以規模化方式展開自身，初始、展開、高潮、消歇等階段性因素在「文學運動」中被體現得鮮明而強烈。如果說，「文學思潮」的群體性、普遍性更多是以某種理念被多數人平和地接受而形成的話，那麼，「文學運動」的群體性、普遍性則更多了一層預制性組織化力量所賦予的推動力，最終均是以群體認同狀態完成自身。當然，我們也還注意到，「文學思潮」與「文學運動」的群體性、普遍性等特性，其存在的「生命性」是有差異的。「文學思潮」的「思想」、「理念」穿透力，既可以藉助於理論建構形成「史性」跨越，也可以藉助於眾多創作成果、尤其是有影響力的作家作品形成文學慣例或典範而作用於時代或後世，其影響要比運動更為廣大。「文學運動」由於先在「組織化」所制約，不僅有著明確的目標指向，而且夾雜著許多非審美的功利性動機，不能不影響到其「理念」合法性和多數人對此接受的自覺程度。因此，從這個意義上說，「文學運動」之於「文學史」的價值意義和敘述功能，更多地體現為「事件」性——這是應當引起我們時刻注意的。

（三）過程的相似性。從「過程」角度分析「文學思潮」與「文學運動」的相似性，其中心是要把握「過程」之於二者生命存在的意義。首先，文學思潮和文學運動作為生命活動的本質決定了其行為必然需要一個完整的過程來展現自身。它們不可能僅僅是由一個個單獨的事件、思想碎片、幾部創作或微小的局部變異等被負載，而必須是整體性顯示。整體性不但指文學活動的各個領域——如創作、理論、批評等，這些都還是我們對之可進行靜態處理後的產物。重要的是各領域各因素之間的「結構功能」。「各部分之和不等於整體」的系統論觀念是適合它們這種「過程」狀態描述的。各個領域、各個因素在發展、運動之中所產生的關係性，其功能必然作用於「文學思潮」和「文學運動」的本質生成與價值體現。如果我們以此來觀照「革命文

學思潮」和「左翼文藝運動」，其結論就可能更加辯證而合理。假若我們單單只是看到「左翼文藝」在壯大過程中經歷了對新月派、論語派、自由人、第三種人及其「民族主義文學」的鬥爭式批判，而看不到這些被左翼批判的對象之於「左翼」的「反作用」，就很難理解「左翼」內部調整的動力之源和三〇年代文學多元局面的形成機制。「左翼文藝」與其他非左翼文藝之間在鬥爭中的不斷妥協、排斥之中的暗中吸納，表現了三〇年代中國文壇「思潮」和「運動」的生命力生成與張揚的另一面。自然，他們所共有的「過程性」的特徵，還在「文學思潮」「文學運動」之於「文學史」的斷代意義和文學審美意識流變方面起到明顯的整合或界標作用。正是在這個意義上，文學史離不開對「文學思潮」和「文學運動」內容的充分敘述。

　　顯而易見，我們要強調的是「文學史」視野中的「文學思潮」和「文學運動」的相似性。這種相似性，體現為文學史對「文學思潮」的具體處理——即它沒有也不能把文學思潮視為一種類型，而是應當把「文學思潮」看作是「時期」的概念。也只在有這樣的前提下，「文學思潮」和「文學運動」的相似性才能充分表現出來。例如歐洲文學史上的「古典主義」和「浪漫主義」、「現實主義」、「現代主義」等，大都是把它們作為「文學斷代」的時期概念加以使用的。誠然，關於這一點，有一些歷史的複雜狀況——因為我們也看到，比如「古典主義」——在十四至十六世紀的歐洲，「古典主義思潮」、「古典主義運動」、「古典主義時期」等說法不但可以相通，甚至可以相互替代。這是因為三個概念所指稱的各個具體的文學內容，其基本價值與內在指向，都隱含著文學斷代的「時期意義」。還有一種情況值得我們注意：即許多類似「古典主義」等概念，實際都經歷了「評價概念」到「風格概念」再到「時期概念」的泛化和變革過程。美國學者韋勒克就詳盡考察過「古典主義」、「浪漫主義」、「現實主義」等概念內涵是如何從創作類型到文學運動、文學流派、文學思潮的擴張變化

軌跡。「古典主義」源於class一詞，原是羅馬語，有「高級的」、「第
一流」的意思。「古典主義」即是指「古希臘文學」，也指「中世紀以
至文藝復興以後」的「羅馬文學」，「而十七、十八世紀法國古典主義
也稱為新古典主義」。[7]有研究者在考察「法國古典主義文學思潮」時
指出：「法國古典主義是以綱領使不同流派作家聯合起來的一種思
潮。」並以馬萊伯的詩作、高乃依與拉辛戲劇和莫里哀的小說為主體
進行了分析，著重考察了一批作家從有意實踐「古典主義」這一「口
號」起步，又逐步發展為一種流派，最後形成了一個具有明確邊界的
「文學思潮」的泛化過程。他接著指出，而到了必須以「古典主義思
潮」對文學時期加以命名時，所有的「流派」都只能是「思潮」覆蓋
下的，而不是作為「風格類型」的古典主義創作了。[8]我認為，這裡
實際上涉及到「古典主義」「思潮」與「運動」的「共生性」的問
題，即潛含著這樣的命題——如果文學的「思潮」與「運動」是以混
而未分的狀態連袂向前推進時，它們就可以被看作是一個具有新質的
完整的「文學時期」。

　　（四）「文學思潮」與「文學運動」的功能相似性。我們在談及
文學的「功能」時，一般著重考察的是文學作為具有獨立特性存在對
於人和社會的作用及其可能性，即文學功能的認識範疇就是文學與人
類社會的關係範疇。不過，我們在此是把「文學思潮」和「文學運
動」作為文學的一個因素加以討論的，對於它們的功能及其範疇的指
認，也就規範在文學內部。它們的共同功能之一表現為對整個文學活
動的整合功能。一般而言，文學史的變化呈現為無序與有序的互動與
互換過程。文學的秩序應當說是文學史觀照下的描述產物，並不說明
文學有序與無序各自的優劣。在文學史上我們看到，文學的「無序」

7　〔美〕韋勒克：《文學思潮與文學運動的概念》（北京市：中國社會科學出版社，
　　1989年），頁26-34。

8　〔蘇聯〕波斯彼洛夫：《文學原理》（北京市：三聯書店，1985年8月）。

並不等於多元化。多元化指文學在多種秩序規則作用下的生存狀態。這裡的「無序」應當更多地指向文學時期轉換或文學轉型——在轉型完成之前，文學的存在狀態可以稱之為「無序狀態」。它具體是指舊有秩序正在失去規範威懾力，已有慣例逐漸進入傳統狀態而日益顯現出與生活鮮活性相比較時的過時感、陳舊性與無力性。也包括理論在內的評判功能與文學實際產生的錯位或落差、作用力度減弱，並且日益被人們所懷疑。文學在面對歷史文化時，有超越的慾望但暫時還不具有能力或找不到適合的途徑，對自身的未來一片茫然。此時此刻，常常會出現「文學向何處去」的時代性哀嘆。實際上也正是這種哀嘆裡透視出文學的焦慮與期待。「文學思潮」與「文學運動」恰恰在此時此刻應運而生，它們以一種新的觀念（包括理論性有意倡導或創作的異動性）相號召或示範，以消解焦慮與滿足期待的態勢牽動人們的視聽，從而又以越來越多的創作個體的自覺認同與依附，完成對無序的文學整合。比如五四落潮後的二〇年代末三〇年代初，啟蒙文學的內在調整導致了「文學向何處去」的巨大疑問。現實文化語境中「階級性」因素的驟然出現與強化，迫使包括文學界在內的知識份子面臨二次選擇。「革命文學論爭」開啟的三〇年代「革命文學思潮」，便成為時代審美選擇的某種必然。「革命文學」的組織化及階級鬥爭意識的加入，使得「左翼文藝運動」得以蓬勃展開。其後，以「革命文學」創作為主潮的創作，不僅以一種新的文學形態完成了與五四文學的告別，也影響了一大批並非有著自覺階級意識或革命意志的中間作家的創作，所謂的「準革命文學」創作即是一例。這一思潮以理論發動到創作蓄勢再到對文學新格局的再造，迅速完成了一個文學新時代的創建。「延安文藝運動」以及二十世紀七〇年代末的文學思潮對文學活動整體的整合作用，都是顯而易見的。

　　至於「文學思潮」和「文學運動」對文學發展的推動功能、對文學整體審美格局的影響功能等等，都是中外文學史上顯而易見的事

實，在此也就不再贅述了。這裡僅就作為中介的「文學流派」的生成與發展，來討論「文學思潮」「文學運動」之於一個時期的整體性文學的影響功能。

我們知道，文學流派的產生是一個時期文學繁榮的重要標誌，也是文學發展進入有序化的辨識依據。文學思潮或文學運動是文學內部矛盾運動的產物。一個時代的文學審美格局狀態，並不是一成不變的，但變化的動力源之一就是文學思潮或文學運動的直接影響。波斯波洛夫分析過「思潮與流派」的互動關係。他說：「只有為表示某個國家和時代的那些以承認統一的文學綱領而聯合起來的作家團體的創作，保留『文學思潮』的術語，而稱那些僅僅具有思想和藝術的共性的作家集團的創作為文學流派，才是相宜的。」但波氏並不把有無「綱領」作為區分「思潮」與「流派」的標幟。「司空見慣的是，建立並宣布了同一創作綱領的某個國家和時代的某個作家集團的創作，卻只有相對的和偏向一方面的創作共性，這些作家事實上屬於不是一個而是兩個（有時甚至是更多的）文學流派。因此，他們雖然承認一個創作綱領，可是對它的一些原則有各自不同的理解，並且在自己作品中對它們的運用更是五花八門。換言之，把不同流派作家的創作聯合在自己周圍的文學思潮是常有的。有時，流派不同而思想上彼此有某些接近的作家，在同思想上截然對立的其他流派的作家進行共同的思想藝術的論戰過程中，在綱領上聯合起來了。」[9]在這裡，波氏強調了不同流派作家可以「聯合起來」的條件——我認為，這種條件就是「文學思潮」和「文學運動」提供的可能性與合法性。比如五四文學時期，由於啟蒙文學內在地傾向於對現實人生的直接介入，因而「現實主義」（寫實主義）倍受青睞，也促進了這一派的創作成為文壇的主導，連郭沫若等人的「浪漫主義」也在被這一「現實主義」

9　〔蘇聯〕波斯彼洛夫：《文學原理》（北京市：三聯書店，1985年8月）。

「潮流狀態」的影響下，朝著帶有更多地「破壞」與「反抗」內在精神的一途發展。「現實主義創作」在新時期的浮沉，也能說明這一點。再如，由於「新寫實」創作對「現實」的介入方式比「先鋒」創作更切合於大眾，則便為「先鋒作家」九〇年代的「寫實」轉向提供了一種思潮性的參照。

二

　　文學思潮與文學運動的不同性，具體來講包括這樣三個方面：（一）發生過程的不同（自然化和組織化的差異）；（二）發生方式的不同（運動以理念為主，思潮則多以創作為主）；（三）文學史意義的不同（即價值的不同）。

　　發生過程的不同。根據文學實踐的具體情形來看，「文學思潮」的生成過程應當說是一種非人為的自然過程。文學思潮的發生一般有著兩重淵源情形：一是外在的刺激。由於社會的主要領域比如政治、經濟的重大變化，必然使社會生活主體感受到震蕩，一系列震蕩既考驗著人們的舊有價值觀、生活方式和觀察、介入生活的方式等等方面，也同時給生活主體帶來困惑、不安和期待，陷入某種「精神空白」或「價值斷檔」狀況之中。新的文化價值選擇的複雜性，艱難性及動蕩感都會藉主體精神這一中介折射到文學領域。這種表現為衝出困惑，重建價值的文學思潮可稱之為「外援型」。相比之下，「內發型」文學思潮的發生，自然是以文學內部某種矛盾運動中各因素消長、浮沉方式表現出來。「內發型」文學思潮，不論首先出現在「創作領域」還是「批評」「領域」，總與文學在發展過程中歷史與現實的某種矛盾性關聯著，即文學或審美的內在變革需求。我們可能常常會把某一個或多數作家理論家的困惑當作「審美的內在變革需求」的先驅——其實這種判斷是值得懷疑的。「審美的內在變革需求」之於某

種「文學思潮」的生成關係，應當是群體性、整體性、連動性狀態，即是一種普遍的「變革」慾望催生著異動——這可以稱為「文學思潮」真正的先兆。文學思潮「外援型」和「內生型」兩種類型，我們都可以找到文學史實作為例證。前者如「五四」啟蒙主義文學思潮、新時期人道主義文學思潮和九〇年代的「非意識形態文學思潮」等等，後者像三〇年代的「自由主義文學思潮」、「現代主義文學思潮」、八〇年代的「尋根文學」思潮、「新寫實文學思潮」、「先鋒文學思潮」等等。這裡要特別注意的是，表面看上列「外援型」文學思潮也有其生成的內因，但主體原因卻不能不是外援型的——因為在這些思潮中，我們看到的是文學的時代工具化狀態，即文學成了表述社會性情緒的一個載體。在這兩種類型思潮裡，其「共性」表現為文學的自覺應和或自發性，它並沒有藉助於體制的力量推行自身，而是以新理念之於審美歷史的超越性以及對生活現實對應化，吸引著文學活動主體自覺地加以認同、接納，並迅速以自覺實踐自塑為文學思潮的構成因素。

而「文學運動」則以「組織化」方式區別於「文學思潮」。它有預置的動機與目的，常常藉助於有形或無形的「體制化」力量加以推行。我們在文學史著述中經常看到，之所以把「五四文學」、「白話文」、「左翼文學」、「延安文藝整風」，「新民歌」等稱之為「運動」而不是「思潮」，原因怕正在於此。有時「文學運動」也有著相當鮮明的與其目的、動機相伴隨、相匹配的理念，此時，「運動」與「思潮」就可以互換；但有時「運動」中並不包含有統一的、清晰的觀念，彷彿「運動」本身就是目的，或者「運動」作為推動器或載體，用來達到非審美目的。例如「新民歌運動」，抗戰時期的「朗誦詩運動」等。顯而易見，「文學運動」的發生條件需要滿足三點：體制性憑恃；先置的動機與目的；鮮明的口號或理念和化大眾的策略等。而文學思潮的生發則更傾向於內在的，潛隱的，自發的形式。

　　發生方式的不同。所謂的「發生方式」是指某種狀態出現的時空性質。「文學思潮」的發生一般呈現為「漸進性」，因為是非人為，所以並不存在明確的預置性功利慾望，它出現的必然性是在時間的「漫長」中被孕育。例如「五四啟蒙主義文學思潮」，它的「五四表現」，應視為自十九世紀四〇年代半個世紀以來中西文化衝突的最終選擇結果。近代啟蒙主義的歷史與實踐，不僅是它的歷史資源，也是它的醞釀過程。啟蒙的「五四方式」的爆炸性，應看作是這一過程所有力量積蓄到一定程度的結果，說到底，「五四啟蒙主義文學思潮」，如只放在「五四」時空，是難以自足的。誠然，我們也看到像「革命文學思潮」這樣迅急的思潮形態，它在短時間內的爆發，似乎與上述思潮確有不同，但這是因為這一文學思潮同時具有「文學運動」形態——這種「複合」狀態亦是「文學思潮」與「文學運動」的常見狀態。「革命文學思潮」與「左翼文藝運動」的「連體」性是容易理解的。從實際情形看，也可以說是「文藝運動」造就了「革命文學思潮」的誕生。其他如「政治——鄉村化文學思潮」與「延安整風運動」、「十七年」和「文革」時期「激進主義文學思潮」與當代文學界一系列批判運動的關係等都可作如是觀。相比之下，「文學運動」的發生方式則更具有「突發性」。高度的組織化方式、明確的目的功利性、功利化的策略設計以及高度統一的理念，都必然使文學運動能在極短時間內以高潮迭起的形式取得效果。其「突發性」，既是組織者的願望，又是效果好壞的一個標尺。「文學運動」總是企望動機與效果取得最大限度的和諧。

　　「發生方式」其實包含著目的性。「文學思潮」和「文學運動」的目的性在發生方式表現為一種隱秘的「修辭關係」。對於「文學思潮」的自然特性而言，「發生方式」並不是可以選擇的，所以「自然特性」造成了「漸進」方式，而「文學運動」的目的特性，從一開始就作用於它對「發生方式」的選擇——排斥自然性，促生「突發

性」。因為「突發性」的震懾力量及由此所帶來的表面的暫時的一體化，正好與「文學運動」謀求霸權的最終目的相契合。

文學史意義的不同。這種不同性，主要著眼於兩者之於文學史構成的價值性方面。文學史有著多種多樣的敘述方式，有的採用作家本位式，有的採用時間本位式，而「思潮史」方式可視為文學史敘述的一個比較好的方式。因為，在思潮研究中對審美觀念流變方面的側重，有助於文學階段畫分依據的確立和對流派、作家，文學風格變遷等制約性因素的深入探索。如果把「文學思潮」作為「時期」的概念，那麼，文學思潮的涵蓋範疇與文學史範疇無疑就會重疊，但兩者對於文學想像的敘述則是大不一樣的。比之於文學史敘述的多種可能性，文學思潮的敘述只能是「思潮」的視角。從這個意義上說，「文學思潮」亦可以成為文學史敘述的一種方式從而具備方法論意義。同時，「思潮」本身也是文學史的敘述內容。即使在「文學思潮」視角的文學史敘述中，只要涉及對一個時期文學的審美風貌、風格和作家創作的整體性觀照，都或多或少地會關涉到文學思潮與文學活動及其主體的關係問題——這可能就是「將文學思潮真正研究清楚，會使文學史上很多問題迎刃而解」的原因所在。[10]

「文學運動」的「文學史」價值到底體現在哪裡呢？有一個現象值得我們注意，產生在二十世紀五〇至八〇年代的許多文學史著作，幾乎都是以文學運動為線索撰就的，有的乾脆就稱之為「文學運動史」。這似乎暗示出「文學運動」之於「文學史」敘述也具有方法論意義，其實不然。所謂的文學運動史，只是表明某種文學史更注重於運動帶給某個時期「文學面貌與格局」的影響，或是把許多「論爭」也升格為「運動」。「文學運動」在文學史敘述中的泛化後果，直接凸

---

10 嚴家炎：〈文學思潮研究的二三感想〉，《五四的誤讀——嚴家炎學術隨筆自選集》（福州市：福建教育出版社，2000年4月）。

現了文學史發生、變化的人為性、他律性和所謂的規律性，放逐了文
學審美自身的自律效能。這成為為了某種功利目的而把文學史敘述利
益化的慣常且有效的方式。文學史的歷史學科性質，規約著它應把還
原歷史真實及其過程作為敘述的基本目標。從這個意義上說，「文學
運動」的價值在於，它更多地應當成為文學史分析突發性事件之於文
學發展影響的對象。同時，文學發展歷程中的自律與他律、內部與外
部、恆常與異動等，也能夠在對「文學運動」現象分析之中得到進一
步的合理理解。當然，從「文學運動」的整體性分析出發去探索一個
時期的文學體制及體制化程度、組織化程度高低等對文學正負兩方面
的實際影響，研究文學活動的個體與體制之間的複雜衝突以及文學格
局變化的複雜性等等，都是文學史敘述繞不開的問題和對象。

文學的「修辭行為」與「命名活動」

　　「語言憑其給存在物的初次命名，把存在物導向語詞和顯現。」[1]當我讀到海德格爾這句話時，它與我多時所思考的關於「文學命名」的問題碰撞了在一起——確切地說，應當是擦亮了我思維的磷面。當然我不是指在海德格爾這裡他非常自覺地把語言與命名聯結在一起，而是他對語言的「命名性」的強調。當我們把「命名」與人類文明史的發展聯繫在一起加以仔細思考時就會發現，「命名」早已成為人類文明建構活動中的核心行為了，甚至就是我們進入並理解、適應、創造世界的最日常化的方式。在這個意義上說「人」的「文化性」是由「命名」所涵育並不為過——這是因為，「命名」不僅改變了人的「自然性」，而且自始至終對人起著塑造作用。「我們必須給有利和不利的功能和關係命名，以便使我們對之有所作為。在這一命名過程中，我們形成了自己的性格，因為命名浸潤著態度，而態度又暗示了行動。」[2]我們每天都生活在「命名」之中，並且又都在不知不覺地進行著連續不斷的「命名」活動。「命名」所提供給我們各種各樣的情感衝擊，充實並豐富著我們的每時每刻，只是我們當中的許許多多的人都沒有意識到罷了。科學範疇的命名不必說了，單就文學的命名歷史與活動來說，就已經是十分地豐富多彩了。提出「文學史是由命

1　M・海德格爾：《詩・語言・思》（北京市：文化藝術出版社，1991年2月）。

2　博克：《當代西方修辭學：演講與話語批評》（北京市：中國社會科學出版社，2002年1月）。

名構成的」這一命題，當然還需要很多的論證，但「命名」作為文學思維歷史的核心活動之一，闡釋清楚這一點想來是不需要太費筆墨的。在此我們提出研究「文學命名」並在此基礎上研究「文學命名」歷史與現狀，進而深入到「文學命名」思維與文學史構成的關係闡釋，也許會對提升文學史研究的「科學性」起到意想不到的影響與作用。

一

　　「文學命名」雖然與人類文明活動中的命名有很多相似之處，但我們需要特別注意的是其獨有的特異性。不論是文學創作，還是文學的其他思維活動，包括文學事件在內，其「過程性」是它的基本特徵之一。「過程性」決定了其存在狀態的不定性、未定性和經常會發生料到的或難以預料的變化。這些客觀性事實，勢必影響、決定了文學「命名」也必帶有「過程性」色彩。在「過程」中「命名」，不僅文學發展全過程中的各種變化因素會時時影響「命名」的確定，並且如果把「命名主體」的變量因素也考慮進去，那麼，「命名」的過程性就會在其內涵的能指與所指的不斷「互文」中走向模糊而不是呈現得更加清晰。這恐怕就是私人場所裡人們常常把人文學科叫做「學問」而不稱為「科學」的學理潛話語所在。誠然，「命名」的「互文」現象並不是永遠性的，它只不過是「文學命氣」為自己的確定性盡早實現所必須付出的代價而已。文學的這種「命名」不可靠性，在文學研究的歷史中是經常出現的──不過這並非盡是負面的作用，它所不斷激起的文學研究者的質疑激情、重構慾望和超越性想像等，甚至無數次地成為文學研究實施突破的先導號角。這似乎正印證了「命名」與文學建構歷史的重要關係。

　　文學史的過程就是一段不斷地「命名」──「改名」──「除名」──「正名」的循環往復的歷史過程。在文學領域中,「命名」現象是與文學的產生一起聯袂登臺的。圍繞「命名」所展開的一切行為、伴隨「命名」所進行的文化選擇幾乎貫穿於文學的每一個發展階段。因此,對「文學命名」展開研究,探尋「文學命名」的整體歷史軌跡,將使我們有可能進入那些被歷史所塵封的記憶深處,揭示出某種「存在真實」。當我們去有意檢視近二十年來（二十世紀八〇年代以來）有關中國當代文學著述時,對同一現象的「共時性」的多種不同命名情狀是令人驚詫的。每一個命名主體都自覺而不自覺也將其自身對時代情緒的感應投射到對象客體之中,意欲使其承擔起建構時代話語與改變意識形態運動軌跡的重任。從「傷痕文學」、「反思文學」、「改革文學」、「尋根文學」到「先鋒文學」「新寫實」及眾多的「新」「後」命名,無不充滿了改革時代語境對近二十年來意識形態話語行進方向與過程的干預慾望和對命名權力結構的重構努力。即使拋開新時期文學所有的具體作品,單從這些紛繁複雜的「文學命名」入手,已經準確描述出當代中國文化與權力在八、九〇年代的演變軌跡及其時代主體的文化心態與面相。進入「命名」這一語言──哲學範疇,我們似乎已登臨於「現在」與「過去」相連接的時空平臺上來觀察屬於人類文明的「命名行為」。假若純粹從「命名」的理論角度出發我們就會發現,「命名」本身就是一種表徵歷史時空與特定對象行為的複合體。它可以簡約地表述為是一定的行為主體對其所觀照下的對象客體在特定的時空範疇中行使某一特定行為的過程。在這裡,它至少潛藏著以下幾方面的深層內蘊:一是「命名」行為的發生總是客觀存在於一定的歷史時空中,時空範疇的確定性與惟一性決定了時代的文化時空與歷史意識成為被描述對象誕生的基本前提與背景,也是行為主體行使「命名」這一主觀動作的一個「平臺支撐」。二是行為主體在面對特定時空中對象客體時的選擇與描述,將成為對象客體

被「命名化」這一主觀行為的核心內容，對象客體也只有在這樣的文化修辭狀態中才會產生出獨特的「命名價值」與「歷史意蘊」。這一「價值」與「意蘊」，應當說是在「命名」主體的聚合行為過程中誕生的。當行為主體在實施「命名」這一行為時，「命名」本身及「命名」結果所蘊含的意義與價值，對主體本身都有某種互文性的指涉。「命名」範疇中主客體極其複雜的關係，都不可避免地表徵出一定人文歷史時空裡文化結構的行進狀態。三是對象客體在一定的時空範疇中憑藉一定的文化現象或文化重組而類聚在一起，這種類聚的「泛行為」特徵將緊緊吸附行為主體，使他們總能夠依據一定的「現實標準」對之進行文化修辭與加工，其目的與結果都指向眾多客體所集結出來的「現在特徵」，並根據一定的話語結構方式表述出來，最終定型並得到強化，從而使對象客體意義中「新的歷史文化形態」充分地「類型化與純粹化」，即達到充分適合行為主體的文化修辭行為與滿足時代動機的功利性目的。四是當對像客體經過種種程度最終必須以一定的修辭語言模式展現在人們面前時，「命名」所借用的外衣——「修辭語言」就成為其最為本質的內容質點。這時，「命名」主體與客體似乎完美地達成了某種和諧，然而在實際的潛在語境中，「命名」主體已不可避免地強行按照某種先置的話語標準及權力結構重塑了客體。「修辭指涉」在這裡已完全代替了客體原有的「經驗與記憶」，成為人們進入「命名」——理解與接受的惟一方式。「修辭指涉」以其獨特的權利功能徹底壟斷了隨後對對象客體接踵而至的描述、解釋、定義、爭論等一切行為與形式。五是行為主體在完成了對對象客體的「命名」之後會迅速將其推向「公共空間」，因「遊戲規則」的「先置性」與「排他性」，所以接受者對「命名」及「命名對象」的認識也由此在新的人造語境中被模式化。行為主體的「情緒色彩」所折射出來的「修辭」已深深固化在每一個「命名」的話語深處。六是當一種「命名」在獨特語境中以其特定的權利方式進入歷史

後，它便處於一種被普遍接受與認同的「完成時」狀態中，即「當前」的任何對這一結果所進行的一切行為，都必須在肯定這一業已完成的歷史狀態的基礎上延伸。認同的順向強化必然是對一種權力的維護。同樣，任何一種可能的質疑與探尋都不可避免地被迅速排擠出特定時代的中心話語而遁入邊緣。由此可見，在人類歷史行進的過程中，伴隨各種「命名」而誕生的各種權利體系已深深被植入文化結構之中，並與各種文化因子交織在一起，不斷製造出新的文化景觀。

二

在「命名」研究過程中，「命名」與文學史整體關係是我們首要應關注的方面。這樣做似乎不只是限定我們僅僅只關注其二者的相互關係，也不只是影響到文學史撰述的角度的選擇，更重要的是牽扯到對文學生命活動、文學思維發生、展開如何進行把握的問題。「命名」之於文學史的重要性是顯而易見的，但是把「命名」作為論述主旨來觀照文學史，就論述內容而言無疑就有著對文學史的重構意味。這裡將涉及「批評命名」到「文學史命名」的時空考察、「批評命名」的「史性」鑒定，「批評命名」與「文學史命名」的差異鑒別及在「批評命名」前提下文學史重新「命名」的歷史理由和變化因素梳理等一系列相關性問題。不過值得提醒注意的是，這些工作都是圍繞文學史敘述而進行的，不能做成只是對「命名」的封閉的、單列的研究。

「命名」研究當然應是指向其自身，說白了就是針對文學史上已有的「命名現象」進行研究。在對「命名現象」進行梳理的基礎上，區別並描述「命名」不同類型是至關重要的。由於「即時命名」的臨場性是極其複雜又千差萬別，「命名」本身就必然地含納有「即時」的所有因素及其作用，勾勒「命名」與「語境」的關係是重要的。其

實，「命名」在其伊始並不完全以進入文學史為指歸，在主體這裡總
有意無意地存有指向某種理論的企圖。發現「命名」背後的理論潛藏
也是不可忽視的方面。「命名」的理論潛含，如果這「理論潛含」僅
僅只是「命名」語境即時已有理論的現象呈述，那倒是容易分析的。
問題是，有很多「命名」卻常常暗示出某種尚在萌芽狀態的理論的未
來巨大可能性。在這種情景下，對「命名」的研究就不僅僅指向文學
史範疇而同時指向理論範疇。其意義的重大性是不言而喻的。

三

　　「命名」與現實的關係。如果對這個問題僅僅從「現實主義理論
範疇」去做探討的話，那當然是沒有太多的話好說，但我們必須充分
注意到當代及目下「哲學的語言化」傾向所給予我們的理論背景，即
現實的呈現與語言的絕對依賴性關係。那種只是把命名直觀地看做是
現實線性的、直觀式概念描述的做法，是很難經得起多重學理質疑
的。我們應當辯證地去理解並做出有說服力的結論。「命名」，既有著
對客觀性現實的表現，同時「命名」還具有對現實的超越性，甚至很
多時候「命名」本身就擔負著「創造現實」的任務。在這裡，「命
名」對「現實」的創造，實際就是「命名」把「現實」「術語化」、
「符號化」和「話語化」。「命名」是對已有的、或新造「術語」的凸
現式認證，而術語在本質上是有選擇性的。「術語」與「現實」二者
之間，因此就具有著「反映」與「背離」的兩重性。術語化「命
名」，不僅影響我們觀察現實之內容、方法、視角和記憶的方式，而
且它通過改變我們經驗認證的方式，從而把我們原來不認可的東西
「移植」給我們，甚至是我們的許多觀察就是因為這些「命名術語」
而產生的。因而，我們當做「現實」的種種觀察，不過是這些「命名
術語」給我們帶來的種種「可能性」而已。這既說明了「命名」與現

實關係的複雜性一面，又隱藏著「命名」與現實之間的「主體互連」性。當然，文學的現實性（歷史性）作為認識對象，其本身也具有「過程性」特點，它總是處於某種被完成狀態中。「命名」作為一種對現實的認知性方式，並不總負有生成真理的義務。「命名」作為一種對現實個體主觀的概括與描述，一味追求烏托邦式的客觀性是無意義的，即使被大多數人認可而成為了所謂的「共識」，也同樣擺脫不了其本質上的「主觀性」。因此，「命名」與「現實」的關係描述，我以為應當著力於對有充足理由的「象徵性」「超越性」的尋找，對「歷史情境」與「話語言說」之間邏輯諧和性的把握。說到底，「命名」中的現實，是主體加「話語」的共孕產物。「命名」是對現實、現象或其他被認為是有意義存在的最直截了當的修辭。

四

對同一現象的不同「命名」，其「術語」的非一致性實際上潛含著理論言說的思維差異性──這是「命名」研究的又一重要課題。首先應當肯定的是，「命名思維」無疑是邏輯的理性思維。它的「言說展開」不僅排斥想像，而且假定的科學性是其所有研究者的共同追求──這一特徵，也許與自然科學命名對人文科學的落差性影響有很大關係。雖然就文學而言，我們可以隨手列舉出許許多多極形象性的「命名」，而且已有很多「形象性命名」被眾多學者遵奉為「共名」，但因其在被反覆質疑與接受過程中的理性凸現，其「形象性」早已被「理念性」所替代。其「形象性」只能僅僅被作為「命名」的修辭而已。我們在此所說的「命名」思維的差異性，是指「命名」活動所面對的不同「理論語境」所表現出來的「名實相符」程度和內涵指向超越性的高低──即「批評命名」與「文學史命名」的差異。「批評命名」的「即時性」一定是很強的──這一點是不證自明的，這也就決

定了「批評命名」的隨機性、隨意性和主體情感無意識投射等等特點。它不可能完全或自始至終都能把自己的行為總置於歷史的觀念範疇，而多半取決於某一「現象」產生的即時性語境來做出判斷。其「命名」的形象性，是與研究主體意欲張揚自己的發現有著無意識的聯繫。所以，在文學發展的歷史上，「批評命名」往往需要經過歲月的多次陶冶而被確認或被改寫。而「文學史命名」比之「批評命名」，則無形之中多了一個對象和一個維度──即「批評命名」對象和「歷史維度」。「文學史命名」的科學性不僅來自於時空的間隔，更重要的是主體觀照對象的心態變化和對象適用理論的審慎選擇。「文學史命名」從一開始就是瞄準「真理性存在」而去的。因此，它對「命名」「科學性」的追求，也就成為它的過程性特徵。我們做這樣的分析，並無意對「批評命名」與「文學史命名」進行褒貶，而僅僅是想通過這種差異性的簡單描述提醒人們，當我們必須對文學現象的命名進行價值確認時，應當格外注意思維差異性所給主體價值判斷帶來的影響，以保證對「命名」的研究永遠在理論的範疇中展開。

　　「文學命名」的機制及其過程與合成其整體的因素之間的結構狀態，也是一個在「命名」研究中必須回答的重要問題。一個「文學命名」是怎樣產生的？「命名」的歷史流變狀況如何？一個文學的「批評命名」又是如何在理論上被廣泛「共識」的？──前兩個問題容易回答，而要想清楚地解釋後一個問題，以我看並不是三言兩語所能奏效。仔細考察一下古今中外文學命名的歷史，幾乎所有命名都有著機緣、過程、演化、認定、重讀及前後定型的特異性。到底在命名中有多少類型──至少在目前是無資料、文獻可以援例的。從機制上看，「文學命名」並無「老例」可循，即每一種「命名」的產生方式及其推開過程，都有其極特異的「語境」因素在起作用，而且重要的是這些因素並不是都可以在後來的歷史中重複出現──文學歷史中的這種例子是很多的。既然不可能重複出現，那就至少說明「文學命名」的

形式並無規律可循。在這層含義上，所有形式的「文學命名」都帶有「即時命名」的「激情」性質，多屬於「情境」的產物。但若從機制的思維類型上分所，則其某些規律性還是可以有跡可循的。「命名」的思維機制在很大程度上取決於命名主體與「現象」的關係。比如「遠」與「近」、「親」與「疏」、「情境的」或是「歷史的」，甚至是方法角度差異所帶來的種種「不同」等等。正由於如此，「現象」閱讀或重讀就成為「文學命名」的基本方式或進入「命名思維」的一個慣性角度。「重讀」並不全意味著顛覆或推倒重來，而更多的是指向「確認」與「修正」。「重讀」或不斷地「重讀」，顯然是有意識地要把「現象」之於結構系統功能中加以反覆審視，以期取得最重要也是最準確的認識。

五

　　「命名」作為「修辭」，其在文學範疇中也是一個大有可為的題目。「命名」的「修辭性」，除了所含納的對於「現象」的針對性說明功能之外。還有以下幾點值得注意：第一是「命名主體」在整個命名「過程」中「修辭作用」的因果構成，即情感、意志、偏嗜、學養及命名即時的社會角色對一個命名產生的綜合影響，也就是說，其「修辭理想」是要使「現象的話語化或符號化」過程，達到充分適合「命名主體」修辭行為的文化意旨與滿足時代權力的功利性目的，以及多數人在面對對象客體時所具有的大致相同的想像可能性。當對象客體經過種種程序，最終得以用一定的修辭化話語模式展開在人們面前時，「命名」所借用的話語——其「修辭性」就成為本體性的存在形態。進一步的連鎖反應是，「修辭指涉」會順然以一種新的權力姿態對隨後產生的有關對象客體的各種描述統統予以「合法」地遮蔽。另一方面，已進入「認同情景」的「命名」，必然走向話語前臺，其現

在的、隱秘的或過去被有意模糊的「修辭語境」為顯性的、主流式的存在狀態，因而，當「命名」被一種「修辭」生產出來並擁有了廣泛的認同基礎之後，其後的所有試圖對已有命名進行修正的努力，都很難取得預期的效果——這樣的例子在中國現代文學史上是枚不勝舉的。其二則表現為對「命名方位」確認。「命名」作為「修辭」，是主體企圖通過「術語式」語言把現實符號化、意象化。「語言」對「現實」的直接表徵，除了表層的直接對應性之外，還有很多的「所指」隱含在裡面。這也就是說，我們不能把「命名」的「修辭性」的分析僅僅停留在「工具」層面上。當一種命名在特定的時代以其特定的權力方式進入歷史後，所有後來這就以為必須面對一種被「強迫認同」的無選擇局面。因此，面對「命名」，就是面對一種特殊的權力狀態。分析「命名」的權力修辭、「命名」與「權力」的相互依存關係及其文化話語系統，是命名研究的重點與難點。其三，「命名」的「修辭策略」選擇中，實際包含了許多哲學觀念與方法論因素。當一種模式化「修辭被認同和接受時，由此形成的想像空間，不僅意味著對已有修辭的接受，也同時開始了一種新的修辭的誕生。」這是因為，對一種「命名」的接受，就是對「命名」的客體性進行「修辭性的想像與整合」。事實上正是這樣，「命名」一旦遠離了當初的現象母體與文化語境，「命名」就成了惟一的本體——這也正是西方哲學家津津樂道的那個通俗的比喻：地圖與地理相互置換的關係狀態。這一點使得「命名」具有了某種純粹的觀念存在意義。「命名」，畢竟要藉助於修辭的工具性完成自己的敘述，而且更為重要的是「命名」本身就構成了一種修辭類型。值得注意的是，「命名修辭」並不過多地表現在如一般文本那樣的「過程性」之中，而是「語言指向」的背後意味。

　　「文學命名」作為文學研究中的基本工作或必不可少的程序，把其作為研究對象的意義自然是不言而喻的。「命名」的理論描述與

「命名」的歷史現象考察，是這個課題基本的涉獵範疇。本文只是僅僅就「文學命名」的一些最一般問題做些探索，無疑還有大量的問題需要作長時間的深入研究。

文學的「批評修辭」與「文學史修辭」

　　文學研究的思維方式在一般意義上說應當是多種多樣的──這一點在二十世紀文學批評方法頻繁更替的情勢中似乎可以輕易得到說明，然而事實卻並非完全如此。因此批評方法無論如何都不可能在每一次更迭中也順勢創造一種新的思維。比較眾多的批評方法，其差異性的顯性層面更多體現在切入視點方面，其背後所依托的哲學屬性，總可以在已有的但為數不多的「山系」中找準位置。一種新的批評方法之於眾人耳熟能詳的傳統作品所能做出的「新鮮」結論，並不在於它發現了比前人更多的「新」的東西，而應當表述為探見了過去人們不曾意識到的那部分，而這些「被探見的」應當歸於「舊有」的一類──因為它依然存在於那個人們司空見慣的「客體」之中，其屬性難以離開本體。當我們有意把「闡釋學」「現象學」「結構主義」等二十世紀「新派」文論並置一起加以考察時，我們會輕易找出它們「漠視」價值釐定的「共同性」來。在這裡，「漠視價值」與「價值綜合」，不僅是目標的差異，還應被確認為是「思維」的不同。從「思維」上對所有「批評行為」加以指認與定位，不失為文學研究的一種「簡約」方式。

　　我以為，「批評行為」與「文學史行為」可以看作是文學研究的兩種基本的「思維」類型。它們在展開自身過程中結伴而行的「命名行為」，雖然可以看作是「批評」與「文學史」的共同行為，但二者

在「命名」緣由、過程、變化以及最後確認等方面，其「命名」的過程因素在「批評行為」與「文學史行為」中的體現是大不相同的。「命名現象」研究，作為文學研究的一個新課題，顯然不同於一般的關於文學現象的研究。它不只是可以有效地區分「批評行為」與「文學史行為」，而且能引導我們進入文學研究的「思維」層面，並以此來展開其中蘊含的豐富的文化構成景觀。

一

　　「命名」應當被視為文明成熟的標誌，泛論之，「命名」幾乎有效活動在人類建構文明的全部過程之中。「命名」並不只是意味著對事物認識的完成，更意味著每一次的認識過程本身。在支撐「命名」的基礎裡，豐富的共識性與有效判斷始終並肩發揮著作用。個人性的主體經驗歷史，不僅在「命名」過程中被主體行為選擇所倚重，並且還有所期待。「命名」完成並被「共識」，其自然又形成對主體經驗世界的補充，並使其對認識過程的選擇判斷更具有效性。很顯然，人類以「命名」走進文明，這一命題的深刻性對於我們今天的意義更加顯豁，即每個個體感應外在的初覺、角度慣性和其它一切外在於我們的聯繫方式，都無非是從「命名」開始的。「命名」對於任何一個要接受文明教育的個體來說，都是最早的權威認知。在自然科學領域裡「命名」的特殊性還啟迪我們，當「命名」以「定理」的方式昭示天下時，固然事物本身「命名」的「實驗性」與「數據基礎」無疑是其盡快獲取泛性認可的重要前提，但是，蘊含其中更重要的還有屬於精神層面的信息。「命名」使人們的自我與自然有了更加親近的可能，使人在有了「把握感」的基礎上，又實實在在地展示了主體在自然限制面前獲取更大自由的可能性維度。「命名」的歸宿不只在「定理」那裡，還在於又一次為人的精神與能量的無限性提供了證詞。「命

名」作為一種文化，也許正是在這裡獲得定位的。「科學性命名」（指自然科學）對「試驗」與「數據」的倚重，更使它作為一種「權力」的形成影響深遠。「權力」之於「命名」是可以「互文」的。在人類活動的所有領域中，古今中外這種情形都是隨處可見的。「命名」對於「權力」的重要性，就是「權力」在每時每刻都擁有「命名」的方便與可能。「權力」在「批評行為」中不僅體現為解釋、監控、修正、規範的功能，還表徵為對一切可能對現有「命名」產生威脅的行為——如曲解、另有目的的借用、或明或暗的反抗、挑戰等——予以及時而有效的彈壓。與此相仿，幾乎所有的「權力慾望」都可以在獲得「命名權」這裡尋求到無窮無盡的支持。這顯然意味著「命名」的絕對重要性。我們想要強調的是，「科學命名」歷史中產生的「科學理性」，在其後漫長的「社會權力化」過程中就不只是作用於純粹的科學活動，它早已外溢為人類的精神或體制需要的財富而廣泛盛行於社會。當統治意志與「命名」聯姻後，是否擁有或能否擁有「命名」權力，便成為人類社會的一種明顯的等級界限了。當社會體制運作必須藉助於不間斷的「命名」而強化自身威嚴時，「命名」必然成為意識形態的敏感領域，不間斷的「鬥爭性」是它存在的常態或本質方式。

　　「人文科學」領域中的「命名」沒有可能也不必一味地仰賴「試驗」與「數據」，但其「命名」的誕生與泛化過程則與自然科學領域是一致的——都不約而同地又是不厭其煩地強調自身的「科學性」。我以為，這種「強調」的世代延續，已經含納著對「命名權力」重要性的先在認識。這一點在宗教領域被表現得更為明顯。宗教精神的「不可證偽」與「命名」權威是密切聯繫在一起的。主體宗教理性鞏固的前提在於使其不能或沒有能力對「命名言說」實施質疑。這種情形典型地表徵了人文科學領域「命名」的「雜纏」與「爭鬥」。就文學而言，來源於「現象研究」的「命名」，總是期望「現象」本身的「數據」屬性能給人以某種「可能性」，但更多的時候卻不是這樣，

例如「理論命名」。文學歷史上，出於某種需要而先於「現象」的「命名」是隨處可見的。這種「命名」權威性所仰賴的是對某種外在權力的親昵或以維護某種「權力」而使「命名」充分又先置地權力化，「體制」支持是它重要的後盾。就「現象研究」的「命名」而言，因其「數據性」無以量化或缺乏評判尺度，同樣也容易成為「空對空」式的虛構式命名。是「現象」催生「命名」，還是「命名」創造「現象」──這個在理論上很容易區分清楚的問題，在文學批評實踐或文學歷史中卻一直是迷障重重。當「命名」堂而皇之地與各種方法聯袂登臺，本來屬於「角度」體認的「命名」，很容易在後繼者的不斷「重覆」裡變成「思維式」命名。「命名」在「權力」支撐下的暗中轉換，其危害不但屬於歷史，而且也使「命名」失去信譽，從而造成「命名權力」的無限擴散，最終導致「命名」的「無價值性」。

二

　　「命名」的價值追求，不是體現在過程之中，它的價值鳌定取決於「命名」背後的「思維」資源──可見「命名」的「思維研究」的重要性。為此有必要首先辨析「批評式命名」與「文學史命名」的不同。我們強調對「批評式命名」與「文學史命名」的分類考察，意在顯示這兩者之間並不只是普通意義上的「命名」的不同，更在於其背後蘊藏有極大的思維差異性研究空間。「命名」在「批評」與「文學史」中的重要性是不言而喻的。甚至我們可以這樣說，「批評」與「文學史」的威權，其實就是「命名」所賦予並成就的。

　　「批評」與「命名」的關係，至今尚未見到有人將之列為研究課題。在想像中，「批評命名」的隨意性隨處可見。這種直觀判斷實際上道出了一個很重要的思維事實，即「批評命名」的無機性。一般而言，「批評」在文學研究中是最先昭示思維方式的狀態。對作家、作

品的現象式觀照，都不但構成批評，也構成趨向「命名」的過程。在那些跟蹤現象的即興、即時、即人、即機式的批評中，我們所體味到的「感覺」要遠遠多於「判斷」。其實，在這種批評命名當中，隨意性是天然的，主體也並不有意避諱。儘管「即興」的批評主體在此並無自覺的命名意識，也並非為了話語霸權而捷足先登，但其感覺描述的別樣化追求，不僅是批評激情的產物，也同樣為一種命名在感覺中萌芽生成提供了可能。此中的感覺趨歸，又暗示了「即興批評」之與「命名」的不隨意性。在我們通常的觀照視野裡，「批評命名」隨意性的大小、有無，是與其背後有無理論憑靠大有關係的，它甚至成為考驗我們能否正確區分「批評命名」與「非批評命名」的智力指數和客體重要性的「數據」。這其實是無大錯的。問題的關鍵是，其「概念」「術語」使用有無「思維」的連貫性。如果「即興」地使用一些屬於特定方法範疇裡的「概念」「術語」，而本身並無「言說確指」，只是在「庸眾」視野中賦予其內涵，那這種充滿「概念」「術語」的「批評命名」依然是「隨意性思維」。我們以為，「無價值想像」的命名都可以歸類為這樣的命名。看來，「批評命名」隨意性與否的確定，並不在於概念使用的多寡，而在於「思維範疇」有無明確邊界。

　　「批評命名」是一種典型的過程性命名。所謂過程性，既指「命名」的完成有著時間的連續性，也指「命名」過程對自身的價值期待。其實說白了就是「批評命名」的過程性特徵表現在它並不奢望價值類型化或迅速進入「權力」狀態，它並不急於找到歸宿。對批評而言，「命名」意欲總是與「現象」的初始狀態連在一起的，而現象的初始狀態中一定有許多因素必然要留給未來並以不斷「重讀」的方式予以解決。比如，「現象」構成過程會因現象形成的浪湧性而暫時無法判斷起始界限，「現象」構成因素的複雜性也必被「語境」與「言說」時尚重重遮蔽；作為階段性的「現象」，也因其喧鬧而無法與上下「階段」進行比較，從而難以進行價值歸類與判斷；待定的「現

象」時空，又決定了它作為精神性資源所可能發揮作用的方法確證等。從「命名」主體與「現象」的關係狀態看，「批評命名」的過程性特徵是與上述「批評命名」的隨意性特徵連在一起的。「即興」既是感覺的過程，又是過程的狀態。「過程」中間的無目標感與「即興」的無目標感，不只是就價值歸宿而言，在此更多地指涉時空範疇的無可限定性──在「批評命名」所特有的「話語形態」與「言說方式」之間有著某種隱秘的聯繫。就「話語形態」而言，當一種批評有意無意趨近「命名」時，「語境」的制約性是顯而易見的。此時此刻的批評所使用的概念、術語與修辭、限定方式及話語禁忌都可能不由自主地表現出來。時代文化與精神時尚必然把有色眼鏡無可選擇地架在主體的鼻梁上。「批評命名」就不能不在「語境」中進行，而「語境」又先在地、別無選擇地規範了這個時代所有「話語形態」的範疇及可能性。無論這種範疇的限定是出於利害還是「是非」考慮，似乎都無關緊要了，而重要的是「語境」限定使得主體無法突破。乍一看，這似乎是「批評式命名」的先天不足，其實如果從思維特徵上分析，則又表現了其「原生態」「靈動性」的一面，並非無可厚非。「言說方式」在「過程特徵」的構成上，是以修辭行為的差異性來標示的。在「批評」過程中，「言說方式」的細部因素，如是連續性祈使、還是質疑式討論，是先驗的判斷、還是依事實推理，等等，我以為都是大可分析的「命名」關節。我們看到，並不是「概念」的特殊性決定了「語氣」的差異性，而恰恰是「語氣」的不同決定著其概念可被接受的程度。「命名」的過程性特徵也並不以「言說方式」的「權力姿態」而改變。正是在這裡，留下了文學史「命名」的可能性。

三

　　「批評命名」的隨意性與過程性，並不存在什麼可指責之處，反

倒是「文學史命名」值得慶幸的機遇。「批評命名」與「文學史命名」之間並不是一個平面的左右與先後的關係，而是不同層面的高低關係。若從思維角度看，前者之於後者，無論如何都逃不出作為「對象性」的存在特性——這裡顯然存在一種後者包容前者的問題。就問題的一般性而言，「批評命名」與「文學史命名」的關係，容易被指認為：前者是作為後者的初始，而後者又是前者的歸宿。這一體認顯然來自於自始至終都把「命名」看成是一種思維的連續性活動。我們可以質疑的是，當同一現象最終被「文學史命名」加以確指並被「共識」後，「批評命名」的存在價值是否可能被大大弱化？或者其存在價值是否會發生弱化式漂移（這裡不包括「文學史命名」的重複現象）？我以為答案是確定的，即「文學史命名」可能會在很大程度上代替「批評命名」。當我們具體考察「文學史命名」的特徵時，尤其是當這種特徵描述清晰化完成之後，這個問題就容易明白了。

　　與「文學史命名」過程相伴而行的「歷史意識」是應當被首先關注的。「文學史命名」所針對的現象，並不是封閉時空中瞬間界限異常明確的事件，而是作為時空因素分析的對象。在「文學史命名」視域裡，「現象」的「原生狀」是我們首先要注意的，並且也是最終的選擇側重。「文學史命名」的科學性並不只是「還原歷史真切感」或重現事件臨場性，「真實性」並不僅憑「親歷」就可以認定。「文學史命名」的「真實感」毋寧說更多地仰賴「語言主體性」帶來的綜合效應。有以下幾個因素可能導致「文學史命名」過程中對「現象」的不斷「重讀」，比如，當「現象」的時空範疇界限擴大或縮小時，「現象」就會因參照物的增多或減少而改變模樣。再比如，當相鄰因素（現象）在認知過程中發生變化後，此「現象」也必然會改變其在「批評命名」時的狀態。不過，這裡的相鄰因素當指那些與此「現象」一同作用於系統結構的因素，而非不相干的因素。還有這樣的情況，比如當「文學史命名」有意採用某種理論邏輯時，此「現象」的

適應性會在理論與實踐的差異中隱匿或凸顯。種種情況表明，「文學史命名」之於對象——原有現象的「重讀」，並不都取決於「翻案」衝動，而是「歷史意識」本身不斷變化所致。「親歷」的「真實」並不可靠，即便可靠也不是「文學史命名」的側重點。「文學史命名」對「批評命名」的認同或「勘誤」，其嚴肅性並無差異，二者都屬於「重讀」。「歷史意識」體現為在新的人類精神引導下對「現象」不斷的又是別緻的鍛造，其本身也構成了對象化與價值化過程。

「文學史命名」的「時空距離」，是本文關注的第二個方面。「時空距離」相對於「命名」，並不是一種有關「歷史」指涉的言說，它應當是指「文學史命名」是在多大的時空距離內獲得自然被「共識」的「權力」的——「時空距離」在這裡是對「文學史命名」權力形成進行分析的一個重要因素。與「批評命名」相比，「文學史命名」顯然不是激情的產物，它並非總是出於利害考慮而像「批評命名」那樣帶有「搶佔高地」或「先舉義旗」的味道。爭奪「話語霸權」對它來講，因其受「批評命名」的歸宿差異性所限，在本質上是無意義的。「文學史命名」的權力指向恰恰是要離開「專業」領地，而最大限度地進入「文學教育」系統之中，使「現象」描述（也就是命名）以國民素質必備的常識狀態表徵出來。正因為如此，「文學史命名」的科學性，並不青睞對「現象」的別緻描述，也不對「批評命名」背後的理論資料恃憑作過多的眷顧，而是以綜合的方式，在系統結構狀態先置情形下，把包括「批評命名」在內的一切事件及其過程納入「重讀」範疇，即在全面選擇的情形下，以其「文化詩學」或「精神哲學」的姿態做出判斷。這種全面選擇與綜合，在我看來，不只是一種方式或方法，而同樣也是權力體現——「文學史命名」試圖進入「文明履歷表」。誠然，我們也常常看到「文學史命名」之間的相互顛覆：比如後來者有意對先在「文學史命名」的「重寫」，再比如在狹隘利害觀念支配下的「文學史命名」在後來的「受審」命運，等等。

但真正的顛覆也還取決於被顛覆者的存在狀態——如果「文學史命名」是被懸置在「科學研究」以外的範疇中完成的，那麼，這種顛覆可能是一般意義上的還原，因無法以「思維形式」遞進加以判斷。就顯得無太大意義。

第三方面是「文學史命名」的價值追求。顯然，「文學史命名」的價值追求絕非一般的方法論價值，這就與「批評命名」鮮明地區別了開來。進入「歷史評價」，從某種意義上來說，就等於進入了歷史定位評價。誠然，並不是所有的「歷史收納」都必須進行價值篩選與定位，但追求對現象的價值評價，總是歷史的基本態度。為此，「文學史命名」在此就具有了比「批評命名」更莊嚴的意味——這也許正是「文學史命名」能坦然面對現象並獲得最終權力的根本原因。其實，對「文學史命名」來說，不是要不要價值評價的問題，而是如何建立價值標準、建立怎樣的價值標準的問題。我在前面已經討論過，當「文學史命名」不再關注現象本身，而是把剔析重點放在結構關係中來考察每一個現象時，其「現象」命名就無形之中進入了結構運作的方式之中，換言之，也就趨近了「價值」序列。由此看來，「文學史命名」的方式，從根本上來說是一種「價值命名」。「現象」價值的實現及其實現程度，取決於「現象」介入結構的可能性的大小，尤其是當我們把文學有意作為歷史的一個有力的側面或作為文明史發展的一個佐證的時候，「文學史命名」的尊嚴就更加顯豁了。我們還要注意的是，「文學史」領域，並不是「文學史命名」的最後停泊地，它內在地指向「歷史」——即人類文明史的構成機制當中，有一點值得強調，即二十世紀世界哲學的「語言學轉向」給傳統「史學意識」帶來的巨大衝擊。當人與語言的關係位置在這一轉向中被重新看取時，人自然就退居為第二位或者是「語言的衍生物」了。那麼，「命名」在這種「史學意識」牽導下對「文學現象」的關注，則可能會進入到前所未有的深處，即「歷史」被描述出來時的「語言功能」。當人們

驚詫於「語言」對「歷史」的創造功能時，「史」、「文學史」包括
「文學史命名」，是否也從「價值本體」姿態轉變為「語言本體」姿
態了？——筆者曾在一篇文章中探討過「文學史思維」之於「寫作」
的關係，即當主體的「文學史」寫作被置於「語言本體」背景時，其
「文學史」的描述就不能再被單單視為「價值判斷與定位」的過程，
而是一種「寫作行為」，或者說是對「現象」歸納的「修辭行為」。在
此，「文學史」方式更具有方法論的意義而不是別的——當然這是另
外一個學術問題。在已有的對「文學史命名」的想像中，對其思維特
徵的描述還是「價值」的而非「語言本體」的。當我們在此提出「文
學史命名」的「價值追求」命題，作為區別「批評命名」的一個特
徵，意在凸顯「文學史命名」之於「現象」的別樣性，系統結構價值
是它難以割捨的追求。

四

　　「文學命名」的機制及其過程，也是一個重要的問題。一個文學
命名是怎樣產生的？又是如何在理論上被廣泛共識的？前者很好回
答，而要清晰地解釋後一個問題，並不是三言兩語所能奏效的。仔細
考察一下古今中外文學的命名，每一個得以存在的命名，都有著機
緣、過程、泛化、認定、重讀及前後定型的特異性。到底可以畫分為
多少類型，至少目前尚無資料、文獻可以援例。本文不想在此做更深
的探討，只是想提出這個問題，並作初步的思考。
　　從機制上看，「文學命名」並無「老例」可循，即每一種「命
名」的產生方式及其推廣過程，都有其極特異的「語境」因素在起作
用，而且這些「因素」並不是在後來的歷史中都可以重覆出現。這樣
的例子是很多的。既然不可能重覆出現，那就至少說明「文學命名」
的形式是無規律可循的。在這層意義上，所有形式的「文學命名」都

帶有「批評命名」的「激情」性質，多屬於「情境」的產物。但若從機制的思維類型上區分，則還是有一些規律可循的。「命名」的思維機制在很大程度上取決於命名主體與「現象」的關係。正因為如此，「現象」重讀就成為「文學命名」的基本方式或是進入「命名」思維的慣性角度。「重讀」並不只是意味著顛覆或推倒重來，而更重要的是「確認」或「修正」。「重讀」或不斷地「重讀」，顯然是把「現象」置於結構系統中所進行的功能檢測，以期取得最重要也是最準確的認識。

　　「文學命名」作為文學研究的基本工作或必不可少的程序，將其作為研究對象的意義自然是不言而喻的。「命名」的理論描述與「命名」歷史的現象考察，是這個課題基本的研究範疇。本文僅就「命名」的一些最一般問題作些探索，大量的課題有待陸續完成。

文學修辭現象研究之一
──海外「華文詩歌」修辭行為分析

　　文學創作在實際操作過程中的「語言」本質性及其對形象性、象徵性、超越性的追求，使得主體與語言之間的關係，不僅呈現為雙向互逆的「工具性」關係，而更為重要的是必然表現為自始至終的「修辭」關係。如果我們有意把「社會文本」的修辭與「文學文本」的修辭加以比較，我們會看到「社會文本」的意識形態化指向更多地限定著主體的修辭行為并常常不由自主地走入「亞里士多德」的經典形態，而後者則有意地凸現「修辭」的主體性。文學對於語言的體認，不是走向已有的「規範」，當文學以「掙破」的方式完成對語言的「重建」時，這裡的修辭功能就不僅僅只是關於「語言」方面的，主體的文化身份也相應地被涵容在修辭過程之中了。我們所要強調的是「修辭」在文學創作全程中的難以被拒絕的參與性。當「修辭」離開了傳統的「方法論範疇」而進入到現代的「本體論範疇」後，不僅需要把「修辭」納入哲學的形而上加以思考，更需要慎重對待「修辭主體性」對語言操作者的制約力。文學創作中「修辭行為」所體現出來的「策略選擇」、「中心定位」、「時空設置」、「意象能指」等等，並不僅僅是「主體」完全可以左右的。這說明，文學作品中讓我們體會到的情感色彩、人文精神、主旨意圖、結構狀況及整體的風格性等等，都應當也必須藉助於「修辭」分析予以體認並分析其生成過程。在文學生成的過程裡，「修辭行為」不僅是貫穿全程的結構性因素，也表徵著主體與「文學」之間相互被接納的「可能性」的大小。也許可以

這樣講，詩人或作家之於「語言」的修辭性，其能力表現為在多大程度上對「文學」的深入。

在絕大多數「社會文本」裡，直到今天其「勸說」「使其信服」的修辭指涉依然是主要的。進一步分析可以看到，修辭在「社會文本」中的功能仍然是如何為主體的演說成為「真理」搭置應有的條件前提。由於「社會文本」追求鮮明的意識形態性，並且這種意識形態不只是滿足於言說的自足，而最終是為了進入「公共領域」並試圖控制「公共領域」的演說趨向。所以，文本意義的生成並不完全依賴於修辭，而是從一開始就巧妙地把修辭與「權力」連在一起，以便使所有的修辭在意識狀態中就具有了無可爭議與辯駁的「合法性」——「合法性」正是「社會文本」修辭的根本目的。「文學」對待修辭的態度與之是大不一樣的。修辭在文學身上尋求的是實現突破自身規範的可能性，文學對於修辭的期待是從滿足「自足」的條件出發，尤其是詩人言說的修辭性，不但「說明性」是棄之不用的，而且修辭的其它「工具性」也是其有意要甩脫的。它所經常採用的「象徵」、「暗喻」、「個人瞬間感覺式」的對於事物的「命名」方式等，都因其有意造成「個人言說」與「公共言說」的差異，而使「修辭」直接轉換成了藝術創造。「修辭」之於文學的本體性也許正體現在這裡。文學作品中的「詩性智慧」或「天才性」，由於其存在的「語言性」，所以離開「修辭」是無以言說的。誠然，我們並不奢望所有的藝術創造者及其所有的言說活動都能夠在自覺跳出修辭的「工具性」範疇裡定位自身，但「修辭」之與文學的重要性卻要求我們對於任何「詩性創造」都必須把修辭分析作為解讀對象時的不可或缺的重要一維。事實也正是這樣，無論蹩腳的詩人還是那些常常能給人以震撼的詩人，他們在寫作時總有一種高蹈於「語言」之上的自豪感，超越常規的「修辭」常常成就著這種感覺。他們常常創造一些讓大眾或很多人「不懂」的東西，但詩人並不懼怕「不懂」，因為他們超越了讀者的閱讀期待，

並創造著一種新的期待。「孤獨的輝煌」是詩人的專利，「修辭」在這裡扮演了另類「語言」的角色。

一

　　「海外華文文學」或者說「海外漢語寫作」，在世界文學史上都是一個極其特殊的「另類」。它被納入研究視野的原因與機遇是複雜的。回顧中國大陸自二十世紀七〇年代末所開展的「海外華文文學」研究歷史我們可以看到，它的「源頭」是從「港臺文學」起始的。這裡實際上潛含著一個重要的命題—即它是與「地緣阻隔」和冷戰時期「意識形態分裂」的文化存在狀態密切聯繫在一起的。但問題的關鍵是，這種狀況並不只是影響到人們的政治性生活，它的長期存在實際上向每一個具有過「雙重國籍」的個體提出了如何進行文化歸屬的定位和文化身份體認的痛苦而又尖銳的選擇難題。尤其是當這一選擇與主體的物性「生存」直接關聯時，問題的嚴峻性就更加突出。我們所要關注的重心是其痛苦選擇過程中的「精神表達」，或者說是其對主體「修辭行為」的影響。主體所在「區域」（在此我用「區域」而不用「異域」，是把「香港」、「臺灣」及世界各地都看做是一個個具有獨立文化系統的處所）由於種種原因對「我性」的歧視（拒絕接納）與「我性」由於「根性」差異對「區域文化」的陌生（拒絕進入），使主體被置於一種全面絕緣的「懸置」狀態。這種狀態在早期被迫到達臺灣的大陸人及移居於其他國度的中國人身上，表現得十分明顯。兩岸隔絕時期與中國大陸處於「非常時期」（如「文革」）的歲月裡，無以訊達的處境，使「仰望」與「想像」成為了一種定格的姿態。自感「無限」和上述那樣的「雙重拒絕」，不僅使主體的修辭狀態處於「無權力」狀況，而且「修辭」成為主體隱秘「精神表達」的主要思考因素，即「修辭」為主體提供了最大的可能性。其修辭行為表現為

對所處境遇之中的意識形態的淡化、超越（雖然這種行為並非完全自覺），表現為對利害與利益之於個人關係的跨越。在這一「淡化」與「超越」的背後，是「文化同根」歷史記憶的驟然強化，是對民族共同性精神依憑的自覺靠攏。對「歷史記憶」的「想像」的過程，就是「歷史記憶」的實體化過程。這一狀態對與主體「修辭行為」的制約，表現為主體修辭的「倫理化」語境，表現為主體對於「修辭倫理化」的幾乎惟一的策略選擇，這成為海外華文文學「鄉愁」主題生成的主要緣由。從這一角度我們看到，在臺灣這個被特定的歷史鎖定的「區域」裡，「現代漢詩」寫作的「修辭策略」選擇，鮮明體現出頑韌的「倫理化」走向。以余光中為例，他的創作涵蓋了從五〇年代到八〇年代長長的歷史階段。《舟子的悲歌》、《藍色的羽毛》、《天國的夜市》等早期詩集不必說了，即使是他自覺轉向「現代」的詩作如《鐘乳石》、《萬聖節》等作品集子，雖然歐化的詩作外形令人怪異，但其「精神傳達」的「姿態」與修辭的「倫理化」趨向並未改變。對於余光中來講，與中華文化「經典歷史」的關係，不只是其熟悉、研究的對象，而是一種對「根」的追懷、向「強大」的尋溯、對一種「權力」的靠攏。說白了，是對「修辭」與「演說」合法性的體認與定位。他在「現代性」方面的嘗試，其詩作運思方式的暫時的「西化」朝向，並不意味著倫理化修辭策略的改變。「漢語寫作」的任何借鑒與挪用，都離不開「漢語性」的制約。「語言」與「修辭」的一體化及相對於創作主體和彼此關係範疇裡的越來越強烈的「本體」性質，都意味著任何寫作只能是一種被語言嚴格管轄的「被動寫作」。詩人的創造常常體現為不斷地遭遇困境又自感不斷走出困境的痛苦過程。「借鑒西方」或採用其它方式，我以為都只是為「自己」製造「陌生化」效果，而難以影響到最終的修辭效果。如此看來，某種自

覺或不自覺的「回歸」,[1]並不能僅僅只看做是主體對某種「技藝」厭煩之舉,而極有可能是多種修辭權力鬥爭的階段性結果。余光中在二十世紀八〇年代以後的「傳統回歸」,顯然是向一種「修辭」的「合法性權力」的「歸化」,儘管在他是相當自覺與理性的。另一位重要詩人洛夫也可作如是觀。其自覺高標的「漂泊者」的文化身份,決定著其「精神傳達」永恆的傾訴性,懼怕「漂泊」的「漂泊者」的隱秘情懷,敢於直言「漂泊」,恰恰是暗示出對「泊定彼岸」的渴望。也許對於洛夫來講,「漂泊者」身份更便於使他與所有的對象保持一種距離,「第三隻眼」的「廣角性」,有助於把「疏離」在語境中轉換為「尋求」與「認同」。「修辭」體現為對「文化情懷」的執著與「歷史記憶」的醇化。

在二十世紀五〇年代至九〇年代裡,「修辭的倫理化」傾向也是臺港澳以外的海外華文文學創作的共同性訴求。新加坡華人詩人彼岸(林今達)〈寫給祖國的情詩〉,雖然失之直白,但卻可以透視相當多海外文學作家的「修辭情懷」:「假如祖國拒絕了我/讓痛苦把我捏成一尊望鄉石/碧血長天叫痴情燒出一隻葦鶯/在蘆花飄絮的季節裡。」其實這樣的姿態,在所謂「現代的詩形」裡也一樣的突出。比如懷鷹(新加坡)的〈八月燈籠〉:「一串雪白雪白的笑/輕輕滿起/在我殘夢裡/孩子提著朦朧的童年。恍惚是花屏/酩酊的詩人/我在他的酒瓶中/看夜光杯晨的圓月和圓月/采石磯仍有潮音綿綿。八月/那個十五的燈籠/照亮舊舊的記憶/圓圓的餅/包裹著一顆族情。」我們看到,此詩的前一節似乎更具有「現代」的「朦朧」,但是中華民族「相逢把酒」的「倫理情景」,使我們體味到,「滿起」的酒杯裡,是天然純潔(雪白雪白)的情(笑),「殘夢」與「童年」都

1　一般的文學史研究者都認為,余光中在二十世紀八〇年代詩歌創作有意轉向「傳統」。

是指向不絕如縷的「歷史記憶」。正因為如此，詩的第二節便直接進入對民族倫理化，「典型場景」的描繪了。「通感」與「暗示」等此類「現代性」，不但從一開始就被「倫理化修辭」所統轄，而且就是「倫理化修辭行為」的細節動作。滲透著這種「倫理化修辭」的「現代性」是相當多的。千瀑（越南）的〈家鄉〉、馬力（奧地利）的〈如水的表達〉、遠方（美國）的〈插花〉、和權（菲律賓）的〈印尼〉、鄭愁予（美國）的〈在溫暖的土壤上跪出兩個窩〉、柔密歐・鄭（印度尼西亞）的〈冬至讀李商隱〉、子帆（泰國）的〈歷史的傷痕〉、張真（瑞典）的〈新的〉等等。在海外華人文學中大量存在的「懷鄉」、「懷舊」、「思故」、「朝祖」、「戀親」等一類創作中，我以為這並不是什麼主題一類的東西，當然也不是用「情緒」之類的概念可以完全說明了的，它是一種姿態，被一種滲入「社會化文本」言說的強大的歷史傳統和現實存在所制約。走進「漢語言說」，就必然呈現「漢語」的修辭行為方式。

　　不僅如此，漢語的「修辭倫理化」在海外華文文學整體景觀中，還表現為對其修辭行為展示過程中「角色意識」的強大影響。他們以詩或其它文類在「精神傳達」時面對對象的「仰望」視點即「想像」的漫化過程，呈示為從「類型」走向「種型」的過程，即創作主體既體味到文化「孤獨感」又不想成為純粹的「孤獨者」。因此，其「漢語身份」就成為其強大的內在支撐。與「漢語淵源地」的遠離與阻隔，在「仰望」裡，「小我」與「大我」的關係也順勢就自然生成。「遊子」的眷念範疇將更多可能地指向「故土」、「母親」。父與子、遊子與故里、萍與根、月缺與月圓、小溪與大海等等倫理化關係指涉，便成為「小我」與「大我」的能指。靠「想像」完成的眷戀裡，「愁」、「苦」、「痛」、「哀」、「悲」等就是「倫理化修辭」的格調或色彩的顯示了。這些特徵，在那些具有「雙重文化身份」的早期「海外華人」身上體現的最為明顯。

二

　　文學作品中的「時空狀態」，既是我們分析創作主體修辭行為的重要對象，又是所有修辭行為生成的結構型因素。在一般的敘事類文本中，「時空」表現為對時間概念的使用、有意的時空提示或全知型的時空描述等等。傳統的所謂「順敘」、「倒敘」、「插敘」、「多線並行敘述」、「多線非並行敘述」及「混敘」等，其「時間」首尾就是「空間」的邊界。讀者一般是從「時間」來體認「空間」的。其「時間段」與「空間塊」是連在一起的。一般的情形下，創作主體與作品兩個對象之間的「時空感」在藝術分析中可以忽略不及。其實，我以為這裡正藏納著「修辭行為」的隱秘性。我們知道，文學的「生活情景」一般都是指向「過去」的，「回憶」是它的一個基本性質。為了某種目的，主體對過去有意「遮蔽」或「放大」，是文學「虛構」的一種必然。這種狀況，遠非「文章學」、「主題學」的範疇可以解釋完滿，毋寧說這本身就是「修辭」。由於海外華人特殊的文化身份所帶來的對「區位」特殊敏感，「時空意識」成為他們的關注焦點。他們的「時空意識」更多地並不體現在「文本內部」，而是體現在作者與文本之間。在眾多的作品中，「文本的對象性」之於作者，既不是「全知型」的俯瞰，也不是第一人稱視角的有意限定，而是煞費苦心地把「空間」暗示導向「時間」──更多的是「歷史時間」（即記憶）。「歷史」在他們的感受裡，絕不是時間流程，而是凝結的、實體性「空間」。這「空間」與其「地理區位」、「文化傳統」、「語言與言說」及「生命倫理」等是密切連在一起的。它是「仰望」之所、「想像」之域、情意之根。個人與這一「時空」的關係，就勢必成為「邊緣」與「中心」的狀態。──「時空中心化」，我以為是海外華文文學創作的一種特殊的修辭行為。

我們來看下面這兩首詩：

　　不再風花不再雪月

　　吾即風花吾即雪月

　　不再煙雨不再烽火

　　吾即煙雨酒泉烽火連天

　　家國鄉土胃痛牙痛搖搖晃晃

　　遍體傷痛的老地球咀嚼

　　跌打損傷的鄉愁

　　不再鄉愁不再驚蟄

　　吾即鄉愁吾即驚蟄

　　揚手一陣風起

　　舉足一片落葉

　　悠哉遊哉風裡的落葉

　　不再歸根不再結果

　　吾即不歸之根不結之果

　　　　　　　——〈六十初度〉〔美國〕秦松

　　別你之後的路

　　我走得很慢很慢

　　父母親刻印給我們東方的膚髮

　　我們說著同樣的方言

　　可我的心

　　已像古牆般蕭然

　　你的腳步未到此地

　　多少春榮秋謝的驚異

　　我看見了

　　你看不見

看不見也許是你的幸福

我雖走得很慢很慢

離你的夢畢竟越走越遠……

　　　　　　——〈無題〉〔荷蘭〕葉雪芳

　　在〈六十初度〉裡,「無奈」是一目瞭然的。但我們要問的是「無奈」對誰說?顯然不是只朝向「自我」的,「風花」、「雪月」、「煙雨」、「烽火」的暗示指涉,不僅是「年輕」的「有為」、「盛年」的「英發」或奮鬥有成的歲月,而更重要的詩蘊寓著「歲月」生成的實體「空間」。如此才有了「不歸之根」、「不結之果」的「浩嘆」。「過去」與「現在」的對比、「少」與「老」的差異、故國「華年」與異鄉的「嘆憐」,都直指那已化為語境因素的「時空中心」。詩作從一開始由「歷史記憶」切入,就已經確立了「時空中心化」的修辭行為的展開範疇與行進方向。「哀嘆」裡滿蘊著對特定「時空」的「仰望」與「想像」。這與辛棄疾一系列的「悲憤」詩作有很多相似之處。

　　〈無題〉一詩,似有「愛情傳達」的意味在裡面。但我以為,「你」、「我」的人稱設置,似更多考慮的是「傾訴」的方便。聽者「缺席」的狀況,騰出的空間是為了把「你」「時空化」——「我走」,也許起初的動機正是為了「你的夢」,「春榮秋謝」的「驚異」裡,「我」改變了自己,才有了這份「離你」「越走越遠」的愧疚。在這首詩裡,「時空中心化」不再如〈六十初度〉那樣融化為無處不在的語境因素,而是人稱化、個人化、生命化。修辭對象的這種「個人化」狀態,就使得詩作的所指呈現為多極化。無論潛含還是外現,修辭行為都是在「時空中心化」的過程中完成的。同樣的,如果我們可以把「時空中心化」姑且稱為主體要達到的目的的話,那麼,它可以說是依托於「修辭行為」而達到的。其「言說過程」不僅表現為「語言」形態,也是「修辭形態」。

三

　　「意象」與「修辭」的關係，乍看起來似乎是「結果」與「手段」的關係，這是因為，「想像」指涉性不僅與「主題」有關，而且與「修辭情景」即主體創作時的情緒、心態及自扮角色也大有關係。從傳統意義上說，「修辭」的功能只是「勸說」，它所顯示的僅僅只是主體「對別人說服並使其確信」的能力。這一亞里士多德的理論，應該說是更適應於「口頭修辭」或有準備的「演講」修辭。這些情形中多少存在著為修辭而修辭的意味。「因為它們創作出來之後其準備使用的交流方式是我們通常所謂的『說』與『聽』這種人類行為。」但修辭更重要的功能是在於，「修辭是改變現實的一種方式，它不是通過將能量直接應用到物體上，而是創造話語，通過調節人們的思想及行為來改變現實。」[2]文學的修辭，至少要力避「口頭修辭」的兩個方面的取向。一是「信息傳遞」，二是與「受眾的個人化聯繫」等。因此，「意象」作為修辭承載物，並不特指向某個個人的經驗領域，而是一開始就生成在「公共領域」。為此，創作主體並不關心寫給誰，而是更注意自己與描述對象之間的關係。這就使「意象」的指涉具有了濃郁的「修辭傾向性」。比如「創世紀詩社」的幾位代表性詩人洛夫、瘂弦、商禽、簡政珍等，他們對於「根」的「仰望」姿態和「漢語」培育的「文化情結」，都使得其在「意象」選擇上呈現出鮮明的「共同性」。[3]別的可以不論，單是他們曾大量地對中國歷史或「古典題材」的翻新式描述，就可以說明。大量出現在海外華文詩作

2　卡羅爾・阿諾德（Carroll Arnold）：〈口頭修辭、修辭及文學〉，《當代西方修辭學：
　　批評模式與方法》（北京市：中國社會科學出版社，1998年12月）。

3　可參見章亞昕：〈漂泊的身世與超越的情懷──論臺灣創世紀詩社的創作心態〉，
　　《淮南師範學院學報》2000年第1期。

中的「長江」、「黃河」及其名山，這些「物象」在記憶、想像的增色裡，不但與大陸詩人筆下的「情韻」有極大的差異，而且也與它們的古典能指大為不同。「風花」、「雪月」、「煙雨」、「烽火」、「冬」、「春」、「秋」、「圓月」、「燈籠」、「印泥」、「池塘」、「鋤頭」、「小窗」、「落葉」等等枚不勝舉的「意象」中，這些「意象」的所指範疇不僅被「漢語」的「歷史生命性」所規定，而更為重要的是被「族性、國性的倫理」所浸潤。對此我們可以這樣發問：詩人為什麼非得採用這些意象不可呢？其實這不是僅僅從詩人的主觀動機一途能詮釋得了的。一種語言對人的制約性，並不僅僅表現在「語法」的歷史約定和使用習慣，而是它的思維結構及對外在整合能力的全部。對語境的調適、口吻的斟酌、修辭時機與情景、對象、可能性及策略的選擇、對語言能指與所指的洞悉與會心等等。這一切都極大地限制著主體在寫作時對語言的跨越可能性。語言及其體系，對人的制約是無處不在的。依附於語言的「意象系統」，本身就具有可供選擇的明確邊界。同時「意象系統」也自然產生與之相適應的修辭行為和策略，海外華文文學的許多共同性也許正是由此造成。二十世紀以來，不論是八○年代以前的「華文文學」，還是八○年代以後的所謂「新移民文學」，由「文化身份」認同焦慮而形成的「鄉愁」主題、「困境」言說、「歸化」期待、「仰望」姿態及「想像」定向等，都可以明顯地看出，「修辭行為」作為植根於「語言」具有恆定意味的結構性功能，不但可以穿越時空限制，而且越來越表現出對創作主體的制約。「修辭」在此顯示了它的「本體性」。

文學修辭現象研究之二
——巴金創作的「命名」與「命運」

　　我嘗試從「思潮」與「命名」的關係角度對巴金進行「史性」考察，是想提出並描述以下幾個問題：一、有關巴金意義與價值的「命名」過程與階段變化是否只是不同文學思潮制約下的意識形態化價值的重覆言說？二、如果不是，那麼其意義與價值的建構邏輯與過程程序有無別的可能？三、巴金的自我命名及對已有命名的體認與讀者的命名及讀者對已有命名的體認究竟存在多大的差異性？其「差異」的「共同合法性」為何及對此如何解釋？四、在文學思潮視野和「意義與價值」的範疇裡有無「完型命名」及「命名」走向「完型」的可能性？

　　中國現代作家的「命名」命運的複雜性、混沌性是一個可以想像但卻難以言說的話題。這不僅因為「命名」規律無跡可尋及「命名學」學科規範尚未建立，而且是命名的權利與權威的構成因素並不只是命名者與被命名者兩個方面。以作家身份走進現代的中國現代知識份子，其與二十世紀以來中國幾個不同時代時而「親昵」、時而「疏離」及「親疏」並存在無機化狀態，不僅使其形而上的知識份子身份始終難以明確，並連帶著使其形而下的「作家」生存身份也變得模糊不清。這不只是作為客體時代所能獨立造就，更多的是作為主體的內因之力所致。在啟蒙主義普遍法則與中國自近代以來的連續性失敗現實所共同形成的統一性的時代召喚結構裡，任何個人的任何猶豫、任何駐足、任何的別樣化選擇，都極有可能被視為可恥的逃避或不負責

任的墮落。不論是被時代所感召抑或是自覺地撲進時代的懷抱，都不是個人理性前導下的純個人行為。自覺地與時代保持一種親密關係，並以此與「人民」建立其被時代首肯的「合法性」關係狀態，成為二十世紀中國在很長一段時期裡知識份子所企慕的「命名」境界和永葆其浪漫情懷的精神圖騰。在時代思潮專制與知識份子人生意義與價值追求的交匯處，任何個人的選擇不僅意味著與時代選擇的共同性及所具有的天然合法性，而且意味著時代文化權利的形成，也還意味著時代文化權利對個人支配的全部可能性——這一點，至少可以在中國世紀初至七〇年代容易得到說明。

包括文學在內的中國現代人文科學的「命名」的限定性，就在這樣的背景中被孕育，並在很長一個時期裡成為命名者與被命名者的一種宿命。巴金當然被置身其中。

一

一個作家命名或進入命名過程的初始狀態，應當說是很簡單的。這種「簡單」形成了所有作家被命名的初始狀態的相似性。說白了，只要你的創作能引來關注，命名便即開始——對作家的這種命名，我稱之為「批評命名」。只有當你進入「文學史命名」的時候，其「命名」的複雜性才會產生。在「批評命名」的語境——即無機化語境之中，「命名」的無機性並不是由命名權力擁有者的疏忽所造成，而是來自於被命名者的無足輕重。初始狀態中在被命名者急於被接納的期待視野裡，是不存在命名權力之於個人的先置感覺的。命者者被命名者之間的「虛擬化」關係狀況，不僅表現在「命名權力」的隱匿性方面，而且表現在二者之間暫時的平等隨時都可能由於被命名者創作的連續性出現而被打破。在這種多次「打破」的過程中，「命名權力」在命名者與被命名者之間從一開始就產生「落差」，勢必會逐步縮小

以至於消失。當對一個作家的命名形成一種群體狀態時，又會形成一種新的「落差」——被命名者對已有命名的確認權力。其實到這個時候，命名者與被命名者完全被倒了個兒，並且被永久性的保持著這種不平等的「落差」。何以有「店大欺客」到「客大欺店」？我認為責任並非全在「客」之一方。「批評命名」無機性所面對的同一對象，在自由「命名」的同時，也有意無意的積累著關於對象的「意義與價值」。「對象化過程」就是彼此成為另一種向度上的「對象化過程」。並且是，這一變化又必將導致「對象化過程」的永無完結。換一種表述，即是作家被定格於「文學史命名」領域。

　　巴金創作其成名作《滅亡》時的觀念狀況與精神態勢是我們所熟悉的。為什麼要寫《滅亡》——當時年輕的巴金反覆而動情地表白、是為了得到「背叛者」的「寬恕」。「我有一個哥哥，他愛我，我也愛他，然而為了我的信仰，我不得不與他分離，而去做他所不願意我做的事了。」「我有一個『先生』，他叫我愛，他叫我寬恕」。「為了愛我的『先生』，我反而不得不背棄了他所教給我的的愛和寬恕，去宣傳憎恨、宣傳復仇」。[1]這裡所提醒我們注意的是，巴金請求寬恕的對象不是「文學」，而是藉文學所進行的「宣傳」。雖然他後來多次說過自己寫《滅亡》時其實並不想當作家，[2]但這絲毫也不能淡化巴金當時為了「宣傳」而選擇文學時對文學「意識形態」的側重與聚焦（其實，作家在不同語境中的「回憶」常常是靠不住的）。他在《滅亡》序裡對「宣傳」動機的直言不諱與他後來所說的只想「給我的兩個哥哥翻閱」、「送給一些朋友」[3]之間的矛盾性，潛含了巴金自己在面對幾十年當中在關於《滅亡》「命名」的巨大困惑——他越來越難以容忍一代又一代的讀者把《滅亡》的價值「意識形態化」。但是，對這

1　〈序〉，《滅亡》，《巴金研究資料》（上），頁216。

2　其一系列的文章在此恕不一一列出。

3　〈寫作生活回顧〉，《巴金全集》，第20卷，頁584。

樣的「命名」，巴金從一開始就是無能為力的。當毛一波以「同黨」心境讀出了他的「宣傳旨意」時，他既沒有辯解，恐怕也有被說中了而沒有必要說話的意思。毛文很乾脆的指出《滅亡》「綜合地接受了托爾斯泰的人道主義，阿爾巴綏夫式的虛無主義，和克魯泡特金的無政府主義」，並且更尖銳的直言作者已經把這些「主義」「人格化」。顯然，這一篇對《滅亡》的批評，其「命名」所指不僅僅是作品，也包括了作家。關鍵的問題是，對《滅亡》的如此釋讀與「命名」卻得到了當時文壇內外的一致首肯。王哲甫在一九三三年出版的《中國新文學運動史》中把《滅亡》稱為「一九二九年中國文壇僅有的收獲」。他分析說「主人公本是一個虛無主義者，他（指杜大心）參加革命的動機，據他自己說，是為壓迫的群眾爭自由謀幸福的」，而實則是「以革命發揮個人的理想，他是一個羅曼蒂克的革命者」。[4]這種在二十世紀三〇年代「革命文學」語境中的「命名」，不但由作品的「宣傳指向」所明示，也由作品中主人公的「主義」背景所孕育——從這一部作品來看，說巴金是「三〇年代精神的產兒」更合適。這種「命名」的影響對巴金是巨大的，以至於當巴金把自己鎖定於「作家」身份而有意轉向五四「啟蒙話語」時，依然制約著對他在三〇年代一大批作品的「閱讀限定」與「命名走向」。

　　我一直是把《愛情三部曲》當作是巴金從「革命話語」轉向「啟蒙話語」的過渡性產物。當他的「無政府主義」信仰在變化複雜的現實面前不斷的遭遇艦尬時，其在愛情外衣包裹下的「政治信仰」的「宣傳指向」就容易從《滅亡》的「羅曼蒂克」走向「寫實」——《電》結局的悲劇性即可證明這一點。「命名」之與《愛情三部曲》的冷漠與巴金自己對之的「私淑」、「偏愛」之間的落差性，一方面說明作者在繼續堅執於自己「信仰」的基礎上對已有「命名」的體認，

4　《中國新文學運動史》（北京市：傑成印書局，1933年9月），頁226。

並試圖大規模強化已有「命名」的「宣傳功能」，另一方面，奔馳般發展的時代以及與之緊緊適應的「命名語境」，已在有意的暗示著對巴金自我「偏愛」的拒斥。當《家》的「啟蒙話語」與《愛情三部曲》的「革命話語」一同擺在讀者面前，而當讀者的棄取與作者的期待大大偏離時，巴金收穫的就不僅僅是痛苦了，而更多的是時代文化權力在「命名」上對他表現出來的居高臨下的強制制約——他的所有辯解都是無力的。其實，「意義與價值」在這種時候更表現為被「權力」認可的狀態，一種思潮作用下的「多數人專制」，一種以「權力」為核心的「命名」。這一種「權力」，在當時就連「自由主義」的理論代言人李建吾也同樣在熟練地使用著——他把自己素鍾愛的廢名的風格與巴金的風格進行比較，對於後者他顯然是不喜歡的。「用同一的尺度觀察廢名先生和巴金先生，我必須犧牲其中之一。因為廢名先生單自成為一個境界，猶如巴金先生單自成為一種力量。人世應當有廢名先生那樣的隱士，更應當有廢名先生那樣的戰士。」當巴金的讀者——「二十歲以下的青年」以「憧憬的心、沸騰的血、過剩的力」「急於看見自己——哪怕是自己的影子——戰鬥」時，「於是巴金來了，巴金先生和他熱情的作品來了。」李建吾從「遲疑」的《霧》、「矛盾」的《雨》、「行動」的《電》中讀出的是他不願意看到的「衝動」及青春而空泛的「愛」。[5] 對於這些，巴金自然是要辯解的，他抓住對方「求一快於人我俱亡」的斷語及其中所暗示的「誤讀」，再一次申辯自己筆下的人物與行為並不是「恐怖主義和虛無主義」的混合物——比如「敏犧牲自己只是因為他想進一步地跨過那生與死中間的距離」，「杜大心犧牲自己只是因為他想永久地休息。而且他相信只有死亡才能夠帶來他的心境的和平」。當他大聲疾呼「知道這個似乎就

5　〈愛情三部曲——巴金先生作〉，《咀華集》（廣州市：花城出版社，1986年6月），頁4-5。

只有我」[6]時，巴金那悲傷失望我們是看得很清楚了——這些，連你「劉西渭」都看不出來？! 我想說的是，這些是不是表明了業已成為洪濤般「思潮」的時代文化權力的「命名」威勢，連自覺處在時代邊緣的「自由主義者」也不得不有意無意地受到它的影響？時代對巴金創作「意義與價值」的意識形態強行建構與定位，使得巴金自己對作品其「形而上」（比如生與死的範疇）的「意義與價值」的「命名」不但顯得無用，而且在當時很容易被看作是某中驕矜的做作姿態。

　　作為「故事雖然沒有想好，但是主題已經有了」[7]的《激流三部曲》，其中的「啟蒙話語」的轉向標誌也並為在「描寫五四一代青年的奮鬥」的初步構想裡予以坐實。自從他決定「把我大哥作為小說的一個主人公」時起，其走向「啟蒙」的腳步便明顯地堅定起來。從一開始矚目於「反抗」到轉向側重於反抗的「對象」——家庭，我以為，是能夠說明巴金是在抗拒著那來自於時代文化權力對以往創作的強行「命名」的。巴金對五四的自覺皈依並以「五四的產兒」自命，其表面上並不是以對三〇年代「革命思潮」的斷然否定為前提，其動力毋寧說是來自於對時代文化權力在「命名」時對其「意義與價值」任意放大、縮小的不滿。然而有趣的是，儘管巴金在《家》、《春》、《秋》裡把青年的反抗由「社會」挪到了「家」中，儘管他的創作意圖依然是想突出「青年一代的反抗」，儘管從作品的結構面貌、篇幅分布、敘述指向等方面也已證明了「覺慧」的「中心性」，[8]但迄今為止的數百篇有關「家」的系列的研究文章卻都又是不約而同地從「反封建」、「揭露舊家庭的惡罪」等方面來對其「意義與價值」進行不厭其煩的重複建構。巴金的自我辯解在這種眾口鑠金的「命名」面前，

<hr>

6　〈《愛情三部曲》作者的自白〉，《咀華集》（廣州市：花城出版社，1986年6月），頁34。

7　〈關於《激流三部曲》〉，《巴金全集》，第20卷，頁675。

8　辜也平：《巴金創作綜論》（福州市：福建教育出版社，1997年10月）。

又一次顯得徹底的無奈。覺慧形象的單薄性。我以為並不是來自於「文本」在安排上的「缺陷」，而是來自於強大的思潮影響下的「命名」專制對作品的無形遮蔽。此書的「暢銷性」，正說明了在思潮挾裹下的廣大讀者對時代「命名」的高度認同。在巴金這裡，這種認同的「同一性」與其他作家相比是有其獨特性的。表現在魯迅、矛盾、曹禺甚至丁玲身上的那種前後不一的「命名」複雜性，在他這裡卻始終呈現為作家創作動機與讀者體認的「不諧和性」。而我以為，這種不諧和性，其主觀原因是一個很重要的因素。巴金對時代文化「命名」權力進行某種「反抗」，表現為只是一味地針對讀者的「誤讀」進行辯解，而始終不曾考慮普遍誤讀的真正癥結何在。其實現在看來，讀者雖然是明顯受著時代的牽導（尤其是二十歲左右的青年），但是讀者所從作品中意會到的全部，並未完全偏離作品的召喚結構所給出的暗示性內容。問題可能就出在作家的創作動機與其作品「完成態」的吻合層面的錯位與落差。當他的本意要讓杜大心以死去獲得「和平」之境時，但卻為他的「死」安排了一個「復仇」的「機遇」；覺慧的「主人公性」，在覺新於作品世界裡日益成為所有矛盾的吸附中心的結構發展過程中必然遭到消解。如果說「動機」與「主題」意味著作家對自我作品世界「意義與價值」的建構與「命名」，那麼，讀者對於已獨立於作家的作品「意義與價值」的建構預想，則可以全然不顧──作者無論採用什麼樣的方式去引導、解釋，其作用都是無法與時代文化權力的威勢相比擬的。加之作家在自己的作品結構中又沒有進行相應的「召喚」調適，讀者的「誤讀」可能恰恰證明了作者與作品的諸多「缺陷」。有研究者已經注意到了這個問題：在「激流三部曲」問世後的幾十年間，巴金對之進行了前後多重矛盾性的解釋，五〇年代到八〇年代初，作者長期對讀者「誤讀」與「全力化命名」的沉默，以及後來又對作品發表之初的解釋進行回應等等，這些是否在說明著巴金對已有「命名」的體認與讀者對已有「命名」

體認之間的巨大差異呢？這種差異說明著在建構「意義與價值」的過程中，「思潮」是其重要的一維，尤其是當時代文化權力走進體制之後，當某些先前的「命名」與歷史的和現實的某些「政治利害」相扭結時，來自作家的任何重新命名的企圖，都是徒勞的。

二

　　一九四九年以後，巴金與其他中國現代作家一樣，不僅面臨著新一輪被時代重新體認、「命名」的境遇，而更為重要的是，這種重新體認已先在地把包括作家在內的所有因素都強行地予以「政治文本化」。新時代「命名權力」與「命名過程」的政治化，使得在此之前的所有「命名」都顯得無足輕重。毛澤東對魯迅意義與價值的獨特言說，其中所鮮明顯示的建構邏輯和對作家的命名方式，已決定了所有將走進當代文學教育系統的作家作品，必須經歷與所有「歷史命名」無關的、全新的、反覆的「政治化命名」。對於作家們來說，這一切因為有過三〇年代的親歷、有過一九四八年前後的「天地玄黃」的見聞而並不顯得突然。比如，茅盾在一次文代會上代表國統區作家所作的題為〈反動派壓迫下鬥爭和發展的革命文藝——十年來國統區革命文藝運動報告提綱〉的報告裡，就已經在用「檢討」、「反省」的口吻對「國統區作家」進行了謹慎的、低調的、籠統的「重新命名」。在肯定了「就國統區的革命文藝運動主流來說，最近八年來也是遵循毛主席的方向而前進，企圖向人民靠攏的」之後，便跟著就詳細列舉了七種國統區作家作品的「毛病」，並認為造成這些「毛病」的主要根源在「主觀」方面，尤其是強調了國統區人民「缺乏根據〈講話〉的精神進行具體的反省與探討」，「對〈講話〉的深入研究是不多的」。這說明著許多作家已經意識到即將來臨的「重新命名」，並且其甘願被選擇的姿態虔誠而鮮明。不過需要指出的是，對「重新命名」的

「嚴酷性」的猜想在許多作家那裡是被輕描淡寫的。

　　從五〇年初開始，「中國現代文學」正式進入文學教育系統。「中國現代文學史」學科的正式誕生，使得包括巴金在內的現代作家開啟了主要是作為「文學史命名」的對象的歷史。在繼續強化作家作品的「思想意義」的同時，巴金被安排進「革命的民主主義作家」行列之中。這一「安排」與「命名」對於巴金來講應當說是幸運的——五〇年代裡，《家》得以重排出版發行，根據作品改編的電影也陸續在全國上映，《巴金文集》一至九卷也於這個時期問世，並且還有幾部研究著作或論集出版。加上五〇年代後期對於巴金討論的小高潮等等，巴金在意識形態依托體制威力大規模對一切實施統轄的年代裡，擁有了一份醒目的「寬容」。在重新命名一切的新年代裡，我以為，正是其作品在過去被讀者的長期「誤讀」效應的當代延續，才使得他及其作品的「意義與價值」的當代重建因具有「歷史」的「意識形態化」色彩而被敏感的時代政治所寬容。對作品人物「反抗行為」的「革命」認同、「反封建」思想意義的凸現化、對其生涯「無政府主義」印痕的淡化處理等，不僅表徵了新時代對「歷史命名」的迅速體認，也為巴金自己與新時代讀者在面對「歷史命名」時快速取得一致提供了暗示與路徑。實際上，巴金很快就這樣做了——對自我「歷史」「信仰」忐忑不安的「沉默」、對現實變化的低調附和、「結結巴巴」的「表態」和其對生存意義的「體制外」身份所帶來的自我安慰的感覺等等，其所有的「努力」都集中於試圖走進新的時代文化權力的「體制」之內，並奢望著使其盡快地固定化、永恆化。無論如何，這種情勢畢竟為巴金在新的時代裡重新擁有「意義與價值」提供了一種「彈性空間」和可能性指向。不過值得注意的是，所有的「美學分析」之於「革命的民主主義」作家身份而言，其指向與功能都只是在對其新時代「命名」的確認方面才產生了意義與價值，「美學分析」僅僅只是「革命」身份的一種「修辭」而已。由此我們看到，「重新

命名」的「嚴酷性」，便體現為對作家作品進行意識形態價值化的邏輯範疇、言說方式的不斷收縮與同一。隨著時代激進思潮的不斷發展與強化，上述這種暫且可以「苟且」的「彈性空間」也在逐步縮小並逐步趨向於無。時代文化權力最終全部收回並壟斷了「命名權」。其實，在這樣的時刻，作家與普通讀者都一樣地全部徹底地喪失了對作品的評判可能，更遑論「命名」?!

　　在「十七年」文學歷史當中，「革命的民主主義作家」成為巴金、讀者大眾與時代意識形態及其它各方面──即能夠或有條件參與「命名」的全部因素中惟一可以共同接納的「命名」。這一「共同性」還決定了對「命名」體認的方式，制約著所有對已有「命名」進行別樣解釋的可能的猜想半徑，也警示著所有那些試圖通過「美學分析」對巴金進行個人化「確認」的探險者所能抵達的深度底線。為此我們看到，馮雪峰作為文藝領導人在對巴金的評價中，透視出明顯的「謹慎」和俯視對象的居高臨下的「權力」姿態。他說《激流三部曲》「站在反對封建主義的立場上」，「在當時有暴露封建家庭的醜惡的黑暗以及地主階級罪惡的進步作用。」「這種進步作用……可以知道他在解放前基本上是一個現實主義的進步作家」。他還特意強調了「基本上」這一概念。籠統地肯定之後，馮雪峰對巴金「世界觀有錯誤」一面給予了深入的分析，認為作者對其作品人物的「個人的反抗」，「不能從階級分析的觀點和被剝削的勞動人民的要求來認識和揭露地主階級的罪惡」，並認為覺慧等對勞動人民的「同情」，「也還是少爺小姐式的」，因而，其「同人民的革命要求不僅有程度上的隔離，而且有本質上的隔離」，其作用的價值其實只是「可以增加我們一點知識」而已。[9]王瑤在其長文〈論巴金的小說〉中，論述所使用

9　〈關於巴金創作的幾個問題〉，《雪峰文集》（北京市：人民文學出版社，1983年），第2卷。

的修辭策略同樣是「避重就輕」：在充分論述了巴金創作的「思想意義」之後，對其「無政府主義」之與創作的影響、美學特徵及創作變化的原因等等方面，只能是點到為止。「美學分析」當中有意無意對「思想意義」的時時策應，也使我們能夠感覺到隱含其中的無奈。即使是在這一個時期「最有學術價值和影響的論文」——揚風的〈巴金論〉，其論證的邏輯構築與言說方式也一樣帶有明顯的「意識形態價值化」色彩，其策略是大大突出巴金的「革命民主主義」本質。[10]更為值得注意的是，雖然出於某種不得不如此的時代挾持而使這些「十七年」的代表性論述，在對巴金的「意義與價值」建構過程中帶上了時代文化權力的印痕，但問題是其論述的整體也依然並未給我們提供出異於「體制權力化命名」的任何別樣「命名」的可能。如此這般，我們說自三〇至七〇年代對於巴金研究實質上沒有多大進展，這一結論應當說是符合實際的。

　　從「恢復傳統」到「走向實真——凸顯學術——創造多元」，這一反映在八、九〇年代的中國人文科學中的過程特徵與路向標示，也同樣被完整地體現在巴金的研究之中。諸多「命名」遭到質疑，諸多在過去很長時期裡影響對巴金進行準確「命名」的「因素」成為言說的焦點和熱點。不過，即使如此，新時期對巴金的「正名」過程依然顯得緩慢而滯重。「革命的民主主義作家」的命名依然延續了很長一個時期。對巴金「意識形態價值化」的「閱讀」，不僅成為八〇年代一大批研究者的慣用視角，而且在文學教育體系之內其意識形態化的命名，仍舊是受教育者必須接受的經典結論。即使是到了凸顯學術關懷的八〇年代後期、九〇年代以來，從命名角度看，學術界對巴金的觀照依然沒有多少亮人眼目的新鮮。即以新時期已有的四次「巴金學術討論會」而言，其中心議題如一九八九年「巴金研究的回顧與展

10 《人民文學》1957年7月號。

望」、一九九一年「巴金與中西文化」、一九九四年「巴金與二十世紀」、一九九七年「巴金與同時代人」等，其背後所隱含的思維慣性令人驚懼。「回顧與展望」作為議題的空泛性是不言而喻的；「巴金與中外文化」這一議題的「泛文化」口徑，其在試圖為巴金尋找中外文化坐標的同時，那「意義與價值」建構思維的走向可能性，可能潛伏著把以往的意識形態閱讀貼上「文化」標籤重新發售的危險；至於「巴金與二十世紀」、「巴金與同年代人」的議題，難以避免與一九八九年的議題相重覆。至少我自己是這樣看的：上述議題中所含納的試圖對巴金進行「意義與價值」「命名」的重新建構的慾望，多多少少都透示「意識形態價值化」的情結負累。是不是巴金研究進入九〇年代後期反倒陷入「沉靜」的局面與此「情結」大有關係呢？有研究者已經指出：「就上述幾次學術討論會交流的論文及已出版的數十種研究著作、論文集看，巴金研究中的非文學傾向正在悄然形成。在大陸及港臺地區，目前出版的巴金傳記已達五種之多，而像明興禮的《巴金的生活和著作》、余思牧的《作家巴金》、李存光的《巴金民主時期的文學道路》以及潭興國的《巴金的生平和創作》，也大都帶有作家傳記研究的特點。而主要圍繞作家的文學作品進行研究的著作，卻僅有張慧珠的《巴金創作論》、《巴金隨想論》，姚春樹、吳錦濂的《巴金作品欣賞》，張民權的《巴金小說的生命體系》，宋曰家的《巴金小說人物論》以及由陳丹晨主編的《巴金名作欣賞》等有限的幾本。其中，不少又是隨感性批評或鑒賞性分析之作。在較有代表性的三本學術會議論文集《巴金研究論集》、《巴金與中西文化》、《世紀的良心》中，具體論述巴金作品的論文也不多。」[11]雖然作者是從要強化對巴金作品文本的研究出發來提出問題的，但其不樂觀的結論，也對我上面的論述具有佐證意義。

11　辜也平：《巴金創作綜論》（福州市：福建教育出版社，1997年10月）。

三

　　我以為，當我們把包括作家作品在內的整體看作是一個大文本時，對其進行「意義與價值」建構的就必然不只是「啟蒙主義普遍法則」這樣一個範疇，同時，把「意義與價值」建構看成是對文學「命名」科學性進行確證的惟一性也一樣應受到質疑。諸如讓巴金頂上一頂「革命的民主主義」帽子一類的「命名」，這不僅因為無視巴金的複雜性而可能使巴金永遠擺脫不掉被任意肢解的命運和「載體」性質，也使其對民族文明史的無以釐定。一個民族的文明歷史的活力，在很大程度上取決於那些天才個人的獨特作為——個人作為的價值取向、文化取捨與選擇的動力因素結構、行為目標的調整過程及個人與時代各個因素關係狀態的全部複雜性等等，都是我們對其進行「意義與價值」的建構、「命名」中不可忽視與不能捨棄的對象存在。對「複雜性」的正視與有效解釋，既是我們對一個對象實施體認的起點，也應當是我們對其進行價值抽象的歸宿。為此我以為，把巴金「倫理化」、「道德化」與把其「政治化」、「時代化」一樣，都有著有意無意使其「利益化」的危險存乎其中。巴金研究在九〇年代的相對「沉寂」，一方面是因巴金創作的「歷史激情」的啟蒙主義性質與已大大商品化的世紀末現實產生了某些一時難以相互「對象化」的阻隔，以至於使其在面對當下日益「後現代」的語境中難以於「共鳴」中被體認而失去了一些「重新命名」的機遇；另一方面——也是人們常常有意無意所忽略的，巴金「敘述」的淡薄，即過分仰賴語言的「工具性」傳達從而使「文學世界」的「能指」與「所指」在絕大多數的時候表現為「合而為一」疊合狀態，其「文學世界」的意蘊彈性在這種作者自覺追求「敘述能指化」之中被大大減縮，由此到來的結果只能使作品在不斷變遷的時代裡失去一次又一次被「重讀」的可能

性。如果說，在文化朝向「現代性」進發的過程中其「敘述能指化」的「歷史激情」尚能不斷遭逢到「啟蒙理性」眷顧的機遇，那麼，「後現代文化」中那些包括放棄責任、嘲弄激情等在內的「反文化」特徵，只能使其「啟蒙激情」一類的存在在有意拒絕中被迅速推向時代的負面位置——這顯然已是過去一大批「革命創作」與「準革命創作」在九〇年代的共同命運。我們看到，在九〇年代出版的一大批中國現代文學史著述，都遭遇到了對其「意義與價值」重建即「命名」的困惑與尷尬。固然，像「十七年」那樣的「政治化」命名是不大會再出現了——但「命名」卻又是必須的。其「困惑與尷尬」恰恰就在這裡——當「命名」難以進行時，「不命名」就成為一種「命名」的焦慮，也是「命名」選擇中的不得已之舉。在一大批「不命名」的文學史敘述裡，[12]巴金創作的「反封建」，依然還是對其進行「價值」說明的常規概念。當「五四」這一時間特稱頻頻出現在對人物性格、美學品位進行分析的過程之中時，我們就會鮮明的感覺到，「革命的民主主義」所籠罩下的有關巴金「意義與價值」的建構過程還在繼續，其「命名」被作為一種策略消融在相當隱蔽的「意識形態價值化」的敘述之中。在此敘述中我們感到矛盾的是，從容地談論其「無政府主義」帶來的複雜性與其「命名」的意識形態化言說竟是如此平安無事地相安一處！而這與「十七年」那種對巴金「複雜性」諱莫如深的敘述，何以產生同一結論呢？

　　這種文學史「敘述」的矛盾性，至今還沒有得到有效的正視。

　　其實，針對這一「矛盾性」的解釋是很容易做出的——比如我們已經意識到的時代文化權力通過意識形態對某種「別樣言說」的強制性規範，比如那些早已與時代主流意識形態結緣「共謀」而在一批人

---

12 可參見郭志剛、孫中田主編的《中國現代文學史》，朱棟霖等主編的《中國現代文學史（1917-1997）》。

那裡所表現出的「社會歷史學批評」的慣性作用，再比如長期以來在作品價值闡釋中對作家本人自我釋讀的過分尊崇等等。但儘管如此，我們的疑惑仍然還在——為什麼我們的學術努力在正視、解釋、避免這一「矛盾性」的方面總讓人難以興奮而遺憾重重？為什麼面對巴金的「知識份子言說」方式的誕生總是那樣步履滯重進一退三呢？為什麼在巴金「意義與價值」的建構、「命名」歷史裡其知識份子的氣息總是那樣柔如絲縷可有可無呢？我以為很多問題依然在於我們這些體制內的「知識份子」身上。有研究專家注意到了這樣的事實：「在對魯迅、郭沫若、茅盾等作家的研究中，人們往往可以見到不同學術觀點的熱烈討論與交鋒，而在巴金研究中，這種學術上共同探討的氣氛似乎並未完全形成。」「雖然偶有不同觀點見諸報端，但大多為眾口一聲的反駁所淹沒。最明顯的莫過於《隨想錄》的評價，先有香港大學中文系幾位大學生從文學技巧的角度入手，對《隨想錄》坦率地發表自己的看法，但很快就淹沒在巴金及許多巴金作品愛好者的憤怒的駁斥聲中；後有張放〈關於《隨想錄》評價的思考〉一文，對香港大學生抱同情態度，對《隨想錄》的藝術性提出質疑，但立即也引發了陳丹晨、邵燕祥的反駁。和這些現象同存的，是五卷《隨想錄》成書時文化界、學術界眾口一聲的肯定，溢美之辭頻頻出現。」[13]我以為，「見仁見智」的前提，是對象之與所有人的「平等」性。在對對象的「意義與價值」的「命名」與建構過程中任何形式與目的的「霸權」的形成不僅是可怕的，更是極其有害的。「偶像化」的背後，總是讓人懷疑其偶像製造者難免不是指向文學以外的利益企圖——這種情形，我們在中國現代文學研究歷史中見到的可謂多矣。

　　真正走入「學術化」，我以為是巴金研究在目前和今後的一項緊要工作。讓巴金進入不同理論色彩的自由言說之中，是一頗使我們為

13　辜也平：《巴金創作綜論》（福州市：福建教育出版社，1997年10月）。

難但卻必須邁出的一步。防止對研究對象在學術深化過程中的任何公開的、隱蔽的「時代利益化」的企圖，是我們在建構巴金文學世界「意義與價值」、「命名」體認時的應有的學術警覺。

文學修辭現象研究之三
——丁玲《太陽照在桑乾河上》的「修辭」解析

　　《太陽照在桑乾河上》（以下簡稱《太》作）作為丁玲第二個「轉換期」的重要作品，其意義並不在於它之於作家一生全部創作的縱向比較的前探性方面，而是在於它在丁玲創作轉換過程中所凸顯出來的身份意識、性別意識和對藝術體認的功能意識等諸方面，因夾纏而形成的複雜性及其「修辭行為」的「曖昧」狀態。顯然，常常徘徊於「自我大於題材」和「題材大於自我」之間的丁玲，在實際創作中卻彷彿不由自主地更傾向於前者。「語境」與「自我」之間不斷進行的衝突與協調的置換，深刻地影響著丁玲在諸如題材、主題、文風以及格調口吻的選擇上。丁玲，在「大革命風潮」中暴得大名、突遇「左翼」運動而意欲「轉向」、再到「延安時代」前期的「自由主義」，現實境遇中的「身份定位」與「藝術策略」選擇的矛盾，始終在折磨著她。外在壓力與誘惑促成的對自我的不斷放棄，又總是強化著「壓抑」與「反壓抑」的精神主題。不斷的轉向並未緩釋焦慮，那些具有內在衝突性的因素——比如革命的、政治的、藝術的、「女性」的以及五四、三〇年代、解放區的現實等，又不斷地附著於焦慮之身。焦慮產生的壓力並不是主要的，而是需要判斷焦慮是否會給自己的創作帶來新的可能。如果說，「身份」的確認是焦慮的核心，那麼，作為作家通向這一核心的途徑應當是對藝術創作修辭策略的謹慎選擇。正是如此，《太》蘊含了有關丁玲大量的、複雜的精神信息和「轉期」過程裡調整「修辭行為」的巨大努力。她要解決的問題是多

方面的——既要立起「自身歷史」與「現實需求」之間的界碑，又必須完成「革命者」身份主導下的「藝術」與「政治」的融合，還要使堅硬的「歷史必然性」與「女性的感性」有機的鏈結起來。「修辭」在此所擔當的實在是太沉重了。

一

　　一九二八年，當丁玲帶著「感傷」與「牢騷」推出「莎菲」時，[1]已是風雲激蕩的「革命時代」對女士「莎菲」行為所作的「革命性」解讀，使作家在驚喜且尷尬之中也由此被推向「再選擇」的境地。明眼人把莎菲看作「是心靈上負著時代苦悶的創傷的青年女性的叛逆的絕叫者」的判斷，[2]也同樣昭示著丁玲一走上文壇便與時代語境之間形成差異。「因為寂寞」，因為「自己的生活無出路」而形成的「對社會的不滿」，便成為她「提起了筆，來代替自己來給這社會一個分析」[3]的創作動機。其實更重要的是「內心有一種衝動，一種慾望」。[4]《莎菲女士的日記》顯然是一個有關自我的寫作。題材的自我性與繁複的心理內剖，恰恰是作家在無意之中所採用的修辭方式，「寂寞」與「慾望」成了這一時期丁玲小說文本修辭的兩翼。作品主人公「叛逆」的效應，其實是接受者在五四個性主義語境中對其「價值」的發見。創作主體的「革命性」，在我看來僅僅表現為只會「絕叫」、只能「絕叫」而已。這種在價值屬性上只能歸類於「死去的阿Q時代」的產物，在「革命文學」看來不僅無用而且有害。「滿帶著『五四』以來時代的烙印」的價值身份，乍一定位旋即又被質疑。遭遇這種狀

1　丁玲：〈我的創作生活〉，《創作的經驗》（上海市：天馬書店，1935年），頁23。

2　茅盾：〈女作家丁玲〉，《茅盾文藝評論集》（上）（北京市：文化藝術出版社，1981年），頁98。

3　丁玲：〈我的創作生活〉，《創作的經驗》（上海市：天馬書店，1935年），頁23。

4　丁玲：〈我的創作生活〉，《創作的經驗》（上海市：天馬書店，1935年），頁23。

況，致使丁玲的創作一開始就陷入到了現實的和藝術的身份均曖昧不明的困境之中，面臨著「不能再前進的頂點」的「危機」，[5]面對著已經完成轉換的時代，年輕的「對社會不滿」的丁玲必須有相應的「轉換」。必須改變當時「並不是站著批判的觀點寫出來」的狀態。[6]可以說，時代語境對她創作的修辭行為的強力干預，催生了〈韋護〉、〈一九三〇年春在上海〉（一、二）等作品。從自我跳到「革命」，從「自我的現實」進到「理想的現實」，必然連帶著作家對題材處理方式的重大改變。她在「題材大於自我」的力不從心的駕馭中，落入「光赤式」的「戀愛與革命的衝突」的「阱」裡，就不足為怪了。雖然，丁玲放棄早期的寫作套式出於迫不得已，但問題的嚴重性在於，她的「轉換」並沒有在理念層次和審美範疇中真正完成，而只能算是題材的位移。「自我」與「題材」的隔膜及其所形成的題材處理方式的強行切換，導致主體的修辭策略被外置理念所主導。〈一九三〇年春在上海〉裡，女主人公美琳與丈夫的決裂和瑪麗的沉淪所顯示出來的生硬，透露了急於轉換的丁玲依然陷在「身份」難以確認的困惑之中。在這部作品中，「讚賞革命」的概念化表達與作品中被作為否定性人物子彬的心理描寫的矛盾性之間所形成的「裂隙」，使我們意識到，這裡既沒有像蔣光慈那樣，在鮮紅「革命信仰」支撐下的對「理想人生」的浪漫拔高，也缺乏對人物精神實施階級分析的「左翼」眼光，而是處處顯得勉強。小說〈水〉的出現，似乎改變了這一切。但作品結尾處那個隨著「赤裸著上身的漢子」一同殺向鎮裡的「飢民們」的「暴動」場面，實在是難免「革命的浪漫蒂克」之嫌。很明顯，丁玲這種未完成的「轉換」狀態，為她進入延安埋下了諸多隱患。「國統區」與「抗日的革命根據地」之間的環境差異，尤其是延安的「革

5　馮雪峰：〈從〈夢珂〉到〈夜〉〉，《雪峰文集》（北京市：人民文學出版社，1983年），第1卷，頁296。

6　丁玲：〈我的創作生活〉，《創作的經驗》（上海市：天馬書店，1935年），頁23。

命」氛圍，並未促使丁玲在已經啟動的向左翼「轉換」方面繼續前進，反倒在這「生活是多麼廣闊」的光明之地祭起「五四」民主與科學的大旗。又一個困境出現了——現實的「革命者」身份與藝術的「五四」身份形成矛盾！不過這「矛盾」被丁玲輕輕放了過去，她認為這個問題隨著自己從踏上延安土地之日起就已經解決了！身處革命隊伍之中無需確認的虛幻的「革命者」身份意識，遮蔽了作家對自我歷史反思的可能性。她在新的環境中對藝術價值的理解，已在毫無設防的前提下「退回」到「五四」——自己的、女性的、感性的世界！丁玲在延安四二年以前創作的輕鬆狀態和內在的真誠感，既來自於對身份假象的認同，也是她藝術意識自覺的表現。「清醒」代替了「寂寞」，「亢奮」驅散了「苦悶」，不變的依然是被自我挾裹的「衝動」和「慾望」。革命者行為的「革命性」應當是不言自明的，任何革命者藝術行為的功利崇高感，也應當是時時處處都不會造成誤解。但是，問題的嚴重性被後來的歷史所證明。正是「革命者」身份意識與「藝術」功利意識難以完成對等匹配，使丁玲又一次踏進被「轉換」的泥濘彎道。

　　急切地尋求解除「困境」之途，是丁玲創作《太》的隱秘的修辭動機。

二

　　展示了土改鬥爭的「複雜性」，是眾多中國現代文學史著述對《太》作的一種共識。然而，何以要描寫土改的複雜性？這個問題長期以來似乎並未得到深究。[7]我們要問的是，「複雜性」是來源於土改

7　龔德明在其一系列的有關丁玲研究的著述中涉及了這個問題。認為，這部作品寫出
　　了「作家自己發現的東西」、並且是一般人「沒發現」或「發現不深的東西」，即
　　「發現了一個時代最本質、最精粹的東西」。參見《文事談舊》（北京市：中國電影

生活本身，還是作家意欲借「複雜性」承載土地革命的歷史合理性與必然性？或者說丁玲自己除此之外還有著其他難以名言的隱秘意圖？弄清楚這些問題，顯然需要藉助於對這部作品實施「修辭行為」「複雜性」的解讀。聯繫我們在上一部分的分析，《太》作的文本世界裡是否也含有可能暗示其在自我「轉換」中的「複雜性」「慾望」？是否因為「身份意識」與「藝術意識」在未完成的夾纏中所導致的文本世界的更為複雜的「複雜性」？

　　丁玲說過：「我在新解放的張家口，進入闊別多年的城市生活，還將去東北更大的城市。在我的感情上，忽然對我曾經有些熟悉、卻又並不熟悉的老解放區的農村眷戀起來。我很想再返回去，同相處過八九年的農村人民再生活在一起，同一些『土包子』的幹部再共同工作……我立刻請求參加晉察冀中央局組織的土改工作隊，去懷來、涿鹿一帶進行土改。這對我是一個新課題。我走馬觀花地住過幾個村子，最後在溫泉屯住的久一些。說實在，我那時對工作很外行。要很快了解分析全村階級情況，發動廣大貧雇農、團結起來向地主階級進行鬥爭，以及平分土地、支前參軍等一系列工作，都有些束手無策……一個多月後，這年十一月初，我就全力投入了工作。」「我的農村生活基礎不厚，小說中的人物同我的關係也不算深。只是由於我同他們一起生活過，共同戰鬥過，我愛這群人，愛這段生活，我要把他們真實地留在紙上」。[8]雖然丁玲對作品寫作動機與目的的自白，與「初版本」、「人文修改本」的「前言」多有不同，但「核心」部分始終如一。[9]作者在這裡提醒我們幾點：一、是對城市和農村的兩種態

出版社，2000年），頁92。

8　〈重印前言〉，《太陽照在桑乾河上》（北京市：人民文學出版社，1999年）。

9　據金宏宇先生的深入校勘認為，丁玲在俄譯本前言〈作者的話〉裡對作品主題題旨的設定，體現了作家思想的深刻性。參見《中國現代小說名著版本校評》（北京市：人民文學出版社，2004年），頁225。

度——對城市的「寡情」，對農村的「多情」。二、是主動請求到農村參加土改，卻只是「走馬觀花」，沒做多少具體實在的工作，僅僅只是一個旁觀者。三、是「我」雖然和農村幹部關係「不算深」，但「我」卻「愛這群人」「愛這段生活」。其實，我們在這裡不難發現丁玲的「種種矛盾」：在城市成名卻厭惡城市，在農村「走馬觀花」卻眷戀農村；作為女性的「知識份子」卻對「土包子」有一種「知之不深」的「愛」；主動請求工作卻沒做具體工作；「一個多月」的「旁觀」，卻在「幾個月之後」就對作品的寫作「胸有成竹」，「現在只需一張桌子、一疊紙一支筆了。」我以為，這是一種獨特的「焦慮」——混同著「衝動」「慾望」的身份確認的焦慮。這一切顯然與丁玲三〇年代前期的榮辱有關，尤其是與她在四二年以前延安的「起落」密切聯繫著。〈三八節有感〉、〈我在霞村的時候〉、〈在醫院中〉等作品的發表及其給延安文壇帶來的震撼，似乎是對丁玲作為五四產兒的又一次定影，而這樣的「定影」在延安卻未能給她帶來好運。最高領袖在整風中對她的「網開一面」，無疑使丁玲對自己確認「革命者」身份提供了可能——〈田家霖〉這部作品在其「轉換」途中所受到的讚揚，在進一步增多上述「可能性」的同時，卻也因它的「粗糙」而未能得到藝術上的認可。此種情形反倒強化了丁玲的焦慮。她迫切需要迅速找到自己真正感興趣的對象——能夠激起自我的真誠、愛心和感性的對象。她期望能夠通過對這樣對象的描寫與挖掘，達到一系列的目的：即迎合了區域政治的文化要求，又可以透露與「自我」（城市）的「間離性」，同時還可以讓女性知識者的「感性」揮灑自如。所以說，此時此刻的創作對象的選擇，隱含著丁玲全部的修辭預設。「懷來、涿鹿兩縣特別是溫泉屯土改中活動著的人們」，正是在丁玲急於「轉換」的「焦慮」中撲進作家「走馬觀花」的視野。《太》作中的人物群落配置和衝突設計，無疑先天性的具有了完成上述修辭預設的重要功能。

三

　　從人物配置上看,《太》明顯把作品人物分為「外部的」(工作隊、縣區幹部)和「內部的」(暖水屯的人們)兩大類。我以為,這種畫分既合真實,又是隱喻。土改的過程展開和目標實現,正是通過這一「主體」與「客體」位置的變化得以完成。正如土改工作隊員楊亮離村時對張裕民他們所說:「依靠群眾才有力量,群眾沒起來時想法啟發他,群眾起來時不要害怕,要牢牢站在裡面領導,對敵人要堅決,對自己要團結,你們都很明白,就是要一個勁地幹下去啊!」依據我們對作家修辭預設的分析,可以進一步把人物細分為如下幾類:章品、楊亮、胡立功、老董等為一類,他們既是「政黨意識」、「歷史必然性」的承載者,又是「知識者」的「他者」和知識者自我改造的楷模。他們的功能在作品中是通過「他們」與「群眾」主客體位置的互換加以實現的。文采單獨為一類。他在作品中的修辭功能,直接指向「知識份子」與「政治」的關係範疇,其功能的實現是在與「章品們」和「張裕民們」的對比之中獲得的——一是以章品、楊亮等認為代表的一方。作為一個未被改造好的知識者,作品用單獨一節對他的「文化身份」進行貶抑式定位:「據他向人說他是一個大學畢業生,或者更高一點,一個大學教授。是什麼大學呢,那就不太清楚了,大約只有組織上才了解。當他作教育工作的時候,他表示他過去是一個學教育的;有一陣子他同一些作家來往,他愛談文藝的各部門,好像都很精通;現在他是一個正正經經的學政治經濟的,他曾經在一個大雜誌上發表過一篇這類的論文。」等等,作者使用靜態敘述方式突出他「華而不實、誇誇其談」的性格特徵。採用這種敘述,看得出作者是想竭力把自己與「文采」區分開來。文采對張裕民的「壞印象」、「六個鐘頭的會」、對章品的指示,文采「並不真正認為有多少價

值，所以他就不會有足夠的尊敬，更談不到學習。」對文采的這些描寫，表達著丁玲的複雜感情——文采顯然不是黨所期待的知識份子。也許正是在這個人物身上，寄托著丁玲決然與「舊我」（城市知識者）決裂的意指。文采的「自信」、「內在的傲慢」與華而不實的作風，恰恰是整風期間延安政權對包括丁玲在內的真正知識份子的通用指責。作品對章品、楊亮等人的讚美和對文采的否定，表達了處於「轉換」之中的作家在自我身份確認方面的焦慮和急於表白的隱衷。文采的自我期許，反倒成了自我否定的理由。文采對自己「知識份子性」的持守，不但在一開始就遭到作家的否棄，而且還以他在工作中不斷陷入尷尬而成為所有人嘲弄的話柄。我們還看到，就作品整體而言，章品在作品中並不僅僅只是作為文采的「他者」，作家要賦予這一形象的功能遠不止這些，也許我們把他視為一種先置的理念或某種聖潔的「信仰」更為合適。作品安排他正式亮相之前，首先出現在張裕民因為文采不信任而產生的思念裡——〈分歧〉一章寫到：「他想起縣上的章品同志，那是一個非常容易接近的人，尤其是因為他是來開闢這個村子的，他了解全村的情況，對他也是完全相信的。」作品中章品的出場是從反面人物任國忠眼裡看到的。「對面的田藤上走過來一個穿白襯衫的人，光著頭，肩膀上搭著件藍布上衣，褲腳管捲的很高，是剛剛打桑乾河那邊涉水過來的。」「在他年輕的面孔上總是泛著朝氣的笑容，他那長眯眯的細眼，一點不使人感覺其小，直覺其聰穎、尖利。」作品在其後四二至四七共六章的描寫中，讀者不僅知道他的到來正是為解決暖水屯群眾發動不起來的「危機」，而他的一系列行為及其所產生的出人意料的結果，也形成了「文采」一類知識份子「精神猥瑣」的直接參照。顯然，作者有意對他進行了偶像化處理——「他做事非常明快」，「能迅速解決問題」，「他是很堅定的人，雖然他的堅決同他稚嫩的外形並不相調襯。」「他的老練和機警」也是別人深深欽服的：剛進村村幹部張正國與他兄弟般的親熱，一路上

不斷圍攏上來的各色群眾，支部書記張裕民「你來得真好」的感嘆以及章品在眾人面前表現出來的並非有意的「豪爽」「大氣」等等，真是一派無所畏懼、穩操勝券的「領袖」風采！這與工作隊長文采相比，簡直是天差地別！暖水屯幹部群眾對章品的無限信任，使文采感到震驚。不過，作者在這裡卻讓文采在震驚之餘更加「消極」。當章品「果然一下就作了決定」、要召開「幹部黨員會」時，作品寫到：「這個決定的確使文采掃興，把他原有的一點自鳴得意全收斂了，靜默地一言不發冷眼看著楊亮和胡立功的愉快，對章的年輕的武斷，當然他就更覺得張裕民討厭。」這種鮮明的對比，顯然是作者有意為之。在章品面前，文采不但顯得無用，而且甚至是猥瑣與「卑劣」了。章品形象就在諸「果斷」、「老練」、「機警」、「明快」、「堅定」等等的修飾和眾人的集體感佩之中，升騰為丁玲的崇拜、皈依對象。其實章品這個人物的內在含蘊可能具有著更為「深廣」的意指。丁玲說著：「當時（寫作此書時——筆者注）我總是想著毛主席，想著這本書是為他寫的，我不願辜負他對我的希望與鼓勵。我總想著有一天我要把這本書呈現給毛主席看的。」「我那時每每腰痛著支持不住，而還伏在桌上一個字一個字地寫下去，像火線上的戰士，喊著他的名字衝鋒前進一樣，就是為了報答他老人家，為著書中所寫的那些人而堅持下去的。」[10]如此，有關文采和章品的描寫的修辭目的就很容易理解了——章品和文采，就是丁玲在充滿焦慮的「轉換」中所要皈依的「現在」和否定的「過去」。

　　如果說，《太》中人物群落中「外部的」人物分類是為了完成作家「轉換」過程中價值選擇合理性的修辭預設，那麼，有關「內部的」的人物之間的差異設計，則是出於力圖把「革命者」與「藝術家」加以完滿融合的修辭指向。從人物的本質屬性方面看，「內部

---

10 〈重印前言〉，《太陽照在桑乾河上》（北京市：人民文學出版社，1999年）。

的」即暖水屯群眾在丁玲的敘事安排中被有意地分為「好人」與「壞
人」兩大類——不過，這是容易覺察的解放區敘事文學的「熟套
子」。但是，這部作品之所以在同類作品中卓有特色，是與創作主體
這一格式化過程的「複雜性」預設有關。作品通過「反面人物」的不
斷「隱身」和「正面人物」的不斷「成熟」實現了這一目標。對於像
丁玲這樣的知識份子身份的作家而言，當時的延安政治對其「革命
者」身份的確認過程，規限為長期與民眾結合並打成一片的主體實踐
性過程，尤其注重被改造主體在「疾風暴雨」中「脫胎換骨」式的自
我揚棄實踐。這一實踐過程，既是創作主體確認「革命者」身份的必
須的歷煉，也是知識者利用自身優勢獲取權力認同的最好方式。丁玲
的「複雜性」在於，她既在理念上實現了自我的信仰轉換，又時時警
惕著早年創作中已遭遇過的「陷入光赤式的阱裡去」的可能的「危
機」。為此她選擇了一條艱難的路——即，理念認同前提下對對象的
自我化處理。《太》的「複雜性」的玄機也正在這裡。「別緻」的「修
辭」，是為了更「審美」地指向多重融合：自我與革命、革命者與藝
術家、女性與男權、意識形態傳播者與精神豐富性的追求者等等。

　　具體分析，「內部的」群體可作這樣的類型畫分：第一類為「反
面人物」，侯殿魁、江世榮、李子俊、錢文貴、張正典、任國忠等。
第二類為「正面人物」，張裕民、程仁、張正國、李昌、趙全功、趙
得祿、董桂花、周月英、李寶堂、劉滿、錢文虎、劉教員等皆可歸入
此類。第三類可謂之「間色人物」，計有黑妮、顧湧、侯全忠、郭柏
仁、王新田、錢文富等。我以為，作品的「複雜性」呈現，是由「反
面人物」群體擔當並完成的——顧湧的形象則更多地體現為土改政策
的說明。[11]在這裡我們會發現，作者實際是替「反面人物」實施了
「等級」指派——侯殿魁雖是地主，但因已被打倒毫無力量，屬於

---

11 歷來學術界認為，《太》作的主題從「翻身」到「翻心」，體現了丁玲在對作品進行
　修改過程中思想深化的印記。顧湧常是這一觀點的重要注腳。

「死老虎」；江世榮表面上依然為「一村之長」，但他的權力在支部、武委會、農會、工會、婦聯等多種機構的分割下已所剩無幾，屬於「擺設」；膽小的李子俊只會「躲」與「逃」；任國忠「與地主作朋友」，屬於趨勢附炎之徒，不足為奇。張正典與錢文貴站在一起，不僅因為他們之間的翁婿關係，而是一個只會腐化的狗腿子罷了。錢文貴作為暖水屯「八大尖」的「頭一尖」，對所有人的震懾力是他的「賽諸葛」的「智慧」。這與趙樹理筆下的閻恆元（〈李有才板話〉）頗多相似。丁玲顯然與趙樹理一樣，注意到土改中農民與地主階級之間的「智慧較量」，並且作為一種重要的「修辭」貫穿全局。這些「反面人物」前臺後臺的分工以及漸次「暴露」的過程，既呈現了「複雜性」，同時「複雜性」的完成又催生了「勝利來之不易」的主題，和對農民「翻心」與時代政治之間密切關係的認同。作家在構思、敘述過程中對暖水屯土改鬥爭「複雜性」的修辭安排與展開，其實是被主體意欲解除「焦慮」的三重企圖所規約：既要逼近歷史的真實、為政治的合理性提供依據，又要在對於知識份子真正出路的探討中完成自我的全面蟬蛻，還應盡可能地展現女性之於藝術的感性的細膩。從作品敘述上看，錢文貴的「壞」讀者一開始就知道了。[12]作品讓錢文貴一直「隱身」，既是考驗當時的政權力量，又是為了完成村民仇恨從內到外的爆發，也是丁玲對土改生活大膽的「思想式」想像力的馳騁。[13]這樣看來，其他幾位地主在作家的修辭中只是為了順向烘托錢文貴。錢文貴與錢文富、錢文虎之間的階級分野，說明著對四〇年代解放區農村階級對立的現實複雜性判斷的正確性。錢文貴夫婦

---

12 在版本比照中研究者發現，在後來的修改中，「倒是把他向階級倫理意義上的更壞的方向推進了一步。」參見《中國現代小說名著版本校評》（北京市：人民文學出版社，2004年），頁225。

13 作者說過，錢文貴形象，「是從我思想中來的。思想先決定了，然後才選定了他。」參見丁玲：〈生活、思想與人物〉，《人民文學》1955年第3期。

和張正典的關係與錢文貴夫婦對黑妮、兒媳（顧湧之女）的態度，二者之間的巨大差異，作家意在說明階級的普遍性和倫理親情的有限性——而這正是典型的「革命者」的修辭——丁玲的「轉換」及其對「革命者」身份與「知識者」身份進行融合的努力，在這種修辭裡得到了合適的體現。

丁玲自言她與《太》中的「正面人物」是「心連心」的。「這些人物卻又扎根在我的心裡，成為我心中的常常不能與我分開的人物。因此，我的書雖然寫成了，這些人物卻沒有完結，仍要一同與我生活，他們要成長成熟，他們要同我以後的生活中相遇的人混合，成為另一些人。」可能如此，所以「我不願把張裕民寫成一無缺點的英雄，也不願把程仁寫成了不起的農會主席。」「但他們的確是在土改初期走在最前面的人，在那個時代實在是不可多得的人。」[14]對丁玲而言，面對「正面人物」可以選擇兩種修辭：一是把他們英雄化，一是把理想化滲透進真實性裡。她選擇了後者——我以為這種選擇是有深意的。張裕民、程仁在某種意義上可以視為丁玲的對象化存在。張裕民最初給文采的印象是「他敞開的胸口和胸口上的毛，一股汗氣撲過來，好像還混合著有酒味。」「他記得區委書記說過的，暖水屯的支部書記，在過去曾有一個短時期染有流氓習氣。」此後，張裕民不僅出現在放蕩寡婦白銀兒的屋裡看賭博，並被傳與寡嫂有染。所以。文采對他的不信任是「事出有因」的。而作品卻把這種「對立」接入「本質」範疇——工農與知識份子的衝突中。隨著文采知識份子「劣性」的不斷呈現，從而在反向上烘托出張裕民「一個雇農出身誠實可靠而能幹的幹部」形象。如果聯繫到當年丁玲出獄後與馮雪峰相見的尷尬、初到延安時對工農幹部「粗放」行為的有意模仿和他在延安整風中的奇特遭遇等，張裕民不是有著丁玲自己的影子嗎？！章品之於

---

14 〈重印前言〉，《太陽照在桑乾河上》（北京市：人民文學出版社，1999年）。

張裕民的「知遇之恩」、張裕民在土改後期的被信任，顯然是丁玲在自我定位中所渴望的理想境遇。程仁的「愛情曲折」無疑是整個作品最動人的篇章。程仁對黑妮的「深愛」以及「無以言說」的困頓，其實正與四二年以後丁玲急於向黨表白的焦慮相一致。黑妮「她相信程仁不是一個沒良心的人。」「但她並不知道程仁的確有了新的矛盾。」「程仁現在既然作了農會主席，就不應該去娶他（錢文貴）的侄女。與她勾勾搭搭更不好。」「其實這種有意的冷淡在他也很痛苦，也很內疚，覺得對不起人。」這不是〈夜〉中何華明與侯桂英情形的原樣復現麼？！我們要問的是，丁玲為何熱衷於此類感情的描寫？在我看來，仍是她的「身份焦慮」所致。「革命與戀愛」的矛盾衝突是丁玲所經歷過的，也是她想深入卻未及深入便不得不被迫中斷的「創作」遺憾。〈夜〉中，作者把此類情形隱晦地處理為「工作與家庭」的對立，美麗的侯桂英只是一個讓村幹部何華明偶爾動心的「性騷擾」。而在階級視野已經確立的《太》中，這種情形又不自覺地出現在程仁與黑妮的身上——這是頗有意味的。顯然，作者是想讓他們走向「大團圓」的。程仁與黑妮的相愛，並不是「性」的自然吸引，而是「缺親少友」「咱一個親人也沒有」的共同遭遇連接了他們的心靈。這就為他們的愛情設定了符合時代意識和道德規範的正當前提。[15]也許是為了增加「曲折」，作品有意讓兩人在「階級分野」中暫時疏遠。但眾人眼裡「她給人印象不壞」的判斷，在修辭上顯然是為了強調二人在本質上的一致性。這一強調，不但可以避免「革命加戀愛」敘事概念化的危險，也為他們最終走向結合找到了歷史的必然性與邏輯。如果說這是「隱喻」，那麼，顯然繼續著作家在「三八節有感」裡已經注意到的、有關「知識女性」與「老幹部」婚戀的沉重思考——只不過在這裡加了一點「浪漫」而已。

---

15 在初版本裡，黑妮是錢文貴的「幼女」，後來修改為「侄女」。

在「間色人物」群落中，作者對顧湧的「厚愛」深值得注意。《太》以顧湧開篇是相當獨特的修辭選擇。他的社會關係的複雜性在暖水屯實數獨一無二——自己靠勞動掙得一份殷實家業，兒女一群都有不錯的歸宿。大女兒嫁給與自己門當戶對的胡泰，二女兒又是暖水屯「實力派」人物錢文貴的兒媳，而這個女婿也早已是八路軍的幹部了。三兒子初中畢業，算得上村裡屈指可數的文化人，並且還擔任著村青聯會的副主任。二兒子也被動員參加了共產黨的軍隊，政治成分亦是「抗屬」。窮人李之祥的妹妹作了顧家的兒媳婦，兒媳婦的嫂子董桂花還有個「婦女主任」頭銜。處此位置的顧湧應當是左右逢源、進退自如才是。然而，作者卻始終把顧湧及其一家人置於綿延不斷的「恐慌」之中。連窮人董桂花也不免疑惑，「假如連顧湧家也被鬥爭，那不就鬧到沒安生的人了。」顧湧作為整個作品焦點的修辭指涉是明顯的。我們可以覺察到，作品對顧湧家庭的關注，這一修辭既是為了考驗工作隊的政策水平，也是錢文貴「隱身」的一種方式。這裡凸現了作家的想像能力——有意在「階級視野」中把顧湧的身份設置為「曖昧不明」，使之既可成為呈現農村土改「複雜性」的有效載體，也能夠隨時轉換到丁玲言說自我身份確認焦慮的對象範疇之中。土改無疑是農村利益的重新分配，誰應當是被剝奪者或是獲益者，這裡面藏有微妙的「政治學」。把顧湧置於作品中心的敘事策略，體現了創作主體在多重表達意圖影響下的修辭行為選擇。顧湧身份的確認過程，既是真正的「敵人」被揭露的過程，也是張裕民他們「成熟」的步驟，更是工作隊打開局面的標誌。顧湧最後是「富農」還是「富裕中農」已不重要了，重要的是他已被確認為不是「敵人」。

四

在《太》中，女性群體也是值得我們格外關注的對象。就我們對

作家的修辭預設分析而言，黑妮則顯得特別重要。我認為，她的價值既不是為了反襯錢文貴的「智慧」，也不應當僅僅視為程仁成長過程中的參照。她與作者有著非同尋常的關係——承載著丁玲在這部作品中「修辭行為」隱秘的複雜性。相比於黑妮，作品中的其他女性都是某種「符號」的表徵。比如愚蠢而惡毒的錢文貴老婆、江世榮妻子的惡俗性、李子俊老婆的心計與權變、寡婦白眼兒的「混世」等等，都不免帶有漫畫意味。即是那些被作者肯定的女性「正面人物」，性格「單一性」也是他們的共性特徵——董桂花的「成長」、周月英的「潑辣」、顧長生娘的「自私」……黑妮的「特殊性」，一般看來更多地體現在她與錢文貴、程仁的關係方面。在錢與程本質對立範疇中，黑妮的「身份」是「曖昧不明」的。就作品整體而言，我以為有四種「眼光」投射在黑妮身上：錢文貴把她當作與土改抗衡的籌碼；程仁的階級意識使黑妮成了「革命的異類」；眾人眼裡「她給人的印象不壞」；第四種眼光則是丁玲的——黑妮是一個美麗可愛的「女性」。唯有「第四種眼光」才使黑妮超越了「被利用」的層面。作者充滿著對黑妮的由衷的喜愛：「她很富有同情心，愛勞動，心地純潔。」「到小學校去念書，念了幾年，比哪個都念的好。回到家裡還是常常出來玩，喜歡替旁人服務。」「只要接觸她兩次後，就覺得她是個好姑娘。」「她一年年長高，變成了美麗的少女。」「從小就長得不錯，有一對水汪汪的眼睛。」由於不明白程仁為什麼疏遠自己，「因此在這個本來是一個單純的、好心腸的姑娘身上，塗了一層不調和的憂鬱。」……作家似乎對這種靜態的描寫尚嫌不足，又常藉「第三者」強化對黑妮的「好感」。董桂華「握住黑妮的手，她想起黑妮在識字班教書很熱心，很負責，從來不要去找她，她常常很親熱地叫著她，她要有個病痛，她就來看她，替她燒米湯喝，又送過她顏料、花線、鞋面布，李昌也常說她好」。即使在「反面人物」李子俊老婆眼裡，黑妮的美麗也是遮蓋不住的。「她已經看見那個穿淺藍布衫的黑

妮⋯⋯樹林又像個大籠子似的罩在她周圍，那些鋪在她身後的果子，又像是繁密的星辰，鮮艷的星星不斷地從她的手上，落在一個懸在枝頭的籃子裡。忽而她又緣著梯子滑下來，白色的長褲就更飄飄晃動。」在這種種交叉目光裡，黑妮的身份完成了定格，也實現了自己作為女性的完美。作品花費這麼多篇幅對黑妮進行多側面的細膩描繪，是極不尋常的——黑妮身上是否寄寓了丁玲自己情感的遭遇、曲折的身份確認過程及其自己被「革命」認同的解放感？黑妮本身的「清白」與這一「清白」在特殊語境中發生的誤解，恰恰構成了一種刻畫人物形象的策略。丁玲以女性的眼光始終深情注視著黑妮，看到並忘情地欣賞著這無論如何也遮掩不住的美。一面是毫無保留的讚美，一面卻是不斷滋生的誤解——一切都緣於她的美麗和純潔！美是沒有罪過的，而對美的一切誤解、曲解、誹謗、利用才是真正的罪惡——這是丁玲想讓讀者意會到的作品的籍蘊。在黑妮的身上，顯然接續著作家先前已於莎菲、貞貞、陸萍等人物形象身上傾注的對女性作為「完美」的深情表達。這種相當隱晦的表達裡，依然有著丁玲在緩釋自我由於多種人生曲折所形成的「壓抑」與「反壓抑」的精神主題。

文學修辭現象研究之四
—— 重讀「十七年」抗戰小說

　　在中國當代文學的實際創作中，有關「革命歷史」的戰爭描寫一直持續不衰。其實就我們通常所說的「民主革命」階段而言，所謂「革命歷史」的主體內容無疑大多總是與戰爭有關。中國現代歷史過程中戰爭的民族性和階級性的夾纏，不僅持續建構著中國現代政治二元對立的本體性，也是中國現代歷史（與政治的、社會的、文化等方面向比較）最具神秘性、傳奇性的豐富細節和複雜經絡。敘述戰爭不僅僅只是建構革命歷史的最佳選擇，更為重要的是戰爭的博弈性及其生發的種種超越一般人想像之上的可能性，會形成能夠對一切歷史因素進行合目的性整合的彈性機制。新時代的政治自然需要通過重新敘述歷史以建構自身的合法性，但它更需要的是支撐合法性的「豐富多彩」的歷史而不是抽象的關於歷史的種種概括。我以為，這種隱秘不宣的深切期待，應是中國當代文學創作不能忘情於革命戰爭的重要緣由。革命、戰爭、歷史，本是三個無法直接關聯的各自獨立的自由範疇，然而它們在中國當代敘事中不可分割的一體性狀態，既說明三者之間的相互依賴性，又是中國現代歷史獲得比中國以往所有歷史都顯得更為重要的身份指認和豐富宏偉的必要步驟。顯然是，正如《三國演義》藉助於戰爭演繹政治一樣，中國當代大量有關中共及其領導的軍隊所歷戰爭的文學敘事，本意並不在於展示戰爭生活之於日常生活的眾多特殊性，「歷史本質論」刺激著並同時也制約著關於戰爭的描寫與想像。面對這樣的情形，真正要討論的不是文學敘事中的戰爭與

真正的戰爭歷史之間的真偽及其關係，而是昔日的戰爭是如何走進新的歷史之中，它為新的歷史的正典化作出哪些真正有效的努力。

「革命」視野中的戰爭和戰爭視野裡的「革命」，是我們思考此類文學創作的兩個有所交叉但卻各自別有意味的視點。我以為，這其實形成了中國當代文學有關現代戰爭描寫的兩個互為銜接的階段。前者要解決的是如何描寫戰爭，即對創作發揮關鍵作用的是關於戰爭性質的認識，這顯然不是文學自身可以解決的問題。為誰而戰、誰在戰等等問題在文學創作的實際操作中總是與文學所要描寫的戰爭主體、戰爭目的相關。這裡既隱含了對於戰爭性質的辨別，又規範了對戰爭主體[1]進行描寫的可能性向度。「民族解放戰爭」「革命戰爭」「人民解放戰爭」等等提法，便包含了對上述問題的雙重提示。毛澤東在〈講話〉中所強調的「我們是無產階級的革命的功利主義者」的身份要求和對革命功利性「一元論」的確認，已經「擺好了」一切文藝在「革命」序列中的位置。[2]第一次文代會周恩來在向大會所作的政治報告裡更加明確地指出：「人民解放軍經歷了二十二年的鍛煉，已經具有高度的政治覺悟，嚴格的紀律，堅強的戰鬥力，成熟的戰略戰術。」「文藝界的同志們，朋友們，你們要協作，就一定不要忘記表現這個偉大的時代的偉大的人民軍隊。」「一部中國長期的歷史，基本上是一部農民戰爭史，而近二十幾年來乃是工人階級領導下農民戰爭史。」[3]革命視野中，戰爭的工具性、客體性被強化，戰爭被賦予「革命」性質的過程，正是革命改造戰爭、重述戰爭，戰爭與革命相粘結的過程。在這裡，「革命」的激進定義和特指範疇，不僅成為被敘述的戰爭中人的精神得以提升至崇高境的堅實臺階，也成為把戰爭的種種殘酷賦予正當理由從而變為讀者可以接受的傳奇與嚮往。戰

1　引用自《延安文藝叢書》中毛澤東〈在延安文藝座談會上的講話〉之觀點。

2　見《延安文藝叢書》，第1卷，頁17。

3　《文學運動史料選》，第5冊，頁643-648。

爭視野中的「革命」，作為戰爭文學敘事的第二階段，已是必然的審美要求。雖然戰爭視野中的「革命」凸現，常常是通過共產黨的領導和對戰爭主體的階級性強調等修辭得以實現的，但革命對於戰爭的改造，卻是在對文學創作中所有要素的重新組合及其賦予其新的功能等達到了全面地體現。這種革命對於戰爭的改造，並不完全導向對於戰爭豐富性描寫的限制，而是在合法性的範疇裡文學對於戰爭的想像因正當而獲得更加昂揚的釋放。只要戰爭的描寫總能導向對於革命的論證，任何對於戰爭的奇思妙想都會轉化為革命的豐富性細節，歷史也就於此獲得盡可能完美的多姿多彩！

一

　　抗戰小說創作正是經歷了這樣一個過程。

　　當然，這個過程又必須是一個「審美化」的過程——儘管這樣的「審美化」由於有了各種各樣非審美因素的多方干擾而顯得頗多曲折與尷尬。縱觀中國當代文學「十七年」時期的抗戰小說歷程，以一九五七年為界大致可以畫分為前後兩個面目不同的階段。而有趣的是，這兩個階段的不同，恰恰體現為上述「革命的戰爭敘述」與「戰爭的革命敘述」的差異。值得注意的是，這種差異，並不是平行或並置狀況的異樣，而是後者構成對前者的「超越」、「進步」。我們知道，一次文代會之後的中國大陸文藝界，強力扭變的時代情勢已經形成，藝術創作界充滿了對於「新的人民的文藝」[4]積極探索的風氣。我以為所有的探索都可以歸結為一個中心點，即如何表現革命及其怎樣的藝術表達才是革命所真正需要的樣態。在由「國統區」和「解放區」兩

4　周揚語，見〈新的人民的文藝——在中華全國文學藝術工作者代表大會上關於解放區文藝運動的報告〉。

支隊伍構成的新中國文藝創作隊伍中，能夠以鮮明的革命創作成果來
回答這一問題的並不多見。一次文代會上周揚在報告中的激昂呼籲至
多解決了「新的人民的文藝」的對象問題，並沒有解決如何寫的問
題。即使是三〇年代的左翼文學和解放區文學中革命敘述所形成的傳
統，在新的時代語境中已被覺察出越來越多的缺陷從而喪失了效仿價
值。[5]所以才有了一九四九年《文匯報》關於小資產階級可不可描
寫、可不可做主人公的討論，以及關於電影《武訓傳》、小說《關連
長》、《我們夫婦之間》、《戰鬥到明天》等等不少作品的批判式討論。
值得我們注意的是，這種如何描寫革命的普遍性迷惘，在一九四九至
一九五六年間的抗戰小說創作中有著不同於其他題材的別緻呈現。一
九五七年之前，直接描寫抗日戰爭的中長篇作品不到二十部。主要作
品如下表：[6]

作者	作品名稱	初版時間	說明
王林	《腹地》	1949年9月	據作者言，此書初寫於1942年10月至1943年4月
袁靜、孔厥	《新兒女英雄傳》	1949年5月	此書最初連載於《人民日報》。
馬烽西戎	《呂梁英雄傳》	1949年10月	最早是在《晉綏日報》上連載
徐光耀	《平原烈火》	1951年	
孫犁	《風雲初記》	1951年	第一第二集分別出版於1951年、1953年

5　趙樹理一九四九年初的遭遇可以印證。他在一九四八年發表的中篇小說〈邪不壓
　　正〉、一九四九年的〈傳家寶〉以及一九五四年的長篇小說《三里灣》等作品，普
　　遍遭受批評與指責。參見竹可羽：〈評〈邪不壓正〉和〈傳家寶〉〉，《人民日報》，
　　1950年1月25日。

6　圖表中所列作品，曾參考了我的研究生許明春同學的資料收集成果，在此向他表示
　　感謝。

作者	作品名稱	初版時間	說明
哈華	《淺野三郎》	1951年	
白朗	《戰鬥到明天》	1961年	其中的一章曾在《人民文學》先期發表
知俠	《鐵道游擊隊》	1954年	
李英儒	《戰鬥在滹沱河上》	1954年1月	
周而復	《山谷裡的春天》	1955年	
張雷	《變天記》	1955年4月	
俞林	《人民在戰鬥》	1956年4月	

　　這些作品比之一九五七年之後出版的同類題材小說創作，人的複雜性得到了更多的關注。一九五七年之後的抗戰小說的戰爭敘述在被革命改造過程中，強化人物群異的階級分野、凸顯主要人物的階級意識、建構以階級鬥爭帶起民族鬥爭（抗日戰爭）的衝突模式等是其主要的修辭策略。而這一策略在一九五七年以前的抗戰小說創作中均是比較模糊、甚至是不多見的。例如一九五〇年出版的王林的長篇《腹地》，其中的人物形象的塑造很是耐人尋味。作品中主要人物范世榮，作為抗戰時期的黨員村長，作品著重刻畫了人物的複雜性。年輕漂亮的姑娘白玉萼並不愛他，而是傾心於因抗日負傷回到村裡養傷的辛大剛。范世榮為了得到白玉萼，便利用自己的權勢與社會地位拉攏了一批人，以辛大剛行為不軌有傷風化為名，試圖致辛大剛於死地。在日本鬼子突然包圍村莊時，范世榮不是首先保護群眾、積極組織群眾安全轉移，而是與老婆攜金銀細軟倉皇逃命。後來他因為自己的親人被仇人抓去，感到自己還是呆在革命隊伍中更安全，才繼續從事抗日工作。顯然，他「繼續革命」的原因並不是著眼於整體的民族利益或階級利害，而是基於亂世中個人安危的權衡和對仇家復仇的未來期待。與一九五七年以後出現的抗日人物形象相比較，差異十分明顯——既不是投敵變節份子，又難以歸入「反正」人物群落，同時也

不是如《烈火金剛》中在抗日政府脅迫下違心從事抗日的周大拿之類的「準反面」人物。其複雜性表現為在特定歷史時期人的現實行為與精神皈依的分裂。作品中另一個人物辛寶發，平日裡偷雞摸狗、欺男霸女，幾乎是無惡不作，屬於中國鄉村典型的流氓、惡霸。然而他被敵人抓走後，在敵人的嚴刑拷打面前至死也拒絕說出誰是村裡的黨員幹部。[7]這種在後來被日益激進化的革命現實主義所屢屢指責的性格矛盾性，的確呈現了殘酷的戰爭時期人、人性及人與人之間關係的複雜性、多面性及其現實行為和精神內在之間的多重悖性。再如長篇《人民在戰鬥》中的主要人物——抗日村長張守信，作品並沒有把敘事範疇僅僅局限於民族戰爭或階級搏鬥範疇，而是聚集於他的信仰的複雜多變性。作為一名老資格的共產黨員，張守信在抗戰初期積極地投身於工作，做出了不少令人稱奇的成績。但後來則越來越消極甚至於叛變投敵。女兒離他而去，老婆在屈辱中變成了瘋子。一系列的事變，使得張守信良心不斷遭受煎熬、敵人的凶殘暴虐終於使他意識到「人」與「畜牲」的區別！最後燃起大火與敵人同歸於盡。從上述這些人物描寫來看，「革命」在戰爭中的表達的確被淹沒在抗擊日寇的殘酷鬥爭裡面了。人物外在的「革命」身份——比如「黨員」「村長」等等，都因人物在殘酷鬥爭中的複雜多變而變得模糊不清，反倒是「民族氣節」等等傳統道德範疇，成了人物性格和精神內涵的動人所在。人物的民族道義擔當實際上統領並含融了人的的革命性，而「革命性」是在這裡獲得崇高感的。

　　一九五七年之後這種情況發生了很大變化。

　　「革命」的戰爭敘述逐步生長為一種新的主導類型。在一九五七

7　這些複雜的人物形象，卻在一九九○年代的「新革命歷史敘事」中大量出現——張煒的《家族》、尤鳳偉的抗戰系列小說等等。包括受到普遍好評的《亮劍》、《歷史的天空》一類的作品，也正是以人物的複雜性、多面性及其對歷史「真實性」的有意凸現誘發了讀者的閱讀激情。這一審美歷史的重覆現象值得關注。

年之後大量出現的抗戰小說文本中，屬於戰爭本身的內容並沒有減少
或被弱化，甚至在曲折性、艱險性和殘酷性等方面比之前期的許多作
品都有了不同程度的強化。例如同樣是以一九四二年冀中「五一」大
掃蕩為背景的作品，一九五八年底問世的《敵後武工隊》，比之於
《腹地》（1949）、《平原烈火》（1951）、《戰鬥在滹沱河上》（1954）
等，前者有關戰鬥的「精彩性」，無疑大大超過了後者。對敵鬥爭的
「精彩性」，實際上在一種被改造的新的敘事結構中起到了對抗日英
雄的「階級屬性」的強化功能，即主要描寫我們黨和我們的武裝鬥爭
「怎樣滿足了他們（農民——引者注）的民主要求，以及抗日和民主
的關係」。自然地，要實現這一目標需要一個過程。但這一敘事本質
的預置，的確對一九五七年以後的抗戰題材小說發展，產生了至關重
要的影響。武工隊員清一色的「八路軍」身份、主要人物精神結構的
黨性化、黨的領導在關鍵時刻發揮的關鍵作用、地方黨組織所領導的
廣大有覺悟的群眾對於武工隊的全力支持等等，這些在戰爭敘事實際
進程中常常發揮主要作用的因素，不僅呈現了「革命的戰爭敘事」與
「戰爭的革命敘事」之間不同的審美面貌，而且形成了新的敘事結
構，從而保證了所有的精神細節匯集於共同的意識形態敘事目標。作
為「革命的戰爭敘事」成熟形態的《敵後武工隊》，在整體的敘事結
構上採用了意識形態的「歷史本質」意義邏輯，正像陳湧早在對《新
兒女英雄傳》的評價時就特別指出的：「只有這樣的長篇小說，才能
交給我們以比較完整的現實的或歷史的知識，才能完整地反映社會發
展的規律或者現實中建一個運動的規律。」[8]即「從失敗走向勝利」
「從勝利走向更大的勝利」。《敵後武工隊》全書五十餘萬字，共二十
七章，一百餘節。按照上述意義邏輯範疇的敘事結構，文本鮮明地可
分割為四個相互關聯的敘事意義單元：第一單元「初試鋒芒」，包括

8　〈孔厥的創作道路〉，《人民文學》創刊號（1949年）。

一至五章。第二單元「擴大戰果」，涵括第六至第十二章的內容；第三單元「遭遇挫折」，從第十三章到第二十一章的內容指向這方面。第四章「近來勝利」，包括第二十三章到第二十七章的內容。從鬥勇到鬥智再到智勇結合。第一單元的描寫主要是為了突出對敵鬥爭的殘酷和武工隊的大勇，引出敵我雙方主要人物，並通過我方的小勝，點亮希望，從而促成整個文本敘事意義的生成並奠定意義擴展的基礎。第二單元的描寫正式進入敵我雙方的直面交鋒。此種境遇不僅更有利於呈現我方的英勇，而且必然導出智慧的較量。作品中所寫的幾個精彩情節——劉太生獨戰掃蕩隊、魏強劉太生田各莊截獲民夫、俘虜警備隊、柏樹林墳地伏擊戰、破壞敵人收糧伐樹計畫、瓦解敵人征糧陰謀、中閭鎮黑夜劫糧、黃莊趕集搞死侯扒皮等。每一個富有傳奇性的情節，都導向對我武工隊大智大勇的淋漓盡致的展示。在第三單元的敘事中，劉太生的犧牲、堡壘戶郭洛耿被害、武工隊的暫時撤離等等，其所呈現的艱難性，顯然為文本意義的進一步莊嚴化，提供了有力的襯托。正因為如此，當勝利真正到來時，作品藉群眾的狂歡順利地完成了意識形態意義的日常化和普遍化，信仰者和被信仰的關係牢固地建立了起來。

二

　　「愛情」功能的變化也是戰爭敘事中呈現「革命」的一種重要方式。在一九五七年之前的抗戰小說中，「愛情敘事」不僅普遍存在，而且它在整個文本的敘事構成中顯得相當重要。有的作品把愛情設置為一條貫穿全局的主線；有的則把它處理為具有獨立性的敘事，成為作品最豐富多彩的一部分。有意思的是，幾乎所有涉及愛情描寫的小說作品，其男女人物總有一方是作為作品的主要人物活動在敘述世界裡。《新兒女英雄傳》是早期的代表作。早在這部作品發表之初，就

有人指出了它在愛情描寫上的「重大缺陷」。認為《新兒女英雄傳》在內容上已接近「庸俗化了」,「作者在處理張金龍、牛大水和楊小梅三人關係發展的過程中,離開了現實主義道路。現實主義首先是善於真實地表現人,但是《新兒女英雄傳》裡階級仇恨反而被沖淡了。作者努力的結果是把讀者的關心主要轉移到大水和小梅是否結了婚姻這件事情上。這使得作品受到損害。」[9]這種論調恰恰從反面說明,日益被要求革命化的戰爭敘事中「愛情」的不可或缺但處境卻異常尷尬。當戰爭在作家筆下被作為一種真實的且特殊的生活加以表現時,愛情就成為它不可或缺的部分。其實對於「革命」和「愛情」來說,戰爭很容易被處理為一種氛圍或一種只可能發揮襯托作用的淡遠背景。問題的棘手之處在於,革命的戰爭敘事要凸現的是革命。生成於自然人性範疇的愛情生活,一旦以倫常日用化狀態進入戰爭敘述裡,極有可能對戰爭的革命性本質構成消解性威脅——這當然是一九四九年後日益激進的時代審美理性所高度警覺的。在「革命」的視野裡,戰爭中的一切都迫切地需要改造而不是簡單地摒除,即使是五〇年代最激進的藝術觀念也不可能理直氣壯地要求在戰爭敘事中濾掉所有的愛情筆墨。為此,把愛情納入「革命性」範疇,使它不僅服務於戰爭,更重要的是能夠服務於「革命」(階級)的戰爭。為了達到這一目的,這一時期抗戰小說普遍採用了在整體敘事結構中把愛情描寫挪向並確定於客體地位,徹底解除因愛情敘事的主體性所產生的威脅。這種策略的逐步普遍化,可能是一九五七年之後眾多抗戰小說中愛情描寫依然存在的重要原因。

　　一九五七年以後,抗戰小說中的愛情描寫變化首先體現為愛情主體的重新定位。即使是在這樣的敘事氛圍中,寫作者也必須要預先正確思考愛情可能發生的人的具體範疇和誰有資格獲得愛情等等方面的

9　〈孔厥的創作道路〉,《人民文學》1949年創刊號。

問題。顯然，並不是所有的人物都有權利獲得愛情，這只是革命者獨享的一份權利。即使就所有的革命者而言，愛情也沒有被描寫為普遍發生的情形。大致瀏覽過抗戰小說的人都會有這樣一個印象：幾乎所有的愛情只是發生在主要英雄人物身上——這可以被視為一九五七年之後抗戰小說在走向革命的戰爭敘事過程中的一個重要策略選擇。以往很多人認為，戰爭敘事中的「愛情」多半是附加上去的，並沒有構成生活的有機部分或者認為只是點綴。其實，我們從最一般的意義範疇思考也能理解：愛情生活是戰爭生活的重要構成部分，人類的任何變故都無法阻擋愛情的發生。寫戰爭中的愛情，既是基於對歷史真實的尊重，也是戰爭中「人性」的重要維度。作為宏大戰爭敘事中的「愛情敘事」，應當視為是它的有機部分而且是最自然的部分。這裡的愛情，是屬於戰爭的愛情而不是把戰爭與愛情對立起來，以愛情來證明戰爭的殘酷或反人性。值得我們注意的是，戰爭敘事中的愛情描寫，一方面關涉到有關人類愛情的一些基本方面，也凸現了愛情的一些特殊性。愛情的產生是吸引也是選擇，「十七年」抗戰敘事有意強化了戰爭語境中「革命愛情」發生發展的特殊性——比如對愛的理解、選擇的標準、獲得愛情的條件、愛情表達的方式、愛情深化的方式等等。

在我看來，「兩情相悅」、「志同道合」和「危難見真情」，應當是人類愛情發生的三種基本方式。「情」與「理」總是在這些模式中發揮著不同的作用——取決於環境的不同。戰爭大敘事中的愛情則更多地傾向於後兩種。據我的閱讀和考察，「十七年」革命戰爭敘事中的愛情總是由「危難見真情」過渡到「志同道合」，並在這一過程中愛情得到昇華。

我們以《敵後武工隊》中主人公魏強與汪霞的愛情為例加以說明。

他們是從不相識、相識走向愛情的。他們倆的第一印象是在一個特殊的危險環境中獲得的。剛剛在冀中平原站穩腳跟的武工隊魏強小

分隊在一個黑夜護送包括汪霞在內的幹部通過敵人封鎖線。有人高聲說話，魏強厲聲制止，而說話者正是汪霞。「待魏強跨出一步扭頭望他們時，都不好意思低下了頭。特別是那個女同志，見到魏強射來冰冷而又嚴肅的眼神，更窘得厲害。」「『不要說話！這是敵佔區』魏強用嚴峻的口吻悄悄向後傳了這麼兩句話。」

此後直到第六章，汪霞再次出現──她受上級委派來到魏強武工隊所在的之光縣一個區擔任區婦救會主任。作品是這樣描寫的：「門簾一動，劉文彬領進一個二十來歲婦女來。胖乎乎的中等身材，長得挺勻稱，一張白光光的臉兒，享有亮晶晶、水靈靈的一對大眼睛。再讓長長的睫毛一配、忽閃忽閃地活像兩顆星。鼓鼻梁，尖下巴頦，不說話，也襯托出一幅小模樣。」等魏、汪見面各自自我介紹時，「汪霞說到這，臉上泛起兩朵紅暈輕快地笑起來，」「名字沒有記住，我可記住了護送我們過路那天，你瞪我那一眼。」

到第八章，魏、汪兩人已心中萌情。作品是這樣敘述的：「武工隊站穩腳跟之後，初戰告捷，西王莊百姓慶祝勝利，老百姓殺豬宰羊犒勞武工隊。當有人端進一大盤豬肉肘子時，『這是誰的手藝？真該表揚。』魏強看見，心裡也非常滿意。『咱們汪霞同志。』汪霞正在擦濕手，她以為魏強明知故問，想看又不敢看魏強地笑了笑，白皙的臉兒剎那變成了緋紅。再加上魏強端起一碗飯朝她親昵地招呼『吃吧』，不知為什麼，她的心咚咚跳起來，脖子也跟著紅了。」

第十六章，作品寫到了他們愛情的初步明朗化。「門簾一挑，汪霞走進來。她輕聲地朝魏強問：『哎，你見到我那截鉛筆了嗎？』對魏強不加稱呼地說話，汪霞還是第一次。為什麼這樣，她自己也不知道，當她猛然醒悟過來，臉燒得像喝過了烈性酒。……只有魏強笑了笑，幫助她東翻西摸地找，她忙加解釋：『魏同志，你看，正想寫東西，它丟了。』話語自己聽起來都不自然，趕忙裝找的樣子低下了頭。」當魏強把自己撿到的鋼筆遞給她時──這是已經犧牲的哥哥送

給她的，而她卻在那次通過封鎖線時弄丟了。「汪霞接過筆，心中立即湧出一股說不出的感情來。」她幾次欲想道出實情的原委，「不！不能！眼下他是多麼需要它呀！再說筆是我的，我丟了，可是他揀了，是他呀！他……」「汪霞藉著燈光看著自己心愛的筆在想，不覺臉兒忽然熱烘烘地發起燒來，她偷偷地瞅了一眼魏強，哪知魏強的兩眼沒離開她的臉，四目一對，羞得她再也不敢抬頭了。」作品進入第十八章，眾人已經覺察到他們之間關係的異常。在一次軍民聯歡會之後，魏強提前離開回到住地，汪霞也緊跟著回來了。「見汪霞托著一張凍得紅撲撲的臉，像個喜神似地從外間屋走進來：『你倆的腿真快，轉眼在人群裡就找不見了。』汪霞今天也很激動，一對水靈靈地大眼晴，望望魏強，瞅瞅劉文彬，歡欣地接著說：『群眾一見到你們這些拿槍的，就喜歡地不得了。又聽說你們就是崩了老松岡，敲死侯扒皮、砸南關車站，專和夜襲隊劉魁勝打交道的武工隊，恨不得跑上去摟著你們親親。』」此時，她對他，已經改稱小魏了。在賈正的調笑中，「弄得魏強臉兒刷得紅了。」「汪霞假嗔著緋紅的臉，罵了他一句，『狗嘴吐不出象牙！』就跑到外屋去了。」也正是在這一章裡，第一次出現他們倆共同工作的情景——制服大地主周大拿，在敵人的眼皮子底下順利地展開了減租減息運動。這是在寫一種「戰鬥情誼」，它在愛情形成與昇華過程中將起到重要作用。作品的具體描寫是這樣的：因為工作難以展開，汪霞想請區委書記劉文彬想個辦法，恰好劉不在，她就和魏強說了。「『為什麼開展不起來，這得追根問底。』魏強眼睛不離汪霞的臉盤一字一板地說。汪霞兩眼也像兩把錐子似的盯著魏強。過去，他們是讓愛慕的心情結合了，今天工作又讓他們密切地結合了。」

在第十九章裡，作品集中描寫了汪霞的愛情心理。走在春末夏初的田野上，「今天，她一腳踏進這綠蔥蔥、香郁郁、充滿活力的天地裡，看到那肥碩的麥穗，茁壯的春苗，參天的白楊，倒掛的垂柳，心

裡又說不出來的舒暢，腳步也隨著輕快了許多，想到魏強對他的關心，體貼，她的腳步邁得更輕快了。心想：『要是今天跟魏強一起走，我裝成回娘家的媳婦，他扮成送媳婦的女婿該多好啊！……兩人不緊不慢，說話搭理，一起在這個敵佔區活動，共同開闢一村又一村該多好！』『多逗人笑，我怎麼會想到這事上了，莫非，莫非我愛上他了？』她問自己。其實，這個問題她問過自己不知有多少遍了，但總沒有勇氣承認，但也沒有理由否定。『大概我是愛上他了，要不我的腦子裡為什麼除了工作就是想他。就算我是愛上他了，他愛我嗎？為什麼不和他談談？對，要抽空直接和他談談……不行，不行，那叫什麼話呀！』她想到這，臉兒羞得直發燒，不由得暗笑了。」

　　緊接著第二十章裡，當汪霞沉浸於自己的美好想像時，突然與敵人遭遇。在被日本鬼子重重包圍的危急時刻，「精疲力盡的汪霞，在猛烈的槍聲裡，忽然聽到最熟悉的聲音在吶喊，喊聲給了她無限的力量，她不管身體的疲勞，顧不上的疼痛，掙扎著抬起頭來，在僅有的一絲光亮裡，睜大眼睛尋找吶喊的人。當一個最熟悉的身影跳進她眼前時，她三掙兩扎地爬坐起來，當那人蹲下剛要用手去攙扶她時，她一把把對方的手緊緊攥住了，兩眼透出歡快的光澤，瞅著對方欣慰地叫了聲『小魏』，由於過度的興奮，她一頭栽倒在魏強懷裡，二目一閉暈厥過去。」

　　第二十一章，汪霞養傷期間，是他們愛情發展的又一個獨特性空間，「魏強每次查哨回來，都去大娘的住屋裡看看她，又是伸手摸摸她那微微發熱的前額，又是嘴湊到她耳旁悄悄地問：『你喝水嗎？』魏強的關懷體貼，像電流似的傳導在汪霞的身上，使她十分激動，心房劇烈地跳動著。每回，她都掙開疲倦的雙眼，露出既是感激又是幸福的神色衝魏強微微一笑。這笑，把兩人久已聚集在心頭的愛，像魔術家揭開變幻莫測的蒙布，一下明朗化了，並使相愛的情感朝前邁進了一大步。」當領導決定把受傷的汪霞送到外地養傷時，臨行，特來

相送的魏強已給她挑了一把好槍，壓滿子彈，又送了五粒子彈。看到這些，「她再也控制不住自己的感情了，她用噙著淚花的眼睛環視一下寧靜的屋子。屋裡就是她，還有靠近她坐的魏強。她伸手去接子彈，同時也緊緊攥住了他的手，大膽地攬在自己隆起的胸前，而後又挪到嘴邊來親吻，小聲地叨念：『你呀！你真好，真是叫人……』淚水奪眶而出，滴落在枕頭上」。」「什麼叫戀愛？戀愛又是個什麼滋味？以往魏強只是腦子想過，今天他才真正嘗到了，他眼睛盯著臉上泛起紅暈的汪霞，心頭止不住突突亂跳，比第一次參加戰鬥都跳得厲害。」「就在那個短暫歡愉的時間裡，汪霞將早已勾織好的淺綠色的鋼筆套塞在魏強手裡……」

　　第二十二章，在魏強要離開之光縣到張保公路那邊去和楊隊長會面前夕，汪霞趕到了。送別場面，洋溢著了一個充滿幻想和愛意的年輕姑娘的動人柔情。她給他整理著衣服，送上自己趕做的襪子，細聲慢語的對話裡充滿著對未來工作的期待——而這就是戰爭敘事中火熱愛情的自然表達。只有和工作結合在一起，愛情的演說不但擁有了自由，也擁有了坦然。在這樣的語境中，「愛情」被有意處理為一種可以借用任何外在加以替代的存在，「愛情」亦被融化在所有看似與愛情無關的歡愉裡面。因為有了兩人可以意會的愛情語境，所以，一切言說都會直接指向愛情，並最終在愛情中獲得意義。這也是「十七年」此類創作甚至包括所有愛情描寫基本採用的修辭方式。

　　其實，從「兩情相悅」到「志同道合」，呈現著愛情走向意義——走向革命範疇的意義的過程。在這一過程中充滿了「革命」對於愛情的期待、改造和作為審美因素在創建新的敘事結構與程式中的監管作用及其策略調整。正是在這樣的情勢下，戰爭敘事中的「愛情」筆墨，其「情」的相悅是有前提的，這個前提就是愛情主體在本質上的同一。很明顯，在越來越激進化和純粹化的時代語境裡，認定愛情主體本質統一的範疇雖然有一個從民族鬥爭範疇向階級範疇的推

移過程，但愛情的成功則必須仰賴於主體階級性同一的完成狀態，並進一步導向把倫理範疇的道德崇尚和現代階級意識形態皈依加以完美結合的高度統一──而且，這種同一表現得越簡單越好。在眾多的戰爭敘事之中，愛情往往發生在主要人物身上──這是個共同的、有意味的現象。這一方面是因為，主要人物必然被充分描寫的過程能夠為身份曖昧的愛情生活展示提供盡可能多的空間，另一方面則是應然的英雄價值的額外體現。

　　英雄自然應當配有比普通人更好的命運。英雄在無條件又似乎是自然地應當享受人們的崇拜之外，作為時代價值信仰的體現者，他們的經歷、身世與「事功」，也在傳頌中走向神秘性與傳奇化。由於他們超量的付出，他們更應當在日常生活範疇獲得優待──這當然是所有的滿懷對英雄敬仰的普通民眾所極樂意看到的。其實正是這些看似極其正常的情形，卻有著豐富的值得反覆玩味的東西。過去，我們一般認為，這只是戰爭敘事中可以進一步烘托英雄的意義並不十分重要的點綴，其作用大約僅僅只是可能起到一些增加英雄的生活氣息或平凡色彩的作用。我認為這是一種膚淺的認識。階級的英雄，其本質的意識形態屬性，單單只是從政治範疇加以表現，是很容易走向虛假的，難以完成人物真實性的預設。更多的時候，英雄的合法性需仰賴於敘事在大量細部對於真實性的強化。教化作用也只有在讀者對英雄行為的完全認同與無意識追捧中才可以實現。戰爭敘事中英雄的出現及其過程，不單單是為了人物設計的需要，而是負載有更重大的職責。作為符號的「英雄」或英雄的「符號」，是為了證明別的東西，或者說要在時代的大敘事中獲得價值。我們知道，「十七年」中每一部作品出現後所引發的討論，爭論的歧義多半是因為各人對英雄真實性理解不同所致，潛含著是否「合理」「合法」「合情」的不懈追問。這裡需要注意「情」「理」的不同所指，軟性的「情」，總是與民族民間在長期歷史中形成的習慣性價值判斷有關。它是穩定的，具有恆常

性。「理」是變數，它在任何時代都是「權勢」的姻親，並且總是在與權力相關的範疇裡才可能獲得有效地解釋。使英雄最大限度地在情理兩個範疇裡獲得認同，已是社會政治倫理秩序的需要，可以最有效地不斷穩定英雄最終獲取意義的生活基礎。當然悖謬的是，人們的認同總是與許多假象相伴隨。

　　當然，認為這樣的描寫更有助於英雄人物刻畫的人性維度的伸張——亦是許多人容易認同的觀點。我看這也不免膚淺。其實，這是公共視野中高貴者理應得到的報償。這裡既需要防止對此類女性人物理解的偏差——也許人們可以從女性主義視角發現其中「男性敘事」的霸權性，繼而質疑「女性」之於英雄，是否具有了禮物的性質？只要我們認真地閱讀作品就不難體會到，在眾多的戰爭敘事作品中，女性的愛情選擇不僅始終是自由的，而更為重要的是，她們在英雄那裡獲得了平等的愛。愛英雄的女性是無可指責的，雖然每個時代的英雄有別。但只要是英雄，他們就可能比一般人更容易獲得女性的青睞。

　　眾多戰爭敘事作品中「英雄與美人」相遇相愛的故事，成全他們的總是有著眾多民眾的支持。這種來自大多數人的支持是至關重要的。我們似乎沒有太多的理由把這種情形僅僅理解為只是敘事者的一廂情願，或者屬於有著明確政治意圖的修辭策略。應當說，它體現了對正義、善良，美好以及與倫理信念等相關聯的種種義舉的承諾。他們的愛並非無緣無故或外在強加，而是被描寫出和普通人一樣的戀情生成過程。只不過，在某種被時代所界定為崇高的愛情主體必須具備的共同性的促動與酵化下，更加快捷、更加牢固也更加自然罷了。生死考驗下的男女，對生命過程一切的理解所具有的獨特性，是常人所難以理喻的，也自然是值得我們品味、深思的。無疑，戰爭使生命變得簡單，這是戰爭敘事中男女愛情油然生成的關鍵。那種以和平時期的花前月下、纏綿悱惻模樣來推測這一存在的複雜性，只能離真實愈遠。愛情本來就具有著形態千變萬化的多種可能性，為什麼這種形態

的愛情單單受到質疑？

　　作品的第二十五章寫到了這樣的情節：汪霞被捕後關進日軍大牢，各種酷刑考驗著她。作品除敘寫了與魏強的愛情給她的鼓舞之外，還饒有興味地引入了叛徒馬鳴。企圖「以情動人」的馬鳴，卻以其心態的猥瑣下流，形成對汪、魏精神的有力反襯。作品對馬鳴的刻畫當然是有著時代印記的──不乏漫畫式的醜化。這是民族大義和階級立場下的對於敵人的想像，應當說值得我們深思。作品在刻畫馬明時，有這樣一些具體的細節和描寫：「一幅吊死鬼的面影。」「一個梆子頭、瓦渣臉，兩道稍低垂的麻刷子般的眉毛，讓她一見就討厭的臉型。」這顯然是從汪霞的視點來看的。其實，大牢中汪霞對於馬鳴的厭惡，更多地來自於過去馬鳴對她的「流氓舉動」「下流的話」等等。而正在此時，富有勸降任務的馬鳴出現在身陷囹圄的汪霞面前。汪霞對馬鳴聲音的感覺是「一種輕佻、低賤的嚶嚶聲」，「令人厭惡的怪聲」。其動作是「叼著煙卷的那幅討厭的流氓像」，其所談論的都是「誰有奶，便是娘」的資產階級享樂主義的一套，並且凶相畢露，企圖強奸汪霞。

　　這種敘事中的「考驗」，在對英雄的刻畫中是常見的筆墨。不過，出現在汪霞這裡應當說有著不同的意味。這種酷刑中的堅貞、並非指向對於汪霞英雄性的刻畫，或者說不僅僅如此。作為英雄的愛情對象，她不只是性別符號，更有著襯托英雄的職責。當她一旦和英雄發生關聯，尤其是進入男情女願的戀愛過程，女人的美是不能受到傷害的。它應當更美，也必須走向完美。在戰爭中一樣作為戰爭主體的汪霞，其「完美性」僅靠「女性」是無法完成的。兩性共有的「無性化」的性格特性，她也應當或盡可能地以女性狀態予以體現。諸如勇敢，機智，沉著冷靜、堅貞不屈、慷慨赴義、臨危不懼、視死如歸等等。只有如此，一方面她才配擁有英雄，另方面，為英雄生命的完美提供理由。她在證明自己價值的同時，也為英雄向自己傾倒提供條

件。在這裡，肉身的分享是以彼此的精神層次和價值等量化作為前提
的。反之，如果站在英雄面前的是頗有瑕疵的女性，英雄的選擇將是
艱難的：選擇了，意味著自身的不完美，可能在後敘的敘事中被矮
化；放棄，則必須有助於英雄自身道德的崇高。為此，諸多作品中對
英雄配偶的描寫，必然地走向「浪漫主義」。魏強與馬鳴，在汪霞的
選擇並比中，顯然經歷了雙重的價值指認：民族大義和階級分野。

　　戰爭敘事中的「革命」表達，是在被多種敘事因素融合而成的新
型敘事機制整體中完成的──就《敵後武工隊》而言，中國文學已經
形成傳統的「鬥爭敘事」、「智慧敘事」、「轉變敘事」、「成長敘事」、
「愛情敘事」等等方面，都有著鮮明的體現。有關「十七年」戰爭敘
事中的複雜整合，筆者將在另文中予以詳述。

作者簡介

席　揚（1959-2014）

　　一九五九年三月生，祖籍山西省絳縣。福建師範大學文學院中國現當代文學專業博士生導師，中國現當代文學碩士點學科帶頭人，中國少數民族語言文學博士點帶頭人。同時兼任中國當代文學學會理事、中國少數民族文學學會常務理事、文學院學位委員會委員，受聘擔任全國哲學社會科學規劃基金評審專家、全國博士後基金評審專家。

　　席揚在長達三十餘年的中國現當代文學研究實踐中，自覺屏除學術門戶之見，廣採博納、兼容並蓄，既孜孜於古今中外各種繁複理論的自我吸納與靈動創化，又自覺兼守著中華學術尋根溯源的樸學根基，在不同的學術問題領域裡，常以「問題梳理」為先導，以超越式反向思維實現突破，形成以宏觀把握、微觀切入、大處著眼、思辯見長的學術風格。他的論著也多以對對象的問題性提純和理論性思辨顯示出鮮明的自我的學術個性。例如對中國「新時期文學」、「趙樹理和山藥蛋派」的「文化學」研究、對中國現代散文作家進行的「知識分子精神史」式的研究、關於中國當代文學學科的整體性問題化的研究、關於「文學思潮」的理論與文學史實踐的深入研究以及對中國現當代作家寫作行為的「修辭學」研究等，都獲得了相關學術界的好評與讚賞。

本書簡介

　　本書從四個方面探討了中國現當代文學中的若干重要問題。首先，聚焦於中國當代文學學科史的發生發展、經典認知、文學史敘述和方法更移等方面，以期在學科史的語境中對相關論題進行重新認知。其次，沉潛於趙樹理與「山藥蛋派」的價值開掘之中，對趙樹理的知識分子意義和山藥蛋派審美特徵等問題展開深度思考，以期推進中國學界的趙樹理研究。第三，辨析文學思潮的學科屬性、對象屬性和方法論屬性及其問題領域和價值意義，重點考察中國現當代文學中的若干重要現象。第四，借鑑西方現代和後現代修辭學理論，剖析中國現當代文學史上的若干重要現象和重要作家的修辭行為，試圖還原風格與語境的相互制約關係，為作家創新能力的評價提供一種新的嘗試。

福建師範大學文學院百年學術論叢·第二輯　1702B03

中國當代文學的問題類型與闡釋空間

作　　者　席揚
總 策 畫　鄭家建　李建華

發 行 人　林慶彰
總 經 理　梁錦興
總 編 輯　張晏瑞
編 輯 所　萬卷樓圖書股份有限公司
排　　版　林曉敏
印　　刷　百通科技股份有限公司

發　　行　萬卷樓圖書股份有限公司
　　臺北市羅斯福路二段 41 號 6 樓之 3
　　電話　(02)23216565
　　傳真　(02)23218698
　　電郵　SERVICE@WANJUAN.COM.TW
香港經銷　香港聯合書刊物流有限公司
　　電話　(852)21502100
　　傳真　(852)23560735

ISBN 978-986-478-187-4
2020 年 10 月再版二刷
2018 年 9 月再版
2015 年 12 月初版
定價：新臺幣 1000 元

如何購買本書：

1. 劃撥購書，請透過以下郵政劃撥帳號：
　帳號：15624015
　戶名：萬卷樓圖書股份有限公司
2. 轉帳購書，請透過以下帳戶
　合作金庫銀行　古亭分行
　戶名：萬卷樓圖書股份有限公司
　帳號：0877717092596
3. 網路購書，請透過萬卷樓網站
　網址 WWW.WANJUAN.COM.TW

大量購書，請直接聯繫我們，將有專人為
您服務。客服：(02)23216565 分機 10

如有缺頁、破損或裝訂錯誤，請寄回更換
版權所有·翻印必究
Copyright©2020 by WanJuanLou Books CO., Ltd.
All Right Reserved　　　　　Printed in Taiwan

國家圖書館出版品預行編目資料

中國當代文學的問題類型與闡釋空間 / 席揚
著.
-- 再版.-- 臺北市：萬卷樓，2018.09
面；公分. --（福建師範大學文學院百年學術
論叢·第二輯·第 3 冊）
ISBN 978-986-478-187-4（平裝）
1.中國當代文學 2.文學評論

820.8　　　　　　　　　　　　107014275